白遇道集

[清末民初] 白遇道 著
白金剛 等點校整理

西北大學出版社

圖書在版編目(CIP)數據

白遇道集/白金剛 等點校整理．—西安：西北大學出版社，2017.4

ISBN 978-7-5604-4031-6

Ⅰ.①白… Ⅱ.①白… Ⅲ.①古典詩歌—詩集—中國—清後期 ②白遇道（1837－1926）—奏議—匯編 ③對聯—作品集—中國 Ⅳ.①I222.752 ②K252.065 ③I269

中國版本圖書館 CIP 數據核字(2017)第101688號

白遇道集 ［清末明初］白遇道 著　白金剛 等點校整理

責任編輯 馬　平

出版發行 西北大學出版社

地　　址 西安市太白北路229號　　**郵　　編** 710069

網　　址 http://nwupress.nwu.edu.cn　　**E－mail** xdpress@nwu.edu.cn

電　　話 029-88303593　88302590

經　　銷 全國新華書店

印　　裝 西安華新彩印有限責任公司

開　　本 720毫米×1020毫米　1/16

印　　張 38

字　　數 600千字

版　　次 2017年5月第1版　2020年5月第2次印刷

書　　號 ISBN 978-7-5604-4031-6

定　　價 155.00圓

究叡山人課蒙小草
究叡山人館課賦鈔
究叡山人館課詩鈔
究叡山房寱語鈔存 下册
寱語鈔存 中册
寱語鈔存
高陵縣續志
汲古集聯五續
汲古集聯四續
汲古集聯三續
汲古集聯再續
汲古集聯續
摩兜堅盦汲古集聯
劉甫炘署
甘肅全省新通志
安貧改過齋雜著

白遇道著作書影

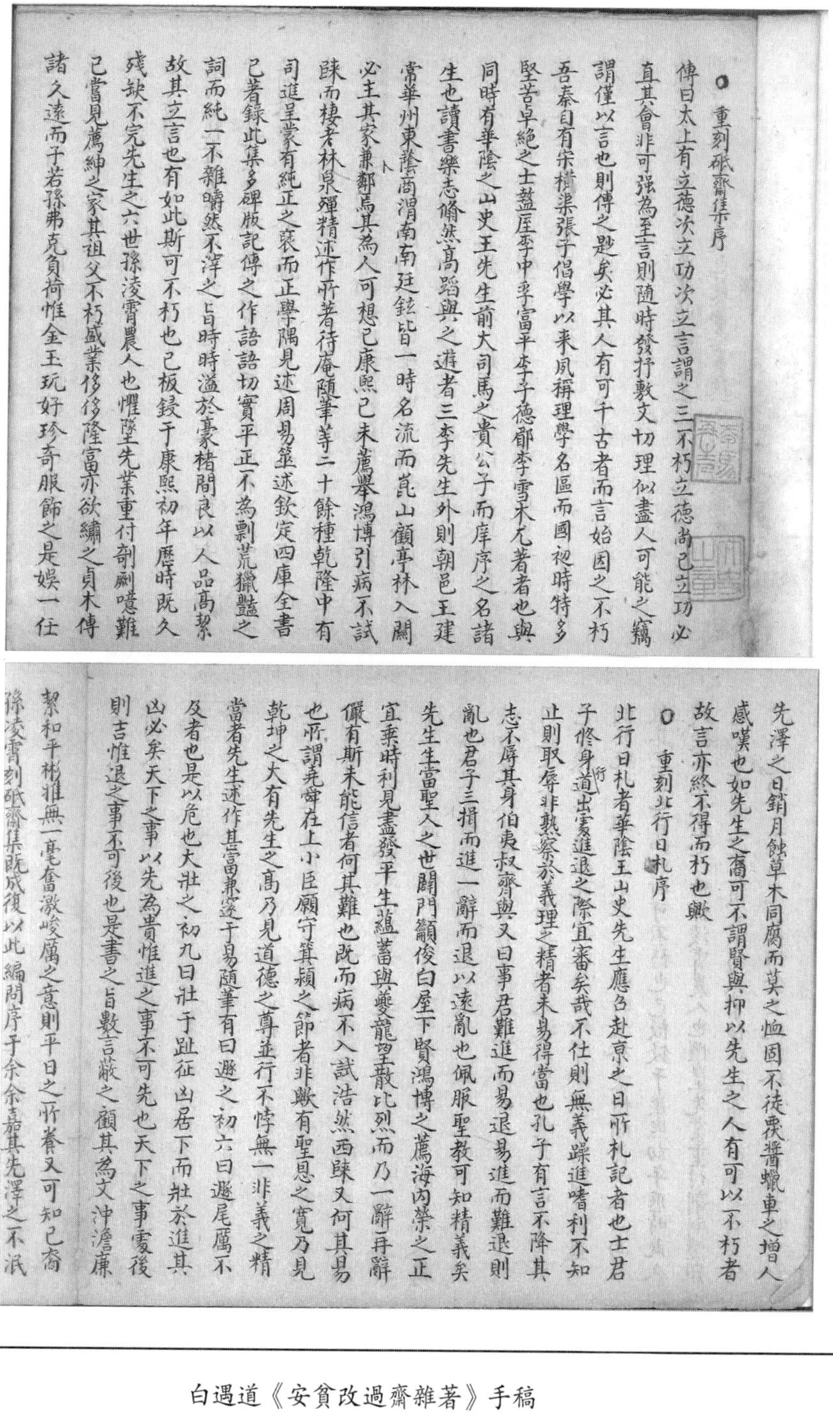

重刻砥齋集序
傳曰太上有立德次立功次立言謂之三不朽立德尚已立功必
直其會非可強為至言則隨時發抒敷文切理似盡人可能之竊
謂僅以言也則傳之匙矣必其人有可千古者而言始因之不朽
吾秦自有宋横渠張子倡學以来夙稱理學名區而國初時特多
堅苦卓絕之士盩厔李中孚富平李子德郿李雪木尤著者也與
同時有華陰之山史王先生前大司馬之貴公子而庠序之名諸
生也讀書樂志翛然高蹈與之遊者三李先生外則朝邑王建
常華州東蔭商渭南南廷鉉皆一時名流而崑山顧亭林入關
必主其家兼郿馬其為人可想已康熙己未薦舉鴻博引病不試
跡而棲老林泉殫精述作所著待庵隨筆等二十餘種乾隆中有
司進呈蒙有純正之褒而正學隅見述周易筮述欽定四庫全書
已著錄此集多碑版記傳之作語語切實平正不為剽荒獵豔之
詞而純一不雜曉然不滓之旨時溢於豪楮間良以人品高潔
故其立言也有如此斯可不朽也已板鋟于康熙初年歷時既久
残缺不完先生之六世孫淩霄農人也懼墜先業重付剞劂噫難
已嘗見薦紳之家其祖父不朽盛業侈侈隆富亦欲繡之貞木傳
諸久遠而子若孫弗克負荷惟金玉玩好珍奇服飾之是娛一任
先澤之日銷月蝕草木同腐而莫之恤固不徒衆醬瓿車之增人
感嘆也如先生之裔可不謂賢與抑以先生之人有可以不朽者
故言亦終不得而朽也歟
重刻北行日札序
北行日札者華陰王山史先生應召赴京之日所札記者也士君
子修身行道出處進退之際宜審矣哉不仕則無義躁進嗜利不知
止則取辱非熟察於義理之精者未易得當也孔子有言不降其
志不辱其身伯夷叔齊與又曰事君難進而易退易進而難退則
亂也君子三揖而進一辭而退以遠亂也佩服聖教可知精義矣
先生生當聖人之世闢門籲俊白屋下賢鴻博之薦海內榮之正
宜乘時利見盡發平生蘊蓄與夔龍望散比烈而乃一辭再辭
儼有斯未能信者何其難也既而病不入試浩然西歸又何其易
也所謂堯舜在上小臣願守箕潁之節者非歟有聖恩之寬乃見
乾坤之大有先生之高乃見道德之尊並行不悖無一非義之精
當者先生述作甚富兼邃于易隨筆有曰遯之初六曰遯尾厲不
及者也是以危也大壯之初九曰壯于趾征凶居下而壯於進其
凶必矣天下之事以先為貴惟進之事不可先也天下之事處後
則吉惟退之事不可後也是書之旨數言蔽之願其為文沖澹庸
絜和平彬雅無一毫奮激峻厲之意則平日之所養又可知已裔
孫淩霄刻砥齋集既成復以此編問序于余余嘉其先澤之不泯

白遇道《安貧改過齋雜著》手稿

編輯委員會

主編　白金剛

參編（以姓氏筆畫為序）

王　姝　王　毅　王秀晶　王朝暉　王麗萍
任海印　任海濤　李　静　李　聰　李明江
宋海燕　姚美思　閆翠俠　徐静静　徐曉龍
孫秋卉　姬　兵　張　揚　張親霞　崔　健
葛　鵬　賈宏濤　楊　姣　楊　梅　趙　輝
劉　迪　劉　萍　劉　輝　劉隋贇昊　劉赫然

序

白遇道集由高陵區圖書館主持整理付梓刊印了，這是高陵文化事業的一件大好事，同時也是我們分内所在。習近平總書記說：「讓書寫在古籍裏的文字都活起來，爲人類提供正確的精神指引和强大的精神動力。」白遇道集的出版，對弘揚中華優秀傳統文化，民族精神的傳承、民族活力的激發、推進高陵文明進程，必將起到積極作用。

白遇道（1837—1926），字心悟，後改字五齋，晚年後號完穀山人，高陵藥惠鄉董白村人。同治九年中舉，同治十三年中進士，授翰林院編修。光緒二十四年，授甘凉兵備道。光緒三十三年，代理甘肅按察使，兼任督陳所參議，陸軍一等諮議官。宣統元年，改任鞏秦階道鹽運使。宣統三年辭官歸里，不問政事，民國十五年終老於家。今年恰逢先賢誕辰，甲子輪回，此書的出版也絕非偶然，若冥冥之中前賢之願，補今人精神之虚，使高陵耕讀勤儉、孝悌傳家、禮儀之邦、理學名區等優秀的傳統能够傳承下去。

白遇道一生著述甚多，白遇道集收録了白遇道一生中不同時期的十四種著作以及其他著述、碑誌散落文稿，有木刻版，有鉛印，還有手稿。本集收録他的著作，有文集安貧改過齋雜著、完穀山房寱語鈔存；有集聯摩兜堅齋汲古集聯、集聯續、集聯再續、集聯三續、集聯四續、集聯五續；有課試課館詩賦偶存、完穀山房館課詩鈔、完穀山房館課賦鈔、完穀山房課蒙小草；還有白遇道參加鄉試和會試的試卷，以及高陵縣續志，本地發現碑記相關内容。洋洋五十萬字，我們可以看到白遇道先生崇尚禮法、文武兼優、爲政愛民等優秀品質，和文中所表現的禮義仁智信，值得人們感悟和學習；行文體裁包括詩、賦、序、銘、奏摺、祭文等，内容豐富，爲研究清末社會、經濟、軍事、科舉、禮儀制度等提供了重要的參考資料。通過閱讀他的文章，也讓我們重新認識這位久被歷史風沙埋没的大賢——白遇道先生。

白遇道集是由白金剛同志帶領團隊，以「自覺」守護傳統文化爲宗旨，在三十一位參與者共同努力下整理完成的。這項工作源於二〇一五年西北大學出版社出版的關學文庫，在關學文庫中有賀瑞麟、劉光蕡、牛兆濂等大儒文集，而漏缺關學清麓學派代表白遇道，甚爲遺憾。白金剛同志有感於此，在關學文庫編輯老師的鼓勵與指導下，着手收集資料。開始，一人奔波於西安、高陵等地圖書館，後來家人、朋友在其精神感召下，陸續加入到整理隊伍中來。團隊中有教授專家，有文化工作者，有教師，有政府工作人員，有在校研究生，他們爲白遇道集的整理作出了貢獻。意志之堅，精神可嘉。高陵區圖書館自始至終鼎力配合，在得知甘肅省圖書館有白遇道的珍貴資料後，兩地圖書館以古籍電子版互通有無，促使白遇道著作成爲全璧。通過一年來的共同努力，白遇道集由西北大學出版社刊印，此書的出版補充了關學文庫的缺漏，豐富了關學研究資料。同時，對高陵清末鄉邦文化、人文歷史研究也有着寶貴的參考價值，尤其是對當前高陵文化建設和優秀文化傳承保護，都將起到積極作用。既傳承傳統優秀文化，又弘揚時代精神，充分發揮優秀文化教化人、培育人的作用，塑造中國心、民族魂，助推中國夢的實現。

我們相信，白遇道集將把我們從「浮躁」帶向「沉穩」，踏踏實實緊接地氣，對今後工作和生活會有新的認識與提升。以此爲序。

任建國

二〇一六年十一月

點校説明

一、本次點校，收録了白遇道一生不同時期的十四種著作以及其他著述、碑志散落文稿，有的刊版，有鉛印本，有石印本，還有手稿。本次收録他的著作，有文集安貧改過齋雜著、完穀山房竊語鈔存；有集聯摩兜堅齋汲古集聯、集聯再續、集聯四續、集聯五續；有課試完穀山房館課詩鈔、完穀山房館課賦鈔、完穀山房課蒙小草、課館詩賦偶存；還有白遇道參加鄉試和會試的試卷，以及有關高陵縣續志内容，本地發現碑記相關内容。

二、白遇道一生著作，横跨清末民國三十五年，各種著作成書時間爲：光緒八年（1882）課館詩賦偶存刊成。光緒十年（1884）開雕高陵縣續志成書。光緒二十八年（1902）安貧改過齋雜著手稿編成。光緒三十年（1904）摩兜堅齋汲古集聯鉛印成書。光緒三十一年（1905）摩兜堅齋汲古集聯續鉛印成書。光緒三十二年（1906）摩兜堅齋汲古集聯再續鉛印成書。光緒三十三年（1907）摩兜堅齋汲古集聯三續鉛印成書。宣統元年（1909）摩兜堅齋汲古集聯四續鉛印成書。宣統三年（1911）摩兜堅齋汲古集聯五續石印成書。民國六年（1917）完穀山房館課詩鈔、完穀山房館課賦鈔、完穀山房課蒙小草、完穀山房竊語鈔存刊成。

以上著作只有光緒三十年（1904）摩兜堅齋汲古集聯有另一種版本，蘭州官書局鉛印本，兩種版本不同處已做引用説明。

三、本次點校，謹供學習參考，以標明句讀、方便通讀爲主要目的。故只用點校，而不做過于煩瑣的考證、注釋。

四、書中明顯的異體字，顯系古今用字不同的，一律改正。有個别明顯的錯訛字，原字用圓括號（　）標示，改正字用六角括號〔　〕標示。均不再做説明。

五、在摩兜堅齋汲古集聯六種中，參考五續將前五種集聯序言添加到各種書前。因様録版本不同，故有的篇目有重複。處理方法是前已録入的，后面不再録入，但在相關處予以出校説明，并在前處用星號＊標出，以便參看。

六、本次文獻整理，有它的歷史局限性。由于作者是封建時代官員和文人，文中有關表述或有錯誤，爲保持文獻原貌，均按原作輯録，不作處理，特此予以説明。

七、個人水平所限，不免有誤斷、誤校之處，懇請讀者包涵，并不吝賜教！（電郵地址：jingang7270@126.com）

目録

安貧改過齋雜著

白遇道陝甘鄉試硃卷

白遇道同治甲戌科會試硃卷

完穀山房課蒙草

完穀山房館課詩鈔

〔一〕注：原版目録此題處爲「林雨斷蟬聲」，内文爲「乾道運無窮」，據改。

完穀山房館課賦鈔……二一五

館課詩賦偶存 …………………… 二四四

（注： 館課詩賦偶存原有賦六篇，詩五十首。與完穀山房課館賦鈔賦三篇、完穀山房課館詩鈔詩二十三首有重複，本處不再收録，謹在賦鈔、詩鈔相關篇目上以＊標示，可參看）

附録：「高陵之學」探根溯源

白遇道先生年譜

白金剛

先生名遇道，字悟齋，號心吾，改字五齋，晚號完穀山人。先世自山西洪洞，遷至陝西高陵之孝義坊董白村，遂占籍焉。高祖子德，鄉飲耆賓，妣樂氏；曾祖諱庚，妣牟氏；祖諱玉梅，以孫榮，贈奉政大夫，翰林院庶吉士，加三級，妣張氏，贈太宜人；父諱長潔；本生父諱長義，以出繼子榮，馳贈奉政大夫，翰林院編修，加四級，妣劉氏，封太宜人。先生有弟一人，名學道。世業農賈。

清道光十七年(1837)　一歲

本年農曆三月二十五日，先生生於高陵孝義里董白村。按族譜行「道」字輩，取名遇道。

先生幼時聰慧過人，少時好讀書，枕讀不倦，四書五經、春秋、禮記皆有接觸。

清咸豐四年(1854)　十八歲

以優異成績考取本縣秀才。

與墨夫人成婚。時家父在涇陽經商，家境稍寬裕，衣食無憂，全身心投入帖括。

清咸豐九年(1859)　二十三歲

先生在三原宏道書院學習，受學於臨潼楊彥修門下，楊彦修（1816—1890），字子經，臨潼縣三田里李橋堡（今閻良區北屯街道李橋村）人。年七歲，就能背誦五經。年未二十歲即有文名。1846年，陝西巡撫林則徐聘其爲課讀師。咸豐辛亥（1851）鄉試亞元，議叙内閣中書，歷署河南獲嘉、武安、鹿邑、杞縣、睢州、西華、滑縣等縣知縣，所到之處，多有德政。有臨潼縣續志和學達觀齋制藝傳世。

清咸豐十年（1860）　二十四歲

隨長安李蔭堂學詩賦於終南山麓子午鎮。

清咸豐十一年（1861）　二十五歲

是年，得以選，考取本年貢生。

清同治元年（1862）　二十六歲

先生本生父長義公，因戰亂，壽終正寢於涇陽縣旅舍。先生本生父生於嘉慶十年三月二十七日子時，享壽六十有一。

清同治三年（1864）　二十八歲

受聘於記名提都曹克忠處辦理文案。

清同治七年（1868）　三十二歲

受學於三原學古書院賀瑞麟門下，研習理學課試。先生資性過人，有獨到之見解，前途不可估。

賀瑞麟（1824—1893），原名賀均，榜名瑞麟，字角生，號復齋、中阿山人。清末著名理學家、教育家、書法家。道光二十一年中秀才，後授業於關學大儒李桐閣。同治九年(1870)創立正誼書院。主講正誼書院二十年，學兼體用，精研程、朱之道，集理學之在成； 刊印經典，匯集爲清麓叢書，爲時人所敬重。督學吴大瀓奏請朝廷，奉旨授國子監學正銜，晉五品銜。編著有朱子五書、女兒經、信好録、養蒙書、清麓文鈔、三原縣新志、三水縣志等。

清同治九年(1870)　三十四歲

長子忠善出生。

再到賀瑞麟創辦的清麓精舍繼續研習，是年考中庚午舉人。

清同治十三年(1874)　三十八歲

朝廷引見新科進士。得旨，陸潤庠、白遇道等俱著改爲翰林院庶吉士。袁錫齡、張聞錦等俱著分部學習。趙培因、顧文基等俱著以内閣中書用。焦雲龍、汪慶長等俱著交吏部掣簽，分發各省以知縣即用。户部候補郎中王維翰、工部候補郎中蕭鏞，俱著以郎中即用。户部候補主事程秀、劉本植、尹序長，禮部候補主事桂霖，俱著以主事即用。候選員外郎恩綬著分部學習，餘著歸班銓選。

清光緒三年(1877 年)　四十一歲

諭令引見甲戌科散館人員得旨，先生等授爲編修三甲庶吉士。

清光緒五年(1879)　四十三歲

父喪，先生歸里服孝。

清光緒六年(1880)　四十四歲

主講高陵景槐書院研習。

八月，應縣令程維雍之請編修高陵縣續志。

清光緒七年(1881)　四十五歲

六月，高陵縣續志編成。體例一如吕柟高陵縣志，但在運用資料方面均標示出處，文筆洗煉，實不讓前賢。

清光緒八年(1882)　四十六歲

課館詩賦偶存刊成。

清光緒十年(1884)　四十八歲

先生起復回京，仍供職翰林院。時朝邑閻敬銘已入軍機，拜大學士，先生除逢年過節與閻相聚與陝西會館。閻素以耿介立朝，先生不乏文人風骨，京中同鄉稱兩位先生爲「二犟」。

先生總纂高陰縣續志開雕。

清光緒十一年(1885)　四十九歲

七月，都察院左副都御史英煦爲山東鄉試正考官。先生爲副考官。

清光緒十三年(1887)　五十一歲

先生母劉宜人去世，享年七十二歲。劉宜人臨潼人，劉昌奎之女，生於嘉慶二十一年正月初三，光緒十三年七月初九卒於家。

清光緒十四年(1888)　五十二歲

二月二十二日，葬母於先塋。

重刻涇野子内篇書成刊印。明呂柟高陵縣志高陵縣續志刊印成書。

在閻敬銘推薦下主講同州豐登書院。

清光緒十六年(1890)　五十四歲

柏子俊先生自關中書院告歸。應陝西巡撫鹿傳霖之約，先生由同州講席移關中書院主講。藍田牛兆濂受學於先生門下。稔其賢能，薦充白水彭衙書院山長。

柏景偉，字子俊，世稱灃西先生。生於道光十一年(1831)，咸豐五年(1855)中舉。初派定邊訓導。同治元年(1962)，柏景偉回到家鄉，在終南山南五臺勝寶泉讀書。光緒二年(1876)受聘於涇干書院、味經書院。光緒十一年(1885)，受陝西學使之約，移講關中書院，任山長。光緒十五年(1889)因病辭歸。兩年後病逝，享年60歲。

牛兆濂(1867—1937)，字夢周，號藍川。藍田縣人。幼年過目成誦，光緒十年(1884年)肄業於關中書院，師從白遇道。光緒十二年(1886年)補廪膳生員，並被聘爲塾師。光緒十四年(1888)鄉試中舉。後拜三原賀瑞麟門下，曾講學於藍田芸閣書院、三原清麓書院。辛亥革命後以遺民自居。1937年病逝。著有呂氏遺書輯略四卷，芸閣禮記傳十六卷，藍川文鈔12卷等，又曾主纂續修藍田縣志。

清光緒十七年（1891）　五十五歲

榮禄以工部尚書受賄被參，出任陝西駐屯軍將領，公餘常到關中書院聽講，因與先生相結識。先生爲人節儉，平居淡泊，一領布衫。榮禄生日爲點一折堂戲，竟賞銀十兩，使在座布、按大使都爲之驚愕。先生自謂平生專燒「黑竈」，諒必指此一事。

榮禄（1836—1903），字仲華，號略園，瓜爾佳氏，滿洲正白旗人，清朝大臣，政治家。出身於世代軍官家庭，以蔭生晉工部員外郎，後任内務府大臣，工部尚書，出爲西安將軍。因爲受到慈禧太后的青睞，留京任步軍統領，總理衙門大臣，兵部尚書。辛酉政變後，爲慈禧太后和恭親王奕欣賞識，官至總管内務府大臣，加太子太保，轉文華殿大學士。光緒二十九年卒，贈太傅，謚文忠，晉一等男爵。編有武毅公事略、榮文忠公集、榮禄存札。

七月，被委任爲山西鄉試正考官，曹詒孫爲副考官。

清光緒十八年（1892）　五十六歲

先生自關中書院日暮途遠浩然歸鄉，歷三年，譽滿西北。

秋間，即開館於皂樹劉村劉麟私宅，劉麟子澤椿、澤棠受學於先生，年終解館。

劉麟（1819—1892），字瑞亭，例貢生，候選縣丞，贈資政大夫。

劉澤椿（1871—1937），光緒丁酉科舉人。曾任四川省達縣、珙縣兩任知縣，後陞直隸州加知府銜，並給二品封典。著有傳家紀事。辛亥革命後返回高陵老家務農，1937年去世，享年六十七歲。

清光緒十九年（1893）　五十七歲

年初，奉調從軍，備兵隴上。

清光緒二十一年（1895）　五十九歲

甘肅提督董福祥進軍青海，榮禄推薦先生爲董參贊營務，運籌決策。上諭，所請調編修白遇道赴營。已照准矣。

董福祥（1840 年 1 月 8 日—1908 年 2 月 9 日），字星五，甘肅環縣（當時屬寧夏固原）人，清末著名將領，官至太子少保、甘肅提督、隨扈大臣，賜號「阿爾杭巴圖魯」。1900 年，義和團運動迅速發展，清廷采取招撫策略。董福祥部士兵紛紛加入義和團，殺死日本駐華使館書記官杉山彬，並參與圍攻東交民巷使館。八國聯軍侵佔北京時，董福祥率軍護衛慈禧太后和光緒帝西逃。清政府與八國聯軍議和過程中，外國侵略者要求處死董福祥，清廷不允，旋被解職，禁錮家中。1908 年病死於甘肅金積堡（今屬寧夏吴忠）。

清光緒二十二年（1896）　六十歲

十一月，先生以河州解圍。褒以道府記名，並賞戴花翎。

十二月，先生以總理甘肅營務出力。被朝廷以道員交軍機處存記。加布政使銜。

清光緒二十三年（1897）　六十一歲

隨董部入衛京師。

清光緒二十四年(1898)　六十二歲

正月二十八日,夫人墨氏去世,夫人生於道光十九年六月十二日,春秋五十有九。夫人生兩男六女,除忠善在,其餘先卒或殀殤。

覲見光緒皇帝,超授甘凉兵備道。

是年,勸董福祥罄家資捐餉四十萬金,助賑皋蘭水災。

清光緒二十五年(1899)　六十三歲

三月,到武威,循例課雍凉、天梯兩書院。

清光緒二十七年(1901)　六十五歲

是年,因董福祥兵亂,陝甘總督電召先生。先生時任甘凉道,馳詣福祥,許曉以利害。先生故福祥營務處也,先生見福祥,備述總督意,且力以保護自任。福祥感泣奉命,西陲賴以無事,不然者,内亂即發。

清光緒二十八年(1902)　六十六歲

八月,安貧改過齋雜著編成,未刊行。

清光緒三十年(1904)　六十八歲

刊成摩兜堅齋汲古集聯。

子忠善病逝，年三十四歲，邑增生。

清光緒三十一年（1905）　六十九歲

八月，刊成摩兜堅齋汲古集聯續

清光緒三十二年（1906）　七十歲

先生任甘肅提刑按察使，分守甘凉兵備道，從二品布政使銜。

十月，先生與甘肅布政使豐紳泰同比利時參贊林阿德簽訂合同，購置了挖礦、鑽洞、煉銅、淘金、煉金設備。成立了甘肅官金銅廠（又名甘肅礦務官辦廠、窯街官金廠）。

十一月，刊成摩兜堅齋汲古集聯再續。

清光緒三十三年（1907）　七十一歲

五月，創建蘭州黄河鐵橋。建橋材料海運至天津，經京奉鐵路運至北京，再經京漢鐵路運至河南鄭州，再用馬車分三十六批，車上插黄旗，護勇押解，浩浩盪盪，歷經艱辛，取道西安，轉運至蘭州。

十月，刊成摩兜堅齋汲古集聯三續。

清光緒三十四年（1908）　七十二歲

先生任甘肅督練公所參議；陸軍部一等諮議官；調署鞏秦階道鹽運使；甘凉兵備道。

九月，刊成摩兜堅齋汲古集聯四續。

清宣統元年(1909)　七十三歲

十月，由先生參與總辦編纂的甘肅新通志歷經數年刊成。

清宣統三年(1911)　七十五歲

先生自知已無所作爲，以老病引退還鄉，閉門著書，不談時事。預營墓穴，自爲志銘。

是年先生自書墓誌銘。摘録部分如下：

……山人少而儒，壯而官，老而民。於是民皆笑之，匪民者譏之，斥之。笑者曰：子何民耶，無懷氏之民耶，葛天氏之民耶，抑不識不知順帝則之民耶。默無以應。譏者曰：子沃土民耶，瘠土民耶，抑奇肱横目醢鼠噉蟲之民耶。喑不能應。斥之者曰：子頑民矣，愚民矣，否則賊民矣，亂民矣。則應曰：愚頑所不辭也，亂與賊則斷不敢也。於是以民終。……

民國四年(1915)　七十九歲

先生擅長小楷，其書工整規範，寫有對聯和中堂。上聯爲「鳳子傳香花開富貴」，下聯爲「龍孫衍慶竹報平安」。中堂内容是：浩生不害問曰：樂正子何人也？孟子曰：善人也，信人也。何爲善？何爲信？曰：可欲之謂善，有諸已之謂信，充實之謂美，充實而有光輝之謂大，大而化之謂聖，聖而不可知之謂神。樂正子二之中，四之下也。上述遺作被高陵區文化館收藏，現爲國家三級文物。

民國五年(1916)　八十歲

正月初七，先生千金眉峰出生，因前兒女皆亡，千金又名柏壽，以佑此女健康長壽。其母賀氏，高陵邱店人。

民國六年(1917)　八十一歲

二月上旬,完穀山房寱語鈔存刊成,是書上、中、下共三册。摩兜堅齋汲古集聯五續刊成。

民國七年(1918)　八十二歲

正月,因子嗣早亡,抱養宗親忠蓍之孫,曾孫白傳心爲承宗嗣。

民國八年(1919)　八十三歲

代曾孫再自續寫墓誌銘文。摘録部分如下:

……以戊午之年建寅之月吉日良辰,獲抱一孫,將來爲山人承重。曾孫雙奉兩宗,教禋祀意甚盛也。即日抱家撫養。小字阿寶,派名傳心。今而後山人無復事矣,百年後亦可以瞑目矣。……

民國十一年(1922)　八十六歲

三月間,曹世英同夫人張碧梧赴渭南踏青,返回途中在高陵拜訪了先生。先生已經致仕在家,頤養天年。曹對先生的學識與人品極爲推崇,就在白家暢談關學,又談了對時下陝西政局的看法,曹親書「關中文獻」匾額贈與先生。先生曰:「賊子居心叵測,欲假我以自重,我非真昏庸者!」先生之氣節爲當時社人敬仰。

曹世英(1885—1944),字俊夫。陝西白水縣人。幼年在本縣家塾讀書,十七歲考中秀才。後在三原宏道高等學堂學習,受孫中山民主革命思想的影響,經井勿幕、宋向辰介紹加入中國同盟會。

民國十四年(1925)　八十九歲

先生於乙丑年十二月二十九日終老於家。

民國十五年(1926)

丙寅年正月十一日，安葬先生與原配墨夫人合葬於城南杏王村之新塋。

附：白遇道墓誌銘

清完穀山人墓誌銘

銘石呈長方體，長52厘米，寬30厘米，厚10厘米。楷書69行，行18字不等，分上下兩部分刻寫。銘文如下：

山人姓白氏，命名遇道，字悟齋，號心吾，改字五齋，晚號完穀山人。先世自山西洪洞遷陝西之高陵，占籍焉。曾祖諱庚，祖諱玉梅，父諱長潔，本生父諱長義。世業農賈，至山人以進士起家，歷官至分守甘凉兵備使者、權甘肅臬司篆。引年致仕歸里，未幾而神州陸沉矣。山人少而儒，壯而官，老而民。於是民皆笑之，匪民者譏之、斥之。笑者曰：「子何民耶？無懷氏之民耶？葛天氏之民耶？抑不識不知順帝則之民耶！」默無以應。譏者曰：「子沃土民耶？瘠土民耶？抑奇肱、橫目、醢鼠、嗽蟲之民耶！」喑不能應。斥之者曰：「子頑民矣，愚民矣，否則賊民矣，亂民矣。」則應曰：「愚頑所不辭也，亂與賊則斷不敢也。」於是以民終。卒於宣統三年冬十一月日，距生於道光十七年春三月日，得年七十有四。生壙係亡兒所營，在邑城南三里之杏王村。元配墨先葬焉，虛右以待予，今十年餘矣。或曰：豫凶禮歟。曰：人各有心，焉能掬以示人。夫子曰：朝聞道，夕死可矣。予於道未聞，不可死而不能不死者，豈無説哉。嘗撰書屋聯云：人生不過百年，入世但求心不死。今心已死矣，存者僅形骸耳。以後是否掩藏，則聽之後死者矣。山人年三十四有子，弱冠爲諸生，年六十八子亡，遂無子。山人同產有弟，有猶子，皆先亡。山人有女子五人，女孫一人，或既嫁而亡，或待字而亡，或中殤、下殤而亡。山人有續妻、小妻，亦無不亡。今有存者，則再續之女妻也。枯楊生稊，幸得慰情勝無之季女，亦可云獨而不孤者矣。嗚呼噫嘻，而系以銘。銘曰：

浩浩昊天，今乃信其工。陰陽爲炭兮，萬物爲銅。鑄成一錯，再難爲功。

悠悠蒼天，今乃信其公。禍淫福善，恒性降衷。何文詞如雄，富豪如崇，才傑如融，貴幸如通，而皆莫能令終。冥冥上天，今乃信其空。似續妣祖，應各不替宗風。或子孫衆多而羽戢斯螽，或珠生老蚌而夢洽維熊。則有延陵子、卜子夏、東門吴、鄧伯道何居乎。子之來而清倖雛鳳，子之去而飛類冥鴻。豈皆李長吉修文天上，石曼卿芙蓉城中。本無心而成化，非關道有汙隆。鄙意與其有苗而不實不秀，毋寧獲石田而不生不育，此理難質諸蒼穹。嗟予樗朽，倬怒天逢。裂冠毁冕，昏椓内訌。耗斁下土，偏丁我躬。祈死無祝，送終鮮僮。王孫裸葬，甘飽沙蟲。而庭堅不祀，若敖鬼餒，焉能無怨無恫。職思其居，憂心忡忡。眸子已眊，視天夢夢。爲斯民，生斯世，倘子輿氏所謂天下之窮。他生如可卜也，似此等運命，願勿雷同。

彊梧大荒落之歲山人自撰並書。

清完穀山人墓誌銘

待盡以來，歲又八易，大命不傾，人間依然。眠息悔恨，平生不德，殃及兩宗。雖復自怨自艾，究覺死有餘辜。仰荷昊慈，不絶人祀。則有亡兒忠善同曾祖之堂長兄忠蓍，年及艾矣。粵以戊午之年、建寅之月吉日良辰，獲抱一孫，四世開祥，掌珠比珍。蓍侄生有至性，念鞠子哀，慨然願與亡兒立後，將來爲山人承重曾孫。雙奉兩宗禋祀，意甚盛也。夫名宜先正，子誠不爲衛君，孫必當立，子嘗以語言偃，煌煌聖訓，天地爲昭，宜遵而行之者。爰乃上告祖宗，旁諮戚友，詢謀僉同，即日抱家撫養。小字阿寶，派名傳心。今而後山人無復事矣，百年後亦可以瞑目矣。己未夏六月入伏日，山人親筆又記，時行年八十有三歲。

承重曾孫傳心泣血上石。

清故完縠山人墓誌銘

曾祖考於辛亥年手訂志銘，生卒年月畢具。麥秀黍離，傷心人别有懷抱，後嗣曷敢違焉。惟銘以示後，自宜傳信，又曷敢少涉拘牽。仰蒙昊慈，滄桑後又假多年。兹終於乙丑年十二月二十九日，享壽九十歲。卜吉丙寅年正月十一日，安葬於城南杏王村之新塋，與先曾祖妣合祔。同塋异域，乾山巽向。

曾孫傳心泣識。

完穀山房寱語鈔存

完穀山房寱語鈔存序

予與五齋先生訂昆弟交京師，歲實在光緒辛巳。先生嘗從三原賀復齋先生游，性嚴正舉，事有恒度，尺寸不失，予奉爲畏友。生平檢束身心，幸不爲正人君子所薄，實獲先生益居多嗣。先生備兵甘凉，予亦出守江南，宦跡分馳，遂缺良覿。洎戊申予移守凉州，而先生又先卸攝臯篆，觀察甘南。迨己酉春，受代還蘭，歸志遂决。上游洎同官苦意挽留，予亦寄書勸止，迄不可得。漢疏廣云：「知足不辱，知止不殆」，先生有焉。

客冬游青門，遇高陵劉曉初〔二〕，知先生年登八旬，好學不倦，曾賦詩寄念，並詢著作已否付刊。昨承賜書云年及告存，飾巾待斃，只慘傷於楹書無付，遂妄想於豹死留皮，顧念一世奔波，經學荒廢，售世文外，半係應世之作，聊復爾爾，未能免俗，名曰寱語鈔存。尚祈惠序，以光簡册。予維昔人嘗謂太史公「西至空同〔三〕，北過涿鹿，東漸於海，南浮江淮，故其文往往多奇氣」。先生少有志於聖賢之學，既登詞館讀中秘書古今典籍，益資博覽嗣典，試山左右，旋贊隴上戎幕。不數年又觀

〔二〕劉曉初：劉煦照（1870—1951），字曉初，高陵縣皂樹劉村人。清四品户部郎中，宣統三年授安慶知府，辛亥革命爆發後，棄官歸里。善觀天象，種田能手。有劉曉初勸農歌存世。

〔三〕空同：即崆峒。

察河西，攝鞏秦階道。古人云：讀萬卷書，行萬里路。根柢既富，枝葉自蕃。宜其爲文磊落，而英多歷奇，而不囿於俗世，將以許太史公者多先生。而先生顧自謙其名曰「寱語」，一似覺世牖民。其文一無可自信者，然而連城之賓不能以燕石目也，照乘之珠未可以魚目褻也。則先生之爲文，世自有識之者。予學淺昧，古文義法所言，何足爲先生重，謹就生平交誼之雅，與先生學行之高，次其大略，以復於先生致忻慕云爾，是爲序。丙辰小陽月鄠縣遂初農癯王步瀛〔一〕謹撰

安曉峰先生賜函

近日復取大著寱語讀之，竊見根柢六經，囊括子史理藴。閘周、程、張、朱法度，準柳、歐、韓、蘇洵哉。德行發爲文章者，雖序、傳、銘、表，亦是應世之作，而扶綱常、發潛德、勵風俗、正人心胥於是乎？在祭先世諸文讀之至令人聲淚俱下，蓋至性至情有以相感也。館課詩大含元氣，細入無間，雍容爾雅，純乎其純，寘之樫華館中亦是傑作。館課賦巧不傷纖，練不傷氣，細意熨帖，中卻自落落大方，所謂詩人之賦麗以則者也。綜而言之，無字不典，無詞不工，無韻不安，無意不達。公序養正山房試帖之語，蓋自道也。課蒙小草本仁在堂之理法，而出以名大家之文筆層出不窮，字字醒豁，切理饜心，引人入勝，豈徒開示初學即舉業家，亦富奉爲程式。此道終久必復，可以理決之左文襄，亦謂制藝，代聖賢立言，於文體爲最尊，证以公之自序，益信志銘。固皆沉痛語，而忠貞在抱，即此見完節焉，文足以壽世此類是也。欽佩之餘，潛爲注語，未審毫末否耶。治年侍生安維峻謹啟。

右函揄揚太盛，無一敢當者，顧念先生平日鋼腸鐵面，從不佞人，豈嗜痂同癖，獨阿好一同歲生耶？ 靦顔登諸卷

〔一〕 王步瀛：（1852—1927），字仙洲，號白麓，晚號遁遁齋，又署息壤餘生。陝西鄠縣金渠鎮人。次年（1876）丙子科考中二甲進士，遂任户部河南司主事，後陞員外郎。

首，以當先生賜序。文章公器，義理無窮，具眼君子，尤望匡我不逮也。戊戌九秋，完穀山人謹識。

完穀山房寱語鈔存自序

高陵白遇道五齋甫著

唐李太白有言「浮生若夢」，又詩句云：「處世若大夢」，真閱歷之言哉！真見道之言哉！顧人日游華胥之國，純任自然，而忘其爲夢，豈妖夢不足踐，而吉夢全無，憑與果爾。周禮占夢之官，以及六夢、三夢之説，皆虚誣矣。回憶生平，遊幕者，有年而生花未嘗入夢；遊宦者，有年而生松未嘗入夢。豈完穀不化，不足發鈞天之夢乎？然而身經兩世太平之日，眼見四朝全盛之時，不可謂非夢之大吉者。而神州陸沉，滄桑慘變，又忽當大夢未覺之頃，而且鷄鳴偏有夢，熊羆偏有夢，惟虺惟蛇，亦均有夢。至竟石火電光，草霜花露，都成幻化之虚空。兹者老將至，而耄及之夢將醒矣。夢境猶歷歷在目，夢語猶約略可憶。事過境遷，説之無益，而一生之離合悲歡，半具於夢語之中，而自慰者不克自證也。痴人前不得説矣，亦不必説矣。不泥不辯，自有解人，願以質世之不盲於耳者。

太歲在旃蒙單閼秋九月，七十有九老人信天翁。

完穀山房寱語鈔存上册

重刻涇野子内篇序

涇野子内篇者，吾邑吕仲木先生與門人講學之語録也。自「執中肇統」十六字之心傳，由堯、舜、禹、湯、文、武、周公，以至孔、孟其道，亦一而已。顧六經皆載道，而說命始言學孔子，且以學之不講爲憂。周、秦而下，世衰道微，儒者各視風會所趨，漢之訓詁，唐之詞章，千有餘年，求其知道董、韓而外無聞焉。宋興，五星聚奎，真儒輩出。當是時，講學遍海內，而吾關中之學，厥惟横渠張子自是以來，斯道益昌。吾邑在金、元，則有楊君美元甫父子，在明則有先生。先生平歷官多在南畿，在朝不逾五年，足迹所歷，無日不以講學爲務。德充道尊，上至侯伯卿士，下至布衣耕夫，從游者户屨常滿，所在答問皆有語録。於戲盛已，遇道生先生之里，亦嘗聞先生之風而慕之，而資性愚懦，久溺俗學，幼時讀所著四書因問，多未領解。今年始得讀先生内篇，既卒業，喟然曰：「聖賢之學具於是矣。」篇中所言皆義理之精、身心之要，與夫爲學之方、經世之務，以及天地鬼神之奥、古今人物之辨，無不畢舉。而於安貧改過，篤志力行三致意焉。其要歸則又以中庸爲標的，蓋以士之爲學，不安貧則欲不清，不改過則義不徙，不篤志則見異思遷，不力行則空言無補。而不道中庸則又必涉於偏倚，流於隱怪也。是篇誠孔孟之功臣，而精一之正脈矣乎。

考舊序，板鋟於勝國隆慶四年，行世已久。國朝乾隆四年，邑侯喬君履信、陸君均曾爲重刊，歲久殘缺。咸豐四年，先生裔孫生員士龍，求於三原友人補刻完全。壬戌回變，焚燬無存。邑人前任兩當知縣勵行任君懋修，前署平羅知縣介卿劉君瑞玉，慨欲表章，倡衆鳩資復付，剞劂梓成，謂余宜有序。余於正學略無窺見，立志不堅，暴寒作輟，奚足以序先生之書？第思堯、舜，人人可爲者也。况鄉有名賢，能無仰跂？孟子曰：「頌其詩，讀其書，不知其人可乎？」尹氏曰：「德行，本也；文藝，末也。知所先後，可與入德矣。」讀是篇者，竊願因先生之語，思先生之人，步趨先生之德行，而更肆觀於濂、洛、關、閩之書，以上窺孔、孟之真傳，而不戾於堯、舜之中道。庶乎！以我觀書，以書觀我，不至以書觀書，斯爲善學先生者，豈僅希慕附託之徒，止弋虚譽爲哉。願與鄉人士共敦勉之。

光緒七年閏七月。

周易附録序

周易爲四聖人傳心之書，廣矣大矣。束髮就傳以來，惟讀朱子本義，句讀粗知，天根罔悟，弱冠恭讀欽定周易折中，始知所讀者。朱傳而以傳附經，則程子之舊也。古本經傳十二篇，原不相蒙。至費氏長翁王氏輔嗣始，以傳附經，而程子從之後，吕氏微仲、吕氏東萊諸儒，謂應復其舊朱子本義，所據乃東萊本。明初，修大全書，破析本義以從程傳次序。成化時，成矩以私意廢傳本義，始孤行而傳附經者如舊，未復者本義之原本，不觚而觚，瓦合毁方，後人因利乘便之私，亦其一端矣。

聖祖御制序曰：易學之廣大，悉備秦漢，而後無復得其精微至。有宋周、邵、程、張，闡發其妙，惟朱子兼象數天理，違衆而從之五百餘年無復同異。宋元明至我朝，因先儒已開之微旨，或有議論已見漸至，啟後人之疑，特修周易折中，上律河洛之本原，下及衆儒之考定，與通經之不可，易者折中而取之。

天語煌煌，誠可以建天地，質鬼神，俟聖人傳億載後之學者，但當恪遵謹守以求合聖人之微旨已矣。惟是義理精詳簡表，重大鄉曲之士，或白首不一覯焉，後生小子詎易窺其奥宎。山西重晦寧氏著有附録一書，經傳次序一依欽定而録。諸儒簡要之言，於其下使初學一見了然，是亦養蒙之一助也。賀復齋師有意刊佈，資未集而即世，其友涇陽劉煥章慨然付梓，以公同好夫昌正學，成人美君子之事也。余故不揣固陋而樂爲之序。

光緒甲午冬十一月。

重刻古文雅正序

文所以載道也，天不變道亦不變，道不變則文亦不變，何古之云哉。不知風會所趨與時推移，虞書渾渾，尚書灝灝，周書噩噩，三代之文即不能一例視，豈道有升降？文以時革，作者亦有不能自主者乎。然文雖百變，必衷諸道。道者，何雅？正而已矣。纖麗則不雅，理腐亦乎不雅，奇衺則不正，詭幻亦不正。六經之文尚矣。秦漢來，至於唐、宋、金、元，作者大備載道之言，固足輝映千古，昭示來兹。而俶詭怪幻之語，風華月露之詞，累牘連篇，飾虚車而綉鞶悦，蝥正道而害人心者，亦復不少好古之士病焉。此總集評選之所由昉也。

古文之選，以宋之文苑英華爲最富，讀者苦其太繁，謝叠山之文章軌範，則又鄰於簡他，如明茅坤之唐宋八家文鈔亦云精博而論者以爲摹，擬唐宋窠臼自坤始。賀征之文章辨體亦具鑒裁，而論者有珠礫兼收之議，然則求其博約精賅，則御選古文淵鑑御選唐宋文醇而下，莫善於漳浦蔡樑村先生之古文雅正，體例用意具於自序，今讀其書皆有關學問治理之言，而絕無俶詭怪幻之語，是以欽定四庫全書曾經采録，而非他之本可儷也。蓋先生受業於安溪李文貞公，熟宋儒書，謂聖賢爲必可學蒙憲廟特達之知，以在假休，致翰林特詔入都，直上書房十年，所著二希堂文集純廟在藩邸時，親爲制序，有先生之文。溯源六經，闡發周、程、張、朱之理，而運以韓、柳、歐、蘇之法度，所謂藴之爲德行，發之爲文章者，於先生見之等語。先生之爲，先生見信於君父如此，宜其所選之文詞雅理，正如先生之所自爲也。

陜西舊無鋟板，學者購覓維艱，鳳翔鳴九周君鼎，雅志慕學好儒。先書既刻，鄭治亭先生手訂禮表及朱子約編數種復出資刊，此屬其友張善志繼先經紀其事，意綦勤矣。從此流傳彌廣，家有其書，因見道之文，想衛道之人，蘄至因文而進於道，不徒飾虚車而綉鞶悦，斯爲善治古文者矣。

光緒十九年癸巳冬十一月。

重刻四書凝道録序

傳曰：大哉聖人之道，待其人而後行，苟不至德至道不凝焉，旨哉言乎。粤溯道統，肇於中天，至孔子而集其大成，傳曾傳思傳孟，親炙私淑，淵源相接，哲人既遠，微言幾絶，道之所寄，在於四書。

秦火而後，遞洎漢晉六朝，隋唐之間，論語得於孔壁，中庸羼於戴記，孟子七篇且淆於縱横排闔之家，此千百年中其説蠱於黄老，佛氏而不憚背戾於道者，卑卑無足深論，其卓然自立。有志斯文，若馬、鄭、衛、謬、皇、邢之倫，非不爬羅剔抉箋釋宏通，然亦有附會穿鑿支離破碎，大純之中疵不免焉，道之不明也，匪一日矣。宋興五星聚奎，真儒翔起，濂、洛、關、閩衛道甚力，至朱子集注出而聖道乃大昌。於斯世，敬軒薛氏謂有天地不可無六經，有六經不可無集注，其推挹也至矣。所謂聖人復起，不易吾言，有王者起必來取法者，豈非以朱子之學即孔子之道，朱子之言即朱子之行，蓋合尊德性道問學，而一之非斷，斷於述作間也。顧其書廣大精微高明者，或厭其平常淺學者，又以爲奥衍而懵焉。

三原劉九畹先生，宏才碩德，學宗朱子，平日潛心集注，廣採諸家之説，節解支分疏櫛而證明之。名之曰：凝道録。如經之有傳，注之有疏，總蘄有合闡明聖道之旨，則亦集注之羽翼，吾道之扞衛矣。涇陽劉君秉仁，雅愛斯文，出資付刊，經理校讎，則耀州唐君萬鎰，書成問序於余，余有説焉，道貴於明也，尤貴於行也。不明則不行，不行則亦不明，擇善固執，知行並進，則尊德性道問學根本。節目子思子固嘗言之，方聞綴學之士孰不聞之，而顧有文而無行焉，道亦奚望於凝也。不亦辜作者之苦心矣。

乎余半世懵學，垂老無成，竊嘗侍吾師清麓之側，而略有聞焉，因叙是書之原委，而附迂論於此，未審果有當於聖道否耶。

重刻砥齋集序

傳曰：太上有立德次立功次立言，謂之三不朽。立德尚已，立功必值，其會非可强爲。至言則隨時發抒敷文切理，似盡人可能之，竊謂僅以言也，則傳者題矣，必其人有可千古者，而言始因之不朽。

吾陝自有宋横渠張子倡學以來，夙稱理學名區，而國初時，特多艱苦卓越之士，盩厔李中孚、富平李子德、郿李雪木，尤著者也。同時，則有華陰之山史王先生，前大司馬之貴公子，而庠序之名諸生也，讀書樂志，悠然高蹈，與之游者三李先生。外則朝邑王建常、華州東蔭商、渭南南廷鉉，皆一時名流，而崑山顧亭林入關，必主其家，兼卜鄰焉，其爲人可想已。康熙戊午，薦舉鴻博，引病不試，歸而棲老林泉，殫精述作，所著待庵隨筆廿餘種。乾隆中，有司進呈蒙有純正之褒，而正學隅見述、周易筮述、周易圖説、述欽定四庫全書已著録。固海内所共見此集，多碑板記傳之作，語語切實，平正不爲剽荒獵艷之詞而純一不雜，皎然不滓之旨，時溢於毫楮間。良由人品高潔，故其立言也，有如此斯可不朽也。

已板録於康熙初年，歷時既久，殘缺不完，先生之六世孫凌霄農人也，懼墜先業，重付剞劂噫難已。嘗見薦紳之家，其祖父不朽盛業侈侈，隆富亦欲綉之貞木，傳諸久遠，而子若孫弗克負荷，惟金玉玩好珍奇服飾之，是娱一任先澤之日，消月蝕草木同腐，而莫之恤固，不徒覆醬臘車之增人感嘆也。如先生之裔可不謂賢，與抑以先生之人有可以不朽者，故言亦終，不得而朽也歟。

光緒二十年甲午冬十一月。

重刻北行日札序

北行日札者，華陰王山史先生應召赴京之日所札記者也。士君子修身行道，出處進退之際宜審矣哉，不仕則無義躁競。嗜利則無耻，不知止則取辱。非熟察於義理之精者，未易得當也。孔子曰：不降其志，不辱其身，伯夷叔齊與又曰：事君難進而易退，易進而難退，則亂也。君子三揖而進，一辭而退，以遠亂也。佩服聖教可知精義矣，先生生當聖人之世，辟門吁俊白屋下賢，鴻博之薦海内榮之，正宜乘時利見盡發，平生藴蓄與夔龍望散比，烈而乃一辭再辭，儼有斯未能信者，何其難也，既而病不入試，浩然西歸，又何其易也。所謂堯舜在上，小臣願守潁箕之節者，非歟。有聖恩之寬，乃見乾坤之大；有先生之高，乃見道德之尊。並行不悖無一非義之精。當者先生著作甚富，尤邃於易，隨筆有曰遁之初六曰遁尾厲不及者也，是以危也；大壯之初九曰壯於趾，征兇居下而壯於進其兇，必矣天下之事，以先爲貴，惟進之事不可先也，天下之事處後則吉，惟退之事不可後也，是書之旨，數言蔽之，顧其爲文冲淡，廉潔和平彬雅，無一毫奮激峻厲之意，則平日之所養，又可知已。

先生裔孫凌霄，刻砥齋集，既成，復以此編問序於余。余嘉其先澤之不泯也，而老而失學不足，以知先生第推測出處，進退之意如此，或曰先生石隱者流烟霞痼疾人也，則淺之乎窺先生矣。

慕陶山房詩文草序

同治九年歲次庚午，安定王君辰垣，余與同舉本省鄉試，名在耳，未睹也。甲戌，又與同捷南宫，入詞館，彼此往來猶未知也。迨留館供職，始通晨夕接殷勤。長夏無事或春秋佳日，輒作文字課擬題治具，迭爲主賓，有作互相討論久乃益洽，前後計六七年，未有浹旬不面者，固知君嗇於遇而豐於文者也。

今天子嗣服之十有二年丙戌，君奉命分校會試，得人稱極盛。出闈構疾，余往問遽，以詩文集爲屬，余安慰再三，比再視再諄，屬余曰：此數十年後事何亟爲脱有不諱，余當任之。時夏四月某日也，初不意君於晚秋遽爾即世也，易簀之前日，余過問猶以爲言，並道一生抑塞，狀信君之豐於文而嗇於遇者也，櫬將歸君子黼堂，裒君詩文全卷付余校訂。塵世紛坌，寒暑再更，迄無暑暇，今年季夏，始得拜而讀之，從君治命意爲存取，致於君之門人，某君付梓問世而附以臆，曰：古者不朽之三，立德尚已，次立功，次立言，詩文之於立言則又次之次也。然國家以文章取士，曆數百年，名人碩士，義夫忠良，無不出於其中則何也。昌黎韓子有言：所謂文者，必有諸其中。是故君子慎其實，實之美惡其發也，不掩本深而末茂，形大而聲宏，行峻而言厲，心醇而氣和，昭晰者無疑，遊刃者有餘，數者得立言之大凡矣。至於詩以言志，歌以永言，吟風弄月之章，帷天席地之句，雖譎奇詭怪不可爲常，要無不有之於中，而不可以外鑠，取則藝進於道雕蟲篆刻云乎哉。文至今日可謂盛矣，然草茅伏處名湮没，而不彰者曷可勝道，即或弋科名登膴仕，而其文不少概見，或見矣而不必盡，可傳則不朽之言之戛戛其難也。君根柢於六經，鎔貫於史子百家，故其詩若文也，沉浸穠鬱，含芳漱潤，不必兼乎。韓子論文，之所有而昭晰優遊，心醇氣和，實有符於韓子之所論者，使得所憑藉以抒其中之所有，則崇論閎議，必更可觀抑，或假以歲年再肆力於古作者之林，所成就必又有大者而所存僅如是也。夫君以近臣屢與襄校，不可謂不遇而遇，乃如是而止，故謂君子爲豐於文而嗇於遇也，然以立言論，君亦可以不朽矣。

余學殖荒落，垂老無成，近更心如槁木，重違君託爲序次，而附以芻言，以塞他年車過腹痛之悔云。

大學衍義約旨序

大學一書，三綱八目。三綱之傳，首引帝典、湯銘、周詩、孔訓，蓋堯、舜、禹、湯、文、武、周公、孔子之心法，治法備具而爲萬世有國家者之標準也。治平一傳，用人理財爲大端，而用人以愛賢爲重，理財以慎德爲先，其於財也。

曰有士此有財，曰財者末也，曰財散則民聚，曰仁者以財發身，一篇之中蓋三致意焉。而生財恒足之道，要不過生衆食寡爲疾用舒四端。原未嘗開天地未有之奇，以驚世而駭俗，誠以天地生財，只有此數。發洩太盡，恐造物之力亦窮，乃趨時務者，欲爲國致富强，每爲行權合變之説，欲舉一切而改弦更張之，豈知天不變道亦不變。漢之孝武、宋之神宗，任用桑孔、張湯、韓絳、吕惠卿之徒，一時利析秋毫，改更律令，而天下虚耗，海内騷然，可爲前鑒。

我朝道宗五帝，治法三王制度，文爲斟酌，歷代而損益之，允爲盡美盡善。恭讀欽定資政，要覽全書於奉天，出治之原本身加民之道，一萃經籍之菁華，發聖賢之藴奥，宏文要旨，實與大學一書相表裏，先聖後聖其揆一也。第東觀中秘之書，世或未能盡讀，而大學衍義則無不家有，其書者顧真氏之書，主於正本清源，不及治平。丘氏之書，卷帙浩繁，中間不無蕪雜之處，讀者病焉。雲閣太守，治凉三載，百廢俱興，公餘之暇，撰成大學衍義約旨見示。撮兩書之要義，取鎔經史折衷，一是始於帝王爲治之序，終於聖神功化之極，鑑往古之隆規，尊本朝之鉅制，而總綱維於大學之義焉。

昔司馬貞之序史記也，以爲事廣而文局，辭質而理暢，漁獵窮於百氏，筆削成於一家。此編有之豈惟真氏之功臣，吾道之干城，而實長國家者之龜鑑也。學者誠各置一編，翫索而有得焉，不出而圖吾君則已苟出，而圖吾君必先以格致裕聖學，次以誠正格君心，繼是而進修齊治平之策，則於宣化承流之道，庶不至悮於歧趨矣。

養正山房試帖序

五律變而爲試帖，其於風雅也微矣，而不知此體倍難於律詩。何者律詩？往往先有詩，後有題，或先有起聯、頸聯、腹聯，牽合補綴足而成之。其爲途也。尚寬試帖則製之，以題限之，以韵繩之，以法題與韵有千變，而法則一成不易，自非腹有詩書胸具權衡，斷不能格律渾成，美善兼盡。

唐劉得仁論詩有云：四十字如四十賢人，著一字俗子不得。余亦謂八十字如八十賢人，著一字屠沽不得。空疏者無論矣。顧有卷軸滿腹，而於此體不成一字者，則不識門徑，無導師爲之先路也。我朝郅治文明，館閣諸公，工此體者甚多，流傳最著者莫如河間之我法集，吴祭酒之有正味齋試帖。平心論之，河間詩多行機，不善學之易流於滑；祭酒多咏古之作，沉博絕麗處，直逼少陵，實非初學所能摹步。此外，坊刻選本充棟汗牛，其人膾炙而家呻誦者，非妃白儷黄過纖傷雅，即高視闊步遊行自如，求其入深出顯如樂天之詩，老嫗皆解，規矩從心如僚丸養射，百不失一者，蓋戛戛乎其難哉。

余以今年三月，奉命分守斯土，循例課雍凉、天梯兩書院，士文多明達可造之才，而詩直鮮成片段者，大率韵脚不穩，法律不清，字句不雅。而其弊總由腹笥儉薄，不知讀書積理以植其根柢，方恨無術以變化之適。同年雲閣太守出示此編，將付手民以程式士子，善哉先得我心矣。六十首含宫葉商，引繩削墨，典無取乎；僻而無字不典，詞無取乎；巧而無詞不工，韵無取乎；儉而無韵不安，意無取乎；深而無意，不達洵先路之導師，而渡迷津之寶筏也。獨兩書院士子宜師法也哉，抑更有進者。昔人有言，詩有别才，非關書也；詩有别情，非關理也。然非多讀書，多窮理，亦不能極其至此，爲律古詩言之也，律古然試帖何獨不然，學者誠因是編，而益溯源於墳典，泛濫於百家，然後折衷之，以就尺矩焉。則腹有詩書下筆時，自有權衡，無論何題何韵皆將鏤金錯采黼黻成章，和其聲以鳴，國家之盛，庶不負斯編之刻也。

夫光緒己亥秋九月。

熙筱舫給諫疏稿彙存序

國家設官分職，大小相維。凡以亮天功，而凝庶績也，而所爲朝夕，納誨以輔德，陳善閉邪以責難者。何恃乎，亦恃有輔臣與諫臣而已。

輔臣相天子，理陰陽，坐論清晏之地，啟沃密勿之間，昭德塞違，措天下泰山磐石之安，四鄰永無多壘之辱，始爲克盡厥職者。諫臣面折廷爭，朝夕獻納，懔懔乎正色立朝，力持夫政治得失之，故常使筆端振風，簡上霏霜；批鱗而不懼，碎首而不惜，斯爲不溺厥職者。然股肱惟人耳目之官，必相需而始克，有濟輔臣，主於内諫臣，執於外輔臣，總其綱諫，臣飭其紀，如樂之和，無不諧也。自輔臣以將順爲美，以緘默鳴高，而諫臣孤矣。抑明輔臣王錫爵有言，處不諱之朝，允宜言無不盡然，言太煩則亂，太執則偏，太深則刻，言不已而今聽者漸輕漸厭。讜論亦格而不入，是知賣直沽名强聒不舍，輔臣且不可况諫臣乎是説也。第就衮職偶闕可以補，可以無補者言之耳。若夫三綱將淪，五教欲斁，邪説誣民，辯言亂政，甚至凡琴瑟之和諧者，亦皆改弦而更張之；饒心計者，彙以陞擅淫巧者，用以庸礦使，雖未四出而山川之精氣已洩，日蹙雖未百里而瀕水之疆土日削獨，不思外本内末，争民施奪，聖言何謂乎？不愆不忘，率由舊章詩言何謂乎變，古亂常不死則亡，漢書列傳之贊又何謂乎？所關如此其重且大也，左右輔臣未聞，有格心而適諫者輔臣不言，而諫臣言之，且數數言之奈捧日有心，而回天無力，坐使江河日下，萬事腐敗，潰裂而不易收拾，伊誰之責與？　昔辛有伊川之痛，僅見被髮野祭而決其百年爲戎，唐中宗時，清源尉李元泰上書，比見坊邑相率爲渾脱隊駿馬胡服，名曰「蘇幕遮」，以爲禮義之邦，實不可以此示則於四方。今之鐵心鉥目，豈止被髮蘇幕遮也者，又傳聞輦轂之下，市井小人竟有帽簪釘額，絛布裹頭，虜袍通踝，胡靴至膝，如徐陵與顧記室書中所云者，此何如之景色。亦不聞輔臣有舉奏，而禁斥之者，亦何所不至哉。或諉之曰：　此天意也；　或原之曰：　木已成舟，無可如何也。不知危而不持顛而不扶亦焉。用彼相爲耶，則又有詞曰：　非不畜君不好君也，如諫不行言不聽，何死生亦大矣。龍逢比干亦遠矣，盍亦去就争之，猶可告無罪於天下。道既不行，又不知止，徒令謇謇諤諤之諫臣，朝陳一策暮入一疏，幾於痛哭流涕，悲憤激烈，而終不克售。詎非孤掌難鳴，而一薛居州之無如國是何哉。

筱舫觀察由給諫持節，分巡甘肅平、慶、涇、固、化、道，三年政成，吏畏而民懷，寄示諫垣疏稿十卷，莊讀往復，心胸爲擴，其隨事納忠也，或燭計於幾先，或承弼於事後，或舉直而錯枉，或杜漸而防微。危言竦論，侃侃而陳，一片忠愛勤懇之誠，溢於字裏行間。自慚愚短竊妄，蠡測曲盡事理，中於機會，有似陸敬輿；　會文切理，無一言可損益聽之，令人忘倦，有似馬賓王。至於有犯無隱言，人所不能言所不敢言，則史魚之直，汲黯之戇，蓋有而兼之可法而可傳也。他日者天心悔禍，窮極思返，一二忠貞輔臣倘記，取前諫未能得，請各摺片熟復而嘗試之，則不遠之復，尚可收之於桑榆。此則薄海，士夫所馨香禱祝，而不敢請者，而高文典册，則固與日月争光也已。

重刻幼科鐵鏡序（代）

醫家言今略備矣，醫家流今亦夥矣，而札喪夭殤乃不少於古。何也，竊謂俞跗和緩之既渺，人死於病者十之三，死於藥者十之八，成人難矣，小子尤甚。

自來醫術，莫不以「望聞問切」爲口頭禪，獨至幼孩，而技術立窮。胎胞甫離，語言未通奚以問；　蒸變未周，六脈不全奚以切；久痾失音，强語模糊，又奚以聞。此而欲以人事濟天下，窮則惟有望之一法。夫以陰陽風雨，晦明之氣，鬱而爲寒暑燥濕之形，由裏達表呈爲五色，又往往介於幾微，近似自非澄心渺慮，睟而得之，鮮有不東西背馳者，差之毫釐，謬以千里。昔人所以以小兒爲啞科，而醫之較重於成人也。每見以術自鳴者，遇兒病不暇致詳，概以驚風目之推拏，互用針灸，妄加藥餌，雜投甚至割筋挑肉，置之死而後已。及不可治，則一委之於逆證，而爲之父母者，亦以爲命固如斯絶，不歸咎於醫，是亦小兒之厄也。余艱於子嗣，中歲以來，所生多苗而不秀。非不書徧搜而醫廣招也，而卒不濟事。蓋肱經屢折，而良醫究不可得而知，則亦委心任運而已矣。

頃得幼科鐵鏡一書，辟諸家之謬，補前人之闕，始以九恨十傳發其端節，以繪圖貼説定其部，繼以推拏揉掐妙其施，終以昌陽豨苓收其效。而辨疑似析毫芒，大旨則以望顔色，審苗竅爲無等之咒，乍觀似未新奇，而按方臨證，沉痾立起，始信前。此之殀殤不育者，非盡病之故也，非皆命之爲也，洵幼科之圭臬而嬰兒之慈航矣乎。

同治三年，沈觀察刻於西征糧臺，而鄉曲不多概見，因再付手民以廣其傳世之，爲父母者家置一編，時加披覽，臨證庶不悮，於方書不牽，於雜説俾幼者均有所長，無殀殤或亦誠，求保赤子一助焉。

光緒八年九月。

曹六皆試帖鈔存序

試律肇於唐，至國朝而極盛，童子束髮入塾，自小試以至鄉會朝考，功令皆有詩一藝，豈小技哉。蓋於風雪月露之詞，默寓温柔敦厚之旨，非兼史才三長，讀書萬卷，終不能底其堂奥而卓然可傳。

我朝全盛之時，館閣諸前輩和聲鳴盛，幾於人工。此體最著者無逾吴祭酒之有正味齋，其詩溯源於漢魏，導流於三唐，而神采氣味純以杜工部爲宗。雖試律而不得，僅以試律名。此外有坊刻之，七家九家亦皆笙簧六籍，韵葉宫商而大含元氣，細入無間，則必推路閏生先生之樫華館試律焉。顧事雖關風雅，而技終近雕蟲，故所傳者非應試之製，即課士之作，求其一行作吏，此事不廢者戛戛其難。

四川曹君六皆，吾師立亭明府之長公子，師殉難安塞後，以廕起家爲州判，需次陝西，歷署名區有循聲。庚寅歲，余主同州講席，覿晤始知有通家誼，往來日親，平日於詩古文詞，無不篤好，知其能詩，而不知其兼工此體。今年歲暮，自關中解館歸，伻來以試律二册見示。皆其公退時所吟，以陶適性情者，引宮刻羽，敲玉戛金，實可與正味、樫華諸集後先輝映，而胸次之浩落，誠可想已。使其幸得用於朝廷作爲雅頌，以歌咏皇朝之功德，薦之郊廟明堂，而追商周以上之作者豈不甚偉。而乃滯於卑官，老不得志而第寄情於此，豈真詩必窮，而後工如歐陽文忠所云與不具論，論其詩學才識，均已窺豹一斑，夫亦可觀，而可傳也已。

薛琚谷集序

宋王庭珪送胡忠簡詩云：男子要爲天下奇。奇之云者，非必皆致命遂志，殺身成仁之謂。豈必文高班馬雅注蟲魚智名，勇功烜赫一世云爾哉。其必具聖賢學問，抱豪俊胸襟，入敦孝悌出，重交遊不隕，獲於貧賤，不充詘於富貴，不取悦於衆人之耳目，不附和於名士之風流，斯可爲天下奇矣。

同治紀元春正月，蒙以選貢北上應考，未歸而回亂，作室家播遷。九月杪，始奉慈闈避兵韓原，北風雨雪負米無所欲，呼將伯而相識，只同年吉劍華一人，亦極瑣尾流離之狀矣。韓原解狀名區，不乏蓄道德能文章之士，而一時傳爲奇男子者，落落寡合不理衆口，心竊疑而慕之，而末由識其面也。忽一日有客翩然見訪，叩其姓字則薛君曉湘，體貌魁梧，氣懷恭敏，一見如舊，遂定石交。次年蒙投効多忠勇營，依某分統踰秦嶺駐武關，曉湘繼至甘伍卒士，屢探虎穴，附案保六品藍翎，蒙在營十四閱月無所合，遂舍去。分手之際，曉湘放聲大哭，蓋悲士不遇同病相憐，非徒爲阮籍窮途之哭，作歧路沾巾之態也。別後又三年，蒙渡黄而東走晉、走燕，曉湘則應丁文誠之辟，憑棲東國。有年又偕之四川數載，由諸生積功保至分省知縣，自以不合時宜，棄如土苴，以牖下老謂非天下奇男子哉。至性過人，血誠滿腔，依文誠時，志同道合，凡發姦摘伏，除殘去貪，決嫌疑定，猶豫諸大端皆身任之，有怵以危禍者不顧也。尤莫奇於籌度河工一事，爲公家節省帑金一百七十餘萬，山東吏治爲天下冠，文誠亦以其功歸之，雖未莅官而隱，有建明以視，蒙之半世鐖驅，竊禄廿年而毫無表見者，相判奚啻霄壤也哉。顧君意氣相許不鄙，謂余時時寓書以道藝切劘，雖蹤跡疏闊，而神志常合。南魚北雁，千里宛似同堂。尤可感者，在山東閱庚午試録謂共事諸君，日可賀我矣，白心吾中式矣。昔人謂性命文字之交，較骨肉妻孥尤爲親切，誠篤論哉。

君於文章非所甚好，其讀北山記云：束髮不喜讀書，志在力行。士果内行不虧，一丁不識可也，破萬卷乎自道如此，可概生平矣。詩古文詞不多，作亦不留稿，没後子慎收搜散佚得若干篇，一再披展率多衝口而出，不甚祓飾而言，皆有物詞必已出。自是文章正軌，所存雖不多，而一毛自可以知鳳。簡明書目，謂前明李忠愍集詩文，皆所造不深，然光明俊偉之氣自不可揜蒙。謂君文亦然，今者將壽棗梨萬本傳矣，而墓木已拱車過，何日睠念故交，又不禁潸然而出涕也。

西寧來氏家譜序

惟王建國首崇玉牒，掌以宗人而時修輯之，以尊祖敬宗收族者，教孝弟於天下也。

國誠有之家亦宜然，晚近人心不古而孝悌之薄，薦紳之家忽焉不講傳世，滋久蕃衍紛淆，凡蔣邢茅胙祭，不辨姬宗者有之矣，甚者遠攀華胄，近附强宗，牽引附綴以爲光寵，而本宗或繁或無紀湮而莫考。如唐以老子爲始祖，郭崇韜望哭子儀墓，尤堪齒冷者已。抑或變起倉卒，救死不贍先世什襲之藏，一旦弁髦棄之而不恤，兹數者賢不肖之，相去能幾何哉。夫世系不辨昭穆，不别繼世與絶世，云同壞亂不修輕棄，不守有譜與無譜，同滔滔者，蓋皆是也。

敬輿來君，西寧右族，與予共事於甘軍，軍事略定爲道其世，傳家譜於昨年禍亂，亟時先舁藏山岩間，尚未取回義例，未得目睹，但云每支五世爲聯。遠祖上舍公自浙江蕭山遊幕於甘，爲遷湟始祖，枝分爲三，居東西鄉者爲小宗。同治初，花門之變皆爲國殤，今惟大宗存輯，其世系附於譜略存梗概等語，來君可謂知本者，其平日之孝友可知也。記有之尊祖故敬宗，敬宗故收族，收族故宗廟嚴遞，推至於重社稷愛百姓，中刑罰，安庶民，成百志，型禮俗皆由之效焉。關係如是其重且大也。

敬輿以軍功薦剡叠晉頭銜，不日有社稷百姓庶民之責者，推其敦本務孝悌之心，以及鄉國天下，皆將是則是效焉，則來氏之世澤孔長，即於敬輿之重斯譜者知之矣。

安定楊氏創立家譜序

昔太史公之作史記，也因周譜明世家、知姓氏之所由生。南史賈弼之廣集百氏譜記，撰十八州士族譜，譜學始有，名家繼此。唐柳冲之姓氏系録，宋司馬光之臣僚家譜，皆推而衍之也。

然何自昉乎？昉於周官「小史」之奠，系世辨昭穆，世既系矣有不奠乎？古者天子建德，因生賜姓，作之土而命之氏，本自奠也。而生齒日繁，遭遇各異，有世功者有官族貴有氏，而賤則否。於是兄弟有得姓不得姓之分。史記五帝紀云：黄帝二十五子，得姓者十二人，姬、酉、祁、已、滕、葴、任、郇、厘、佶、儇、依是也。有同宗不同姓之別。夏本紀禹姒姓，其後分國，用國爲姓，有夏后氏，有扈氏，斟尋彤城，包、費、杞、繒等氏是也。推之氏，於謚氏，於官氏，於居氏，於事柳芳所論，至爲詳悉。而世俗媮薄，猶有冒貴族以矜飾者，如唐杜正倫求與城南諸杜，同譜不許銜之；五代郭崇韜望令公之墓而泣，時論譏之。譜牒之無有也，誣其祖與忘其祖厥，咎維均譜顧不重哉。

安定廣文染衣楊君，司訓吾邑，品端而教勤，士論翕服。一日出其所，爲世系事略請創立家譜，其言曰：吾家本山西人，始祖庠生諱成材者，自山右遷陝西，卜築安定縣東鄉六十里之八瓣蓮花山下，開山立向，背乾面巽是爲居。陝鼻祖生子三，長增監諱鼐，次監生諱鼐，三監生諱鼎。鼎移居下川二十里之趙家崖底村，名曰楊家園。鼎侯選縣丞，以純孝被旌，生子三，國玨，鞏昌府訓導；　生治，治生雲漢，雲漢生坎，坎生先考文華，子二，汴居次。至此八世未修家譜，恐以後不免數典忘祖之譏也，子盍爲我創之，以合古人遵祖敬宗之訓。余應之曰：　善哉。廣文可謂能敦本者矣，學所以明倫也。訓導者所以啟迪，愚蒙而使之各明其倫也。世教衰而人不興，行厭庸常而嗜新異，去敦厚而入澆漓，創爲開通大方之說，以蠱惑煽誘中其邪者，遂不知親義序別爲何事，而尊祖敬宗收族之事，更無論矣。須知事本相，因功亦相足人倫明，始能尊祖，尊祖始能敬宗，敬宗始能收族，推之重社稷，愛百姓庶民，安禮俗成罔不根柢，於是譜之所系不綦重哉。楊君勉之，由八世而十世百世，世守之世續之，以迄於無窮。則此譜之作爲不徒矣，豈止一人一家之世系，奠而昭穆明也哉。

劉母桑太孺人家傳

始，余未識瑞亭。同治庚午，自太原歸，應鄉試時，奉母播遷大河西東，皇皇飢驅者十有一年矣。兵燹餘，舊交淪散，雋後計偕，始得交瑞亭。見其敦謹謙恭，謀人忠，任事勇，浸浸有古人風誼，心甚重之。及與之數通晨夕，始知先世積累，而賢母之所以型家，而裕昆者，固非末俗之所能及也。賢母之没，垂三十年。今歲丙戌，瑞亭徇里，鄰請將壽其母，寓書京師，委爲序言，竊謂壽言非古冥壽，尤不經，而女正位乎内，非丈夫功業之可自表見然，則孝子愛慕無已之極，思其可以已乎。昔歐陽文忠公之表瀧岡阡也，距崇公之殁六十年，文忠多述母夫人之德，豈不以婦道雖無成，而室家之壺永錫爾。類則今劉太孺人之懿徽，曷不可傳紀之，以貽其子孫而垂永久。即以是爲壽，無不可也。

太孺人，姓桑氏，幼從母學四子書句讀，年十八，歸同邑贈公劉君某爲室，時姑洎叔姑均在堂。相夫子，事兩姑，甚著賢聲。家中落，姑老多疾，累日卧不起，太孺人晨饈夕膳，扶持抑搔，蹀躞床褥間，無倦色怠容積十餘年，訖姑之没如一日。姑彌留之際，握太孺人手，脱指環以賜，曰：　汝賢婦，他不須屬，但勤教我子孫，使書香不斷，吾瞑目矣。太孺人泣，志之未嘗忘。不數年，贈公没，家益窶，叔姑又老，仰事俯畜，鞠苦獨肩，尊姑遺命，勖兒讀書就傅。會年饑，益無聊賴，命子舍儒而賈，遠赴蜀中，即瑞亭也。時爲道光十四年。瀕行，訓之曰：「寄人籬下，事非容易，不卒業勿歸也。」既行，而叔姑没，喪葬事，身任之。至瑞亭成立，始爲授室復命，以餘力習騎射，爲諸生列庠序。先是貧困時，僅瓦屋數穩，止可容機杼繅車。東西房牖樞相望，兩衰姑居之，太孺人寒夜辟績，常往來兩間更番宿息。蓋隆冬，和衣假寐以爲常。

丙午丁未間，歲洊饑，斗米錢七八百，瑞亭適自蜀歸，欲葺屋以慰老親也。太孺人曰：「吾茹苦數十年，蓬茅所安，今人皆乏食，盍即資以振惸獨乎？」瑞亭即割二百金作振費，並不乘人危購一草一木焉。太孺人之事親以教其子者如此，年六十七無疾考終。卒後三十年，始連舉慈。孫長曰澤椿從余游，髫齡能誦易、書、詩三經，作大字有筆力，頭角峥嶸，當振其家聲。

論曰：易言婦道無成，似乎無非無儀，酒食是議足矣，然詩美文王而必推本於后妃之德。説者謂其貴而勤、富而儉，已長而敬，不弛；已嫁而孝，不衰，皆德之厚而人所難。厥後卜世卜年實基於此，成家端在婦人，如此其重且大也。後世若柳若陶若鍾若郝，雖所遭豐悴不同，要致其貞淑以成家而教子者，皆可傳爲世法。以古方今劉母無多讓焉，宜其子若孫之蔚起也。

王心齋贈翁家傳

安定王君辰垣與余爲鄉會同年，又同官詞館，素心晨夕，氣誼甚洽習。其語言質直，操行端謹，穆穆然類有道君子心異之。及與之久因得諗其先世之積累，代著清德。辰垣之質行，淵源有自，非徒其生質美學業富也。

一日持其先子之行實示余，泣而言曰：「先君子棄養十有一年矣，當時遭亂，一切殺禮而前言往行，凡所以事親，而啟後嗣者歷歷猶在耳目，竊懼其久而或遺忘也，子爲我傳之。」余聞言愀然不敢辭，謹按。贈翁姓王氏，諱某，字心齋，先世由山西洪洞遷安定。高祖以下世力田，父某，有伯道戚，以叔君之第三子爲嗣，即翁也。生而穎異，讀書輒數行下，事父母克盡子職，能曲得其歡心。年十四，父病，將革呼榻前曰：「汝，吾子也。」泣對曰：「兒但知有父，父何言父？」曰：「吾已矣無以遺汝，惟遺汝以負責千緡，汝有子必令讀書。」言訖而瞑。翁泣而志之。既葬，劬書無力，母夫人嘗質衣飾，助備脯，翁幡然曰：「服勞奉養子職也，以讀累親不孝孰甚焉。」因輟讀，牽車服賈力自作苦，未幾而夙逋清，始買田於城東，賈河灣迎母居之，耕以養晨昏洩洩然。當是時，母年篤老，而冢孫甫六齡，念先人遺屬，急謀就傅，又念山居孤僻無車問字，因盡鬻其田產，復移城中，蓋安定雍州西陲地，岡巒迤邐本在萬山之中，而北控金城，西通隴右，南連德順，東接會川，四通八達實爲冠，蓋往來文物輻輳之區，童子勝衣就傅，即當遊息城闕，親近賢士大夫以濡染耳目，而擴充其心。思翁昔之，居鄉以避囂，今之入城以訓子，其此意乎。然自是家復落，母卒營葬竭力盡禮，後屢至炊突無煙，意泊如也。辰垣既入邑庠，令赴省垣從名師問業，嗣以膏火不給，復令遊幕。惟時花門煽虐已數年，全境糜爛而邑城冲途，賊踪不時出沒，某提督帶十二營游弋城外無紀律，邑人避匿過半，城危如累卵。翁諭辰垣速去，而自約邑中健兒力與賊搏，瀕殆者屢而卒獲全人，咸以爲天幸。當躬耕奉母於賈河灣也，惟携辰垣往南，宜人洎諸女仍寓城中，君往來兩間拮据倍至。迨移入城，家徒壁立，而於堂上養生送死之具無不預爲籌備。與人交待以至誠，有過則直言規切，不少假借，甚至聽者不悟，由是決裂亦不恤也。先是棄郭外田，時或阻之，翁曰：「家貧不能延師，入城附館不能督課童子，知識未定最易失足，倘有蹉跌即厚資坐擁奚益哉。」則於是令從蘇漢卿先生游。漢卿者，邑之耆宿，素植品勵行以道相砥者也，感翁之誠意，並不責以禮數。尋遘疾將不起，諭辰垣曰：「吾實望汝成立，今不能待也，讀書以敦品爲先，汝必勉之。

翁同胞四人，伯仲早世事，兄迪亭公甚恭，一堂怡然，秩然田荆姜被，不是過也。蓋翁之孝慈友恭，一本至性而又有艱苦卓絶之操，故一生艱險，備嘗人有不堪而委曲持循必求適乎，本心之安而不與世風爲轉移有如此。翁卒後之九年，辰垣始以鄉舉成進士，入詞林而禄不逮養此，辰垣之所以悲不自已也。論曰：昔歐陽文忠公有言，爲善無不報，而遲速有時，此理之常也。以贈翁之孝友兄弟，訓子克家，而偏丁明夷艱厄之運，雖親則考終無恨，生前而子有令名，猶待身後不謂之賚志，没世而不得也。王祐手植三槐於庭曰：「吾世有陰德，子孫必有興者。」天蓋厚欝之以隆其報也，其在辰垣矣。易曰：「積善之家，必有餘慶。」信矣哉！

改建忠義神武大帝廟記

自有天地生人，即有君臣父子，夫婦昆弟，朋友之倫以爲之。紀歷黄帝、堯、舜、禹、湯、文、武、周公以至於孔子，歷千百載而莫之有易所謂經也。有虚無寂滅之教出而汩淆斁亂之，大抵以攝摩騰爲鼻祖，攝摩騰者西域之神耳，名未嘗見，經傳足未嘗至中華。

東漢永平中，遣使天毒始得其書，洎沙門以來，因馱馬名寺延。及六朝隋唐，迄於前明君侯士庶，趨奉皈依而寺遂盈天下，高陵次赤已，無慮數十所，而最著名者曰：興國寺。舊碑謂建於宋太平興國之年，故名。向無香火，緇流歷來爲諸令節習頌之所，竊聞其教貴慈悲齊生死，以輪回禍福、天堂地獄之説恫惑愚氓，謂崇其教者可獲福田利益，而有徒屬聚，不簪不紱，不事不畜、不農不工、不商不賈，無男耕女織日用飲食之道，無孝悌忠信親義序别之倫，極其弊至，父母拜子，君后拜臣，游手廢職，作姦犯科，故昔者昌黎韓子闢爲異端而曰：「人其人，火其書，廬其居，誠以其道大反乎。孔子之道而爲斯道之蠹也。」

我世祖章皇帝，以武德戡禍亂，以文德經邦國，天下既定，首崇祀典，以春秋二仲月上丁釋奠先師孔子，封關帝爲忠「義神武大帝」，以仲丁日祭之，垂爲令甲。雍正初，又追封先師五代爲王，追封大帝三代爲公，尊崇遠邁前古，奚以無已有加哉。詎不以孔子萬世師表，而大帝即以孔子之道爲道，立千古人倫之極也乎。孔子作春秋，討亂賊，大帝故深於春秋，當漢祚既移，曹孫僭争，中原鼎沸，三綱淪絶，一時智名勇功之輩，乘時濟欲不可一二。數大帝獨傾心中山靖王之裔，與諸葛、張、趙諸賢，同獎王室，力圖恢復；百折不挫，死而後已，非聖人而能若是乎？非其識之絶倫軼群，重綱常、篤道德、立人倫之極，而能若是乎？帝嘗有言：「日在天之上，心在人之中，中者道心也，即彝倫也。以孔子盡倫之心，爲心宜天下，後世之凡有血氣者，家尸户祝，心悦誠服，如七十子之服孔子也。」縣舊有廟在接蜀門外，始建於金，重修於明，增新於咸豐乙卯之歲。同治壬戌，花門作亂，毁於一炬，治城内外之廟貌民廛俱失故所，而興國寺中，金剛殿巋然獨存。六年丁卯，邑侯陸君來攝邑篆，諭士人即其地建廟，祀大帝工興而寇至復輟。

今邑侯程君莅任之三載，歲豐人和，乃召紳民諭之曰：「帝廟正祀也，久廢不修神其恫諸，從新創建而地苦人瘠能無怨諸。陸君既創有規模，曷不因而成之。」僉曰：崇正祀，黜淫祠，成人美，一舉三，善微侯言。衆幾憎諸，爰召匠度材，舊者新之，缺者補之，置木主樓神如聖廟，製增樂樓一座，大門三楹，繚以周垣，丹雘涂茨，瓴甓之屬，就班按部，焕然改觀，克日蔵事，於是正祭舉於斯，禮節習於斯。鄉邑之商賈輻輳於斯，焚香展謁，咸震慴於帝之浩氣凌霄，丹心貫日，而曉然於綱常名教之重，而邪慝之背乎。經者終不能歷久而常存也，並慄然於兩賢侯之，因時制宜，愛人節用，不徒修舉廢墜已也。

廟成，社人問記於余，辭不獲，而心善是舉也，書以與之。陸侯名堃，江蘇丹徒人。程侯名維雍，福建歸化人。工始於光緒六年七月，竣於九月，費出於里局，附益以估客集事者邑人某某，董工者，估客某某。

東城坊重修古廟記

民義之在天壤，無一時或息者也。體大用宏，罔不賅備。大端則事神治人二者而已。夫人神之主也，成民而後致力於神，在位者之所有事。士君子伏處田間，或宦成而歸，表率鄉閭，事事宜以自勉檢。即或其事於義未精而尚無，或害則修舉廢墜，清不違俗，斯亦可爲也。

己邑西毗沙里東城坊村，舊有廟，供關帝、無量、藥王香火。是三神者，或祀遍寰區，或來自西域，或名列隱逸，合而饗之，不倫不類，似皆非士庶所宜祀。然村氓父老，歲時伏臘合錢祭酺，胥於斯乎。合聚亦事之，無害於義者乎。同治紀元，花門變作，全付焚如。村人之遇刼而燼者，十室而五六。今有存者，曾匿於窟室者也。先是窟室將不守，有李芝者力捍之。獲全人之力與，神之靈與？

竊謂聖人立教，不廢神道。然斤斤然以禍福爲説，敬而不遠，終於民義無當者。喪亂既平，人漸歸業，祀神者屢欲復其舊觀，中間兩格於饑歲。守戎王君生吉與同里之李君某，集資鳩工，歷數月而告成。新廟四楹，抱厦三間，一時築者、削者、約者、椓者、村人皆相助爲理。寓書謂余記其顛末。

余有説焉，壬戌之禍急矣，人民離散室廬蕩，然廟宇寺觀之毁於祝融者，更不知其幾千萬落，豈皆有廟貌而無精神。雖有享祀，莫之或知；　雖有險難，莫之能禦。抑或崇祀者皆不能竭誠盡慎，故不得其庇蔭與？聰明正直之謂神，依人而行，不歆非類，故也。所願父父子子、兄兄弟弟、夫夫婦婦，各以民義相敦勉，而不惑於虛無寂滅之教。將見太和翔洽，浩氣充塞。而兇荒夭札之疾，永永瘳而遄。喜則報賽之樓雖尚缺，如請即以「介爾景福」「式穀以女」數詩爲迎神之樂章，可也。

創建疏勒州署記

古者刺史之職，實兼方伯之任，所以承流宣化爲天子子惠元元，權至重也，任至大也。自前明設左右布政使，設巡道而刺史權始輕，所屬有知縣、吏目、巡檢、典史，所職有征税、詞訟、任略與太守埒，然而去方伯遠矣。竊謂方伯之於民也，尊而不親不如刺史之與民，近也近於民則父母矣，然自巡道以上，皆得統屬，一不得當，皆能齮齕而掣其肘，是非彊有力之士。任勞任怨，實心任事，愛民之人起而肩其任，鮮不負乘而覆公餗。矧地處極邊疆，連戎索，修城，履畝，事事創始。一不得人民，幾何其不魚且肉也。

喀什噶爾爲古疏勒國，乾隆中平定新疆，設辦事大臣及統换防總兵官鎮守。同治初，陷於安集，延歷十餘年，左侯相西討大定，請命於朝，改設郡縣而規模未具也。今年秋，湘鄉劉毅齋侍郎踵而成之，派員前往署篆。是冬，予出塞南游，謁錢塘張朗齋提戎於其地。甫入境，即聞州將爲閿縣蔣君筱浦，道路傳聞，輿情洽順，不知其何施至此。比晤其人乃知蔣君受知於張公者有年，自移節疏勒以來，凡地方利弊興革，多專責成。蔣君亦受成惟謹，故能得此於民也。時衙署適建日，親督莅伐材，用役一不累民，起於光緒九年某月，計明年二月可蕆事。爲堂凡三重，爲房九十穩，用帑金三千八百，有奇工堅而費省，成功綦速。又其聽訟也，不擇時與地立爲剖判，不便民者不憚改弦更張，即見證聞可謂民之父母矣。抑聞賈生有言非常之原黎民所懼斯地之於中土也，言語則不通，嗜慾則不同，今遽一切繩以禮法，是鑿混沌之耳目，被榛狉以冠裳，埏埴奚不傷，刃芒奚不頓。修政齊教，移其風而易其俗，誠有不易易者始事而誠慎，其初後來而克善，其繼則守要荒扞牧圉雖遠於方伯乎，而承流宣化民悦無疆，我知竹馬之迎甘棠之愛，今必不異於古所云矣。

秦州重修大城記

州名肇於虞夏，州牧見於周官。歷代沿革，隨時定制，宋代軍州並建，典州者稱爲州將，事繁責重，非具文武兼資之才略，未易言勝任而愉快而所倚爲治，與民共守而弗去者何恃乎，亦恃堅城而已。

秦州四塞之區，據隴上游，巍然一重鎮也。城有五，大小相維，纍累珠貫，官所莅曰：　大城規模壯闊甲於他郡國。順治甲午地震圮毁，觀察使萊陽宋君琬修復完善。乾隆戊子，州牧長世圖君請帑補葺，統五城重修，則道光戊戌，州牧邵君煜割俸，偕紳商士民通力合作者也，迄於今七十餘年矣。風雨所漂摇，鳥喙蟲穿赤狐白鼠之窟穴，宅藪於堵牆堞櫓者，傾摧墮裂非復昔日之舊觀，亦勢則然也。

今年初夏，予由甘凉待罪捧檄權篆此邦，周視城垣，即見土木大興，登登憑憑聲盈耳畔，詢悉州牧張君珩早得請於大府，鳩工庀材，以廉誠之州廩膳生員某司其事，款項則移提工贏餘，再於牧斯土者十年分任，而一不取之民者也。善夫善夫，事集而民不勞，功成而人不擾，可以牧民矣，可以固圉矣。是役也，舊觀規復新樓矗立，百堵堅城千齡永賴。肇於四月，竣於十月，縻金錢若干緡，用力少成功多，始事洎董勸者之勞，均不可没也。遡自黄帝創立城邑以居，後來開國承家未有不注意於斯者，公侯干城、哲夫成城、無形之鞏固無論已。「築城伊減」詩言之；「都城百雉」，傳言之，城之時義大矣哉。顧不意赤舌燒城，異說競起，以夙望素著之人竟有謂麗譙壯麗先受矢石，帶堞凌空，何足扞蔽；即城高如山，誠無如雲中之艇飛何也，亦徒然耳。爲是說者，何殊因咽廢食，自甘庾斃；又何異盡東齊畝，惟晉之戎車。是利也，其乖謬不待智者知之也。兹賢司牧盡心民事，工告竣矣，數十百年後，風雨蟲鼠之侵尋剥蝕，亦勢所不免，固猶今之視昔也。隨時補苴無俾城壞，是所望於後之惠元元固疆圉而司牧斯土者。

光緒三十四年歲在戊申冬十月

募刻涇野子内篇　四書因問啟

蓋聞繼往開來，前哲有傳薪之緒；守殘抱闕，儒生罩占畢之功。矧祭社之先生，富專家之述作也乎？

吾鄉先儒，前明吕涇野先生，生當成、正之間，卒於世宗之代，策冠天人，學探洙泗，值權移於宦豎，未嘗一日得安於朝廷，遂坐擁夫皋比未始頃刻，或離夫講貫太常南所都來問字之。車宗伯陪京，每奪說經之席，學者仰若太山北斗，遠方推爲中國人才，傳入儒林絶學振關西之饗祀，崇聖廡純修邀日下之衮，此固四海所見聞，非第一鄉宜矜式者也高風邈矣。

星霜閲四百餘年，遺集裒然。撰述合廿六餘種，有如四書因問、周易說翼、尚書說要、毛氏說序、春秋說志、禮問、内篇、外篇、文集、詩集、宋四字鈔釋、小學釋、史館獻納、南省奏稿、上陵詩賦曲頌、寒暑經圖解、渭陽公集、史約、監規發明、署解文移、高陵縣志、解州志、漢壽亭侯集、魏氏宋氏族譜、詩樂圖譜共若干卷，浩如烟海。當年紙貴於洛陽，壽有棗梨，疇昔慘遭於秦火，愧搜羅之未備，欲纂刻而莫由，查有四書因問、内篇兩集。

國朝雍正時，邑侯四川龍君重刻，板藏縣署。壬戌回亂，毁棄無存。今讀其書，言前聖所欲言，發前賢所未發，明辨以晰道，不越人倫日用之常，純粹以精事實，該齊治均平之大信乎。理涵萬彙，允宜人置一編，見擬重付手民，永昭心法。然而千篇千絹都須繭紙之新，摹一字一珠尚少鷄林之重價，賴衆擎以易舉，識獨力之難成。伏望當代大人先生，名儒碩士，慨分清俸，量出意錢，憑衆志以有成，俾斯文之不墜。此日慕膻念切，等願書萬本之流傳，他年附驥名彰，亦不朽千秋之盛業。

募修吳柳堂先生都門祠堂啟

蓋聞大丈夫忠可格天，端賴精誠之。一念鄉先生没而祭社，宜昭饗祀於千秋。古有志士仁人，猶風聞而慨慕，遠隔山陬海澨，且露祝以馨香。矧廿載著直聲卓爾，廟堂之望一朝伸大節，蔚爲桑梓之光者乎。

吳鄉吳柳堂先生，係出延陵名馳鄉校，綺歲而登乙榜宏文，早冠甲科，供職刑曹，應昆脚皆頭之，夢究心律令體，下車解綱之仁，洎躋侍御之班，乃以格君爲志。朝除官而夕進諫，豈慚唐室之陽城；弗茹柔亦不吐剛，何異周家之吉甫時。則烏垣夫已罪惡滔天，爰持霜簡，糾彈丰稜，震地連章，累疏請正典刑，天子爲之動容，僉壬從而側目，放歸田里，永謝臺班恭逢。今上御極原汲黯之戇，嘉朱雲之直，璽書起用，銓部真除，聞命即行不懟鳳池之奪我言高有罪安能象簡以朝天惟時先帝龍馭上賓已届，奉安之吉月，文王麟振公姓尚含芒耀於前星。先生識神器之有，歸祝昭華之紹，統有官守而無言責異蚔鼁之請士師謂事君，而必致身學史魚之，以屍諫攀髯莫逮瀝膽無從，乃因派送梓宮還棲蕭寺，焚香草奏，仰藥歸真於斯時也。天吊孤忠，雪飛三月，人欽奇節，雨泣千家，温詔頒而群喙息，大統定而臣目瞑。感嘆溢於班聯，謂我朝之有烈士歌謠，來之婦孺謂吾省之出聖賢。惟時蘇州刺史已修廟貌於佳城，翰林學士爲葺祠堂於故宅，此外金鑄賈島，絲綉平原，凡有血氣心知，幾於家尸户祝矣。從來節烈根於天性，忠義具在人心，朱邑桐鄉尚有焄燎薌膻之薦，陶泉栗里，竟無豐融肸蚃之思情殊歉。然心何忍也。同人擬於首善之區，購地三弓築宫數楹，中建祠堂以供神主，旁添會館以處寓公庶，春秋匪懈登堂而生，恭敬之心祭祀，以時酹酒而動忠良之慕。惟是兵戈甫息，珠桂維艱，獨力難成，一木弗能支厦；衆擎斯舉，千腋始可成裘。伏望鄉老先生量助緡錢，光兹俎豆，將見巋然廟宇與中南太華以争高邈矣。

風規隨鐘鼎旗常，而並壽若，夫人之好善誰不如我德原不孤自必有鄰，更望當代鉅公樂成人美，慨分鶴俸勷助鳩工將來勒之貞珉，銘於樂石，豈第忠臣遺像肅瞻拜於一堂，定看君子成名，同流芳於百代。

爲董宫保年底謝賞福字食物疏

奏爲恭謝天恩仰祈聖鑒事。

光緒二十一年十二月二十七日，准兵部遞到軍機處咨行賫，奉恩賞福字一方，大荷包一對，小荷包二對，銀錢二個，銀錁四個，藕粉三斤半，白蓮子三斤半，百合粉一斤半，南棗三斤半，荔子一斤半，奶餅五斤，掛面十把，到奴才營。當即恭設香案，望闕叩頭，只領訖。伏念奴才重寄濫膺，片長未效赤芾；時慚夫不稱素餐，恒慮其貽譏。上年畿輔近光渥邀寵眷，今歲邊疆效力復拜恩綸，賓翰頒榮備箕疇之五福；括囊示教占坤卦之六爻，瑞昭於銀瓮金船，天府之泉刀永裕雅志乎。蕖荷的歷，御厨之肴蔌常新；粉隨米以，綉裳光分，舜陛棗偕瓜而登饌。俗繪豳圖，荔枝逾海嶠而來。想見殊方氐貢餅餌，得豐年之味，定知累稔呈祥。銀錢炊湯，儼懔素絲之節；雪塵霏面，欣瞻玉食之珍寵。賜自天悚惶無地受恩，愈重報稱愈難。奴才惟有勉效馳驅，無忘惕厲，敷錫布絲綸之德，垂紳銘佩服之忱；氣識金銀不貪，爲寶食懷果核，每飯常思所期，仰仗稜威早櫜弓矢。築鯨鯢爲京，觀還鴻雁而定安。革面洗心，統西戎以即叙；含和吐氣，祝南極之壽昌。勉竭駑鈍之涓埃，仰答鴻慈於萬一所有。

恭謝天恩，洎奴才感激榮幸，各緣由謹具摺專差賫呈，伏乞聖鑒。

蘭州龍王廟祈雪文

某年某月某日，具官某惟神福佑蒼生，愛育黎庶，平日騰身致雨，一朝嘘氣成雲爲靈。昭昭敷澤，浩浩夏淋，甘注冬普祥霙。乃自今秋以來，雨實缺少，入冬以後雪更艱難，節令已交乎大寒，霡霂未沾於四野，愆陽太甚，積厲成瘟，未知何事獲罪明神。豈寃抑之有所未伸，豈膏澤之未下於民，豈功令之奉行不力，豈貪污之官吏猶存？凡兹咎戾皆在使者之一身胡爲乎。上干天怒，旱魃爲虐並殃及於髫齔之倫，敬吁明神爲民請命，願神大發慈悲之心，偕風伯而噫氣，命雨師以灑塵，盼湅雲之即釀，或集霰之先吟，但求盈尺呈瑞於豐年，不必袤丈表沴於陰德，頃刻庭列瑶堦林挺瓊樹，因方爲珪，遇圓成璧，自會垣以達於四境。由殘臘而逮乎？

新春會見同雲荷上天之澤，還如甘雨作三日之霖，使者當請大帥，約同人具牲牢酒醴以報謝乎。神恩惟神有靈，鑒此微忱謹禱。

秦州龍王廟祈雨文一

某年某月某日，具官某惟神佐天宣化，澤潤生民，平日渾身是雨，一朝嘘氣成雲。

本歲三春，，風雨調均，惟神之德，感戴同深。詎期一交夏令，以迄於今旱魃爲虐雲雷靳屯，非烈日之似火，即大風之揚塵，夏禾以見其歉薄，秋禾未種於隰畛，灾沴之降爲審何，因使者既經受事罪責，即在一身。豈貪污之未罹於法，豈膏澤之未下於民，豈覆盆之莫昭其雪，豈苞苴之尚及於門？願神昭格明示，迪知忱恂，有則滌染，無則守箴。鑒其爲民請命，特施浩盪之仁。風伯不出雨師遄臻。崇朝遍灑三日爲霖。澤下尺生，上尺以拯濟乎。

我民使者當率赤子偕同寅隆享祀，展明禋以報謝乎神恩。謹禱。

秦州龍王廟祈雨文二

某年某月某日，具官某偕文物僚屬，再吁禱於龍王尊神之位前。曰：惟神爲靈，昭昭其天，浩浩配乾，有象作解，無形普天，咸仰夫恩膏率土，皆資其潤澤十日一雨。想太平之時，曰雨而雨，紀元和之盛，此固神恩之洪大，普育之無私者也。乃此間，自入夏以來，有風鳴條無雨破塊，旱魃爲虐，累月兼旬，初則高原才形其枯槁，繼則中谷亦至於暵乾。二麥業已歉收，大秋無能播種，頃間節交夏至，依然密雲不雨。農嗟於田，婦嘆於室，我神痌瘝在抱，仁愛爲懷，當有惻然而大不忍者。側聞使者，未來以前尚雨澤之，應時既來，以後乃雨澤之。徯期一祈焉，而不應再禱焉。而不聞有時三點兩點，一寸二寸，未能優渥焉。補耕耘則是使者不職，無以感召天和而致神怒嗔，因以波及我民，我民何辜覯饑饉之薦臻。伏願神明罪責，惟在使者之一身。哀此窮黎，大施洪恩，速召豐隆呼列缺禁，屏翳鬱輪囷，既崇朝以遍雨，復三日而爲霖。須臾滿三農之望，將來割萬頃之雲閣，屬皆戴神之德，感神之恩，使者當率僚屬偕子民以敬，展乎明禋，惟神有靈鑒此微忱。謹再禱。

復隆德營守備王藹臣書

嘗讀後漢書馬武傳，光武十三年，詣洛陽上將軍印綬，留奉朝請。帝與功臣燕語，從容言曰：「諸卿不遭際會，自度爵禄何所至乎？」武次對曰：「臣以武勇，可守尉督盜賊。」帝笑曰：「但勿爲盜賊，自致亭長，斯可矣。」夫以武之勇略，英多不可一世，而其所自信。與帝之所以量之者，不過守尉亭長，其去將軍也，不遠甚哉。因嘆：士君子懷才負異，非際會風雲假手，以報一日之知，則終伏處蓬廬，長爲農夫以没世。即有遇合矣，而或抑塞困厄，不克大抒其志。如北平之不侯，伏波之遭謗，則必委於命之不可知。而君子固窮，隨遇而安，則一命之榮，苟思有所建，明求濟於世，爵禄不必高厚，亦可云所生無忝而不必以不平自鳴也。

夙諗藹臣都戎王君，忠孝性成，生而好勇。同治壬戌夏五，花門首禍，閭里滋然，奉母避兵北山，獨以武生集團殺賊，並赴涇陽之急，先後受知於雷提軍熙制軍都將軍，左閣部積多，保至都司，題補隆德營守備。賒有孟施捨之勇，確能無懼，每臨陣身先士卒，或敵來挑戰，直往搏之。每致傷痕鱗比，略無退縮，其氣盛也。其任隆德也，實事求是，不見容於上官，幾遭白簡，終遇昭雪而志之不撓，操不少貶，猶如往日也。

光緒戊子，權商州都閫篆，會余主豐登書院講席，忽得書歷叙生平，諉撰身後墓誌。余省覽嗟歎深服其達，歷考往牒如唐杜牧臨終自寫墓誌，國朝沈朗思先生亦自爲墓誌，其自爲也，皆有所不得已於中，而非矯揉造作。故爲此清逸超曠之端，以驚駭聽聞，至友朋之豫此凶事，未之前聞，況生逢聖世，前程甚遠，豈目前所能論定。今覲天顔歸，行將履新，所望益宏遠猷，無挫素志。受一職盡一職之力，莅一方造一方之福，則不惟邦家之光，而邑里亦與有榮施矣。

特叙既往而勵方來，以求合於諍友箴規之義，至委曲繁瑣之端，請即以自叙者歸之家乘焉。

與陳崑山[一]方伯書

敬啟者，竊維整軍經武，係今日切要之圖，思患預防，實未雨綢繆之計。遇道智淺學疏，不識時務。前在甘凉道任内，竊窺甘肅全境，東蕭關，西湟中，北寧夏，西而北古酒泉郡，既設提鎮又駐防營，布置極爲周密，惟甘南一面甚屬空虚，心竊

[一] 陳崑山：（1842—1912）名燦，字崑山。貴州貴陽人。同治八年舉人，光緒三年進士，初任吏部主事。后調雲南，光後任澄江、楚雄、逮寧知府，陞任迤南、迤西道道尹，擢雲南按察使，甘肅布政使等職。

疑之或以風俗之極爲敦龐，或其地方之無甚關要，不在其位未敢越俎而謀。

本年奉檄，權篆此邦。周覽地圖，旁參輿論，始知轄境爲川陝冲途，關隴重鎮。地廣袤以千里，人雜處者五方兼之，插帳不一族，奉教不一門；又外來游匪，土著刁氓在在現不靖之象，而僅恃百數十老弱疲癃之標兵，以坐鎮而懾服之，實不及之勢也。即如今年，成徽兩縣顓愚抗公滋事，皆以無兵而肆鴟張，聞徽縣匪徒揚言於衆曰：「甘南無兵，其如我何；省雖有兵，翅飛不到。」所由自夏徂秋，猖狂無忌。近者探悉，該匪聞大兵至，駭散者半，幷聞地方官傳到滋事團長多名，責其繳械具結，則有兵之效略可睹矣。今兹懲前毖後爲地方計，似須分撥練軍一營在甘南一帶，長年擇要駐紮，仿提鎮各帶一營之意而變通之，不必歸地方文武管轄，仍由督練公所隨時抽練調遣，以期實事求是，庶有備無患而臨事不至張皇矣。除稟督憲俯准分撥外，敢請方伯鼎力贊成，俾衝要之區從此有恃無恐，則不徒甘南各屬軍民同戴大德，而於甘省全局亦大有裨益也。

遇道爲慎重地方起見，肅啟奉懇，鵠候德音。

復鳳邠道某書 丁酉正定營次

另示建議修宫備幸一節，早有所聞。事之不諧，天也；保全關中一隅净土，斯言也。全省仰戴，至以集款修路爲保全，則某之愚實，百思不解。

竊思關中之爲净土者，僅以尚無鐵路兹者。此議不過仍襲織局之故智耳。竊謂造物生財只有此數，不在上即在下，不在民即在官，斷未有兩富而皆裕者。然富藏於民，則百姓足，君孰與不足；利歸於上，則財聚民散，煌煌聖訓也。路之獲利，不過攫車夫店家、作苦百姓之蠅頭小利奪而有之，不知置此數千百身家性命於何處？而地險之失、土脈之傷，又其患之伏於無窮者也，即幸而成功，能保他人之不奪乎？能禁戎兵之不行其上乎？使鐵路略無叵測，何以山東私款又增此一條？

昨年長新店過，見保定至天津鐵路南北横亘，屹立數仞之高，塊然京師，儼居長圍之中。一朝有事，但閉路門，而内外水泄不通，即求爲播遷而不可得，就令關中行宫豫備，亦惡乎達也。山海關距京七百餘里，天津距京二百四十里，皆一朝可至。賊之入寇也，誰能禦之？聞山海關鐵路每年尚賠若千萬，天津鐵路僅僅不賠，而利益何在？且京中米糧銀錢漏卮不可數計，則所謂利者亦略可睹矣。如果有利無害，則山東鐵路何不自修而曲從於他人之要挾乎？且他人之修路，志豈在路？將並經過地方而巧奪之矣。蓋嘗譬之穿窬窺室家之好，劫主人之有，盗賊之事也。爲主人者，嚴防力拒，與之争而不讓者，情也。今不惟不拒不争而爲之置雲梯、備斧戕，又或效其所爲而以興利焉，則情理所必無，而事之大，反乎常者也。

某西鄙幽介，又係部民，不識大計，何敢阻撓？即下問敢布腹心，傳有曰：「使齊之疆埸盡東其畝，惟某之戎車是利。」又曰：「抑心所謂危，亦以告也，比物此志也。」近者通商開礦、加税增釐，幾於利析秋毫，而司農依然空匱，何也？但開源而不節流，故也。流之不節，不僅修路而亦一大端，干而枝、枝而葉，相對相當，不至民窮財盡，不止我輩無回天之力，不能不勤憂天之心，力所不能，猶當堅持清議，使是非尚在兩間。今之揣摩迎合熱中躁進者，莫不以興利爲言，抑思自古外夷内侵，疇不以通商互市爲餌，比及敵人長驅入寇，始嘆息痛恨於首禍之人，而國已不支矣。以古方今前車不遠，正未識將來何處有乾净土耳。

致某侍御書

敬啟者，股票之借，公家出於不得已，率土臣民均當毁家紓難所可異者。自古帝王之州，而亦有建修鐵軌之議，遁其辭曰利恐人奪。嗟呼！

當今之時，如芙蓉之遍地，銀圓之改鑄，工藝之開局，何一不以此爲辭乎？當道有以此爲保全乾净土之計，而向此矜詡者，已以不可折之。但某一無位人耳，僅能力存是非而已。至其事之是否中輟，不敢問也。說者曰：「司農告匱非此不足，以興利固也。」試問，利歸於上，置此千百萬之輿夫逆旅於何地。損下益上，而欲民悦國富不可得也。況剥斫元氣，傷殘地脈，安置護隊，侵擾土著，種種隱患，有防不勝防者乎。說者又曰：「當今國勢孱弱，外夷窺伺，一朝有事，救兵可由此而朝發夕至，此誆兒童之說也。」不曰「我能往，寇亦能往乎？」眼前之驛騷，財力之耗費，猶其細耳，是其有害無利。審矣設謂真有益於吾國，何以關外齊東各夷，皆以此爲要挾之款乎？盜憎主人常也，盜之事而有益於主人變也。盜不鑽穴乘垝，爲主人者代爲備梯冲修捷徑，則變之變者也。而圖吾君者曰：「不爾則利皆歸盜。」要吾君者曰：「不爾則別啟戎心。」是真以國，是爲兒戲而玩孺子股掌上也。

歷考各朝，末造皆有逼辱侵凌之事，而自伐、自侮、自毁未有如今日之甚者，可爲痛哭流涕，長太息也。且吾省之，尚爲乾净土者，以尚無鐵軌耳，果必爲之大事去矣。城門失火，池魚必受其殃。地險全失，偏安更於何所。執事固今之朝陽鳴鳳也，其有意乎？顧或謂此關氣數，且木已成舟，匪石可轉，不知洪水猛獸，天數也；隨刊驅逐，人事也。人事果盡，天意亦未必不可回，惟執事其圖利之。

賀復齋先生楹帖書後

聯曰：百年樹人還樹木，一經教子兼教孫。

語云：黄金滿贏，不如教子一經，誠哉是言。孟子曰：經正，則庶民興；庶民興，斯無邪慝矣。蓋經者常也，天下達德，萬世不易，豈第十年計哉。

先師復齋先生，紹明關學，恪守程朱，以聖經爲教者數十年。一時信從者衆，而翰墨之流播人間者，一皆隨時垂訓，所謂置身可模，立言成範者歟。使人而盡能尊經也，何至非聖無法，從逆悖亂，如吾鄉夫已氏之所爲者。此聯係爲臨潼蕚樓劉君書者。端嚴是先生本色，而氣勢雄厚奔放，有如渴驥怒猊，實出尋常蹊徑之外，詢足寶貴也。敬志數語，以寄慕思，並使後之重先生者知先生之重，尚不僅在翰墨云。

光緒二十四年十二月

完穀山房竄語鈔存中冊

高陵白遇道五齋甫著

方太夫子八十壽序

萬壽御宇之五年，寰海鏡清，民物滋豐，六幕喁喁，咸登仁壽。詠昇平欣逢我太夫子八十生辰，惟時我西園師以蘭臺晉冰銜，我長世兄以縣令次湖北，我仲季諸世兄皆就傅學詩禮，而雀環報德，又開四世之祥，一堂融融怡怡，然誠人生樂事哉。門牆群從擬制錦爲壽，以祝嘏之詞委某，自惟譾陋，何知體要，而事師以實不以文，何敢藏拙於先生長者之前，謹就所習聞者質言之。竊惟壽耇者人生之常，而道德者福備之本。觀於武之銘曰：恭則壽。孔之訓曰：仁者壽。恭與仁皆德也。故論大孝之得，壽以有大德一言蔽之。然德具於已，而命稟諸天天可必而不可，必聖之言兼理與數也。若夫德備於已受禄於天，夷險一節豐約同，致陰陽水火不能灾，刀鋸鼎鑊不能害，則我太夫子爲甚奇焉。生而篤實，讀書觀大意不屑章句之學，綺歲蜚聲黌序。家貧授徒，學者麕集，各有成立以去；屢舉不第，遂嘯歌山水間，蕭然四壁泊如也。咸豐初，流賊起，募鄉兵團練，桑梓賴以全者甚多，事竣抽身隱名，當路竟無知其事者，其夙無宦情有如此。迹其生平借束修供菽水，百里負米得親心歡，有仲氏之孝；篤友於之愛，長枕大被相好無猶，有姜氏之悌；琴瑟專一，鸞膠不續，有莊生之達；赴朋友急，解紛排難，有魯連之高。獨行畸操，旁觀莫不矜式而處之淡然。自安其素，尤莫奇於宣城陷賊一事。當是時，東南半壁胥爲逋藪，大軍未合，鴟張罔忌，當之者靡遺之者危。太夫子儁數尺童孫，途爲所掠，厥酋惕之不畏，餌之不動，諭以大義，感以至誠，遂使帖然俯首護送以歸。嘻，難矣。杜工部詩有云：「正直原因造化功，扶持自是神明力。」非甚盛德，其孰能與於斯。昔唐武宗會昌九年，白樂天與胡杲吉牧輩，作尚齒會繪九老圖。時惟狄兼謨、盧貞二人，年未七十爲最稚，樂天年七十四，自餘八十六至八十九不等，皆一時星鳳。雖遭遇不齊要，皆身處平易之境，優遊以樂其天年，使坎壈備歷，由困而亨，其能不能未可知也。今我太夫子年已杖朝，神明不衰，我師陳臬作翰，建牙開府，皆指日間事，此後禄養愈厚，所履益豐，其由耄耋而進於昔之所謂上壽者更可操券，方信德備於已、眷篤於天，其保佑命自天申之者，又有涯涘也哉。

憶咸豐辛酉歲，遇道以拔萃應鄉試，被放是科，我夫子分校秋風，得人最盛，私心以不得及門爲憾。越十年，同治庚午，我夫子由左扶風歷右馮翊，調岐陽權長安篆，循聲周三輔而竟得，以是年受知克遂初心。因得瞻仰太夫子之道貌，而習聞其德行，故今逢盛會，而樂爲是序。

楊子經師七秩雙壽序

儒者之義出處其大端矣。進退尤爲節目之要，爲君子儒者，處則近文章、砥廉隅、訓俗型，方師表乎。人倫出則行所學勤四方，以有聲於當世，其進也。見行可而仕，不失事幾而其退也。見幾而作，不俟終日，完我介石之貞之四者，雖所遇不齊，大小各判而致則一也。自儒之途歧，不惟德行文學户别門分，即文章經濟亦遽判爲兩事，往往有述作等身名滿一世，或膏肓泉石，或貪戀棧豆，所謂往而不返溺而不止者，比比然也。又或少無宦情，晚飾輿服以高爵往以厚謗歸，此外之營營禄利而進退失據者，更無論矣。於此時，而卓然君子自命不與時爲推移，合出處進退而得其正，其我子經師乎。

師性行淑均，於文事蓋有天悟。年弱冠，蕭山湯文端公撫秦，課得師卷，驚爲耆宿；謁見，勖以經世意。當是時，路閏生先生以文學提倡關中，每閲卷必有侍立代讀之人，師獨能於口齒間分優絀，路先生以辨文有識，重之刻仁在堂時藝，師文居多名噪甚。又以文受知於林文忠，洎劉鑑泉制府、劉聞石觀察先後以課讀，館文忠、鑑泉署顧數奇。

道光丙午，甫以優行貢成均。咸豐辛亥，舉賢書第二人。五上春官堂備者，四迄不第，遺卷多爲得雋者借刻。又報罷後，常爲友人評改硃卷，毫不介意，得失天性超曠然也。文忠之撫陝也，歲適薦饑，師草救荒便宜各事，悉采納施行，故饑而不害。自是每事諮詢，多得裨助。辛酉歲，里人以抗縣官新章聚衆滋事，師譬勸懇至，不聽避去。省中尋發兵捕剿，則諭先與師見爲判别良莠，多所全活。經濟之見於未仕時者有如此，而年已五十矣。明年，花門變作，師避兵富平，與江龍門大令登陴戒守者累月。尋渡黄而東，慨然有出山志，以轉運軍火議叙知縣，簽分河南。辛未到省，劉冰如方伯夙有文字契，委以評騭課卷。取文不拘一格，以理清法密爲上乘，善點竄有易數字、數十字而通篇頓改觀者，於是以文贄者，户外屨常滿，隱然樹梁園壇坫。分校秋闈者三，宿學多蒙薦拔，擬墨出人口膾炙之。初權獲嘉篆，地當衝衢，民累甚，師以明決折獄，以誠信與民，以禮貌優士，訖任譽隆隆起。尋署睢州，補西華，調鹿邑、杞、滑，未幾引疾歸。師治劇多善政，識其大者，任睢與西華時，值饑歲，盡心籌賑不泥寧濫無遺之説，蓋謂濫即遺也，必清查户口，使窮黎均沾實惠。聞初與星使忤，後星使反以其法下之他邑。任睢時，於除夕擣賊巢穴，積匪無漏網者。戊寅夏大雨，搜捕西華道陵岡賊巢，救出難民甚多。西華向苦差徭，師每月旬稽開示，紳民僉云較前省費十六七。師善聽斷，莅獲嘉時，於相驗處所獲犯，一時驚爲神明。初不知用何術也，又訊一情實之，犯已定讞，隔宿忽翻異云曾偕某並指姓名，蓋蠹胥所導以魚肉者。師姑聽之，拘置一屋，一日訊他案，忽傳翻供者認所與妄指，爲是而扳陷之情露，案遂定。其他摘伏發姦多此類。著時事論一篇，歷叙前代得失而籌一處之，之法曰：痛剿而繼之以撫，如天生虎狼不能絶其種也。驅而放之，即盡物性矣。洋洋數千言理達而事核，誠如許子中宫贊所言：「使其説得用厥患不至蔓延糜爛至於斯，極迄今而猶隱伏也。」夫我師以文名者也，人尊我師亦以其文也，豈知德行純粹兼資經濟也哉。官河南十年多莅赤緊，不可謂無知遇知之而第縣之，則亦知柳下惠之賢而已矣。五斗米能縶維哉，然進不隱賢，退勇急流，其於出處之際可謂正矣。

師母劉夫人年少長於師，貴而勤，富而儉，齒德並高，可爲世範。公子三人，仲叔皆歡承萊綵。長孫伯瑗，戊子本省發解，所謂積之厚者，發之光者，已見一斑。刻仍居青門舊業，白髮童顔以文爲樂，杖履優遊綽綽然有餘裕，見者以爲上壽之徵，熙朝之人瑞也。

彭澤栗里之風，洛社耆英之盛，詎能專美於前世哉。遇道從游最久，粗有知識，只以蒲柳之姿不克樹立，年年攬揆之辰，又以奔走靡定，多未隨從稱祝。今年家居，恭逢盛會，謹以平日之所知者，撮舉大凡以伸仰山景行之悃，即以當酌斗祈年之祝，如云諛則義不敢也。

户部主事任士言先生六十生日序

今上御極之，十七年夏六月，甘肅學使胡公景桂薦舉方聞綴學之士，首以士言先生名上天子嘉之，賞銜如例報聞。輿論翕然，謂學使爲知人。蓋國家設科取士，春秋兩榜而外，復有孝廉方正、博學鴻詞諸目，謂之制科。制科不常設，而學使莅各行省按部既周，例得特舉經明行修山林隱逸，以爲能讀書者勸其所以勵風俗、育人才，以備朝廷楨幹之，選者意至勤、禮至重也，上以實求下以實應，斯爲無負所舉者往。

余掌教關中，即耳秦州有任先生者，未詳也。今歲起復還朝，與先生之門人任君等游，乃得知先生之爲。先生任君等示余曰：「先生少孤貧，善事母，爲諸生借館穀以養，甘旨無缺而自常枵腹，訓課畢即披編朗誦，琅琅然聲聞於外，氣不少餒。每至甑塵釜魚未嘗一求於人，人亦不敢以暮金污之。」同治乙丑，以進士起家觀政農部，即迎太夫人至京禄養，善養相輔而行。公退卷不釋手，自結繩之代以及三秦、兩漢、百家諸子之書，罔不瀏覽，一時稱博雅者咸推之。性戇直，惡夤緣，供職九年剌不一投權貴。屬母夫人思鄉土，即欣然告歸，略無係戀。母没不出已十有八年矣。里居人皆以師事之。友朋有過面斥之不少寬假，子弟有犯不韙者不敢令先生知。官莅新者争以禮延，致歷主天水隴南書院講席，一時風雨笈簦而至者踵相接。先生視之如子弟，教以植品力學，日講五經四子書數章，旁引曲喻期於通解。談時藝則教以養根，俟實詞必己出無爲，因陋就簡。赴速邀時，或疑立論過高畏難而去者有之，先生持益堅，不數年掇科第登仕籍者多至五六十人。生徒中有以貧輟學者，先生訓之曰：聖門學者貧至顔原極矣。而子稱回爲不改其樂，憲自信爲貧而非病，可見窮苦之境皆玉汝於成之。具爲學不歷此境則造詣不能超卓，而德性難語堅定，歷觀古今惡此而逃者，疇克淑身善世不潰防閑哉。因詳叙平生歷試之艱曰：汝等貧尚不至是，貧不我累獨累爾等乎。歲修所得與兄弟共之，絶不置産業爲子孫門户計。光緒四年歲大饑，州牧陶公籌賑需以先生董其事，先輸緡錢數十爲倡，又進父老而大義諭之，衆欣以喜得粟獨多，饑而不害焉。述作侈隆富，顧謙抑不輕問世，惟秦州新志已梓行見者，以爲考據精博，體例美善。今年六十有一，請一言爲壽，某等之言如此，余肅然起敬曰：是古之所謂鄉先生也，是鄉國之人所宜矜式者也。聖學不明久矣，荒經蔑古以仕爲市者，無論已其窮經者，則又歧經與行而二之。史稱孔光經術湛深，而不免諂附佞幸以固寵；匡衡說詩解頤而阿諛取容，實爲君子所羞稱。至於庭闈之地，本原所在急功名而輕定省，才略如温嶠而絶裾遺親矣；出處之際，名節所關早耽泉石而晚飾輿服，高隱如种放而晚節不終矣。此其操行皆無足取，而貽口實於後世者也。如先生之安貧樂道，遺榮養親，廉直勁正，初終不易，以視古若今之，第明經而行有慚者，其人之賢不肖爲何如也。

余不學無文，奚足以壽先生。竊願生斯土聞其風者，皆誦先生之言行。先生之行共敦勉於修身行道，以蘄無負於科名。佗日者輶軒問俗，當益嘆秦之有人，而先生之德爲不孤也。有大德者必享大年，又奚取祝嘏浮語乎哉。

潘母梁太宜人七十壽言（代）

國朝方望溪先生，文章爲一代宗師，嘗言以文爲壽，明以前未嘗有也。故嘗不輕作，即作矣，筆墨中猶以爲言，豈不以壽耇者，人生之常而人子尊親顯，親之大者，自有所在原不恃區區文字末也。然以觀詩書所載，歷代所傳，閨壼中之有備德者，時時著録於篇，而有德而兼備夫苦節者，大之見於朝廷之褒揚，小之亦不廢於文人學士之歌詠，蓋乾坤正氣所存，國家元氣所關，有士大夫所不逮而嘗備於婦人之一身，聽其湮没弗彰，是亦文人學士之責，而孝子仁人所不能自已也。

某未通籍時，即習聞嶧庁先生之賢，國人稱願而以伏處草茅未得親見顔色爲憾。及某歲，列門牆朝夕追隨，因得竊聞太師母梁太宜人之所以型家而昌，後者皆德之厚而人所難。而後曉然，我師之成德作人，以及立朝之大端，皆稟承有自而天之報，施善人信非偶然也。太宜人係出名門，明習詩禮，年二十歸贈公，時惟衰姑在堂，佐贈公色養以孝聞，娣姒間雍雍如也。贈公彌留時，師方在母。太夫子遵伯氏遺命，生即嗣之，太宜人携持保抱，備極恩勤，勝衣就傅，督責不少姑息。迨咸豐辛酉，師以拔萃貢成，均登賢書，旋捷南宫，授館職。太宜人誡之曰：今科名幸成，當思無負此科名者。抱紫紆青，未足爲爾父母榮也。近科屢典文衡，太宜人復勖以公鑒别慎關防勿負朝廷。簡畀今年登七十，神明不少衰，持躬簡約，不異寒素，時蓋其苦節可貞，數十年如一日。某之聞諸師者大略如此。溯自科舉之學興，人世一切賢豪聰明俊拔之士，沉溺黼紼於其中，而以得失爲榮辱者不知凡幾，其父兄之所以教與子弟之所以紹其家聲者，亦莫不以此爲券既得矣。父兄之願遂而子弟亦遂以自足。曰：吾學成矣，太宜人守貞撫孤，乃於他人所最得意之時，而勖以顯揚之大端在彼不在此，志識誠有。回出尋常，萬萬者可不謂賢，與抑觀古今所傳節母往往豐於德嗇於遇。豈天既以節顯其人，他福澤遂不必備，有如方先生所云者，徒令有心人，欽其節操而益以致慨。其遭逢今太宜人年登上壽，屢荷天章，階前孫枝森森秀立，是以艱苦備嘗之身，而得食富貴壽考之福，不徒德之厚爲人所難，而我師置身青雲，帝心簡在，將來歷清要建勛名，其仰答母志，報劬勞而大致其顯揚者，正未有艾也。

兹值歲月日設帨之辰，謹以聞之。函丈者質言之以爲壽亦庶乎，表微闡德之意，殆不泥古，而亦不戾於古，太宜人當亦怡然而進一觴也。

候選訓導歲貢生敏軒張君六十壽言

咸豐庚申，余年二十有四，三北秋闈將應萃科，學詩賦於長安李蔭堂師。師時設帳中南山麓子午鎮，從游者多一時茂異士。而尤翹秀者爲敏軒張君，悃愊無華，恂恂敦篤，善詼諧，出語輒傾坐人。每文藝成蔚然，韶秀之色如初日芙蓉天然可愛，又似奇花異果，側側生新心折服之，久乃知其内行修飭，有古孝子悌弟之風。因兄事之鎮距君家數里，而近乃造其廬，登堂拜父母定雷陳交。次年余以拔萃貢成均屬，更喪亂勞燕西東，不通問者有年。

同治庚午，覯君青門，悉當年同研席者半罹兵火，而君固巋然魯靈光也。余以是年獲雋，尋通籍解褐，而君屢試屢躓，絕意進取，黄鐘棄而瓦缶鳴自來誠無足怪，而君顧夷然曠然，肥遯自足悠優田里間，其天倫之樂，有回出尋常萬萬者固難爲庸耳俗目者道也。君嘗言孝爲順德，一順則百順，故書云：惟孝友於兄弟，未有孝而不順者亦未有孝而不友者。君先行其言，善事二老，稱於宗族。事長兄如父，其卒也以出就外傅，未得視含斂，時以爲恨；仲兄抱疾，綿惙床席者經年親侍醫藥無少懈怠，見者以爲難。撫孤姪教養，督責皆入學食餼，而君之子力耕明農，純任自然不以爲嫌也。邑以里長催科，相沿歲舉一人經紀帳目，多因緣爲奸利費每不貲。君所居王村，里公推君總核，節約歲省千百緡，而事亦不廢弛，人以是服其廉。能使君飛黄騰達，得所藉手本孝友之大端，以事君事長建白，必更有遠且大者，何止僅見稱於宗族鄉黨也。世有少負才名，早掇巍科，而大本不端名節弗立，一朝潰敗決裂不可收拾，上則大負君國，下不齒於鄰里，進退失據，得罪名教，自君視之其賢不肖，奚可以道里計也哉。

今歲九月，至君家祝嘏，聯床情話蘄至浹辰，見君之夫妻、父子、叔姪、祖孫之間熙熙然怡怡然，不嚴而肅，相與以和，知君之内行益篤，而積善餘慶正無量也。孔子謂：仁者壽，有子謂孝弟爲仁之本。然則壽固君之所自具也，無俟昌熾耆艾之浮詞也矣。

董母陳太夫人六十晉五生日序

善則歸親人子事耳，世儒悞會其意文詞貢諛，往往以其子孫之仁賢昌大，遂推美其前人之積厚流光艷庸俗之耳目，來譏訕於有識，此昔人所謂應酬之文，無足爲典要者也。至於期頤耄耋，人子孰不願於其親而恭則壽，丹書言之仁者壽，孔子言之享之者：人錫之者天，人事浹於下，天道自備於上，得之之故不一要，必本於忠孝節廉之大端，而世或毛舉細故以當之不已陋乎。茲二弊者均無當於文章之義法，而得之者亦不爲榮，祛斯二弊可以爲文矣。

同里田君鼎銘篤實人也，從軍塞外，歸爲言星五提軍之作人行己，並述賢母太夫人之型家教子，有合於古人，今周甲晉五矣。康彊逢吉，厚福無量。余聞之竦然起敬曰：此鄉鄰所習聞，而賢母之淑德固急欲表揚之，以爲世範者也。太夫人幼嫺詩禮，笄年歸封翁爲繼室，時星五方八歲，兩弟都才離襁褓，撫之甚恩。星五既學書不成去學劍，太夫人責之曰：大丈夫生逢聖世，既不能以文學顯，即當學班超傅介之儔立功異域，何事以一人敵雄鄉里乎。星五受命，惟謹於是取孫吳兵法、武鄉侯陣圖，昕夕練習，浸浸有萬人敵意。

同治初，回亂作於陝西蔓及關隴，星五欲奉兩親避地樂土，太夫人責之曰：汝日留意兵事何爲者，今鄉邦有事正英傑所資也，不思保衛桑梓，尚能執干戈衛社稷乎？去則去矣，毋以二人累也。星五於是有集團之舉，得子弟千餘人，日訓習之，資糧於盜，盜懾之不敢擾。無何來依者麕至無慮數萬人，姦宄竊發勢甚岌岌。屬劉忠壯師次烏延，星五以贈翁命遽謝團衆往投之，一見器異即奏保都司職銜統其衆，世所稱「董字三營」者也。太夫人喜謂封翁曰：吾兒得所矣。金積平後，封翁即世，星五以母老時有歸志，太夫人馳書諭之曰：汝受國厚恩，以齊民擢，至武秩極品，主帥知遇，其可忘乎？萬一爲國致身，章妻滂母吾願以身當之，不願汝依膝下，爲負國辜恩之人，汝其勉之。星五之立功關內外也，主帥倚爲左右手，大小數百戰馳驟萬餘里，蓋無役不從焉。太夫人每聞捷音，爲加一餐，聞星五每進一階，必馳一書敦勉，鄉里傳聞大略如此。其教以團練也，不亦仁乎。其諭以從順也，不亦智乎。其訓以國爾忘家也，不亦忠乎。行此三德人事浹矣宜乎，福禄壽耇康彊逢吉，而得於天者亦備也。嘗謂忠孝慈祥，根於天性，以閔子之賢不免遭蘆衣之變，以温嶠之傑不免有絶裾之譏，大義不明刻私姑息，於百順之名蓋罔聞知矣。以太夫人之淑德，方之古紀載所傳之事，豈不敻絶超越萬萬矣乎。

茲星五名聞天下矣，他日受方面寄，安車迎養。我知太夫人之頤和，集祜者正未有艾也，義不貢諛，有識者必能辨之矣。

董宫保七十壽言（代）

皇帝龍飛之三十有四載，天無霪潦，海不揚波，骎骎有寰宇鏡清方隅砥平之景象。天子安不忘危，勵精圖治，兢兢以勤遠略講武事爲急務，諭各行省添練二十四鎮，甘肅獨得兩鎮。天睠西顧恩至隆渥，我宫保之解兵柄賦閒居者已七八年，居常邑邑不言時事，而服御筆丹詔於心胸間，往往捧之而泣，總以不得及時效力上報君恩爲至恨。蓋君臣遇合之難，嘗有有君而無臣，有臣而無君者矣。有君矣，有臣矣，而旁有沮抑譬旨畏子玉、魏忌道濟，詛咒讒毁必使不得一日安於朝廷之上而後快。則我宫保之家居，如馬伏波之車載薏苡，韓蘄王之騎驢湖上，非二人之不幸而國家之不幸也。

今歲十二月吉日爲宫保七十初度，舊部諸人公擬介眉以壽言屬，某自維謭陋曷足導揚盛美，而追隨既久見聞較真敢質言之，俾諸將士有所矜式兼侑觴焉。同治八年，受知劉忠壯統「董字三營」，克復寧夏，肅清湟中，平定枹罕，掃盪肅州，皆在前茅。「董軍」之名聞天下，繼受知於劉襄勤，隨同出關剿平木裏河、瑪納斯、古牧地、烏魯木齊、達坂城、託克遜，又克復南八城，收服安集延，有如風振枯葉所向無前。此皆豐功偉烈之昭昭在人耳目者，其追捕白彦虎也，率輕騎一日夜行四百里，幾就獲矣，忽有忌之者責其貪功冒險，任令逸去走胡走越爲隱患者。又十餘年，宫保每追憶之，有餘恨也。光緒二十年，以喀什噶爾提督進京祝嘏，奉詔精練甘軍。次年援剿甘肅軍務，克期盪平。東事起，奉旨入衛節制御前軍，隨扈兩宫西狩，回鑾陛辭，皇上手書「丹詔探懷」手授慰勉，奬勵足下忠勛之泪，而使之隕首者矣。此外所不知者不敢臆造之，以誣宮保也。

繄古以來，功名之際難言之矣，李北平之不侯也，岳忠武之不終也，渾瑊、滅吴而相争，鍾鄧平蜀而兩敗，或天或人，論古者未嘗不廢書而嘆，大抵有臣而無君，有勞而必伐者比比皆是也。我宮保則以忠勇樸誠上結主知，以退讓緘默下孚輿論，而顧一蹶不振，廢棄終身。詎不令孤臣危涕壯士灰心也耶。然而廉頗善飯，馬援據鞍，是翁矍鑠壯心未已，天佑中興，聞鼓鼙而思將帥，必將即日令馮唐持節來赦魏，尚如前漢之故事者，則我宮保之富貴壽考，引之勿替者當不任郭汾陽、李西平專美於前也，即以芻言爲券可矣。

杜石生直隸州六十雙壽序(代)

道之在天下無之而不可者也，道之在人身無時而不有者也。大而綱常，細而日用，窮而端本善，則垂範於鄉閭；達而藴氣，標致揚歷於中外，莫不有道焉，以綱紀於其間。三代以還，道學與文章劃然二事，崇秋實者或短於春華，矜詞華者或昧於踐履，求其議道自已學道，愛人官不擇地，隨所遇而皆安；進不隱賢以經術，飾吏治則卓然。有道君子矣，若我師石生先生其人乎。

先生三晉右族，生而有維摩入夢之祥，勝衣就傅，即好讀書，事父母能得其歡心。嘗言家庭間處不好者緣少有參差，即未免有成心，果能將成心化去，再能善體親心而不忍傷親心，未有處不好者。太翁嘗顧而喜曰：汝善處家庭，委曲周全，承歡膝下，真不失赤子之心者。大夫人亦每呼爲孝順，孝順而不名云。事兩兄銓部公中丞公友愛逾常，甘苦與共有長枕大被之風。弱冠文名借甚，顧鄉舉後六上春官，始成進士，入詞林、散館，改刑部，補廣東司主事。京察後，以直隸州保送分發陝西。先生名場蹭蹬，捷南宮時年蘄四十矣，刻苦自勵，無一毫怨，尤心其在刑部也。精律意勤，職事每晨入署，寒暑風雨無虚日，長官桑文恪、潘尚書、薛少司寇均激賞倚重，資爲臂助。改官時，皆雅意挽留，先生謂一言既出，倘援止而。止此後一切迹皆粼於以去要求矣，其德性堅定，去就不苟也有如此，至陝上游，委以鹺局關税，平反榷算，皆得竅要，其辦釐務也獨見起色。上游奬以讀書自愛，有品有學。先生謂某無長策，惟實事求是不染一塵而已。攝乾州篆事僅十閲月，百姓聞其將去，卧轍攀轅，老稚塞路，書院諸生餞送接踵，其上忙錢糧不待催科，輸將恐後於戲，先生何施而得，此於民也。非議道自己學道愛人而能之，與師母賈夫人四德兼備，鴻案相莊，内助之賢彤管有煒，竊惟行道有福，莫大於壽壽之得也。不於其得之日，必有其所以始。載稽往牒恭則壽，丹書銘之仁者壽，尼父訓之敬德之，聚元善之長皆道也。得道者多助，康彊逢吉理所固然。

我師今者花甲之届周，與州牧之小試皆如旭日初昇，他時勳望隆隆與年俱崇，固自有不可量者。先生酉科分校，鄉試得人最盛，今年戊子，某以鄉舉出先生門下，親炙道範與聞，實行欣逢初度，謹撮大凡而質言之，以爲壽無諛無誣，或於古人台萊之祝義有合乎。

劉母陳太夫人八十壽序（代）

惟天大佑命於聖清二百有餘載，繼繼繩繩恩澤教化之，涵濡渝浹方行天下，至於海表罔不懷德效忠争，自奮厲於功名極之，閨闥女子亦皆大義深明，告勉子孫克明克類，及身享福備百順之休，蓋元氣所凝蔚爲善慶，其受禄於天，與天之所以報，皆河嶽所鍾功績所貽，在國爲瑞，在家爲祥，非偶然也。

全秦鶉觚失次，糜爛土疆蔓延關内外十餘年，所黔黎幾無聊賴。朝廷殷念我民，宵旰憂勤不惜屢更將帥以圖之，而狂鵔鵵張迄不悔禍，至忠壯公始，大挫其鋒，得今部堂，乃克底於定。凡屬再生之倫幾於家户户祝，而海内之言勛伐者，亦盛稱劉氏一門。人第見烜赫焜燿，迪惟前光而不知其積慶發祥，由來者遠賢祖母淑德高年固在堂也。陳太夫人忠壯公之母，毅齋侍郎之祖母也。生長清門，嫺習禮法，自其幼時，浸浸有閨中顔子之稱，迨及笄而歸贈公也。翁姑逌事如事父母，食調甘滑，衣問燠寒，疴癢抑搔，以及蹀躞床頭中裙褻衣浣濯之事，必躬必親不一假於婢僕，翁姑均鍾愛之，常以孝婦夸於閭里。相夫子敬慎無違，一室怡怡然。終年無詬誶嘻嗃聲，一時士大夫傳爲家法，且知其門户將大也。贈公即世，家尋中落，太夫人安之井臼操作不以爲苦，而性好施與戚黨緩急，每典衣飾資之，逋負不悔也，古所謂睦婣任恤者其近之矣，然皆庸行之常無足異者。督責二子事君致身戰陣必勇，屬東南多事，令長君偕弟相次從軍殺敵，致果每戰必克。兩劉公名聞天下，太夫人家居每聞捷爲加一餐。咸豐四年，長君效命於岳州，太夫人益勵次君以殄醜復讎，略無世俗姁姁態。迨同治九年，次君以廣東陸路提督，率師援陝，轉戰甘疆，金積之役戰没於陣。耗至太夫人，陽陽如平常，無怨無悔曰：人臣策名委質，忠於所事分也。不辱家風，又何戚焉。侍郎初以銀臺受欽差大臣篆，督新疆軍務，安車屢迎不一至，馳書諭之曰：汝家世受國恩，又當大任必努力盡心，勿以家室爲念。清儉性成，貴盛不改，侍郎服物之奉不一御，藏置篋中曰：以待貧乏之有求者。丙丁之交，山右薦饑，捐資助賑，御書「積慶啟勛」四字褒之，旋以五世同堂，又蒙「有慶衍陔」華匾額之賜，皆異數也。太夫人感激銘紉，益勵孫曾以盡忠圖報，無負湛恩。兹淑德之大略，福禄壽耇之由來乎。若夫耳鳴陰德人所不及知，曷敢臆言。國家全盛，瑞毓德門，近如江蘇侍郎潘母，河南尚書毛母，滿洲將軍崇母，皆教子成立，一門鼎盛，壽躋遐齡，然或生長華胄有所憑藉。因依已令人歆羡欽挹不能已，已而如太夫人之遇之德，則有難之，又難者而受禄於天，與天之所以報，又何多讓焉。嘗謂地道無成統於所尊，何以詩述祖德必推本於思齋之母，豈非以功德積累必有由來，具是思齋之德，而後之受帝祉施子孫者皆基之矣。

以古方今家與國有異世而同揆者，太夫人以淑德陟此高年，親見子若孫之成立若此，他日者侍郎敭歷中外，贊助中興，椒衍瓜綿，盈床袍笏，其登上壽而迓休祥者，正不止如今日已也，則又海内所具瞻，不獨關隴人士馨香以祝者矣。

盛母周太孺人七十晉五壽序

國家休養數百年，世躋仁壽，人慶雍熙，靈秀所鍾，遂多磊落英多之士，然執干戈衛社稷，志聖賢心君國丈夫，所有事求其以婦人，而深明大義，茹苦含辛，相夫訓子，年登上壽群稱爲巾幗丈夫者不多概見。

今乃見之於盛母周太孺人矣。太孺人之父字曰吉人，生長名門，幼讀孝經女誡諸書，通其大意，年及笄歸封翁文思公，翁載之明經，姑氏胡均在堂。文思公少年負盛名，嘗入成都將軍幕府，屢膺卓薦，有一日千里之勢。詎意造物忌才中道雲徂，時年尚未强仕也。二子雲峰、春山均稚幼，太孺人傷翁姑之既老，憫諸孤之零丁，泣請高堂力肩家政，不惟厚脩脯饌先生，且輕貲財喜施與，戚黨嘖嘖稱賢，翁姑顧而樂之，不減文思公在日也。迨二老考終，太孺人又諭二子以葬祭，務從豐厚，勿以天下儉親。兩小姑嫁而貧以時賙恤，不使失所善體。親心又如此，初課二子讀劬甚勤，本期以詩禮紹家聲，迨遭家多難，雲峰自願輟讀而令弟春山在縣刑科作典吏。太孺人訓之曰：書言君陳惟孝友於兄弟，克施有政孔子引之以爲如是。是以爲政識得此旨，持身處世之要具矣，至於公門尤易修行，漢世有以刀筆而爲卿相者，切不可妄自菲薄，致負初志。同治季年，春山由滿吏以縣丞投效軍營，積功保至知縣。光緒八年，覃恩敕封太孺人有「淑範宜家，令儀昌後」之褒。春山以從軍久，將母不遑屢思歸養，太孺人常函，諭以公事宜急勿顧其私，噫可不謂賢與世風之偷久矣。教子者非以姑息，長其敖惰即以功利蠱其心思，幸而宦成名立，抽身思退，置公家之事於不問，而自便身圖者比比皆然。

如太孺人之大義深明，教忠不倦，可不謂賢，與今年邁古稀，精神康健，諸孫蘭茁成行，一堂怡怡，識者知盛氏之興，如日初昇也。予未識春山，而與其友某善得聞萱闈芳行，而序次之以爲壽，他日登堂瞻仰，倘以是爲羔雁可乎。

魏母張太淑人七十壽序（代）

孝爲百順之根，勤儉爲修身持世之本，三者亦天下之達德矣。竊謂丈夫有之，婦亦宜然。婦之於舅姑也，如子之於父母也，然婦之事舅姑也，終不如子之事父母者，禮緣義起，而氣不屬。故桐城方侍郎有言，婦於舅姑盡愛之實，但得其子之半即不失爲孝。婦蓋誠見於世俗媮薄勃谿詬誶之，相閒疑忌猜嫌之，漸積十室而九所爲緣情立論，以挽久敝之頹風，至於貴而能勤，富而能儉，詩傳只美文之后妃難可知已，蓋嘗持此衡世凡夫，及身享富貴壽考之休，以及門户子孫之仁，賢昌大莫不由此數端之，得則又爲善獲福之，常理非天之獨有私也。

憶道光辛丑壬寅間，三原魏序堂明經與余同請業路閏生先生門下時，通晨夕見，其學有本，原誠恪恂，謹心甚儀之，自後南北奔走，久不通問。光緒壬午，奉召入都，徑獲鹿而君子芷汀適攝篆，詢悉君以目眚家居，與夫人鴻案相莊，有偕隱之風。並悉芷汀以孝廉從軍，薦擢刺史，少子亦以守備，長瓊州行營百夫，竊喜克家有令子，而善人之獲報不爽也。居無何，芷汀以君故旋里，又數年，薊州差次，復與芷汀遇，知惟夫人健在，今年權懷安篆，以書來稱賢母張淑人之懿行曰：吾母之來歸也，先大父母均在堂，吾母服勞奉養，事事得其歡心，先君授徒他鄉，吾母井臼躬操，勸其一意讀書，勿以米鹽瑣屑爲念，以故先君無内顧憂。同治初，捻回交訌，一日賊大至，村人走匿，吾母獨侍大母不去，群逆竟過門不入，一家獲全。當是時，先君年六十餘，兩眸失明，搢儒饑驅營幕，群季稚弱尚未成立，吾母侍疾治家，心力交瘁，平生儉素自持而急人之急，無少悋性習勤，年逾六旬，猶黎明即起，率家人操作不以爲勞。今春迎養至署，每爲道本邑官若者清勤，若者貪酷，以示法戒，又謂親近小民，嚴防丁胥，爲居官之要令謹識之。今年届七十，請一言爲壽。書言如此，予曰：此太淑人福壽所由基也，婦人正位乎，内無非無儀，安常處順，奉事尊章，人言無間，斯亦足多。至於呼吸危急之際，中持定見，奮不顧身，此在觥觥男子尚覺難之，而太淑人獨能衛姑見危不去，此非至孝性成而能之與。獲全雖曰天幸，其感召有微焉者矣。而持躬以儉，老不倦勤，則又得修身持世之要宜乎。芷汀昆弟鵲起，蓋得母氏之身教爲多，而不僅乃翁詒謀之善也。抑更有進者，以文爲壽，明始有之。蓋仁人孝子之思，藉詞翰以揚其親之盛美爲世，式法猶顯揚之。小者芷汀今宰一邑，有衆母之責誠，深體太淑人之教，而移孝作忠勤於邦，而儉於家則外不廢事，内可養廉父母之禰，溢於境内昌門閭，而慰所生無窮之願，當更有其遠者大者，芷汀勉乎哉。

余老矣，筆墨久蕪，據事而質言之，義不貢諛，請即以是爲壽可乎。

封一品夫人劉母陳太夫人八十壽序

昔之稱母儀者曰：孟宗母封鮓教廉，柳仲郢母熊丸助苦。勖忠臣於孝子，則晉虞潭有母；善養無須禄養，則宋尹焞有母。數母者皆以一善一節之美，標聲史册，垂爲世範。今讀書者開卷流連，常心儀其人不能置。然有德者不必備，其福受禄者不必享，其年故稱壽母者，惟魯僖閟宫一頌。後世則張齊賢之母孫氏，年八十餘封晉國太夫人。宋太宗謂其多福壽常賜存問，此外不多聞焉。豈不以可知者，人不可知者，天豐亨豫大之慶。富貴壽考之休，皆人生所深願而不可必得者歟。

我朝有天下二百餘載，列聖相承，德教之涵濡，風澤之漸被。一時閨中女士，上自公孤卿尹之家，下至鄉閭里巷，罔不忠義相勉。如汝墳女子小戎婦人，浸浸乎有古人風。然求其好善，出於天性，子孫俱作名臣，極人世之寵，榮得期頤之上壽，雲礽綿衍。天語褒嘉則原任廣東提督湘鄉劉忠壯公母，今欽差大臣兵部侍郎毅齋爵帥之祖母陳太夫人，洵熙朝之人瑞者矣。太夫人之歸贈公也，尊章在堂，事之如父母，問寢視膳，怡色柔聲，羹湯衣裳瑣屑之事，必躬必親，得二老歡心，嘗稱於戚黨，謂爲孝婦事。夫子柔順利貞，一室怡怡然肅肅然，閨門如朝廷焉。贈公即世家中落，丈夫子二皆幼稚。太夫人躬親操作，以養以教至於成人。髮逆之煽亂也，太夫人謂二子曰：耕讀固佳，然弧矢四方固男兒事，盍從軍以豎功名乎。二公子奉命惟謹。咸豐四年，長君戰没岳州，太夫人馳諭壽卿公曰：曾子有言，事君不忠非孝，戰陣無勇非孝，汝其勉之，無以乃兄故隳爾壯志。故忠壯自樹一幟，轉戰數省，屢建奇績，洊擢至廣東陸路提督。甘肅金積之役，復以身殉，皆太夫人之教也。忠壯既以死勤事，毅齋爵帥接統其師，平關隴，定西陲，受欽符躋卿貳。太夫人每馳書諭曰：「汝家世受國恩，當效忠盡命勉圖報答，勿以室家爲念」，可謂深明大義者矣。性節儉雖貴服御不華，而任恤在抱出於至誠。丙寅，三晉大饑，出鉅貲助賑，御書「積慶啟勛」匾額賜之。瓜瓞綿延五世同堂，又蒙有御書「慶衍陔華」之賜，海内榮之於戲盛已。昔漢王章妻阻夫上書，論者謂章妻雖賢，終是惟怯女兒；魏晉以降世俗衰薄，觥觥男子往往媮生，視息不知忠義爲何物，閨闥又何論焉。能俾其子若孫爲鄉里善人，已屬僅得，况夫訓子克家，繩繩繼繼，而且盛滿不居，寒素如故，則真景星慶雲蓋代之華矣。如太夫人者，德全福備，固涵濡於盛世之教澤，而其得天有獨厚者。兹者長孫爵帥勛望日隆，仲孫毅吉榮持矞節，黄髮兒齒曾元繞膝，宫中呼爲太夫人，天下稱爲真壽母，識者知劉氏之澤正長也。

異日者年臻耄耋，當必更迓天休遠，與張晉國太夫人媲美，不僅如史册所傳，一善之長一節之美，而垂内則稱母儀也。九年秋，某出塞西游，謁侍郎於古伊吾廬，因得側聞太夫人之懿德令範，故當八十稱觴而敬，制斯序以爲祝，惜筆墨蕪累，未克導揚，盛美於百一也。

張傑三提戎四十生日序(代)

秦中自古爲帝王之州，山川雄秀，代産英奇。漢唐以來，載在史册者夐乎尚已。國初，張太傅勇以靖逆將軍平定回疆，位躋五列，銘竹帛傳無窮，當時無兩。

越二百年，而復見我傑三軍門，軍門固原著姓，先世以來代有隱德，家本素封，至封翁時中落，而好行其德，急人之急，饔飧不給弗恤也，竟以窶廢讀。而軍門乃以武功起家，生而任俠性成，童時即有萬夫辟易之概，聞人談孫吴兵法及終軍傅介之事，心慕之而一無所資居，常鬱鬱不樂。同治初元，回亂作蹂踐全疆，捻匪乘釁構煽，糜爛幾不可收拾，迨多忠勇公周至戰没，而甘禍愈烈矣，軍門乃投袂起曰：生不能保衛桑梓，殄殲群醜非夫也。屬董星五里居方集團辦，賊即往，依之仿古，鄉兵遺意家出一人，伍以軍法餘無所擾，遠近倚以爲安。從入團者無慮數萬衆，悍寇遊勇相戒不敢犯，無何衆愈麕集，食不能給蔪譁潰，軍門曰：此不可狃也。會劉忠壯統湘軍辦陝北軍務，次延安。軍門喜曰：可矣，即日與星五率團丁隸麾下，忠壯深器異之，汰冗留鋭，入伍僅千餘人，所稱「董字三營」者。軍門實統其左軍，隨隊規銀夏、下靈、武城。當是時，賊踞金積爲老巢，以死拒守，軍門氣吞逆賊，攻城每先士卒，冒矢石受重傷，裹創復戰，城幾拔。忠壯忽没於陣，毅齋京卿接統其軍，愛軍門樸勇，倍垂青睞。因感兩世知遇，益奮厲。憤堅城不下，時時椎牛饗士，激發忠義，大小數十百戰，均在前茅。至冬月，而金積平，嗣攻破小峽口，克復大通縣，解西寧圍，遂復肅州。無何，降虜閔殿臣復叛擾河州，軍門奉調隨京卿星夜赴援，時各軍戰不利，軍門奮勇衝鋒，手刃悍酋數名，提孤軍大挫其鋒，城得以全，關隴肅清，論功爲最。事上奉旨嘉獎，賞賚優渥焉。隨大軍追寇出關，拔古牧地，復烏魯木齊，綏來各名城。軍門之力爲多，京卿謂其忠勇冠軍，牒左侯相檄令入關，招募成定遠三營。

光緒三年抵吐魯番，規南疆偕星五軍，取道蘇巴什溝而進，旬月間，復哈喇沙爾至開都河，無舟躍馬踏渡銜枚，疾趨出賊不意，遂破庫爾勒，轉戰而前庫車、阿克蘇，以次收復，又自以定遠一軍克復烏什，將於阿城暫時休兵，適聞有棄喀什噶爾之議，軍門憤激，義形於色曰：朝廷尺地寸土豈可與人走，謁大帥陳方略請進兵，自率所部由冰達坂潛渡，惟時北風捲地，堅冰在須，軍門激勵將士兼程進逼，遂連克葉爾羌、喀什噶爾、英吉沙爾等城，於是東西八城同時内屬矣。事聞叙功，蒙上賞，並榮先世如典。軍門以武立功，數年之間置身通顯，而虚己好賢，敬禮士夫，實有古儒將流風雅致，至其輕財仗義，振煢恤貧，救荒捐貲諸善舉，則鄉黨自好之士類能之，不足爲軍門重也。

世稱山西出將，應據泰岱而言非太原、并州之謂。後漢書虞詡傳曰：關西出將則山西之，爲吾省無疑也。吾省當東漢建初之年，扶風班超立功西域，投筆封侯。唐天寶之代，華州郭令公平安史亂，回紇慴服。建中季年，隴西李良器定朱泚、李懷光之亂，晉爵平西郡王，數公皆秦産。均年臻耄耋，子孫蕃衍貴盛，以今視昔軍門何多讓焉。

今强仕之年而成就若此，此後建牙開府，虜戎王而和蕃服，樹績享年不特近，追靖逆方將，遠媲前代諸先達，則福澤正不可量也。某誼屬維桑嘗聞鄉評，而知梗概，謹撮實質言以爲壽，非謂祝效麥邱聊伸景慕之懷云爾。

提督軍門張君傑三四十晉五壽言（代）

秦俗强悍風詩垂袍澤之歌，戎醜矯虔，天討勞旌麾之指。粵溯鶉躔，失次釁起；花門狼焰，生芒蔓延。榆塞自多忠勇督師靖陝，左文襄建節平羌，一時帶劍之人，持戟之士，無不熊羆奮武，虓虎揚威。人僉謂楩柟杞梓，全憑南國之多材，庸詎知山隰榛苓，大賴西方之彼美。如傑三提軍大元戎，信命世之奇英，而中興之名將矣乎。

係出金天，籍占關隴，無心磨硯，腹陋笥邊，有志請纓，頸思係越挽强，命中比李廣之天生。弱冠登壇，羡淮陰之年少，當夫輟耕隴上，伏處田間，固已具越石澄清之概，宗殼破浪之懷。一旦際會，風雲光依日月，立功西域，受賞北宸，蓋世勛名，近今罕匹約其得力厥有數端，請吮霜毫以祈黄耇可乎？今夫蛟龍聳霄，必階尺木驊騮開路，豈服鹽車。使文淵不扶光武之興，則鄉里僅稱其善；周處不赴萬年之難，則父老或以爲憂然。而孤掌難鳴，同心利斷，師貞可吉，比匪易傷，君則識具睢陽，交胥長者，鑒同荀粲友盡名流。時則有晉良史之雲礽，漢純儒之苗裔，神交有素，雷陳則堅，似漆膠耦，俱無猜瑜策，則恩同骨肉。遂因時難共練鄉團，奪寇兵而資盗糧，千里之雁鴻畢集，執干戈以扞牧圉，四鄰之鷄犬不驚，蕲至胥漸泯，棼莫齊良莠或潢池盗弄，或畎畝揭竿伍，胥有累卵之危，田文乏脱身之計。君從星五徑往烏延，投劉忠壯麾下。孟起入蜀，迺馳聲於勇猛將中，尉遲歸唐，遂圖畫於凌煙閣上。則君之智有過人者，今夫誓衆以同仇師直爲壯，殺敵以致果自勝者雄君，既屬柳營，動循節制，或晨炊蓐食米淅矛頭，或夜燭治書墨磨盾鼻，恨元昊尚横於銀夏，學武襄迅奪乎崑崙。一麾下靈武之城鴉軍勢振，再鼓懾夷酋之氣鸛陣威張，然虎尚負嵎赫連之穴巢，依舊兕猶出柙。回紇之羅拜無期，迨將星忽殞於軍中，卿月續明於天，上君再逢知遇，倍勵忠誠。盤沙畫山水之形，虜如在目；芻粟期飽騰之效計，必攻心血污指而不知身。

裹創而復戰，遂使堅城頓復；戎醜聚殲，方思飲馬酒泉椎牛邊地。誰知指蠻觸之絶塞，不少天驕騰鳥鼠之；餘魂偏饒雜種君，乃再張鼓角重整旌頭。隨春風而度關，趁夜月而飛檄，馳騁於百千萬衆，門將原是韓擒率領乎，三十六人封侯，必推定遠。先通北道，繼拓南疆。鞭撻乎衣皮被髮之鄉，戈揮乎沙度繩行之地，蒲昌瀚海渡弱水，而西葱領天山踏雲梯以上。縱敖倉不繼，而唱籌無減竈之虞；即戈壁流湮，而拜井有甘泉之出。經大小百餘戰，平東西數十城，無不拔幟，前驅未嘗執殳後殿也。發仁貴三條之箭，歡聽壯士長歌；刺哥舒半段之槍，不任單于夜遁。則君之勇有過人者，今夫羽扇綸巾諸葛君，真爲名士；輕裘緩帶羊叔子，自古風流。自後來以攻城略地爲功，以暴虎馮河爲勇，而罔嚴紀律，民苦寇而更苦兵，但恣驕奢徒，損下而不損上，宜乎一宵之内，牛馬數驚百里之間。扈鴆無種君則法如山，立恩似膏流旨酒一盛不遺禍之父，秋毫偶犯必令徇於軍，所由禦侮者如子弟之。衛父兄。迎師者如雲霖之救枯槁，風饕雪虐三軍，有挾纊之温。雷動雲屯千耦皆荷鋤如故，至如名盛者多驕，功高者易滿，鄧鍾不返兆萌，於伐蜀之初；渾濬相争釁起，於平吴之後信乎，碩膚宜遜，盛美難居，雖顧盼自雄，實則撝謙爲吉，曹彬之自書牓子，但言公事句當馮异之，不伐戰功常依將軍大樹，則仁與讓又有過人者，能行四德宜迓百祥。外夷問潞國之起居，中朝想嘉貞之名字，龍光錫類榮被其先，鸞誥酬庸賞延於世。既受國恩之稠叠，復餘家慶之綿聯。鴻案相莊，偕老得齊眉之助；鳳毛濟美，含飴增繞膝之歡。則又備人世之寵榮，而兼天倫之樂事者也。某陳良產楚來自三湘，班超出關行經萬里，喜識荆於疆埸，得御李於輪轅，管鮑締交，分金知我札僑定分倚玉，愧吾凡君陰德之耳鳴皆走，累年所目擊，今者春新正月，節近上元，忻遇吉甫攬揆之辰，又逢錢镠錦還之，候蒲桃酒熟擎介壽之霞觴，火樹花開照長生之寶籙，攻麥邱祝添海屋籌義，不貢諛辭，惟攄。實此日龍堆路，遠都知萬福之威名，他年麟閣勛成，再祝三多之吉慶。

張傑三軍門四十晉五生日序（代）

吾鄉自鶉火失次，蠡賊内訌，蔓延糜爛全疆幾不可收拾。天佑我民，俟相來臨芟夷，藴崇我人以生，而鄉人之效力疆場，建節元戎者則有兩先生。當是時，「董」「定」軍名聞天下。「董軍」者提督星五公統之，定軍則提督傑三公統之者也。二公相爲左右，如驂有靳，而我傑公之雄才大略，襄翌我星五公之剛毅沉摯以相與有成，其詳究不可得而名。

某歲同里田君，某闕外歸，爲述傑三公之志行，並言殷念我里，割俸以資肄業諸生，始曉然於公之儒雅醖藉，留心文事而不徒以武功顯。今逢四秩晉五初度，請以祝詞爲介壽觴可乎。公之少也，海内晏然，田間伏處不問世事，迨回亂作，星公倡練鄉兵，爲桑梓衛行之一年，約束堅明，公知其衆可成城也，從之旋隸劉忠壯公麾下。公又從之忠壯，奇其貌授以一旅，由是官軍下靈武，破金積，攻小峽口，復大通縣，解西寧圍，克肅州城，擒閔叛虜，大小數十百戰，無役不從也。比追賊出關，益受劉京卿知，使統定遠三營，自樹一幟，於是復哈喇沙爾、庫爾勒、阿克蘇、葉爾羌、英吉沙爾、喀什、噶爾。東西八城一時克復，馳驟一萬餘里，公蓋有開必先焉。凡此豐功銘之太常，朝廷功懋，懋官賞酬其勞，惟名與器俱臻厥極，乃海内所共知，亦何俟乎贅言也者。

繄惟世風日下，人心不古，恣意相非不樂成。美文之輕武也，謂挽百石弓不如識一丁字；武之誹文也，謂此輩宜束高閣，俟天下太平然後徐籌其任。彼此枘鑿，如水火冰炭之相反而不相入也。而公獨慄然意下，不伐不矜禮賢下士，汲汲於文教之奮，興却穀之説，禮樂敦詩書，儒將風流其復見矣。宜鄉之人高其功，益服其德之不可及也。吾鄉名將輩出，信而有徵者。國初以來，寧夏有趙良棟父子，靖遠則潘育龍祖孫，張掖則康泰兄弟，以及臨洮之岳公威信世襲，西寧之高公圖形紫光閣，莫不名垂竹帛，傳之無窮。

近數十年漸以頹矣，我公復應運而起，風氣其復振乎。今所成就猶雲初出也，今之初度如日方昇也。方今海疆多事，急待回瀾，一旦所得，藉手乘風破浪，爲國家謀億載之。安爲閭里增不世之榮，皆意中事也，即以蕪詞爲他日之左券可矣。

杜國英提戎四十生日序

唐裴行儉具人倫鑒，嘗言士先器識而後文藝，此觀人之法也。器欲其遠大，識欲其深沉，器識裕而品可覘焉。品誠克敦，則處不失爲善人，達即可爲國士，忠孝廉節之大，知仁勇義之全舟楫棟樑之用。雖遭逢不同，成就各異要之，浮躁淺陋之譏，吾知免矣，竊謂文誠有之，武亦宜然。

往歲京寓供職，同歲生史君宜長自西域來，具言鄉人董張兩提軍之賢，器識過人，立品卓卓，然一時節下多奇偉英多之士，而尤心折者。有固原杜君亦以行伍立功，洊擢至提督軍門者也，心竊儀之而未由識荆。癸未秋，出塞南至疏勒，過焉耆，蹦古温宿，得識董張兩君，而並得睹君之光儀，心益敬之。今春東歸過焉耆，浹旬主於君營，昕夕論議，始知果爲敦品之人，器與識有過絕流俗者。今逢初度，公擬舉觴，烏能已於言耶。始君之在田間也，恂恂純謹與弟躬耕，養親於名利泊如也。同治初元，花門煽亂，封翁殉焉。君奉母挈弟流離播遷，既憤然曰：生不能殲逆醜復父仇，非夫也。聞董張二君倡辦鄉團衛桑梓，仗劍從之，遇事倚辦。嗣星五公帥所團往依劉忠壯於烏延，一時健兒多散去者，君獨不爲動，遂派充義勇營百夫長，攻靈州金積堡，以功超擢都閫。河湟之圍賊張甚，董提軍奉侯相檄，率所部直擣中堅解圍受降，君有力焉。尤莫奇於馬營灣一役，賊數萬踞前山爲負嵎勢，湘軍攻撲屢挫衂，時董軍止一旅，君止有百人耳。覰董軍戰酣，只身横矛潛從山後猱升，猝遇賊，賊逾之，君徐進度火彈可及，力擲之燒殺賊，賊乃驚潰如崩山下，賊亦披靡狂竄，遂獲大捷，論功第一。受主帥知自此始。比克復大通，攻破向陽堡，以及出關摧古牧地堅巢，復烏垣、迪化兩名城，君均在前茅，而長百夫如故也。知托克遜始委，帶董左營，聲威益壯，嘗追賊一日夜行三百餘里，賊日不及炊，夜不及寐。兩月中東西八城一律肅清，事聞奉旨，以提督記名賞换清字勇號，而君恂恂純謹，不改其常度焉。賊既平，派防瑪納巴什，君謂士卒不可優逸，訓練之餘，督令修橋、補路、栽樹、浚渠，嚴明約束，不擾閭閻，民愛之呼爲杜母，於其去也，遮道攀留不忍決捨。主帥聞之，稱贊不置。平日律身清儉，而於曾共患難之人，周恤不少吝嗇，帶勇多年而脂膏不潤，可謂難已。溯自軍興以來，黎民涂炭，公家歲糜數百萬帑金出師轉餉，謀民乂安。不肖軍長紀律廢弛，所在驚擾，爰有如梳如篦之譏，而自餘之缺額，虛五隳軍實而裕私囊者猶其小已，因人成事。既躋顯貴，遂悍戾桀驁不可一世，性成刻薄，厚貲坐擁，鄉鄰故舊一有緩急，比反眼若不相識者，滔滔皆是也。

如君之器識，素裕絜己愛人，可不謂鐵中錚錚者歟。今年方强仕成，就已有可觀，他日膺方面寄，益宏遠猶所願，擴其器識，葆其品節，則所以光邦家而榮閭里者，正未有艾也，國英勉乎哉。吾且以古名臣儒將期之矣。

田祝三軍門五十生日序

天之將夷大亂也，必有熊羆之士不二心之臣，保乂王家，以開其先；又必又敵愾禦侮同仇偕作之人，以爲之助。雖勇士不忘溝壑，而皆眉壽無害，蓋公侯干城圻父爪士，天實有以生之而佑之，以爲社稷之衛邦家之光，皆非偶然也。

吾鄉花門煽亂，關之中塞之外無不灰燼糜爛，朝廷命將出師，半天下財賦以供西征，歷廿餘年而後定。大抵惟楚有材稱極盛焉，其倡首以鄉人集團辦賊投效立功者，則董星五繼以招募從征，克健奇績者則張傑三。當是時，董定軍名滿天下，一時材官偏裨皆績功擢至極品，而驍果善戰，風流儒雅，則無如我祝三軍門者。君固原右族，少好擊劍，年二十有六，當咸豐季年見彗星西出，知秦將有大兵日討，鄉鄰而申儆之，益習飛橦技擊以爲備，父老或迂笑之。次年回難發，人始服其先見。賊麕至攻城甚急，與衆守禦月餘力不支遂陷。君家廿餘人殉焉，與兩弟僅而免，當投雷營爲復仇計，久之不得志，舍去入董團，賊來擊之，賊去尾之，潰勇之游弋者驅逐之，一方暫倚以安。無何，董張兩軍隸劉忠壯於烏延，君仗劍從之，遂充右營百夫長，隨攻金積老巢，解西寧圍，尋將五百人爲一旅，從此如驊騮之開路，鷹隼之出塵，主帥倚爲臂，助我軍益張。達坂城之役，君在前茅衝鋒破陣，屢奏奇捷。天子嘉其能，超擢總兵，賞清字勇號，轉戰而前，隨同克復東四城。洎南八城，尤奇者賽里河之役，安集延窮蹙至此負嵎。董麾諸軍揜襲，令君以偏師搗其瑕，君兼程猛進出賊不意，兩晝夜遂殲其種。露佈上奉，旨以提督記名簡放。自歸伍出關以來大小百餘戰，蓋無役不從，無戰不捷也。於戲盛己，君不讀六韜司馬法等書，而用兵動與古會，撫士卒如父子家人，甘苦與同，故人皆樂爲之用。平居無事，雍容退遜壹似粥粥無能，及臨陣禦賊，横矛躍馬叱咤風雷，萬夫皆爲辟易，宜董定兩軍倚以爲重也。今者年方及艾，膂力正剛；他日爲國家，經營四方。追踪趙、岳、馬、潘諸鄉先達，皆意中事也。古稱秦俗强悍，常賦同袍何以。壬戌之亂，被禍甚慘，豈今之俗，異於昔所云耶。良由太平日久，民不知兵風會所趨，無一强有力者提倡而鼓舞之，是用委靡不振耳。自星五公奮起田間保衛桑梓，由是而傑三公以下諸賢無不投袂奮臂，自厲於功名，而我公尤極一時之選。信乎天生豪傑以衛社稷，而光邦家非偶然也。

余愧無傅永之才，空有班超之志，西出玉門身行萬里，而得識荆州於軍門，竊喜吾秦之大有人在也。故當覽揆之辰，而樂制斯序。

張正午封翁五十雙壽序

國家以騎射定天下，内而八旂緑營，外而督撫提鎮，以及參游都守歸標分汛，棋布星羅。平日訓練綦嚴，於坐作進退步伐止齊之外，兼教以孝悌忠信尊君親上之則。三年大比，復龘郡國之茂才傑士，舉於鄉貢於部選於澤宫，與選者分别擢用，其所爲戡亂而經邦者，武與文原並重，典至鉅制至宏也。

晚近來人心不古，朝廷仍舊典章奉行，而習此藝者率以爲仕宦捷徑，而於六鈞七札張機審括諸要指，皆未識其何謂發而不中者或决然捨去。其幸獲者又皆輕彪獷悍狃於並兒健夫之習求。所謂説詩敦禮，比戈稱干，緩急可倚之一人。蓋百不得一説者，遂謂擇術宜端成人在始，子弟之率教不謹，皆父兄之身範弗先。則如我正午先生，實人倫之冠冕，而鄉里之儀型也矣。先生世居韓城，固文物極盛之區也。先世業農，先生始以武顯，弱冠游庠爲諸生，挽强命中有十五善射之目，屢試不第，遂絶意仕進，日以持家訓子爲事。年四十時，椿庭棄養哀毁如成人，遭家不造日以落，先生一力支柱，懋遷化居數年，遂臻小康。暇時復以幼所習者，課其子弟各有成立，哲嗣某以武庠生登庚午鄉試，辛未聯捷成進士，授藍翎侍衛，直干清門，克稱厥職。天子異之，於御極之三年，特簡直隸龍固營都司，加三品銜，覃恩封先生之數世如其官。於是有識者莫不羨先生之有志竟成，而益信天之報施善人也不爽。德配王恭人，相先生治家相與有成，精神康勝，見者皆以爲上壽之徵。

今值嘉平之月，鄉人擬奉觴爲壽以祝詞委余。余何以爲祝哉，竊惟以文壽人明始有之，蓋仁人孝子之極，思欲顯揚而無自特假。文士筆墨以爲悦豫之一端，而余更有進者，定安以奇特之才，科第起家侍直宫門，宣力有年，今承恩命選授閫府；龍固又毗近畿輔，當此多事之秋，出其才猷歷階而陞，指日專閫方面自意中事尤望，遵先生義方之訓，益練技能，敦禮樂，悦詩書，勉爲儒將，以扞衛國家而不蹈武夫健兒之習。則所以報答國家，而還慰其尊人者，正自有在而先生。洎夫人幸克家有子，益將進飯加餐，而蕲登於上壽無疑也。

封建威將軍二品銜松坪馬封君八十晉五生日序(代)

皇帝御極之三十有三載，圖治勵精，寰海鏡清，六幕喁喁，咸登仁壽而樂泰平。欣逢我封君八秩晉五壽辰，公子雲亭提軍時方捧檄莅新都督湟中蕃漢諸軍，仕宦而在鄉邦論者以爲逾於魏公晝錦。而提軍恢張大業訓武，以恤民興利而振弱，暇則游情典籍旁及書，數箋記裁判綽綽然若有餘力於是，内而軍府下至閭閻無不交口，才之同聲頌之，而某獨知其藴蓄之厚，有所從來也。

封君松坪先生布衣躬耕，不樂仕進，平居束修，自愛而大義深明，時時以忠孝二字訓其子弟，一門孝友聞於鄉閭。左恪靖侯督師西征，聞其賢特奏獎四品章服以榮之，俾鄉族知所矜式訓，四子皆有時譽。伯銜五品，仲成武進士，叔列邑庠，季登乙榜，即今之權西寧鎮篆者也。甲午乙未間，河湟多故，日有訛言，諜刺旁午一時浮溢，子弟麕聚烏合阻兵，安忍有岌岌不終日之勢。封君聞變處以鎮静，鑒鄉團之無用閉關自守，惟訓勉家人及鄰里戚族，曉以大義諭以禍福。泯門户之見，化畛域之私，以故佗處往往被兵，而封君並里晏然安堵如常，則盛德之保全者大也。仲君進士，驍勇素著，以扞衛鄉里遭讒禍幾不測，董軍至冤始白，大加委任建奇功，鑾輿西狩之前一月，赴義京師。封君得耗，不戚不悔，益勉季君以忠義。積功至擁高牙建大纛，勛業隆隆如日初昇。翁今者年八十五矣，精神矍鑠聰强猶昔，繞膝曾元同堂五世繩繩緝緝已有四十餘人，則盛德之獲報者厚也。於是有悟於天人之理焉。方亂亟時人人各自爲謀，而跳踉奔走不知趨嚮者比比皆是，封君獨本平日家訓益加勉勵，由家而推之鄉里戚族，無不屬有天幸，一律安全。則其行道有福德器絶倫，固什百千萬乎衆人，而爲斯世之所罕覯者矣。世所罕覯天即以人之所罕得者，報之天道福善如王者之賞功，功足承恩而恩愈渥善，足蒙福而福無窮，謂余不信如翁之慶集一門者，世曷不多覯乎。古有年數已九十而猶箴戒於國中者，衛武公是也。古有家門鼎盛，而孝謹聞乎郡國者，萬石君是也。而萃於一身集於一時，則盱衡今昔，誠哉未之多覯也。然則翁之陰德不言，庸行不彰者必尚有人不及知者，惜吾之過從猶疏也。比者軍門奉天子命，特領商部議員推行廿務，亦武臣中異數也，兹以愛日之心，進介眉之祝，忠孝文武尤足多焉，此雖軍門顯揚之一端，亦即封翁積善之餘慶也。而卓卓大者不更借此而覘天人之券乎。吾竊取於永錫難老之詩，萬後必大之傳，曲證吾説而爲先生壽。

旌表節孝杜母王孺人七十晉三壽言

孝順德也，百福之基也。能孝而節廉貞信睦婣任恤之行，皆於是得之。亦能孝而富貴壽考，康彊逢吉之福，亦於是備之信乎，備爲百順之名，而天之報施固不爽矣。

我朝以孝治天下，重熙累洽，民風樸厚，一時孝子順孫，烈女貞婦，有司歲上於禮官，而綸音旌褒見於閣鈔邸報者，歲不絕書。其所以厚風俗，而維綱常者典至重恩至渥也。然而人生遭際不同，苦甘各異，或生當平世，或家本素封，子既成立，一旦黃鵠不雙，心如古井，遇變而不改其常猶屬易爲。又或持節撫孤，備嘗艱苦而有析薪而弗克負荷，終喟然於天道之無知，以耳目所聞，見宗族鄉黨間如是者，蓋往往然也。求其躬丁亂離，青年矢志，孝養尊章，人言無間，歷人生未歷之艱，嘗人世未嘗之苦，而卒能訓子克家，頤養多福。如我杜姻伯母王太孺人者，實今世之所稀者矣。當同治初元，花門煽亂，避地播遷迄無定處，姻伯文學某以病歿於逆旅，惟時家貧子弱，尊章健在以冢婦代子職，蓋三旬而九食者屢矣。太孺人躬率築里，侍奉堂上，饈膳勉供，致敬致孝。亂平旋里，率子姪躬耕晝耘夜績，以養以教，皆至成立。稽之往牒，敬姜之寧勞無逸，共姜之之死靡他，蓋兼而有之兹者。年逾稀壽桂蘭繞膝，有司以苦節上聞旌表如例。於以見孝爲福基，而天之報施，善人終不爽也，太孺人爲先伯母之，母家同邑同里，稔其淑德綦詳，兹特著其節之大者以示其後人，而風末俗，而太孺人之邀天佑享大年者，正未有艾也。即以是爲券，並作頌曰：

金玉其心，鐵石其腸。天道福善，厥類惟彰。子孫賢孝，彤管芬芳。詠柏舟句，誦閟宮章。俾壽而富，俾壽而臧。惟貞惟孝，仰荷天章。至今以始，身其康彊。是迺熙朝，人瑞而非。徒增州閭，里黨之光。

龍封翁六十雙壽序

皇帝九年秋，余出塞西游，輪蹄所憩得覯當代之名公鉅卿，洎一時之先生長者，而一見投分，如水論交於焉者，則得湖南輔臣龍君。

龍君者，以名孝廉從軍，績功薦至太守者也。時治善後已有年，匆匆覿晤心焉。儀之今年，自疏勒東還再訪，則適捧檄監督斯地，見其立身行政，克廉克慎骎骎乎。有道君子心益儀之久，乃知其高堂具慶，幷聞尊甫封翁，洎母淑人之所以型家而教子者，皆德之厚而人所難知輔臣之庶乎，有道者淵源有自來矣。時鄉先生董星五提軍，率所部屯戍於此，亦與之洽也，謀所以壽其親者以祝詞諈諉，自惟謭陋，不足表章盛美。而平生好善如不及，惡能已於言耶，謹尊所聞而質言之。封翁孝友性成，父母見背，時貧無以爲禮，比長春秋祭祀時深孺慕從。兄析箸有年矣，以疾早逝，子又不禄，一家孤寡，撫之成立，無失所者。生子四人，教以義方，敬事先生代養其母，嘗訓輔臣曰：孔子有言，君子成名，小人喻利。可知名清利濁，清宜揚而濁須激也。或談古廉吏事輒嘆曰：恨吾家無官者。誠有之吾願芒鞋草履爲訪案也。光緒三年，輔臣轉餉火州，寓書訓之曰：好官不要錢，子初任事其謹識之。五年，派阿克蘇善後，又遣伻來諭曰：原願汝以善養，然原思之粟須與鄰里鄉黨。范文正置義莊贍族史册褒美，今子父族待哺者多，盍以薪餘先佃田令人自爲養乎。且吾所以急此者成先志也。又云：追遠者德之厚，利濟者仁之端。吾人伏處田間，無所憑藉，以有建明而於尋常應爲力，所能勉者亦膜視之，此生不幾虚乎。今宗祠敝矣，樟橋圯遇雨習坎矣，二者願子他日有以成之也。封翁之嘉言懿行有如此。淑配劉恭人，鴻案相莊，温惠慈仁，于歸時尊章已世，事嫂如母。又生有至性，既嫁而孝不衰以父，平生貧未衣裘，子雖進輕暖不御也。輔臣既仕謀迎養，太恭人曰：汝外祖在堂，吾決不遠出也。嘗於除夜衣鶉結，率諸婦入厨烹飪備賓客需，謂輔臣曰：婦人之禮精五飯，吾家雖貧，不聞古人有截髮留賓者乎。今子初筮仕，歲時伏臘，一切委之子婦以飲食，故失父老故舊歡，人將謂汝家驕不載福也。性好施與出於至誠，每見餓者推食食之，有乞貸者假服物，不少吝。有貧婦攜子女來乞米，暮宿而家適被竊，輔臣心疑是婦，太恭人責之曰：昨東家不宿乞者而亦被竊，是誰之媒耶。以此居官，吾懼窮民之多無告也。太恭人之庸言，淑德有如此者。此外耳鳴陰德不聞於人者，則義不敢貢諛焉。自古在昔先民有作，大舜之得壽也以孝，大武之言壽也以恭。閟宫之頌僖也俾壽而臧，箕子之陳疇也壽而好德。詩書所載，人世所閲豐亨豫大之休，未有不由此數端者。封翁之以廉教其子也，賢母之以驕戒其子也。大本節目，深有合於古人古訓之所昭，垂固宜其周甲雙慶，康彊逢吉，隆隆然而昌，而日熾可不謂盛歟。抑子輿氏，以父母俱存爲三樂之首，而即次之，以仰不愧俯不怍，可知得親順親之道，必以自立爲要義。

今太守於人生所深願，而不可必得者而竟得之，則從此修身行道，揚名後世，而壽其親於無窮者，當自有在，固不恃區區支詞云爾矣。

雨亭杜老先生八十晉一雙壽序

壽冠百福，衍自箕疇，由來舊矣。竊以爲有天有人，天之所定，不得以人强之；人之所致，亦不能以天勝之。修短有數，陰陽寒暑風雨之所侵，水旱厲疫之所困，其在天者也；令德壽愷，壽胥與試恭則無私慾，攻取之端仁則獲康彊逢吉之慶，其在人者也。二者並行，勢足相當，而得之人者常勝。

緊古以來，世凡幾易，東序西膠，庶老之養與國老並隆；去古既遠，民行不興，老壽之説蓋難言之。我國家以孝治天下，尊養之隆遠軼前古，錫類推仁徧敷區夏，既制田樹畜，使民各養其老。而又有壽帛之賜，千叟之宴，其所以教孝興行，而培育元氣者至矣。民生斯時率多期頤壽耇，國老尚已，庶老之最著者，無逾康熙年間之崇明吴老人年九十有九，婦年九十有七，子姪孫曾二十餘人。某總兵表其間，有「百齡夫婦齊眉，五世兒孫繞膝」之語，誠人瑞也，亦佳話也。

茲於吾鄉得一人焉曰雨亭杜先生，國學貢生，天樞之尊父也。樞之言曰：老父賦性聰敏，幼習詩書，屢試童軍不售，遂棲止闤闠間，在市而不近利，知交皆倚任之，垂老倦遊樂志田園。同治初，遭花門變，流離失所至於傭牧而自得所樂，仍卷不手釋也。戊辰七月，又遇髮逆之擾瀕危者數矣，卒有天幸獲免。暮年訓蒙自娱居鄉，排難解紛，飲人以和。前督學許公以「和睦鄉里」匾於門。老母食貧茹苦，鴻案相莊，今並精神矍鑠。願得君子言爲堂上壽。余曰：此老人福禄壽耇之由來也，隨遇而安不膠執於一格，臨難而免已，獲佑於蒼穹，人定勝天之説不其信哉。從此登上壽咏難老，不惟崇明老人不得專美於前，而將來壽而昌壽而熾，爲熙朝之人瑞邀壽帛之恩榮，當更有留一代佳話者。余視杜君庶幾孝其親者，因嘉其意而爲此，即以爲先生壽。

完穀山房寱語鈔存下冊

高陵白遇道五齋甫著

内閣中書乙卯優貢海天王君墓誌銘（代）

余與海天交垂三十年矣，晚歲君癖烟霞，余作小草，秦豫相望踪迹闊疏，而笑貌聲音每往來胸臆間。今春三月，請假還里，過高陵訪舊游，游始念君於是月前歸道山，低徊感慨，爲吊其孤而去。季夏復至中州養疴半載，而君子適以述至請銘，夫知君宜莫余若者奚以辭。

君姓王氏，諱瀚，海天其字，本富平人，祖貞庵公始占籍高陵。先世以耕賈爲業，自其考藎臣公始以讀書起家，與厥叔雨林，均爲邑名諸生。而君尤聰慧絕倫，道光中，盩厔路閏生先生以文學提倡關中，余往請業而君繼至，博聞彊識，秦、漢、六朝之書無不瀏覽，制藝外偏嗜古學，故詩賦特工，名藉甚，士大夫莫不以風雅推之，顧屢躓棘闈。咸豐乙卯始以優行貢成均，旋援例爲漢票，簽中書舍人入直，年餘告歸不復出。君家城内之鹽店街，雖近市闤而心絕塵囂，平日自適其適，於世事一不問。光緒四年秦大饑，上臺委以本邑帳務，清户口禁冒濫多所存，濟議叙得四品封典。此後閉户自精優遊卒歲，而君已老矣，平生喜談諧尋常語，一出其口皆有理趣，而中懷坦易毫無城府，皮裏却自有春秋，非交久者未易知也。嘗讀柳河東書，韓昌黎毛穎傳，後有云詩曰：善歲謔兮不爲虐兮，太史公有滑稽列傳，皆取其有益於世者也。又云：學者終日討論呻吟習復，則罷憊而廢亂，故有息焉游焉之説，有所拘者有所縱也。君之諧也，其亦如韓子之文弛焉而不爲虐，與息焉游而有所縱，與彼世之中無所有。而以輕薄快其口説，甘爲挑達而不恤者，安得以君藉口哉。淑配張宜人，繼配李宜人，皆先卒。子男一，壽谷，邑庠生；女一，皆李宜人出。君生於道光四年正月　日，卒於光緒十年三月　日，享年六十有一。十

三年　月　日葬於治城北郭外祖墳之次，壬山丙嚮。曾祖諱鏡亭。祖諱經信。考諱作楨。銘曰：

肆其外閟其中，是蓋文壇之將，非徒滑稽之雄，乃才名噪甚，而以明經終，我爲之銘，閟諸幽宫。

内閣中書子經楊先生墓誌銘

光緒十有二年丙戌春，知滑縣事先生子經，改官中書舍人歸青門。越四年，庚寅正月初八日卒於正寢。門人遇道奉諱家居，聞訃爲位而哭，又哭於殯宮，悼善人云亡老成凋謝，而學者失所宗也。葬有日，諸孤請納幽文。謂昔勉齊黄氏爲朱子行狀，果齊李氏爲朱子年譜，皆其門人，詎不以親炙既久見聞真確。不類於虚張誇誕，意爲形容而表章之，碩懿足以信。今而傳後則亦竊聞長者之遺風矣，又何敢辭。

先生姓楊氏，諱彦修，子經其字，西安府臨潼縣人。曾祖諱可魁。祖諱自賢。父諱蔚春。均以先生貴膺三品封典，此家世也。以道光丙午優貢，登咸豐辛亥賢書，議叙内閣中書，保加五品銜，改保知縣。歷署河南獲嘉、武安、鹿邑、杞縣、睢州事，補西華，調滑縣，此宦歷也。先生生而穎異，三歲時喪五齡兄，即涕泣不已。家貧劬學，七歲五經成誦，十三通周易，文名翔起。弱冠受知於羅蘿村、金可亭兩學使。尋從路閏生先生游，評其文曰「書理透熟，文人至寶，有此昭昭永不昏昏矣」。湯文端公撫陝，觀風得先生卷，以爲老宿謁見勖以經世之學。當是時，德星聚人文極盛，如劉鑒泉、劉聞石、熊墨、樵珊、江龍門諸先生，均争相引重，顧數奇十試始舉孝廉高第。林文忠公戍伊犁，過陝聘爲公子課讀師。旋撫陝，值大饑諮詢帳法，先生謂宜嚴禁私、催田賦、毋定糧價、毋遏販糴、並草救荒，各便宜悉采納。歲饑而不害，先生有力焉。癸甲之交，粤匪初熾當道，屬以河北團練，洎輸粟助餉事不擾而集。辛酉秋，里人以加派差徭抗縣官致興師多株累，先生委曲勸解，全活甚衆。蓋自辛丑以來，地方公事第倚爲辦，所學時見一班，而以親故不遠游，非僅榮利澹也。比養親事終，六與計偕竟不第而行，年五十又六矣。既遭亂，慨思用世，乃於辛未秋之河南，時撫軍爲子和李公，方岳爲冰如劉公咸加禮焉。甫三月，檄治獲嘉縣，爲九省通衢，賦重差煩，下車伊始勞農勸士相與以誠。不半年，輿情翕服，有官民一家意，後治佗邑，亦如之其莅。西華也年穀不登，受代時粥賑已數月，既履勘詫曰：濫矣，難爲繼也。遽請停止，俟區分而再賑。蓋謂博施不能給必至真貧者，亦不救凡云寧濫無遺者弊也，上臺韙之頒其法於各屬。鹿邑毗連安徽亳潁諸郡，草竊時出，捕役恣爲姦利，比比與募勇爲難。先生處以鎮静，諭令歸農，盜不勞爾也，於是慄懼皆奉法。滑亦多盜役尤悍，先生則盡裁募勇，專責成而盜亦衰歇。杞爲脂膏地而田苦瘠磽，先生曰：閭閻窮蹙如此，而賦重甲於他邑，紓之不能不願久居耳，即請代去。聽訟别有神解。武安有疑獄，囚係纍纍，秋祭忽止武廟夾室，呼囚詰曰：女爲首，我已默知，何久纍人爲。囚果吐實。獲嘉童子被人縊殺於路，既定讞而囚忽翻異，先生一日治佗獄，呼囚至曰：爾同謀者來矣。因妄指之，而情畢露。又一民婦歸寧被殺，趣想驗觀者如堵，瞥見一人屋上補葺，獨不顧若無事者。先生謂非人情。拘之一訊即服，其他輸孚審克多此類，人莫測其所以然也。宅心至厚惟斷獄不苟從輕，謂强求曲宥漏網者，長惡含冤者蓄怨也。先生仕十年，莅州縣七所至人樂，所去人思。歷任大府，無不折節隆禮，引疾時方伯仙屏許公慰留再三，謂不能不爲地方留一賢有司。於戲，先生何施而得此於上下之交也。平日衡文不拘一格，一準之於理法，癸酉、乙亥分校所得，多成進士，教人最善啟發，詩、古文、詞俱精詣，而慊慊爲人，不綉鞶帨。是以鮮知先生者性行淑均，曉暢事理，胸次浩落，不問生人產家，法整飭化行。門内一生以文爲樂，足迹所到執經問字者踵相接；因材培育，俾各有成。致仕歸興復不減樂，與親賓談宴時手一編，爲生徒講解不倦，接人和藹可親，人有不及。或非理相干情恕，理譴纖芥不滓於中古，所謂蓄道德而能文章者，先生其當之矣。著有學達觀齋制藝行世，佗述作待訂者尚多，則後死者之責也。生於嘉慶二十一年十一月十三日，享年七十有五。德配劉宜人，子男三，長炳，己未舉人，前卒。次檝，附貢生，東河候補通判。三墀。女三，長適同邑田夢錫，次適富平郭贊堯，三適鄠縣賈徐生。孫男二，長懋源，戊子舉人。次懋績。孫女六，俱未字。詹吉九月十九日，葬於本籍李橋堡南阡新塋，艮山坤向。銘曰：

繄歟夫子人中龍，離奇夭矯神行空。文章韓歐績黄龔，先生有道出羲農。以德爲豐遇爲壅，後昆蔚起聲隆隆。清渭之水驪山峰，渟蓄拱峙四尺封，穀詒孫子無終窮。

賀復齋先生墓誌銘

先生姓賀氏，諱均榜，名瑞麟，字角生，號復齋。先世西安渭南人也。國初，遠祖光輝遷居三原北隴裏之響流堡。曾祖應祥，妣氏秦。祖灜，妣氏王。父含章，妣氏。蓋世德厚積至先生以理學鳴。生於道光四年正月十八日，卒於光緒十九年九月初五日。門人遇道館穀省垣，訃至爲位而哭，悼天之不愛道也。嗣孤鐄將以明年二月二十七日葬清麓之後岡，謂宜志墓，自慚淺見薄識，不足闡發藴奥，雖嘗執經考道而汩於俗學，未嘗一日侍函丈得聞道也，而義不得辭，𢿱叙崖略。

先生昆弟五人，序居其季，生而岐嶷，讀書敏悟，未齔父偶出對曰「半耕半讀」，即應之曰「全受全歸」。弱冠有聲庠序，居父母喪，謹遵朱子家禮，人有言弗恤也。聞朝邑李桐閣先生講儒先之學，往從之游，歸而欲輟舉業，恐涉偏害道思七晝夜。筮易得大過象，志遂決，時行年二十九。後與芮城薛君于瑛，朝邑楊君樹椿友善，志操彌堅。二君者世所稱仁齋損齋先生者也。同治初避地絳陽，顛沛之際未嘗忘學，邑侯余君賡陽請歸主講學古書院，預約不設帖括，立學約、學要各六條，語在集中。先是葺麻廬於南李村，南距先壟數十武名曰「有懷草堂」。庚午，始買山涇陽清凉原，因土室爲清麓精舍，授徒講學，來者麕集。邑侯焦君雲龍，即其地建書院，前撫軍譚雲覲公顔之曰「正誼」，中丞馮展雲公書之。壬戌制科，薦舉孝廉方正，不就。撫軍劉霞仙公請講學會垣，制軍左文襄公請主講蘭山書院，皆不應。督學吴公清卿、柯公巽庵先後以經明行修疏薦，奉旨予國子監學正銜晉五品銜。平生未嘗干人，而禮無不答，不爲矯激詭異之行，曾至會垣、至同州、至富平、至鳳翔，報主人之禮，因會講學庸西銘，行古鄉飲酒禮，一時觀者如堵牆，謂數十年來無其盛也。體貌魁梧，器宇凝厚，晚岁造詣精深，睟然淵然德充之符正，學書無不瀏覽，而一以朱子爲歸。制節謹度，起居有常，盛暑嚴寒必正襟危坐，從未見有傾敧之容，其教人也必令從事小學、近思録，以立大學之基。喜容接後進，雖一話一言，偶爾弄翰皆寓奬勸誘掖之意，故從之者衆，化之也遠。講學之初，一是規於禮法，駭俗驚世，騰謗充溢而屹然不爲之動，履道益力，所謂獨立不懼遁世無悶者。

先生以之無公事不履城市，而於振窮墾荒，均田積穀諸事，一皆懇懇贊治，蓋學兼體用非性命空談者比也。關學之在孔門者，石作壤駟尚已踣於秦，晦於漢，撓敝於唐，至有宋而横渠崛起，藍田三吕同時稱賢，至金之楊君美、元之楊元甫、明之涇野、谿田、少墟，國朝之王仲復、孫酉峰，以及李桐閣先生，罔不遵守正軌，力矯功利駁雜之習，一脈之傳勿絕如縷。先生起而紹承之，刻苦自勵，剛毅堅卓，無横渠、少墟之科第而志必希聖賢，無涇野、谿田之官秩而心不忘拯濟。先生嘗謂朱子集諸儒之大成。而先生者亦可謂集關學之大成矣。惜昊天弗吊一老不遺，嚮學之士宗仰頓失，而門人小子竟莫遂初心而卒業也。悲夫，編輯有朱子五書、信好録、養蒙書、誨兒編，著有三原縣志、三水縣志皆刋行，又清麓文鈔、語録若干卷未梓。配氏楊，氏張，氏林。林生子二，銘照，肖陸皆幼殤。女一，適邑庠生王映墀。副室劉生女三，俱幼。邑侯劉君青藜視含斂，命猶子伯鑣遵例兼祧。銘曰：

太華圭棱，洪河氣勢，是挺哲人，擔當道藝。矯矯先生，肥遁居貞，與世無忤，與物無營。屬守徽國，綿延道脈，耕道得道，獵德得德。學者宗之，太山北斗，名動公卿，寵錫我後。正學光昌，邪説不蝨，將統群倫，偕之大路。何意少微，一夕星霣，邈矣高踪，疇爲接軫。其人則往，其道則留，火薪不盡，萬禩千秋。吉壤既卜，崇墳載峙，後有替人，於兹瞻跂。

薦舉孝廉方正麟閣車君墓誌銘

光緒庚辰，余以讀禮家居，同歲生車允臧持其尊人行實，踵門請曰：允臧奔母喪，遲至家僅三日而慈父又棄養矣，今葬也。日月有時，銘幽之文，請子質言之。余與允臧同官京師，朝夕晤言，雖然不文奚以辭。

按述君諱某字麟閣，世居郃陽之官莊村，先世自鄉賢公來，代有隱德。考諱某，生丈夫子三。君居長，少穎異，初爲文即驚其長老，童試輒冠軍。再試秋闈不第，以父老且病遂絕意進取。曰爲學務求根柢，能以古人事親持身之道律躬訓子弟，爲正人一庭聚順，斯不朽在是矣，區區科第云乎哉。嘗以母氏早喪，未得奉養爲痛，居父憂哀毀骨立，殯葬一遵朱子家禮，不爲俗狃，廬墓三年免喪猶不忍去。事繼母色養備至，季弟同居終身怡怡，然咸豐初元開制科，邑人士以孝廉方正薦，辭不獲，以不忍離母卒不赴試。教子弟以孝經、小學爲本，嘗曰：士先器試而後文藝，讀書而不敦品，雖破萬卷無益也。好讀書行有餘力，輒手一編，著有勵行新集、訓子語録數種藏於家。晚築别業顔曰「尋樂處」，名其亭曰「思過」，其重實行而刻自砥礪有如此，自風俗媮薄人心不古，愚魯者既苦於理義之不知，而聰明者又汩於貨財，妻子之私見家庭中無樂趣，嘻嗃詬誶之聲達於里巷。其尤甚者又汲汲榮利，絶裾違親視問寢視膳爲細事，而於聖門務本竭力之學，有終其身而不一窺見者皆是也。聞君之風亦可以憬然思返矣，君以子允臧貴，封如其官，享年七十有八，生於某年　月　日，卒於某年　月日，葬於某阡，德配某氏先卒，子某孫某曾孫某，先世名字閥閲，具於家乘不備載。銘曰：

先民有言，孝悌人瑞。矯矯先生，藴氣標致。不宦而讀，不禄而田。一堂融泄，克全其天。惟善獲福，而昌厥後。有菑肯播，有堂肯構。詩禮滿庭，孫曾繞膝。芝草醴泉，根茁源溢。存也爲順，没也爲安。少微夜隕，春風晝寒。載瞻崇岡，洽陽渭涘。松柏鬱蒼，鵬飛鵠起。人海茫茫，塵寰落落。其誰與歸，九原可作。

福建邵武府知府登初劉公墓誌銘

光緒十有四年歲在箸雍困敦仲冬月，邵武府知府朝邑劉公卒於官，逾年歸葬鄉土。越四年元黓執徐，公子在德持行述丐志銘。時余承乏史官已投牒將歸，謝不敏。又六年箸雍閹茂之歲，余以軍功補外將之官，公子在新復以行述來因記。廬陵之志楊次公曰：其子不以銘屬他人，而以屬修者，以修言爲可信也。今者再三之辱豈亦猶是，蓋公之葬於是已十年，宿草阡盈，車過腹痛，矧先有諾，責又奚以辭。

按述公姓劉氏，諱錫金，登初其字，號鳳蕉。始祖諱進，元末由左馮翊遷朝邑，遂占籍焉。曾祖諱廷淵，太學生。祖諱學瓛，府學生。均以公父貴，贈如例。父諱際清，字聖衢，花翎二品頂戴，議叙道銜。聖衢公丈夫子四，伯超，恩賜舉人，漢中府學訓導，議叙道銜，花翎候選郎中。仲國柱。季錫介，候選同知。公序爲叔，生而端謹穎異，學兼漢宋不斷斷於一格，甫逾弱冠爲縣學生，咸豐辛亥，恩科舉於鄉。是時聖衢公在堂，公心切慰，親援例爲中書舍人，而侍養不遠離。親没後始人都供職委署侍讀，充國史館方略館校對。同治癸亥，恩科成進士，改主事。簽分工部陞員外郎，歷署工部屯田司，禮部鑄印局主事。大婚慶典，保奏補知府後以道員用充。辛未、甲戌會試提調官，陞授湖廣道監察御史，署江南道、山東道御史，晉吏科給事中，充考試翻譯中書監試官，丙子武鄉試監試官，稽查豐盈、本裕諸倉，普濟堂、功德林各厰事務，巡視南城。光緒四年，京察一等。明年四月，補授福建邵武府知府，此宦迹揚歷之大凡也。公之爲御史給諫也，念職在補闕，知無不言，前後疏數十上大者，如端士習、釐教職、興監利、濟兵餉、固根本、彌盜賊、禁堂會、禁私鑄諸條陳，皆蒙優旨俞允，見諸施行。由其切理敷文，積誠感動，一時言路開通無滯，僉謂公有以先之非虛譽也。其治郡也，屬縣山多地狹，風俗凋敝，劫敚搶攘之徒，不時竊發。公下車之始，訪弋姦胥土豪，萬得隆等三數人置之法，盜風頓息。潔己率屬，長於聽斷，有昆弟争世職賕以重賂，立斥之而右應襲者，自是苞苴以絕。他如增書院之膏火，查定額之官田，復同善局之義學，核育嬰堂之經費，疏通附郭之九渠，重葺坍頽之廟宇。凡郡職所當爲，罔不修舉廢墜用，是莅郡十年而邵武大治，骎骎乎風成鄒魯焉。家本素，封先世屢輸巨資濟餉，聖衢公尤樂善好施，公紹承先志，至老不懈。兵後家落，而急人之急猶如不及，平日儉約自奉，酌水勵清，署邵武府堂聯云：「只有此心盟白水，愧無善政及蒼生」。其爲人可想見已。公内行純篤，生母麻太淑人見背時年才十二，即哀毁如成人。暮年念及猶啜泣，母韓太夫人晚患末疾，膝下事事躬親不倚僕婢。長兄早世，撫養孤女二爲之有家。今舉人霍勤炳，山西候補道閻乃竹，其婿也。侍季弟諸弟猶子輩，均有恩禮，孝友之成於天性者然也。以公之生有至性，學窺本原，使得所藉手以盡展，其經綸樹立當更有可觀者，而迴翔郎署，峥嶸諫垣，沈滯郡齋所表見故止有此。而所至有聲，所去人思，斯亦鄉先生之没，而宜祭於社者已。生於道光八年十二月　日，卒於光緒十四年十一月　日，春秋六十有一。配雷淑人，今淑人朱子男四。在澧，光緒戊子科舉人。在德，附監生。在新，附貢生。在簡，業儒。女一，適華陰丁酉選拔李仁厚。孫男三女三，以光緒十五年　月　日，葬於山向。銘曰：

擾龍舊族，積善克家。世濟其美，曼衍休嘉。我公矯矯，雲路騰拿。鳩僝厥功，豸觸其邪。一麾出守，笥綬生蛇。民安於堵，吏戢於衙。萑苻屏息，徧野桑麻。潁川渤海，治行何加。功成身瘁，道路咨嗟。撮叙崖略，俾壽無涯。

陳石生同年墓誌銘

光緒乙酉，余供職京師考試差，後閉扉逭暑，而君忽以被議來京，晨夕過從晤言甚歡，得失之意並無幾微見於顏面。尋改官河南，音問闊絕。竊謂以君之學之才當必蹶而復起，乃耗久不得。今年二月余以奉諱家居，應聘主豐登講席，君子鴻疇執贄來問業，並出所述請納幽之文，始悉君於去年初冬作古人矣。爲唏噓感慨久之，雖不文奚以辭。

君諱毓麟，石生其字，先世自山西遷居蒲城之荆姚鎮。曾祖諱某，祖諱某，父諱昌，邑庠生，以君貴贈如例。君生有異稟，初爲文即有軌則，弱冠游庠食廩餼，文名藉甚。論者皆謂有一日千里之勢。顧數奇久躓，至同治庚午始舉於鄉。光緒丙子成進士，選庶常。丁丑散館改知縣，選授廣西修仁縣。道路遼遠，又著名瘠區，人皆爲君難之。君謂天下無不可居之地，亦無不可治之人，毅然捧檄行。下車詢民疾苦，剔除積弊。俗好訟案，牘山積，君聽斷如流。又日討邑人而申儆之，期年化洽岸獄。爲空暇時，集諸生明倫堂講儒先之學，創建敬修書院，捐置膏火，月課文藝，手爲潤飾，文風彬彬以起。立義倉積穀事舉，而民不擾修，人士至都者多傳頌之。尤莫奇於鹿寨一役。莅任之初，土匪韋老喬等糾衆二千餘爲亂，攻據洛容之鹿寨司，逼近治城時，守具久弛。倉猝間民驚惶逃徙，君諭民勿怖，有官居在保無他，民乃帖然，君自割俸募勇若干名，與民固守躬親登陴，巡警歷十餘晝夜不少懈，匪偵有備宵遁城獲全。撫軍仲雅楊公以是知君能，每曰士元非百里才當籌展其驥足者，尋檄隨軍協勦，叙功以直隸州用，加四品銜。量移荔浦，君益勵治，行野見青山一帶有水泛濫，崧涌自浪曰利可興也，於是勸民開渠田可千百頃，民利賴之。自餘修城浚隍，勞農勸士，詰姦戢慝諸善政，皆略與修仁同，蓋君有幹濟才，而經術足以輔之，雖牛刀小試而實事求是，卓卓表見已如此使久於其道，歷階而陞。樹立當更有遠且大者，顧以薑桂之性，老而愈辣區區者，而不得安其位。聞君行時，兩邑人士争饋酒漿，遮馬首依依然不捨，爲好官惜而有志未展，同心者亦不能不爲君惜也。君學有本源，工制藝。己卯壬午，分校秋闈，得人爲盛性耿介，未遇時授徒以食而不一千人，既達性益嚴毅，改官河南，當路一見器重委以讞局督審，方欣欣嚮用，而君遽引疾歸，卒以不起。悲夫，生於某年　月　日，卒於某年　月日，春秋五十有四。配氏某，子某，己丑年　月　日葬於某，係以銘曰：

玉堂金殿弗遂論思，花裁赤縣疇剪拜其枝，以君才而不竟其施。嗚呼，天道繄振古而如兹，遇而不遇數益奇，我紀其實無愧詞，留朱邑桐鄉之遺愛兮，終千秋萬禩以爲期。

武學文軒劉君墓誌銘

曩識君於清麓賀復齋師所，見其老成莊重，氣懷恭敏恂恂然，類有道君子心竊敬之。尋以師言締爲婣好，至是往來日親，東勞西燕，蓋無半載不通問者。一旦音書斷絶無幾，忽報君不起，追慕風誼，感念人琴，獨何心而不悲也耶。日月有時將葬矣，孤子廣厚以行述來丐銘，雖不文奚以辭。

按述君姓劉氏，諱焕章，文軒其字。先世山西永濟縣人，曾祖諱大保者，僑居涇陽之雲陽鎮，遂占籍焉。祖諱仕偉，精岐黄術，活人甚夥。考諱秉仁，少孤，妣氏高，矢柏舟節，茹蘖含辛者垂五十年。光緒十二年，學使者聞於朝，旌表入祀節孝祠，復齋先生爲立家傳。封翁既早孤，撫於節母，亦常依依膝下，不須臾離鄉里，有純孝之稱，比亦入本邑孝義祠。妣氏楊，温惠慈儉，無禄即世，三世以來積有隱德。至君始以武起家，至孝性成少失恃，依祖母高以成立，平日色養備至，既没泣血三年，過墓必哭。晚歲每與人言及苦節，涕猶潸然出也，殆所謂終身慕者歟。君善繼先志雲鎮之義塾，洎施湯藥棺木，封翁所創立也，君踵而行之不少衰。嘗獨力修富平界雙橋賑恤，邑里饑歲，又加賑近鄰而隱其名，時長山焦明府，江右涂明府，皆重其行，遇事倚辦焉。三原劉九畹先生著有四書凝道録十九卷，絳州甯輝若先生著有周易附録四卷，封翁在日志欲刊行而未逮，復齋先生嘗惜之。君力任之書成，仍歸美於親，其闡發幽潛，不自矜伐有如此。君以武略蜚聲庠序，而雅好儒，修年四十餘矣，聞復齋先生紹明關學引接後進，往師事之。家中冠昏喪祭一遵朱子家禮，不背師説而徇流俗也。光緒乙未，花門發難河湟，朝令董軍征之，君在後路分採軍糈，不匱事平，敘功遞保分省守備，戴藍翎並給四品封典。君感激奮發亟思報稱，而不謂天之遽奪之也，人心不古久矣。世教衰而本原之薄理道昧，而是非亦淆，怪誕奇邪之説趨之若騖，至正人君子之學則迂，而鄙之悖亂不經之書，不憚於灾梨禍棗。至輔經翼傳之作，則置而棄之，習俗移人，賢者不免如君者，可不謂特立獨行者歟。生於道光二十二年　月　日，卒於光緒某年　月　日，元配氏某，繼配氏某，側室氏某，皆先卒。今之稱未亡人者亦云箎也，子一，廣厚。先聘余季女，未婚而殤。繼娶浩氏。孫女一。擇吉年　月　日，葬君於南郭外祖塋，昭次乾山巽向，銘曰：

御龍舊族，來自河東。三世之後，豫茂生桐。曰恭曰讓，曰孝曰忠。耽慕儒術，載纘武功。積而能散，好義急公。道詘於遇，善積於躬。既竟其事，斯謂考終。泚筆記實，閉諸幽宮。千秋萬禩，傳之無窮。庶幾後來，興起聞風。

誥封恭人侯母關太恭人墓誌銘

曩與郃陽吏部侯君同官京師，朝夕過從，稔聞母太恭人之賢而迄未登堂也。今兹侯君改官來甘，余適以公事進省，而侯君斬然衰绖將奔喪旋里，出行述索納幽之文，不獲辭。

其述曰：　母姓關氏，大荔關某女，幼嫻姆訓，年十九歸侍先君，子事嫡母恭遜有禮，諸母咸愛重之。葆文生六歲而孤，家不中貲，賴母氏艱苦恩勤，以鬻以誨至於成人。同治初，花門變亂。家益落，母命負笈遠游，不許以硯耕荒乃學。比登賢書成進士，觀政銓部，母乃欣然曰：　吾所以不少寬假於汝者，恐無人約束難成易敗耳，今而後可以見汝父於地下矣。葆文迎養至京，以不服水土旋歸。既補缺乞假歸省，見母氏鶴髮皤皤，決意侍養不復出。母責之曰：　方今時事多艱，正臣子報效之時，汝官雖卑微，亦天恩也。年力方富而遽偷安，可謂孝乎？葆文乃復赴職，臨行母貇貇勉以做清官，勤職事，勿以家爲念，豈知閱月逾時而遽抱終天之恨也。母仁厚節儉，不喜奢華，有媚家子貧而好學，招至塾資其讀書，葆文廉俸所積，時備甘旨供綿帛，母輒峻拒之或不御。葆文居官十餘年，而素衣不緇者，皆母氏之教也。述之言如此賢有徵矣，易稱婦道無成，詩稱無非無儀惟酒食是議，此第就處常言之耳，若夫盛年不幸早失所天。家貧子弱而又遭逢時難，顛沛流離，卒能茹苦含辛訓子克家以無墜先緒，此在觥觥男子尚有難乎其難者？以述所列太恭人之懿，可不謂賢歟。光緒二十六年閏八月　日卒於里第，距生於道光十一年　月　日，享年七十歲。子一，葆文，光緒乙酉舉人，丙戌進士。吏部文選司主事，甘肅截取直隸州知州。以光緒二十七年　月　日祔於議叙內閣中書，光緒乙酉舉人封君塋次，系以銘曰：

柳與歐賢母，矩家法嚴藐，孤撫卓哉。恭人能接武，茹荼集蓼不知苦。教子成名，拖章組勵清忠，飭簋簠勉行役；酬君父朝露溘至，奄千古佳城鬱鬱一抔土，後昆垂裕受天祜。世有賢媛，視此封樹。

陝西諮議局議員夢九曹君墓誌銘

余與夢九曹君締交垂三十年矣，之任甘肅後音問久疏。今秋投劾歸存問朋輩，知君以議員趨公省會，比聞君歸造訪，而疾已大漸不能晤言。信乎人生一面亦有前因，爲愴惻於邑者久之，方擬撰聯挽唁。而孤子遴，以行述來乞納幽之文，辭而不爲奚以塞余悲耶。

按述，君姓曹氏，諱延齡，字夢九。先世本郃陽人。遠祖諱君和者，始遷居高陵。祖諱萬財，敦尚仁厚，樂善好施，有長者之稱，祖妣氏耿。父諱新興。伯兄服賈河南，數數走千里省親，不憚勞煩。家世力農，至君始以文學顯名，有聲庠序，生而狀貌魁梧，氣質豐厚。七歲就外傅勤劬勉學，即無童心。弱冠入邑庠，英英露爽，有一日千里之概，識者咸以遠大期之，至性過人。一日外歸偶聞老親叱犢聲，幡然曰：嘗聞至孝者不勞親以立名，用情者不遺近而務遠。身外浮雲何爲哉。由是專一服勞，奉養不復，有進取心。妣氏高於同治元年，遭花門亂投井死，君每言及輒泣下。執父喪哀毁骨立幾至滅性，遂得咯血疾，醫者謂宜静攝，而君性喜任事不甘自暇逸也。歷任邑侯聞其賢，地方事輒邀襄辦，君堅辭不獲，要以不受薪水而後應。如辦賑、修城、開渠、丈地諸劇務，任勞任怨，無役不從。故邑侯周勖以「相助爲理」，陝西升撫憲魏以「勤宣梓里」表其閭。才能爲官府所倚重有如此。爲人坦夷，平易一生不臧否人，與鄉人處笑語和樂。處事直公不阿，好不曲徇，競争者往往得一言而解。家不中資而性好施與，綽有祖風。村有不能葬母者棺之，不能婚嫁者資之，無以爲家者存活之，是真善繩武者歟。本年選充本省諮議局議員，邑里相率稱賀，君愀然曰：時事方艱，議員責重，深懼其不勝也。心滋戚耳無何，聞東土之訛言，愈加尤憤疾增劇，遂以不起。惜哉君之卒也，遠近赴吊者浹辰不絕，日數十百人，出門多掩涕嘆息，謂君善士也而有斯疾也，殆有隱尤而不能自解者耶。嗚呼！君何施而得此於人耶。嘗讀周禮大司徒以鄉三物，教萬民首以六德，次以六行。六德尚已，而晚近俗偷所謂孝、友、睦、婣、任、恤者，得其一二已足爲鄉里矜式，而君乃能兼之，雖名位未達，賫志没世，斯亦可敬而仰也已。生於咸豐六年七月　日，卒於宣統元年十月　日，春秋五十有四。元配楊孺人，生子三，遴，縣庠生，選、遜，俱太學。繼配劉孺人，生子二，進、連。孫三俱幼。卜吉十二月　日，葬於村北新塋，子山午向，係以銘曰：

無爵於朝而忠愛拳拳，無禄於國而榮被選銓，一鄉稱善，六行克全。胡爲乎玉樓遽赴，不及乎中壽之年，果數有定，而不可知者天。然而桂蘭並茂早，歌咏乎椒衍瓜綿。是則行道有福不得，謂造物之無權。馬鬣封兮兆牛眠，後之來者視此阡。

凉州知府春亭陳君墓表

光緒二十八年十二月二十日，原任甘肅凉州府知府甯羌陳春亭太守卒於漢中府城之别業。踰年癸卯四月，諸孤既安葬於九灣嶺之新阡，郵筒賫陝安道戴君所爲志銘求表墓。

余惟與君石交垂三十年，德行道藝夙所欽服，宦遊又君當年作郡之地，流風善政猶有存者，知君之詳莫如余。雖不文可得而辭耶，竊嘗謂忠孝人之大節，而移孝始能作忠，則孝尤爲本，顧分量至大全體爲難。惟隨分自盡極之，終食之不違造次，顛沛之弗渝斯大孝，不易言而純孝，其庶幾矣孝乎。惟孝施於有政，忠乃於是可得而言。

同治甲戌，余與君同捷南宮，入詞館，素心晨夕，久而彌洽，而經歷變亂險難，備嘗之原委莫由詳悉。閱十年甲申，始覼縷身世之艱厄，並以所紀思痛録見示，始諗同治初元，粵匪糜爛郡城，家遭禍爲甚慘。而君之純孝格天，有以基一生之福澤者，非偶然也。郡城之陷也，太夫人尚在堂，家屬避匿分散，而君被創特甚，足不能履地，厭厭待斃而念念不忘母氏，私心默祝能得母氏確耗，再見一而死亦甘心。乃以窖金給賊竹兜舁之，到處呼籲竟得見母。時兩弟與妻皆自焚，太夫人以哭子昏瞀，見君幾不識，相嚮號慟，哀感行路。而舁君賊必迫索窖金，實烏有也。舁至一家庭前適有空缸，置掘坎上。君謂我不欺汝，汝來遲被捷足先得。夫誰怨賊憤恨，擬以兵刃，旁賊理諭得解。自此與母相失，步步荆棘瀕殆者數，皆以智全，最後養創於賊中愈而自脱。嘗謂余曾蹈九死而忍死不死，冀賊平之後母氏生全也。蓋無刻不以母氏爲念，而無閑於傾覆流離之際者也。其純孝有如此。光緒癸酉，以拔萃登賢書，次年聯捷成進士，改庶常散館，授編修，總纂國史。乙酉，京察一等，出守涼州府，下車之日，修廢舉墜，興蠶桑利，聽孺袴謠，挾纊之惠到今利賴。署廨西偏葺屋數楹爲公退所。聯曰：「進思盡忠退思補過，儉以養德静以修身」。其移孝以作忠也。又如此莅事七年，屬部安之，上臺倚重擬量移，而君念宗祠未建，遽移疾歸。蓋君純孝性成，不遺其親，不死其親，至老而彌篤也。世教既衰，人心不古，讀書績學之士熱中仕宦，慕榮遺親如温嶠之絶裾，王陵趙苞之不克全母，皆終天之恨。甚或輕去其鄉，棄祖宗祠墓而不顧者，比比皆是也。聞君之風，亦可以少愧哉。

君之世系子姓揚歷，聲績之詳備其志銘，兹不贅著其大者，俾邦人士知所矜式焉。君諱才芳，春亭其字。

光緒二十九年夏六月。

中部訓導孟熙王君墓表

光緒七年，邑宰程侯開局修志，延余編纂。孟熙王君實與共事，因得締交。時王君年少氣盛，露爽英英，有一日千里之勢，方爲制舉之文略無表見而出話直，任事勇，敢作敢爲，心甚敬之。尋稔其安貧樂道，慕鄉先正吕文簡之爲人，心愈敬之，而仕隱途分別，不通問者三十餘年。昨歲倦遊旋返，方謂得是老友商量舊學。德鄰庶乎不孤，而君於二年前歸道山矣。天下愛道老成凋謝，感喟於邑曷其有極。正擬絮酒只鷄奠其宿草，而君孤心存適，以所爲行述來丐表墓，可得而辭耶。

按述，君姓王氏，諱懋績，字孟熙，其先山西洪洞人，前明初，遠祖某，遷居邑西鄉之通遠坊王村，遂世爲高陵人。高祖諱某。曾祖諱某。父諱者香，字蘭亭，邑增生。代有隱德，閉鬱不顯。君狀貌魁梧，生而穎異，博聞强記，年十三以文受知邑宰德潤之先生，每課冠其曹偶。家徒四壁，至是月得膏奬以膳雙親，弱冠入邑庠聲譽鵲起，識者以遠到期之，顧屢躓棘闈，僅以明經貢成均。二十七年銓中部司訓，君安之怡然，不以爲少也。師道不立久矣，科舉廢而頖水黌宫鞠爲茂草，學官益無所事事。君莅任獨月召諸生集明倫堂，告以朝廷崇尚實學之意，五經四書根柢也，諸子百家雜俎也。窮其本末，知所先後，可與人道矣。聞者灑然動色改容，於是執經問難者户外屨常滿。君毁毁啟迪，隨材造就，三年如一日，一時以爲真司訓。去後，學校思之。君性孝友，同治初，奉親避地三原，艱苦備嘗而甘旨弗缺，妣氏第之没也。弟妹年皆數歲，君撫之成立以婚以嫁，戚鄙稱之。一生筆耕而食，致仕後仍理舊業，課生徒洎子弟，以爲已爲切要，以小學、近思録爲根基。嘗以爲人情易惑而難曉，見異而思遷，皆學術之不明故也。欲明學術，捨周、程、張、朱何以哉，見道之言如此，可以識君平日之用力矣。傳曰：禮有五經，莫重於祭。尚書曰：重民五教，惟食喪祭。一自邪說誣民惑世，懦弱小夫詭隨避禍，實爲人情所有，而喪祭諸大端，遂曠缺以廢，若敖之鬼餒矣。而君乃違衆而獨行之，盡哀致慤爲鄉鄰倡，任他人誹謗阻撓而不爲之動，馴至一鄉觀感，還我禮俗，可不謂篤信好學，耄期稱道不亂者歟。他質行不具論，而一節自堪千古也已，於戲賢已。生

於道光十五年　月　日，卒於光緒二十三年　月　日，享年七十有三。德配氏某，子六，女二。村北新阡亥山巳向，封如馬鬣者爲君墓葬。則光緒二十四年　月　日也。銘曰：

亥爲首巳爲趾，山嵯峨兮水清泚。下有陳人，中流柱砥塵弗污而泥不滓，勵廉隅兮飾簠簋，禁侏侏離魄潛，褫君子履兮小人視。四尺巋然兮三靈效祉，世仰高風兮自今以始。

贈資政大夫瑞庭劉君墓誌

同邑瑞庭劉君，君子人也。隱於賈，爲負米游。中歲歸里養親不復出。與余友善垂四十年，余雖通籍而飢驅不歇，君令其冢子從余游。

光緒十八年，余以日暮途遠浩然歸，秋間即館君家。君之次子洎壻亦來問字，居無何君遘瘧疾竟不起。余弔君之孤，執紼臨穴。年終解館，旋奉調從軍備兵隴上，光陰荏苒忽忽十九年矣。今秋致事歸，再拜君墓而宿草盈阡，宰樹拱抱，惟羨道之碑闕焉未豎，君之嘉言善行鬱閟弗彰。良朋雖有咏嘆而已，祇自咎師道之不立。不能資啟發而闡幽，潛冥漠之中負我益友。正在歉仄不寧之際，君子伯仲持所自爲行述丐表墓，無任喜慰。顧念生平交之厚且久，應無如余者。雖耄及矣奚以辭，謹按所述而次第之。

君姓劉氏，諱麟，瑞庭其字。祖諱世元，父諱秉禮，代有隱德，家傳詩禮。君生十四歲而孤，天資穎異，從堂兄諸生麒受讀，孜孜不勌，母氏桑督責綦嚴，屬望甚切。嗣以生計艱窶，遵母氏命，貿遷四川習猗。頓術以鹽鹽起，而志存將母，殖貨未當嘗戀戀。比遵母命再至賈所而慈竹不春，終天以爲至恨。後偶談桑太夫人事，輒嗚咽不自勝。花門之變，閭里邱墟。事平，或慫恿益治產業爲子孫計，則笑應曰：　吾守先人敝廬，衣食粗足，子弟各有職業，所謂遺子以安也。雖無所遺，而所遺不已多乎？

君美鬚髯，長身卓立，終身無跛倚之容，平日藻鑒超越。辨艖務時，識郡人黄君鼎、李君世英於貧困之時，決其遠到厚資之，後皆顯達一生。勤慎謙恭，與物無忤，而尤敬禮斯文，謀人甚忠，與人甚信，任事甚勇，性特耿介。襄理地方公事，從不一受薪水。晚歲好讀通鑒洎八家古文，每讀李令伯陳情表、歐陽文忠瀧岡阡表不終篇，聲淚俱下，事固有曠世相感，亦其至性之過人者遠也。其訓子也勉以讀書明理，濟人利物，易簀時第以常，所周恤者以後無俾失所爲，屬語不及他，真可謂神明不衰，得正而斃者矣。凡君之質行，皆足以風厲末俗。而余尤心折於君者，則在六行之克完，而不僅有一節之善也。行止全循慈訓，孺慕克終，其身是不亦孝乎？次子嗣伯兄之後，一飯記邱嫂之恩，是不亦友乎？他若焚田文之券，解魯連之紛，指子敬之囷，食翳桑之餓，又睦姻任恤之彰彰可指者，不賢而能之乎？賢斯有德，修德者獲報，宜君之後昆蔚起，封誥頒榮也。

生於嘉慶二十四年　月　日，卒於光緒十八年十月初五日，享壽七十有四。德配馬夫人，續配王夫人，鴻案相莊，均有婦德。子男二，長澤椿，丁酉科舉人，權四川珙縣令，督部薦直隸州加知府銜並給二品封典；次澤棠，業儒。女五，均適士族。孫男三女四，俱幼。係以銘曰：

理學名區是我鄉，後有文簡前文康。流風餘則薰善良，懿歟君子實陽陽。起自廉賈蜀南疆，中道言旋侍高堂。晨饈夕膳養無方，訓子克家紹書香。後昆蔚起荷龍光，頭銜五馬奮騰驤。三代封贈足顯揚，作善天必降百祥。此理何曾爽毫芒，渭北春樹鬱崇岡。君之體魄此深藏，我銘君墓語未詳。有道不愧蔡中郎，千秋萬禩自流芳。允矣君子烏能忘。

旌表節孝鄒母孫太孺人墓表

文王係易節卦曰：苦節不可貞傳，釋以爲其道窮，此只就節儉一端言之耳。至若人生大節，竊謂無不貞無不苦，而不苦亦不足以言節。

國家以節廉貞孝教天下，舉薄海之孝子、順孫、貞女、烈婦、疆臣，隨時奏聞學使按部，又必廣詢博採達部請旌，無不恩綸立沛表厥宅里，所以扶名教而振綱常者，意至深且遠，誠以其事難於蹈火赴湯，其重等於托孤寄命，自光岳氣分而乾坤正氣，每在深閨歷稽往牒，柏舟之咏，黄鵠之歌茂矣尚矣。而養兩世之孤者，後漢虞詡，初唐劉審理之祖母，尤章章也。最膾炙人口者，無逾李令伯陳情一表，三復表詞而祖母之賢可知也。自兹以降不多概見，而古井明心義重保孤，後與先有若一揆者，今見之於鄒氏節母。

節母臨潼鄒君鍾蘭之王母也。鄒君與余爲石交，一日泣而請曰：祖母孫毓自名族，年十七來歸，王父諱英秀，鴻案相莊，生蘭。父諱長齡，洎王氏姑而寡。年尚未三十，家無儋石儲，又值花門之亂，襁負播遷艱苦，備嘗辛而婚嫁，願畢得抱兩孫，可亨占甘節矣。誰意蘭輩又早失，怙恃孤苦零丁，往往三旬九得食，旁人代傷而祖母處之夷然，晝耕夜績。每遇冬深，十指凍裂不以爲苦，五十年如一日。光緒十八年，學使葉公爾愷訪給「柏舟矢節」匾額，尋奏奉旨建坊入祠。天恩高厚足歷末俗，而蘭自愧無才，不能報劉百一，謹乞大筆銘諸羡道，俾一生畸節淑德不至湮没，庶稍抒終天之恨乎。再祖母不甯惟是拊蘭兩世已也。另爨之堂叔早世，遺從弟鍾嶧、鍾魯皆髫齡，兩從妹大者才十歲，祖母携持育養，俾臻成立。性行淑均，好行其德又如此。余聞而起敬曰：賢哉母也。史稱虞詡早孤，孝養祖母，而祖父曾爲郡縣獄吏。劉審理止生母早逝，養於祖母而襲父彭城公爵。即李密亦曾任蜀爲郎官，有世禄拊畜較易爲力。如鄒母之撫兩世孤，完千鈞髮略無憑藉，以蕲於成，此在觥觥男子尚覺措手萬難，不免中道半塗之慮，而太孺人獨能青年矢志，白首完貞，啟後承先，兩無遺憾，可不謂苦節之貞乎。可不謂賢歟，宜荷龍章之寵錫也。卒於光緒三十三年某月日，生於道光六年某月日，享壽八十又一。生男一人，鍾蘭父也，早没。女一人，適同邑王應官。孫男二，長鍾蘭，候選縣丞。次，鍾梅。曾孫男二女四。銘曰：

含飴弄孫，人生所樂。疇令百罹，萃於閨閣。早失所天，留此孤弱。既壯有室，又嗟祚薄。傷哉童孫，黄口何讬。母謂孺子，執事有恪。夜軋機聲，朝採藜藿。以引以翼，棣華韡鄂。下報黄泉，幸不隕獲。旌詔輝煌，千秋照灼。憂患可生，疢疾何樂。用勒貞珉，永瞻桀護。

曹母王孺人淑德碑

傳曰：「疾風知勁草，板蕩識誠臣。」又曰：「士窮見節義，世亂識忠臣。」皆爲爲丈夫者言之也。坤道承天，婦女亦何獨不然，呂涇野先生之序高陵志也。或曰節婦亦人物乎。曰男子不如婦人者多矣。婦女婉娩弱質而際事勢萬難之會，非捨生則不能潔身，非堅苦則無以勵志，此一死所以重於泰山，而波瀾不起，盟心必常擬於古井也。然而節烈殊途同軌，兼之實難，即所遭亦有不能一致者，衛共姜之賦柏舟也，之死靡佗。夏侯令女之於曹文叔也，割耳截鼻以沮勸者，千古稱之。然皆生存華屋，饒溢豐衍完節較易，若夫華户蓬門，室如懸磬，瑣尾流離，呼天無路，有子半育於旁人，大節獨矢於一己。

則有曹母王孺人者可敬焉。孺人華邑王君錫圭之本生母也。錫圭素不謀面，一日來自清麓出所，撰哀辭爲母求碑，遜謝再三而不獲，又重違孝子之志也，據事直書以備觀風者採焉。據哀辭稱，母王係出名門，來歸先父廷琛曹君，逮事祖母克孝以養，家窶且貧，生子男五，强半不能自養。錫圭最少，生數日而面亂作，不二歲而慈父見背。母氏避兵小師原，賊騎突至，自投原底深數十尺，破面折足，天幸不死。平後旋里，家徒四壁，飯糗茹草垂數十年，有諷以他適至再至三者，抵死峻拒，勢力不能奪焉。卒葆節全，貞以至白首，享年五十有八。今没三十九年矣，自恨垂老無成，末由請旌於朝而國變矣。均是人子何以爲心，予聞之起敬曰：是母之以烈成其節者也。是母之以節兼乎烈者也。可以愧世之爲人臣而懷二心者矣，可以愧世之臨難苟免媮生視息者矣。夫節義者，生民之秉彝；旌表者，朝廷之功令。得之不得則如士之，遇不遇實有命在。

繄古來貞婦烈女名湮没而不彰者，曷可勝道，而正氣塞於兩間，芳徽煒於彤管。若節母者固所謂生，可不愧死可無憾者也。母曹而子王者，何母老子弱無以生活，咏葛藟之二章，冒其姓而尚未復我邦族，蓋遵母氏之慈訓云。

皇清誥封恭人晉封夫人元配墨夫人壙記

夫人姓墨氏。同邑庠生侃公曾孫女、庠生應潔公孫女、處士藹公女、廩貢生殿選潼關廳訓導炳甲公侄女。訓導公識余於童年，以夫人妻余。年十六采歸，操井臼耐勤苦。事先考妣、事本生先考妣、事先伯叔考妣，皆委曲婉順，未覺難爲。同治初，花門亂作，偕余避地富平而同官，而韓城，渡黃而東之河津，之運城，辛苦相隨，備嘗艱阻。比余入翰林供職京師，夫人在籍代供子職。光緒戊寅、己卯歲洊饑，余禄薄不足以迎養。夫人啖糠核，採藜藿，往往節腹以食余親，旁人至爲感泣。先考妣之没，先伯考妣之没，本生先妣之貞疾以没，夫人皆侍湯藥，親含斂，是誠可念。余半生飢驅四方，自學至仕，大率團聚時少而别離之時多。邇者奉天子命，備兵甘凉，而夫人先數月没矣。所謂結歡淺者非耶，是則可悲也已。生於道光十九年六月十二日，卒於光緒二十四年正月二十八日，春秋五十有九。子男二：長韓蔭，殤。次忠善，邑增生。女六：次適涇陽庠生郭來吉，六字涇陽劉廣厚，皆先卒。餘或中殤、或下殤，無一存者。孫一：孝續，幼殤。孫女一。詹於光緒二十五年十月二十九日，葬於邑南郭外三里之團莊村新阡，癸山丁向、兼子午二分。爲壙二，虚右，以待余佗年之同穴焉。卌年貧賤，老至先歸，吉壤既卜，將返其宅。余以赴任期迫，義不得顧其私也。爲撮叙淑行大端，命子忠善上石納諸壙，以不没其賢而塞余之悲焉。係以銘曰：

夫人之先，系出墨胎。首陽高躅，女子善懷。誤嫁黔婁，載賦谷菇。鹿車共輓，牛衣可哀。亨衢蕲履，而慘夜臺。茫茫天道，詎可測推。追列遺懿，昭示後來。

高陵白遇道撰並書。

祭先考奉政公文

光緒七年九月庚寅朔越祭日己亥，不孝遇道率孫忠善等，致祭累贈奉政大夫顯考獻夫府君之主前。曰：

府君之棄不孝而長逝者，於今已三年。嘆昊天下不吊兮，曾壽命不得以少。延隔音容兮才二十七月，計歲時兮已六易星躔。溯丙子歲龍飛以開恩榜兮，趣供職而走燕。孰知具衣冠肅拜之日兮，即爲永離膝下之年。念顯考苦辛以造家兮，涇干服賈而負郭有田。乃花門之煽亂兮，全付之烽烟。致老父垂白之歲月兮，猶手足而胝胼。遂令客死於逆旅兮，在池陽之市廛。含斂莫視而執紼不得兮，眴營域於舊阡。不可爲人不可爲子兮，天長地久而此恨綿綿。本期乘軺以少博光寵兮，即投劾而歸耑。詎料樹欲静而風不甯兮，遽駕鶴之登仙。憶恩勤撫育之斯閔兮，比諸子而獨偏。當束髮以授書兮，爲口授文字之數千。迨稍長以就外傅兮，爲擇師而禮延。不惜卑禮厚幣以待先生兮，每咏縶維場藿。以留賢奈賦質之愚蠢兮，幾鐵硯之磨穿。復慮少年血氣之未定兮，偭規矩之方圓。自小試以迄於朝考兮，皆携持而共遂。征鞭暨旋歸而遂遭禍亂兮，乃流離而播遷。父寓臨晉兮，兒竄韓原。苦壓金綫兮，歲歲青氈。等吹簫於吴市兮，惟資此以粥饘。又囊筆以從戎兮，嘗投細柳。復典記於三晉兮，幕蒔紅蓮。緊東西南北以馳逐兮，曾不獲旦夕之安閒。慟晨昏定省之常缺兮，並不如農賈孝養之侍黍藝與車牽。迨釋褐以入仕兮，雖清班之幸聯。無如京秩之清苦兮，又不克迎養於日邊。方謂大德之宜享大年兮，孰令舍館之遽捐。痛罔極深恩之未報萬一兮，仰悠悠之蒼天。慨自慈父之見背兮，家境不堪。以言宣兒本生母兮，病拘攣兒。同母弟兮，童心尚然。自惟飲恨以吞聲兮，羌悲憤而膺填。喜老母之康强猶昔兮，健飯安眠。奈同氏妹之又不禄兮，埤益吾母以凄惨。憂煎皆不孝侍奉之無狀兮，抑莫之爲而爲，莫之致而至，夫亦難喻其真詮。

嗚呼哀哉兮，人非金石之堅。胡爲集此百憂兮，一弼於仔肩兒。其無意於人世兮，其如大事之未全。强媮生以視息兮，尋舊轍而勉旃。遵庭訓以束修自愛兮，思免厥愆。顯考之靈爽式憑兮，尚快然無憾於黄泉。届兹禫事之祇薦兮，饎爲吉蠲。望精魂之歸來兮，顧此幾筵。

祭本生先府君奉政公文

光緒十四年戊子春二月乙卯癸未朔越祭日癸卯，不孝等致祭於誥贈奉政大夫，翰林院編修加四級，顯考真天府君之主前，曰：

府君之棄不肖等而長逝者二十七年矣。南北飢驅，歲序奄忽，迄未一設祭以抒凄愴怵惕之思，又當年大亂初平，流離未復，一切草率未能如禮。數十年惴惴於心，滿擬粗有樹立再爲改卜，乃年復一年悠忽至今。復惑於形家之言，而竟未如願，詎不大可哀耶。府君之撫育不孝輩者，二十有餘年服賈涇干。家居時少不孝，生小蠢愚，因年年出就外傅，未能一侍膝下承朝夕之歡。然聞府君之事親也，服勞奉養曲盡悃誠。家窶甚，冬日常爲大母暖席温足。大父病，爲步禱於耀之神山，一日夜走百餘里，比其没也爲孺子泣，既除喪，遇歲時祭祀哭泣猶如初喪。又見其事兄也，於伯兄則願爲代役，於仲兄則嘗爲吮癰，於異居之堂兄亦養生送死，而致其哀慕焉。表丈張秀才嘗云詩稱：張仲孝友今於表弟見之，至於敬師之誠，待人之厚，律身之嚴，持己之儉，更非尋常所易。及歷考生平宜荷上蒼之佑，誰知紅羊幻劫適丁於躬，竟不如農夫野老之尚得老死牖下也，天可知耶，天不可知耶。是皆不孝等之罪孽深重，有以致府君之厄也。府君之殁於涇干也，在同治元年。其歸葬也，在三年之三月。惟時大軍甫過，滿目蒿萊，室家留滯韓原，故宅丘墟，村人歸復者僅一二家，不孝以虎口餘生，活廿餘口之眷。一貧如洗計無復之，欲稍緩搬柩慮年久則益不易覓，於是趣赴涇陽偏覓瘞所，而滿城瓦礫街巷皆不可識。正在蒼皇呼吁，適遇丐者指以處所，導而掘之棺斂，皆無附身，惟餘衣帶尺許，頭骨指節皆可辨認，而通體骨殖之不全者多矣。謹以布囊負歸，數緡買棺，權葬祖墓之旁，而父病之形容，殁時之情狀，以及正命之時日皆無從稽考。每一思及寸心如割，倘非不孝罪通於天，何至禍延府君如斯之甚耶。

然花門之禍烈矣。吾鄉人脂膏原野者，何啻百千萬億，而我府君猶得返骨鄉土，是府君積善之報，未食於生前而猶得之身後也。雖生也在天，死也有地，不能逃一定之數，而彼蒼默佑。俾不孝之罪得少未減者，是皆府君靈爽之所式憑，而不孝等不幸中之一幸也。府君在日，不孝誦讀外不措意，比至奉母避地，而富平，而同官，而韓城，而河津，而運城，播遷流離，備嘗艱苦，又謀生計，拙轉而從軍，復又不成，仍覓生於硯田。蓋自父歿數年之間，凡是之可以糊口而無害行檢者，皆身爲之而不辭。每當爲難未嘗不嘆福命之薄，不獲常依椿庭之芘蔭，而慈父竟見背之速也。猶幸慈母健在，伯叔康彊，兒雖年年於外，尚覺家有依侍，誰知伯父仲叔以次殂謝，慈母亦於昨年七月棄養，兒果何辜於天耶。府君在日，勖不孝以書也，甚勤又性素嚴，於兒輩從不假以辭色，往時别離，陽陽如平常無黯然意。而壬戌歲正月送兒之北上也，偏潸然不已，有恐不能再見之語，不孝年少氣盛，不知此語之悲，以爲偶然耳。誰知當時之衣冠而拜者，即與父永訣之日也。誰知當年之口語成讖，而令不孝終身爲無父之人也。兒於其年入場，即聞家鄉音耗，報罷後八月出京，黄河業已封渡，改由北山延榆紆道回里，已無家可歸。全眷避至富平北鄉，聞涇陽之圍已歷數月，音信斷絕。私心竊計涇邑富庶之區，城何至不可恃，誰知守土無能，長城自壞，未兩月城中人已羅掘罄盡，病莫能興。府君飢困憂鬱，一病不起。當是時同事者紛紛鳥散，孰侍湯藥，孰視含斂，孰焚香酹酒朝夕奠食。泉路孤征，影魂自吊，覺人世慘酷之境，無有過於斯者。是果誰爲爲之耶。豈真命稟有生之初，而非人所能移耶。府君没後之九年，不孝始舉於鄉，又四年成進士，改庶常授編修，又越十一年奉命主試山東，蒙祖宗之餘蔭，獲此光榮，博兹升斗，而府君皆不及一見，可傷可痛，爲何如耶。

不孝等均有子一人，女尚未嫁，近十年來家中以官故盡趨於華，殊爲可虞。兒惟恪守父師之訓，謹循規矩，努力支持。在外有一寡姊，在内有一弱弟，兒之盡心惟力。是視此次服闋之後，自揣精力能供職則居京，不能供職則家居筆耕，必不令兄弟有參商之變，家室有仳離之嗟，是兒言之由中出者，我府君冥漠之靈，或亦鑒之而怡然也。

兹擇於　月之吉日，安葬母氏劉於府君之兆，謹以奉告祇薦馨香，顯考有靈，來格來嘗。

尚饗。

本生顯考奉政公行述

嗚呼痛哉！　府君之棄不孝等而長逝也已十有九年。當時賊氛甫靖，室廬盪然，流離未復，不孝於同治三年三月，自涇陽負骸骨歸，權厝於祖塋之側，一切簡略不能如禮，十餘年來饑驅四方未能改卜，嗣復供職詞垣不得假還，私心自期。俟宦成後再爲築兆豎碑，如歐陽文忠表瀧岡之阡，而薄植淹滯進境毫無，昨春又慘遭三年之喪，匍匐奔歸，境况增窘，夙願迄莫能遂因思顯揚者，人子之願無窮而在天者不可，必日月逾邁逝水流光。倘再留以有待，而致我府君之質行隱德久湮不顯，小子逾滋戾焉。謹就侍養時所得及領諸慈訓，稱諸鄉里者，次其大略，以備仁人君子採擇焉。

府君姓白氏，諱長義，字真天，世居高陵縣東鄉孝義坊。高祖諱子德，鄉飲耆賓。高祖妣氏藥。曾祖諱庚，妣氏牟。祖諱玉梅，貤贈奉直大夫，翰林院庶吉士加三級。祖妣氏張，貤贈太宜人。奉直公生丈夫五，府君次四。家世力農，至先祖時生計益艱，僅治旱田十餘畝。府君十餘歲方就傅讀書，僅通論語、孟子以窶甚，遂同先大伯考習藝事於涇陽，精其業，賃傭以謀生尋自設肆，與先考、先叔通力合作數十年，怡怡如也。府君性孝友事，先大父母盡色養。先大父病便閉，百藥不效，勢甚危殆，夜禱於天應念而通。又病疫，步禱於耀州五臺山孫真人洞，一日夜走二百里，持藥丹回，竟得平復。比没葬祭悉以禮。其事先大母也慈訓，常舉以教不孝等曰：　女父事女祖母，吾不知其合於孝否？但終身未見有違言遽色，自賈所歸省也，隆冬爲女祖母温被暖足，依依如孺子。其執喪也，吾莫名其痛爲何如。但數十年來，每食甘味，及聞嬰兒呼母聲，輒雪涕曰：　吾母不得食，吾獨無母也。事兄恭順友愛，出於至誠，邑舊有里長役係挨門差催本甲丁糧，縣官五日一比不如數輒加敲扑。先二伯家居，輪當是差，年歉不克如數度其日必受責，適府居自涇歸知之，慨然曰：　有弟在忍苦，兄乎冒名應。比而縣官居適以有慶事免，比同時里甲皆以爲天幸焉。

先考獻夫公年四十餘無子，不孝以長子例不得出嗣，府君重違其意即以子之。獻夫公嘗患癰甚，劇痛楚不絕聲，府君府君生於嘉慶十年三月二十七日子時，同治元年某月吉日吉時正命於涇干旅舍，享壽六十有一歲。府君配劉氏，貤封冥之中大不可問，不然何以獲報乃如斯哉。嗚呼！痛哉！

貿易誠於人物，一生於世無爭，於人無忤，而竟不得考終牖下與齊民等。豈真生有時，死有地，命稟生初非人力所能移，冥

聞之修德必有報，爲善必獲福。以府君之牽車服賈，未嘗爲讀書人，而生平孝於親友於兄弟，厚於知交和於鄉里，公於

流落於此有年，稔知汝父長者，不忍其暴露，故爾非徒感私恩也。詳詢病歿情狀時日，丐者不能詳也。嗚呼！痛哉！

視之，僅一衣帶未朽，顱骨完全，口內舊脱兩齒皆可辨識，再滴指血當即滲入，然而不全者多矣。問丐者掩埋之由，曰：吾

聲呼曰：汝非白某子乎？吾待汝久矣。吾瘞汝父於橋兒上之北折而東某號內，今固無恙。不孝遂稽顙懇其指示，啟土

三年三月，賊既西竄，不孝趲自營歸，赴涇覓骸時，偏城瓦礫，亂骨塞路，覩之心割，正呼搶問忽來一不識面之丐者，厲

破後情形，而始無望於府君之生還也。嗚呼！痛哉！

同治二年，不孝侍母携眷避亂韓原，赴同州投營，隨地探問猶冀城破後萬一逃生迄不得耗，至省聞營官某縷叙涇城殘

據。而至今正命之月日時，究不得而知也。嗚呼！痛哉！

爾時情狀不識如何慘酷也。據逃出遺黎或云，先於九月病没，或云於冬月痍斃，或云城陷後殉難，紛紛無稽，難以爲

作，聞府君已旋里矣，後爲摧謫逼迫再至涇城，尋戒嚴不得出，遂與城俱焚焉。嗚呼！痛哉！

過兼旬焉或數日焉。此外懿行不得知者多矣。同治紀元，不孝以拔貢進京應考，考期在五月之望，而五月初旬，家鄉回變

官而後足振家聲哉。不孝少不更事，弱冠後負笈遊學，羈旅日多，府君賈於涇邑，亦不數歸，屈計生平侍養之辰，一歲中不

專在弋取科名。嘗言古人云：「遺子黄金滿籯，不如教子一經」。古人之意，謂能讀書明理，即可敦品飭躬，豈必發科爲

給錢粟完其骨肉，其他樂善好施多此類。府君晚年好看書，難字疑義逢人便問，久胥通曉訓。不孝等以讀書務爲正人，不

士夫多與之游。廩生郭君固在襁褓時，其父宗儀疾病喪葬皆府君同獻夫公力經紀之。道光丁未歲饑，里中有鬻兒者，府君

親爲敷藥，決潰將愈，以試所親有難色。獻夫公感泣曰：妻子不如兄弟也。府君訥於言而性耐艱苦，重氣誼，在涇既久，

太宜人。子男二，長遇道，同治甲戌進士，改庶吉士，散館授編修。童時出繼三胞伯獻夫公爲後。次學道。女一，適臨潼任孝篤孫。孫男一，忠善。孫女六。今擬擇吉樹碣墓側，謹泣述其嘉言善行之大略，伏乞俯加採擇賜之銘誄，俾先德附以流傳，則不孝等生生世世感且不朽。

祭先慈裴太夫人文

光緒十四年十二月戊寅朔越祭日丙申，不孝男遇道率孫某致祭靈前，泣而言曰：

嗚呼痛哉！我母竟棄不孝等而長逝耶。我母之撫育不孝等者，五十有餘年而未嘗得不孝一日之養，不孝半生飢驅僕僕道路，近年供職京師，慕榮遺親不知承歡膝下，以致屢罹鞠訩。今歲頓悟前失，決意服闋不辦起復，專意躬耕養親，因而詣京取眷。僅四閱月而我母見背，天之機人何大甚耶。在不孝獲罪於天，宜遭譴罰，何我母之盛德，而不陟上壽耶。

嗚呼痛哉！聞我母之初來歸也，家無儋石，太父母均在堂，諸父伯叔才經營於四方，艱難困苦，人所不堪。我母竭力操作，每日斷布一匹，易以供饕無倦色瘁容，戚里稱賢孝焉。樸約耐勞出於天性，雖至耄年猶不倦勤。道光季年，家計小康，我母躬行節儉，爲家人率深慮後人之即於侈靡也。不孝解褐後，我母念京秩清苦堅不就養，時時諭以努力上進，勿以家室爲念，每至別離泪痕盈眥，所以慈愛不孝者，雖所生不啻也。

嗚呼痛哉！我母體素康健，上年不孝奔本生母喪歸，見母形神鋭減，因矢志回家侍養。初夏赴京收檢箱篋，午節後到京本擬略爲停頓，即整歸裝，乃一悮於金姬之月辰，再悮於本月之霪潦，道路不開因濡滯家中。初次信來以爲夙恙就痊，誰意出京數日，塗次聞訃我母於初秋中旬棄養也。

嗚呼痛哉！記二月初母躬偶爾違和，祇禱於神，據巫嫗言必届七月方好。私心竊幸，以爲愛日方長，詎知神明明告，而不孝愚蠢不析機緘，猶懵懵而離膝下也。

嗚呼痛哉。往時衣冠叩別，母子依依皆難割舍。此次離別，母獨陽陽如平常，以往返不過數月數十日之久，所以均無難色。誰知四月上旬之某日，即與母永訣之日也。到京後諸事急難就緒，而夜無噩夢之徵，晝無先幾之見，方自以爲此次歸家專心養親，心安理得較勝他時之旋歸。豈知天下事之竟出意外也。此皆不孝之罪，上通於天而延禍於我母也。

嗚呼痛哉。歷計不孝生平家食日少，而羈旅之時多，堂上光陰全事拋擲。三胞伯之没也，不孝在青門；本生父之没也，不孝在流寓；八胞叔之没也，不孝在太原；父與本生母之没也，不孝在京寓，凡皆勢之。無可如何者至於吾母，則不孝矢心歸養，睽違不過數月，而亦不能侍湯藥，親含斂也，則真理之不可解者。要皆由兒平日不能修德，故雖欲盡孝而亦不克也。自今以往，兒更何意於人世乎。外氏無人，母心所痛；同氏一甥，母心所係。此後託母之芘，不填溝壑，年年寒食必拜掃裴氏之墓，同甥稚弱必甘苦與同，不任失所也。

兹擇於　月之廿日午刻，恭扶靈輀祔於先考奉政公之兆，神返幽宅，永無見期，敬迓衣冠，虔陳薄奠。嗚呼哀哉！尚饗。

祭先慈劉太夫人文

嗚呼慟哉！我母之棄不孝等而長逝者，倏八閱月矣。計我母之撫育不孝者五十有餘年，而未嘗得不孝等一日之養。兒又以半生飢軀，貪戀微禄不能常依膝下，而日薄西山固逆知其有此一日，而不意蒼蒼者奪我慈母之速，至於如此之極也。

嗚呼痛哉！不孝生晚不及事大父母。嘗聞我母之事大母也夕膳晨羞，未始有怠色倦容，自其盛年而已艱苦備嘗矣。迨不孝兄弟姊妹生，家計益窘，先君以賈事常滯涇陽，母每鷄鳴而起，篝燈課讀，機聲與書聲相應和，歷十餘寒暑。比咸豐辛酉年，不孝幸得以選拔貢成均，母心似少悦慰，誰知忽遭花門之變，流離播遷，瀕殆者屢。洎聞慈父涇上噩耗，而母氏之心神瘁矣，厥後十年沈痾實基於此。不孝惷愚，冥頑不能先意承志，致母氏邑邑於中數十年而不釋，此皆兒之罪也。念我母一生，孝以事親，厚以待人，儉以飭躬，種種盛德皆宜邀天之佑康强壽耇。誰知貞疾纏身，輾轉床席，積八九年迄於不起，福善之天，果安在耶？豈非兒等不孝之罪上通於天，而致我母之遭此厄耶？甲申秋初，兒自關外歸來，本自無心仕進，奈夙債未償，饔飧無出，不能不借禄以養。故上年進京，顯揚之意少而干禄之念多，得差後可以歸矣。而償逋負餘，買山仍然無資，以故因循猶豫，而念母氏之病，夢寐思歸，竟不能及時請急，以致病不知時，没不知日。尚可以爲人子乎？此兒之罪也。母之棄養也以七月初九日，兒之聞訃也以八月廿二日。此月餘中，兒夢迭徵，神魂恍惚，竊疑母病之有增而不意，夫遽爾即世。記十年冬月北上之時，母氏慟哭而勉以就道，兒也叩别而泣下沾裳。彼時欲行不忍，欲止不能，違心遠行，五内如割。誰知具衣冠而拜之日，即爲永離膝下之日。是弟輩之離膝下者，在昨歲之初秋；而兒之離膝下者，在前三年之仲冬也，此兒之罪也。

奉諱之後，時時錐心，自恨悔不可追，縱然危身亦復何益。况嗣母在堂，大事未全，不得不白爲抑損。自嗣厥後，兒惟矢慎矢勤，將母臨危遺囑謹銘於心，盡兒分之所當，爲竭兒力之所能，爲我母徽靈在上，亦陟降而昭鑒之乎？再兒先考之葬也，逢亂未能如禮，數十年來每思改卜，兹又惑於形家之言，不敢輕舉，占於吉月吉日，即祔母柩於先府君之兆，遵古禮也。

日月有時，如駛如馳，既成幽宅，敬餞靈輤。嗚呼哀哉！尚饗。

祭王小竹先生文　代同治庚午遊幕河東時作

嗚呼！吾師遽歸道山耶！曷其生之有涯，而死也無涯。

繄師之生有所自來，天下謫仙，人間異才。當其少時，昌明關學，北斗泰山，日星河嶽，根本道德，餘事文章，聲潤金石，詞吐鸞鳳。學業日新，從游日衆，附驥希淵，周楨夏貢。命秉生初，文章竟憎，明經早第，賢書僅登。升沈有定，遂事間官，芹香池畔，蓿長闌干。韓原之山，司鐸最久，既秀蘭茁，就養山右。天子知之，霸陵有命，出岫無心，山梁悦性。全真養道，杖履優遊，風流詩酒，惟乃之休。既躋稀壽，神明不衰，郇瑕官廨，絳帳宏開。何期服鳥，來集書舍，頓使沈疴，速師之駕。歲在於馬，月建於龍，庚辰之日，天降鞠訩。嗚呼吾師，與世長辭，少微夜隕，泰岱朝頽。吾師雲徂，吾師有子，萬里鵬程，顯揚未已。子既克家，惟孫亦賢，歸神天上，含笑九泉。日月淹忽，倏届四七，睠言思之，潸然涕出。某等問學，未成功名，莫遂深負，陶埏酬恩。惟泪今值祭辰，共奠椒漿，我師有靈，來假來嘗。

祭韓城薛曉湘秀才文 光緒二十七辛年丑秋七月

嗚呼！我兄而遽然耶？自古皆有死，矧我兄之存順没安地天無愧，而又奚嗟交遊廣矣，舊半爲鬼，何奉我兄之訃，而不覺泪點之紛挐。

溯同治初，鶉蠅失次。奉母挈家，韓原避地。流離瑣尾，舉目誰親。裘敝金盡，珠米桂薪。兒既廢讀，母亦啜菽。食指百餘，其何能淑。惟我曉湘，偏垂青眼。勉以下帷，期以迪簡。三生有幸，又與同袍。武關判袂，慟哭號咷。自此以往，軌轍分馳。君游魯蜀，我走京師。東勞西燕，浮雲變幻。君既蹭蹬，我亦拙宦。彈指卅載，曾幾何時。豈意一旦，相見無期。嗚呼曉湘，前遺我鯉。不鄙謂予，乃託以子。自慚涼德，不勝此任。心焉惕惕，謂非佳讖。數月之後，果得兇耗。予獨何心，能不悲悼。嗚呼曉湘，不衫不履。爲大丈夫，爲奇男子。嗚呼曉湘，孰爲知音。高山流水，海上之琴。嗚呼曉湘，獨立不懼。獨醒獨清，我行我素。或謂曉湘，遊方之外。不諧流俗，自鳴天籟。豈知曉湘，在中有美。能挽澆風，能篤倫理。古之人與，古之人也。願言思之，有泪如瀉。我兄雲徂，我兄有子。世繼詩書，我兄不死。歲月不居，時節如流。奄忽週年，又接素秋。顧予匏係，隔數千程。素車白馬，慚範巨卿。嗚呼曉湘，夢中有路。魂無不之，庶歲把晤。嗚呼曉湘，昔者吾友。一滴廉泉，敬代絮酒。

通首無一語不自然，無一字不妥貼，且字字從肺腑中流出，性情文章非尋常應酬也。

兄鴻烈拜手謹注

情深文明，古道照人，筆力之上追歐王；又其餘事，朗誦一通，乃使人篤金蘭之誼。

鴻烈又注

祭孝廉方正原任延長縣儒學訓導强南坡文 光緒三十一年

嗚呼！先生而竟然耶？昌黎韓子有言「自古莫不然，而又奚嗟人之相知，貴相知心」。高山流水，海上之琴。四海之内，莫非兄弟。白者奚新，傾蓋奚故。緊我先生，吾鄉星鳳。之品之材，周楨夏貢。學者宗之，太山北斗。瞻望彌高，傾心綦久。覿面末由，天緣忽假。樂土韓原，暫避兵馬。毅皇初載，寇盜如麻。小人有母，欲歸無家。瑣兮尾兮，流離之子。青眼能垂，衹三人耳。同年有吉，新知有薛。緊我先生，肝腸尤熱。飢餓驅人，徒步出門。高堂白髮，先生是存。感君高誼，登堂拜母。繼粟裝綿，意思孔厚。顧我蹭蹬，遭逢不偶。有心無力，常呼負負。君知我貧，不我瑕疵。親若兄弟，歷久如斯。先生之才，天馬行空。先生之文，積健爲雄。述作等身，曷可勝記。人口膾炙，聊舉一二。方竹之賦，具見大意。兩懷之園[一]見道之言。造物忌才，文章憎命。累滯計車，莫瞻蓉鏡。衮衮諸公，半登一省。廣文一官，先生獨泠。甫登薦剡，旋賦歸田。羈羈既脱，益事丹鉛。一篇甫成，書來示我。老去法律，益臻貼妥。猶記去年，忽傳我殞。祭文一通，卒讀奚忍。豈真先幾，知我後死。預述交情，情文斐亹。今我尚存，而君先逝，爲位而哭，臨風致祭。我兄雲徂，元亨大有。壽世文章，千年不朽。况夫身後，尚有蘭蓀。將來繩武，垂裕後昆。慘予積釁，門衰祚薄。僅有

[一] 先生有兩懷園問答一篇，兩懷者，有懷二人。孔懷，兄弟也。文極沈摯，

一男，忽痛嬴博。況無谷詒，才謀燕翼。我兄冥冥，應亦心惻。自交夏令，心灰意懶。軒冕浮雲，無心戀棧。顧念知交，零落殆盡。思我曉湘，有涕既隕。劍華雖存，劍華亦病。塞樹關雲，何日相並。今君又去，蓬萊仙島。剩我孑然，焉資以老。萬緒千愁，抒寫莫罄。魂兮有靈，願垂清青。匪今斯今，亘古如茲。幽明異路，永從此辭。匏繫微官，越疆莫吊。魯酒一盛，請君飲醑。馬鬣三尺，堂封貴早。他日車過，再哭宿草。

安貧改過齋雜著

信天翁光緒壬寅年著

誥贈武翼都尉懿堂劉君家傳〔一〕

君姓劉氏，諱秉仁，懿堂其字。陝西西安府涇陽縣人。世居縣之雲陽鎮。生五歲而孤，無伯叔兄弟，孑然一身。恃母氏針黹以活，勝衣就傅，焚膏繼晷。念母氏勞苦，未弱冠即慨然輟書習計然術。百里負米，晨出暮歸，未嘗暫離庭闈，其天性然也。授室後，與楊氏夕膳晨羞，色養備至。母偶感疾，輒親嘗湯藥，侍床席衣不解帶，鄉黨稱其孝焉。顧居恒少孤自悲，嘗謂人曰：「堂上僅承慈母之歡，庭前缺受嚴親之訓，事父未能，子職有虧，畢生一罪人也。」言之輒爲雪涕。母歿哀毁，柴立三年廬墓，迄以母節未旌爲恨。彌留之際猶諄諄誡其子，卒年六十有三。子煥章武庠生〔以助賑議敘五品銜爲君請四品封典。〕〔二〕，孫廣厚。論曰：孝之爲體備矣，不以窮達貧富異也。古稱舜爲大孝，而側陋之時不過竭力耕田，共爲子職，文王大聖，而其爲世子也每日三朝，問寢視膳，後遂衍爲武周之達孝，可知錫類詒謀，具有自來。

煥章之子爲余壻，因得備問。君之少年零丁孤苦，成立後復樂善好施而能散，而皆由於純孝所推，因以不匱。今煥章

〔一〕此稿爲手寫卷。原題爲「誥封武德騎尉懿堂劉君家傳」，后塗改爲現題。

〔二〕原稿后補小字十五字即現括号内字。

克成前志爲節母請旌，並由鄉里公舉祀君邑忠孝祠，君之修德獲報，翼子詒孫，庶可無遺憾者，益以信孝爲順德爲福備，凡事親者皆當聞風而興遲也。

涇陽雲陽鎮劉氏宗譜序

宗有譜何取乎？取乎虞書之「明峻德，親九族」焉。何肇乎？肇於周禮之「奠世系、辯昭穆」焉。晚近人心不古，宗法廢而仁孝之薄，傳世滋久，蕃衍紛淆，凡、蔣、邢、茅胙祭不辯爲姬宗者有之矣。甚遠扳華冑近附强宗，牽引附綴以爲光寵；而本宗或繁而莫紀，湮而不考。如唐以李耳爲始祖，郭宗韜望哭子儀墓，尤堪齒冷者已。然則譜之所聯繫重，而體例亦宜極嚴慎也。文軒劉君於余爲姻家，夙慕理學、敦倫紀。一日，出宗譜見示，遠祖無考，遷涇者以曾大父爲鼻祖，而不敢遠引以誣其先，何其慎也，何其嚴也。遞傳而下，俱詳其子姓、婚姻、生卒、墳向，有大節者詳書之以示後，世系以奠，昭穆以辯。由是十世，百世傳之無窮，使曉然於水木本源，而明德親族之義昭焉。用心可不謂肫摯歟！曩主講關中時，文軒以弁言諉，經年未應。頃復持來，余嘉其用心之合於仁孝也，因不辭而爲之序。

擬報關内外肅清摺

奏爲恭報，甘肅關内外及青海逆匪一律肅清，籌商善後。大概情形恭摺馳陳，仰祈聖鑒。事查自上年三月間，循化撒、回籍争教滋事，河州逆回馬永琳等聚衆應之，省城及東南一帶處處戒嚴。五月初間，海城逆首李倡發父子後聚結河回馬匪、趙百祥等戕官謀反，一時碾伯巴燕戎各屬回匪聞風響應，至六月而全湟騷動。于是韓文秀等據郡城三關，劉四伏等據北川，馬大頭、三三據西川，包良等據北大通一帶，各擁衆數萬四處焚掠，屠殺漢民至數十萬，兇焰甚張。時甘防將卒悉赴河湟。前督臣楊昌濬以海城事關全局，陝、甘唇齒相依，急調統帶陝標馬隊守備張紹先，隨同前甘肅提督李培榮等飛速進剿。兼旬之間即就撲滅，由是東道暢通。臣奎順暨前督臣楊昌濬商派總兵湯彦和鄧增等率師解循化之圍，派副將何建威等率師與狄道州知州黄壽等内外夾擊解狄道之圍，派總兵牛師韓等率師收撫平戎逆賊，解西寧之圍。惟時賊衆兵單，不敷縈應，雖受懲創勢未少衰。並有另股回匪鼠陷永昌、山丹各村堡。甘涼道梗，文報不通。十月初四日諭旨，飭臣模署理督篆日久，始由俄境探得電信，訊即抽調營旅踏冰東進，遵旨疏通餉道。臣福祥奉命馳援河州，於九月間馳抵狄道，六戰皆捷，遂解河圍；誅馬永琳父子及閔伏英、馬匡匡等，被搜斬逆黨四百餘名，于是河州平。即派道員張成基帶馬隊三營由循化、米拉一帶相機剿撫，以通大小峽。遵旨添派遊擊何得彪帶馬步四營往援西寧，陝西巡撫臣魏光燾今年正月提師抵湟，與臣奎順會商，先剿東三關踞逆，遂誅逆首韓文秀等，盪平北川，進圖多巴。臣奎順派所部合鄧軍及臣福祥甘軍，會剿下孫堡等處。時甘軍已解大通縣圍，臣福祥復派令渡大通河出達坂山，臣白遇道派督標親軍及新軍趙有正，先後由甘州扁都口南踰大雪山以進圖北大通之賊。二月初一日，甘軍、鄧軍會克上下五莊。初七日，甘軍進攻北大通，營城克之。十一日，多巴賊斬其酋大頭三三，詣湘軍乞撫。三月十二日，新軍會同甘軍連破北大通各大回莊，撫其衆。悉安插大通河南北，俾與漢無相混。此各軍剿辦河湟各處之實在情形也。均經先後奏明在案，元惡既誅，正在搜捕安撫，不期困獸猶鬭，餘燼復燃。巴燕戎之撒回馬成林等，復勾串米拉溝逆目冶諸麻糾合水地川、甘都塘、卡爾岡三堡回衆，復叛擾及南川。而逆目劉四伏等脅衆從水峽竄出，又數萬人由野牛溝間道蔓延關外。臣奎順會商魏光燾及臣福祥各派馬隊裹糧跟追，臣奎順並及飭派蒙古王公等多派蒙、番各兵合力堵擊。惟時湘軍分統龍恩思收復扎什巴城，並克水地川九莊。適魏光燾於四月初十奉電旨，赴本任，臣福祥到湟接辦剿撫事宜。先後督飭諸軍攻下東灣、生地溝、化力坡、甘都塘、卡爾岡諸賊巢，捕誅馬成林、冶諸麻，搜戮湟中、循化、巴燕戎、米拉溝等處逆回三千餘名。召集流亡，安插撫回，於是西寧全境亦定。關外軍務，臣模欽遵電諭，令鄧增移紮肅州一帶，力保關内完善之區，復電商署新疆巡撫臣饒應祺飭道員潘效蘇率督標親軍重復出關，會同新軍牛允城等嚴堵安西、敦煌、玉門、南山各隘口，分頭迎擊，陣斬數千，乞撫者五六千人，奔命走荒磧飢疲而斃者又數千人。

劉四伏等因率死黨由色爾騰海西遁大漠，臣白遇道電商饒應祺派隊至羅布淖爾據險設伏。七月中，劉逆至羅布淖爾東之和兒昂地方，爲總兵李金良生擒。于是成股之賊悉就殲，除關內，關外實已一律肅清。惟南山番地窮岩荒谷間，間有零星殘匪鼠竄偷生，已責成甘州、肅州防軍，各按地段設法搜拿不止，大煩兵力矣。伏查甘肅之域，漢回錯處久矣，以民數計之，本漢少而回多，漢弱而回强。自上年陝亂徙回于甘而人愈多而勢愈强。其爲性也輕剽强悍，喜亂好殺，其心志之整齊專一，又不能以尋常計。平日不崇儒術，專争教門以牟利，入我朝二百餘年而迄不遵正朔，則其梗頑成習可知也。國朝以來，該族亂非一次，而此次焚掠之慘，尤爲耳不忍聞。按律科罪，實皆在放殛竄流之列。而有徒實繁不可勝誅，又恐擊東聲西牽動大局，是以謹遵歷次諭旨，剿撫兼施，不敢濫殺，除其巨憝，宥其脅從，以廣皇仁而重生命。其逃之關外者亦既就地安插，其撫之關内者亦必擇地棲止。惟是新撫之衆實無多曠土，另局彼族勢不得不仍令錯處，而漢民受害既甚，釁隙蓋深，煩言嘖嘖，互相疑忌，誠所不免，欲令釋猜嫌而敦親睦，實非一朝一夕之事。計惟有慎擇庶直明練之地方官撫綏開導，虛與委蛇，庶乎漸漬不驟，久可相安。反側初定，保無漏網之惡，溷迹於良回之内，乘機潛煽，是尤所宜切防。擬於回亂甫平之區如狄道、如河州、如循化、如巴燕戎、如大通、如西寧、如米拉溝、如大通營等處，各酌留防營以資震懾。俟半年之後，再酌量情形，分别留遣撫輯賑恤。河州現已蕆事，其未盡歸業者容再招集。此外，用兵地方强半離居蕩析，新安插者不惟漢民待賑孔急，即回民亦糊口無資。已通飭地方官清查户口，籌款賑給，務使遭難黎民不至流離失所，以求仰副我皇上子惠元元之至意。此臣等悉心籌商，而爲地方目前之計者也。惟查此次回變時逾一年，蹂躪地方至數千里，仰仗天威遠赫，速就撲滅，而各將士冒鏑衝鋒，奔走於酷暑嚴寒之際，文綏與窮荒瘴癘之中，實屬奮不顧身，異常出力。至於後路防軍，臺局員弁，守城之文武、團練之紳民、各省押運餉械之委員、各路振撫難民之官吏，或嚴防要隘、或冒險轉輸、或憑城力遏兇鋒、或隔省無誤接濟以及深山窮谷勞來安輯，均能不避艱辛，力持大局。餘湘軍另由魏光燾專案奏奬，河州、西寧及青海關外各案，由臣等分别另行具摺請奬。並歷次陣亡員弁另案辦理外，其餘出力文武員弁勇丁，及上年循化、狄道、西寧解圍諸保案，業經奉旨交臣查覆，酌保者均擬歸入此次匯案，核實開單請奬。臣等公同商酌，擬以前敵後路分作兩起肯恩奬叙，以示鼓勵而昭激勸。所有關内外及青海一律肅清，籌商善後，大概情形及懇將前後在事出力文武員弁分别請奬，各緣由謹會同陜西巡撫臣魏光燾署理，新疆巡撫布政使臣饒應祺合詞恭摺，由驛五百里馳奏，伏乞皇上聖鑒訓詞，再此摺係臣白遇道主稿，合併聲明謹奏。

五品銜候選知縣原任寶安縣儒學訓導仲廓魏先生表墓碑銘並序

所貴乎丈夫者，出則佐天子、活百姓，措一世於泰山磐石之安；處則方領矩步，表率鄉閭，使一方緩急倚以爲重。斯生有益於時，死有聞於後，可謂丈夫矣。然二者體用無殊，而達易而窮難，以古方今求，可庶幾而無愧者於仲廓先生見之矣。先生登咸豐辛亥恩科賢書，晚授保安司訓。平生孝友無間，克盡庸德，自餘振煢恤貧，掩胔育嬰。凡宅心慈厚，好行其德者類能之不足，重表其大者。

同治紀元之五月，花門煽亂，事起倉猝，承平日久，民間不知干戈，遇變而驚。夫固其所先生所居之莊里鎮，故有土垣，然亦頹敗剥蝕不可恃，乃慨然誓於衆曰：「我能往寇，亦能往去，將安之則！」于是籌補葺，峙糗糧，嚴守備。就未去之人隱以軍法，部署規模粗具。而賊至，守陴者震恐欲遁，先生叱之曰：「移一步即斬爾趾。」人心逐定，賊屢敗，攻不利乃遠颺。屬鄰邑難民之來者日益衆，近三萬人，城守愈固迄於大定，保全無虞。當是時竊負而逃者不可一一數，長城自壞，而脂膏原野者相環也。先生獨首倡守議，計出百全，使彈丸黑子之區免離徙鋒鏑之苦，非智略素裕胸有甲兵何能及。此使其得時駕，爲天子守封疆，我知其必能奮勇武衛戡禍亂。不至老師靡餉，苟且圖功而貽社稷以無窮之隱患者，斷斷然也。然以書生而全數萬人之命，豈不落落丈夫事乎！可不謂難歟！世有擔圭析爵食人禄而不忠人之事，蕲至身敗名裂，蹶不復振者聞先生之風，其亦少愧矣！

夫姓魏氏，諱源博。占籍涇陽，卜築富平。易簀之日，享年七十五歲。道路悽咽，鄰舂不相感恩墮泪，今不異于古所云也。曾祖諱某，父諱某，屢世積德不顯。元配氏胡，繼娶氏楊。子三，長雲鳴，庚午舉人，汧陽縣訓導，薦陞雲南禄豐知縣；次、三，某某。孫一，孫女二。卒於光緒十四年正月。越二年庚寅，葬於西河新阡，艮首坤趾。余與厥爲同年，得悉家世而著其崖略於法應銘。銘曰：

惟桑梓今則植，死徙不出鄉，緊夫人之力。我襮其德，千春不泐，來者其矜式。

謹陳管見(代)

竊維刻欲講求自强之道，固必首重練兵。而欲實收練兵之效，必須就近團紮講求訓練，以期責有專歸呼應雲動。□□所部十六營，現經分紮甘省各要隘，自因回匪初定之後，在在均資鎮撫始定此議。然以練爲防，不獨非經久之計，且於練兵一道窒礙殊多。竊維北省大局山西爲京師屏蔽，陝西爲後路。陝西西南通蜀東連豫，而毗連之甘肅又番回雜處，最多梗頑。甘不静則陝不安，陝不安則山西摇動，而蜀豫亦戒嚴。之初意擬請練五六十營，分鎮陝、甘、山西各省之地，即以控衛神京。今既絀於餉力，何敢少涉鋪張。擬就現有之十六(營)〔營〕，再募四營足二十營之數，調離甘肅。擬於潼關之東，大慶關左近紮二三營，余志駐紮河東平陽府左右，竭盡愚誠，講求訓練，聽候朝廷征調。或即移紮直隸地方，惟君命是聽，有事征發甚便，無事操練不懈，庶幾歲月不虚。兵歸實際，擬請簡命重臣按年校閱，若有疲弱不堪，技藝生疏，則惟□□是問。

再刻下餉項均係裁剪改作防營用款。若欲練兵，則應仍照上年發餉章程，總計二十營滿年行餉，應需銀八十萬兩有奇；若十六營行餉，則止需銀六十四萬餘兩，統領薪公等費不在内，並請指撥的款預行領到。無在甘省請餉較爲便捷，至將來糧臺則必隨地制宜，遴派妥員辦理，以期便于飛挽，俾利軍食。管見如斯，是否有當，披瀝上陳，伏候採擇。

本總統從優議叙加三級謝恩摺

奏爲恭謝天恩，仰祈聖鑒事。竊奴才於光緒二十二年二月二十日，准署甘肅提督張永清咨呈。光緒二十二年正月十七日，承准兵部劄開本部欽奉諭旨，奏甘肅提督董□□從優議叙緣由一摺，内開請照一等軍功從優議叙例給予軍功加三級，於光緒二十一年十二月十九日具奏。本日奉旨依議，欽此。

相應鈔録原奏劄，行該提督遵照可也。承准此相應咨呈，請煩欽遵查照等語到營。奴才當即恭設香案，望闕叩頭欽遵祇謝訖。伏念奴才西陲凡質新省備員，荷蒙知遇，隆恩榮畀，援剿重寄。沐洗兵之膏雨十旬，而甫過臨洮，挫枹罕之腥風廿日而剋殲巨憝。實仗棱威遠播，摧陷廓清亦緣將士前驅，同讎敵愾。奴才勞無尺寸，迺亦寵渥絲綸古重，首功一等，爲一軍之冠。帝隆心簡三級同三錫之榮。

聞命自天，悚惶無地。受恩愈重，報稱益難。惟有勉竭駑駘，勤操鵝鸛，稟剿撫機，宜於訓詔。俾漢、回、番、土之乂安，以期仰答高厚鴻慈於萬一，所有感激榮幸，下忱理合專摺，恭謝天恩。伏乞皇上聖鑒。謹奏。

據情代奏王鉞安授甯夏鎮總兵謝恩摺

奏爲據情代奏，恭謝天恩事。竊奴才於三月十五日碾伯大馬甲營次，准新授甘肅寧夏鎮總兵、營帶甘軍副前營奴才王鉞安呈稱。三月初五日，准陝甘總督楊昌濬照會，光緒二十二年二月初八日，准火票處到兵部咨，光緒二十二年正月初七日内奉閣上諭：甘肅寧夏鎮總兵員缺，著王鉞安補授，欽此。

等因照會前來，當即恭設香案，望闕叩頭，欽遵祇謝訖。伏念總兵三秦下士，一介武夫，丁年投效湘軍，轉戰西鄙北庭之地。申命叠邀，天龍常矢，同仇偕作之忱，歷屬廣武、平羅，恭游忝任相隨，援甘度隴，獎勵榮膺。茲復仰荷隆恩補授。斯欽查寧夏爲嚴疆鎖鑰，夙稱赤緊之區，總兵領軍旅綱維寔重，緣營之寄材軽仕重，深懼弗勝。惟有勉效涓埃，以期仰酧高厚，所有感激下忱，謹清代奏等語。據此伏查該總兵干城可寄，膂力方剛。上年入衛京師，曾供奔走；昨歲回援枹罕，亦效馳驅。茲令暫緩履新仍駐河州鎮，撫力圖報稱仰慰宸；廑理合專摺，據情代奏，恭謝天恩。伏乞皇上聖鑒。謹奏。

據情代奏何建威授河州鎮總兵謝恩摺

奏爲據情代奏，恭謝天恩事。竊奴才於三月初十日碾伯河州大河甲營次，准新授陝西河州鎮總兵統帶威定全軍奴才何建威呈。二月十九日准陝甘總督楊昌濬照會，准火票遞到兵部咨。光緒二十一年二月初九日内閣奉上諭，陝西河州鎮總兵員缺，著何建威補授，欽此。

等因照會前來，當即恭設香案，望闕叩頭，欽遵祗謝訖。伏念總兵中邦陋質，西土凡材，寃牧臨洮，竊慕哥舒之往烈；備宫寧陜猥重鎮，以分符記隨上將旌麾，身經百戰權輿半通綬綰城守。三秦此回起花門，捧檄抒梓鄉之難不分，名登薦剡遷喬承楓陛之恩。尺寸無功，深愧涓埃，未答恩綸，叠沛復教，實缺榮膺。查河州爲漢回錯處之區，總兵有整飭戎行之責，忝叨非據，深懼弗勝。惟有俟莅任後，謹慎操防，勤加訓練，遇事禀商。督臣提臣和衷共濟以期仰報，高厚鴻慈於萬一所有，感激下忱，謹請代奏等語。據此伏查該總兵丁年投筆，午夜枕戈，欲請長纓早係逆酋之頸，幸邀迪簡敢忘致命之心。現帶隊仍駐狄道撫輯復業流民，應請暫緩履新。俾得始終其事理據情，專摺代奏恭謝天恩。伏乞皇上聖鑒。謹奏。

據情代奏何美玉新授西寧鎮總兵謝恩摺

奏爲據情代奏，叩謝天恩恭摺仰祈聖鑒事。竊奴才於六月二十六日，准新授甘肅西寧鎮總兵管帶甘軍副中營何美玉呈。五月初十日，准署陝甘總督陶模照會。光緒二十二年四月十二日，准火票遞到兵部咨武選司案呈。光緒二十二年三月十六日，内閣奉上諭：甘肅西寧鎮總兵員缺，著何美玉補授。欽此。等因照會前來，當即恭設香案望闕叩頭，欽尊祗謝訖。時以帶隊入山追捕冶逆，嗣又搜緝餘孽，於六月二十一日始收隊，至古鄯驛防次。伏念總兵蕭關陋質，秦隴凡才，丁年投效湘軍，轉戰於西域北庭之地，申命叠邀，天寵彌矢。夫同仇偕作之忱比，因釁啟花門，偏師謬領，仰荷恩頒楓陛，專閫榮膺。查西寧爲邊陲鎖鑰之區，總兵有整紀綱之責，材輇任重，深懼弗勝。惟有勉效涓埃，以期仰酹高厚，所有感激下忱，謹請代奏等語。伏查該總兵膂力方剛，干城可寄，溯從征於廿載，不無奔走之勞，叨重鎮於一方，當勵捐糜之報。核准督臣陶模函商飭帶所部履新，以重職守，未到湟理合據情專氣魄摺代奏，恭謝天恩。伏乞皇上聖鑒。謹奏。

新年例賞謝恩摺

奏爲恭謝天恩，仰祈聖鑒事，光緒二十二年二月二十一日，准兵部遞到軍機處行賫奉恩賞福字一方、大荷包一對、小荷包二對、銀錢二個、銀鐲四個、藕粉三斤半、白蓮子三斤半、百合粉一斤半、南棗三斤半、茄子一斤半、奶餅五斤、掛面十把到營。

奴才當即恭設香案，望闕叩頭，祗領伏念。奴才忝治軍旅，未效涓埃，溯自螭陛叩辭，星躔再易。仰荷龍章寵錫，宸翰重頒，敷錫箕疇。仰堯文之巍，焕彰施絺繡；瞻舜陛之衣，賞賜瓊林大庫之錢。朱提增色，頒珍果嘉肴之惠；玉食騰輝，糗餌粉餈絕逾水晶之饌。重羅銀綫都是天府之珍，寵賚便蕃悚慌栗，懼受恩愈重報稱愈難。奴才惟有勉勵馳驅，冀酧高厚，懔不貪之，爲寶氣識金銀。廑每飯以不忘節懷忠孝，竊喜西戎即叙，永慑威棱，更師南仲，修戎彌深。敬戒福先，春到不獨金城、隴阪，頌大造之無私，恩與歲新。常此衣鋭食祖，歌萬年之有道所有。奴才感激榮幸，下忱謹具摺，專差齎呈，恭謝天恩。伏乞皇上聖鑒，謹奏。光緒二十二年二月二十三日。

宮銜謝恩摺

奏爲恭謝天恩，仰祈聖鑒事。竊奴才於十月二十八日在省垣營次恭閱邸鈔，光緒二十二年十月初四奉上諭：董□□著賞加太子少保銜，並賞給騎都尉世職等因，欽此。

奴才伏讀之下感悚難名，當即恭設香案，望闕叩頭謝恩。伏念奴才猥以菲材，忝統軍旅，自去年十月河州解圍後，中逆氛未能即時掃除，以致竄擾關外上勞宵旰之。廑撫衷循省咎戾滋重，仰賴聖謨廣運誥誡周詳，内外臣工得所禀承。陝甘、新疆各督撫臣協衷合力各將士，同讎敵愾一年之久，始得一律肅清。奴才幸際承平得免譴責，已爲至幸。迺荷宮銜之寵，重邀世職之榮，聞命自天抱慚無地，現兵燹甫靖，民氣未復，安撫反側，輯睦漢回實爲要務。奴才惟有勤練士卒，藉資鎮慑，遇事會商。督臣洎西寧辨事，大臣和衷共濟，力圖久安，以冀仰酧高厚鴻慈於萬一所有。奴才感激下忱，謹恭摺叩謝天恩。伏乞皇上聖鑒，謹奏。光緒二十二年十月□日。

廕生謝恩摺　光緒二十二年十一月初八日

奏爲恭謝天恩，仰祈聖鑒事。竊奴才於光緒二十二年十一月初六日，准兵部劄開董□□前在新疆喀什噶爾提督任內。恭逢光緒二十年八月十六日恩詔予廕一子，調任甘肅提督董□□嫡長子董天純，請承之處與例相符，應准其承廕一品廕生。於光緒二十二年八月初七日題，初九日奉旨依議，欽此。

該廕生現年十八歲，應由該省移咨國子監讀書，相應劄行等因到營，奴才當即恭設香案，望闕叩頭謝恩。伏念奴才隴西下士，一經乏教子之方，塞上備員廿載，少觀喬之訓。奴才兒子天純才庸質魯，未讀父書，智淺學疏，渥沾聖澤。查周室以成均造士，璧水瀠洄；
漢廷於太學培英，圜橋觀聽。
我盛朝準今酌古，宏規特重臨雍。
我皇上錫類推恩，懋想賞尤隆延世。

奴才恭逢慶典，亦得叨被隆施。
國學宏開薄海，咸知齒讓；
聖功蒙養髫齡，共識君親。奴才惟有勖兒子以學古，入官彌勵說禮樂、頌詩書之志，勉兒子以忠貞世篤，無忘執干戈衛社稷之心所有。奴才感激榮幸下忱，謹恭叩謝天恩。伏乞皇上聖鑒，謹奏。

清故敕授修職佐郎同州府澄城縣儒學訓導歲貢生和亭賈君[一]表墓碑銘並序

嗚呼！可惜哉賈君。君秉聰慧敏達之資，具有艱苦卓越之行，鄉邦稱善，闕里矜式。當此海水横飛，民彝大泯之時，

[一] 賈和亭：（1835—1917）名致順，歲貢生，今張卜鎮賈家村人。曾任同州府澄城縣儒學訓導。光緒十年，參與編纂高陵縣續志。

甚賴如君數人者砥柱於中流，庶天理不盡澌滅，而斯人可以不絶。乃昊天不吊，老輩寥落，而君又未得期頤壽考，遽爾賫志没世。然則横目員首之倫，其何能以自淑也耶。余與君爲總角交，以道藝切劘數十年如一日，以云耐久其庶幾焉。阡隴之文，夙有諾責。今春卧病累月，常恐驟填溝壑無以慰君泉下，正擬抽思纂言，而君子適以行述來。蓋君之没至是歲已閲三，自顧殘年待盡厭厭二息，又何敢再事遷延也耶。

君姓賈氏，諱致順，字曰和亭，世爲邑人，居南鄉之崖底村〔一〕。曾祖諱思聰，妣氏紀。祖諱璋，妣氏惠、張。父諱廉清，妣氏鄭。耕讀世傳，至君而善繼厥志。時重□年高，雙親具慶，而終窶且貧，祖遺僅渭溪露田廿餘畝，歲入不足以供甘旨。君慨然曰：「讀書固善，而竭力耕田，子職先宜供也。」於是舍其田而傭力北山之宜君、同官等處，帶經而鋤，因而□徒採芹，作名諸生。每試輒冠曹偶，而秋闈輒躓，屢薦不售，君夷然不以爲意，耽讀如故。同治九年，甫以優行貢成均，旋選授澄城縣訓導，年已七十餘矣。莅任兩年，進諸生而勖以實，學須正口，誼篤倫理，方不愧爲學者，切不可以世變而風遂靡一時。聽者竦然，士風爲之一變。今去任十餘年，該人士猶樂道之。君性孝友，一弟年稚，親愛而未始怨怒；一妹既嫁，遭亂而不任流離。□□花門亂作，君先德避兵三原，病没權厝。亂平，君自山歸不顧田廬，先至瘗所負骸骨歸家禮葬，有如初喪，哀感行路，蓋至性有過人者。君性豪爽，爲鄉人排難解紛，事已而一無所取，有魯仲連之遺風焉。平日赴善若渴，嫉惡如仇，遇有善舉竭力贊襄，事有不平力持清議。他如贖受虐之弱婢，斥骩法之貪官，皆昭昭在入耳目者，然在君爲餘事矣。世有由嗇而豐，前後如出兩人者，早矜名節，晚飾輿服，賢如種放，不免貽譏史册。似君之寒不改柯，温不增華，已足廉頑立懦而挽狂瀾。又況其事親也，能人所不能之勤苦；其勵志也，愛人所不愛之光陰。卒之善養悦親，□學成己，尤足以風厲末俗，而昭兹來許，斯真可敬而仰者已。生於道光乙未年六月初四日，卒於民國六年七月初三日，享年八十又二。葬於村南祖塋之次，艮山坤向。元配氏梁，早逝。繼□氏魏，鴻案相莊，敬戒無違，先二年卒。子男四：長守先，禀生；次遵先，力

〔一〕崖底村：今高陵區張卜鎮賈家村。

閑先，早卒；　次從先，早卒；　次閑先，庠生。女二：　長婿鄧興悌，次婿楊彦盛也。孫男七：　守先生者三，吉占、吉兆、吉同；　閑先生者四，吉利、吉延、吉上、吉善。孫女亦七，既嫁者五人，餘幼。曾孫一人：　綿綿。積善之家，必有餘慶。宜爾子孫，振振以起。係以銘曰：

貧士之常，死人之終。居常待終，樂也融融。繄我先生，人中賢豪。朝年味道，顧視清高。孝悌於家，日邁月征。夙興夜寐，無忝所生。生無以養，誰因誰極。陟彼北山，芃芃其麥。是獲是刈，手不釋卷。遂掇芹香，青錢入選。九萬鵬程，跬步趨走。憎命文章，數奇弗偶。窮經皓首，乃貢成均。廣文一席，略慰艱辛。不於其身，克昌厥後。玉□□蘭，庭階富有。修文天上，惟乃之休。流風不沫，萬禩千秋。

賜進士出身布政使銜誥授奉政大夫賞戴花翎分守甘肅甘凉兵備道，大計卓異奏署甘肅提刑按察使司按察使調署鞏秦階兵備道、翰林院編修協修乙酉科山東鄉試副考官辛卯科山西鄉試正考官通家愚弟白遇道拜撰並書。

民國六年歲次丁巳季春穀旦。

四範序

範之爲言常也。爾雅釋詁疏曰：「模法之常也。何自仿乎？仿於天地，天有時，地有氣，常也；　天之經，地之義，亦常也。」有常不變易所謂範圍天地之化而不過也。

以範名書，莫古於周書洪範。而箕子乃言，一則曰彝倫攸斁，再則曰彝倫攸叙。彝，亦常也。即君臣、父子、夫婦、昆弟、朋友之倫統，修身齊家居鄉居官之道，而一以貫之者也。繼此則唐太宗之帝範；　則天后時，周思茂、范履冰等所撰之臣範；　内範他無聞焉。然而矩範常昭於今，爲烈軌範所具，如日中天。堯、舜、周、孔之道，濂、洛、關、閩之書，彰彰具在，何一不足爲世範者，然而經籍浩如淵海，人生不過百年，綴學之士俛焉，孳孳每有莫究莫殫之嘆，聞賞欲節，範繁簡要，高挹群言，以善身而淑世，病未能也。

秦州孝廉羅世俊，適以所纂四範見示，受而讀之。上下千古網羅無遺，博觀約取各以類聚，如集球琳於一室，而各成器範也者；　如會群賢於一堂，而身親道範也者。首以身範，家之本在身也；　次以家範，身修而後家齊也；　次以鄉範，局鄉以齒而老窮不遺也；　次以官範，彼窮不失義，尤必達不離道也。美哉備矣，實獲我心矣。抑法言有言「模不模、範不範」者多矣，範奚以不範？　詖行邪說争鳴簧鼓，苦名教之拘縛，誇名士之風流，甚至裂冠毁冕服奇不盅者日相望也。在家不受約束於父兄，在官不知靖共於君國，而居鄉之簡軼蕩易，更無論矣。誠得是書而人手一編焉，則知居處有禮，進退有度，隱居而求志行義已達道，無一不有模法制可守庶乎？　如表立範，如金受範，而無復有蕩檢踰閑之咎，則是書之有益人世，豈淺鮮哉。光緒三十四戊申秋九月，調署分巡鞏秦階道，高陵白遇道五齋甫謹序。

高陵縣志跋

縣志肇於前明嘉靖間呂仲木先生。後卅年，先生仲子幼開先生曾續輯。迨我朝雍正十年縣人樊子愚學博始一重修，迄今光緒六年甲子，再周蓋百五十餘年矣。此百餘年中，川原之遷徙，風上之變更，禮制租賦之損益增減，立政司教之美惡得失，人物科第之興替盛衰，孝子悌弟、義夫節婦之崛起踵接，以及古蹟宅墓之移易湮顯，蓋有悉數之莫能終者，聽其匿滅於風烟兵燹饉饑之餘，亦一縣恨事。

余以己卯晚秋奉諱歸里，明年主景槐書院研席，縣人士來請曰：　此子之責也。予避席孫謝。秋間，縣尹程君維雍奉撫軍劄，取縣舊志不惟梨棗久軼，且此百五十餘年間事均恨缺略，因倡議續修委予編，此孫謝不能也。詳繹呂志文簡事核，訓詞爾雅，誠如王阮亭先生所評。樊志搜討亦勤，而闕漏殊多，且合呂志爲一書，不見廬山面目。因仿范氏後漢書之例，輯爲續志，沿其體例，並竊取其義焉，不述曆數、官職考二篇者。辛巳歷，縣人所作，前志既表章無庸再贅，且吾官監正自有司存，非遠臣之所得言，故不敢職官考。自三代迄勝朝，既考核準確，故本朝職官冠於官師傳之首，而不必令爲一篇，曾綴録一篇者，詳樊志之所略，補舊志之所遺，識大識小，義各有當，不必前志之所有也。爲目十，爲篇十二，爲卷八：首志地理，考沿革也；次建置，廢墜之宜修舉也；次祠堂，成民而致力於神也；次田賦，民力普存也，次禮儀，爲下不倍以寡過也；次官師，古之遺愛也；次人物，十室之邑必有忠信也；次科貢，敷奏之資也；次宅墓，職思其居而思其終也；終以綴録，徵文即以考獻。惟是傳信，莫要於闕疑，數典不可以忘祖，故於地理一篇詳加考證，以自附於注經之義，而渠堰尤加詳焉。所以思古也，至於建置必舉其大祠廟，必崇其正；田賦必準之全書，禮儀必遵夫定制，上稽典籍，旁採檔冊，以今視昔，庶幾大備。惟官師、人物，年遠多湮，不過得什一於千百，故表之不能，譜之不可，條品之不得。祇就采訪所收，略以年次爲序，各爲小傳，存其彷彿。而一事之善，必本諸口碑；一節之長，必孚諸輿論，不敢意爲軒輊，致失實而或損其真也。撚回之變，爲秦關一大劫。致命諸人皆天地之正氣，故雖農氓、牧豎、紉女、村嫗必詳列焉。亦以見人性之善，而慕義者無不可勉也。塚墓詳録，誥銘記恩澤，即以存梗概。綴録不遺親人，鑒往古即以示來，茲固科貢中人可觀感而儆惕，即非科貢中人亦可矌覽而循省也。此固前志之志，而推衍增益，以求不逾其範者也。

開館於六年八月，脱稿於七年七月，自愧未學無能於涇野，爲役而實事求是，問世問心，斛米穢史之羞，自信差可解免。第藏書無多，爲時太促，不詳不備之處，尚望後之君子匡所不逮也。是月既望，遇道謹識。

望雲山房文集序　謹弁卷首即以代序

曉峰先生仁兄同年大人，侍右别久，思長情曷能已，道之雲遠，我勞如何。月之五日接奉五月初九日手翰，並大著四書講義四册、諫垣存稾四册、望雲山房詩文集四册、館課詩賦四册、文郎遺稾二册，恭承嘉惠，滿目琳琅，拜領之下無任感戢，敬諗述作等身，興居多福，引跂風前，深慰馳仰。當即以次展讀窮廿餘昕夕之力始行周徧，惟時景象如啞人享太牢知其美，而不能言其所以然。只有五體投地，佩服而已矣。雖然妄意窺測，請對以臆可乎。

四書講義融合章旨，推闡精藴而取證於經，傳歷史隱隱皆按切時事，顯示規箴而仍不戾於朱子之說。規模似真西山之大學衍義，意旨類范淳夫之唐鑒，而暢達過之必傳之。作諫稾則毫端振風，簡上霏霜，篇篇皆具史鰍之直，字字都有椒山之膽，然實關至計千人皆見，而先皇之能容諫臣也，實超越前古，觀於再留二年之說，出於樞廷而知塞上之行，亦非上意也。皇綱解紐，太阿倒持，所謂希烈何能殺魯公，宰相盧杞欺日月者，玆者殷社屋矣。而當年之執國命負重名者，此時或銷聲滅迹，或媮生視息，亦何所利而喪心病狂。賣人家國哉。然使無我公數篇文字，則文忠文達且欺天下後世，孰知其名不稱情哉。

詩文各集，旁貫百家，自成一子。塞上諸作，中正和平，毫無怨悱，尤得風人之旨。至於館課，乃文臣盡職之事，而亦具五步塞詔之能，鉢息韵成之妙，以及句集詩選韵鬪義尖，皆係我公餘事。昔唐處士劉元平答人曰：霍王無長謂有所短，然後見長，我公乃無一之弗長。左傳王孫由余曰：人各有能有不能。我公乃無一之弗能，可云胸羅萬卷，眼有千秋者矣非諛也非佞也，中心悦而誠服之也。仲温遺稾、詩文、策論，都成片段，具見淵源的未易才，而曇花一現遽證仙因芙蓉城主歟玉樓赴召歟，抑爲文傷命用思困，神如曹瞞陸雲之所慮所嘆歟，皆未可知也。要之斯文者，國家之元氣。斯文掃地，人才因之，君子正人既多，隱而不見，而瑶草琪花，亦往往苗而不秀，而庸鄙陋劣罪惡滔天之流，偏皆有長生久視之術，此天心之不可問者也。

此間麥收歉薄，芒種後至今未沐透雨，秋禾不能不種，眼看饑饉薦臻而征歛無藝。捐債重重，讀「哿矣富人」之詩，而羡幽厲之時，猶爲平世矣，刻下疫氣盛行，畊牛死者累萬，盗賊横行，白晝劫掠，被害者只有訴之於天，人人有朝不謀夕之慮，因思古人。家不藏甲、功令、火器等，犯禁之物不準鄉民私蓄，均有深意。自廢弓矢，而令營伍鄉團一律普習羊礮，而又漫無考察限制，由是奸民黠滑，人人身懷利器，不易泯滅誰生歷階禍害，乃貽於今日能不嘆息痛恨也哉。

弟閉扉戢影，飾巾待終，遭家多難，安心順變，頑軀如常，觕適知念，附及肅復鳴謝，敬請著安，統希荃詧不宣。

同學年愚弟白遇道頓首

乙卯六月二十六日

敬再啟者，嘗讀明史王文成傳贊有曰：守仁嘗謂胡世甯少講學。世甯曰某恨公多講學。二人皆一時君子，而意見如此。少之云者惜之也。多之云者非之也，竊謂學之在天下，如日月經天，江河行地，未嘗一日廢其於人也，如布帛菽粟不可一日離。論語首篇第一章，即言學聖人，尚以學之不講爲憂，講學詎可少哉。文成氣節，勛業文章，當時允稱無雙，只以講學之故，頗招訾議，一時掊擊讒謗不一而足，甚有謂其初通宸濠繼而携貳者，皆宵人忮刻之私，好議論而不樂成人之美者也。卒之公道自在。萬曆十二年，與陳獻章、胡居仁同從祀至聖廟廷而羣喙始息矣。

前明洎我國朝，講學之人載入關學編者彰已。近數十年推賀復齋先生歸道山後，關學不絶如縷，頃聞牛夢周孝廉授徒清麓，恪遵師承，潛心正學。未講學以先質行，不備論以侍母，故中後迄不復試，此豈今之人哉。弟館槐市時，贈以集聯曰：穎考叔純孝也，温太真何人哉。其甘淡泊辭徵辟，堅苦卓越有足稱者，學無盡境尚未成耳，美哉如基之矣。亦嘗書箴之曰：既學之實，謝講之名，東林復社，鑒車前明。該孝廉甚以爲然，竊謂關隴一家，學無二致。隴上如吴柳堂、任士言、王濟猷三先生，皆泰山北斗也。未讒講學之名，而言坊行表，實足干城吾道而矜式鄉國者。兹者皆凋謝矣，典刑具在，繼往而開來，非我公其誰屬。我公在官時，初以講劔擊權姦，繼以請纓急國難，英聲茂實，震耀寰區，前明之馮恭定、楊忠介無以過之。歸田後，閉户自精，殫心述作，不復問人間世，以梅福、逢萌自期待實，以周、程、張、朱自期許，循規蹈矩，尺寸不踰。近聞鄉里化之，門成鄒魯，豈非力學之明效大驗歟，而初不樹講學之幟亦高矣哉。

當此海波狂翻之際，天理民彜泯亂將盡，不有一二正人君子，闡明聖學，大力撑拄，竊恐晦盲沈痼，無有既極矣。弟穎啟寡聞，實懵然於一時講學之士。然易繫辭曰：二人同心，其利斷金。得我公洎牛孝廉之暗室潛修，躬行實踐，關隴正學一脈有所維係，或者聖道復明，天心有悔禍之一日，此弟所以側身西望於我公，時切高山之仰也。滿胸壘塊無物可澆，積思盈斛傾吐莫罄，再請道安不一。

弟遇道又頓首

敬再啟者，讀文集中，從通志摘出數篇，秦州志人物削張俊持平之論，實愜人心；論安丙、汪世顯辭嚴斧鉞，所以誅奸滑而立臣道之大防者，意至深且遠。一毛知鳳，一班窺豹，只此數篇。而新通志之精神全體可得，大凡可勝欽服，亦於此而始知書之成也。聞尊處只得一部，從何處來？事變後百物失其故常，不敢謂此書此版之安然無恙也，果有神物呵護，如天之福，以情理論，書成應給鄙人一部。然陳人無多陳，而新者又未必知。斯文之可重土苴之，弁髦之則真可惜矣。設法而再索之，深所望於同年而不敢彊也，惟旦暮跂之而念釋在兹耳。

弟遇道又頓首

白遇道陜甘鄉試硃卷

太高祖諱熹
太高祖妣氏董、王（敕旌節孝）
高祖諱子德（鄉飲耆賓）
高祖妣氏藥
曾祖諱庚
曾祖妣氏牟、氏史、氏馮、氏王、氏張
祖諱玉林（例貤贈文林郎）
祖妣氏張（例貤贈太孺人）
父名長潔（字獻夫，太學生，例封文林郎）
母氏裴（例封太孺人）、庶母氏姚、和
本生父諱長義（例貤贈文林郎）
本生母氏劉（例貤封太孺人）
具慶下
本生慈侍下
白遇道，字悟齋，一字心吾，號惺園行一。道光庚子年三月二十五日吉時生，陜西西安府高陵縣拔貢生，民籍，候選復設教諭。

嫡堂祖玉梅、玉柱

胞伯叔長聰、長睿（恩賜壽帛）、長禮

嫡堂伯長明、長智、長英

從堂兄懷貴、懷仁、懷恩

嫡堂弟濟道（庠生）

胞弟學道

堂侄重兒

從堂侄留誠

胞侄蕙兒

妻墨氏（邑庠生諱應潔公孫女，廪貢生名炳甲公胞侄女，處士名藹公女，庠生名光被堂姊）

子蘭兒

女一

族繁未及備載

世居邑東北鄉孝義坊

庭訓業師（謹以授業先後爲次）

程鵬霄老夫子諱凌雲（邑佾生）

張莘田老夫子諱一書（邑庠生）

岳伯墨西園老夫子，名炳甲（邑廪貢生）

楊子經老夫子，名彦修（臨潼人，道光丙午優貢，咸豐辛亥恩科亞元。河南候補直隸州知州，前内閣中書）

張奠宇老夫子，名維（山西滎河縣人，道光甲午舉人，截取知縣）

郭達夫老夫子，諱固（涇陽縣人，府學廩生）

劉雲皋老夫子，諱應祥（湖南新化人，道光甲辰進士，前寧羌州知州）

德潤之老夫子，諱亮（滿洲正白旗人，道光己卯進士，陞任定遠廳同知，前高陵知縣）

李印堂老夫子，名棨綬（長安人，道光庚子副貢，同治己巳補壬戌甲子科舉人，前署白水縣訓導）

梁芝圃老夫子，名書麟（廣西新寧人，道光辛卯舉人，前高陵縣知縣）

賀復齋老夫子，名瑞麟（三原人，廩貢生，薦舉孝廉方正）

王厚山老夫子，諱鴻飛（韓城人，道光壬辰副貢，同治癸亥進士，原任安徽無爲州知州）

受知師（謹以受知先後爲次）

楊寄鷗老夫子，名玉章（四川成都人，道光己酉拔貢即補知府，大荔縣知縣，前高陵縣知縣。蒙取案首恩師）

沈經笙老夫子，名桂芬（順天宛平縣人，道光丁未翰林，兵部尚書，軍機大臣，前任陝甘學政。入學恩師）

孫松坪老夫子，諱如僅（山東濟寧州人，咸豐癸丑狀元，内閣學士兼禮部侍郎銜，前陝甘學政。補廩恩師）

慎延青老夫子，諱毓林（浙江歸安縣人，道光庚戌翰林，前陝甘學政。辛酉選拔恩師）

曹立亭老夫子，名德元（四川成都縣人，道光辛卯舉人，前安塞縣知縣。戊午薦卷房師）

余月潭老夫子，名士鏡（湖南平江縣人，道光壬辰舉人，前渭源縣知縣。己未薦卷房師）

司笑珊老夫子，名繼光（河南祥符縣人，咸豐乙卯舉人，委用知縣，前署華陰縣知縣，己巳補行，壬戌甲子科薦卷房師）

鄉試中式第八十五名
會試中式第　名
殿試第　甲第　名
朝考第　等第　名
欽點
陝甘鄉試硃卷　同治庚午科並補丁卯科
中式第八十五名舉人白遇道，陝西西安府高陵縣拔貢生，民籍，候選復設教諭。
同考試官陞用同知、調補長安縣、扶風縣知縣方　閲薦「機圓局整」。
大主考國子監司業、南書房行走孫　批「取」，又批「筆酣墨飽」。
大主考翰林院編修、國史館協修、記名御史陸　批「中」，又批「沉實高華」。
本房原薦批：　布置得法，筆亦挺特，次三一，律詩穩愜，經藝清而能腴，策不空滑。
衡鑒堂原批：　通篇循題，布置精切不浮，次精實三，斟酌題情分寸不失，韻語工穩，經藝詞吐光芒，無一孱弱之筆，策有斷制。

不得中行而與之，必也狂狷乎。狂者進取，狷者有所不爲也

白遇道

由中行而思其次，傳道之心深矣。

夫狂狷雖未協於中，而皆可進於中也。由中行而進思其人並核其品，不可見傳道之深心哉，且自精一開道統而中以

名。則凡未臻斯詣者，似難與斯道之傳矣。不知當波流頽靡之，會值大道絶續之交與，得一假託乎。

中近似乎中之人，徒自詡恂謹忠厚之名，不如得一小過乎。中不及乎中之人，猶可幾通變化裁之妙。蓋至純備之品高望焉而已，成絶望而志節之士轉思焉，而允堪長思也。

今夫中也者，往聖之心傳後學之矩矱，而委靡者失之，放軼者亦失之。道之賴有傳人也久矣，顧安得一中行而與之哉。才華不必其自矜，而惟以言不過辭，動不過則者，蓋不言志已與日月争光矣。崖岸不必其過峻，而惟以率履不越範圍不過者，遵中庸之至德。

蓋不言守，而其守已與金石同堅矣，所謂中行非耶。然而其詣已夐乎尚，然而其人已倜然遠，然而道終必待人而寄，然而吾不得不降格以求。必也其狂狷乎，盛氣不可與圖功，餒氣尤不可與圖功。敵斯道之仔肩，懦夫自疑，狂者則自奮而自興，推其意以爲，不尚友三代以上之人未足爲俊傑，不抗希百世以前之哲不免爲凡庸，志落落而言嘐嘐。

縱旁觀有言行不顧之譏，而狂者不計也。真能與古爲徒已，畏心不可以成事，放心尤不可以成事。故斯道之防閑才，士自縱狷者，則自斂而自持，推其心一。若禮法苟稍逾，即不可以對聖賢廉耻偶弗存，尤不可以質屋漏，情凉凉而行踽踽。

縱身有執固鮮通之病，而狷者弗恤也，乃不爲俗所污，已進取也，有所不爲也。志不相同，迹不相侔，而吾必思之。不置者以其皆有可進於中行之質也。然吾竊有慮焉，有豪傑自命之思而意氣猶存，安見精微之可盡。有圭璧其躬之志而拘牽弗化，安見廣大之胥融，使由此而甚焉。

吾恐自喜其狂而流於肆，且或流於蕩，自恃其狷而能有守，未必能有爲也。中行終莫覯乎，渺渺予懷此願其何日慰哉，而吾彌有望焉，本斐然成章之美，而加以裁成，何難漸蘄於道義；本潔然自好之真，而益以奮勵，何難馴致於高明，使由此而進焉。

吾知克化其狂而所行必逮所見，克化其狷而可立亦自可權也。中行可企及矣，嶽嶽品概學者盍弗交勉哉。

本房加批：　題無剩義，筆有餘妍，一種雄直氣尤足辟易千人。

楊子經夫子榜前評：　體大思精，氣盛言宜，佳在於聖人立言之旨，曲曲傳出羽毛豐滿候也。青雲直上，拭目望之。

仲尼祖述堯舜

白遇道

溯心法於古帝，惟述聖者能知聖也。

夫道之統，肇於堯舜，而孔子述之聖道一帝道矣。子思揭之曰祖述其誠知聖者哉。且昔之稱知聖者，曰賢於堯、舜。賢之云者過之也，奚必取其道而宗之哉，不知論闡道之功。先聖或遜於後聖，而溯傳道之源，後聖仍本於先聖。古今千百餘年矣，羹牆可接，淵源不隔，蓋聖謨也。而宛貽孫謨心法也，而儼同家法已。

吾言君子時中，而首引仲尼之言，以道在仲尼也。雖然道果，何自昉哉。上古之初，非無道統，然循蜚疏，仡年遠而事亦難。憑故删書斷自唐虞，而大中溯薪傳宜粵稽。

夫曰都曰俞曰吁曰咈之世，中古而後，詎乏傳心。況禹貢湯征，書存而迹猶可考，而數典不言。子姒知執中宣妙蘊實，肇於惟危惟微惟精惟一之傳，此堯舜所以爲斯道之宗也。誰則祖而述之者，吾於是睪然於仲尼矣。

且夫有作而必有述者，父子所以綿其緒也。有創而始有述者，智巧所以守其工也。而吾謂仲尼爲祖述者，何哉？蓋嘗觀慈孫之㩃乎列祖也。往往撫一物一器之留貽而流連珍惜，況嘉言堪作世謨，懿行已成舊德。年湮代遠，必有用矩矱而倍念高曾者，以爲功德之所昭也。

仲尼之於堯舜，固若是焉已矣。又嘗觀裔孫之追乎遠祖也，往往覩一草一木之培植而玩賞摩挲，矧箕裘依然未墜堂構，顯然可承時易勢，殊必有祝馨香而奉以俎豆者，以爲本源之所係也。

仲尼之於堯舜，亦若是焉已矣。第博觀於堯勛之放，舜華之重，即事功而言後世或有比隆者矣。仲尼之祖述不在事功，而在性功焉。褒貶寓春秋，誅百世之共、驩、苗、鯀。文章兼政事，開萬年之功叙修和。推之文行上符，文思温良，遠紹温恭本堯舜所已有者，以見諸性功一派相傳，此仍述而不作之意也。彼不知大聖者，盍觀生平之所統宗哉。第侈言乎堯之爲嶢，舜之爲僢，即治術而論，後人或有妄擬者矣。仲尼之祖述不在治術，而在學術焉。統群言於六籍，可該光華復旦之奇運。元會於一心，恍見光被昇聞之盛，即或言學未見於唐風，論性不聞於虞史。統堯舜所未發者，以彰爲學術異世同源，此又善述人事之意也。誰與爲厥後者，敢忘乃祖之所自承哉。

蓋道莫隆於古帝，而法則備於前王。近觀憲章文武，而仲尼又近有所守矣。

本房加批：　鎔經鑄偉，抑奥揚明。

楊子經夫子榜前評：　經義紛綸，語能包埽，非徒以附會見長。

勞心者治人

白遇道

勞心者有所治，大人之事備矣。

夫心何以勞，以人而勞，觀於所治，而大人復何餘事乎。且大人以一身端居臣民之上，權有獨尊，勢有獨隆，而抑知其事果安在乎。出其心以與天下相見，而百族悉受其範圍；殫其心以與天下相孚，而群倫胥聽其號令。心之所在，治法昭焉；治之所在，心法寓焉。蓋其心有獨苦，其責有獨專已。古語之言勞心者，果何勞哉。

夫庶類有資生之處，不養其欲則必争。斯人有託命之原，不給其求則必涣，此不可無以治之也明矣。而吾於是穆然於勞心者。

王者體天出治，以不息者行健，以不怠者自彊。宵旰矢精，勤直舉億兆之（姓）〔性〕命身家，而究圖於有密勞心者，所爲握整躬率物之原也。

王者勵精圖治，以無倦者宅中，以無逸者作所。宫庭廑懋，勉更舉黎元之疾痛疴癢，而念釋於衷懷勞心者，所由操建極錫福之本也。

蓋大人有不能恝然於斯人之意，而心不安於逸。又有不能漠然於治人之意，而心乃形其勞。

貴之可治賤也，位在則然，勞心者之位何位乎。無論貴爲天子，固宜威福弗替統寰宇而定一尊。即推之爲諸侯爲大夫，亦止宜以承流宣化者，自操其君民長民之柄。蓋位爲天位，勞心者亦即其位以治之而已。

賢之可治愚也，德在則然，勞心者之德何德乎。無論賢有九德，固宜兢業自持，亮惠疇而熙庶績。即推之宣三德敬六德，亦止宜以翕受浚明者，自盡其有邦有家之責。蓋德爲天德，勞心者亦即其德以治之而已。

且夫治化之涵濡匪朝夕故矣。箕風畢雨，好尚不齊；夏暑冬寒，怨咨莫泯。朝廷之致治殊難，奚敢以輕心掉乎。勞心者皇然也，臨民昭端冕之威，治之以有本。恭已著垂裳之度，治之以無爲。但使一日處勞心者之地，覺居上臨下斯人之待治者，正不少也。望澤者孔殷矣，何敢於治人之中稍有抱歉也哉。

且夫治術之紛更亦非一二端矣。羈縻籠絡，夸詐成風；馭虞噢咻，補苴何益。古昔之治法具在，奈何以私心爲乎，勞心者殷然也。法令者治之，具功利有所弗矜。德禮者治之，原攻修無敢或貸。但使一日爲勞心之人，覺風行草偃治功之當奏者，正不易也。戴星者孔瘁矣，何敢於治人之外稍有圖謀也哉。

本房加批：　高踞題巔，虚涵下意。相題獨得真際，筆亦奇横可喜。

楊子經夫子榜前評：　下文包涵裏許，無一語占實，仍自斟酌飽滿，暢所欲言，三藝獲此非有真工力者不能。

賦得秦地山川似鏡中　得中字五言八韻

白遇道

一覽山川勝，關河亘古雄。人真游鏡裏，地本艷秦中。碧華鍾靈秀，黄流漾遠空。臺明函谷月，塵洗灞橋風。龍隰鋪鱗活，鶉躔繪象工。卷疑開紫幔，鑄不借青銅。舊迹懷封濬，名區溯鎬灃。瑞瞻仁壽現，寰海荷恩隆。

本房加批：　渾融大雅。

楊子經夫子榜前評：　雙管齊下，工雅絕倫。

白遇道同治甲戌科會試硃卷

太高祖諱熹
太高祖妣氏董
太高祖妣氏王（敕旌節孝）
高祖諱子德（鄉飲耆賓）
高祖妣氏蘗
曾祖諱庚
曾祖妣氏牟
曾祖妣氏史
曾祖妣氏馮
曾祖妣氏王
曾祖妣氏張
祖諱玉林（例貤贈文林郎）
祖妣氏張（例貤贈太孺人）
父名長潔（字獻夫，太學生，例封文林郎）
母氏裴（例封太孺人）
庶母氏姚

和

本生父諱長義（例貤贈文林郎）

本生母氏劉（例貤封太孺人）

具慶下

本生慈侍下

白遇道，字悟齋，一字心吾，號慎旃，行一。道光癸卯相三月二十五日吉時生，陝西西安府高陵縣拔貢生，民籍，候選復設教諭。

胞伯祖玉梅

胞伯祖玉柱

胞伯長聰、長睿（恩賜壽帛）

胞叔長禮（議叙八品職銜）

嫡堂伯長明、長智、長英

從堂兄懷貴、懷仁、懷恩

嫡堂弟濟道（字仲澄，邑庠生）

胞弟學道（太學生）

堂侄重

從堂侄留誠

胞侄蕙

妻墨氏（邑庠生諱應潔公孫女，廩貢生名炳甲公胞侄女，處士名藹公女，庠生名光被堂姊）

子韓、蘭

女一

族繁只載本支

世居邑東北鄉孝義坊

庭訓業師（謹以授業先後爲次）

程鵬霄老夫子，諱淩雲（邑佾生）

張莘田老夫子，諱一書（邑庠生）

岳伯墨西園老夫子，名炳甲（邑廩貢生，候選教諭）

楊子經老夫子，名彦修（臨潼人，道光丙午優貢，咸豐辛亥恩科亞元。河南候補知縣，前署獲嘉縣知縣，癸酉河南鄉試同考官）

張奠宇老夫子，名維（山西滎河人，道光甲午舉人，截取知縣）

郭達夫老夫子，諱固（涇陽縣人，府學廩生）

劉雲皋老夫子，諱應祥（湖南新化人，道光甲辰進士，前任寧羌州知州）

德潤之老夫子，諱亮（滿洲正白旗人，嘉慶己卯進士，原任定遠廳撫民同知）

李印堂老夫子，名榮綬（長安人，道光庚子副貢，同治己巳補壬戌甲子科舉人，前署白水縣儒學訓導）

梁芝圃老夫子，名書麟（廣西新寧人，道光辛卯舉人，前任高陵縣知縣）

賀復齋老夫子，名瑞麟（三原人，廩貢生，薦舉孝廉方正）

王厚山老夫子，諱鴻飛（韓城人，同治癸亥進士，歷任安徽蕪湖、合肥、懷寧等處知縣，無爲州知州）

受知師（謹以受知先後爲次）

楊寄鷗老夫子，名玉章（四川成都人，道光己酉拔貢，大荔縣知縣，陞任商州直隸州知州，前署高陵縣知縣。蒙取案首恩師）

沈經笙老夫子，名桂芬（順天宛平縣人，道光丁未翰林，兵部尚書，軍機大臣，前任陝甘學政。入學恩師）

孫松坪老夫子，諱如僅（山東濟寧州人，咸豐癸丑狀元，内閣學士兼禮部侍郎銜，前陝甘學政。補廩恩師）

慎延青老夫子，諱毓林（浙江歸安縣人，道光庚戌翰林，前陝甘學政。辛酉選拔恩師）

曹立亭老夫子，名德元（四川成都縣人，道光辛卯舉人，前安塞縣知縣。戊午薦卷房師）

余月潭老夫子，名士鏡（湖南平江縣人，道光壬辰舉人，前渭源縣知縣。己未恩科薦卷房師）

司笑珊老夫子，名繼光（河南祥符縣人，咸豐乙卯舉人，前署華陰縣知縣，己巳補行，壬戌甲子科薦卷房師）

方希原老夫子，名啟憲（安徽宣城縣人，咸豐庚申進士，扶風縣知縣調長安縣知縣，陞寧陝撫民府，庚午薦卷房師）

孫子授老夫子，名詒經（浙江錢塘縣人，咸豐庚申翰林，翰林院侍講，南書房行走，庚午本省鄉試座師）

陸廣敷老夫子，諱爾熙（江蘇陽湖縣人，同治癸亥進士，翰林院編修，庚午本省鄉試座師）

吴少岷老夫子，名鎮（四川達縣人，咸豐庚申翰林，前浙江道監察御史，辛未會試薦卷房師）

辛酉會考拔貢第七名

庚午本省鄉試中式第八十五名

會試中式第一百八十九名

復試一等第十一名

殿試二甲第三十名

朝考一等第十九名

欽點翰林院庶吉士

會試硃卷同治甲戌科

中式第一百八十九名白遇道，係陝西西安府高陵縣拔貢生，民籍，候選復設教諭。

同考試官日講起居注官、翰林院侍講、本衙門撰文、咸安宮總裁、武英殿編纂、功臣館纂修、國史館協修

加三級黄　　閱「薦」。

大總裁　頭品頂戴、吏部左侍郎、正白旗滿洲副都統、總管内務府大臣

加三級魁　　批「取」，又批「體大思精」。

大總裁經筵講官、太子少保、弘德殿行走、武英殿總裁、工部尚書、教習庶吉士、軍機大臣

加三級李　　批「取」，又批「神完理足」。

大總裁　經筵講官、刑部尚書、鑲白旗、蒙古都統稽察、壇廟大臣

加三級崇　　批「取」，又批「息深達亹」。

大總裁　經筵講官、禮部尚書兼管順天府府尹

加三級萬　　批「中」，又批「躁釋矜平」。

本房原薦批：　機圓局緊，清切不浮，次三俱暢。詩通首秀雅經藝，詞旨清腴策咨達。

聚奎堂原批：　首藝詞氣充沛，次三匀稱。詩工經藝，藻績紛披，策對見聞賅洽。

子曰君子坦蕩蕩

白遇道

順理則裕，君子可法矣。

夫天下原自有蕩蕩之一境，而不循理者不知也。觀君子之坦然，學者可不知所從事哉。今夫不平者境至平者心，心克安乎境。而境之不平者不以役其心，境克從乎心。而心之至平者皆足化乎境。以泰然者見樂天之素，以確然者著貞遇之操。即以怡然渙然者，徵無入不自得之象，斯學養深而品詣亦卓然於天壤。

夫子曰：世之以境累心者何多也。抑知人世間絕少危機，名教中自有樂地乎，吾不禁穆然於君子。

論内省之衷，則旦明時懔，局蹐時形。君子何嘗無憂勤之候，顧不敢寬者基命時嚴於宥密，而無所擾者恭安自著於神明也，其天全，其志固也。

論存誠之學，則戒慎不睹恐懼不聞。君子何嘗有寬假之時，顧不敢暇逸者夙夜倍深糾虔，而無所驚疑者天懷自形豫泰也，其性定，其情閑也。

吾以擬之第見衷懷昭其坦易而俯仰皆寬，身世無非坦途而形神悉暢，名之以坦盪蕩而君子深遠矣。且夫境地無常也，遭逢難定也，而以一心貞百慮，其情又難暇而難豫也。

惟君子得天獨厚而復濟以禮樂詩書之澤，所由見大者心泰，早完其不怍不愧之天。

惟君子閱世既深而更加以反身立命之功，所以理得者心安，更還其无咎無虞之本。

而初非矯情以鎮俗也，隱怪之流高語渾忘而事過境遷，或不免屏營於念慮，則假託乎浩落之懷者，非所云蕩蕩也。

君子之涉世也在中有美，外物莫由，紛淡定之胸。忠孝本非以立名，雖疢疾偶遭而奚病。節廉亦非以弋譽，雖窮愁備歷而何傷。即或運會值震撼之交，旁觀亦爲代慮，而不知君子之不淫不移不屈者，乃覺愈困頓而愈安貞也。匹夫知識毫無而一事偶合，即夢寐亦爲之悉恬，矧君子之坦白素守也哉，而亦非曠達以鳴高也。踳馳之士放軼禮法而逾閑蕩檢，終無以默質乎，帝天則襲取乎，舒泰之迹者難語於蕩蕩也。

君子之履境也隨遇而安，平心自足，衡物情之變，言行盡其在我，悔吝無自而生榮悴聽之，彼蒼怨尤亦且俱泯。即或時勢際危疑之會，局外亦覺難堪，而不知君子之不惑不憂不懼者，乃覺彌艱難而彌樂易也。學者規矩是循，而一念無慚，即身名亦與之俱泰，矧君子之履坦幽貞也哉。若小人，則反是。

本房加批：　規矩從心，爐錘在手。分風擘流之筆，日光玉潔之文。

自誠明謂之性

白遇道

事有即性而具者，明其謂而品卓然矣。

夫誠之與明，體雖合而用自分者也，而乃即誠即明焉，非性之之聖人，曷克臻此。昔吾夫子以誠爲天道而不言明，至思勉俱無從容中道，則又渾其明於誠中矣。

德足以涵萬物之理，而罔念不得以偶參。德足以類萬物之情，而事幾未見其或遁。有自然也無勉强也，有遞及也無推求也，此其道仍屬之天，而其事必歸之聖已。

今夫備斯理於心而真實无妄則曰誠，推斯心於物而燭照靡遺則爲明，孰非吾性中固有之理哉。然而誠不易言也，純粹以精之理合乎，天不得間以人使稍有所私即授外物以見撓之柄。是必誠爲之通，誠爲之復，而後克全乎誠也。

然而明亦不易言也，虛靈不昧之天主乎，静足以制乎動，使稍有所蔽即遺萬物以見惑之端。是必明無不察，明無不辨，而後克葆其明也。

然則分誠與明而二之，已見其難兼矣，况令誠與明而一之乎。而如其自誠而明。本不息之精，爲不疲之照，而如其自誠而明；本不貳之體，爲不蔽之神，而如其自誠而明。誠與明可以兩而化，而如其自誠而明；誠與明乃以一而神，斯人也斯詣也。豈復有歉於性量哉，豈尚有需於性功哉，直謂之性而已矣。

蓋嘗觀於天道之妙，大造不言造，化工不言工。只此實理所默運，而四時自行，百物自生，遂以成下濟光明之象。因而觀於聖人之德，知既爲生知，行亦爲安行。只此真積所充周而即始見終，由此達彼彌以彰聰明天亶之奇。吾性中有此至誠之理，吾性中即有此至明之理。

道本一貫，原自無先後之區分，而自誠而明，必歸諸性，則聖之得天獨厚矣。寂然不動者，誠之積於中感而遂通者，明之發於外，見爲誠即見爲明，無二端並無二候也，其斯爲率性而行者與。人性中原無不誠之端，人性中亦原無不明之端。道本同原，豈復有優絀之差等，而自誠而明，非聖莫屬，則天之生是使獨矣。有執必歸於有別，誠非一於渾含作聖，必兼夫作謀明，豈矜夫坐照昭其誠亦昭其明，順而施實，統而貫也。其斯爲成性，而存者與外，此爲誠之者則不得不由教而入矣。

本房加批：　翳障全空，真力彌滿。可謂清心抒妙理，純意發高文。

孟子曰君仁莫不仁君義莫不義

白遇道

以仁義先天下，建極斯歸極矣。

夫仁義者，人人所同具，上克先之而下即從之，其機亦曷捷哉。嘗觀世之盛也，閭閻皆蹈德而咏仁，寰海咸嚮風而慕義。未嘗爲觀感計也，而主極既端人情見焉。戰國之天下一掊仁擊義之天下也。孟子憂之，慨然曰：今之君莫不欲天下之好仁，欲天下之遵義矣。而抑思作之，君者誰哉。

秉彝之同好也，則仁爲人心。夫仁爲人心，不仁即失其心矣。天下安有不存其心而可爲人者，則所爲本心而作其則者，其機不可稍緩也。

率由之有準也，則義爲人路。夫義爲人路，不義即捨其路矣。天下安有不由其路而可爲人者，則所爲先路而善其導者，其責無容旁貸也。

且夫時至今日，仁不可言矣。爲我兼愛之相歧，而仁一失，法術刑名之相競而仁又一失。至於争城掠地，其不復以民命爲念者，更不足言也。於此而有好仁之君，悉一世之顛連而衽席之，斯朝野所引領而望者矣。

時至今日，義又不堪問矣。縱横捭闔之相尚，而義一歧。堅白異同之相辨，而義又一歧。至於朝秦暮楚，其不復以人紀爲重者，更不足論也。於此而有好義之君，舉一世之綱常而扶持之，斯又士庶所馨香以祝者矣。

而果也君能仁育萬民焉，先之井田以養生，爲仁繼之，學校以復性爲仁體，仁即以長人。縱不必綱舉目張，而一念慈良已可造數世和平之福。

而果也君能義正萬民焉，始之復古以興利，爲義繼之，變今以黜弊爲義，和義即以利物。縱未能成功定制，而一端振作已可協天地正大之情。

於斯時也，獨君行仁義乎哉！

吾見被其仁者，咸感激於愷悌之懷，而生其不忍之志。服其義者，皆震懾於名教之防，而生其不敢之志，不忍與不敢交縈。儻猶有嚮之不仁不義者，衆必呵之爲無良。蓋百官萬民群鼓舞以赴聖天子之精神矣，何至有殊風異俗者哉。

吾又見懷其仁者，深元後父母之思；而勸心生畏其義者，切神明帝天之戴；而勵心生，相勸與相勵互乘。儻偶有昔之無仁無義者，衆必斥之而不齒。蓋群臣百姓咸奮勉以應聖天子之德化矣，更何事智取術馭也哉。

吾願世之君人者，尚皆克端其本也可。

本房加批：　按切時勢，議論恢宏。妙合子輿氏，歆動時君之意。至氣象光昌，詞條豐蔚，則作者本色。孟藝獲此，想見三條燭炧時興會淋漓，神采焕發，足徵厚福無量。

賦得無逸圖　得勤字五言八韻

白遇道

廣平賢宰相，圖畫亦匡君。作所期無逸，于邦在克勤。艱難先世業，保惠昔人聞。書比屏風要，馨流筆露芬。康田功並即，耕織念同塵。兩字規摹古，千秋法戒分。事堪和有夏，道可監於殷。帝德時機懔，重熙邁放勛。

本房加批：　鏤心織辭，自成馨逸。

有子曰：信近於義，言可復也，恭近於禮，遠耻辱也，因不失其親，亦可宗也 辛未會試薦卷

白遇道

悔有所由，遠持以慎而胥得矣。

夫信而不可復，恭而多耻辱，因而不可宗，皆不慎故也，有子備舉之意深哉。今夫身世之交，亦惟以至慎之心攝乎始終而已。言不慎則誠涉於僞，行不慎則敬鄰於肆，交不慎則益歸於損。問心多愧，問世良難，此聖賢所深慮也。昔有子以慎終於始之道告天下曰，言行者涉世之大端，非徒樞機之宜懔。交遊者身心所藉助，要在抉擇之能嚴，則吾且即得失悔吝之故而爲之。舉其要焉，協其則焉，祛其弊焉，程其功焉。大信不約，信何足異。至敬無文，恭何足異。至因人成事，豪傑弗屑因，又何足異。

然渾全之詣能有幾乎，末世虞詐成風，貴返之以誠慤。淺學矜誇自喜，宜矢之以謙冲。況與接爲構，人已原有莫解之緣也。

此其要爲信爲恭爲因，小信未孚則信已苟，足恭滋愧則恭已苟，至因應之交，每多憧擾，是因尤不可或苟。則中正之矩，果安在乎。久要奚以不忘宜周乎，經權常變。衆寡奚以不慢宜範乎，動容周旋。況居游所在，吾道原有氣類之應也。

此其則爲義爲禮爲其親，然而弊每潛滋也。知有信而講信時，不復權時措。知有恭而致恭時，未能謹節文。知有因而晉接時，輒自詡意氣。迹其天日爲誓，襘袺修儀，芝蘭偕侶，亦似幾乎有合焉，而究之信未衷乎義。則時勢所難，金石從而寒盟矣。恭未準諸禮，則卑諂所流，士夫聞而羞稱矣。

所因未審所親，則比匪所傷，交道由是彌苦矣。本屬嘉德而動，獲愆尤則不可復，多耻辱不可宗之弊，固有山來也，而能勿力祛之歟。然而功宜自致也，信由義生無適亦復無莫，恭自禮出有本而後有文，因以親定同術自可同方。當其硜硜弗

尚謙謙自牧，殷殷訂交亦似淵乎莫測焉，而究之義在而信彌堅，片言之矢久與暫無或渝矣。禮在而恭彌著，敬德之聚，卑與亢無自議矣。

所親在而所因益，謹傾蓋之交，道德與功名皆可共矣。猶是行習而絕无咎，虞則近於義近於禮，不失其親之功，原可預券也，而曷弗交勉之歟。

是必精義之學，積於平日。由禮之功，嚴於當境。而人倫鑒別，更不淆於親師。取友之際，德日固品日端。聖人在上，風俗成而人材美。斯道得焉耳。

房師吴少岷夫子原薦批：　制局則化板爲活，布詞則推陳出新。

鄉試座師陸廣蓴夫子評：　壁壘一新，精力彌滿，必中何疑。乍見固喜其新，復觀尤賞其雅，知非於時墨中討生活者。

楊子經夫子評：　意極密致，詞極醒透，筆極輕圓；　應有盡有，應無盡無，以偏鋒目之者猶皮相也。

鄉試房師方希原夫子評：　格律整嚴，詞旨豐贍，自是功課養到之作。

完穀山房課蒙草

自序

課蒙草者，卌年前友教四方、訓迪童蒙之所作也。藉枕於三古，肴核乎百家，而師承授受，則親炙於楊子經業師，私淑於鼇厔路先生，泛覽於柏蘊皋、周犢山、劉聞石、樹德堂、馬名駒諸先生之時藝，博觀約取，厚積薄發，乃成此若干篇。中蒙子經先師批閱者只一篇，餘皆益友韓城强南坡孝廉所評定。

日月不居，忽忽四十年矣。時過境遷，不復記憶。今夏整理書籍，於亡兒書篋中瞥見此册，一再批閱，嫌其稚氣太多，毫無藴蓄，不堪以示人也。同學諸子見而題之，以爲有益初學，慫恿付梓，辭之再三而後聽許。客或謂曰：「識時務者爲俊傑！茲者停科既久，社且屋矣，而子猶欲信今而傳後，不已俱乎？」應之曰：「是固然矣！夏葛則不用冬裘，而不謂冬裘之卽可廢棄也，而不謂冬裘遂無復用之日也。且斯文者，國家之元氣也，天不變，道不變，則文亦變而不變。科目興於隋唐，制藝肇於前明，我朝因之，得人極盛，豈不以重選舉則狡詐之徒興、試策論則鈔襲之弊滋，詩賦則徒騁其虚華，技藝則無關於政體，惟制藝代聖賢立言，繩以理法，千變不窮，可以柔粗獷之氣、斂蕩軼之才，使就範圍實法之盡美盡善者也。是以顧久不變，其所以有時而更張之者，乃奉行者不能盡力之故，非法之弊也。且願代科舉亦有停罷之日，而旋廢旋復，亦謂舍此更無善法，取士不過如斯。則今日雖廢，安知他日無議復之者，告朔廢而餼羊猶供羊，存卽禮存也。予之千金而享敝帚者，比物此志也。」客聞言，憮然爲間曰：「若發蒙矣。」既去，拉雜録之冠諸卷首。歲在柔兆執徐皋月。八十老人五齋甫敘於完穀山房。

完穀山房課蒙草僅存

高陵白遇道五齋甫著

事君能致其身

不有其身事君亦誠矣。夫臣事君以忠，以心與之，實以身與之矣。能致之焉，亦何誠哉。意謂三代下多具臣，殊少名臣，非天性獨薄也，室家之念重而匪躬之道昧也，三代上有良臣，即有忠臣，匪生資獨美也，冠履之分明而鞠躬之道得也。能竭其力，事父母克誠矣，然人生獨事父母乎哉！

爵禄皆外至之榮，倘見利忘親，不顧庭闈桑榆之晚景，則内行多玷，不孝者安能移以作忠也。然顯揚亦分内之事，倘見險即止，竟忘朝廷豢養之深恩，則大節仍虧，不忠者亦未可以云孝也。

而如其事君乎，何以爲事乎？

作股肱，作耳目，古聖君之命臣也，儼然有一體之思。

如手足，如腹心，古君臣之相得也，依然有同體之愛。

夫不有其身乎？方其未事也，踐土食毛，身之祖父賴之，身之孫子亦賴之，是未策名天府而已覺高厚之難酬。

及其既事也，忠信重禄，身之祖父得顯焉，身之妻子得養焉。是即盡瘁事國而終覺涓埃之未答。計惟有致身而已，然而不易言矣。

忠義自在人心，疇無舍命之志，第恐精力衰而志氣頹，初念不覺其頓改。世固有少年從軍，絶域立功國家，方倚以爲重。而年華垂暮，乞骸上疏，鄉關只盼其生還，則始欲致而終不克致者有之矣。

忠烈根於天性，疇無盡瘁之忱，第恐閱歷深而趨避熟，大節不知其何歸，世固有受命出師，全軍深入磐石，方倚以爲安。而師徒撓敗，苟且媮生，家屬亦因以獲罪，則其事可致而其事竟不克致者有之矣。

若此者均不可以事君也，而如其能致其身乎？

非必盡事暗君也，當夫朝野清平，國家無事，同官方浮沉以求容，而若人獨痛苦流涕，爲憂盛危明之慮，不幸躬逢其變，私强公弱，以身扶持之；主少國疑，以身輔翼之。甚至計無復之，或薦賢而繼其忠貞，或屍諫而矢其忠鯁，任舉朝之訕之、笑之、怨謗之而不少易也，則能致其身矣。

非必盡事聖君也。當夫内訌交作，外患迭起，諸臣方粉飾以相欺，而若臣獨慷慨激昂，進撥亂反正之謨，不幸遇遭其窮，議戰論和，身争之以去，就陳書伏闕，身寄之以死生，即至天命難知，猶委蛇朝班而伺其隙，猶間關濱海而蓄其謀，任他人之執之、囚之、帑僇之而不少悔也，則能致其身矣。

事君而爲大臣，則同休共戚，致身固其分也。即至抱關擊柝，荷戈執殳，既已受一命之榮，則生成覆戰，亦必矢披肝瀝膽之忱。

事君而爲再官，則食禄死事，致身亦其職也。即或致仕歸田，養疴罷廢，苟曾從大夫之後，則魏闕江湖，亦自動志士仁人之感。

是非輕生也，捐此軀而名教綱常留於人心者不少。

非殉名也，授此命而廉耻節義全於藐躬者良多。

致身而身存，與天下福也，臣之幸也，自靖自獻，勛名自著於一朝。

致身而身危，與君之恩也，臣之罪也，不怨不尤，氣節常伸於千古。

倘致其身而父母猶在也，則以善養不以禄養，有子克家可告無辜於二老。

抑致其身而父母已没與，則成其身以原其親，一門不朽猶將含笑於九泉。蓋義無可逃，故頂踵髮膚平時則不敢毀傷，臨事則不敢愛惜。而恩不可負，故龍逢比干，終身不比有是事，一日不可無是心。是之謂致，是之謂能，是之謂學。

業師楊子經夫子批：

題裹博大宏深，樸屬微至，題之極受發揮者。縱前輩名作如林，必有屐齒不到之處，從新獨抒己見，發之揮之，原無不可。但語意總以渾括深厚爲貴，不宜鋪排致識掛漏，方是正規文字。作者爲初學，說法力求淺顯，摹仿蒲編堂作二十比，似鋪排矣，而通局無意不清，無筆不潤，無詞不達，無語不諫。後四比推闡盡致，語尤精警。較前輩名作，魄力自遜。而以之啟迪初學，亦可謂金針盡度矣。

告諸往而知來者

知以推測而深，聖心所嘉許也。夫已告者爲往，未告者爲來，聞其已然而即知其未然。子貢抑何善悟哉。若謂吾之以言爲教也，固以知望人也。然而知之者卒鮮。明明有言中之意，自彼聽之言盡於意矣。明明有言外之意，自彼聽之意盡於言矣。若夫言之者，未竭其端之兩，而聽之者已反其隅之三，則因此識彼，直有實獲我心者。

吾以言詩許子，以子之因論學而知詩也夫。莫往莫來咏於風柳，往雪來歌於雅詩之言，往來者多矣。是以往來論天下甚大，名理甚衆，已然者不知凡幾也。而吾皆以往概之，天下之賾，事物之繁，未然者正自無窮也，而吾皆以來該之。

夫往者過，來着續，氣機運動，在造物本無頃刻之停；　而往者屈，來者伸，義藴昭宣，在事物本有倚伏之理。

而吾不能不深契於子，今夫教者之答問也有所告，而學者之善悟也賴乎知。告有據理以答者，事之理本秩然，物之理本昭然。告者亦既揭其旨矣。而知有所限，不免聞言而未達，則告以往而昧乎，往者有之。

告有引而不發者，是有萬萬原統於一，理有萬萬可貫以一；告者亦已發其端矣，而知有所窒，不克觸類而引伸，則告以往而泥於往者有之。

而賜何豁然也。言中之意，在告者惟期其共喻。吾也未若之說，言中之意也，既告焉而意盡矣，往矣。而孰意賜挾詩說以來也，此亦如日往月來，月往日來之相，推而明也。

而賜何超然也，言外之意，在告者時或有未及。吾也未若之說，言外並無餘意也，一告焉而言亦盡矣，往矣。而豈知賜引詩語以來也，此亦如寒往暑來，暑往寒來之相，需以成也。

善哉賜也，天資明敏，而更深以閱歷之功，樂也可尋，禮也可崇，用力審端不必拘泥於既往。

賢哉賜也，學力精專，而更益以諷咏之勤，切磋不倦，琢磨不懈，造詣所及誰能逆料於將來。

安得學者而盡如賜也。

詮往來字，軒豁醒亮，無一皮厚語，無一含糊語題中，而字亦十分融洽明晰，清真雅正之文斷推此種。（强南坡）

舉善

舉所當舉，大夫之責也。夫善人民之望也，而可不舉之乎？子所爲爲康子正告之，且風聲之樹也，必先彰善固已，然僅曰彰之已也。則或博好善之名而猶未足，既嘉善之實，拔茅連茹，彙貞葉吉，是所望於保民者矣。「敬」與「忠」皆善也，夫善不越乎敬與忠，而亦不止乎敬與忠，試以民之善論。言之善與，不失口於人，出一言而可爲坊也，豈非鄉閭所矜式；行之善與，不失足於人，立一行而可爲表也，豈非桑梓之儀型。況乎立政立事，必資群策群力也，善固有國者之所急需。即一官一邑，亦貴知人官人也，善又爲有家者之所深恃。是安可不舉之乎。夫耽林泉者，不求聞達，往往有嗜烟霞而成癖者矣。而志道德者，亦愛功名，往往有陳器服以爲榮者矣。此善之不望夫舉者也。不望夫舉而舉之者宜殷矣，三徵而不已，九聘而彌勤，彼君子兮噬肯適我也，則好善有誠也。亟待夫舉而舉之者難緩矣，帛戔戔賁於園，旌孑孑適於郊。所謂伊人於焉嘉客也，則嘉善非虛也。或舉之於公朝焉，以人事君，庶多材多藝，不沉於閒曹散職之中。或舉之於私室焉，任人者逸，而一技一能，皆可收保障繭絲之用。夫有德者，賢有能者，才統之以善，而善善不妨從其長。而內不避親，外不必怨，各有所舉，而選舉何至流於濫。然民不皆善也。進而教之，不能者亦可歸於善矣。以此勸民，民情不大可見哉。

善字切定，民説舉子切定，康子説藻不忘，抒筆有餘妍。（强南坡）

子奚不爲政

以不仕疑聖人，或人之見也。夫夫子之欲爲政也久矣，豈有可爲而不爲者。而或人則不能無疑也，故問之，若謂士君子抱道自重將以大有爲也，無可爲之時則不得爲，無可爲之勢則不必爲。若夫時可爲，勢可爲，旁觀皆急望其爲，當局反若無所爲，正己正人之謂何？ 有令人不能釋然者，夫新軍嗣服之日，正儒生行道之年。

即位而稱元年。禮樂兵農，皆有咸與維新之意，如是則有政。

靖共而資百爾，鹽梅舟楫，更存乘時利見之思，如是則有爲。

而吾深有望於子，五美四惡，子之論從政基詳矣。而坐而言者，正可起而行也。

三年暮月子之欲爲政亦久矣，而修之家者，正可獻之廷也。

使子而爲政也，則魯之君，當虛左以待也。周公魯公之初政，可復見於今茲。

使子而爲政也，則魯之臣，當委國以聽也，舞佾歌雍之僭踰，可汰除於當境。

則意者彈冠而慶乎。乃望者殷然，而吾子竟漠然也。衣縫掖者依然，冠章甫者如故，用我常冀有人，奚以占龍潛，而甘蠖屈也。

則意者釋褐而登乎，乃需者肫然，而吾子竟寂然也。樂弦誦而不輟，睹杖履之悠游，從事每慮失時，奚不歌鳳翽而筮鴻漸也。

謂子無意於爲政，而何以保庶保富於途中，而猶論乎政也。豈情切於平日，而志反怠於今日乎。

謂子無心與爲政，而何以非求非與至是邦，而必聞其政也。豈志切於列國，而情反恝於宗國乎。

則或者時不可爲乎，謂時不可爲，而過此以往未之或知矣。

抑或者勢不可爲乎，謂勢不可爲，而自時厥後更無可乘矣。

我蓋求其故而不得，思其心而不測也。 願夫子明以教我。

切定夫子切定爲魯之政，一切膚泛支詞何從繞其筆端。（强南坡）

願聞子之志

有志希聖者，欲窺其大焉。夫夫子之志，即顔淵未易，企況子路乎？而子路欲以希聖也，能勿切願聞之思乎？若謂吾黨從夫子游，固以夫子之學爲學也，尤宜以夫子之志爲志。願學之徵於外著者，顯而易見，而志之秘於中藏者，隱而難窺。當同堂言志之頃，而存進而益上之思，擬議及之不禁企慕深之矣。

車裘與共，善勞不矜，由與回之志，夫子不既聞之哉。

志在公物，由之志，未必不合於夫子。然而天下甚大，一物甚微，物所及而志見物所不及，而志無可見量，必有公而恕者矣。

志在公善，回之志，未必大異於夫子。然而名理甚衆，善量無窮，忘其善而志不涉於私，見爲善而志仍鄰於隘也，知必有公而溥者矣。

由於是有念於子，夫子周遊列國，轍環幾徧矣。磬擊衛而人嘆有心，韶聞齊而學蕲忘味，其載贄出疆而栖遑不已者，子之欲行其道也。然達其道必先求其志，神明所契自早裕於平居。

夫子退居吾黨，斧柯誰假乎？西京雖邈，見文於琴；東周可爲，遇公於夢。其寤寐寢興而留連不置者，子之欲見諸事也。然有其事必先具其志，藴蓄所存，亦何難於共喻。

是子固有子之志也，由今者竊有願矣。

非不知天下一家中國一人，吾子言論所及，即吾子志趣所存，然理大物博遠言之究何如，切指之也。

非不知大道之行，三代之英，凡子之有志未逮，亦爲吾黨所習聞。然百年必世奏其功，究何以基其命也。

況子之與人也，故人助椁，舊館脱驂以公物論，子已有迥絶乎，由者況所志之當不僅公務也。不僅公物而志之不物於物者，由思聞所欲聞焉。

抑子之係易也，有勞不伐，有功不德，以公善諭子更有超乎回者，矧所志之當不僅公善也。不僅公善而志之克善，其善者由思聞所未聞焉。

昔者農山言志，由已聞，回之志矣。且不僅聞，回之志矣。惜以勇力自矜未嘗折衷於子之志也，取法貴上能勿仰而跂之。

昔者侍坐言志，由聞子之所深與者矣。幷聞子之所默與者矣，惜以不讓見哂無暇互證於子之志耳，聽德惟聰，今願竊有請也，

進觀夫子之志，而由進矣。而由與回，皆穆然與聖人之大矣。

須將層次細看明白，再玩其生意生詞之法，總而言之，前貴不突，後貴不竭，惟不突方能不竭相因爲用，然不突者不急，急搶正面並非迂緩松懈，之謂不竭者詞意相生；層出不窮，亦非節外生枝誇多鬥靡，之謂須思其所以然。（自記）

融上注下，詞意雙清尤佳，在意清而晰詞，清而腴真，是初學津樑。（强南坡）

仁者壽子曰齊一變

惟仁可大而可久，而國之大者可先計矣。夫壽何以得，以仁者之所尚者德也。彼不尚德而尚力者，國孰有大於齊哉。且得主有常而不變者，聖人之仁也。豈襲取仁義之國，所可同日語哉。若夫尊德性者頌可莪夫如山，而恃富强者，風自雄於表海。聖人以仁望人，而備全德者，效可略覩。彼不務德而勤遠略者，其敝政宜亟思改圖已。

仁者之體既静矣。夫仁之爲器重，取數多，當時列國名卿，如楚子文、齊陳文子輩，清忠可許，而其仁難信，蓋仁如是之難也。而仁者之效，其壽有可驗者。

仁不取偏而取全，齊恒之定霸也。有仁民之功矣，仁者奚止如是乎。可一息，亦可百年，惟仁者能通性命之理。壽不在數而在理，齊景之憂彗也，並無仁人之言焉。彼意惟欲得壽耳，可處常。即可處變，惟仁者能奪造化之權。仁者之壽不與知者之樂同有名效哉。今夫仁者之壽，以其實有是仁之德耳，實有是德則仁心存於中也。仁聞乎於外也，仁言出於身也，仁聲入乎民也，以之隱居求志，而精神自臻於彊固也。以之行義達道，而斯世且躋於仁壽也，功烈赫赫，豈如霸者之卑無高論哉。然當時之以力假仁者，不止一二國也。而首先創霸者，則齊是，吾夫子嘗以一變望之矣。齊之先惟尚父丹書垂銘，曾傳恭則壽之語，數傳而後，此意寖微矣。賢子孫而克懷父祖，尚思一變其澆風。齊之風紀重鍎，盧令致咏，尚念美且仁之人，晚近以來，此意猶存乎？居今日而欲復古初，何弗一變其薄俗。子之以一變望齊也，亦變其功利之習而重禮教耳，亦變其夸詐之習而崇信義耳，誠如是也，則移風易俗，革薄從忠，而俾壽，而臧俾壽，而富壽，胥與試三壽作朋，諸頌聲將不從作於魯矣。

法律縝密，詞意清真，是神明於規矩者。（强南坡）

以文約我

文不足以盡道，因遞溯夫聖教之約焉。夫使以文自多，則泛濫者無歸矣，故約尤要焉。然非子之善誘，其誰知夫約哉，且自道顯於文，而世之多文爲富者，莫不以文爲約要之圖矣。豈知理貴，淹通識原懲夫淺陋，而學宜實踐功自有其要歸，固不得謂文章，既聞之後博雅足稱，而遂不思夫反約之功也。

夫子何以先博我哉。誠有見於說約，固爲求道之要，而博學實爲考道之功，究不同於懸而無薄也。道有其燦著是爲，文功有所最先何弗以觀乎天文與，觀乎人文與。形色之昭垂，莫非天理所存，所存夫豈約略之所可盡。文以載道，與文以足言，與典籍之流傳，亦皆精理所遇，又豈約舉之所能賅。

以文博我，不且因文見道，而耳目身心，皆有所檢束乎。顧文者道之華，務文者或失之浮也。文爲道所寄，學文者或流於泛也。文爲道所觳列，爲道所散見，而專事乎文者，或不免窮大而失居也。益我聰明，而聰明亦或爲所誤；濬我志慮，而志慮將或遁於虛。是非驗之，躬行要之，實踐檢之，於動容周旋安見放蕩之，識不更甚於弇鄙之誚耶，而子則又有以約我矣。

失之克鮮也，言約而不及博，此誠檢身不及之意也，從文學不必見稱，而簡約實已備持躬之要。

道之弗畔也，言約而先言，博此又循序漸進之思也。矧文明業已衆著，而守約可弗探至道之源。

其約我也，豈尚以文爲貴乎。蓋日用持循之間，古今事物之賾，皆禮所生也，回雖不敏，請終身從事焉已矣。

此截搭題之易，爲力者須玩其連典覓對之法。（强南坡）

不善不能改

不善宜改，聖人勉人以能焉。夫不善貴於改，而非能不爲功。子故由修德講學徙義而遲及之，且改過不吝，書言之矣。不吝云者，非徒勿憚之謂蓋實，具一焠厲之精神者也。策其改之力，迷於始不誤於終，矢一改之心，過於前不復於後，心與力並，而精神出焉。然而其事正未易言矣。

德不修，學不講，義不徙，皆不善也。祛不善以歸於善，其道何由。

玉有玷，貴刮磨之。不善非身之玷乎？去駁以還純，更當同夫日月。染有污，宜洗滌之。不善非身之污乎？圖新以舍舊，益且取夫風雷。以云改也，焉有不能者乎？大抵權之在於人者，已或不能以自主，若改在於不善，則自握其權，雖父兄之督則不事，積愧生奮，積奮生勵，决不使一朝失足累及終身也。改也大抵助之借於人者，已或不能以獨成，爲改在於不善，則愛莫能助，雖師友之規勸，無庸嫉之如讎，惡之如臭，何容使一眚之微大德終掩也改也。而亦焉有不能者乎？然而暗昧者之多也。人情責人則明，恕已則昏。即明知其不善，而以爲無傷，一任其長，且謂無害；一聽其大因，仍苟且終身，無改錯之期矣。然而偷安者之多也。人情論事則刻，律身則寬。情亦知其不善，而一時之悠，忽待之將來一事之寬容須之，異日遷延，蹉跎畢世無改圖之候矣。

改生於悟不能，而悟於何有。改生於悔不能，而悔於何有。置其身於不善之中，而非眚惟終不且於是，而滋流弊也哉。改不善始可從善，不能而從善何望？改不善始可遷善，不能而遷善又何望？委齊身於不善之内而不遠之，復何能於是而占元吉也哉。

合之修德講學徒義，能勿憂從中來乎。

意亦猶人，而看去十分醒快，筆秒故也。筆何從生仍於書卷中，求得之耳。是以十年讀書爲作文第一要義。（强南坡）

與其進也

來者不拒，與人爲善之心也，夫吾子之與人，豈徒以其能進見哉。然當進見之時，其潔己深可嘉矣，夫子能不與之哉。

且請業請益者，弟子之常也，斯亦何容嘉與哉。若乃人不必其相習，尚昧生平，志不必其相同，偏殷請謁，大道其爲公乎。正不必以時處於暫，事出於偶，而遂淡漠相遭也。

人潔己以進，吾與其潔矣。夫一時之潔雖不追其既往，而一日之潔，究摸保其終身，而吾之與之者，正自有說。

人非情殷向善，必不能滌其污染，求教於先生長者之前。

人非力改前非，必不能捨所居游，願廁於函文幾席之側。

蓋仁之潔以進，非偶然也。而吾之殷以與，亦非漫然也。且夫進亦自有辨。

存標榜之私者，每多虛聲之誚。世固有屏，居閭里傾動公卿，一聞有道當前，猶欲以依附門牆者自增其聲價，若是者誠無可與。

存門户之見者，徒恃其矜之隆。世固有卓越天資，衣冠古處，亦知名賢可慕，不覺以高視闊步者自負其環奇，若是者亦無可與。

而吾之所與者，則異是人美之宜成也。在乘其勢而利爲導，想彼未進之前，陷溺既深，並無人爲之招者而壹義孤行，獨能不迷於嚮往，不可謂非一隙之明也。因其明而爲之，接引其所造詎可量乎。而吾即本君子成美之心以與之。

人類之不齊也，在迎其機而力爲援想彼將進之際，沉迷忽悟，豈無人爲之沮者而克知灼見，偏能自定其從違，不可謂非一端之善也。見爲善而不爲，誘掖其横決更雖知矣。而吾即本有教無類之心以與之。

進而爲富貴與，爲貧賤與，不必計也。富貴者而能進，可見其樂善忘勢之心；　貧賤者而能進，可徵其懦立頑廉之志。

當前之雅意可嘉，則所爲悔從前之失者，在此進即所爲定一生之趨者，未必不在此進也而能勿與之。進而爲椎魯者與，爲穎悟者與，不必計也。椎魯者而能進，天下無不可化之氣質；穎悟者而能進，疇生庶無悞用之聰明。當境之求益可信，則所以不囿習俗者在此進，即所以蘄人聖賢者，未始不在此進也而能勿與之。倘必逆其既退之未必潔，則甚矣。吾之見互相童子者，比物此志也。

理境澂澈，氣局深穩，是小題正鵠也。中翻進字二比，語有包孕，斷非初學所能解悟。然不可不引人，此路足見良工心苦。（强南坡）

善人爲邦

邦必待人而爲，古所謂善者可思矣。夫爲邦者多矣，安所得善人乎？善人亦多矣，安得皆爲邦乎？然而邦必德善人，而可爲也。古人所爲慨慕與，意謂：吾也懷獨善兼善之思，輸環列邦欲得聖君相之，無如所如不合，而東周終不可爲也。然而連由否以之泰，時轉危以爲安，天而如欲平治乎。亶聰明作元后，元后作民父母，其事固非伊，異人任也。吾嘗觀於天下之大勢，而見夫大邦以富强爲謀。其流也怙侈而滅義，效邦以寬猛相濟。其弊也犯科而作姦，蓋天下之無邦也久矣。居恒慨慕流連，以爲爲邦其有人乎？願安得善人以爲之乎？然而未見其人嘗聞其語矣。爲則有正本清源之思，關雎歌矣。奚應以麟趾，鵲巢咏矣。奚應以騶虞，其由王朝以暨侯國者，固已立萬禩不拔之基。爲則有救弊扶衰之意，魴尾赬矣。貴有以蘇之雀角争矣。貴有以平之其由，晚季以復古出者，又自具四海大同之象。然而善人不能世出也，則爲邦豈可概論哉。開國以承家，建國以親侯，王者受命以興，自有過化存神之妙，此聖人也。聖人間世一出，邦之人不敢奢望也。

平國用中典，亂國用重典，末世文網益煩，專尚剛健嚴酷之風，此武人也。武人爲君志剛邦之人，不樂稱願也。則庶幾善人而爲邦乎，天心之厭亂也。善人即體上天好生之心以爲之，念黎元墜涂炭久矣。非甚盛德，何以解兹倒懸也。於是發號施令，言皆善言焉。立紀陳綱，行皆善行焉。宫府馳張，無非慈祥惻怛之至，意所積而流，即有浮言胥動，仍自身率籲衆戚之憂，豈無雷霆其以雨露濡也。斯固天心所默鑒者矣。

人心之思治也，善人即本惟民生厚之意以爲之，念父老苦苛法久矣。不有寬政，何以蘇此遺黎也。於是分職設官，政皆善政焉。東序西雝，教皆善教焉。宵旰憂勤無非易直，子諒之肫誠所推而施，即有頑民梗化仍不改，靈承於旅之心，豈無斧戕，其以干羽格也，斯文人心所禱祈者矣。其在開創之邦，大難初平，人心皆樂與更始，而善人則志在安民，絕不動好大喜功之念。縱莫爲之前而耿光自爲覲，莫爲之後而大烈自爲揚，但使休養生息及我躬，而有鴻雁安集之想，則善作者不必善承，而善氣之培植者已厚。其在守成之邦，承平既久，風氣漸即於浮夸，而善人則政惟由舊，絕不蹈偭矩改錯之愆念。祖宗以忠厚開基，安忍箕裘之或墜，矧蒼赤悉國家元氣，詎忍根本之或傷。務使仁義漸摩，當我世而無牂羊鮮飽之嗟！則善終者原於善始，而善化之留貽者孔長。

况相繼至百年而猶不能善與人同者乎。

法律精嚴，詞條豐蔚，可稱合作。（强南坡）

上之風 季康子章

風而加之草也，風聲克樹矣。夫風何所不被，而奚必於草，然風無所不撓，而何論於草，是可即上之。時觀之嘗謂君子不欲多上人，不欲上人者，不敢凌物也。此特就自處言之耳，若乃分在則然，舉蒙昧之倫而胥啟迪之，舉芸生之衆而胥撫育之。則尊卑之勢既懸則鼓動之。機權在握，雖不欲上人也，而已有大觀在上之象焉。

試由風草之象而進觀夫草，夫草之爲草，豈不甚賴乎風哉。

當其甫生也，句者未出，萌者未達，雖資雨潤日暄之力，而非得和風鼓盪，則生意難伸，而莫見惟夭惟繇之象。

及其方長也，長有以繼，高有以增，莫非天施地生所育，而必得仁風奉揚，則生機始暢，而各著蕃鮮蕃廡之形。是則風之於草，固亦相維相繫者哉。南風曰「凱風」。東風曰「谷風」。西風曰「泰風」。應以方而各順其序，凡物皆所吹嘘矣。豈草也賦質甚微，而顧能外乎生成。

風焚輪爲秃，風雨土爲霾，風扶摇爲飆，殊其象而因異其名，凡物皆所披拂矣，况草也。滋生甚繁而能不資以茂豫。惟莫能外也，必相資也，而風之來也，不獨草知之。風之動也，可於草徵之。自上下下其道大光，直以爲上之雲耳。凡物必有所始。風於何始乎，大塊噫氣，含章時發，儼若代天以宣化，而被之者莫由識其機。草也無知，風之和也奚以迎，風之疾也奚以拒。以施受言之，草爲之受風爲之施而已矣上之矣。凡物必有所止，風於何止乎。周流六虚，變動不居，嚴若隨地以成形，而當之者莫能窺其際，草也無情，爲惠風輿奚以暢，爲烈風輿奚以迷。以感應言之，草爲之應風爲之感而已矣上之矣。

考洪範之徵，休咎原各以類應，時風若輿草不得而主也，恒風若輿草亦不得而主也。儼風伯其乘權，而加之於百卉具腓之先，縱葵能衛足，藟能芘根，而皆無能爲爰居之避已。

考夏時之令，寒暑原各以歲成，温風至與風若任其吹女也；涼風至與風若任其飄女也。維風師其行令，而加之於白果同圻之物，雖水有藴藻，山有蕨薇，而皆莫能禁箕星之好已。

其偃也有必然者。子固有春風風之，人責者也而尚率無道者之滋蔓難圖哉。

此截上下而兼虚縮題也。抱上易，留下難，一不細心，便合下文作在裏面，若一味掉弄虚鋒，又味同嚼蠟矣。看此

處處運典，處處歸題，曾有一處犯手，否斯爲理法兼得之作。（强南坡）

木

有獨見爲所樸者，可繼剛毅而稱之焉。夫惟所不樸之足患，而後所樸者可重也，子所爲進剛毅而更取木之所與。且儒品之朽敝每在文人，儒術之遷流端爲華士久矣。夫質樸之足尚也。夫質足尚而往往不能勝其文，樸足尚而往往不能黜其華，果習之移人與，抑亦得天之未厚也。

質之美者，豈惟剛毅哉。

吾未見剛者，剛誠有爲矣。然存之内而不屈不撓，驗之外而先當不浮不虚也。誰則日用飲食，見先民之質也。士不可不毅，毅誠有守矣。然問之心而不貳不息，體之身而尤宜無詐無虞也。誰則動容周旋，留先進之樸也。人之質不有所謂木者哉，夫猶是質樸也。獨取象於木何哉。

嘗觀木之賦性也，或曲或直，各具桐生茂豫之形，而物生必稺，惟本根能庇而後見栽者之可培。彼人之克扶其質能立其榦者有如此矣。

更觀木之成材也，或樛或喬，共有垂條結繁之象，而戕賊可處必萌蘖無害，而後信生理之常存，彼人之行，無枝葉辭無枝葉者有如此矣。

吾想其内之質焉，言不可僞木則無巧心，色不可令木則無矜心。塊然者未析其機緘，有真性情無僞笑貌，豈同質勝則野者乎。並想其外之樸焉，善不可詐木則無欺心，過不可文木則無怙心。肫然者獨見其戇拙面目中達，心腹外敷，所謂返樸歸真者與。豈柔木之可樹，而精氣常完；豈朽木之難雕，而才華不露。天真存而矯飾，不事在夸張者，方且笑其人之迂，而豈知其争妍貢媚之爲，其去此大相遠哉。

比巽木之堅，多心衷懷共諒；擬坎木之堅，多節操守不踰。人事拙而緣飾胥蠲，即剛毅者應亦服。其神之固蓋其樸素。渾堅之體其稟受有相符者矣。

若而人者，尚慮其遠於人乎。

是木是人之質，雙管齊下，此類題應如是作。（强南坡）

善人教民

民貴於教，聖人神往於善人焉。夫人而曰善，以贍養人者也，豈有不教之民哉。子因民之失教而有念於善人也。曰：民生於三，父生之，君治之，師教之固已。若夫以元後而爲父母，斯以作君而兼作師。夫固不徒恃善政也，牖民孔易靈承于旅已。

今夫有位者人，而君天下者曰予一人。無位者民，而有天下者曰擾兆民。然則國與天地有與立，治民者之於民，豈非固結而不可解者哉。

負耒耜惟民，任土地惟民，築城鑿池亦惟民，民之惟上所使者分也。

誰飛芻，曰有民。誰輓粟，曰有民。誰披堅執鋭，曰有民。上之不能不用民者亦勢也。

然而民至愚也，不識不知惟順則焉。不有以教之，誰復知忠信之甲冑，誰復知禮義之干櫓。

民又至智也，出爾反爾不少假焉。不有以教之，豈能識尊君親上之義，豈能識同仇偕作之情。

然使未庶而數，未富而教，未休養生息而教，晚近苟且之治，終不足以格民心，雖有教直如無教也。

又或以刑驅爲教，以勢迫爲教，以科條文告爲教，霸圖功利之習，又烏足以變民俗，雖有教反不如無教也。

惟善人宅心忠厚，有不忍薄待斯民之心，爾田爾宅，既宅居焉。而詩書禮樂更爲講明，於春夏秋冬之候，盖即以樂正之四教教之矣。

惟善人矢念寬宏，有不敢厚責斯民之意，興孝興弟，以身先之。而坐作進退不過肄習，於蒐苗獮狩之餘，盖不僅以司徒之物教教之矣。

且夫民至不齊也。有良民焉，有莠民焉，而自有善人之教，覺潛移默化何至有沃土瘠土之分。

且夫教亦不易也。有率教者焉，有不率教者焉，而一爲善人之民，覺道一風同並無需移郊移遂之典，盖其善氣薰蒸教澤涵濡，如父兄之教其子弟，如師長之教其弟子，不輕民也，不棄民也，服其教者情大可見，况至於七年之久，而民焉有不善者乎。

題與善人爲邦，題相似而實不同，題位較穩較實，樸實詮發。下文不擊自動不必有意注射也，文按切題中各字而出，以活脱腴潤之筆，遂覺惻惻動人。（强南坡）

必有言

言本於德，其有可必也。夫人孰無言，而本於德者卒鮮。子爲有德者必之，必之於言實必之於德耳，且言多易失者情也。則出言而厭其言，更使人决其人之必能立言，自非克探乎出話之源，深察乎修辭之本，鮮不謂其揄揚溢分也。而世之不徒以言見者，自此深遠矣。

均是人也而目之爲有德者，此其人固不以言見也。論睟盎之實，則不言而喻焉。和順之充積，深無涯涘，而第求之辭輯辭懌之際則已疎。

論金玉之音則不言亦芳焉，光輝之發越隨處流通，而第計之詞多詞寡之間則又淺。然而誦先王者欽其德論，頌君子者昭其德音，則言亦有德者所不廢乎。或失則躁，或失則隱，言之愆也。言有愆，則有言直等於無言，而茲固言不妄發者也。而豈知其无妄之，即本於中孚乎。

傷易則誕，傷煩則支，言之累也。言有累則有言不如其無言，而茲則言不過中者也。而豈知適中之即本於由衷乎。時而古與稽，則論道有言；時而今與居，則答問有言。言固可統古今而一之。時而處乎達，則經國有言；時而處乎窮，則覺世有言。言又可合上下而通之。且也言可以見性情。有善於言者，有訥於言者，不如言出於有德。善言者可信其有言，即訥言者亦可信其有言。言固不以性情殊。

且也言可以見學問。言有見爲深者，言亦有見焉淺者，不知言出於有德，則深言之。而深者見深，有其言自在即淺言之。而淺者見淺其有言，固之在也，言又不以學文異。是可徵之聞言之頃焉。當其侃侃而道，達之亹亹信其息之深。是可信於未言之先焉。當其默爾以息藏之，密可決其出之好。則且考於古人，詩、書、易象其言皆可垂爲經，而史氏紀實録一德克亨乎天心，則傳之後世，而見爲言，實施之當時而見爲德也。其有也乃實有之也。

則試徵之吾黨，文學政事，非言莫由闡其藴，而及門紹淵源，德行必先乎言。語可知言，不本於德，而言難寡尤者言必本於德而始可有物也。其有也乃固有之也，此其人固不以言見者也，反是而即爲有言者矣。其德之有不有，烏能遽信哉。

共十二比須看其層層相生，前不突後，不竭文條之清，語意之圓，由此悟人，可識時文門徑。（自記）

言字典實，搬衍殆盡，必有二自分量滿同。局層層說入，有飛花滚雪之觀，無叠牀架屋之累，有意爲之骨也，否則甚瓥塵上矣。學者正宜先從此等處悟人。（强南坡）

且爾言過矣虎

能言者自忘其欲，可觀欲之逐逐者焉。夫求以不欲爲言，是就列而不陳其力也。彼世之有力者孰如虎哉。若謂子以不欲爲言，而聽季氏之有事顓臾。固自以爲進厥虎，臣闞如虓虎矣。豈知言不可以過辭，即動不可以過則，如第恃桓桓之威，而矜虎旅之雄，則一時之虎視眈眈者，誠有猛於虎者焉。

相無所用以其明居，虎拜稽首之列，而不知有虎尾春冰之懼也。且亦知不欲之言爲過乎。

事有可以將順者，有必不可將順者。信如爾言，將世之猛如虎貪如狼者，皆可聽其恣睢而不必禁遏無是理矣。事有必難挽回者，亦有尚可挽回者。信如爾言，將世之捋虎鬚批逆鱗者，皆將視爲畏途而無庸匡救無是情矣。

言之過也，竟不自知，不且其狂似虎哉。且夫言者身之文也，使言而無過也，則文之蔚也，將占君子豹變矣。文之炳也，將占大人虎變矣。而無如言不由衷，過而必文不思，持虎節，立虎門，惟思入虎穴得虎子，是直爲虎傅翼而已矣。則試爲取譬於虎。虎可驅也，所以除閭閻之害；虎可祭也，所以伸索饗之情，要皆自其未畜養時言之也。若既畜養矣，則可與于牢之豕，入苙之豚相提並論已，險可憑與虎負嵎，而莫敢搏化，可感歟虎渡河而如有知。要皆本其未教擾時言之耳，若既歸教擾矣，並不能與爰爰之兔跂跂之鹿等量而觀已。

猶是虎也，有典守之者在也，如爾所言，而諉過於人，則人押之虎，得與兕並逸矣，爾試思可乎不可。

題面略新，然尚非割截題之無情者，文依法爲之意足，詞圓絲絲入扣。（强南坡）

是賢乎

以賢稱先覺，非罔覺者所可比也。夫使無賢者之識，則有不逆億而即不能覺者，誠如是之先覺也。不賢而能之乎，且賢與知之必並稱者，豈謂知者不必賢，而賢者無不知乎。蓋賢有賢之德，賢即有賢之才，才之所及於人之易知者知之，於人之難知者亦知之。且不恃他人之，所以爲知者而自無不知之，爲衡其品偶然遠矣。

如逆億不事，而於人之情僞自能先覺者，此其人爲何如人乎。

是非知恃推測者所能幾也。矜小知者伺察爲明，謂能窺人於至隱，而究之有所及窺，必有所不及窺，是則何所不窺也，是必照能明睿者，始可言也。憑私知者，料事多中，謂能識人於至微，而究之有所能識，即有所不能識，是則何所不識也。

是非天資之高者乎。清明在躬，志氣如神，旦明屋漏之中常存餘地以處萬物，如衡之平如鑒之空早超然據乎萬物之上。

是非學力之到者乎。至誠之道可以前知物格，知至以來早濬靈府以待萬物，即始見終，因此識彼更了然澈乎萬物之中。

是有真聰明者也，而不作聰明是有大智慧者也。而不恃智慧以立誠爲之主，而誠無不明賢之所爲昭昭也。謨曰：明哲作則，其謂是乎。

是非世無欺己者也，而不欺物物之宰，而静以制動，賢之無事察察也。雅曰：昭明有融，其謂是乎。

是賢乎。世之用知者可悟矣。

截上題連上不得，拋上亦不得。以倒融之法行之，書理圓足，界限分明，允爲合作。（强南坡）

長沮桀溺耦而耕

人有以耦耕特著者，其稱名可思也。夫耕小人之事也，沮與溺何爲者，而且以耦著也哉。且春秋時何時哉，君子在野躬耕力食之時也。然而君子弗甘也者，以爲聖賢經綸匪異人任，原非服田之中所可竟，因而力穡之事有弗安，而不謂生當此時。竟有志癖烟霞，情耽泉石儼一往而不返，且二人之同心，如魯論所記之長沮桀溺是已。

使其情殷利濟，則用之行而我佩子轍，即令所如不合而載贄出疆，決不操農夫之耒耜。

抑或志切薪傳，則舍之藏而師傳弟受，就令中行難得而篡修絕業，猶必貴經訓之菑畬。

乃當日俱不出此，則見其徂隰徂畛，泄泄於十畝之間者，二人之耕也。荷蓑荷笠澤澤於二耜之間者，二人之耦而耕也，而其以沮溺名也，則何以故。

沮之義取乎止，知止則有定可以收靜安之效，知止則不辱可以澹榮利之懷，長而繫以「沮」也或得於此乎。而觀其以耕爲事，第覺有止而不進者，縈諸寤寐。

溺之義近於沉，或者自甘浮沉溷迹不必其清流，或者自嘆陸沉懷才而屈於下位，桀而號以「溺」也有取於此乎。而觀其以耕是務，又有夫溺而不返者，矢諸神明，獨是耕之以耦見也，亦豈偶然哉。薰蕕之異器也，往往有一室聚處，而割蓆以謝知交者，何茲之服襏襫而往者，不啻同澤而同袍也。沮曰：苗有莠，我其芟除。桀曰：粟有秕，我其簸蹂。通力合作之下，若有理亂不知治忽不聞，而惟力穡之是圖者，而春蠢秋揫，安閒中自饒歲月。

芝蘭之同臭，也往往有佳士遠聞，隔異地而訂知心者，何茲之咏芟柞，而來者不啻同井而同里也。沮謂溺曰，主伯無庸也，亞旅亦不事。溺謂沮曰，筐筥可載也，倉箱亦可求。出作入息之餘，一若有道德不必同功名，不必共而惟期我稼之，既同者而西成東作，畎畝中自有光陰。

夫歷山有耕夫，四嶽薦而重華協帝；莘野有耕夫，三聘往而知覺先民。耕也不必其耦也，且夫耕亦寄焉者耳。沮與溺何如乎，富貴非願，貧賤何傷，取古人爲知音，潁水箕山可賡同調耳。

行與子旋，旋者亦偕耦而往；行與子逝，逝者將比耦而歸。耦也不必其耕也，然與耕亦無甚異焉耳。沮與溺奚若乎，其力自食，有鄰不孤，取古訓以是式代輻，考槃可與寤歌耳。二人如此，不亦賢乎。獨善其身，其如斯人吾與何哉。

此記事題也。横生議論，沾滯題面，皆非作法。文融合通章之意，委婉歸題尤佳，在筆筆活脱毫無滯相，斯爲慧業文人。（强南坡）

無敢慢

敬以作所，慢斯遠矣。夫爲政而存一慢易之心，則人與事兩失之矣。君子無敢而慢有不遠者哉，且書戒慢游，禮懲惰慢。是知慢者固行之至不美，而爲從政者之所必祛者也。顧明知其不美，而不去其長傲之源，窒其生惰之漸，則其氣設於身體，而弊遂中於與人治事之間，君子用是兢兢已。

從政之君子，所與者人有衆寡也，所治者事有小大也，而何以處之。

論愛人以德之説，則人貴於愛，而愛非姑息也，有宰乎愛之先者矣。

論敬以作所之義，則事貴於敬，而敬難永貞也，有累乎敬之用者矣。

累敬之用者何？曰慢。宰愛之先者何？曰無慢。然而不易言矣。

在三卿之中，其志易滿；居百姓之上，其氣易矜。滿與矜交並，而慢形於聲音笑貌矣。僕從少正人，其欲易縱，匡弼無佳士，其志易荒。縱與荒日積，而慢著於服食起居矣。於是慢於一人，復慢於人人，縱或廣衆所在不敢掉以輕心，而此外有不免以箕踞臨之者。於是慢於一事，復慢於事事。縱或大節所關未敢乘以懈志，而此外有不免以叢脞置之者。其慢焉者何也，曰敢也，君子知之矣。平日内以敬直早存，嚴恭寅畏之心，豈當境而反生其恣肆。夙昔事以敬執，不勝審慎遲回之意，豈臨時而反涉於怠荒。無敢輕於衆也，亦無敢輕於寡，在在必宰以真意；無敢忽於大也，亦無敢忽於小，時時皆出以小心。迹君子之無慢，似過於拘，而非拘也，欽始欽終。虞書言之，即使遠至邇安政平訟理，而君子之心，仍不敢不局，不敢不蹐而已矣。進君子之無慢似涉於矯，而非矯也，敬勝怠勝，丹書銘之。即使上和下睦，綱舉目張，而君子之心仍無敢戲渝，無敢馳驅而已矣。所謂泰而不驕者，不於此可見乎。

重讀題中敢字，探驪得珠，全神畢出。後幅點明題字，尤爲天造地設。（强南坡）

誠則形，形則著，著則明，明則動，動則變

誠不僅形於外也，效有徵於時雍者焉。夫由形而著而明，誠足於己矣，而效又不於動於變止也，正可遞驗之以觀致曲之誠。

今夫誠中形外者，闇修之功而不動而變者，無爲之治，此非可驟而幾悻而致也。睟盎彰四體之華，光輝胥原於篤實，協和徵萬邦之乂，風俗亦見其敦。龐有自然也，無勉强也；有漸進也，無速成也，其息深達亹而革薄從忠者，可歷指之以觀其效己，由致曲而有誠，則盡己性以盡人物之性，不可决其四方風動黎民於變乎未也。蓋道貴兼善，原賅其全而德能潤身，

先呈其象則若形若著若明之見於外者，可驗己品物何以流形，在地何以成形，是必有爲之主者惟誠也。有美在中，四支亦暢，先立乎大，百體皆從其形也。

其誠也而不獨形也，見微何以識著，赫喧何以宣著，是必有植乎先者。惟誠而形也，中矩中規，昭君子之度，可畏可象。奮至德之光，其形而著也，其誠也而不獨著也。濬哲何以文明，動静何以光明，是必有務乎本者，惟形而著也。威儀原於性命，藹然可親，道德發爲之章，焕乎其有其著而明也。

其誠也，夫人必盡乎誠之。分量知其有漸推漸滿者，而後有本乃有文，形於事功著爲德業明乎。物則充積焉而見誠之，復抑人必審乎。誠之功能知其有由此達彼者。而後有體必有用，克呈其形不揜其著，共仰其明。推暨焉而見誠之通，由是而動可言矣。本身徵民，儼如操三重以寡過，當其動而爲言，如綸如綍。動而爲行，有要有倫，其存於己者，惟誠爲之彌綸。亦奚暇計及於人，然而誠則明，明則動矣，明昭惟全乎。帝命而聞風者自動，其仁人孝子之思明，畏自懔乎天危而服神者，胥動其尊君親上之志，如風之動而草無不偃，如雷之動而物無不靡，則誠之所爲感動者真爾。

由是而變可言矣。風移俗易，豈必歷三紀而告成。當夫天下變道亦不變，矯矯者毅而彊，道不變禮亦不變，硜硜者堅以確。其信諸我者，惟誠爲之範圍，又何當計及於物，然而誠則動動則變矣。動斯人固有之良，而革面者自變其積習，動斯人同具之性，而洗心者自變其頹風，不必占豹變而炳然者天地爲昭，不必占虎變而蔚然者羣黎徧德，則誠之所謂丕變者速爾。積而至於能化其次不依然至誠哉。

題極板重，深細文以軒豁清醒之筆行之，遂使層折都到成如容易却艱辛，知其伏案之功深矣。（强南坡）

壯者以暇日

日而幸暇也，可身爲壯者幸矣。夫國家有用之人無如壯者，而特慮其不得暇日也。既暇矣，亦何幸哉。若謂自王灑耻之，念一興，所以用民力者幾無虚日矣。抑知欲用民力於多事之秋，必先裕民力於無事之秋。蓋寬閒之歲月，上固宜畀之民也。時哉弗失，是在能左之而能右之者矣。

仁政施而耕耨力，斯時也民安得有暇哉，然民亦豈得無暇哉。

前此鼠有牙雀有角，民之累於株連者不一日而日復一日，固常有不終日之憂患也。

前此象之焚虎之猛，民之困於誅求者亦多日，雖日不一日，更難望化日之舒長也。

而何幸民有暇日矣。是雖耕鑿之暇，而實刀鋸桁楊之所寬假也，是雖作息之暇，而亦箕舌斗柄之所寬紓也。斯日也，吾知民之老者有終也，少者有長也，鰥寡孤獨者有養也，瘖聾侏儒者有餼也。而豈知朝廷之所恃爲緩急，有用者固别有人在也，不有壯者乎。

且夫王之壯者，同甲於天下矣。鴻溝酸棗之見類多英傑，河外淮穎之際，不乏豪俊。臣聞地廣者民多，國大者人衆，以故王之武力二十萬，奮擊二十萬，下至蒼頭廝卒，亦莫不以數十萬計，然而操此以往而終。不得志於諸侯者，則以國少暇日，而壯者之失所憑藉也。審是而可，弗以暇日與壯者乎。

暇則易怠，民氣烏可怠。暇則易荒，民志烏可荒。而不知其不可怠不可荒者，正其易於怠易於荒者也。從耕夫饁婦之儔，而别之爲壯者，覺膂力方剛正鼓舞奮興之。候況又有暇日以裕其機也，則願愒日事懼，而勿虚擲此暇日。

壯則負氣，負氣則不能靖；壯則恃力，恃力則不能動。而不知其不能靖不能動者，正其所恃以靖恃以動者也。從罷勞奔命之餘而珍之曰暇日，覺從容不迫正蘇息休養之時，況躬爲壯者之會逢其適也，則且壯猶事勉，而期無負此暇日。

夫夙夜皆可基命，奚必閒暇之時，甽畝皆有光陰，何獨壯夫是貴，臣蓋觀於仁政治責壯者，而知强國之事，原非可以倉猝爲也。

按時切勢，法密機圓，所謂昭晰者無疑，遊刃者有餘。（强南坡）

挾泰山

有非所挾而挾者，試指夫物之至重者焉。夫莫高非山，况泰山乎，而乃以「挾」言乎。孟子特爲齊王設一喻也。且友德者之不可以有所挾也，此論其理耳，非言其勢也；此論其情耳，非言其形也。若乃論其勢而不可挾，言其形而亦不可挾，重難計以百鈞舉直等於一羽焉。則真不量力之至者矣。

王問不爲與不能者之形也，臣試與王言山，一成謂之壞，再成謂之英，皆山也。而以山之巍巍者臨之，則卑微直如培塿矣。

山而衆者巋，卑而大者扈，皆山也。而以山之巖巖者視之，則羅列直似兒孫矣。

有泰山焉，齊魯之所瞻望也，華嵩遜其崇高也。觸石出雲，不崇朝而雨偏天下，又其山之爲靈，昭昭也。慕其高者惟有仰之已耳，惟有陟之已耳，而不謂有爲一挾之說者。

擘山者有巨靈，太華是也。夫西嶽峻嶒，雖不如岱宗之峻極，而擘之使開其靈，誠難與之並。而挾山者不讓也，以爲人各有心，心各有力，山之堅者尚可擘，豈山之大者而不可挾乎。運肘知尺不必運也，肘加焉已耳。

移山者有愚公，太行王屋是也。夫兩山相對縱不比東嶽之獨尊，而移之使平，其愚亦云不可及，而挾山者有進也。以爲畚鍤之興，曠日持久與其漸而移之使去，何若驟而挾之使行乎。臂可使指無庸使也，攘臂焉已耳。

高山則曰天作，南山則曰禹甸，不聞有挾之者。挾則自恃其力，既不避折肱之咎兼可收使臂之功。封泰山者勒勛名，登泰山者小天下，不見有挾之者。挾則自矜其奇，既不等徒之而飛，亦何難鞭之而走。所挾在此想已幻矣。豈知爲器重者爲道尤遠，僅云能挾，猶未足見其難也。

題本工於取，喻文亦妙，與之赴中二偶，尤擅勝場。（强南坡）

子路以告

述人言於師，其意深矣。夫子路從游久矣，豈無所以信孔子者。彌子人言，奚爲而至前也。其以告也，豈漫然哉，嘗聞孔子有言曰：自吾門有由，惡言不入於耳固已。顧不入於聖人之耳者，未嘗不入於賢人之耳；而既入於賢人之耳，則亦可入於聖人之耳，固不必惡聲也。居兄弟之邦，聞姻婭之語，無限深衷，有不能默爾息者，不禁流露於先生長者之前，如子路聞彌子之謂是已。彌子者衛嬖臣也。餘桃市寵久矣蠱惑乎國君；煬竈專權，妄思納交與賢聖，其謂子路也。欲因子路以通於孔子也，而子路何如者。

其或憫邪媚之迷惑，而思喻以正其，或惡權姦之氣焰，而直斥其非則獲罪，靡禱之說未嘗不可告彌子也。抑或喜道行之有兆，而勸駕良殷；抑或謂小試之無妨，而彈冠相慶。則枉尺直尋之說，亦或將以告孔子也。

然而子路守正不阿者也。

子之往公山則不說。子之往佛肸則不說，彌子之行，雖非公山佛肸類也者，而薰蕕不同器，安望共濟於和衷，則謂子路之殷然而告者謬也。

然而子路直言無隱者也，聞沮溺之言則以告，聞丈人之言則以告。彌子之論豈與沮溺丈人等也者，而仕隱有分途，必求折衷於函丈，則謂子路之漫然而告者又淺也。

吾於以窺其悲憫之心矣。天道之難知也，而悲天者則隨所聞而動念，謂天無意與聖，而麟書奚以呈瑞；謂天有意於聖，而鳳德何以嘆衰，茫茫天意尚可知乎。用我深東周之望，何至區區一卿必憑藉乎權門而後操其券，是天之阨吾子也，即令能得，不益無黨之羞乎。此一告也，其悲天之意有流露於啟口之餘者矣。人事之難返也而憫人者，則隨所在而關懷，謂人不克知聖而三月之治何以有徵，謂人允克知聖，而三代之英何以未逮。渺渺人寰，尚可問乎。及門猶南面之資，何至區區一衛卿，欲歆動乎吾儒，而夸張其氣，是人之絕吾子也。況其未必能得，不益吾道之辱乎。此一告也，其憫人之意有默呈於吐詞之際者矣。子告之曰：有命不誠，與子路相深哉。

一講識力高超，他處以告等題，一字不能移易。洵屬天成以下按部就班，詞無枝葉，後幅悲憫二意，大筆如椽說得極有關係。恰合聖賢身分，可稱佳構。（强南坡）

雖勞不怨

勞民即以佚民，無虞民怨矣。夫勞則生怨人情也，而玆之勞則以佚道使也。雖勞庸何傷，嘗謂人情惡勞；惡也者怨之漸也。乃有時非惟不惡勞，抑若不辭勞不憚勞，且並若樂其勞忘其勞，是豈有異民哉而何以惡勞者轉而好勞也。

民而以佚道使也，是惟恐民之畏勞也者，而欲奪其偷安之志，又不欲民之終勞也者，而默示以休養之情。勞與佚相反，莫或遑息，莫或遑處，終歲勤動。並不得一日安間，而吹豳飲蜡皆具文矣。勞勞與苦力鄰，予手拮据，予口卒瘏，役其手足，即不能不拂其心思，而集澤嗷鴻從此作矣。

是勞固怨之媒，而勞民者即怨之府也。然則斂怨之道，莫過於勞矣。斂而欲有以散之，戎不必興以六月，斧不必破以三年。

然則結怨之事莫如勞民矣。結而思以解之力役將廢，夫公旬趣民，何論夫王制。而何以五美之政勞而不怨也。而何以三代之政雖勞不怨也。是非佚道何以能此。且夫勞豈一端哉，時而耕春則勞，時而斂秋則勞，即播穀之一事，歲晚而務不得間勞何如也。然不勞而五口八口飽煖難期，勞焉而上農中農飢寒可免，筋骨雖勞體膚不餓矣，誰其怨之。

茅之于勞於晝，綯之索勞於宵。即乘屋之一端，日入而猶不得息，勞何如乎。然不勞而鼠牙雀角恒虞，風雨之漂摇勞焉而墐户蟀堂已。樂室家之美，富始雖劬勞究則安宅矣。誰其怨之。

如曰怨也，是必民不好佚而後可也。無是情也，小民之疾苦，常厪宵旰之神明，其不忍民勞而不能不勞者，皆其擇而後勞者也。擇則可勞而勞，凡其所勞者，君之事無非民之事；究其所勞者，民之事並非君之事，雖胼胝罔懈有歡欣鼓舞已耳。而何至怨聲之偶作哉。

如曰怨也，是必民不易使而始可也。無是理也，畎畝之光陰，罔非宸衷所籌畫，其不樂民勞而不得不令民勞者，又其信而後勞者也。信則勞如不勞，身雖勞苦而志則寬紓。力雖勤勞而情則豫泰，雖竭蹶不遑有馳驅恐後已耳。而何虞怨咨之難泯哉。

跟定注中播穀乘屋坐實勞字，而措以精思佐以書卷運用，不越眼前而能使無陳不新，筆妙故也。具此妙筆，斯可以作萬有不齊之題。（强南坡）

懷仁義以事其君爲人子者

事君而不懷利也，可由臣而思人子焉。夫使所懷不在仁義，則無以事君，何以爲人臣乎。若事君先不言利也，不可更觀其爲人子乎。且君天下者曰天子，固仁育義正，而子萬民者也。若夫引君當道順德而媚，兹一人有子，克家劬勞而不忘九我，靖共爾位，念兹在兹矣。而出而圖吾君者，未嘗無入而全乎，爲子時也。

樂罷而悦仁義，斯時之爲人臣者，將何以爲之哉。回思未罷以前，干戈擾攘，民苦征役，東人之子咸詠職勞不來，即私人之子未必百僚是試也。今何幸而得事君乎？而能不仁義是懷乎？

君子于役，不日不月，事君者未嘗無室家之念，而所懷究非利也。事君以忠必期立乎人道。

孝子行役，陟岵陟岡，事君者亦嘗有瞻望之情，而所懷不在利也，非仁非義何敢陳於王前。

懷仁義以事君，始可無愧於爲臣也。今夫事君之人，豈第仕則慕君已哉。嘗觀歌鴇羽之肅肅，唐風之事君人也；詠駱馬之嘽嘽，小雅之事君人也。然一則曰「王事靡盬，不遑啟處」；再則曰「王事靡盬，不能蓺稷黍」，何哉？豈不以君恩難報有可畏之簡書，子職宜供賴承歡於菽水也乎。則試思夫爲人子者。

出告反面，夏凊冬温，人子之分宜然。然事君不忠非孝，禮嘗言之果何以移孝作忠而自勉於爲。

食視寒煖衣問燠寒，人子之禮宜然。然孝者所以事君，傳嘗言之又何以孝能竭力而無慚於爲。

爲人子者亦求可以爲人，可以爲子已耳。蓋家人有嚴君，而父在斯爲子，惟所懷在仁義焉。則邇之可以事父，遠之即可以事君，古人所以求忠臣於孝子之門也。

此截搭題之最有情而易爲者。作者不忽其易，而仍運以精心，出以大力，所以與題無負文成法立。（强南坡）

菽粟如水火而民焉有不仁者乎

民本無不仁也，即菽粟之足而可驗矣。夫菽粟與仁，事本相因而相足也，如水火矣，而尚慮民之不仁哉。若謂吾今而知民情之無不厚也，吾今而知民生之尤宜先厚也，然情之厚也，乃民之所自具；而生之厚也，非民之所能爲，蓋衣食足而禮義興，亦廉讓多而風俗美，如其量以償之，而民情大可見矣。

聖人治天下，使有菽粟如水火，此聖人使民富耳，未嘗使民仁也。聖人惟恐民之不富耳，未嘗慮民之不仁也。然而民之仁不仁其故在民，民之所以仁不仁其故在菽粟。

施濟爲求仁之方，民雖闇愚必不盡廢乎，交際往來以自甘於鄙吝，此仁之所以隨事而見也。

倫紀實爲仁之本，民即長厚豈能漠視乎。父母家室而畸重乎交遊，此仁之所以由近而推也。

顧或謂世風之薄也。借耰鋤而有德色，用箕帚而有誶語，親者且然無問其疏矣。居上者於是太息曰民甚不仁。

世俗之偷也，豆羹有時見於色，乾餱亦或失其德，細者且然無論其鉅矣。居上者於是慨然曰：民實不仁。

嗟乎，民誠不仁矣，亦還問其菽粟否耶。慨自踴屨貴而菽粟匱於刑，征繕繁而菽粟敝於兵，關市征而菽粟罄於稅斂，閭閻積蓄盡困於水深火熱之中，歌萇楚而歎苕華，鴻嗷且徧草野矣。於此而猶以好行其德爲可尚，則是仰事不顧俯畜不顧，而惟施與之爲貴也。則真不情之至也，而民果何如也。而如其百室盈而菽粟足於豐，千倉積而菽粟餘於兇，九年蓄而菽粟並裕於水旱，囷廩居積直類乎汲水改火之常，詠耕鑿而安作息，鳩民群芘棠陰矣。於此而弗以好行其德爲可貴，則是不協天理，不合人情，而惟厚貲之坐擁也。則尤不情之至也，而民果何如也。蓋厚實之境非盡人可能，故必緩急相濟有無相通，而造物乃能彌憾而敦篤之風。惟視上所感故必先恤其飢寒，先免其疾苦而教化乃可大同。吾想菽粟如水火之世，白叟黄童鼓腹而忘帝力，比閭族黨同心而暢皇風，問有出入不相友者乎？問有守望不相助者乎？問有疾病不相扶持者乎？而民有不仁者乎？

仁字淺看自合民字。分際通局，氣象光昌，機神流利，尤爲宜於場屋。（强南坡）

孟子曰君子之所以教者五　兩章

觀君子之教必因材，而適道者可知所從事矣。夫論教之節目雖有五，而論道之矩矱止一中，合而觀之，學道者猶弗勉爲幾及乎。嘗謂修道爲教，率性爲道，教與道合，可以範受教之人，使之不馳於教外，可以引入道之人，使之各適於道中，蓋教所在，即道所在。因乎其人而教，於是有差等亦道所出，皆教所處準乎其極而教，於是有成法已。

昔孟子纂時中之緒，與其徒公孫丑輩，嘗問辨於鄒嶧之間，固欲守道於先王，傳教於來世者也。嘗有言曰：羿教人射，必志於彀。學者亦必志於彀，言準則之不可踰也。大匠誨人必以規矩，學者亦必以規矩，言軌度之有必循也。斯亦渾括乎君子教人之法矣。雖然教亦多術矣，不歷爲指之，幾疑其教之拘於一格也，不觀君子之所以教者乎。人爲中人以上化裁焉。而道可得其合人爲中人以下啟迪焉。而道亦得其分人不一，斯教亦不一，各如其分量而教思乃無窮。

其人與君子同時親炙者，道可會於同其人與君子異世聞風者。道若私於獨人不齊，斯教亦不齊，均荷其裁成而教澤可彌永，約之以五。君子非强分其等第也，中道宜然也。非故爲之區别也，學者之能不能使然也。

蓋天下無不可教之人，君子本因篤之意，以教之訓誨有深心，而大以成大人小以成小，善誘者自見其循循。天下無不可入道之人，君子即取極至之旨以責之，從事有程途。而難非甚難，易非甚易，善學者當日爲孳孳，公孫丑者從學孟子久矣，聞中道之教亦久矣，而乃徒見其美，懼其高不可幾及乎。孟子因喻以繩墨彀率之不可改變，而中道之必可從也。

不偏不倚之謂中，中似難能而未嘗不可能也。惟深思者能自知耳，以中爲鵠，而勉强以赴；不惟問答，可悟夫淵源。即財德均得其造就，安見大化之詣。徒見其崇高也哉，無過不及之謂中，中難驟能而未嘗不可以漸能也，惟深造者能自得耳。以中爲模而從容，以中不惟及門者以見知得一中之傳，即私淑者亦以聞知喻至道之要，何至君子之道，徒歎爲盛美也哉。

自聞此教而丑近矣，不亦五教中答問之一事乎。

以截法行之，搭配停匀，工力悉敵。（强南坡）

完穀山房館課詩鈔

自序

滄浪嚴氏嘗言："詩有别才非關書也，詩有别趣非關理也。然非多讀書多窮理，亦不能極其至旨哉，是言可謂得古近體之窮要矣。試律亦何獨不然，顧嘗有詩書滿腹理窟深入，而於詩不能成句者則何也。豈不以文各成體，體各有要猶是書也。詩自有詩之書猶是理也。詩自有詩之理，况復繩之，以法限之，以韻刻之，以時題既萬有不齊韻，復不能皆寬甚，至可識者只有數字與題全不相涉，雖有作者不能無曳白之懼真，有富於千篇而窘於此數十字者，蓋其難也。

我國家設科取士，自小試以至鄉、會、殿廷，考試文後必有試帖一首，不惟覘學人之才華，且俾懷挾鈔襲之徒無所售其伎倆，美意良法誠無逾於斯者矣。予少而失學，弱冠始學吟詠，窮年矻矻愈學愈難，後得業師楊子經先生指授，始覺一隙有明，而天資太拙總覺此事隔閡。通籍後，官閒無事，排爲日課，加以兩室友之陶染切磋，漸覺略有把握，歷年既久，得詩幾有千首。出館後，忽忽又二十餘年矣，回首玉堂如在天上，兹者老將至而耄及之，慨檻書之無付詅，癡符以自傷，就中大加沙汰，每韻只留四題以不没其甘苦，世之覽者予取予求我疵瑕焉，則又師資一字弗諼永失也已。

歲在柔兆執徐皋月，八十老人五齋氏甫序於完穀山房。

完穀山房館課詩鈔

高陵白遇道五齋甫著

銅似士行

士行誰堪比，精堅利鏈銅。介然君子德，邈矣古人風。山水鍾靈秀，星霜閱始終。四民宜首屈，百鍊此身同。氣識金銀陋，形分牝牧工。荆揚三品貢，律度萬年功。定使符能合，常如玉在攻。儒修稽漢志，砥礪荷恩隆。

雅頌同文

石鼓周宣刻，斯文孰與同。言真追雅頌，治可溯岐豐。雁羽安中澤，龍旂耀閟宫。詎徒齊岣嶁，直欲寶球弓。蝌蚪形全肖，鸞凰勢亦雄。十枚中古蹟，三代聖王風。樂奏承平葉，詞題六一工。只今瞻國學，多士荷恩隆。

高槐陰轉暑風清

槐夏濃陰轉，高枝障碧空。何時消暑氣，此地足清風。夾道凉颸拂，環街瑞藹籠。偶隨雲影動，未覺日光烘。龍舞形難定，蟬吟調自工。薰來應共竹，秋報不須桐。遠樹交新翠，輕塵謝輭紅。虞琴歌解阜，蔭暍慰宸衷。

五六天地之中合

易數參河洛，乘除本不窮。地天交以泰，五六合爲中。相汁經兼緯，諧聲律共同。兩銖匀燕雀，一氣應雌雄。奇偶陰陽協，生成造化工。分形瞻碧落，妙契悟黄通。不倚全真宰，無偏仰聖衷。遺編搜漢志，稽古荷恩隆。

琴上薫風入禁松

琴葉薫風奏，飛卿興轉濃。引憑階上竹，彈入禁中松。照月蟾留影，巢雲鶴有蹤。曲誰蜚彩雉，響欲起髯龍。緑綺揮三叠，紅牆逗幾重。微凉生殿閣，逸韻答笙鏞。古制應摹蔡，移情不慕鍾。虞廷歌解愠，萬國慶時雍。

須臾慰滿三農望

不忍須臾緩，天公雨意濃。休征符五福，奢望慰三農。渥澤方翹首，層雲忽蕩胸。膏敷田下上，潤灑畝横縱。如願償犁老，崇朝比岱宗。歡聲騰禹甸，生意暢堯封。兑説瞻原隰，豐亨頌櫛墉。皇衷廑穡事，歌壤慶時雍。

冬嶺秀孤松

獨有冬心抱，蒼然積翠濃。孤高千仞嶺，獨秀萬株松。雪於只巢鶴，風標合化龍。可餐饒古色，相賞幾芳蹤。菊已荒三徑，蓮應涷一峰。但偕梅料峭，不溷草葱蘢。地自蹓塵遠，靈原造化鍾。後雕邀聖賞，百爾矢寅恭。

居庸叠翠

雄關天下險，第一是居庸。叠翠晴風重，螺逾潑黛濃。地形高九塞，雲彩靄千重。浪激旁流水，山連不斷峰。峽琴標古迹，石枕認仙蹤。車進容方軌，金堅屹列墉。神京資鎖鑰，佳氣鬱葱蘢。聖世威稜肅，三邊久息烽。

覓句如求白璧雙

佳句羌難覓，明珠不可扛。黄金精煉百，白璧粹求雙。潔比圭磨玷，新期玉潤瑽。搜尋穿鐵硯，慘淡對銀釭。賨重蒲兼穀，和諧韻與腔。連城終得趙，采筆定懷江。合美工裁錦，成功將擁幢。貢珍今獻瑞，典學奠家邦。

殿中無雙

虎觀談經日，丁鴻筆似杠。石渠誰第一，金殿此無雙。嶽岳雲同折，鑑鑑氣共降。聲先蜚藝苑，學早富芸窗。奪席誰推戴，生花不羨江。精心舒藴奥，羣喙息紛哤。鷺序班齊列，龍文力獨扛。聖朝崇俊義，侍直剔蘭釭。

遠邀山翠入軒窗

門恰青山對，開軒愛此邦。憑教邀遠翠，相與入間窗。楝想雲連浦，峰疑水接江。晴螺渾似染，野馬預能降。闥送常排兩，扉局欲款雙。人輪眉樣嫵，客訝足音跫。待月杯同舉，吟風筆共扛。瀛洲清暑地，泉漱玉琤瑽。

返照入江翻石壁

石壁千尋立，聲翻浪擊撞。回光明夕照，暮色下長江。岸闊沙鷗杳，塵空野馬降。鉦銅猶掛樹，船艤儼移椿。滚滚摇空碧，滔滔駭急瀧。漲痕棲鷺渚，霞彩釣魚矼。舍退戈誰指，詩成筆自扛。朝宗今底貢，聖治普鴻龐。

日課一詩

專一排新課，堯臣自得師。官閑偏愛日，公退半吟詩。詎待空囊補，無煩寸鐵持。春秋佳人賞，風雅總縈思。報竹應偕例，催租定不知。試言憑倚馬，得句合探驪。歲月尖叉韻，光陰十二時。賡揚逢聖世，珥筆侍彤墀。

夏雲多奇峰

雲影排空起，飛來不計時。成峰多聳秀，入夏倍呈奇。潑墨淋漓勢，浮煙綽約姿。錦裳才燦爛，絮帽又紛披。霖雨真能作，薰風未凝吹。於霄真矗矗，出岫肯遲遲。萬變圖如見，三春候已移。花葩呈景瑞，作頌獻彤墀。

易奇而法

易教誰推闡，通儒有退之。理原持以法，正即寓乎奇。弧自張能脱，繩真結可治。賾探河與洛，律協矩兼規。賁白離黄日，雷屯雨解時。六龍憑變化，四象永昭垂。載鬼情雖幻，圓神義可知。講筵精藴辟，聖德邁庖犧。

宫漏出花遲

待漏趨朝早，宫花獻瑞奇。光分韶景麗，春度曉風遲。銀箭凌晨激，瑶柯帶露滋。曙開丹鳳闕，香逗玉龍墀。繞檻輝增艷，量甄晷漸移。拈毫吟勝日，傾耳聽多時。鶴御春常在，鶯簧和亦宜。無疆稱萬壽，瑞藹上林枝。

田禽出麥飛

羽族乘時出，春風麥隴歸。才看田鼠化，又見野禽飛。蠲細藏難密，花輕落漸稀。翀雲新繡錯，呈露好毛衣。雨過謀粱稻，天空脱絆鞿。郊原憑覽勝，翔集總忘機。不羨梟能戲，安知鱖正肥。繪摹咸若象，獻頌拜彤闈。

山色朝晴翠染衣

山色濃於染，朝來乍啟扉。新晴開野屋，空翠溼人衣。十斛描春黛，三竿煜曙暉。襟披初日朗，袖拂淡煙微。掩映霞同燦，霑濡露漸晞。潤疑攙柳汁，艷欲陋桃緋。净緑凝樵徑，濃青接釣磯。重吟張耒句，珥筆侍龍闈。

新緑叢中燕子飛

鳥語花香外，新叢緑漸肥。才聆鶯百囀，復見燕雙飛。夏雨連番洗，春風幾處歸。巢仍尋翠幙，巷不辨烏衣。水繞煙同護，泥銜日未晞。天如開罨書，物亦戀芳菲。垂桁抛霜翦，眠琴奏玉徽。放翁佳詠續，珥筆侍綸闈。

日長花氣撲人衣

柳汁呈祥後，花香又撲衣。人原饒静氣，天爲駐晴暉。豈有繩堪係，依然錦作圍。溼疑沾杏纈，輕欲涸桃緋。惹袖煙同襲，題襟露未晞。光陰增愛惜，景物正芳菲。消夏期將届，遊春候莫違。豫游宸賞愜，珥筆侍黄扉。

捷書夜報清晝同

白晝連清夜，戎兵埽蕩餘。三軍齊報捷，一紙快馳書。峰火深宵息，鐃歌卓午初。飛塵忙驛馬，破浪走鯨魚。諸將功偕定，更番信豈虛。甘泉侔漢奏，嚴陣解周阹。豫悦欣傳檄，師貞慶得輿。天威今遠播，六幕拱宸居。

學如鳥數飛

爲學宜重習，休誇獺祭魚。蛾原時術貴，鳥又數飛如。文囿高翔處，書林審視初。退防鳥止候，惰警燕安餘。仁義巢常穩，雲霄翼欲舒。情殊三幣繞，功敢百回疏。鴻漸爻堪筮，鵬摶願不虛。真儒昭代重，鵠立侍丹除。

露似珍珠月似弓

珠琲珍堪比，弓彎象孰如。露溥千顆候，月上九秋初。夜氣聯星采，晴輝射斗墟。横江新剖蚌，點水愰驚魚。作佩全難採，成規半未舒。匀圓侔朗潤，張弛悟乘除。比例形惟肖，哦詩興有餘。蘇髯佳句續，茂對仰宸居。

字必魚貫

豈必臨淵羡，行文象宛如。簪花看字字，貫柳想魚魚。首尾皆銜接，篇章細櫛梳。蟬聯同不斷，鱗次總相於。盡長三縑價，深疑一筆書。珠穿探頷後，縝絢曝腮餘。縱壑應知樂，登門肯借譽。雕龍模範著，奎藻仰丹除。

櫻筍府

歲時逢四月，食品擅堂厨。珍果朱櫻薦，園蔬碧筍俱。階看紅爛熟，版認玉清腴。帶露含剛好，臨風呪不須。登筵應共麥，烹蔌或兼蒲。氣味酸咸别，光陰飲啖殊。夜庖炊活火，香積謝浮屠。箑脯堯廷頌，含和偏九衢。

花蕊上蜂鬚

早晚排衙後，遊蜂入畫圖。花曾捎弱翅，蘂又上微鬚。曲徑和光藹，珠宫瑞色敷。香能含馝馞，草不鬥蘼蕪。抱處歸應緩，吟時撚不須。幾莖資采捋，一味足芳腴。隨意誰堪數，問情孰與俱。新詩工部續，景物麗皇都。

薰風繞帝梧

天際薰風扇，入間草木蘇。未噓官道柳，先繞帝廷梧。愠自瑤琴解，陰從玉砌鋪。栽培依上界，披拂到靈株。松棟雲同敞，蓂階露共敷。棲應來採鳳，響欲和銅烏。瑞靄魚須笏，煙飄鵲尾鑪。聖朝廑茂對，觀稼頌康衢。

一窗新緑鳥相呼

緑意饒新色，間窗興不孤。一般螺黛染，相對鳥聲呼。紅燭前宵翦，青袍瑞色敷。令剛更布穀，喜又勸提壺。過雨逾增潤，臨風宛唱於。鉤輈攙格磔，蒼翠接蘼蕪。蕉卷分紗好，枝棲選樹無。陸游佳咏續，韶景麗皇都。

緑波初漲柳條齊

記得春波緑，垂楊甫茁稊。漲添桃浪輭，枝擢柳條齊。碧皺三篙活，金摇萬縷低。臥虹尋舊岸，係馬認前溪。並翦風真快，隨隄路不迷。落花流水曲，飛絮夕陽西。幾處鶯争樹，誰家燕啄泥。御園韶景麗，鳳翽詠梧栖。

漏天未放十分晴

底事天真漏，晴光放不齊。幾番梅子雨，十里竹公溪。黑已鱗雲豁，青還卵色迷。昂頭方蝀指，到耳又鳩啼。石鍊方思補，卮傾莫漫攜。泥仍呼滑滑，風尚雜凄凄。晝曰遲雙管，耕煙趁一犂。時暘符聖德，膏澤偏羣黎。

丸泥封函谷關

誰道函關險，穹隆不可躋。爲山曾聚米，封谷此丸泥。飛土争摶彈，鉤冲肯借梯。塵清三輔外，雨洗二陵西。塞柳猶黏絮，階桐漫翦珪。捷誰誇逐鹿，度莫敩鳴鷄。燕壘疑銜觜，螳車悔噬臍。萬年磐石固，渤海息鯨鯢。

五鳳齊飛入翰林

同是朝陽鳳，于飛得所棲。翰林千載貴，品藻五人齊。價想龍門倍，名均雁塔題。倚雲樓共造，垂露筆争提。芸館風初暖，桐岡日正躋。蜚聲丹闕外，聯翼玉堂西。鵷鷺班行肅，鴛鴦福禄臚。來儀逢盛世，敏德徧羣黎。

山好如佳客

忽動棲巖興，青山好繫懷。客從何處速，趣是此中佳。石文孤峯出，金昆列岫排。恰宜青眼對，能與素心諧。旅雁横雲際，賓鴻接水涯。西來增爽氣，東道屬吾儕。折簡奚煩竹，開扉或候柴。烟霞休自癖，鵠立侍堯階。

懷遠以德

齊霸功資管，謨明弼亦諧。但修君子德，可信遠人懷。禮共招攜重，情從悦近偕。服柔通禹甸，干舞上堯階。曰贊三宣協，風從九合皆。有聲孚遹駿，來格陋投豺。與會陳方物，同盟輯等儕。地天今入貢，帝澤被無涯。

玉堦仙仗擁千官

曙色千官入，羣仙擁衛皆。旌旗隨玉仗，冠劍集瑶階。就日丹除近，瞻天素願諧。華輝芝蓋簇，森立笏班排。湛露濡袍笏，朝霞蔚棘槐。龍光三殿接，虎拜一廷偕。瑞靄螭頭重，祥開雉尾佳。嘉州詩再詠，沐澤遠方懷。

寸地尺天皆入貢

兵馬崇朝洗，殊方入貢皆。地天符泰運，尺寸鮮暌乖。攄抱朝丹闕，瞻顔到玉階。直教槎泛鬥，不礙橘踰淮。指肘供驅策，梯航徧嶺厓。金珍三品獻，玉界萬方諧。蒲谷躬桓輯，瑤琨篠蕩偕。皇恩今遠被，率土盡歸懷。

聖人孩之

天道人能合，淵含聖量儩。蕓生依父母，鞠育比嬰孩。德自羣黎徧，仁從保赤推。痌瘝廑夏屋，攜抱上春臺。兒齒偕生長，童心式化裁。辰居元后仰，子惠庶民來。至性宏胞與，餘恩及卵胎。伯陽名論考，帝澤普埏垓。

昨夜一枝開

昨夜春風到，尋芳見早梅。爲嫌三徑寂，先放一枝開。東閣延新賞，西湖憶舊栽。檐前疏影動，竹外暗香來。帶月雙身現，凌霜幾度催。不須千點綴，已占百花魁。齊己吟安未，師雄夢醒才。移根依上苑，應候荷恩培。

廣厦構衆材

士寒期大庇，廣厦萬間開。自昔成佳構，端須借衆材。普天滋雨露，平地起樓臺。隆棟雲千級，搜巖日幾回。四門齊籲後，三宅徧呈才。室幾堂延備，周楨夏貢來。賢都歌濟濟，基爲廣恢恢。雅化菁莪頌，旁求慶八垓。

慶雲從北來

北闕醲恩沛，鈞天大慶來。風從都響應，雲出敢遲回。谷黍陽光煖，山楊瑞色開。八方瞻糺縵，五色麗蓬萊。恒岳通佳氣，魁標接上臺。堂欣萱被蔭，陌驗草生荄。對面嵐浮翠，當頭雨净埃。新晴輝舜日，熙皞頌春臺。

人鏡芙蓉

吉語聞彈指，芙蓉艷絶倫。誰知花下客，原是鏡中人。科第連雲起，芳華出水新。匳開窺本相，城主記前身。香國朝酣兩，靈台净拂塵。待呈金鑑録，預作玉堂春。幕入還嗤儉，堂懸不數秦。固言何足羡，聖世重儒珍。

春兼三月閏

挽得芳韶駐，依然月建辰。兼逢三歲閏，並作十分春。桐葉知偏早，蘭亭迹未陳。遨頭筵再啟，婪尾酒重巡。藕認根争茁，桃看浪又皴。風光千里足，天氣兩番新。撲蝶仍尋約，聽鸝定有人。堯蓂昭瑞色，熙皞荷恩綸。

白鷺前身是釣翁

儼是持竿叟，朝朝釣水濱。幾行飛白鷺，重與問前身。值翻應需汝，春鋤宛類人。足魚誰結網，獨繭此垂綸。棲渚偕明月，沿江卽富春。烟波尋舊夢，塵世托清淪。雲鶴應爲伍，沙鷗任作鄰。何如鴻序列，珥筆荷陶甄。

士伸知己

生不逢知己，韜光且抱真。人倫千載鑑，士氣一時伸。蠖屈沈淪久，鴻猷焕發新。品題經月旦，拔擢出風塵。自脱囊中穎，羣推席上珍。龍雲欣際會，魚水契君臣。寵遇隆三錫，聲華冠四民。旁求昭代重，率土荷陶甄。

文筆鳴鳳

詞采饒風骨，飄然思不羣。雕龍傳妙筆，鳴鳳吐奇文。但許輪扶雅，非矜陣埽軍。花葩雙管豔，藻耀九苞紛。珠玉毫端富，梧桐羽翽聞。蜚聲凌庾鮑，振響軼淵雲。雉囿休貽笑，麟圖定策勳。螭坳敷對切，宸翰勵忠勤。

五花散作雲滿身

都護青驄馬，通身作錦雲。手花鋪欲滿，五色染來紛。汗血涔涔漬，拳毛朵朵分。輪囷添瑞色，韉鐙擁祥雯。戀豆應嗤棧，咀華合吐芬。風嘶榆塞路，電掣柳營軍。頓長安西價，先空冀北羣。駪征天寵渥，六幕靖塵氛。

衣錦尚絅

錦必需乎絅，風詩繹舊聞。由來行有尚，不貴著其文。奧妙黄通葉，光明白地分。應時禪可試，充美裼休云。表襮嫌呈露，褰裳任織雲。但教裘用襲，未礙帛爲纁。采自憑鴛繡，香非待麝熏。皇猷資黼衣，被戴堯君□。

竹分新翠過鄰家

竹影牆頭過，芳鄰迴俗氛。幽篁千箇蔭，新翠兩家分。傍壁初黏粉，依檐未壓雲。偶隨清露滴，同引好風薰。比舍延佳士，名園仗此君。春痕應共賞，秋籟熟先聞。秀色逾林杏，濃陰邁社枌。瀛洲仙卉滿，桃李挹芳芬。

籜龍已過頭番筍

又見龍孫長，新篁解籜繁。節才交首夏，筍已過頭番。玉版無庸咒，蒼筤兀自蹲。櫻厨曾配饌，籬落再蟠根。種可雌雄判，香還次第論。綳鬆前度裹，粉褪舊時痕。斤斧何妨赦，肴蔬信可飧。何如瀛島上，茹彙荷皇恩。

言若鹽酒

賜物褒崔浩，居然受藎言。如鹽殊水淡，似酒得春温。羹劑思調鼎，衢亭仰設樽。珍從形散重，樂與聖賢論。意味酸鹹領，情懷醞釀存。盤堆真可貴，卮出更何煩。談笑休誇衍，嘲諧不慕髡。賡揚逢帝世，敷奏荷天恩。

郊原浮麥氣

麥氣迎秋候，浮香瑞色存。蕃鮮逾草木，晴翠接郊原。苗秀攢無罅，花輕蕩有痕。黄鋪雲待割，碧皺浪猶翻。膴膴田開罫，蓬芃水隔村。雨添晨潤足，風漾晚香温。散社雞豚静，登場鳥雀喧。康年承帝賜，含哺拜天恩。

殿前作賦聲摩空

作賦呈金殿，英聲動掖垣。摩空揮健筆，有客過高軒。技擅蟲雕久，香分鳳詔温。凌雲標壯思，擲地息羣言。正體都京仿，元音雅頌存。樓應陪帝子，錦或織天孫。長吉才徒富，昌黎道可原。虞廷敷奏重，摛藻拜湛恩。

天形如彈丸

細繹王蕃說，天形得大觀。果然圓似彈，莫怪走如丸。戴笠何由寫，張弓合號安。鴻鈞空外拓，鳥卵箇中看。渾灝瓊霄迥，包含玉宇寬。嫣金憑爾擲，媧土任人摶。日月隨流轉，烟雲自廣寒。健行符不惜，鵠侍肅衣冠。

玉堂夜直月光寒

入直堂依玉，宵深月照闌。光真他有耀，高處不勝寒。皎潔天凝碧，森嚴陛近丹。凉生三殿肅，多傍九霄看。未曉遲籌報，非秋覺袖單。金波增瑞色，銀海蕩晴瀾。此夕如臨鏡，無聲自轉盤。疎星廑待漏，鵠侍荷恩寬。

學古入官

不勵居稽志，安能敬有官。仕從君子重，學到古人難。熙績情原切，通經力早殫。定須尋汲綆，莫漫慶彈冠。尚友衷彌慊，顓孫禄豈干。循良千載契，勳業萬家看。壯志懷投筆，殊榮筮錫鞶。儒修昭代重，珥筆侍金鑾。

釣竿欲拂珊瑚樹

樹欲珊瑚拂，東游得大觀。臨文曾架筆，把釣此持竿。敲笑鍼鉤小，張同鐵網寬。未容韜寶氣，直儗障狂瀾。柱砥波回碧，柯交採絢丹。化憑雙鯉去，策當六鼇看。澤梓休矜石，蹊璜不羡磻。杜陵詩漫續，靖獻侍金鑾。

夏山如滴

入望皆蒼翠，方知夏日山。似妝曾淡遠，如滴又迴環。柳暗花明外，枝峯蔓壑間。雲都藏雨脚，霧亦潤烟鬟。紆折泉疑漱，玲瓏石未頑。圖應呈水墨，畫欲寫荆關。竹露還聞響，苔紋任點斑。瀛洲清暑地，膏澤灑通寰。

知水仁山

有知宜觀水，惟仁必樂山。聰明非自作，痌瘝若相關。活潑心無滯，安敦體自閒。源頭真洞澈，峰頂早躋攀。道契淵淵候，神遊嶽嶽間。挈瓶終厭小，覆簣詎辭艱。坎艮宜參互，樵漁豈一般。高深瞻帝德，志學拜恩頒。

秀語奪山綠

儼有天然綠，新詩唱和還。捷傾三峽水，秀奪六朝山。屈宋朝拈筆，崑崙夜入關。好侔珠貫串，遙認翠迴環。石上苔都埽，窗前草莫刪。可餐饒古色，相對勝孱顔。骨格珊珊瘦，心思渺渺間。漫吟坡老句，賡拜荷恩頒。

好竹連山覺筍香

自入黄州境，疑聯玉筍班。香侔蘭在谷，好認竹連山。鳳尾摇千箇，猫頭見一斑。胸襟瀟灑處，鼻觀隱微間。風露長年飽，烟霞古驛間。饌恒饒野蔌，版不呪禪關。臭味真相契，藤蘿且任攀。彤廷櫻宴啟，勁節荷恩頒。

豐年爲瑞

不受靈芝獻，惟祈大有年。屢豐周室頌，爲瑞宋廷傳。協氣霖甘沛，祥霙雪兆先。生原金是粟，種卽玉爲田。古處安耕鑿，歡聲徧陌阡。餘三追上世，輯五葉中天。南畝雙岐秀，西成萬寶全。熙朝廑稼事，百姓足囷廛。

乾道運無窮

大道能資始，詩吟麗正篇。無窮原出震，廣運總乘乾。一氣鴻鈞轉，雙輪螘磨旋。雨晹隨變化，寒暑遞推遷。不貳機緘辟，兼三卦畫連。六龍歸駕馭，萬象得蹏筌。俯視圖呈地，高瞻笠寫天。健行符帝德，會極偏垓埏。

鵷鴻得路争先翥

鵷翼凌空日，鴻毛遇順年。雲霄欣得路，翔翥必争先。鷺序聯班肅，鳩儀振綵鮮。扶摇都直上，矯厲竟無前。野曠辭巢遠，霜高作陣圓。暫荒元亮徑，快著祖生鞭。毛羽今豐滿，程途幾萬千。何如歌鳳翽，鵠侍荷恩偏。

居高聲自遠

清韻來何遠，高林有暮蟬。居原依日下，響直振風前。咽露情如訴，凌雲意欲仙。叫回齊苑月，噪破漢宮煙。得地空塵壒，吟秋閱歲年。綠槐殘照裏，疏柳早涼天。蜩瘦誰能掇，鶯飛且任遷。聖朝崇茂實，鵷鷺肅班聯。

漏聲遥在百花中

待漏官惟百，分班侍早朝。花開春夜曉，聲度禁林遥。鶯囀依金闕，蓂更徹絳霄。水流徐激箭，風過暗隨簫。玉珮鳴如和，紅欄韻亦超。好音聽嘹亮，仙境迥塵躚。瑞色千門藹，繁華二月饒。朗吟皇甫句，角徵頌虞韶。

採蕭獲菽

採捋兼收穫，天高望泬寥。寒飆吹蔓菽，零露湑苞蕭。古戍秋三月，中原路幾條。香隨蒿野掇，花記豆棚飄。稂浸泉逾冽，葵烹火併燒。涼痕雙手擷，暝色一肩挑。塞草催今日，窗梅想昨朝。靖恭宜自矢，式穀聖恩邀。

漁山樵水

何事漁名利，林泉趣自超。買山臺築釣，觀水徑歸樵。屋傍西巖宿，薪依廣漢翹。得魚仍貫柳，履鹿漫迷蕉。卷雨晨收網，擔雲晚度橋。仙源尋魏晉，文沼往芻蕘。鷸蚌機心泯，江湖景色饒。不須常戀此，聖世重弓招。

百花生日是今朝

嘉種忻盈百，芳華二月饒。花香逢令節，生意靄今朝。蓬矢臨闌挺，蘭湯和水澆。丁添園慣涉，甲坼秀争翹。世界優曇現，亭臺錦繡標。旛思張早歲，燭擬照深宵。菊弟霜能傲，桐孫露不凋。上林韶景麗，鵠侍聖恩邀。

仁義爲巢

居高能馭下，仁義敢輕抛。詎比烏瞻屋，還如鵲有巢。長人基孔厚，利物量兼包。桑土懲鴞毁，桐岡想鳳苞。漸摩同在宥，旅笑莫占爻。門豈侔棲葦，階原不翦茅。宅安仍恐曠，路舍總貽嘲。聖德周寰宇，春臺頌樂郊。

萬松深處鶴巢雲

指點雲深處，蒼松萬影交。未容鶯選樹，知有鶴安巢。叆叇陰全覆，氋氃舞漫嘲。烟霞耽嶺側，身世托林坳。鳩室誰憐鵲，蚪枝欲化蛟。公封應兆夢，子和合占爻。陸漸看鴻羽，岡鳴想鳳苞。何如鵷鷺侶，泰運慶茹茅。

新竹森森漸放梢

漸覺森森聳，新篁蔭遠郊。爲憐園徑竹，都放出牆梢。瀟灑枝初擢，參差影未交。珊柯今挺秀，玉版舊含苞。錯宛同翹楚，連還類拔茅。野霄知可上，個字認難淆。卻暑風徐引，鳴秋雨待敲。移根依禁籞，勁節勵庠膠。

斷虹猶掛柳梢頭

遠指新塘柳，垂虹半掛梢。殘雲開斷岸，疏雨過晴郊。玉蝀形如畫，金鶯翅偶捎。尚餘千尺練，不礙一枝巢。城斗輝還隱，山弓影不交。斜陽攙木末，霽色壓林坳。歸鳥人同綏，連蜷客漫嘲。御園韶景麗，彙吉慶茹茅。

德輶如毛

作誦稽周雅，樊侯品格高。疇能全鳳德，罕譬到鴻毛。本體渾淪具，仔肩負荷勞。得原資輔翼，差早判釐毫。拔一空慳吝，宣三乃俊髦。吹求完粹美，瞬息想存操。克舉人推甫，咸施語溯皋。有常熙庶績，亮采拜恩褒。

星使出詞曹

奉使銜恩出，星軺揚彩旄。詞林承寵命，品藻重仙曹。遠隰駪征亟，清班駿望高。輶軒新建節，珠玉舊揮毫。北斗騰光耀，西園萃譽髦。文衡千載重，榮衮一時叨。異域風聲樹，公平月旦操。皇華申命錫，勤懼勵賢勞。

夾竹桃

不向綏山種，温臺自足豪。葉尖疑夾竹，花艷勝夭桃。翠袖金摇佩，紅緋錦絢袍。此君名豈托，仙友品同高。畝蔭柯逾密，源深浪莫淘。秋風篩曲徑，春色醉香醪。可引棲梧鳳，何來食李螬。移根依禁籞，勵節荷恩褒。

靈公嗾獒

伏甲全無用，蒼黄遽嗾獒。吠堯嗤盗跖，齧盾笑夷皋。旅問何年貢，戎疑暮夜號。兩行鵷鷺駭，一例虎狼嗥。得意推功狗，無端比教猱。狐書真史直，麂觸亦人豪。謚自千秋定，名空四尺高。熊蹯今熟否，拒諫任呰謷。

諸生講解得切磋

好古求真解，諸生得切磋。玉堂今講藝，石鼓舊傳歌。虎觀英才集，鴻都俊乂多。十枚勤剔抉，一字費搜羅。事紀車偕馬，文殊隸與蝌。琳琅昭寶重，風雨細摩抄。會想冠裳盛，聲聞雅頌和。仰瞻奎藻麗，學校沐恩波。

日月如梭

日月天垂象，循環直似梭。仰看明兩作，常見影雙過。杼柚千年具，乾坤一氣呵。朱曦騰碧宇，素魄走金波。晝永鉦常掛，宵良鏡屢磨。推遷成歲序，拋擲憹蹉跎。織倩雲堆錦，紉憑雪疊羅。昇恒稱聖壽，天保進賡歌。

年豐廉讓多

俗美興廉讓，非徒黍稌多。豐年康樂頌，比户泰平歌。砥礪隅稜出，耕耘路畔過。「四知」金共却，三揖射同科。素履懲貪早，勞謙受福那。倉箱欣有積，泉水静無波。咽李情終矯，推棃氣自和。聖朝調玉燭，祥瑞紀嘉禾。

雲隨波影動

雲遂湖邊影，徐詩五字哦。出時曾觸石，動處不離波。浪皺鱗鱗細，風吹面面和。落霞齊演漾，流水共婆娑。雨氣磯頭過，天光鏡裏拕。瀠洄含叆叇，俯仰颭嵯峨。梟浴猶依藻，魚游正戲荷。液池春浩盪，獻頌續卷阿。

桑葉如雲麥始花

雨霽青山候，雲中樹忽遮。密看桑布葉，輕認麥揚花。熟計蠶眠早，聲聞雉雊譁。午陰全不缺，晨氣潤無涯。日障童童蓋，風薰點點葩。四圍團瑞色，千頃駐韶華。蔭美枌榆接，香來餅餌賒。聖朝耕織重，多楊頌禾麻。

仁壽華

異產標珍木，名園別有花。儼如仁者壽，恰比德之華。性米禾同秀，靈椿樹共嘉。圍闌珠的皪，照鏡玉杈丫。到處皆安土，長生詎有涯。香留三月久，枝拂萬年斜。鬧自蜂衙静，催休羯鼓撾。移根依禁御，茂育衍休嘉。

東家流水入西鄰

一水濴迴繞，臨流暫駐車。西鄰宜卜築，東道宛浮家。皋望塵氛豁，山迎爽氣賒。尋源知有路，分潤定無涯。戶比魚鱗密，渠通燕尾嘉。來看微雨帶，去指夕陽斜。自可朱橋泊，誰將白板撾。載吟摩詰句，韶景麗京華。

松花滿盌試新茶

撲鼻芬芳滿，嘗新試煮茶。花將松舉似，茗共盌同嘉。舌本甘能領，綱頭候莫差。團黄凉吐月，甌碧豔餐霞。秀比三芝美，多休七椀誇。瓶笙饒意味，爐鼎足生涯。穀雨侵旗溼，梅風拂袖斜。鳳池忻染翰，賜宴拜天家。

欲清詩思更焚香

思本清於水，詩還欲漱芳。待釐窗北槀，更爇海南香。浄洗乾坤眼，冥搜鐵石腸。百篇吟未足，一瓣祝來忙。地埽紅塵遠，鑪温玉篆長。澄心凝寂寞，擁鼻費參詳。趣自攤箋永，清難刻燭忘。采風陳黼座，皮句效賡揚。

出使星軺滿路光

使者星新出，駪征賦啟行。乖軺膺寵命，載路燦輝光。奎壁三臺接，郵程一騎忙。塵氛清遠隰，珠氣耀文昌。柳緑衣曾染，蓮紅炬亦香。名都軒蓋集，福地道塗長。翳許金鎞刮，才憑玉尺量。詞曹恩遇厚，聖主正當陽。

日向壺中特地長

一樣曈昽日，今番覺倍長。壺中忘晷刻，特地費參詳。蓬嶠輝朝旭，葵忱戀太陽。似因三接晝，爲現再中祥。愛豈繩堪係，添非綫可量。人常瞻五色，天與駐重光。抱珥輝增朗，懸鉦采自彰。如昇歌聖壽，韓句效賡揚。

花壓闌干春晝長

枝壓闌干亸，花時引興長。春逢晴晝永，曲譜滿庭芳。麂眼遮無罅，蜂須重有香。鈴聲前度護，甄影幾回量。卍字彎環互，瓊壺晷刻忘。人難拋勝日，天爲駐韶光。移待邀明月，遲還愛夕陽。御園風景麗，芝秀共呈祥。

平淮西碑

一代文章伯，鐫碑紀泰平。淮西闢大局，斗北仰高名。檻獸今無鬬，池鵞夜不驚。宰衡操算勝，風雪助攻成。傳檄諸藩静，磨崖大筆横。靈宜蹲贔屭，觀豈築鯢鯨。半壁東南定，千秋著作精。當年磨斵處，奇氣尚崢嶸。

笑比黄河清

剛毅推包拯，黄堂令必行。情真如水淡，笑乃比河清。鐵面三冬冷，冰心五夜盟。軒渠憑想像，涇渭自分明。九折泥沙汰，中流砥柱撑。解頤容有候，捧腹總無聲。塵世難逢此，閻羅舊得名。瞻天顔咫尺，懋賞勵忠貞。

風暖鳥聲碎

暖入調陽律，風和鳥送聲。但聞音細碎，莫辯語咿嚶。薰引諧鸞管，梧棲葉鳳笙。迎陽徐遞響，得意自呼名。善也延朝爽，時兮噪午晴。憑添無限景，絶少不平鳴。錯落珠同串，瑽琤玉並清。詩腸資鼓吹，同聽上林鶯。

刑期無刑

罔或干予正，千秋至治馨。辟原思止辟，刑豈恃明刑。鄆罰昭欽恤，庭堅著典型。但求三就服，不詡五聲聽。木吏何堪對，苗民亦用靈。戴盆都見日，貫索早沈星。嘉石雖常設，園扉總半扃。德威今遠播，忭舞仰堯廷。

尚德緩刑

緩急誰能識，訏謨溯漢廷。敷宣惟尚德，欽恤在祥刑。五典遵常法，三章肅舊型。恩能周雨露，教不恃風霆。乃粒安恒產，間花落訟庭。綵綸皆涣汗，羅織漫傳經。肺石誠求切，心樞運用靈。八方瞻帝治，嘉瑞仰堯蓂。

萬松亭下秋風滿

颯颯西風滿，乾坤此草亭。松圍千叠翠，秋點萬峰青。雨氣排空歕，濤聲入座聽。龍鱗翻欲動，鶴夢鎮常醒。豈借花爲壁，偏宜樹作屏。暝痕團老屋，凉意逗疏櫺。日射光難透，雲來户不扃。後凋持晚節，掞藻侍天廷。

停車坐看楓林晚

山色留人坐，驅車傍晚停。雲看深處白，楓憶舊時青。漢殿增蕭槭，吴江接杳冥。游耽秋瑟瑟，立伴影亭亭。掛屩蹤如見，揚鞭路幾經。落霞明野屋，斜日淡寒汀。圖展臙脂畫，嵐開翡翠屏。願依温室樹，摛藻侍天廷。

登瀛洲

大辟翹材館，瀛洲世艷稱。文章邀鶚薦，聲價比龍登。瑶島連雙闕，丹梯躡上層。昂頭初日朗，繞足彩雲騰。幾輩珂鳴玉，當年餅啖綾。歷陛真拾級，得地葉三升。藝苑清芬播，蓬萊瑞色凝。熙朝方籲後，湛露共欽承。

十八學士登瀛洲

學士初唐盛，瀛洲許共登。九重隆禮遇，十八著聲稱。天策新開府，雲梯最上層。茹連占彙吉，松蘿葉祥徵。人倍周才衆，侯符漢道興。冰銜輝兩字，霄路慶三升。樓許修韓泊，門還羡李膺。聖朝文教廣，後選勵賢能。

青燈有味似兒時

省識書中味，兒時記尚能。黄難抛舊卷，青尚戀寒燈。結蘂紅摇穗，裁箋紙映藤。篆吞今夜否，藜照昔年曾。細把酸咸領，渾忘歲月增。蚖膏焚燦爛，雞發憶髟髾。綽有回甘境，真同耐久朋。幸叨蓮炬賜，多士聖恩承。

歲豐仍節儉

不待倉箱裕，平時禮儀興。豐盈連歲樂，節儉到今仍。飽未牂羊詠，貪先碩鼠懲。厥常彰九德，有兆卜三登。穀自成年順，華非踵事增。取陳雖每每，圖匱總兢兢。舊貫都無改，前型信可承。飲和欽帝德，膏澤普林烝。

謝朓青山李白樓

窗外青山好，陵陽憶昔游。宣城曾典郡，太白舊登樓。佳句攜何處，新詩在上頭。筆難齊世比，觴稱謫仙浮。翠自晴螺染，黃應古鶴侔。逸才真兩絕，名地各千秋。晉代風流接，唐賢勝蹟留。詠題賡魯望，帶礪仰皇猷。

漱石枕流

語悞傳孫楚，奇情迴不侔。漱偏憑白石，枕亦俯清流。鳴任泉如玉，居真屋似舟。糧思歸後賁，圖擬卧來游。峯井寒誰汲，璇源秋盡搜。氣將吞伏虎，眼欲伴閒鷗。齒定干能決，肱還曲自由。何如芳潤挹，樂善勵儒修。

焉哉乎也

語賴虚辭助，千交韻自周。焉隨哉並著，乎興也兼收。學問藏修事，明良喜起庥。軒鼚資鼓舞，辟哆警師由。忠進盈廷誨，賢從陋巷游。萬言憑貫串，四字費尋搜。善察廋鵕恃，成功迴不猶。和衷參位青，炳焕仰皇猷。

汀月寒生古石樓

驀地寒光起，前汀聳石樓。能邀天上月，獨佔古時秋。磥砢千尋矗，空明一派浮。高連金粟界，冷逼水晶毬。雲彩凌黄鶴，灘聲淡白鷗。梯從今夜取，斧是昔年修。倚笛翻新曲，乘槎記舊游。浪仙詩漫詠，瑞靄望瀛洲。

禹寸陶分

大禹垂謨遠，陶公奉作箴。後先廑惕厲，分寸惜光陰。晷繼風檐急，宵通月榭深。度量憑布指，杪忽總縈心。累十知盈尺，能千合倍尋。勤勞三壤則，聲望八州欽。定許珍同璧，奚徒刻抵金。時機皇念典，寰海仰君臨。

太液秋風

御苑饒佳景，清風太液流。遥連三島勝，獨佔一天秋。吹萬調刁應，盈千荇藻稠。南薰時乍换，西顥氣增遒。橋架鼇兼蝀，沙明鷺與鷗。商聲諧鳳律，瑞色靄龍舟。皓月重潭印，恩波四序周。瀛洲清暑地，賡和頌皇猷。

能虛應物心

竹影當階緑，翛然趣自深。課虛能責有，應物本無心。地僻風生牖，天空月照林。清明神領略，瀟灑豁胸襟。客氣屏宜盡，朋從遠莫侵。受人咸筮易，觀我聖垂箴。道總歸由己，情奚畏孔壬。智臨周庶類，寰海荷恩湛。

松竹有林

嶺與淇泉接，居然大雅林。萬株松卷翠，千畝竹成陰。白鹿標貞勁，青鸞發嘯吟。兆祥公入夢，却暑客披襟。柯葉春秋古，風霜歲月深。園渾依翰墨，臭豈異苔岑。晚節兼多節，虛心共有心。郭詩佳詠績，報國矢丹枕。

模山範水

有字皆魚貫，雕龍詎等閒。遠模兼懿範，帶水共屏山。度木經營際，生金鍊冶間。規摹真磊落，搜訪到潺湲。宛委神仙迹，蓬萊供奉班。登臨饒興會，矩矱許追攀。新様花同粲，支詞草並删。知仁欽帝德，律度式人寰。

三月三日天氣新

天氣清新候，良遊興倍酣。節才逾百六，日瞬屈重三。筒律更姑洗，桃花滿禊潭。塵輕風乍定，野潤雨初含。上巳和光藹，芳辰淑景涵。開園朝射馬，集市午祈蠶。曲水留佳詠，崇山擁瑞嵐。蓬瀛春色麗，共沐聖恩覃。

月明潭色澄空性

俯仰何清曠，分明性理涵。悟來空是色，澄到月盈潭。秋水神凝一，春宵影對三。圓靈消翳障，虚寂謝瞿曇。點處珠嵌顆，昭然鏡啟函。前身非怳惚，元氣盡包含。銀海盛光滿，金波浴德堪。重輪呈聖瑞，賡拜荷恩覃。

益者三友

仁輔文偕會，交遊數可參。謙曾爻玩六，益又友求三。爲擇同行善，先袪内省慚。舉時隅反未，望處徑開堪。但使心虚受，還逾肉説甘。聞多兼直諒，朋得合東南。條燭聯吟詠，芸編共討探。盍簪今有慶，師濟拜恩覃。

鐵馬

健馬騰空驟，秋聲掛綺檐。銅烏齊鼓盪，鐵騎鎮森嚴。豈有蹶能蹴，偏宜首是瞻。嘶風淒畫角，踐露警郵簽。繹繹斯臧美，錚錚衆響兼。按圖空想象，照夜總明蟾。戀豆休嗤棧，乘車孰困鹽。飛黄今快覩，仰沐聖恩沾。

一琴一鶴

簡易推新守，輕裝一一拈。撫琴參治理，載鶴勵貞廉。彈月冥鴻遠，衝霄氣象瞻。獨絃摹調古，孤唳警宵嚴。山水情如寄，氄氉舞不嫌。客聽誰曲識，子和或爻占。柱肯同膠鼓，糧應待飼添。抗懷清獻節，帝德洽閭閻。

西山烟雨卷疏簾

雅愛西山勝，疏疏卷畫簾。試看煙冪歷，不住雨簾纖。嵽嵲消塵壒，崦嵫入眺瞻。燕非嗔一桁，鳩又喚重檐。窗翦前宵燭，鉤銜似月鐮。高寒千仞屹，爽氣十分添。沽酒春同賞，催詩韻細拈。依旬宸念切，聖澤偏閭閻。

過牆修竹粉痕黏

引過牆頭竹，薰風卷畫簾。暈偏如粉傅，痕儼有香黏。筠净初浮箭，枝森欲壓檐。春光千箇足，新意四鄰兼。溼翠勻相並，濃青膩不嫌。鉛華終盡洗，泥絮肯同沾。渭畝寒誰依，淇園緑可瞻。松梅三友在，勁節總霜嚴。

雨餘山氣夕陽銜

山氣無邊爽，朝朝日射巖。何如新雨霽，更好夕陽銜。霞采機堆錦，天光鏡啟函。晴開千里净，明壓萬峰巉。鳳味流丹吐，螺鬟溼翠嵌。斷虹猶掛柳，歸鶴未棲杉。野曠時含潤，塵消境隔凡。依旬宸念慰，沐澤遠人咸。

绿槐風透紫蕉衫

策馬槐衙晚，清風透碧岩。秋生青薤簟，凉暈紫蕉衫。御處肩應聳，縫成手記摻。輭如含細葛，翠欲滴寒杉。作瑞音聲葉，生光琥珀嵌。絲痕融藕雪，衣漬熨梅黬。鹿夢情猶昔，蟬吟調不凡。移根依上苑，借綬拜恩咸。

水岸銜階轉

玉水環春殿，天庭境隔凡。岸隨階並轉，跗與蕚相銜。圓折璇盈室，方流鑑啟函。先登仍繞砌，久滴不知巖。自有波縈曲，非徒潤作咸。湍洄來汩汩，石漱謝巉巉。池籞花應發，茅茨草莫芟。恩波今更渥，聖治顧民碞。

雨點春衫作碎斑

碎點斑猶漬，油雲靄翠岩。雨痕沾蒻笠，春意透蕉衫。黄襖綿初褪，青袍草未芟。窺如從管得，眺欲惧珠嵌。酒憶余杭郡，霖懷傳說巖。絲仍飄細密，襟已滌塵凡。麥隴鳩猶喚，芹泥燕自銜。恩膏今更渥，宵旰顧民喦。

完穀山房館課賦存〔一〕

完穀山房館課賦存序

賦之源流遠矣哉，蓋詩有六義焉，二曰賦謂敷陳其事也。漢書藝文志謂登高能賦，可以爲大夫，關係亦匪細矣。班孟堅以爲古詩之流，竊謂與詩互有難易，詩雖有韵，而易於完篇；賦則取材富用物宏，斷非儉腹者所能從事。觀於研京十年，鍊都一紀難可知也，而揚雄以童子雕蟲篆刻，少之豈知言哉。抑且兼長甚尠，與詩有不能相資者，王、揚、班、馬之徒，詞賦競爽，而吟詠靡聞。宋神宗命司馬光爲翰林學士，以不能爲四六辭；范仲淹、韓琦召試學士院尹，源請易以論題，亦以見能者之不多覯也。

我朝開科取士，兼重古學，自小試以至大考，莫不有賦，詞林散館亦以之定去留。是以與其選者，視爲切要之圖，而不敢懈弛偷惰，蓋衙門無職事，文章即職事也。予資鈍學疏，毫無根柢，通籍後嘗從諸前輩洎各同年之後，逐隊隨班，邯鄲學步，前後七年，課有百十餘首，按之理法，時亦間有合者，而單薄尠味，求所謂體物瀏亮者，百無一二焉。蓋如鰲戴三山，螘馱一粒，各盡力之所能至，又如鳶飛戾天，鼹鼠飲河，亦極其量之所能勝，又安知天淵之高深乎？一行作吏，此事遂廢，兹者日薄西山，搜檢舊稿僅存若干首綉之木，以不没當年攻苦，非敢出而問世也。

歲在柔兆執徐皋月，八十老人五齋氏，序於安貧改過之齋。

〔一〕此版封面爲「館課賦存」，目録同，但内文題却爲「館課賦鈔」，故兩存，不改，特志説明。

完穀山房館課賦鈔

高陵白遇道五齋甫著

耕耤禮成賦　以親耕帝耤躬稼大田爲韻

皇上御宇之十三年，八方無事，萬國來賓，塵清函夏臺喜登春，迺躬親乎庶務，爰享祀乎百神。物皆本乎天，天心克享，耤以言乎助，助法仍遵耕耤而率乃攸行，所貴重不逾農粟。禮成而加之以敏，俾寰區咸識尊親。粤稽禮制之有帝耤也，風先凍解，春已郊迎，虔祈穀實茂豫，桐生建旗，而服蒼璧，秉耒而冕朱紘非徒一豫一游，歌賡夏諺，將必三推三返，事課春耕。我皇上軫念，民依恪遵，祖制事不緩於耘耰，野不增夫租稅，秬秠穈芑之供，祠禴烝嘗之祭，皆借農田，咸資樹藝，謂興事而必先率作，乃以孚佑於民。倘卬盛而不薦馨香，何以祇承于帝。爰乃命甸師咨常伯令甲，重頒良辰是擇，矢直繩阡罫開綺陌穜稑獻於中宮，耰耡陳於前席，金穰期我稼之同玉粒重神倉之積。十行詔下，乘太皞之司權；千畝躬親，異周宣之不耤。禮儀既備，典制斯崇，乘蒼龍而夙駕，導葱犗以赴功。時則京兆執鞭，糺雲縵縵；司徒舉耜，瑞日曈曈；百辟偕從而播。始庶人助理，而畝終預。歌有幹有年人思帝力，常惕無荒無怠德懋皇躬。惟時壤叟趨風，轅童觀化。覩隆軌於三春，聽和聲於四夏。洪縻既返，幾康嚴一日之中，勞酒斯行懋賞自九天而下。此日塵懷東作，都成膏雨之苗，他時平秩西成，載瞻如雲之稼。皇上乃返鑾輿，蔭華蓋，願百谷之用，成知三時不害畇畇疆理田。禹甸而常春彧彧禾苗，圖豳風而如繪祀事。明而祖考來格物，備乎嘉疏，明粢福祥祈而上帝，居歆辭作乎命祠誥會所由喜，四方來賀，咏遹駿而聲宏，祝萬壽無疆。被龐鴻之澤大也。敬作頌曰：我皇建極作恭先兮，我皇勸穡慶有年兮，日躔胃宿喜珠聯兮，紺轅黛耜載告虔兮？凡百執事禮無愆兮，普天率土勉力田兮。

燕山八景賦 以燕山爲聖化所敷之會爲韻 謹序

臣聞輯瑞朝天，和萬邦而拱向；秉圭測景，紀百物之阜安。自古握鏡臨宸，膺圖御宇，莫不本居重馭輕之意，創宅中圖之大之模。然而執四百年之玉帛，歌禹甸者頌畇畇；集六百祀之共球，仰商邑者歌翼翼。豈不以物華天寶人傑地靈，不侈域外之觀，自備土中之美。我朝之定鼎燕京也，界冀幽之域。貫析木之津，嶭嵲岐嶒，羣峰環衞；沖瀜泱漭，衆水奔趨。扼關險而達梯航，合陰陽而會風雨，何奇不有；衆美胥臻，誠天地之奥區。而唐虞之隆軌也，舊傳八景徵歌咏於陳編，敢贊一辭。用導揚夫，盛美鋪張，不事獻納，同殷云爾。聖天子澤敷下土，治紹中天。風動通於八表，星從洽乎八埏。仰主極之端，千里之邦畿永奠。瞻皇居之壯，萬年之磐石彌堅。考遺址於軒轅，曾說師陳涿鹿。溯故封於召伯，從知地號幽燕。夫其濱渤海，控雄關，通九貊，達百蠻。春蠢秋揫，四時秩叙。山明泉秀，一帶迴環。似煙非煙，常見梢雲之靄。今月古月，爭傳桂子之攀。奚徒崦嵫之留暮景，蒼翠之駐孱顔。氣自東來，獨繞一天景色，星皆北向，豈惟三晉雲山。我朝因元明之舊，奠浩盪之基，城環萬雉，樂奏一夔。物自貢其菁華，同有春臺之樂。法曾嚴於遊豫，宛聞夏諺之詞。在景物常新，共仰撫辰而熙績；而景光可咏，彌彰恭己之無爲也。其在於苑中者，則瓊島之春陰因乎時，太液之秋風應乎令，採艮嶽而石貞，接瀛臺而波净。瓊華高峙，蔭仰千家，清節爲秋，荷擎萬柄。春常在而繪入丹青，風徐來而清堪游泳。倘經醞釀則化雨必流其膏，如得奉揚則時風亦通乎聖。其在於郭外者則玉泉之趵突有本有源，西山之晴雪無冬無夏。聽風有韻，任渴驥之奔趨；映日無塵，勝明蟾之照夜。濤涌瀾翻之際，差殊百道；懸巖層巒疊嶂之間，奚待一峰補罅。和眞可飲，濺珠胎而合號清流；高不勝寒，輿玉宇而同參元化。若夫近圻之景，則遥望薊門而煙樹之籠，不知炎暑也。宵度盧溝而曉月之明，無忘賓旅也。樹童童而似蓋，溯嘉植於當年，月皎皎以如盤。認清光之如許，當鳥語花香之候；望薺色而還殊，值鷄聲茅店之秋。渡桑乾而無阻，塵涸馬蹏之蹴，畫真出自天然。橋看雁齒之横，地亦多歷年所。至於迹之最古者，則居庸之險而威不假夫矢弧也，金臺之築而蹟尚留夫規模也。考淮南紀事之編，蠶叢早闢；溯燕昭禮賢之事，駿骨與俱屹。峻壁與崇墉蒼翠常瞻其重疊；覩頽垣與舊址，夕陽猶照於桑榆。重關標九塞之雄，風光不改百尺憶。層臺之建，瑞色常敷。是其境通蓬嶠，派匯咸池；泉噴珠而浥潤，雪兆瑞而生資。萬樹煙籠，露月光之皎潔；千峰翠鎖，迎日御於和義。不必向琅環而搜秘，不必上峋嶁而探奇，不必紀嘉祥於閏莢，不必徵瑞應於靈芝。他如景麗瀟湘，未免方隅之囿；又有景饒關輔，徒傳附會之詞。詎若茲之遠留勝蹟，上應昌期；鍾靈而品物咸亨，神所勞矣。遵路而會歸有極，天其佑之我皇上。道協乘乾，澤孚和兑。詔八柄以用中，統八垠而無外。猶必深居簡出，念兆姓之安；保泰持盈，防三時之害。所由蘋野鹿鳴，桐岡鳳翽。八虞咨訪欣依日月之光，八伯賡颺共慶雲之會。

毓慶宮賦　以四時惟念萬民安爲韻

聖天子凝績臨宸，垂裳致治，經緯協乎陰陽，禮樂官乎天地。照毓而萬國協和，篤慶而八方光被。仰法宮之高拱，萃陽和於户萬門。千瞻典學之有成，密存察於曾三顏四。欽惟正中隆德，懿鑠鴻規，殿陛之規肅穆，宫廷之制昭垂。賢才資其楨榦，禮義叙其綱維。若作梓材，周室必先勤樸；如生蓂莢，堯階則不翦茨；亦既德全，恭儉治邁軒羲；人樂豐年，有玉粒金穰之瑞。皇廑乾惕，是宵衣旰食之時。而茲宮之建也，扇巍巍制，奠丕丕基，畫檐飛棟，釦砌彤墀。毓取育才，如蒙泉之養正。慶符積善，有兑澤之敷施。緝熙單心，右則皋而右則禹；庶明勵翼，人有保而出有師那居。賡魚藻之篇，載歌樂愷大有筮犧爻之卦，深係思維時，則朝盡英賢野無昏墊。豳圖之雅，什常陳箕範之休徵屢驗。辰居聽政，黈纊垂旒乙夜觀書。懷鉛握槧，亶聰明作元後，原非黄屋爲心，用敷錫厥庶民，惟以蒼生爲念。又如宫名景福，而愛日生輝。宫號壽康而昊天時憲，雍和宫則謨訓留貽。安佑宫則歲時進獻，亦皆君克猷綏。皇惟極建，而茲尤健協乘乾。命申重巽，璣衡默運仰無逸於九重。堂構欽承，永斯年於億萬。彼夫長樂之觚稜，棲爵未央之瓦當。排鱗太乙，則名傳漢氏。建章則句咏，唐臣亦徒示侈奢而矜壯麗，奚足和上下而治，神人詎得擬斯宫之毓秀鍾靈。非僅卑懷有夏慶行惠徧，依然熙比登春。兢兢而一日萬歲，靈承於上帝。亹亹而三宣六敬，敷佑於下民。仰惟深居簡出，居正履端，聽祖宗之彝訓，知稼穡之艱難。鑾輅時巡，溥三霄之雨露；龍顔有喜，集萬國之衣冠。疇不仰肅，雝於在宫思艱圖易，合天人而交慶，物阜民安也哉。

閏月定四時賦 以以閏月定四時成歲爲韻

將欲亮天工修人紀，舉正於中，履端於始，則必考堯典之寅賓。溯軒皇之甲子，候不忒於春夏秋冬。音克叶乎宫商角徵，歸奇象閏古爻而屢省乃成，當可謂時紀歲而識其所以。原夫歲之成於四時也，日月迭爲往來。乾坤分其健順七十餘候，按序而稽三十六宫。循環而進陰，不伏而陽不忒。日以暄而雨以潤，亦何取乎蓂生莢以呈祥，亦何事乎葉數桐而識閏。然而時判寒温，月分盈闕，日行徐而天行健；度有積餘，月行疾而日行遲，候無消歇。雖來伸往屈互有推遷，而氣盈朔虚曾無匱竭。其何以仰瞻斗柄，定昏旦之中星；瑞啟珠囊，判温凉於朞月。使弗子細參詳申，重印證謂隩夷因析之有常，謂大吕黄鐘之可應。詎知一年有十日之奇零，五載有六旬之餘賸，將子孳人於丑紐而歲漸不成，朱明移於白藏而時烏乎定。於是申命羲和詳推，序次土圭爲正日之方。玉衡制司天之器，職名青鳥司至司分，宿見蒼龍象官象事。三年一置，光陰不失於寸分；五歲再逢，風信詎忒於廿四。所由春風暖送，夏雨澤施，秋陽能暴，冬雪可思。一年之三百有六旬從無差忒，百歲之三萬六千日自妙推移。訂作訛成易之經，五穀熟而人民育。占日月星辰之紀，三階平則風雨時。迄今考貞元之運，會驗時物之行，生時有三而不害，定於一而常貞。雖長養收藏之殊，其候攝提彊圉之異其名。要皆胥循經紀無慮奇贏，仰看月指兩辰若春秋有代謝。自古閏無中氣，乃輔相以裁成。我聖朝玉燭調元金繩布惠，昭星輝於鳥火昴虚；書雲物於至分，啟閉式抱一而中孚。道函三而妙契，釐工熙績八埏同慶。清時物阜民安，四海常歌樂歲。

聖人抱一爲天下式賦 以題字爲韻

稽老子之名言，大聖人之居正握樞以御八方，行簡以臨萬姓，官廟則肅雝表度。惟乃之休聲靈而赫，濯歌時於斯爲盛。式三奚事不可下者，爲民得一以貞，能憲天者惟聖。夫以人中之有聖也。聰明天亶，盛德日新，風雲占其遇合，雷雨著其經綸。勞天下則法必奉三德，合乎地天日月；治天下則道惟達五倫，敦乎父子君臣。固已熙春有樂，函夏無塵，漫云大化難名惟聖知聖，須識因材必篤以人治人。然而人類不齊天真，宜葆其畢；判其性情剛柔，分乎濕燥。非無禮樂疇致中和，亦有詩書誰勤蒐討。必如車有式而攻木，尚待經營。必如馬有式而鑄銅，尚勞肇造。庶乎立兆民之命，皆安俗而樂居。遂萬姓之生，同備持而保抱。而聖人則探本窮源，黜華崇實，道契函三，政符齊七；亦懸象魏之書，不事歡虞之術，以一誠祛百僞敏則有功，以一敬敵百邪所其無逸。守約而所施則博，勿貳勿參。察顏而克用其中，惟精惟一。於是成一王之駿烈，啟一代之鴻規。一德一心書傳泰誓，一奇一偶治衍庖犧。清凝合地天之德，弛張偕文武之宜。行天下之九經一斯誠矣，統天下之萬變。一以貫之協一而得主，有常撫辰，熙績惟一而動無不吉，恭己無爲。由是程式有定法。式無偏服，疇者食德資富者永年。黎庶回心，模不模而範不範；蒼生革面，樂其樂而賢其賢。猶木從繩皆歸矩矱，若金在冶克就方圓。誦不聞亦式之，詩祇承于帝統；負陰抱陽之衆，相見以天。彼夫治尚紛更弊滋，喬野世雖致於小康，道終乖於大雅。倘師聖人之居簡馭繁，裒多益寡，受牛者任以養牛，牧馬者除其害馬，痌瘝在抱而審一定，和左右惟人而純一。無假用高曾之規矩，民游化日之中；合倫類而甄陶，帝德光天之下。我皇上錫福臨宸，居中建極。律度從心，羣黎徧德。禮明太一之本，克享天心道協，揆一之符。式龢民則。仰辰告而敷施翕受，萬寓趨風；矢寅清而夙夜在公，百官承式。

海不揚波賦 以意者中國有聖人乎爲韻

昔周室成王宅洛陽之年，周召陝分，朔南北暨萬物，效靈百昌。

獻瑞汪洋瀚海，統江漢而朝宗。浩盪洪波奏，平成於天地。蓋令如流水仰天子之當陽，而慶洽安瀾識聖人之德意。爾其海之大也，川不辭盈，性惟善下。波挾浪以争掀，波連山而直瀉。具奔騰之勢長本同鯨，異灎澦之堆大才如馬。疇回狂瀾於既倒，障而東之；倘譬洪水於横流，信其大者。觀其波遥遠岸，波撼長空；物縱潛於蜃穴，人難鑽於蛟宫。指一綫之濤來，飛時盡雪；覩三山之日曉，映處皆紅。無邊别雨淮風，陰火陽冰而外終古朝潮夕汐，驚濤駭浪之中。豈知四夷來庭，百神受職不煩。河伯之招詎假馮夷之力，納盡百川之水，星海孰探；乘將千里之槎，風波自息，㠶帆無恙。轍不涸於波臣龍節，以朝道可通於澤國。於斯時也，波靖陽侯，波澂川後；浪淘沙而撓之，皆清樑駕石而鞭之可走。望洋不歎已，擊弱水三千；有葦可杭早，吞雲夢之八九。貝闕珠宫之内，信大路之能通方壺圓嶠之間，實無奇之不有。則有異域歸心，遠方觀政。量海水而憑杯，指海天之如鏡。儼六鰲之駕馭在海中央，有一鶴之翱翔與波游泳。居然雕題鑿齒皆測水而來王，豈徒烏弋黄支能占風而知聖。良以熙春有樂，函夏無塵，地呈其寶，川貢其珍，蛟龍皆爲避舍，魚鳥可以結鄰。溯自化洽海邦共仰，式如金而式如玉。有時風來波際，亦惟清且直而清且淪。紅射扶桑，喜浴波於此日；青回析木，問蹈海者何人。我皇上治隆三五，化被寰區，威棱孚於海若，德教徧於海隅。集萬國之梯航，普天共慶；來八方之玉帛，益地呈圖。喜沐恩波，羣稱帝也天也；歡騰薄海，無不囂乎軒乎！

中和節進農書賦 以題爲韻

緬鄴侯之治績，溯唐代之休風，念艱難於民事，厪宵旰於宸衷。恰當節届中和，欣逢時泰爲念； 俗成廉讓，端在年豊農服。先疇結想在羲軒而上書陳黼，座闕心於畎畝之中。昔在德宗之世，民安作息，政泯偏頗； 四海皆耕田鑿井，百官盡珮玉鳴珂。時則條風徐至，穀雨初過，春色平分，苑花錦燦，韶光和藹，宫柳絲拖，帝乃樂一人之有慶，詔百爾以賡歌。謂宜備令，節之三重，開宴會無妨偕中，星之四分命羲和。泌乃慷慨陳詞，從容進說。謂閭里之敉安，視朝廷所施設。彼農也夫耕婦耘，左提右挈，歲時則黑秬薦芬，孝養而白華比潔，莫不銍鎛。情關篝車，念切庚更戊茂敢幸榆社之光陰； 犁雨鋤雲，争趁杏花之時節。然使保介，無咨遒人，弗徇奚以慰農畝之勤劬，生農人之振奮，是宜撫序順時耽思旁訊，念康功田功之即而上溯周文。慕成都成聚之風而粤稽虞舜。爰訂劭農之書，即用司農之印，與唐禾而亞獻； 重耕桑以用前民，知郇黍其猶存，同禮樂之從先進。於是各遵申命，共勵寅恭； 書食租衣税之言，制循什一。書易耨深耕之語，箴上九重恍横負耒之經，笠蓑午集如下力田之詔，雨露春濃儼丹書之克明。天道異素書之徒覓仙蹤，順百畝之三時生之者衆。稽九疇於八政，利必歸農。他若陳豳風於金陛，獻無逸於丹除。糶穀賣絲，歌謠並著； 書耘宵織，圖畫非虚。亦皆勞心蔀屋，係念林閭； 曷若此中心藏，寫和氣吹噓瑞。叶五風之候春，當二月之初佳節新添，律和調鳳，力農是務。夢吉占魚，倘教寫向屏風，無難紹貞觀初元之治。即此垂將筆露，恍如披瑯環未見之書。我皇上惠澤覃敷，恩風遠被。春歸而農赴鱗塍，時届而農瞻鸞輅； 行四推之典而俗盡敦龐，騰萬井之歡而民皆景附。喜百室倉盈庾億，同賡南畝之詩； 看千畦垂穎鋪芬，不數西都之賦。

盛德日新賦　以德日新萬邦惟懷爲韻

惟辟奉天，惟皇建極。天之功無間於春夏秋冬，皇之德徧周於東西南北。必悠久以無疆，乃自强而不息。天行至健，中和成位。育之能日起有功，體用合乾坤之德。原夫命秉生初禮原，太一陰陽露其機緘；民物成夫形質，何以道必兼三政。惟齊七寒暑遞爲推遷作訛，昭其平秩；惟德之化神氣盛，浩浩其天；惟德之舍舊圖新，孳孳惟日試觀於兩儀。甫判四象斯陳，日惟百刻，月有三旬，寅餞寅賓日殊，其氣候生明生魄，日視夫月辰，逝者如斯來，爲伸而往，爲屈周而復始。窮於亥而起於寅，信乎蕩蕩難名。有容乃大，展也生生謂易與古爲新。聖人則之敬修可願，照繼以離命申以巽，感之以咸退之以遁，直方則致役乎坤，終始則成言乎艮。日南日北景較短長，日夕日朝陰争分寸。於斯爲盛御下界之三千，咸與惟新永斯年於億萬。德爲車而以載，新如鼎而可扛。堯德欽明命羲和偕嶽牧，舜德濬哲舉梼演與龐降。以及禹之德集涂山玉帛，湯之德爲下國駿厖。交德緝熙，墉無穿鼠；武德執兢，野少吠尨，無不德化勤宣而永清四海，德心克廣而安勸庶邦。歷觀聖德必順天時，懋厥德而無荒無怠，致其新而有守有爲，如日之葉紀無訛聖其至矣。同日之得天久照人皆仰之，德瞻元首之明；勑命載賡喜起德洽無心之化，厥終尚賴圖惟。我皇上聖惟天縱，行與時偕，帝德懋昭，光被四表。民新自作，瑞葉三階，宵旰時深，夫兢業臣。鄰胥勉乎弼諧合，重譯以來賓共喜邇安遠。至統八方而有慶，羣欣大畏小懷。

*告善旌賦　以善與人同舍己從人爲韻

有虞氏巡岳賓門，凝旒端冕，風動四方，慎徽五典。備濬哲之文明，勵臣工之謇謇。詎藉登聞之鼓，隨元德以升聞；曾傳進善之旌，取諸人以爲善。想夫統繼陶唐，趣殊巢許。以善士爲股肱，以善人爲心膂；善言可采五服五章，善量彌宏九歌九叙。固已亮采惠疇，昌言師汝以能，而問不能相與於無相與。而猶虞遠聞佳士絶少，直臣屈軼之生誰指，芻蕘之獻莫聞。奚以求俊乂廣陶甄，倡九牧阜兆民，雖公族多才，善克登乎？一十六相而臣鄰交贊善，或囿於二十二人。爰乃奉天命達帝聰，昭軌物示臣工。析羽注竿，儼奏兩階之舞。同心贊畫，偕歌八伯之風。予一人從善如登，敢忘采擇。爾萬國嘉獻入告，須辨和同。非束帛之賁於園，非干旟之徵於野。非結旌之昭德步驟紆徐，非綏旌之示威儀容嫻雅。意謂爾無面從予，惟心寫喜。善言之逆耳惠可底行，樂善道之格心敢言姑舍。由是告以翼爲明聽，告以賡揚喜起理，由顯以之徵事，因端而竟委。不獨律聲可聽，方懸鞀摇鐸而差同，還欣道藝得聞。豈建旐設旄之可擬，開昌期於蒲坂。熙績撫辰席，嘉瑞於蘿圖。垂裳恭己，良由量昭翕受德著温恭，一日萬幾時深。兢業三宣六敬，足副徵庸清問。有辭亦必榮以車服，邇言必察且將紀諸鼎鐘。所由伯翳帛繇，名世之五臣並輔雄陶，靈甫在山而七友相從。方今聖恩昭布，士氣畢伸，木無需乎誹謗，材胥拔乎隱淪，旌别嚴於淑慝，善良統乎賢親。仰龍德之正中制心制事，列鵷班而惕勵吉事吉人。

折檻旌直臣賦　以因而輯之以旌直臣爲韻

千秋良吏，一代端人；風高折角，望重批鱗。議道而惟求自己，事君而克致其身。受他日之旌揚，名標忠讜；溯當年之直諫，語謝陳因。昔漢成帝之改元元延也，百辟希榮之候；五侯擅寵之時，梅福上書而不報，更生言事而不知，所喜惟善柔之輩，所聽皆側媚之詞。疇則造膝沃心，丹青炳若罔非，隨行逐隊玉帛班而。而故槐里令朱雲者，交武兼資，丰標獨立。佞深惡夫安昌人，不交於近習，朝陽鳴鳳，碩望羣推。衛國史魚，清操固執，啟乃心而善道，但覺思其復而思其終。進逆耳之忠言，違計辭之枝而辭之輯。於是梟趨丹陛，鵠立彤墀，英英露爽，振振陳詞。劍可鋤奸，尚方自有利器；爵能馭貴，太阿何可倒持。於以申八法，於以勵百司，豈意鷄羣鶴立，魚網鴻離。謂小臣廷辱三公，罪難逭也。敕執法行誅兩觀，麾而去之。雲迺屹立闕廷顧瞻御史，惜象魏之空懸，跂龍逢而可比；鋃鐺貫索，鼎鑊同甘，桂戟闌干攀援不止。戴聖德其如天，信臣心之似水。彼寒蟬致誚，自甘默爾；取容而仗馬，貽譏何堪。視其所以，是其直方成性，直道能行，不負忠臣之望，何慚遺直之名。較執簡而彌形剛正，比碎衣而倍覺崢嶸。直言而徑達天聽，奚事登聞之鼓；直諫而倘生帝世，還同進善之旌。宜其終諒丹忱無譏素食，覩斯檻之摧殘，想直臣之儀則貫惟仍舊，似爲長府於魯人，敝不改爲如賦緇衣於鄭國，孰知竟蔽於私！不恒其德，王章直諫而怒不可回。劉輔直言而罪將不測，所以稽其事迹，未知遠佞以親賢。考厥生平，終覺好諛而惡直也。何如我皇上垂裳恭己，熙績凝辰，旌别而風清，吏治直方則品。勵儒臣言路宏開，歌萬年之有道。方隅静謐，慶六幕之無塵。仰欽丹扆，垂箴同樂。唐虞之世，竊願冰淵矢志，勉爲謇諤之臣。

多文爲富賦　以不求財貨以利其身爲韻

儒有道貫三才，智周萬物，天道經綸，皇猷黼黻。文章則大著輝光，富貴而何曾充詘心清似水，五經之藴，皆搜目上於天。百家之靈，可乞富而可求也。稽聖訓以何如，文其在兹乎，想爾思而豈不。原夫人之爲富也，騎楊州鶴，飯甯戚牛，白圭矜其居積，朱公詡其風流，衣則牆披錦綉，食則案列珍饈，末則錐刀必競，利則山海畢搜。縱没字名碑，崔協誠無知無識而兼金有玉，虞叔必予取予求。而儒者則文園廣闢，文囿宏開，琴名珠柱，書號玉杯。東壁圖書，曾到清虚之府；西園翰墨，羣推著作之才。試看坐擁百城不貪，爲寶豈似纏矜萬貫！但愛其財，而且德必有鄰，高非寡和，勝友如林，高朋滿座；目多見而取之逢原，耳多聞而語之不惰。行文則心花璀璨綽有光輝，博文而膚革充盈詎同槁餓；富逾蓋禄堪嗤陳仲之廉，富積曹倉也似公劉之貨。爾其遠紹旁搜，左圖右吏，學邁丁鴻，詁研亥豕。經必鋤而所事無荒，屋不潤而在中有美。胸羅萬卷，何殊萬鎰之珍？眼有千秋，即是千金之子。倘使論文，剪燭定歌與子偕臧；若云求富，執鞭仍教不我屑以。所以白日策心，青年勵志，陰則禹寸陶分，學則周情孔思。徵文於三墳五典，非徒珊架玳裝；考文於二首六身，罔非秘書奇字。使予欲富莫之爲而爲，積少成多不以利爲利。而且既窺杜庫猶下董帷。錢已成乎萬選，金仍懍乎「四知」。器陋斗筲詎容握算，珍同圭璧奚事居奇。此日負耒橫經，考道而德先迪厥；他年席珍應聘，待沽而賨詎懷其。皇上膠庠造士壽考作人。馭富有經，歌昇平於樂歲；右文致治，慎簡畀於儒臣。疇弗懷清履絜，返樸歸真，喜蘭芷之同升；行義以達其道，願葑菲之並採，事君而致其身。

用天下心爲心賦 以題爲韻

稽名論於鮑宣，括羣言而甄綜。義不出乎六經，制能兼乎三統。以安百姓，洗心時懍乎盤銘；以御萬方，虛心常聽夫輿誦。物物而不拘於物，體大思精；心心而相見以心，顯仁藏用。夫以聖人之治天下也，四方風動，九德日宣，義爲正路人。是情田捷經綸於雷雨，深儆惕於風；愆心統性情，誠則明而形則著，心罩宥密動則直。而靜則專，欲臚蒼赤之歡，遠來近說，須合乾坤之撰，兩地參天。然而化洽熙春常陳時夏，未立於朝先謀於野；山林川澤，土宜載於周官；丹穴崆峒，民風詳於爾雅。羌用智而用仁，時心藏而心寫。五方之人，皆有性好雨亦復好風；一國之本，實惟民可近而不可下。而聖人則斟元御宇，酌古準今，心無偏而心無黨，用作楫而用作霖。天下大利，必歸農食貨陳；禹疇之範天下，生財原有道。詩歌揮虞陛之琴，位育而致中和。咸忘帝力，會歸而遵道路；克享天心，其爲心也思艱圖易。稱物平施惟因時爲措置，非與世爲推移。一其心通天下之志，精其心斷天下之疑；執兩用中齊不齊以致齊也，體明用達利其利因而利之。天君泰而百體從，撫辰熙績；主極端而兆民理，恭己無爲。夫是以度如式玉利斷同金，聯辛陽之才子黜頑梗之僉壬。觀化者俗成皞皞，趨風者德慕愔愔。一時農勤耕鑿，女務織紝，出疆者載耜，筮仕者盍簪不自用而用斯神？聰明兼夫聖智，無成心而心克一。山海同其高深惟舍己而從人，於天下如指掌乃舉斯而加彼，合天下而歸心。我聖明郅治休明，湛恩布濩，民情相感以從風，民俗無爭於行露。皇上猶且偕庶尹以勑，幾率百工而省度。欽惟擴地天之量以爲量，羣仰皇猷；疇不體堯舜之心爲心，各完天賦。

舜歌南風賦 以南風詩解愠阜財爲韻

有虞氏澤周户萬，道契函三，蟜牛謨遠，凰鳳律諳。作舞而象箾，制古永言而夔拊和。含洽雅化，於中天苗胥分北調；薰風兮一曲，音豈操南。懿夫風也者，起蘋末度花叢，扣商角判雌雄，春蠢秋揫。統一年七十二候，離明艮止；叶八卦三十六宫，莫不集虚而應。有感斯通噫大塊之和，渾然元氣，協時中之聖，快哉此風。而惟南風之披拂也，扶摇有象，蕩漾多姿，隨流雲而緩緩，共暖日以遲遲。有時吹彼棘心，過從南澗，偶爾穿將籬角，拂到南枝南陌，尋春共欣，泠然善也。南郊眺遠，疇不顧而樂之。所以清和協應，長養適宜，鳴條寂寂，吹水差差，光先輝於禾畝，利更溥於鹽池。其薰也八方從欲，其時也五日爲期。非同靈雨之零，待命倌人而税駕。可卜惟星之好，應偕太史以陳詩。而舜乃庸以作歌也，意量恢宏，襟期瀟灑；率八伯而賡揚，樹九州之模楷。謂夫利普桑蠶，種遺稻蟹。發爲歌咏自然六律之諧，似此風清何用一錢之買。憶自納于大麓雨雷，肇造夫經綸是應名，爲大韶樂府別開。夫理解由是永，以和聲舒而遠；聞民生願夫乂安，帝德符其廣運。歌罷而風含兩袖，應生殿閣之凉；歌餘而風動四方，絕勝絲桐之韻。南面而聽天下固已度，惟身而律，惟聲南箕而泯怨咨，奚必喜斯陶而舞斯愠。所由輕比揚帆，祥符吹垢，載南畝而耘耔，勤平南訛而蓋藏厚。風行草偃，薄海歸心，歌叙用休盈廷，拜手蒲坂而宏開昌運，成允成功華封而共祝，期頣如山如阜。我皇上治隆皇古化被埏垓，風聲克樹南朔，兼該歌謠孚乎夏屋，歌咏徧乎春臺。虞廷播九德之歌，剸詩緝頌周禮，任萬民之職，和衆豊財。

德星聚賦 以五百里内有賢人爲韻

東漢英才，中流砥柱，繫異匏瓜，賢歌杕杜。鶯求友而聲以和，象垂天而物斯覩。濟濟盡圭璋之選，德儼達三；纍纍同珠貫之珍，星如聚五。昔陳仲弓之造荀季和父子也，君子之交，幽人是宅；助借他山，益占麗澤。賓則才高，五鳳茂實英聲；主則美濟，八龍飛行絕迹。乃相應而相求，以永朝而永夕。使得比升庭於蘭芷，佛儗名千；還將咏既見於菁莪，朋欣錫百。然而聚會，何常德馨斯美。陳下榻而得徐，郭同舟而有李。惟誕生既應於星躔，故嘉瑞逐徵於星紀。惟時會咏嘉賓奏陳太史，豈比鄉稱北海標羣望於鄭公也。殊皓隱商山，溯高風於綺里。爾其帝謂潛通天心，簡在不逐羣流自成一隊。夙雨霽而卿月輝，積霧消而祥雲靉。豈星名農丈能壽而臧，儼星見老人俾耆而艾。自是苔岑有契，生春於杖履之中，非同萍水偶遭相賞，在風塵之內。其爲德星也，圭璧其身，烟霞爲友，名不溷於清流，望直尊於北斗。非歲星而俳諧如楂戟之翁，非客星而隱逸如嚴陵之叟。非一十五郎官之列剖竹分符，非二十八名將之儔登槐結綬。治世惟大德展經濟，以何如在天爲列星煥文章乎其有。假令萃而胥上，舉而能先六德祇敬三德勤宣，將台星映而三階增，朗景星合而二氣無偏，祠靈星而后稷以先農，祀爲箕星而傅說以夢卜傳占。風雲之會，合列槐棘之班聯，何至嘉賓賢主之間徒徵列宿，華户蓬門之内尚屈羣賢。然而鵬摶未卜，蠖屈難伸，長太邱而位不離乎守令，相朗陵而職未掌乎絲綸。雖經辟召未免沈淪，厥後標榜風盛鈎黨獄新。回顧冥鴻羨高飛於此會，仰瞻緯象彌景慕於斯人。我皇上二酉勤探，五辰是撫，廑巖幹之採搜，協畢箕於風雨。尚德則司徒司空司馬，後傑登崇；占星則象人象事象官，軒鼚鼓舞。方且皇華志雅，恩頒星使之榮；豈徒摛藻掞春，詩咏星堂之聚。

惜分陰賦　以至於衆人當惜分陰爲韻

溯晉室之名臣，有陶公之良吏，曾運甓以習勞，比枕戈而勵志。緬光華糾縵常思星煥中天，撫歲序乘除難得日長特地。訝駒光之過隙，偏惕念於昏中旦中；仰烏曜之行空，倍關情於長至短至。謂昔神禹常凛儆，余計四日於辛壬癸甲，勞八年於檋楯舟車，曾寸陰之是惜，擬尺璧而非虛在。古聖人尚必惟中執厥，矧予有衆能無成憲監於。況夫陰也者，判一日於六時，分中星於四仲。剛鳴半夜之鷄，旋翽朝陽之鳳；添將一綫似覺，紆徐繫以長繩。殊難羈控允宜，居諸不懈士以希賢；積分敢云玩愒何傷，吾惟從衆，加以乾乾不已，日日又新繼續宵蟾之影。霏微野馬之塵，析寸爲分，百年則三萬六千日；積分爲寸，一年才三百有六旬。倘歲月蹉跎，安望希天以聖；能昕宵惕厲，庶幾愛日之人。是必勿忘勿助無怠無荒，舍返三而細驗，輒過八而頻量，較七分於卦爻。探其指趣合四分，於度數判到毫芒。如華掌之迎朝旭，似葵心之向太陽。果其克勵三餘董遇，無庸多讓或者不遑，中昃文王亦何可當。無漫嗤草草之勞人，無信作悤悤之過客。日不計夫先庚後庚，月渾忘乎生明生魄。晴開方丈之室計功而不憚已千。光連曲尺之屏致果而必加倍百。何至招涼開館，竟長夏之欲消；奚徒破曉聞鐘，僅餘春之是惜。試觀於春陰則園花羃䍥，夏陰則巖樹氤氳，秋陰則羅雲罨靄，冬陰則絮雪繽紛。看天時之代謝，勵人事之劬勤；得不情殷綆汲學勉，膏焚定數眼有千秋，面壁而羹牆如見，奚止胸羅萬卷牙籤之甲乙能分。我皇上恩周夏校，澤沛商霖，矢夕惕朝乾之志，廑對時育物之心。凡夫束躬藝府，勵志書林，欽瞻聖德，慎守官箴，勉思用備，爲儀筮漸鴻之於陸。詎敢情縻好爵，占鳴鶴之在陰。

直内方外賦 以敬以直内義以方外爲韻

稽坤卦之文言，勵師儒之德行；以自訟者省愆，以有恒者作聖。必合内外以交修，乃完直方之本性；懿古大人居正不倚不偏，亦惟君子存誠克念克敬。原夫直本生初，方原性始如木從繩，如車順軌，養其源於至大至剛，端其式於時行時止。統陰陽剛柔而皆備，有美含之豈克伐怨，欲之不行爲仁可以。使或弗利牝貞，罔知龍德，内不知矩矱之宜遵，外不識威儀之是力。竊虞斲雕爲樸，罔顧箴銘觚破爲圜，動踰繩墨，奚以揲蓍符卦德之方，如矢協躬行之直。是必内懔九思，直懷三代。心齋皆天帝之臨，面壁有神明之對；緬正直平康之訓宜，訪箕疇思易直子諒之心。足資韋佩行安素位，養心以範其身；道契黄通，制外以安其内。尤必習戒圓通姿懲側媚，理則近取諸身，法則俯觀於地，外著剛方之概，詎枉己以徇人。

外端方正之容，非驚愚而飾智。立中生正，儼垂紳搢笏之容。折矩周規，豈簞食豆羹之義。則見內矢肫誠外祛縱侈，直不妨愚方何可毀利。嗤枉尺操則常存謂，免摸稜表還如裏。果使無然畔援定可與時偕行，如云隨俗浮沉，還教不我屑以良以敬；爲德之聚義，乃民之防主乎！敬則有嚴有翼集乎，義則爲表爲坊，內以法天行之健，外以成地道之光。德則不孤，共仰千秋之遺直；發而中節，咸瞻三步以見方。幸逢聖德乘乾，昌期交泰，渥雨露之滋培，慶風雲之際會，莫不禮正衣冠儀修袺襘，公忠勵志咸思矢直於中。名教束躬，誰則遊方之外。

聖人以四時爲柄賦　以題爲韻

稽禮運之名言，大聖人之居正，惟恭己以垂裳，必臨宸而握鏡。操持有要審樞機於寒暑，陰陽推放咸宜示標則於刑威。賞慶能與四時合序，爲政在人；儼如八柄馭臣，憲天惟聖。夫以天之有四時也，不偏不倚，有要有倫，和風應律，膏雨依旬。春蠢秋揫，往者過而來者續。冬終夏假，反則屈而至則伸。統萬物而化生不物於物，待一人之出治乃人其人。而聖人敷錫庶民，勤求上理，撫歲序之推遷，爲憲章之張弛。至分長短時驗日華，中別旦昏時占星紀。奚以調好雨而好風，奚以免呼庚而呼癸。天無心而化育，乃曲成而不遺。聖建極而綏猷，能左右之曰以。爰乃亮天，上勤民事，農工商賈判其人，川澤山林殊其地。作訛成易，順時而無曠厥功。收穫耕耘，循時而兼資其利。五行可播時總不愆，六府孔修時皆無易。普盛世大同之化，歡萬悦千陋霸圖，小補之功，朝三暮四。而其以爲柄也，如天之有度數，如地之有綱維，如户之有樞紐，如工之有矩規，如斗爲帝車有柄而潛爲旋轉，如耜爲農器有柄而始妙執持。羌無體而無方，非徒操義之柄，實有爲而有守真，可謂聖之時。是以不矜智慧，自妙設施。太皞乘權時舉穀祈之典，祝融司令時歌麥秀之歧。時當流火清風，宰祝而循牲應候；時居水冰地凍，樂師則合吹爲期。祠禴烝嘗，四時各嚴其法制；蒐苗獮狩，四時各範其驅馳。惟能握要以圖智周萬物，更看恃源而往道統百爲。蓋其天亶者，聰明日躋者，聖敬以遂人之生，以立人之命。與時偕極而表正萬方，與時偕行而平章百姓。保合四德，禮耕義種之事，興充擴四端，仁聚樂安之功竟。是真自强不息乾以握天下樞；盛滿不居，謙以持德之柄。我皇上撰合乾坤，澤深雨露，權衡默運而魁柄不移，荃宰獨精而授時是務。四佐遠邁乎燧廷，四嶽高超乎唐祚。恩頒朵殿，願賡時和歲稔之詩；直侍蘭臺，敢獻時泰銷兵之賦。

思賢咏白駒賦　以皎皎白駒食我場藿爲韻

雲樹春深，關河秋杳，徑糝楊花，園森竹篠。當驪歌驛路之時，有鶴立鷄群之表。憶到訊探青鳥地遠天長，難禁詩咏白駒風清月皎。昔曹攄之送友也，志趣寥寥，情懷矯矯。歌行路難，嘆知音少。咏到梧桐凰翽，願和雍喈；咏來風雨鷄鳴，莫分昏曉。方擬西窗剪燭，揮玉麈而談清。何期南浦分襟，乘雪驄而色皎。所謂伊人於焉，嘉客行仰高山；益占麗澤迹殊，萍水同氣同聲。誼本苔岑，永朝永夕，未班聲子之荆，先贈繞朝之策。此去鵬程萬里，定覩飛黄當前。羔酒一樽，且浮大白。遽臨歧路，竟赴長途。白日當空，前身恍惚；白雲入望，搔首踟躕。精白見賢人之品，清白瞻賢士之模。卓爾不群，本是雲中之鶴；超然遠引，詎同轅下之駒。臨别贈言，含情何極，考小雅之篇章，想故人之顔色。望白駒於空谷，肯教金玉闕音；秣白駒以生芻，自必圭璋範德。倘得還轅返旆，俾爾公侯，雖無旨酒嘉肴，庶幾飲食。小住爲佳，誰云不可。淮尚回墨子之車，無逐鴟夷之舸。百朋是錫，菁莪原在阿中；君子來游，杕杜亦生道左。胡弗念其縶維，固其疆鎖何處。淮南招隱，矜言業桂之留人；即兹渭北逢春，尚望高軒之過我。豈不以才高黄絹，學富青箱，其氣則龍跳虎卧，其文亦鳳翥鸞翔。允宜天衢，馳驟宵路，騰驤所思不見永念；難忘若教天脱羈羈，展步風雲之會，奚止露垂犀管馳聲翰墨之場。我皇上探幹搜巖，頒綸錫爵，士勵廉隅，人懷謇諤，秋高而聽鹿鳴，春暖而觀魚躍。三升入彀，共欣易筮茹茅；八斗蜚聲，誰復歌苗藿！

南薰觀稼賦 以五月二日出南薰門爲韻

宋太宗軫念民依，廑懷物覩，知穡事之維艱，欲濃恩之徧普，納稼賡豳雅之歌，調薰叶舜琴之譜。屈指東皇駕返，候過春三；關心南畝農忙，時逢夏五。夫以耕稼之勤於農人也，問雨課晴，勞心竭蹷；良辰秉耒喜黍雨之膏滋，卓午鋤禾，向桑陰而蔭暍；莫不田三百而象耕，耦十千而駿發。盼到梅炎藻夏，好吟穀我之風，何期麥氣迎秋，條届蕤賓之月。然使下解服疇，上忘撫字，不以恒產縈懷，不以農年爲瑞。則縱饁有壺漿，香聞餅餌，第殫扈趣之勤，敢望翠華之至，疇載謀於田上田中，疇猷念於黼三黼二。帝則農念有秋圖，陳無逸出我深宮，偕予良弼布南訛之化，廑此日之耕耘，仰南極之躔協。惟星於箕畢望南陸而巡，方出南門而駐蹕。逐使丁男子婦共切瞻雲，爲念蔀屋茅檐何堪愒日。于時農父瞻顔，耕氓造膝，觀浥來之露，夢叶魚占觀割盡之雲。聲聞犢叱，喜實好而實堅，羌如墉而如櫛；宛似桑田税駕，定教靈雨滋霑。還看芝蓋生香，共仰祥雲捧出。載瞻龍旆，更駐鸞驂。爰生穀九，爰慰農三。觀從鱗隰穫邊，陌上之庚呼可免；觀到鴉鉏荷處，民間之辛苦胥諳。忻我稼之既同，奚事由分高下。喜大觀之在上，定教美盡東南。時則協風徐至，斜日未曛；乃命暫休耒耜，用賜帛纁。聽有嗿而並嘗旨，否取其陳而共享。苾芬爾百姓犁雨鋤雲，都欣富足予一人。瞻榆望杏，用慰勞筋。從此宅爾宅而田爾田，定使閭閻之有慶；庶乎阜民財而解民愠，不徒殿閣之來薰。是由重農貴粟，窮本知源。允宜含和，林總撫育黎元；炳鴻圖於區宇，詒燕翼於子孫。何如我皇上法宮高拱，古處俗敦，播和風於禹甸，溥惠澤於堯尊。典重四推，共迓鑾輿。仙仗民勤九職，常安華戶蓬門。

三箭定天山賦 以將軍三箭定天山爲韻

唐高宗永徽之二年，皇威遠震，我武惟揚，君臨海甸，臣服戎羌地水叶占，命行軍之總管天山永奠。掃烈焰於攙槍，一鼓成頡利之擒，勛追貞觀。三矢懾群酋之膽。利比干將。有薛仁貴者，河東望族，日下名勲，裕韜鈐而譽著，爲郎將而聲聞。官侍萬年，曾爲宿衙，門登元武，獨著忠勤。雖非威震北平，射虎名傳於兩漢；久已名馳西域，揚鷹勇冠於千軍。時則玉關不靖，鐵勒逞貪，結諸蕃之驕子，合九姓之丁男。山度祁連，白蹴千年之雪；沙飛戈壁，紅燒四野之嵐。聽馬蹶之躍躍，指虎視之眈眈。縱然相見詰朝戰，堪借一安得成功。不日捷可兼三。將軍於是動旌旗，横組練，展雄韜，徼野戰。十萬控弦之衆，在陣無躧；三千負弩之人，以餘爲羨。抽矢而響訖鳴雷，張弓而勢挾飛電。嗤哥舒翰，但憑半段之槍；似養由基，獨擅穿楊之箭。一發兮勢不暫停，再發兮聲遠相應，三發而醜虜皆驚，肆伐之威名相稱。三通鼓罷，蹈歷發揚；三舍戈揮，出奇制勝。珠連貫串，信技藝之獨精；鼎懾神姦，見夷酋之退聽。奚事貔貅擁衆，四征弗庭無勞，鵝鸛成軍，壹戎大定。由是不矜撻伐，已搗中堅，追奔逐北，擊轂磨肩。櫜弓而揚虎旅，返旆而勒燕然。計必攻心，無煩七縱；敵皆俯首，不絕一弦。從此貢於闐之美玉，汲疏勒之飛泉。車師之前後庭，皆望塵而恐後；賢王之左右部，亦嚮化而争先。倘教箭射星狼，妖氛盡掃非止箭銜雪鶴；異事争傳，露佈成文定呈圖而益地。辰旗紀績，喜奏凱以朝天。良以聲威夙著，勇略素嫻，擬舍矢而真如竹破，儼舞干而竟格苗頑。然而徒矜勇力，奚濟時艱？厥後擊吐蕃而不勝，屯烏海而空還。何如我聖朝威加萬國，化洽百蠻。閶闔宏開，大集八方之玉帛；干戈載戢，永安萬里之河山。

*詩卷長留天地間賦　以題爲韻

客有才誇繡虎，句艷探驪，游文章之林府，樹壇坫之鼓旗。得清氣於乾坤，不比郊寒島瘦；垂大名於宇宙，能兼枚速馬遲。裒然成集，卓爾不羈。非同隱逸爲高徒，歌蹈海須識英雄，自古盡解吟詩。昔杜工部之送孔巢父也，第一名流無雙碩彥。蛛將隱而絲抽，鳥數飛而羽倦。江東勝地，行踪非浪逐桃花；渭北良朋，離緒則思縈柳綫。方將僕隸風騷追陪，安羨聰明絶世；夙欽落筆千言著作等身，詎止讀書萬卷。爾其聳肩歧路，駐足康莊，冰霜作骨，錦繡爲腸。鶴九皋而清唳，鳳千仞而高翔。非徒舊稿翻來裝盈箱帙，定有佳章咏就句滿奚囊抱膝，何吟員嶠之烟霞。自古掉頭不住，空山之歲月彌長。使或才非倚馬，迹但浮鷗，少開府之清新；徒誇吟咏，遜參軍之後逸。漫詡賡酬，則所見不逮所聞，誰爲魏公藏拙；豈少許能勝多許，堪偕王勃同儔。縱教卷積牙籤，日新月異；安得詩推手筆，迹往神留。誰知雅什獨契，真詮片雲頭上，對酒明月身前看花，抒藻刻燭擲箋，爭新鬬巧，騁秘抽妍，字皆魚貫，語必蟬聯。備古鏡空潭之妙，有銅墉鐵壁之堅。不同對酒當歌酣將斫地，恰似登高能賦狂欲上天。天不可階，地何須避？驛路傳筒，騷壇樹幟，有卷皆出心裁，此詩不妨面試。不同心鬬角，笑蹋天脊。地之難爲，俯察仰觀。覺地厚天高之不愧，彼三萬六千場之酩酊，還應讓此詩才；抑四萬八千歲之山川，無不歸兹詩思展卷。則伊人宛在，恍雲開月到之天，掩卷而之子匪遥，想漱石枕流之地。豈無蘿月延閣，松風閉關；尋章涉水，覓句登山。草桃燈而濡墨，花生管而鏤斑；非不詞條彬郁，意緒蕭閑而未若。兹獨成慧業，迥絶塵寰。直偕斗酒百篇，都是神仙之侣；宜舉竹溪六逸，無分伯仲之間。我皇上九德忱恂萬流，景附膠庠，濟濟罔非翹楚；錯薪俎豆，莘莘都是珊柯玉樹。舉凡帷天席地之倫，皆安説禮敦詩之素。清班綴鷺，仰承湛露以賡歌。末技雕蟲，敢效凌雲而獻賦。

杏花城郭青旗雨賦 以題爲韻

若夫香國春長，芳園晝永；錢掛杖頭，衣遮笠影。繞城之花木千株，負郭之秫田十頃。憶前度青旗沽酒，曾開滿地之梨；喜今朝紅雨添花，又綻一林之杏。時則泥銜燕壘蜜課，蜂銜花光燦爛。雨點橫斜，小樓昨夜聽來音喧；檐鐸深巷，明朝賣處聲透窗紗。正當渭北春深，客至而肴陳鷄黍；却憶江南景好，詩成而句詠鶯花。爾其生香不斷，有樹皆榮，十里五里山程水程，壓麃籬而旖旎，露雉堞以分明。春鬧枝頭不數琅玕之色，香霏牆角還如錦繡之城。玉洗彌鮮花開，不落鸕鷀之杓，誰攜鸚鵡之杯欲酌；忽睹青旗高垂，朱索花爲四壁，恍疑境入桃源。酒貰一樽，詎羡春藏柳郭。指檐牙之蕩漾，想缸面之芳馨。不待玉繩之繫，如分白旆之形；宜邀紅友共醉緑醽橋，依稀而認卯字，仿佛而識丁。柳拂青袍汁染，草拖青綬幾輩云停。非同清渭依城，波影漾風前之緑；却疑長江繞郭，山光凝雨後之青。况夫花如解語，雨又知時，寫到尚書之句，吟成學士之詞。紅杏在林，不減雕甍繡檻；青旗入望，偏宜茅舍竹籬。已看香圃霞開，漫擊催花之鼓；猶憶蘆枝雪壓，曾揚沽酒之旗。既而霧散東郊，雲歸南浦，泥黏蠟屐，恰趁芳辰。粉曬蝶衣正當卓午，走青驄而莫促歸鞍，蟻青雀而漫摇柔艣。玉樓宴罷，年年披楊柳東風；金谷人歸，處處賞杏花春雨。方今景麗，蓬山春融瓊樹，沛恩膏於藝苑。探杏倚雲，沐埏埴於楓廷；簪花浥露，陋薄技於雕蟲。幸清班之綴鷺，瞻鸞旗之映日；願拜手以揚言，摛鳧藻以臨風。謹濡毫而獻賦。

三月春陰正養花賦 以題爲韻

雕闌碧亞，綺榭紅酣，春光將滿，春訊誰探。喜天氣之宜晴宜雨，玩物華而可佩可簪。披來長養之風，花信曾周廿四；

靄出氤氳之瑞，花辰又屆重三。原夫花之盛開於春也，陽氣昭蘇，生機鬱勃，簧共吹鶯，鼓不催羯。桃緋而絢眼争開，杏纈亦回頭齊發，莫不綻菁，英霏馝馞。柑攜香圃，同尋豔豔之春；燭秉芳園，誰賞溶溶之月。然當節逾上巳，候屆芳辰；使或波皺暖浪，泥漬香塵。晴才放漏，雨又迷津，則水面之文章可悟，而枝頭之藻繪難匀。竊虞三十一品花封，徒豔金華之譽；三十六宮花事，難成玉樹之春。雨淋不可日炙，何禁又使輪常。抱珥盤但輝金，拂扶桑而影射，掠若木而光臨，則卓午喧時蜂香莫抱。園丁灌處蝶醉難尋，縱或淡或濃盡足鋪張。景色而乍開乍落，終嫌辜負光陰。豈知天惜芳華，春行時令，陰雨無多，陰雲每盛。蔚桃李於公門，茁芙蓉於人鏡。不須吹律以祛寒，何待牽絲而續命。陰籠靉靆，直教物與爲春；陰護籬笆，還似蒙以養正。則見一院有春，群芳共賞。匪霧氣之瀰漫，勝晴輝之和昶。不煖不寒，人來人往，養花之蓓蕾而加意滋培，養花之枝株而發榮滋長。遂使闌干壓處，都成錦繡之春；芘蔭覆來，無殊雨露之養。徒觀於花開笑日，花瑑堆霞枝頭；馥郁檻角横斜，豈知經天心之醖釀。催詩思之萌芽，殊夏陰之徒籠雲。樹異秋陰之但靄，蒹葭益養何奇。竊願閏兼三月，牆陰可種，幾生修到名花。方今景麗蓬瀛，春融瓊樹，仰恩澤之咸周，幸韶華之永駐。百卉含和，八方景附，豈第晝長春暖，再吟六一之詩。正逢雪聚花濃，竊仿蘭成之賦。

仁義爲巢賦　以居高處上仁義爲巢爲韻

將欲恩周海宇，化洽鄉閭，承平作頌，喜起歌書。則必存人心而由人路，非徒樂爲御而德爲車。如鳥愛巢，切恩勤於子鷇；瞻烏止屋，增儆惕於辰居。昔漢陸賈之使粤也，森嚴棨戟，燦爛旄旄，安劉建策。新語揮毫，謂帝王之治績，藉仁義爲鈞陶。蓋澤憫嗷鴻，必待勞來以安集；而索厓馭馬，敢矜富貴之崇高。相彼微禽亦知固圉，選樹呼群，棲枝結侶，巢雲曾紀鶴鳴，巢幕亦聞燕語。無不芹啄泥而載下載飛，桑徹土而爰居爰處。因思四海爲君萬夫之望，本大道以爲公。非皇居之徒壯，得不籌繭絲謀保障路，是遵居無曠。優遊聖域，惟憑仁以長人；出入禮門，尤必義以爲上。其以仁爲巢也，胥流夏屋，澤被周親，搜巖採幹，翹楚錯薪。思樂郊與樂土，陋美奂與美輪；迨未雨而綢繆，爰得我所協。惟星於箕畢，必以吾仁。其以義爲巢也，規圓象天，矩方法地，美在黄中，行安素位。樹三帀而同棲，厦萬間而能芘。於止能知所止，居然當可謂時；遷喬而非下喬，豈徒摩民以義。豈不以安上全下，處高聽卑，非仁無以覆幬，非義無以綱維。必戴仁而行，乃可統林蒸之衆；必抱義而處，乃可固磐石之基。堂皆肯構，階不剪茨，比喬木於世臣，僉壬勿暱；求工師於臣室，恭己無爲。我皇上德昭乾健，運際泰交。人盡識居仁由義，理皆求物與民胞。莫不鵜梁懼誚，鴻漸占爻，頌符瑞於清時。鳳麟在藪，邁休祥於漢室，烏鵲同巢。

天驥呈才賦　以漢道亨而天驥呈才爲韻

物産效靈，神明幽贊，德備馴良，名殊款段。山宛出夫器車，材儼儲夫楨幹。龍馬獻伏羲之瑞，紀非等於荒唐；天驥呈元鼎之祥，事可稽於炎漢。原夫馬之有驥也，禀氣淵靈，受精月皓。異禮記之攻駒，殊頌詩之乘鴇。不逢伯樂，或服鹽車；如遇帝軒，定收櫪皁。不比五花之號，獨擅奇珍；自有千里之程，能知遠道。若夫天邊風静，天宇雲清，攙槍盡掃，桴鼓不驚，奚必追隨乎日馭，應知誕降於星精。冀北群空苗藋之埸漫覓，宛西路遠渥窪之水能生。羈靮憑施，攬轡而都成履坦；馳驅就範，登車而共筮衢亨。才真有用，才本不羈。其才可以舉輕與重，其才可以履險若夷。騆騢騏騂之間，獨標其質；牝牡驪黄之外，莫相以皮。倘比獅花文，則炳也蔚也；如推龍種象，亦魁而顔而。非誇玉勒，豈戀蒲藭，藹雲而走，追電而前。當天毒歸來之日，想天山底定之年。占來牝馬之爻，本是無疆行地；養向濯龍之廄，居然有命自天。蓋其政令施於邊陲，德行速於郵置，景福爲之駢臻，蕃釐於焉麇至。儼紫鹿之徵祥，比朱隆之表瑞，騮赤身而雒白鬣。不羡魯坰，銀花領而碧玉蹏。豈求唐肆，天房厚其鍾毓名。本如麟才，器超乎凡，庸德原稱驥。豈無驊騮開道，騄駬登程。夏后則二龍在御，穆王則八駿有名。非不足飛黄睹快，赭白蜚英而未若茲之才從天降，才本天成附竟，誰能天路之騰驤；有會知非恨晚，天街之瑞應畢呈。我皇上恩周萬寓，澤徧八垓，梯航獻賮，學校儲材。星駕則聲和鸞輅，天閑則種盡龍媒。考牧做詩，非詡雕蟲之技；揮毫獻賦，敢誇倚馬之才。

日中爲市賦 以交易而退各得其所爲韻

神農氏調元贊化，物與民胞，世成簡樸，俗戒紛淆。念通功而易事，儼越俎而代庖。星好能從，預肇箕疇之範；日中定制，如占噬嗑之爻。縱教居近塵囂，難免小人之喻；所願情如水淡，都成君子之交。原夫市也者，三倍是營；百工所宅，貨賄由之；阜通物生，因而居積。農則菽麥禾麻，女則絲麻布帛。行曰商，居曰賈，客程則何啻三千。以所有易所無，物價則或相什百。財流通而不滯，曷禁汩汩其來。術榷算而皆工，儼是生生謂易。然使夕朝莫定，出入無時，人皆致富，商盡居奇。掎裳連襼之倫，賫盡珍夫金玉，轂擊肩摩之衆，末胥逐夫刀錐。非啟行而候趁鷄鳴，餱糧裹乃爲罔利而登求，龍斷左右望而。爰乃因地制宜，敷天裒對，市必別乎爲井爲廛，日必分乎嚮明嚮晦，計一年七十二候，日本無差算；一歲三百六旬，日皆可愛。矧乎日正中而光徧垓埏，日方中而人盈闤闠；戴笠而時當卓午，正宜彰往而察來。傾葵而影向太陽，亦復難進而易退。時不爽於夙興，候無愆於出作，但開四達之莊，不擊重門之柝。僞去飲羊，富嗤騎鶴，居可化於懋遷，野盡安於耕鑿。肇牽車而服賈有慶，交相如風浴之咏歸，爾言盍各。日常麗天中必防昃，奚必再中稱瑞侈說。祥徵非同五日爲期，詳論時刻，俾四民咸遂其生，願百姓胥勤其職。上明下動，不敢廢事而失時；和衆豐財，亦豈貪多而務得。豈無朝市而日方東出，夕市而日已西馳，珠玉錦文之不鬻，展成奠價之有司。縱教譏而弗征無滋於擾，猶慮姦能亂正或售其欺。曷若兹之以日中程，其候以爲市定，其規致貨聚民，使人而惠，皆足以勸功樂事，得所而居共安其。我聖朝澤沛龐鴻，貪懲碩鼠，時不忒於陰陽，民不咨於寒暑。日占晝接，錫蕃每備於官師；市不易廛，柔遠無忘於賓旅。仰當陽之普照，實萬世無疆之休。合大野以騰歡，無一夫不得其所。

王者之道如龍首賦　以題爲韻

稽六韜之緒論，立萬世之憲章，協休祥於鸑鷟，膍福禄於鴛鴦。斯道其猶龍乎大人利見，天德可爲首也聖主當陽。變動不居，由是而之焉爲道；彌綸罔外，民所歸往者惟王。原夫龍之爲靈也，嘘氣成雲，蜚聲振野，階尺木而霄騰，行九天而澤瀉。以爲畜則齊乎威鳳祥麟，擬其形則異乎坤牛乾馬。鳥能飛而獸能走，人皆知之；目以出而爪以深，疇若是者。而其爲首也，潛則無象，見則有期，魚尾之歌莫賦。虎頭之誚空癡，門可登而疇點其額，珠可採而誰頷其頤。備知柔知剛知微知著之神明，誠奇矣而幻矣。具能巨能細能短能長之變化，誰有之而似之。惟王者建極，綏猷明徵，定保賓宴，鹿苹士歌，梟藻嗷鴻安集，扈以扈而鳩以鳩；教象型垂，親其親而老其老。有龍德而正中際，龍興而構造。高居遠望，猶運掌以覯成功；深視審聽，同民心以出治道。其道之幽深也，如龍潛之攸伏；其道之宣著也，如龍見之相於其道。之顯諸仁也，如龍躍之天衢振奮其道；之藏諸用也，如龍蟠之淵底深居。包孕三極，周流六虛。其道大光群欽，高也明也；遵王之義亦復，衍如奧如。所以首善而八方在宥，首出而萬國時雍。乘以御天，居中制外，就之如日熙載，奮庸地接龍墀。凝績撫辰之化，衣彰龍衮垂裳，恭己之容。成登三咸五之隆，帝鴻君鵠；際千載一時之盛，風虎雲龍。蓋由德洽民心，聖爲天口。瞻蒼龍之宿，消炎沴於別雨淮風；進卧龍之賢，泯怨咨於南箕北斗。政有要而有倫，功可大而可久。陋霸圖之小補，式抱金心順，帝則而不知敢愚黔首。皇上治邁百王，法貞百度，覲龍光而六服承休，頌龍受而萬流景附。磐石奠安，苞桑鞏固，偕臣鄰而日贊。拜手颺言，矢敷奏於天廷，簪毫獻賦。

星使出詞曹賦　以出使星軺滿路光爲韻

路接梯雲，才工賦日。士本無雙，人推第一。奉使而選副皇華，摛詞則輝生采筆，幾日勤宣露冕，名譽獨標一朝。寵賁星軺，班行秀出。昔劉卿之赴嶺南也持節建旄，紆青拖紫，樹大國之蕃屏，飭殊方之綱紀；仰視北辰星拱五緯列環，更看南斗星明八埏順軌。然必置其兩而設其參，乃可釋其回而增其美。疇其聽鷄籌於曉漏，近天子光；疇其葉鳳翽於朝陽，惟君子使。惟柴司户詞華擅美，詞藻流馨，名書蘂榜，望重槐廳。曾獻龍門之藝，復談虎觀之經。具周楨夏貢之材，乾坤翊運；擢東箭南金之秀，嶽瀆鍾靈。珠璧光聯闕下，應文昌之宿；蓬瀛水静，鏡中呈太史之星。則見雲開朵殿，露湛璚霄，筍班就列，蓮炬高燒，果然出類之英。獨承申命定是出群之品，能冠寅僚非戴星而琴鳴。卧閣豈占星而柄運魁標，記曾鷄舌含香，侍直而經欽；展卷争羨螭頭旨下，銜恩而傳許乘軺。惟時響聽玉珂光摇金管，星輝則殿列東西，星速則亭過長短，星文動處荷渥寵於薇垣；星采飛來挹清芬於芸館。共喜瑶函，捧出寶氣匣騰；回思金殿朝歸，爐香袖滿。是蓋腹拄曹倉胸羅杜庫，既裕經綸宜邀恩遇。儼是星輝太乙，雲漢爲昭却殊星，夢長庚塵寰小住，他年夔調鼎鼐，定瞻卿月於中天。此日車駕輶軒，已頌福星於一路。迄今誦達夫之麗句，仰列宿之含芒。想見才高黄絹，學富青箱，不愧文林之選，常留藝苑之芳。何如清班鷺綴，華采鸞翔。叨粉署之分曹，倍深黽勉；抱冰壺而勵節，常拜恩光。

擬唐李程日五色賦　以德動天鑒祥開日華爲韻

光被八埏照臨萬國，即二曜之騰輝，想百神之受職，地不遺於南朔東西，氣何判乎青黄赤黑。離照焕當陽之采如日初昇，乾元資默運之功與天合德。原夫日者至德之光群，陽之總協雨暘則疇範陳箕，辨遠近則兒童問孔。倘澄夕照，拂若木以扶疏載頌；朝陽映高梧而萋菶；大抵陽烏普耀，廣垂慧照於諸天。豈其懸象呈奇，更示祥符於群動。况夫見先渤海，好共晴川，色艷樹頭，高射銅鉦之采；色浮水面，濃生藍玉之煙；莫不抱景輪麗，磨光鏡鮮耀，不因他，豈混蒼蒼之色。明則益著，常依浩浩之天。詎知主德懋昭天心，默監揮笑魯戈，燭殊豊劍，五方並備而彌著輝光。五采相宣而略無缺欠。賦日則振筆直書，畫日則拈毫輕蘸，溯古帝之齊七政制備，璿璣比良臣之頌，千秋録陳金鑒。匪五風之應律，匪五土之生光，儼績撫五辰而和調玉燭，恍躔輝五緯而瑞啟珠囊。道循行而盡，赤人有守而皆黄。憑將甘露霑濡日邊獻瑞，定有矞雲捧出日下呈祥。於時奏陳太史氣候，雲臺仰輝，華之丕焕。按程度以相推，順五行以修五禮，敬五事以用五材。雲近蓬萊連九莖而翠聳，天臨華蓋想一朵之紅開。他如兩珥齊垂，十輝並吉，四彗著於前，經再中徵於往帙，何若兹之兄事，咸宜賓迎。初出豈第光分乣，縵偕八伯以歌風；欣看景麗曈曨，合萬方而就日。爰乃圭稱五瑞筆燦五花，書讀五車而益勵事陳五紀。而非誇仰天廷之感召；衍帝室之休嘉。莫賦桑榆，永駐重光之景；常傾葵藿，載瞻復旦之華。

緑楊花撲一溪煙賦 以題爲韻

漠漠林坳，陰陰水曲，樹影團香，泉聲漱玉。蕩一抹之輕煙，籠三竿之晴旭。幾日枝垂以縷，色艷鵝黄；一朝花糝作氈，波澄螘緑。昔張泌之阻風洞庭也，帆張無恙，杯引方長船，真天上水在中央。時則雲回衡浦，雨霽瀟湘，蝦撈避屩，燕語連檣。一葉舟輕，停中流之短棹；千花繽散，指隔岸之垂楊。爾其爲花也，濃殊錦綉，碎比麻沙，新攢嫩葉，細茁芳芽；點點而香能引蝶，疏疏而影莫藏鴉。算到萍生，未許飄同蓬梗；飛殊絮起，豈應浪逐桃花。折莫插頭，採難盈掬，幾家烏夜之村，數處漁翁之屋。偏見浄緑田田，野煙蔌蔌，薄似雲羅，輕如霧縠；緲渌波而入鏡，打頭之白浪皆低，引花氣以襲衣，拂面之紅塵可撲。籠煙水以迷離，雜烟雲而麗密；辭枝而以整以斜，委地則不徐不疾；成水面之文章，泛波心而馨逸。豈是爐煙添柳，垂裊娜之條千。儼如萼緑含華，横盈盈之水一。非成蹊之桃李，非滿地之棠梨，非婀娜之栽從漢殿，非婆娑之種向隋堤。弱還聳榦，枯亦生稊。樹色暮來，莫辨逍遥之館；郇容冒處，都成罨畫之溪。覽斯勝地，渡此晴川，六朝景物，一派淪漣。雲懶風和之候，日斜春暮之天。記曾點入硯池，無邊旖旎幾似繞將城郭。倍益方妍紫陌，無塵共暗朝霞之靄。藍田何處，同生暖日之煙。方今景麗蓬瀛，春融宫樹似煙，獻瑞於慶雲，待漏承恩於湛露。品物咸亨，韶華永駐。仰龍池之柳色，拜手賡歌；瞻鶴籞之花葩，揮毫奏賦。

*梅妻鶴子賦　以所居多植梅蓄鶴爲韻

林和靖湖海尋盟，烟霞結侣，東閣開樽，西湖置墅，不娶妻而偏結古歡，有養子而堪綿令緒。携神仙之眷屬，永夕永朝依雲水爲生涯；寤歌寤語，梅開萬樹居然修到今生。鶴守一經，漫道居無定所。徒觀其牽蘿補屋，因樹結廬，石流枕漱山水樵漁，問家資其何許，舉俗累而空諸植來冷淡之花根和月種，養得翩躚之鳥翎藉雲梳。居惟安燕樂不問魚，豈知和已歌於宜室，慶早溢於充閭。縞袂相逢，是冰雪仙人之國；斑衣並舞，指孤山處士之居。則見巡檐笑，索入座詩哦。人間何世安樂此窩，聘到海棠理連枝而成樹，邀來鄧尉情繾綣以執柯。非矜點額之妝夢將同蝶，自有齊眉之意黛不蹙蛾；籬角煙疏春如弄影，水邊枝動勢欲凌波。若教一笑相拈，塵外之色香俱古；直與百年偕老，山中之歲月增多。伉儷既偕孳生，斯得庭趨三徑之旁；堂構九皋之側，聲凌霄而警露響和。依稀影依，樹以臨風。象呈岐嶷，舞絢氄氉之彩殊，有鳳毛色標秀削之姿，詎資燕翼。但祝螟蛉之似我，未免有情仍偕鷗鷺以同群，似曾相識。蓋性耽泉石，獨能成世外之清高；而秀毓芝蘭，自不類人間之培植。良以游同汗漫，清絕塵埃，咏於澗之蘋蘩；能空色相，觀在山之橋梓，别具胚胎，梅棲鶴以凌寒。任蘆簾之雪颺，鶴守梅而破曉；喜紙帳之春回，信三生有幸如兩小無猜。夫是以探香而花徑客來，但招放鶴；問訊而綺窗寒退，喜著疏梅。他如色艷夭桃，祥徵式穀，梁鴻椎髻，争傳賢婦之名；王霸蓬頭，第獻宜男之祝。否則朝飛有曲，不戒鳴鷄，祥夢無徵，誰言舐犢而茲獨伴結山荆，居臨水竹，見身而無愧因緣識字而自成鞠育。倘使花還解語，彌饒一段之芬芳；從知鳥亦能言，恍寫中藏之藴蓄。然而聖賢具有真修爲教，豈無至樂。彼向平婚嫁之願，遠志徒存；少文山水之游；空言僅託。是皆趣嗜林泉性耽巖壑，何如勵志；青燈垂名紫閣方將和羹備用，績奏調梅爰。第好爵虛縻，爻占鳴鶴。

館課詩賦偶存

賦

首夏猶清和賦　以四月清和麥秋槐序爲韻

謝靈運眷戀良辰，遨遊勝地，拄笏山坳，揚帆水次。當春事之初闌，喜韶光之增媚。算來節序，早更月令於重三；留住光陰，恍續風番於廿四。

原夫春日之清和也，景麗樓臺，蔭濃林樾，池草鬱其葱蘢，巖花明以秀發。塵消緇染，晨潤初凝，暖勝綿披，午煙未歇。幾處酴醿，院落開襟，當淡淡之風；誰家楊柳，池塘倚檻，賞溶溶之月。未幾春光已暮，夏令倏更。才看蝶醉，忽換禽鳴。

梦尾巡餘已過，槐泉石火遨頭。宴罷争吟，玉笋朱櫻。

縱教候居恢臺，人添勝賞；安得芳留曲徑，天有餘清。詎知平秩南訛，良辰更多；衣才試葛，扇不裁羅。活水環流，訝清光之如許；晴曦銜照，比和煦以云何。恍疑春閏能兼，不辨時爲大假；若使農書再進，還教節比中和。時則清氣往來，清光委積。沐如膏之雨，則清響淋鈴；披似翦之風，則清泉上石。絲竹清而緑綺鳴琴，園林清而蒼苔印屐。不特清將暑氣，池藪芳蘭；還看清到晨天，浪澄秀麥；復見和光可飲，和韵如流。同居和暖之天，風光轉眼；誰譜和薰之操，水調歌頭。洽太和而年光荏苒，扇微和而人意夷猶。喜和藹之可觀，暑能消夏；真和融之在抱，凉不知秋。徒觀於水亭，在望火傘初開。見杏之時乍到，分秧之候已催。豈知天留景色，春去遲徊。借清風以長養，賴和氣爲滋培。聽好語於倉庚，幾日園將變柳；　覆濃陰於亭午，此時蔭尚披槐。

我皇上政察璣衡，元調律吕協；　肅乂於雨暘，廣甄陶於庠序。　所由農服先疇，俗敦古處。　仰瞻辰極，勉操清節於雞廉；　敬歷寅恭，共矢和衷於鷺序。

太平天子朝元日賦　以題爲韻

若夫年歲屢豐，地天交泰。　川岳懷柔，河山礪帶。　化行四海之中，威懾八埏之外。　候逢上日，九天之閶闔宏開；　禮重早朝，萬國之共球畢會。　指鷺序與鵷班，儼鸞翔而鳳翽。　法兩儀以御世，依然道奉三無。　合百爾以朝天，詎止官先六太。

時則方隅底定，品物咸亨。　風薰和而解阜，雨澄霽而消兵。　家無藏甲，户少呼庚。　盧牟六合，輿蓋八紘。　歌鞏固於金甌，媲皇煌與帝諦；　驗和調於玉燭，咸衡正而階平。

然而時序推遷，有開必先。　居青陽之左个，迎紫氣於新年。　紀甲子於軒皇，運會則上元際盛；　仿寅賓於堯典，輝光則出日增妍。　於焉候均旦朔，極拱星躔。　當陽用命，中使傳宣。　轉一氣於鴻鈞，共喜陽回大地；　拜九重之螭陛，還忻會際中天。　蓉映闕以雲紅，楓列宸而霞紫。　整肅冠裳，賡揚喜起。　書懸象魏，凝績撫辰。　地接龍光，垂裳恭已。　聽雞人之叫旦，治早勵於后王君公；　瞻雉扇之雲移，爵齊列乎公侯伯子。　爰乃聞曉鶯於宮柳，歌譽燕於蓼蕭。　如享用鈞臺宏規，大啟非賢；　求宣室前席虚邀，輝騰紫殿。　瑞靄丹霄水滴，銅龍漏聽昨夜。　門開金馬，詔待今朝。　仰見五色祥開，想端冕凝旒之日定卜；　重光采焕，憶垂紳正笏之朝良由。　珠聯五緯，璧燦三垣。　本元亨元，善以宣猷履端於始法；　治朝内朝，以出政逢取其原猶思。　禮讚元辰，躬親耒耜；　却笑功成元夜，闕奪崑崙。　軼治化於子、姬、姚、姒，媲經綸於巢、燧、羲、軒。

夫是以貽萬年而丕顯丕承，帝占震出；　育萬物而資生資始，天合乾元也。　他如巡方舉典，太史陳詩，封禪揚功，儒臣珥筆，亦足以蜚英聲騰，茂實何若。　茲之九有會同，八方静謐。　法周天之三百餘度，物與爲春；　計一歲之十有二辰，月忻逢吉。從此無疆稱壽，常此履厚而戴高；　更看無逸陳圖，何虞玩時而愒日。方今至德光昭，遠方景附，共荷恩膏，畢張治具。梯山航海，合夏屋以臚歡；　雲爛星輝，喜春暉之永駐。固將頌一人之有慶，拜手揚言；　豈徒侔三禮之侈詞，揮毫獻賦。

榆錢賦　以滿地榆錢不療貧爲韻

一色葱蘢，千條組纂。波暖池塘，風和亭館。榆種白以無邊，錢綴青而何算。賒韶光於天上，買來奚借玉壺。肖圓法於人間，藏處翻嗤撲滿。爾其象應星躔，根蕃水次。火新而堤柳偕鑽，日晚而牆桑共識。林泉寂寂，不來蝶板之鏗鏘；　臺榭深深，亦少鶯簧之鼓吹。大抵數行手植，搶鳩當綺麗之春；　豈其萬貫腰纏，騎鶴赴繁華之地。誰知嘉種，別具新模。葉尖徐展，莢小初莩。錯落而萬叠千叠，輕盈則三銖五銖。雨鑄青攢，不假陰陽之炭；　風磨綠染，渾疑天地爲爐。非權九府之重輕，功資微管；　竟向千枝而點綴，艷說長榆。孰爲蟬聯，雨真自天。有株皆碧，無樣不圓。恍惚重緡，誰創雕鐫之制；　模糊古篆，難尋鼓鑄之年。依牆而孔，不覓方漫。穿黄金作鏤，夾道而阿；　應號堵還殊，白打爲錢。羽化蝶而依稀，眼混鵝而仿佛。影共倩其累垂，色還呈其藍蔚。投叢水際，點春水以溶溶；　簸嚮風前，共和風之拂拂。羡爾輕煙颭處，渾疑杖上之需；　笑他美酒沽時，僅作囊中之物。從此芳聯榆社，形宛肖以何如。差殊論著錢神，口欲言而還不。豈無青銅制新，赤仄光耀。荷錢則波面飄揺，苔錢則牆頭繚繞。或受一錢而勵清，或食萬錢而滋誚。詎若兹鋪排富貴，恍入畫圖，點染韶華，如添詩料。買山有價，乞來而俗自能醫；　近水名泉，飲處而貪還可療。則有溪山覽勝，池館尋春，不矜萬選，但絕一塵。鶴舞翩躚，詎識金銀之氣；　鷄廉惕勵，勉完圭璧之身。幸陪蕓館之班聯，禄以馭富；　仰副楓廷之簡畀，貴而能貧。

詩

龍池柳色雨中深　得深字

萬柳饒新色，龍池罨緑陰。雨從人海遍，春到帝城深。濕翠濃於染，紅塵軟不侵。碧環波漾玉，黄嫩縷摇金。絮糝前朝雪，枝酣此日霖。入看青靄合，彌望紫煙沉。秀擬靈和毓，詩殊灞岸吟。流鶯藏處好，鼓吹自成音。

三月正當三十日　得三字

是月春當暮，詩家氣候諳。日剛盈九十，節早過重三。縠雨連番潤，花風次第參。寺鐘聽尚寂，壺玉買猶堪。柄轉心焉數，杯巡尾亦婪。惜餘情倍戀，兼閏興方酣。舊壘應留燕，芳疇且駐驂。皇州韶景麗，函夏荷恩覃。

聖人之言似水火　得言字

似水還兼火，侔形仰聖言。爻同君子談，負異野人喧。德本川流擬，談殊炙輠論。淵源前後合，光焰古今存。學海從之溯，儒林即也温。卦爻占既濟，道義互爲根。藴總宜窺奥，求非待叩門。威懷瞻帝治，衢設頌堯尊。

圓荷浮小葉　得浮字

人望圓光見，新荷萬柄柔。香遲花未發，小認葉初浮。植茁璇源净，萍鋪玉沼幽。碎難承露滴，繁只訝星流。點點青誰叠，田田緑漸稠。採休憑鷁泛，戲不礙魚游。瀲灧千溪碧，陂塘四月秋。待看紅映日，清賞足句留。

預栽花木待春風　得栽字

豈是閑花木，東亮著意栽。預知春信報，待得好風來。夢已醒春草，暉非暈碧苔。芝蘭新室宇，楊柳舊樓臺。徑闢三三早，寒消九九纔。生機當境足，芳訊隔年回。自兆鶯喬喜，無煩羯鼓催。

觀書眼如月　得如字

洞澈書千卷，渾疑月照除。前身從此悟，老眼有誰如。本早分真贋，訛先判魯魚。樓台臨處近，雲水洗來初。銀海雙瞳豁，瑶窗四面虚。才真成卓犖，見早破拘墟。圓相窺金粟，陳編富石渠。皇衷廑念典，乙覽勵經畬。

乞借春陰護海棠　得陰字

盼到棠開候，詩家愛惜深。護持三月景，乞借二分陰。雨恐香難久，晴防力不任。殷勤燒燭意，珍重養花心。檻好宜圜玉，鈴圓共掣金。淡籠煙漠漠，濃靄晝沉沉。棼尾陪新賞，邀頭續舊吟。上林春更永，茂豫愜宸襟。

溪柳自摇沙水清　得摇字

清極新城道，谿邊柳萬條。沙圓波更曲，水净影常摇。細浪憑淘汰，輕颸鎮寂寥。汁隨新翠滴，塵共軟紅銷。鷗泛曾前日，鶯藏又此朝。午陰千縷密，春色二分饒。雨過萍應碎，晴開絮定飄。龍池佳卉滿，多士慶舒翹。

兄鋤明月弟耕煙　得仙字

犁雨鋤雲外，煙霄月正圓。耕耘真福地，兄弟小遊仙。斸蚓宜今夕，呼龍憶舊年。前生金是粟，後長玉爲田。棣萼揚輝遠，荆花瑞靄鮮。携來鴉觜便，耦自雁行聯。泉石幽閒處，塤篪唱和天。聖朝崇穡事，四野足囷廛。

銀河流雲作水聲　得流字

銀漢明如許，澄波夜欲流。顧瞻雲影動，迸作水聲秋。倒瀉紅牆曲，高懸碧落幽。琤淙疑到耳，清淺但凝眸。玉宇寒今夕，金飈卷上頭。船難停畫鷁，渚合飲牽牛。案户天時正，乘槎客興遒。濟川期利用，瑞靄望瀛洲。

平淮西碑　得平字

一代文章伯，鎸碑紀泰平。淮西關大局，斗北仰高名。檻獸今無鬥，池鵝夜不驚。宰衡操算勝，風雪助功成。傳檄諸藩静，磨崖大筆横。靈應蟠屃贔，觀不築鯢鯨。半壁東南定，千秋著作精。天威欣遠播，六幕拱神京。

前題

入蔡擒元濟，淮西一旦平。鎸碑彰撻伐，勒石紀勛名。卌載天稽討，崇朝雨洗兵。風清方鎮地，雪霽相公營。大筆淋漓染，貞珉頃刻成。文章尊吏部，功業冠唐京。盛自元和紀，光真日月争。當年磨斷處，奇氣尚峥嶸。

布穀聲中夏令新　得聲字

不覺韶華老，新聞布穀鳴。節剛交夏令，物亦换春聲。甫居分秧候，誰呼搏黍名。趣耘忙逐扈，選樹舊隨鶯。似報餘芳歇，如催衆緑生。筒知寅律改，槐見午陰清。隴秀將登麥，厨香欲薦櫻。劍南詩再續，歌壤頌升平。

透簾斜月獨聞鶯　得聞字

獨向城南宿，簾垂夜已分。何期斜月透，偏有早鶯聞。鼓吹流音遠，闌干寫照紛。静移銀蒜影，曲漾玉鈎紋。鏡寂蟾增朗，香留麝更熏。好聲來破寂，良夜惜離群。賓篳寒生薤，明窗曉逗芸。上林同聽處，雅奏愜宸廑。

前題　得風字

暖入調陽律，風和鳥送聲，但聞音細碎，莫辨語咿嚶。薰引諧鸞管，梧棲葉風笙。迎陽徐遞響，得意偶平名。善也延朝爽，時兮噪午晴。憑添無限景，絕少不平鳴。錯落珠同串，瑽琤玉並清。詩腸資鼓吹，同聽上林鶯。

桂枝生自直　得生字

挺處枝偏直，馨山桂自生。前身從月寄，秀骨本天成。金粟凌霄綴，珊珂特地撐。闌干憑竹壓，籬落笑梅橫。盤露濡來濕，爐煙裊處輕。一林香淡遠，高嶺影分明。有性薑同辣，迎秋鞠共榮。幾株欣在手，移植近蓬瀛。

野綠全經朝雨洗　得朝字

一洗塵埃凈，清光大野饒。雨痕滋衆綠，風景膩今朝。磴碧渾如染，泉紅不待澆。泥香深淺路，波漲短長橋。黛色連千里，青山認六朝。尚餘蒼翠滴，瞥見彩虹銷。賞最宜春日，聽還憶昨宵。鳳樓宸賞愜，侍直聖恩邀。

以閑爲自在 得閑字

自在爲清福，憑將俗念删。風塵何擾攘，身世盡寬閑。案牘勞形外，羲皇想象閑。心常盟白水，慮早淡青山。消夏渾忘暑，沽春且破慳。浮生原若夢，多事莫相關。濠上觀魚樂，亭中放鶴還。散人安足貴，待漏侍朝班。

高下麥苗新雨後 得新字

高下齊爭長，晴開麥隴新。良苗千傾沃，好雨萬家春。甫聽鳩呼寂，旋聞雉雊頻。淺深翻細浪，原隰涴纖塵。厭厭興皆浡，芃芃穢未匀。迎秋遲至日，含潤到清晨。緑混緣坡薺，青連傍澗蘋。貽牟欽帝澤，樂歲慰楓宸。

雲逐度溪風 得溪字

巖外雲相逐，隨風勢忽低。無心來遠岫，有影度前溪。飛鳥青爭羡，皴鱗緑未齊。直同花在水，不共絮沾泥。吹面春常好，追踪路不迷。相遭青澗曲，同過短橋西。呈瑞衣還合，揚仁扇共携。清時逢際會，平地躡丹梯。

書畫船 得船字

載書兼載畫，共識米家船。漫士襄陽著，英光寶晉傳。篆文摹鳥迹，筆意寫龍眠。貫月宵虹燦，乘風綉鷁連。搜羅千卷富，珍重一帆懸。海岳收藏久，滄江發運便。石應同陸續，槎莫羡張騫。聖朝儒林重，忻邀鳳詔宣。

四月秀葽 得葽字

甫過條桑月，敷榮又紀葽。茁根曾往日，擢秀到今朝。候未餘芳歇，名從遠志標。漸漸争麥穗，楚楚共蘭翹。幾陣梅風扇，連番穀雨澆。可餐如苦菜，能實即良苗。衆緑生方盛，濃青景倍饒。皇衷廑茂青，清問至芻蕘。

日向壺中特地長 得長字

一様曈曨日，今番覺倍長。壺中忘晷刻，特地費參詳。蓬島迎朝旭，葵衷戀太陽。似因三接晝，爲現再中祥。愛豈繩堪係，添非綫可量。人常瞻五色，天與駐重光。抱珥輝增朗，懸鉦彩自彰。如昇歌萬壽，韓句效賡揚。

薰風自南來 得南字

風動原無外，薰兮轉自南。攤箋詩再續，觀稼候重諳。潤藻香皺浪，原花影弹篸。和光延瑞色，佳氣蕩晴嵐。修竹凉颸引，高梧静籟含。虞琴嘘拂遠，唐殿奉楊堪。箕簸形原異，襟披趣可參。桐生昭茂豫，共荷聖恩覃。

蘭池清夏氣　得清字

雪藕冰桃外，蘭池水正平。令猶當夏盛，氣早得秋清。秀定三湘擢，凉真九畹生。披襟香有影，紉佩玉無聲。竹露晨空滴，槐陰午自晴。净疑經雨洗，善勝御風行。節未鄰捐扇，歌誰續濯纓。上林饒麗景，移植近蓬瀛。

松老無風韻亦長　得松字

豈必長風入，才聽萬壑松。丰神餘老健，韵度出塵封。枝幹參千尺，冰霜飽一峰。雲巢無唳鶴，天籟有吟龍。振古濤聲壯，終年蓋影重。樹留空谷響，花勝小闌濃。雅葉催詩鉢，時攙報曉鐘。移根仙籞近，珂佩和琤琮。

大法小廉　得臣字

戴記官箴重，欽哉大小臣。法程森簡策，廉節比松筠。保傅頭銜貴，宗工臂使親。三章遵令甲，六計惕同寅。鐵面懲欺飾，冰心佐秉鈞。乘驄真嶽岳，載鶴共彬彬。定使中能執，休言仕爲貧。國肥彰帝治，百辟荷陶甄。

摩兜堅齋汲古集聯

題辭

白髮談經老辨才，筆端驅策古人來。
李唐六典披羅盛，興嗣千文創格開。
書内南華非僻典，枕中鴻寶换新裁。
文章游夏俱難贊，率爾陞堂獨野哉。

通家弟子楊懋源〔一〕敬題

序

詩傳長慶足千秋，身帶天香出塞游。從古詞臣尚功烈，幾時高唱大刀頭。此光緒癸未，威鳳攝古酒泉郡篆，書扇四絕之一送别今甘肅廉訪五齋白公時，爲編修出温宿疏勒，訪董星師、張朗帥諸舊好而作也。公亦以五律數章書扇留别。蓋其時關内已定，關外復改設行省。中興氣象，繼美東南泉湖游樂，公興輒豪，從不以俗吏見拒，人生感意氣功名誰復論，早令

〔一〕楊懋源，臨潼人（今屬閻良），舉人，楊彦修之孫。

威鳳低首下心矣。威鳳旋奉先慈諱返湘，起復後回隴於迭攝朔方府道篆時，迎養先嚴於署，交卸侍奉晉省。乙未正月，又奉諱服闋當差，則以督榷甘南爲最久。而公則已數奉星使衡文山之左右，旋以戡定河湟戰績分巡甘涼，今攝提刑矣。以視威鳳自判雲泥，以公才德則實遲抑如此。刀頭小唱遂足以竟公功烈哉！然而，變局至斯，天運奇厄，雖起伊、吕、孫、吴無從著手，威鳳畏而歸耕朔方於其行也，不見長吏獨别。我公朱顔白髮，精神雖健，談及時局，徒付一嘆，獨以功名之際難言一語，爲威鳳太息。臨别以所著汲古集聯命爲題跋，借志交誼意氣至此過古人遠矣。威鳳雖不讀書，何敢重違公愛。携歸官柳莊，於督耕籌牧之暇，高坐堡樓，酒熱香温時，一展玩宏博工雅，固足超人。而寓意之深，舉凡聖賢制治，足與時政相發明者，無不憲古師今，闢邪崇正，維持名教，具有苦心。倘天下之人於諸子百家之書，守死善道，自不至謂中學空疏，無益家國，高閣束之，覆瓿視之，如因噎廢食者流竟相屬以吾道爲詬病，則公之所謂籍以忘憂者，或能如願以相償乎？然江河日下，勢不能挽回，憶與公泉湖游樂賦詩以寫中興氣象，渺不可得。公之憂，殆與集聯汲古同深而無忘時歟！惟威鳳愚頑，拘守不變，長日手公是編，樂有同心，較之仰賀蘭而俯黄河尤爲雄快也。爰識數語志公意氣，然已不免佛頭著糞之誚矣。

光緒丁未正月，溈山謝威鳳[一]敬識於古朔方郡自築之官柳莊。

汲古集聯自序

集句不知起於何時。滄浪詩話謂：「宋王荆公最工此體者，至百韵皆集，合前人之句，語意對偶，往往過於本詩。雖黄魯直謂爲止堪一笑，而取人爲善，渾然天成，讀者不能不服其才。」繼此文，信公有集杜詩，凡五言絶句二百首，皆集杜句爲之，較之集衆長者更上一層矣。歷元及明不多，概見最工而多者無如國朝黄之雋之香屑集，集唐人句爲香奩，古今體詩

[一] 謝威鳳，字葆靈，别號溈山，湖南寧鄉人。辛亥革命後，謝閒居中衛。

至九百三十餘首，組織工巧，一一皆如己出。欽定四庫全書目録謂其雖非正格，然實爲唐宋以來所未聞。譬之嵌珍成器、簇綵爲衣，本不適於服用而不能不謂之工巧，亦見文章之變，無所不有，誠爲定論，然皆以詩言之也。至於覓句求雙，緝綴成聯，大家集中尤爲罕見。平日目耕所及最古者，晉翰林學士王令之十七史蒙求，遼宣政學士李瀚之補十七史蒙求，造語皆工而研練有痕，選言雖富而取徑尚寬。求其述而不作天然凑泊，則前明楊昇庵先生之謝華啟秀四卷，近大司農董蘊卿師之儷白妃黄八册，爲獨擅勝場，一再披閲，喜其離章合句，含英咀華，心竊愛慕。間嘗求之六經四子，於易則黄裳元吉、朱紱方來；於書則平章百姓、阜成兆民；於詩則巷無服馬、隰有游龍；於禮則五帝殊時、三王異憲；於春秋左傳則五叔無官、百工獻藝；於四書則父母俱存、兄家既翕，夫婦之愚、朋友有信。推之二人同心，易繫辭也；兩已相背，爾雅注也；職涼善背，詩桑柔也；起信險膚，書盤庚也。以及羅氏致鹿、葉公好龍、王良策馬、秦仁獲麋，如是之類散見於諸子百家者不可枚舉。信如全唐詩話劉昭禹論詩有云：「覓句若掘得玉，合子底必有蓋，精心求之必獲其寶者，聯之與詩其理一也。」益信前賢所言，天地生物之無獨必有對也。余半生失學，垂老出山，供職是邦，倏及六載，仕既不優學亦愈絀。本年時和歲稔，公餘多暇，仿楊、董兩先生之書，朝披夕覽，兩月間得聯四百有奇，皆依本文凑泊，不敢更易一字。揆之於義，誠無可取，正黄魯直所謂「止堪一笑」者，而友人謬加許可，謂有所用心，賢於博奕，且未始非教導初學用心之一法，是可存也。因取魯直焦尾、敝帚兩名集之意，而存之時。

大清光緒三十年歲在甲辰秋九月，甘涼兵備使者白遇道五齋甫叙於天山一覽樓下之退省書舍。

摩兒堅齋汲古集聯

天無私覆地無私載　禮記

日以紀德月以紀刑　逸周書

爲臣當忠爲子當孝　元史廉希憲傳

同聲相應同氣相求　易文言

孝始人倫忠爲令德　任彦昇齊竟陵文宣王行狀

政畏張急理善烹鮮　後漢書循史傳贊

周還中規折遠中規　禮玉藻

令人與居古人與稽　禮儒行

八采光眉四瞳麗目　劉孝標序

三墳肇册五典留篇　隋書先聖先師樂辭

信感陰陽誠動天地　吴志孫權稱諸葛武侯

遠昭雲漢近沛綍綸　汪道會墨賦

出從華蓋入侍輦轂　曹植求存問親戚

上應張柳下據河嵩　洛陽伽藍記

大道多容大德多下　韓詩外傳

有文者東有武者西　漢書尹翁歸傳田延年爲河東守

啟導青衿垂法錦帶　顔師古急就篇序

資神昴緯通曜房靈　徐陵河東康簡志銘

山氣多男澤氣多女　淮南子〔一〕

一世爲民再世爲臣　參同契軒轅氏

〔一〕　據蘭州官書局排印版此處爲：「八命作牧九命作伯　周禮」，亦可對「山氣多男澤氣多女　淮南子」。

任座抗行史魚勵節　孔融薦禰衡表
子許少欲文生多情　魏志衛臻傳注

内樹寬明外施簡惠　任彦昇齊竟陵行狀
學窮道奧文爲詞宗　後漢書列女傳袁隗妻語

孝有三德忠無二志　庾信文
内撫諸夏外綏百蠻　班固東都賦

仰瞻禎嶠傍窺黛壑　王勃九成宫東臺山池賦
南通丹粟西望白蘭　庾信豆盧公碑

羔雁成群丞掾交至　陳群傳注傳子謂陳寶父子叔侄
笙鏞合奏磬管流聲　張華樂章

巧越嵇心妙臻羊體　梁書柳惲傳
功融棘序道備槐庭　王勃乾元殿頌

四海從風八埏漸化　高允徵士頌
五靈何有百福攸同　許善心神雀頌

耽懷道德服膺六藝　魏明帝詔美管北海
翼宣隆化揚聲九圍　安平趙孔曜薦管輅於冀州刺史

竟全大功撫安四極　前漢書安世房中歌第四
少有令質學綜六經　華歆表鄭小同

性行淑均曉暢軍事　出師表
研精墳典耽味道真　魏操子中由恭衮傳中詔

遠致夷雅淹姿英茂　邱遲何府君誄
秉德純懿志行忠方　崔琰謂邴原張範

温恭孝友帥禮不忒　曹髦詔謂鄭小同
忠信質直知謀有餘　前漢書元后傳王章薦馮野王

鋪錦列綉雕繢滿眼　南史顔延之傳鮑照評其詩

懷黃綰白鵷鷺成行　北齊大饗歌

寫靄九天騰景萬里　沈約齊安陸昭王碑

仰包億載旁貫百家　劉知幾評班氏古今人表

威震百蠻明顯四海　前漢書陳湯傳元帝詔

俯降三善博綜九流　顏師古前漢書叙例

小惑易方大惑易性　莊子

古事問舒今事問琳　唐書崔琳傳舒高仲舒也係宋璟語

氣候分明内行修絜　吴志朱然傳

天衢亨泰王道升平　梁元帝武皇帝謚議

上膺萬壽下禔百福　顏延之曲水詩序

入稱四輔出備三公　前漢書馬宫傳

翠篲翔龍金樅躍鳳　蔣捷詞

巢蛣腹蟹水母目蝦　江賦

二蘇聯璧三孔分鼎　宋黃庭堅稱孔文仲蘇軾兄弟語

九仙賷寶百神聳聽　宋書天竺傳

五徵時叙百姓壽考　前漢書谷永傳

重瞳表德三漏通神　梁元帝贊

通而不泰清而不介　華嶠譜叙陳群歎華歆語

讓以爲德弱以爲彊　後漢王昶戒子姪書

光寵並臻優命屢至　魏志管寧傳

宗族稱孝鄉黨歸仁　先賢行狀贊管寧

長樂負霜宜男泫露　劉峻山樓詩

地芝候月天花遡風　佩文韵府宏明集

史筆軒黃體備周孔　文心雕龍

富埒陶白資巨程羅　廣絕交論

元氣爲舟微風爲柁　樂志論
清酤如濟羅醪如河　魏都賦

朗宣五色微闡六義　呂温聯句詩序
聲高兩代德冠四區　陶宏景文

七德含章四星連曜　庾信步陸孤氏墓銘
五聲倦響九工是詢　任昉薦士表

皋陶歌虞奚斯頌魯　班固兩都賦序
羨門比壽王喬爭年　嵇康養生論

月峽星橋勝金孕碧　王勃益州善宋寺碑
箕風畢雨育嶺生峨　吴均八公山賦

分白賦黑棊布星列　成公綏隸書體
回輿駐罕嶽峙淵渟　王融曲水詩序

精粹象天明清鑒月　宋史樂志
皇儀就日帝道昌雲　梁簡文帝元圃圓講頌

縫煙綴雲圖山畫水　孫何文箴
儀天矩地崇姬潤黄　虞通之明堂頌

創定九流軌儀萬古　魏書高祖云云
心游百氏理奥六經　梁簡文帝七勵

腰適忘帶足應忘履　蘇軾龍山落帽解嘲
背文曰禮膺文曰仁　山海經丹穴之山有鳥曰鳳

裴楷清通王戎簡要　魏志裴潛傳著
杜林據古張湛矜莊　後漢書杜林張湛傳贊

體兼遷雲學備儒史　江淹孫優志銘
德配周召忠和羔羊　前漢書谷永爲鄭寛乞謚疏

秦變周官漢遵嬴舊　晉書職官志

襲行趙壁命筆荆臺　晉書明帝紀贊

代馬燕犀氣雄天下　徐陵晉武帝爲長城公表

騎龍跨鳳翔嬉雲間　後漢書逸民矯慎傳

河海之浸膏澤之潤　杜預左傳序

風霜其操鐵石其心　韓瑷疏頌褚遂良冤

三王從風五侯允集　陸機漢高祖功臣頌

九河既道萬穴俱流　海賦

精騖八極心游萬仞　陸機文賦

聖超千古道泰百王　文獻通考樂考聖壽舞

詩誦堯年樂舞姬日　江綜文

才基魏粲學參漢雲　江淹孫詵志銘

安于磐石壽于旗翼　荀子富國篇

參以酒德問以琴心　王儉褚潤碑

霞散朝紅煙騰暮碧　唐太宗秀岳銘

桂深冬暖松疏夏寒　王中頭陀寺碑

有位斯貴有財斯富　後漢書蔡邕傳

如月之曙如氣之秋　詩品清奇

臺如重璧逵似連璐　謝惠連雪賦

仁配春日威逾秋霜　晉書樂志

土緯纏祥中維飾詠　宋樂舞歌

外牧殊域内幹機衡　蜀志董和傳

赤烏夾日黄熊入寢　庾信齊王寧神道碑

賸蛇游霧飛龍乘雲　後漢書隗囂傳注慎子語

紀綱八極經緯六合　淮南子

俯降三善博綜九流　顔師古前漢書敘例

動若重規静若叠矩　蜀志欲正釋譏篇
禮則探聖言則窮神　劉孝威重光詩

垂露成帷張霄成幄　仲長統樂志論
傾海爲酒並山爲肴　吴質答東阿王書

博物通人知今温故　孔穎達禮記正義序
蒙煙沐霧跨通彌岑　宋祁蒲桃賦

達敬傳典結孝陳則　北齊太廟引牲樂歌
聯光騰世炳慶翔機　宋章廟凱容樂舞歌

義士雄民星羅霧集　裴子野湘東王德政碑
項楚姚虞形似心殊　潛虛

將猛四七相兼二八　魏都賦
信及翔泳惠浸萌生　顔延之應詔讌曲水詩

在泉爲珠著壁成繪　全唐詩話商璠稱王維詩
登高能賦覩物知名　張超薦袁遺語

雲表幽和物章明發　鮑照河清頌
神儀内瑩寶相外宣　邢詔文襄金像銘

敦經悦史砥身礪行　隋唐儒林傳
馳湯驟夏轢漢凌周　李商隱文

器局閑靈志識開悟　温子昇司徒祖瑩志銘
陰陽並應天地清明　前漢書甘延壽訟陳湯

臣門如市臣心如水　漢書鄭崇傳
相馬以輿相士以居　家語

閉户自精開巷獨得　任昉策秀才文
懷書有待委篋知歸　陸機石闕銘

五就州招九應台輔　後漢書鍾皓傳
俱享天佑兩荷高名　前漢書杜鄴傳

六入翰林三拜承旨　四庫全書目録謂元歐陽元
八翻海鶴九噪岩蟬　沈約棲禪精舍銘
出能勤功入能獻替　袁宏三國名臣贊
歡若親戚芬若椒蘭　漢書刑法志孫卿語
蠻夷竭歡象來致福　前漢書安世房中歌
鷄人始唱鶴蓋成陰　廣絕交論
人識廉隅家知禮讓　陸倕石闕銘
誠堅金石氣激風雲　宋史楊業傳
浹天奉賫罄壤齊慶　宋章廟肅咸樂舞歌
通吳表聖問老探真　唐享孔廟樂章
員嶠奉規尾閭循緯　謝杰海月賦
鴻烈耀古讙聲動天　裴度李晟神道碑

玉采幼彰金聲夙振　晉書元帝紀
清酒繼進甘果徐行　梁元帝懷舊賦序
理連惟新賢戚並建　任昉追封長沙王詔
城闕雖峻風雲尚奢　王勃太公遇文王贊
三雅陳席百味開印　何遜七詔
八蠻飲澤萬國來王　舊唐書音樂志
奏議宜雅書論宜理　典論
名實爲紀賞罰爲綱　嚴遵道德指歸用兵篇
圓神降祥方祇薦裕　何承天上白鳩頌表
夕爽選政昃旦調風　謝莊上搜才表
溪外負薪田中荷篠　皇甫嵩大隱賦
筆下摛藻席上敷珍　潘岳詩
舍跨劉郭淩轢潘左　法書要録謂鍾繇

甄陶周召孕育伊顏　任昉求立太宰碑

衡嶽峙靈雲夢潤德　劉禹錫册楚文王

齋宮饌玉鬱罼浮金　庾信周大祫歌

東南一尉西北一堠　揚雄解嘲

隋陸無武絳灌無文　漢劉潤語

青冥投烽丹徼息警　七命

文林讓德武帳參戎　庾信文

不受虛譽不祈妄福　文中丁

乃台吐曜乃嶽降精　漢楊震碑

王良策馬車騎滿野　漢書天文志

彌衡代書親疏得宜　文心雕龍

分庭薦樂析波浮醴　顔延之應詔燕曲水作

倚玉流溫依蘭染薰　梁簡文帝詩

廣利泉涌王霸冰合　十七史蒙求

長卿晚翠簡子秋紅　蕭子雲賦長卿樂名簡子藤名

日月騰采風雲寫潤　江總爲六宮謝表

纓笏布序巾卷充街　顔延之皇太子釋奠曾作

左酒右漿萬國咸喜　易林豫之巽升之睽

補聯紉綴百事皆通　女論語

虎嘯風馳龍興雲屬　劉峻辨命

雉雊霧旦鼉鳴雨天　皇甫嵩大隱賦

憑河拓景襄嶽殷韻　陸雲盛德頌

雕金鏤碧綴鏡懸珠　梁簡文帝菩提樹頌序

凝士以禮凝民以政　荀子

當東而西當啄而飛　韓愈雉朝飛詩

溽露飛甘舒雲結慶　謝莊文
風情張日霜氣横秋　七命
鑿山股泉與客爲樂　唐書杜佑傳
幕天席地縱意所知　劉伶酒德頌
巢居知風穴處知雨　漢書翼奉傳
傳言失指圓影失形　韓詩外傳
二儀攸分三靈樂主　宋江夏王義恭嘉禾甘露頌
五司告肇萬壽載光　梁簡文帝謝賜新歷表
冬有温廬夏有凉蔭　晉書潘岳傳
蒸以靈芝潤以禮泉　養生論
題竹流聲贈葵稱美　某扇賦
厨箑挺茂階蓂吐芳　梁昭明太子七啟
皓鶴奪鮮白鷳失素　謝惠連雪賦

金龍掌氣石燕驚秋　陳子昂詩
鴻演納肝田光吞舌　唐授安金藏制
先軫慢唾鬻拳兵臨　第感古詩
鴻溝三周鹿菰十里　陳琳武庫賦
春禮九醞嘉豆百籩　潘尼賦
炙輠流譽解頤飛辯　晉書儒林傳贊
持繩示直置水觀平　北齊書魏收傳
景福氤氳嘉貺儷集　許善心神雀頌
河水縈帶羣山糾紛　李華文
雷陳膠漆范張鷄黍　李瀚十七史蒙求
曹劉靡至賈馬雲屯　黎逢貢舉人見於含元殿試
國賴英臣家推才子　晉書桓彝傳贊
朝挹芳露夕玩幽蘭　陸雲逸民賦

威鳳巢閣騶虞在囿　鄭鈞百獸率舞賦

蒼雉奉職靈鼉自梁　刑邵百官賀平石頭表

望杏敦耕瞻蒲勸穡　徐陵侯安都德政碑

封山刊石鎸銘刻勳　張説王公碑

剪花六出刻房七道　酉陽雜俎陶貞白言梔子

月氣參變朏魄雙交　顔延之應詔燕曲水作

律鳳迴春斗龍移夜　唐文萃

潛魚擇川高鳥候柯　袁宏三國名臣贊

皇澤豐沛主德滿溢　四子將德論

武聲遠震仁愛旁流　陳矯傳

化鑿爲天擊唾成幻　黃甲對酒謠

選義按部考辭就班　陸機文賦

榮鏡六幽照蘇八表　盧思道遼陽山寺碑願文

聖皇一馭長壽萬年　張説監牧頌德碑

凝徽簡策篆勳戈鼎　許敬宗尉遲恭碑

徙蔚丹谷遷榮緑池　吴筠慈竹賦

五内皆還六神盡復　張衡賦

千巖競秀萬壑争流　晉書顧（禮）〔愷〕之傳〔二〕

大業非楊元褒諧賈　晉書任禮郭弈傳贊

淮陰就楚彭越封梁　史記漢興以來諸侯年表

黃輿厚載赤環歸德　唐祭神樂章

清風出袖明月入懷　張彦遠法書要録

〔二〕據蘭州官書局排印版此處爲：「八居九列四登三事　後漢書劉寵傳　四彼三傑六茲五臣　沈約大宰王儉碑銘」。

雲英甘露瀸塗被宇　曹植文帝來
長裾交緯流景飛晶　徐獻忠布賦
坤元孕氣激暢成泉　吴筠廬山雲液泉賦
草昧懸宇昭晰區宙　江淹爲蕭驃騎上頓表
危青峭碧戞霄摩漢　王柏長嘯山遊記
和神懌氣積日彌年　梅堯臣述釀賦
揚輝吐火曜野被澤　王粲羽獵賦
右文興化憲古師今　宋史祭文宣王廟樂章
知足不辱知止不殆　漢書疏光傳
疑行無名疑事無功　史記商君傳
𧄌氣谷神宰思損慮　亢桑子谷之言養
分真散景保遐固齡　雲笈七簽
墊巾效郭異名同藺　韓愈三器論

卑宫類禹解網如湯　梁簡文大法頌
組織仁義琢磨道德　劉峻廣絶交論
牢籠天地彈壓山川　王元長曲水詩
反止爲之反正爲乏　説文
所實惟穀所貴惟賢　東京賦
才冠卿雲智同荀郭　徐陵報尹義尚書
律異班賈體變曹王　宋書謝靈運論
左江右湖其樂無有　七發
先困後通與福相從　易林
華實紛披桑麻條暢　西征賦
杞梓競秀蘭荑争翹　郭璞客傲
露竹霜條自多勁節　北史元志傳
天梳日帽他復何需　唐書田游嚴語

履道爲輿策賢成駟　梁元帝爲簡文帝法寶聯壁序
瞻蒲秉耒望杏開田　牛宏春祈稷歌

風韻高萬叙致清雅　晉書列女傳
姿儀端潤趨眄淹華　後漢書班彪傳論

柔祇雪凝圓靈水鏡　謝莊月賦
都莊雲動野馗風馳　顏延之詩

雜葉藏蜻叢花隱雀　邱遲玉堦春草賦
仗端刻烏角首圖麟　庾信竹枝賦

門傳一經行包九德　張說碑文
情超六入氣茂三明　王中頭陀寺碑

寐寤星雲物色林壑　舊唐書史德義序
笙簧典誥圭表搢紳　舊五代史趙光逢等傳後

產匹銅山家藏金穴　洛陽伽藍記劉實最富云云
館圖明月室畫浮雲　江淹麗色賦

魯雲必書趙日可愛　李劉回全州趙守冬啟
垂露在手清風入懷　柳宗元謝李相公手札啟

土山多雲鐵山多石　博物志
衆人勝欲聖人勝心　淮南子

舞鶴游天飛鴻戲海　張彥遠法書要録謂鍾繇
怒猊抉石渴驥奔泉　新唐書徐浩傳

準繩連體權衡合德　漢書律歷志
槐楓被宸芸若充庭　羽獵賦

流水不腐户樞不蠹　雲笈七籤
民望如草我澤如春　七啟

烏紀呈祥龍書表慶　梁簡文帝菩提樹頌

雨師汎麗風伯清塵　東都賦
至道不損至德不益　晉書皇甫謐傳
行神如空行氣如虹　詩品
七德飾歌九功綷詠　江淹齊太祖誄
三元肇慶萬國齊珍　洛陽伽藍紀
志竭其忠才盡其概　高允徽士頌
魯分以爵漢錫以年　庾信邛竹仗賦
歌以永言舞以盡意　付武仲舞賦
山不讓塵用不辭盈　張茂先勸志詩
左納良逸右延國胄　閒居賦
居無塵雜家有賜書　任昉盧士表
氣調時豫憲平人富　後漢書章帝紀贊
根荑條茂迹曠心冲　袁淑桐賦

前列班馬後招申白　江總永陽王山亭銘
義冠伊霍動盡桓文　杜弼爲東魏檄梁文
群瑞同區二美齊舉　張説禮泉表
明德孔嘉萬歲無虧　易林
象蒲通關龍沙開堠　庾信文
蟾肪割玉獺膽分巵　碑雅舊説
慶雲扶質清風承景　陸機贈馮文熊斥邱書
芙蓉覆水秋蘭被涯　東京賦
聲和被紙光影盈字　梁書漢王筠傳
丹青演潤焮唾成音　羅隱投裴郎中啟
右撫劍佩左援鈎帶　易林
仰瞻榱桷俯察幾筵　家語

偃閉武術車揚文令　顏延之詩

擩嚌道真涵泳聖涯　唐漢文藝傳

蔡順分椹王祥守柰　李瀚蒙求

廉頗强食馬援據鞍　魏明帝詔滿寵

價重十城名高千馬　庾信刀銘

鳳將九子龍導五駒　劉勝文木賦

教我義方導我禮則　漢鄭固碑

抽子秘思騁子妍詞　謝惠連雪賦

議論引證詞氣高雅　杜甫華州試進士策問

風雲變態花草精神　詩品形容

年頭月尾孤經絕句　楊瑒奏

夜琴晝瑟曉筆暮詩　徐陵諫深法師書

宏長風流許與氣類　任昉王文寧集序

忠貫日月神明扶持　唐書郭子儀傳贊

用管窺天用錐指地　李善注莊子曰魏牟謂公孫龍

若金受礪若泥在鈞　張華勵志

千雀萬鳩相向笑語　易林

十雌百雄常與母俱　易林

甂牘相尋鞮譯無曠　王融曲水詩序

身枝獲慶城府知歸　李商隱爲河東公謝相國啟

協和陳宋混一齊楚　笛賦

聽參皋呂稱侔于張　潘岳陽荆州誄

玉刻雙璋錦挑對褓　李易安賀變生子啟

山移兩越海變三田　徐陵侯安都德政碑

述綜王度敷贊國式　魏志傳嘏傳

方軌前秀垂範後昆　傅休弈樂章

洽貫書場該綜文圃　沈約齊臨川王狀

括囊大典網羅衆家　鄭元傳論

雷動飆至星流電擊　子虛賦

晨鐘暮靄春煦秋陰　潘岳楊荊州誄

抱鷄搏虎誰敢害者　易林

率馬以驥不亦可乎　揚子法言

脱略公卿跌宕文史　恨賦

躊躇畦苑遊戲平林　樂志論

五緯不愆六氣無易　(東)〔束〕皙補由庚詩

三能擒朗四岳增峻　盧諶贈劉琨詩

性侔夷魚忠逾隨管　後漢書周舉傳

樂分龍趙詩析齊韓　任彦昇齊竟陵行狀

劍宣共利鑒獻其朗　陸機漢高祖功臣頌

栗芽於室木華於春　郭璞錦囊經

昭章雲漢輝麗日月　王元長曲水詩序

敷宣徵角含嚼羽宮　群芳譜桑某清虛居士傳

樹德爲基立言成訓　隨蘇孝慈志銘

清行出俗能幹絶群　後漢書孟嘗傳

策定帷幄謀成几案　陸倕石闕銘

才通漢魏譽接龜沙　王僧達祭顔光禄文

彌綸八荒亘帶九地　應貞晉武帝華林園集

通驛萬里列燧千成　孫綽望海賦

日有朝明月有宵德　田沈明賦

海之波濤山之嶙峋　詩品

教羊牧兔使魚捕鼠　易林

將雛集鳳比翼巢鴛　枯樹賦

文兼六行武滿七德　潘尼楊恭侯碑銘

志除三惑心慎四知　絳州刺史韋世康

三皇邁德七曜順軌　晉書天文志

一人有慶五老來庭　萬壽閣頌

旌德景鐘勒勳彝器　庾信文

分光鄰女貸潤監河　李商隱啟

功均一匡賞同干室　任昉薦士表

上暢九垓下泝八埏　司馬相如封禪文

遊目典墳縱心儒術　潘岳楊荊州誄

啟發篇章校理秘文　西都賦

上應萬壽下禔百福　顏延之曲水詩序

內和五品外威四賓　應貞晉武帝華林園集

勞不御輿寒不施襗　班固竇車騎北征頌

上有一善下有二譽　淮南子

曹植優贍王粲超逸　李華蕭穎士文集序

山濤識量毛玠公方　任昉爲魏尚書讓吏部封侯第一

周還中規折還中矩　禮玉藻〔一〕

今人與居古人與稽　禮儒行〔二〕

陳局露初奠爵星晚　宋書周朗傳

英詞雨集妙句雲來　馮總意林謂仲長統

元勛巨德文武兼備　唐書裴度傳

〔一〕據蘭州官書局排印版此處爲：「爵有已舉卣有丁舉　東觀餘論」。

〔二〕據蘭州官書局排印版此處爲：「雕以周之鷙以就之　禽經」。

萬品一區陰陽陶蒸　鵩鵰賦
靈山奥澤卉木呈祖　江總上毛龜頌
甘露醴泉太平機關　易林
昭星夜景非雲曉慶　北齊雩祭歌
風烏細轉華蓋平飛　庾信華林園馬射賦
八風代扇四時遞謝　束晳補由庚詩
五讓高世六飛同塵　任昉薦士表
風伯吹爐雨帥煉冶　庾信刀銘
天仁丕冒海德包涵　秦觀代謝加勛封表
庖犧作琴神農造瑟　長笛賦
烏獲抗鼎都盧尋橦　西京賦
樹影摇窗池光動幕　江總永陽王后山亭銘
蘿生映宇泉流繞階　祖鴻勛與陽休之書

仁育群生義征不譓　封禪文
撫同上德綏用中興　沈約故齊安陸昭王碑
龍從火生虎向水産　參同契彭曉語
魚游清沼鳥萃平林　束晳補由儀詩
績簡帝心聲敷物聽　王儉褚淵碑
榮曜秋鞠華茂春松　曹植詩
山鷄晨群野雉朝雊　長笛賦
白駒空谷振鷺在庭　任昉薦士表
儒館獻歌戎亭虚候　後漢書章帝紀贊
和神當春清節爲秋　陸雲谷風詩
賞茂通侯榮高列將　任昉文
帝欽良政民懷穆風　陸雲散騎常侍陸府君誄

州府狀聞鄉亭頌德　楊炯宇文珽碑

頓牟掇芥磁石引鍼　王允論衡

鷙集翰林雉竄文囿　文心雕龍

鳳鳴朝陽龍翔景雲　應貞詩

懷仁憬集抱智麕至　顔延之皇太子釋奠會作

謀力雲合指麾風從　孫楚爲石仲容與孫皓書

涉器千名含靈萬族　王中頭陀寺碑

奇謀六奮嘉慮四迴　陸機漢高功臣頌

千歡萬悅舉事爲決　易林

既庶且富娛樂無疆　西都賦

文章爾雅訓詞深厚　漢書儒林傳

招搖隆富徵集豪華　梁昭明太子七啟

天踵以正地產以實　李庚東都賦

冠御于晝枕式于昏　張華瓌材枕賦

自勝者强知足者富　老子

接新以化愛舊以豐　陸雲文

言不崇華交不遺舊　高允文

音以賞奏味以殊珍　劉琨詩

月掛虛蟾星羅伏獸　張彧石橋銘

學殊半豹技愧全牛　李商隱文豹袁豹也人名

庭列瑤階林挺瓊樹　謝惠連雪賦

詞高薰奏響溢芝房　梁昭明太子七啟

上葉星宿下符川岳　東京賦

男務耕耘女修織紝　東都賦

堂獻六瑚庭萬八羽　王韶開封府君歌

俯順習坎仰熾重離　陸雲喜霽賦

道冠萬靈理超千聖　梁元帝阿育王像碑

瑞開三脊祥會五雲　駱賓王請封禪表

群賢畢至少長咸集　王羲之蘭亭序

傾蓋惟舊白首乃新　潘尼垂輿箴

威震百蠻名顯四海　前漢書陳湯傳元帝詔

華茂九春實繁三秋　潘尼詩

杭琛越水輦賮踰嶂　顏延之應詔宴曲水詩

因歧成渚觸澗開渠　江賦

上山求魚入水博兔　易林

簡力狡獸校武彯禽　長楊賦

朝夕論思日月獻納　兩都賦序

京庾流衍囹圄寂寥　魏都賦

伊周奉轡桓文扶轂　顏延之曲水詩序

夔襄薦法班倕騁神　琴賦

嫂不撫叔叔不撫嫂　禮記

寬以濟猛猛以濟寬　左傳

解凍而耕曝背而耨　戰國策

導氣以樂宣德以詩　七命

蒼龍吹篪白虎鼓瑟　西京賦

黃髮擊壤元髫巷歌　七命

翩翻禮園徘徊樂囿　王儉皇太子妃册文

容與墳邱婆娑翰林　潘尼贈陸機

春雲爲輿秋風爲駟　仲長統詩

守口如瓶防意如城　癸辛雜識富鄭公

位以龍飛文以虎變　應貞晉武帝華林園集

進如風行坐如雲屯　李覯饗軍記

沐浴聖澤潛潤德教　曹植求自試表

總集瑞命備致嘉祥　張衡東京賦

氣霽地表雲歛天末　月賦

吏行冰上人在鏡心　宋史王覿傳

握河沈璧封山紀石　王元長曲水詩序

賜田待士牓道求材　江總盧陵王德政碑

宗懿招德彬文赳武　漢校官碑

長生久視遠白留青　漢武帝内傳

君無虛授臣無虛受　曹植求自試表

山不厭高海不厭深　魏武短歌行

太任媚姜涂山翼禹　宋史樂志

瑤姬逐雨玉女隨星　楊炯少室山少姨廟碑

寵而加貴善而加壽　柳宗元張後餘辭

函之如海養之如春　答賓戲

手握王爵口含天憲　後漢書宦者傳論

身圖斗宿面繞樞星　庾信碑文

吳歈越吟荆艷楚舞　庾信賦

元輕白俗島瘦郊寒　蘇軾祭柳子玉文見許彦周詩話

雹布餘糧星離沙鏡　江賦

天甘玉露地秀金芝　沈炯詩

朱鳥安窗青龍作牖　梁元帝銘

靈禽樂囿儀鳳栖堂　梁昭明太子七契

般匠施巧夔石準法　洞簫賦

蕭朱結綬王貢彈冠　前漢書蕭望之傳

揆景測辰儆宮戒井　陸倕新刻漏銘
揚旌求士設虡待賢　王融文
德象天地恩隆父母　曹植責躬應詔詩序
門傳鐘鼎家誓山河　隋書長孫晟傳贊
在秦作劉在漢開楚　謝朓劉皇后策文
以蠡測海以莛擊鐘　東方朔答客難
瓊搆霞明璜軒露敞　王勃乾元殿頌
綠房丹鎖紫閣青疏　王勃善積寺碑
前有召父後有杜母　後漢書杜詩傳
雄于潘岳靡于太冲　鍾嶸品張協詩
方壺外次圓流內襲　陸機新刻漏銘
黃旗西映紫蓋東輝　鮑照河清頌
抗志山西遊心海左　樂志論

棲身巖竇屏迹囂塵　宋史种放傳
春玩其華秋登其實　顏氏家訓三勉學弟八
目上于天耳下于淵　揚子太元經
行舍其華言去其辨　應貞晉武帝華林園集
易奇而法詩正而葩　進學解
楚漢争衡袁曹競逐　庾信竹杖賦
史班稱達揚蔡致深　高充答宗欽詩
器思淹通識宇詳濟　梁武帝贈呂僧珍詔
天人悦喜符瑞並臻　潛夫論
鐫鏤貞珉點畫斷楮　汪道會墨賦
左右青靄表裏紫霄　鮑照登大雷峰與妹書
聲畫昭精墨采騰奮　文心雕龍
冰壺借潤水鏡分光　顧雲投鄭員外啟

惠氣入帷清陰周宇　梁簡文帝馬寶頌序

直雲橫塞長星渡河　庾信宇文公碑銘

澡身元淵宅心道秘　顏延之皇太子釋奠會作

圖形瑞圃書頌儒林　庾信進赤雀表

惠露霑吳仁風扇越　沈約碑文

歌雲佐漢捧日匡堯　盧照鄰中和樂歌

寶珮鳴風豐貂映日　王僧孺徐詹事集序

桂花侵月松蘿掛雲　唐文宗祭北岳文

行不踰方言不失正　後漢書班彪傳論

日以陽德月以陰靈　謝莊月賦

虔豁重世冲秀雙美　晉書桓彝傳

天地合德日月同榮　傅休奕晉鼓吹曲

仁化旁流孝理宏闡　柳宗元賀大赦表

雄才蓋代逸氣橫雲　庾信謝滕王集序

窮處而榮獨居而樂　荀子

上隆其愛下盡其心　晉書樂志

楊池掘荷李園移樹　庾信謝趙王賚絲布啟

秦君傳器漢后推飱　謝朓謝隋王賜紫梨啟

周渭告祥殷巖葉夢　顧雲代新第人謝啟

舜韶更奏堯酒浮觴　宋史樂志

萬騎齊鑣千乘等蓋　宋書樂志

五葉衍藻四訓抽光　謝莊皇太子妃策文

三慶集身百齡逾外　李北海表

九天相揜五地交氛　張融海賦

勒瑞姜璜書名何鼎　徐陵書

阪泉軒德丹浦堯勳 牛宏凱樂歌辭

景福之上靈光之下 舊唐書李華傳

內視者盲反聽者聾 越絕書

標美靈葩爰采爰獻 劉臻妻陳氏椒花頌

乃瞻衡宇載欣載奔 歸去來辭

流風翼衡卿雲承蓋 曹植詩

員淵挺隋方川吐瓊 陸雲詩

初榮夏芬晚華秋曜 梁昭明太子芙蓉賦

騰芳中闔飛藻上年 江淹劉喬銘

文館盈紳戎亭息警 梁書五帝紀

蘭室假號棘署參榮 李商隱爲滎陽公謝表

斧藻至德琢磨令範 王融曲水詩序

楝樑文囿冠冕詞林 庾信趙國公集序

亭帚自珍緘石知謬 李善上文選注表

夷山製宇蕩海爲家 任昉爲皇嫡子侍皇太子釋奠

宴詩

五夜持宵三商定夕 夏竦漏刻銘

重葩累綉沓璧連璋 羊勝屏風賦

天無隱祥地無蓄實 拾遺記

日有中道月有九行 前漢書天文志

精理爲文秀氣成采 文心雕龍

飛霜迎節高風送秋 七命

激清一時流譽千古 蘇頲夷齊四皓優劣論

通莊九折安步三危 王中頭陀寺碑

位亞三槐秩班九命 魏書于忠傳

身聚五福天崇百齡 葉適王夫人畫像讚

一朝科頭三晨晏起　異苑管甯語
萬方欣戴九服謳歌　薛道衡老氏碑
望景星奔籍響川鶩　廣絕交論
養安騏校進駕龍涓　謝莊馬賦
嶽鎮龍蟠星躔鶉火　徐陵文
庭迴鶴蓋水照犀衣　梁簡文帝詩
瑞鵠成巢嘉禾合穎　獨孤及張公神道碑
御龍勤夏豕韋翼商　陶靖節詩
天休滋至地產交感　權德輿賀連理棠棣表
月靈誕慶雲瑞開祥　齊書樂志
萬春方華千齡始旦　沈約金庭館銘
五岳降精四瀆炳靈　陸雲贈顧尚書詩

鳳凰在左麒麟處右　易林訟之咸
白虎推輪蒼龍把衡　易林
發廣大心吐微妙理　王僧孺中寺碑
能四夷語通六蕃書　五代史義兒李存信傳
其動若水其靜若鏡　莊子
以天爲蓋以地爲輿　淮南子
樂遷夏諺禮變商俗　陸倕漏刻銘
麗咏楚賦艷歌陳詩　江淹蓮華賦
玉鳳銜鈴金龍吐佩　洛陽伽藍記
陰虬負檐陽馬承阿　七命
吳帶當風曹衣出水　畫圖見聞志
王桃植砌董杏栽壇　顧雲嵩山武賓客舊隱詩序
大雅扶輪小山承蓋　庾信趙國公集

方疏含秀圓井吐葩　七命
得由和生失由同起　後漢書劉梁傳
德以道樹禮以仁清　王僧達祭顔光禄文
風度宏邈器宇高雅　晉書安平獻王孚傳論
神情閑邁舉止抑揚　北史裴粲傳
畫栱栖煙文軒架雨　王勃乾元殿頌
旭日霽野慶雲靄天　林琨駕幸温泉賦
風動春朝月明秋夜　梁書蕭子顯傳
水遽龍魄陸振虎魂　張融海賦
浸仁沐義昭景飲醴　江淹詣建平王上書
高心邈行分類同趨　沈約内典序
候月歸琛占風納賮　玉海
祥雲入境行雨隨軒　庾信兗州刺史宇文公碑

義取璣衡智起宣蓋　玉海
名珍杏柰族茂櫻胡　李嶠賀瑞桃表
丱歲騰芳髫年超靄　楊炯梁待賓碑
官人守數君子養源　荀子
名不虛立士不虛附　史記遊俠傳
天有所短地有所長　列子
早馳問望晚懷耿節　陸機周孝侯碑
北動幽崖南耀朱垠　東都賦
卧理爲難坐嘯匪易　駱賓王上兗州刺史啟
武靈已暢文德又宣　南史陳武帝紀
立行可模置言成範　沈約齊安陸昭王碑
臨世濯足希古振纓　夏侯湛東方朔畫贊

千賦百詩直疏便就 梁書武帝紀
一札十行細書成文 後漢書循吏傳序

帝迹懸衡皇流共貫 顏延之應詔宴曲水作
徐鑾警節明鐘暢音 王融曲水詩序

時雨隨車棠陰逐蓋 隋煬帝秦孝王誄
松楹坐月桂席攀風 王勃上明員外啟

孕大含深貫微洞密 白居易與元九書
搜傑索俊提忠絜良 王融頌

天地發揮陰陽交烈 陸雲賦
華實被野黍稷盈疇 王粲登樓賦

飛雉成霞翥鴻起雪 張融海賦
瑞鹿摛素祥熊耀黃 梁昭明太子七契

華礎生雲璇題耀月 玉海
祥河轂水緣樹低枝 王中頭陀寺碑

毓問東華蜚英上序 謝莊太子元服表
振冠南岳濯纓清川 曹植王仲宣誄

大參天地德厚堯禹 荀况雲賦
道潤金璧言炳丹青 王融曲水詩序

問牛知馬鈎距兼設 徐陵文
鈎深致絜淡泊是師 柳宗元瓶賦

捫虛縛風煎湯聚雪 新論
燒鉛雜鯉折桂和葱 梁簡文帝招真館碑

搥鼉鏗鯨歌鸞舞鳳 人物志言文章之美
掩兔轔鹿射麋角麟 子虛賦

艷紫凌朱飛黃姤白 梁簡文帝舌賦
求仁養志貞節苦心 王中頭陀寺碑

勞不坐乘暑不張蓋　史記商君傳
志如秋霜氣如浮雲　舞賦
桂蠹喜甘蓼蟲習苦　王僧孺文
牙獸屈膝言鳥告歡　魏王朗語
河海夷晏風雲律呂　陸倕新刻漏銘
泰極剖判造化權輿　羽獵賦
三光宣精五行布序　靈臺詩
六合元亨九有雍熙　景福殿賦
春牖左開秋窗右豁　張協賦
文化内輯武功外柔　束晳補由儀詩
湛寂無方示現多所　王僧孺中寺碑
業宇流正鑑識超凡　沈約沈文季加侍中詔

室無幽蘭嶺無亭菊　袁洪三國名臣贊
家有鶴膝户有犀渠　吴都賦
方明爲御昌寓驂乘　莊子
雨師駕駟風伯吹雲　易林
神理孔昭報應斯必　劉禹錫謝張相公啟
幽深無際古雅有餘　法書要録謂鍾繇
君子比義小人必穀　說苑
貪夫徇財烈士徇名　賈誼鵩鳥賦
中心爲忠如心爲恕　鄭疏說文長箋
國耳忘家公耳忘私　漢書賈誼傳
八驥揚衡變龍翼蓋　梁簡文帝南郊頌
三鱣表服二鹿隨車　梁建文帝文
玉管凝商珠躔麗極　玉海

金幢合蓋寶駕驅輈　江總棲霞寺碑
七萃連鑣九游齊軌　王元長曲水詩序
一夫得情千室鳴弦　後漢循史傳贊
盧牟六合混沌萬象　淮南子要略
堋雲五色的暈重圓　庾信華林園馬射賦
力則任鄙智則樗里　史記樗里子傳
蔚若相如皭若君平　蜀都賦
譽表六條功最萬里　沈約齊安陸昭王碑
職兼千乘位總十聯　杜周士代孔大夫乞朝覲表
海潤星輝金聲玉裕　李劉賀箋
璧聯珠璨輪映階平　王僧孺謝歷表
私財不入公事夙辦　顏氏家訓
休徵自至壽考無疆　漢書王褒傳

夫貴於朝妻榮於室　北史魏廣平王洛侯傳
朝采其實夕佩其英　魏文帝樂府
性比於禾善比於米　春秋繁露
宋得其武梁得其文　南史劉洽傳任昉語
月暈而風礎潤而雨　蘇洵辨奸論
天垂其象地曜其文　應貞晉武帝華林園集
一校裁揮三雄並奮　徐陵陳公九錫文
二靈再朗九縣更新　梁武帝移京邑檄
振災除害更與壽福　易林
遂志存道克廣德心　魏志文帝評
珪月初生珠雲方滴　歲華紀麗
金鋪交映玉題相輝　蜀都賦

分流接潤連谿對浦　張說慶山禮泉表

合歡蠲忿萲草忘憂　養生論

朝春挺葩夕霞抱月　夏侯湛禊賦

北宮養德東序承榮　李商隱論皇太子表

浮丹麗紫棲霞冠月　王勃九成宮頌

寫云圖氣學靈狀仙　江淹空青賦

假拙爲心變奇成偶　王僧孺表

研書賞理敷文奏懷　謝靈運山居賦

前張後極左角右鉞　鶡冠子

孕虞育夏甄殷陶周　班固典引

太剛則折太柔則廢　漢書雋不疑傳

如淵之量如川之流　盧諶贈劉琨

虛用損年善攝增壽　沈約文

登三處大得一居貞　舊唐書音樂志

足以踐德日以庇信　漢書五行志

言不苟造論不虛生　參同契

神情明秀風姿詳雅　晉書王衍傳

袞衣輝煥寶佩琳琅　宋史樂志

上教如風下教如卉　荀勖樂章

大聲合鼓小聲合金　說苑謂鳳

恒星豔珠朝霞潤玉　樂志論

潘園曜白孫井浮朱　劉孝標謝賜柰

田連操張伶倫比律　琴賦

陳平敏對叔孫據書　應瑒文質對

秩洽朝門慶沾國佩　江淹謝啟

仰吸天氣附飮地泉　葛洪枕中書

陽葉春青陰條秋綠 七命
合昏暮捲冥莢晨生 陸倕新刻漏銘

手握天文足履度字 家語
内含玉潤外表蘭清 梁書劉遵傳

燕澤外熙太陰内閉 夏侯湛大暑賦
秋風有韶片月無方 五燈會元

鳳采鸞章霞鮮錦縟 沈約謝竟陵王示永明樂歌啟
鳥起龍躍珠解泉分 鮑照飛白書勢銘

河潤九里澤及三族 莊子
文贊百揆武鎮四方 北齊元會大饗歌

易張十翼書標七觀 文心雕龍
恩覃九有化被萬方 柳宗元賀赦表

心注八流意合五忍 梁邵陵王答皇太子示大頌啟
澤加百姓功潤諸侯 漢書路溫舒傳

晝誦書卷夜觀星宿 漢書劉向傳
匣有忠劍庭流孝泉 庾信侯莫陳道生志銘

舞豔七盤歌新九變 梁簡文帝三日曲水詩序
朝宗萬寓祇事百靈 牛宏凱樂歌

玉宇璇階雲門露闕 李華含元殿賦
金丹石菌紫芝黃精 嵇康答難養生論

景星出翼祥雲入呂 梁樂章
翹車獵彥束帛旌賢 駱賓王對策文

往者屈也來者信也 易繫辭
生而岐然孩而嶷然 元稹志銘

月疊連營雲旂蔽野 徐陵文

天潢瀉潤日觀揚輝　李商隱賀赦表

槐宰金貞藩維玉譽　王儉傳皇太子釋奠宴詩

雄州霧列俊采星馳　王勃滕王閣序

雲潤星輝風揚月至　王融曲水詩序

天旋霧散岳運川迴　王勃九成宮頌序

忠顯于辭理出于韶　高允徵士頌

外婉而固內健而彰　夏侯嘉正洞庭賦

膺慶集圖締宇開縣　謝莊上搜才表

憑風共灑藉月同琴　孔稚圭祭張長史文

山頓水曲子孫千億　青烏先生葬經

天清地潤品物咸亨　孫綽論

紅粒盈箱青蚨委貫　梁簡文帝頌

東雲干呂南風入絃　盧照鄰中和樂章

察俗雄藩分榮大憲　李商隱論皇太子表

植根芳苑擢秀清流　趙至與稽茂齊書

石室韜光金河綴軫　李嶠釋迦牟尼像碑銘

璿璣齊運玉燭和年　開元禮

東里西華南容北叟　南史任昉傳昉之四子名也

春卯夏筍秋韭冬菁　張衡南都賦

內泯六塵外齊萬境　雲及七簽

共損五蓋俱照一空　梁簡文啟

內贊謀猷外康流品　王儉諸淵碑

高談徽德遜聽風聲　劉峻書

桂棟凌波柏梁乘雨　庾信終南山義谷銘

忠泉出井孝荀生庭　庾信齊憲王碑

誠心内蘊莊容外奮　白居易射中王鵠賦

元儀西運逝水東流　王褒刻漏銘

神器化成陽文陰縵　七命

大儀斡運天迴地游　張華勵志詩

圖匱于豐防儉于逸　潘岳藉田賦

吏畏其法民樂其生　晉紀總論

龍游鳳舞歲樂民喜　易林

金相玉潤野會川冲　晉書文苑傳序

如竹有筠如玉有潤　梁武帝浄業賦

或標之豸或珥之蟬　梁洽進賢冠賦

形冠敖曹明珍巨闕　張協七命

河連積石山帶崆峒　庾信碑銘

亂石穿空驚濤拍岸　蘇軾酹江月詞大江東去

辰精運感昴靈發祥　王儉太宰諸彦回碑

面分曲直口撰案卷　開元逸事張九齡

筆敷華藻吻縱波濤　晉書庾亮傳

詭勢瓌聲模山範水　文心雕龍

含笙總竹比玉兼金　班倢伃擣素詩

鼉文獵彦麟旌訪逸　王勃乾元殿頌

鴻禧屢福騈賚翕臻　宋史樂志

詩接楚彦賦延梁客　李嶠策文

蘭榮越檄薰茂周原　陸龜蒙書帶草賦

龍翰鳳翼國之重寶　魏志邴原傳崔琰語

蟬蜕蛇解游於太清　淮南子

五分昭晰千輪啟煥　江總攝山栖霞寺碑

萬姓率德七曜順躔　劉基甘露頌

遵道咀英栖奇麗古　謝莊上封禪儀注表
則明分爽觀象洞元　陸機大將軍宴會被命作
目對金容耳餐玉韻　梁建文帝八關齊制序
仰折神蘤俯採朝蘭　七命
張衡通瞻蔡邕精雅　文心雕龍
謝安高潔王導公忠　遼李瀚補十七史蒙求
青帝鳴琴朱靈會舞　王勃南郊頌
離子督墨匠石奮斤　琴賦
草緑衫同花紅面似　庾信行雨山銘
雲浮礎潤霜落鐘鳴　駱賓王上張司馬啟
六戎仰朔八蠻請隸　隋舞歌
夔龍再錫九雉重飛　庾信表

端慤生通詐僞生塞　荀子
善否相非誕信相譏　莊子
羲和占日常儀占月　晉書律曆志
舉實爲秋離藻爲春　七命
盛德上隆和澤下洽　漢唐嚴助淮南王安上書
房闥内布疏綺外陳　李尤東觀銘
群英翹首俊賢抗足　阮籍奏記詣蔣公
皇道焕炳帝載緝熙　七命
潘藻如江陸文如海　鍾嶸詩品
孔席不暖墨突不黔　答賓戲
覆幬千容包涵萬象　劉允濟天賦
馴擾一角棲集五章　顔師古聖德頌
筆秃千枝墨磨萬錠　蘇軾文

威靄四靈洞曜三光　齊書樂志
俯愧陋質仰忝高訓　孫綽詩

永瞻先覺顧惟後昆　顔延之皇太子釋奠頌
四友推德七子慚秀　梁書昭明太子傳

五靈何有百福攸同　許善心神雀頌
老安少懷塗歌里詠　沈約齊安陸昭王碑

退揚進揖步矩行規　應瑒馳射賦
道外無人人外無道　朱子語

同中有異異中有同　宋黄庭堅論書法
異嶺共雲同風別雨　庾信麥積崖佛龕銘

清暉祕響燭野光朝　沈約齊臨川王行狀
涉澤求蹊披榛覓路　趙至與稽茂齊書

批熊碎掌拉虎摧斑　七啟

植物斯生動物斯止　西京賦
土積成山水積成淵　張華勵志詩

丐沐沐我請食食我　史記外戚世家竇皇后弟廣國語
春風風人夏雨雨人　說苑管仲語

誦子嘉吟回予故步　司馬相如報文君書
詳觀往誥狄聽前聞　晉書外戚傳叙

側秀靈草旁挺奇樹　李德裕賦
朝盛勇爵家榮戰勛　張說王公碑

家佩惠君户蒙慈父　曹植文帝
遠牽雄範近覽英規　江淹讓九錫表

嗚騶入谷鶴書赴隴　北山移文
虹橋慶幔鵲鏡臨妝　王勃七夕詩序

饗發地鐘光騰天鏡　薛道衡碑
荷抽水盖薜引山茵　王勃九成宫山池賦
馳鶩北塲旅食南館　魏太子與吴質書
白環西獻楛矢東來　邱遲與陳伯之書
神茂初學業隆弱冠　王儉諸彦回碑
聲馳海内名播雲間　梁昭明太子啟

因山爲廬鑿坏爲室　傅子叙管甯居遼東事
布手知尺舒肘知尋　大戴記
壁采内撤環規外映　張説月重輪頌
方廣東被教肄南移　王屮頭陀寺碑
委曲周帀功驗永著　漢堯廟碑
出入侍從身名俱榮　周必大跋魚計賦

摩兜堅齋汲古集聯續

汲古集聯續編後叙

五齋觀察以詞曹星使建節河西，政成民和。公餘多暇時，復博覽群書，手不釋卷。殆所謂仕不廢學者歟？癸卯秋，聯壽庵守五凉，獲親謦欬，朝夕以文學政事相切劘多所糾，是因得窺公偉才清德與夫生平仕履之概略，有足令人欽佩者。夏間，公以所刊汲古集聯見賜，綴玉編珠，巧思綺合，讀者無不欣賞。兹則續集哀然成帙，將付剞劂而命爲之叙。聯壽不文，烏足以當公意，然相依既久，相知甚深，公之經濟文章表表在人耳目。公固不願以此自名，而即此亦可以名公矣。觀其尋章摘句，涉筆成趣，運用之妙、屬對之工，非胸羅萬卷者不能猝辦，使人迴環莊誦，可以見學問之淵博焉，可以見性情之淡適焉，並可以見時和歲稔、官閣餘閑之況味焉。噫！方今宦氣頹靡，群工嗜好否則征逐飲博，馳騖腥膻，僕役其心，至有日不暇給之苦。以視公之遊藝怡情長官司而饒書生之樂，其清濁何如哉？而公猶謂「義無所取」，引黄魯直「止堪一笑」之語以自叙述其謙遜，不遑又如此哉？

光緒三十一年，歲在乙巳長至日，知凉州府事長白聯壽謹叙。

汲古集聯後序

考駢儷濫觴於李唐；楹帖權輿於趙宋。自時厥後，句擅珠聯，偶稱綺合，觸處有之，雖無一字不矜來歷，卒無一語不費心裁。于此欲用古之成言截金作句，爲我之妙諦，合璧若符，殊匪易易。況裒然成集，非工不足名世，捨博無以成文歟？五齋觀察以木天名宿建節河西，公餘掇經史子集粹言爲汲古集聯二卷。鏞因公返省，取道武威晉謁之餘，出以見示，迴環奉讀。五花八門，陸離光怪，尋章摘句，不事鑿雕，肖象諧聲，自成對待。夫有奇必有偶，前哲固已言之，然古今文字浩若淵海，豈易探驪得珠，嘗見一語天然，即已膾炙人口。若是集銖兩悉稱、宏富無窮，實罕覯焉。是自有駢儷楹貼以來，爲古籍別開生面，示文壇特標赤幟，胸羅萬象，應嘆先生之工，學飽五車，允服先生之博矣。初集已付棗梨，續刻行當問世，略贅數語於編末，用志佩服之意云。

光緒三十一年，歲在乙巳冬十月，知甘州府事清苑劉振鏞謹跋。

張幼履明府序

五齋白公纂汲古集聯一編，既梓行，又續輯一編屬書簡首。庭武伏讀，公自敘引秦淮海之言曰：「著書如結氂，聊以忘憂耳，因以思。」公起家詞館，疊持山左文柄，退而講學關中，若將老焉，再起戎幕蕩回氛，遂奉觀察甘凉之命。自常情揆之，其榮樂何有量。且建節以來，清風振布，吏愓而民懷，年穀順成，邊氛不警。故報政嘗爲隴上最，而大府亦自舉公卓異。此即欲然自視又何有？於淮海之落落無所合，待託於彼以釋厥憂爲耶！雖然，古之君子或窮餓堵室，窶於原顔而泰然無不自得；或析圭儋爵，名業爛然而憂思展轉若傀焉，不能終日者，抑亦志量之爲之也。況今海水群飛，汩我震旦，南朝索虜之禍，幸有伊川之痛，猶未足方喻。希文有言：「先天下之憂而憂，後天下之樂而樂。」此殆公所壹鬱而誰與語者與。夫患氣之興，非一朝夕之故也，非夫文酣武熙、恣亡等之，欲而忘所事何以至此，令今群然易而從公之憂，不又將有不足憂者耶？不然天下之憂未有已時，君子之憂又安有已時也。而公方自謂有所託，而忘之其真能忘之耶！庭武承世好，先光禄舉拔萃科與公爲咸豐辛酉同年，而小子捧檄西來爲屬吏者，又先後五年於兹，嘗重辱公之知，乃亦謬自附於知公而願爲天下述也。於是乎書。

光緒三十有二年仲春，知武威縣事年愚姪張庭武謹叙。

阮静珊[一]明府序

觀察白公悟齋先生，嘗於河西節署，裒經史子集成語，爲汲古集聯二卷。時士惠司五凉權政，出以見示而屬爲之叙。士惠何敢叙公大著也。既而思之公世居高陵，士惠先世由鄂遷陜隸籍商山，逮士惠已四世矣。於公爲同鄉後進，公嘗登咸豐辛酉拔萃科，是年士惠伯兄卓山亦貢成均，於公叨屬年誼。公於戊戌春，秉節河西，士惠適署平番縣令，繼復補授永昌。又於公爲屬吏，是公生平出處大略即知。公之深者或無以加於士惠也，弁語簡末奚辭焉。公曩時館閣，迴翔譔述宏富，後主試秦晉，講學關中，校藝衡文，藻鑑稱當。乙未丙申間，河湟回亂，西師以勤，公以詞館文人借箸幕府，宏綜軍謀，戎事悉定。遂奉巡守甘凉之命，舉凡安民、察吏、清訟、詰姦諸政一於監司，握其樞要。暇時談經徵典，洞悉本原，僚屬無不欽佩。是編一出，足使學者觀其翦彩鏤金，頗有信手拈來之妙，非讀書萬卷者未能如此組織工巧也。原稿以愛不忍釋，留此披誦者幾二十許日，書此還之。

光緒三十一年乙巳冬十二月，知平凉縣事山陽阮士惠謹跋。

〔一〕 阮士惠，字静珊，陜西山陽人，善書法。中乙亥副榜，光緒十八年（1892）壬辰科殿試第三甲，賜同進士。歷任甘肅靖遠、平番（現永登縣）、平凉知縣，政績卓異加同知銜。清光緒三十四年（1908）阮士惠修平凉縣志。

趙施仲院長序

今人爲文，大都集古人字句以成，而非有所肇造於其間，唐宋且然，何論近代。故自經史子部而外有集部，别集之名，始於東漢；總集之作，昉自摯虞。文之以集名者，非惟不敢言作，並不敢言述，亦集而已矣。集之體無施不可，流别滋甚，集唐人句，或律或古；集文選句，或散或駢。若宋人制誥之體、楹貼之類，偶集成語，遂覺領異標新。而況胸羅四庫，目極千秋，高文典册，清詞麗句，奔赴腕下者乎？俯拾即是，不取諸鄰，自然湊泊，斧鑿無痕，有若天籟者乎？此何如之大集而僅云聯乎？

五齋觀察有汲古集聯之作，嗣又續稿，迴環雒誦，不啻坐古人而與之對待，登古人之堂而嚌其胾，萃數千百卷之精言奥語而靡不貫穿，洵可謂汲古得修綆已！夫當此異學争鳴、時務艱劇之會，學者多以細字縮本、日新月異之説，供玩耳目，幾不知經史子集爲何物。公乃獨寢饋於其中，知公之樂此不疲也。然公樂矣而未能忘憂，其自叙以爲古籍無窮，憂亦與爲無窮，請爲解之。杜少陵云：「憂國願年豐。」公莅五凉六七年，無歉歲，今歲倍慶豐登，公之憂可少紓云。

光緒乙巳嘉平月，治年愚弟趙元普謹跋。

張澤堂太守序

歲丙午，銑由比部改外將之官，過里門謁五齋師於河西節署，坐語移晷，及時事惄焉者久之，旋出所撰汲古集聯續命弁言。受讀既竟，作而歎曰是編之作，吾師之抗心於希古也至矣今。夫學古訓之乃有獲也，盡人知之。荒經之必至蔑古也，亦盡人知之。不古訓之是式，則三傳束閣，論語當薪，其流極不全舉經史子集胥付一炬不止。由是踰閑盪檢、佰規越矩不受約束於父師，甘作輕薄之子弟，其流極不至舉綱常名教之大，盡汩釋之亦不止，勢所必至，理有固然，而謂有風化之責者，能勿爲之殷憂也乎？　吾師憫時艱之孔亟、慮古道之將淪，舉素所博覽而淹貫者，掇其成言天然屬對，洵哉信手拈來都成妙諦已。初編既問世，又復踵而續之，蓋以憂時之心而爲此引人入勝之計，俾學者目覽神遊落落欲往知深味乎？　經史子集而維持名教綱常於不敝，則是編之所係詎淺鮮哉！　銑忝列門牆，罔知趨步師之、政教沐之而不能言之，自惟録録無所抱負而亦謬出而應世。叙斯大著而並窺作者之所懷也，不禁悚然自愧云。

光緒三十二年歲在柔兆敦牂寎月，新疆候補知府前刑部清吏司主事受業張銑謹序。

集聯續自叙

左傳魏子有言，諺曰：「惟食忘憂」。晉祖納好棋，其友王隱戒之。對曰：「我亦忘憂耳。」顧榮縱酒，謂友人張翰曰：「惟酒可以忘憂。」宋秦觀送李端叔詩有曰：「著書如結繭，聊以忘憂耳。」憂顧如是，其宜忘哉！　古聯之集當於著也。綦微而憂從中來，不能自忘，因續集之。歷夏載秋，得若干聯，於義仍無所取，而籍以忘憂，即以爲予之、食之、棋之、酒之結繭焉耳。　顧古籍無窮，可聯者亦無窮；　予之憂，正不知何日能忘之也，録而存之，並記緣起。

光緒三十一年歲在乙巳秋八月，高陵白遇道五齋甫叙於河西節署之退省書屋。

摩兜堅齋汲古集聯續

高陵白遇道五齋甫纂
同學 徐登第翰卿 楊懋源伯淵 劉炳堃文卿 王錫信紫泥 仝校字

力唯匹夫功隆千乘 後漢書蘇不韋傳郭林宗語
内靈八輔外光四瀛 宋樂章

實鳳非雜真龍非似 王僧孺從子永寧令誄
潛鱗在淵歸雁在軒 王粲贈蔡子篤

覆酈驕韓未足稱智 南史虞寄傳
吞花飲酒不可過時 雲仙雜記虞松事

骨氣高奇詞采華茂 鍾嶸詩品
識鑒通達器略優深 隋書高熲傳

式序百官亮協三事 後漢書周舉傳建和三年詔
研幾十篋探頤九流 駱賓王上兖州刺史

車服有輝旂章有序 曹植詩
包括無外綜析無形 後漢書蔡邕傳釋誨

樂天知命持神任己 後漢書蔡邕傳釋誨
節俗約訓反樸還風 江淹上便宜表

庸發西疆功興北翰 齊書高帝記贊
和光地緯穆是天經 東魏渤海太守王府君偃志銘

波振四海塵飛五嶽　陸機漢高功臣頌
室歌千耦家喜萬鍾　徐陵碑文

遏强字弱優老恤遠　楊夔文
佑賢輔德顯忠遂良　書仲虺之誥

後距屯威前茅警列　梁簡文帝大德頌
發身學劍餘力知書　白樂天羽林大將軍制

五威咸平四精或訓　江淹表
二方承則八慈繼塵　後漢書荀韓鍾陳列傳贊

道鬱平河聲超袞植　陳書始興王伯茂傳
泉飛藻思雲散襟情　唐代宗答王縉敕

器冷弦調心閑手敏　琴賦
夏始春餘葉嫩花初　梁元帝采蓮賦

芬芳竹素跌宕杞梓　唐王履清志銘
攦拾蒼雅刮磨詰盤　七觀

筆邁鍾張詞窮曹馬　册府元龜房元齡表
威震遐邇化漸蟲魚　金史樂志

乳獸揚威蒼鷹側視　史記酷吏傳贊
鴻漸盈階振鷺充庭　後漢書蔡邕傳釋誨

葛藟殖繁瓜瓞孕茂　宋史樂志
歧麥挺秀靈芝發生　唐王履清志銘

公旦操筆老聃爲史　隋書李德林傳
顔歜抱璞蘧瑗保生　後漢書蔡邕傳釋誨

朱距電摇錦身霞散　劉勰新論謂公輸刻鳳
祥光夜合清氣晨飛　張彙千秋鏡賦

雛雉必懷豚魚不爽　沈約齊故安陵王碑
犬豕同乳烏鵲通巢　隋書郭儁傳家門雍睦

學猶蒔苗化若偃草　潘尼釋奠頌

位參持斧功在埋輪　張鷟判

道隱旒纊信充符璽　任昉薦士表

化潭禽葦恩結生民　東魏渤海太守王府君偃志銘

職總表裏地聯機務　江淹爲蕭重讓揚州表

入爲腹心出作股肱　陸機辨亡論上篇

畜牧新秦謳歌薄洛　唐朔方節度副使王履清志銘

佩文北海省土南方　崔融啟母廟碑

吐者外壤食者内壤　穀梁隱三年日有食之傳注

賢以事言仁以德言　朱子論語注

蚪踴螭騰麟超龍翥　七命

電繞蛇擊霧合星羅　周書文帝紀

輒復往研遲承來析　周顒重答張長史書

雖非後作亦有前云　李子卿受衣賦

枝葉相扶首尾爲用　曹冏六代論

才賢翕集文墨雰芬　陶翰送惠上人序

雕琢瓊瑶刻削杞梓　北史文苑傳序

望慕閶闔徘徊闕廷　魏志管寧傳

治天静地和神敬鬼　北齊書文宣帝紀

循圖訪典去泰捐雕　王勃乾元殿頌

典器銘勛高視千載　唐郭子儀副元帥制

申情寫素經緯羣言　傅休奕銘

大巧若拙大辯若訥　老子

不扶自直不鏤自雕　王勃乾元殿頌

四照紛吐五衢異色　梁簡文帝湘宫寺碑

三垓上列四陛旁升　北齊樂歌
匿景藏光嘉遯養浩　魏陶邱一等薦管寧
求賢啟化追善宣功　隋書音樂志
馬蹂麇鹿輪轔雉兔　張衡羽獵賦
左挈夔龍右提蛟鼉　馬融廣成頌
二年而足三年大壤　列子天瑞篇
五日爲期六日不瞻　詩小雅采綠
偉人巨器量逸韵遠　抱朴子
含章素質冰絜淵清　陶邱一等薦管寧
内總朝政外供軍旅　宋書劉穆之傳
仰叶宸耀上屬台階　王褒于謹志銘
雄長一州偏在萬里　吴志士燮兄弟並爲列郡
橋非七夕節是三秋　唐明皇石橋銘

跗蕚連輝聊椒繁衍　北史李賢傳弟遠穆傳論
澤葵依井荒葛罥途　鮑照賦
殆逼前良見希後彦　庚肩吾畫品
非惟天時抑亦人謀　蜀志諸葛武侯答先生
鑽仰墳素棄絕華綺　李諤上高祖書
講述禮樂吟咏詩書　魏邴原別傳
日無擇言身無擇行　魏邴原別傳
飢不苟食寒不苟衣　魏略焦先
祇奉六條力蠲百蠹　劉克莊劉金部謝除浙西倉表
陽開三脊祥和五雲　駱賓王請封禪表
申胥辭祿子文逃賞　魏志田疇傳
王陽在位貢公彈冠　漢書王吉傳吉字陽

儒生俗士豈識時務　襄陽記司馬德操答劉先生

篤學博聞宜備國師　後漢書趙典傳公卿表薦典

音聞魯壁形鏤夏鼎　顧况戴氏廣異記序

恩封漢篋賜廣魏匳　劉孝威謝賚林檎書

蛇盤綬結龜回印轉　庾信柳霞志銘

虹橋左跨雁苑南通　梁元帝賦

論洽搢紳名喧輦轂　蔣伸授鄭涓徐州節度制

目覽辭訟手答箋書　宋書劉穆之傳

茂績昭宣殊勛薦洽　韓儀授王鉉常山郡王制

雅歌内協頌聲外揚　傅休奕朝會賦

養性消痾還年駐色　劉峻山栖志

基忠踐孝抱約懷虛　王僧孺從事永寧令誄

魯極曾參鈍踰龐統　顧雲投劉學士啟

廉侔伯夷直過史魚　魏明帝詔褒高堂隆

紫幄承慈青衿禀訓　梁簡文帝應令詩

金閨流耀玉牖含英　湯惠休楚明妃曲

侍子見留都護尋出　後漢書西域傳莎車

謀夫演略武士奮威　欲正釋譏

蜀闖䨲傑𢾊䵊仉啓　梁四公記天監中四公謁武帝

伯樂寒風秦牙葛青　淮南子四人所相各异其知馬一也

體道同德絕名除利　道德指歸論

踐仁履義抱質含文　李嶠豆盧欽望秋官尚書制

聲溢金石志華風月　宋書顔延之傳

廟授鐵鉞廷賜旌旗　吕温代鄭南海謝上表

青衿向訓黄髪履禮　李白任城縣令廳壁記

朱祧生祉緑字摛英　謝朓詩
周情孔思日光玉絜　李翰韓昌黎集序
英謀雄算電掃風行　徐陵陳公九錫文
食蘗養廉執心斯在　余靖舊屬饋物判
安貧樂賤與世無營　蔡邕釋誨
顯證一乘宣揚三慧　王筠草堂寺碑
疆理九野經營五山　後漢書馮衍傳
九截同文八極齊軌　梁簡文七勵
三山降祉二鳥凝神　東魏渤海太守王君偃志銘
鳳艷風飛鸞文飆豎　梁元帝簡文法室聯壁序
龍譙霧鬱鶴禁霞披　王勃乾元殿頌
菲言厚行陶化染學　魏都賦
奇文美藝通微入神　曹植詩

耳目殊司工藝異業　何承天答宗居士書
公私兩遂忠孝幷存　拓拔興宗請侍親表
步中雅頌縣合韶護　王中頭陀寺碑
光燭綺綉和流笙鏞　宋史樂志
周風既洽王猷允泰　束皙補崇丘
堯文載鬱禹律惟精　楊億賦
一人有慶萬邦是祐　王讚侍宴詩
四始盡在六義無遺　白居易賦
勛極皇天澤充區域　楊炯荆州牧成知禮神道碑
仁消大怖辨灑群疑　李華東都聖禪寺碑
聲動響飛形移景發　七命
實茂號榮玉振金相　宋史樂志

浹宙斯澂綿區咸鏡　謝莊文

坐臺待水抱樹而燒　邯鄲淳曹娥碑

疊履專城再揚邦采　東魏渤海太守王府君偃志銘

少窺上路試睨重霄　李商隱啟

禮邁時周樂超英護　王儉釋奠詩

謬窺竹素常稟盤盂　温庭筠上蔣侍郎啟

岫濃翠合林虛桂靜　江總石室銘

雲飛月鏡漢舉星明　東魏渤海太守王府君志銘

建侯開國渙爵般秩　揚子太元經

衆才君子駕福臨門　易林

英袞簉朝賢武滿世　江淹表

壺漿迎路繈屬隨車　杜牧韋有翼授中丞制

蒸餅十字湯官五熟　梁簡文七勵

豐肴萬俎旨酒千鍾　晉書樂志

六馬同鑣萬流共貫　沈約内典序

三合成氣九化凝神　雲笈七籤

才包三古雲該九聖　拾遺記謂劉向

功燭上宙德耀中天　謝超宗樂章

九流凝序三光平耀　宋書臧質傳

二儀交泰七政順行　宋史樂志

規同榘合實踵高步　梁元帝陶宏景碑

道成德立還歸舊廬　先賢行狀王烈

性託夷遠少屏塵襍　任昉王文憲集序

行爲世表學任人師　陳群薦官寧

黿顧印房蛇盤綬篋　張說冉府君神道

鶴回清汎鸐聚堋雲　張說延州豆盧使君萬泉縣主薛

氏碑

十家爲什五家爲伍　管子
千里如郊萬里如圻　李庚東都賦
蛇陣翼張虎賁環帀　丁謂大蒐賦
魚甲煙聚貝冑星羅　王融三月三日曲水宴詩序
丹陵蘊德元邱棲聖　江淹文
彤雲鬱碣素靈告豐　史記索隱述贊
稟靈山川爲世梁棟　劉敞上劉資政啟
書功金石圖形丹青　吴録孫策使張紘爲書責袁術
五運改卜千齡啟聖　舊唐書音樂志
重光昇耀百化惟新　吕温賀順宗登極表
百蠻非衆八荒匪遜　北齊元會大大享歌
五品斯訓七政以齊　梁書元帝紀

廉不言貧勤不言苦　宋史張詠傳
否以知屈泰以知伸　陸胘乾坤爲天地賦
七德含章四星連耀　庾信步陸孤氏志銘
三河徙植九畹移根　庾信枯樹賦
激水則旱激王則悖　管子
任人者逸任力者勞　韓詩外傳
周流墳素詳觀圖牒　劉峻書
考正亡逸研覈異同　北史儒林傳
鳳羽呈姿龍媒騁逸　許敬宗尉遲恭碑
虎門齒冑蟻術横經　李嶠授崔挹司業制
天道敏生地道敏政　家語
象事知器占事知來　易繫辭

循名責實察言觀效　後漢書王堂傳

遺物執一妙世頤神　陸雲登遐頌

玉映鱗辰蘭芬綺歲　陳書始興王伯茂傳

霜凝碧宙水瑩丹霄　王勃七夕賦

貴視漢貂榮兼趙印　沈珣授畢諴邠寧節度使制

業光夏校德茂周庠　劉孝綽爲東宮奉經啟

澄之不清撓之不濁　後漢書郭泰傳叔度之器

約而能張幽而能明　淮南子

苟有良田何憂晚歲　北史楊侃傳

豈必蜀壤亦產余邦　竹譜

萬屬宅心四夷修款　唐無名氏洞庭張樂賦

六瑚賁室八羽華庭　齊樂章

清論光心英辯溢目　宋書顧（愷之）〔愿〕傳

謀臣盈室武將連衡　陸機辨亡論

鹿毛爲柱羊毛爲被　古今注所謂秦筆蒼毫

龍珠在頷鮫珠在皮　古今注

卿士惟月師尹惟日　書洪範

仁義爲名禮樂爲榮　魏武帝樂府

性命可捐殊私難答　劉孝威謝東宮賜净饌啟

內誠不足色示有餘　大戴記

本茂條遠基崇體峻　隋書元德太子傳

謀從筮協神與民推　宋書臨川王道規傳

丹墟獻迹青臺墜卵　王勃乾元殿頌

元甲耀日朱旗絳天　後漢書竇憲傳

鑄玉垂光雕金寫質　沈約綉佛贊

練甲照水總戈成林　宋書桂陽王休範傳

鏤器倕雕孤枝伶律　梁簡文七勵
接羅晉岸高屋梁龐　朱果巾贊
鑠金鏤木分苞燒埴　新語奚仲
潰雷纏風升雪颯星　杜甫有事南郊賦
鹿邊是麞麞旁是鹿　夢溪筆談王雱數歲事
鷹化爲鳩鳩化爲鷹　夏小正
狹過彭碣高踰嵩華　劍閣銘
上建華蓋下躡斗魁　雲笈七籤
海度六舟城安四攝　梁簡文帝菩提樹頌
恩逾三接詔復兩河　于邵送張中丞歸魏博序
龍不隱鱗鳳不藏羽　後漢書陳留老父傳
鵲奚夕瞽鴟奚晝盲　埤雅顏之推語

情廓志遠慮静神謐　謝偃聽歌賦
陰沈陽昇柔屈剛興　傅休奕箏賦
積學基身含章表質　張說策問
孕金成德履艮爲尊　牛宏黄帝歌宫音
珪璪入朝輶軒出使　隋書高帝紀
旌旗備物金革揚聲　吴志薛綜傳
鑽研六經汎濫百氏　梁昭明太子與何胤書
進麾八老顧拂四童　陶宏景賦
龍金其鱗烏赤其色　宋書樂志
鷗浪不震鷺濤不驚　王起浪井賦
隼質難羈狼心自野　晉書載記
鴻私薦及蠡力何堪　馮宿謝節度使表
幼慕功名早懷壯槩　崔遠授蘇文建節度使制

內含茂質外發英華　張華章懷皇后誄
金聲玉貌蕙心蘭質　王勃七夕賦
海墨樹筆竹紙花書　李邕五臺山清涼寺碑
蝶困蜂酣燕嬌鶯姹　黃機詞
蛇身虎鼻螭質龍胎　皇甫嵩大隱賦
謳吟坰野金石雲陛　文心雕龍
標拔志氣黼藻精靈　法書要録
戒香恒馥法輪常轉　隋龍藏寺碑
佛日初照慈雲不偏　江總建初寺碑銘
圓質虛中深根勁節　陸璣詩疏竹冬生草也
銀宮金闕紫府清都　六帖
錦身霞散綺翮猋發　劉勰新論
蘭肴山聳椒酒淵流　邊讓章華臺賦

麗日重光非煙五色　宋史樂志
玉礎方丈花臺百尋　盧肇新興寺碑
賓客簡通公卿罕顧　梁書謝朏傳
川谷苞異山林育材　隋龍藏寺碑
八音循通萬舞凌亂　杜甫朝享太廟賦
三和實俎百味浮蘭　庾信樂府
香餌鈎魚金丸彈鳥　法苑珠林
飛軒引鳳游軿駕鴻　陶宏景水仙賦
卿月照庭堂霜輝質　豆盧詵宗公神道
徽風協律甘雨灑津　宋書符瑞志
人協覆蛇俗化匡螘　梁簡文帝唱道文
裙飛合燕領斗分鸞　庾肩吾謝春衣啟

閑邪以誠鎮物以默　晉書樂志
規主於足離項于懷　陸機漢高祖功臣頌
如跂斯翼如矢斯棘　小雅斯干
不棟而隆不廬而穹　吴澄銘
温席扇枕承顔悦膝　庾信拓拔儉神道碑
平鱗鏟甲落角摧牙　庾信枯樹賦
棗酸梨酢桃榹李薁　庾信小園賦
星敷電發霧變霞蒸　中時行瑞蓮賦
威過周召功逾絳灌　魏文帝封朱靈歙侯詔
俯觀劉漢仰接姜桓　陸雲李少君頌
繼父相位封侯故國　前漢君韋元成傳
拯壓傾構引溺危波　沈約頌
圖緯協期謳謡扇懦　周邦彦汴都賦

東西角艷南北鬭英　高道素上元賦
鳥伏蛇騰鶚擊隼放　成公綏螳螂賦
鳳翔鸞踦孔質翠榮　傅休奕鸚鵡賦
以爲鷹鸇不如鸞鳳　後漢書仇覽傳
譬驅豺虎而赴犬羊　後漢書鄭太傳
顯秩崇階俄來倏至　王僧孺除吏部郎啟
秋窗春户冬燠夏清　王僧孺太常敬子任府君傳
育質雪園淪精月殿　宋史樂志
交書河楚置傳江吴　江淹文
威儀端詳容服光整　東觀餘論諸葛恢稚女
風質簡遠音辭淑清　劉大貞杜府君神道碑
簡札錯亂傳説紕繆　隋書經籍志
根柢盤屈枝葉扶疏　駱賓王浮槎序

王者不四霸者不六　吕氏春秋
書分爲二詩分爲三　隋書經籍志
五嶽四瀆潤洽爲德　易林
清塗華轍叨廁累仍　王僧孺除吏部郎啟
迴算帷幄不出户牖　吴志趙達
少總經藝尤善春秋　吴書吴郡沈珩能專對
術道高藐才智淵蔚　劉鳳道德指歸序謂嚴君平
風宇沖曠襟懷坦夷　蔣伸授鄭光節度使制
小中示大大中示小　關尹子古之善揲蓍灼龜者
伸道致詘詘道致伸　揚子
守則有威出則有獲　吴志朱異傳注賦犬
泊然若山澹然若淵　王朗諫舉軍東征疏

玉甃浮輝朱星湛耀　虞倩鑿井獲鏡判
青氣摇杜白雲入房　徐彦伯南郊賦
驍果馳聲剛柔藴用　張元宴制
風波駭吐光景晦明　梁簡文吴郡石像碑
榮妻任子亢宗潤族　顧大韶後虱賦
匡君濟俗興國隆家　晉書江統傳
煉鶴一羹醉猫三餅　清異録居士李巍求道山中
眠龍旁繞倒鳳雙安　梁簡文帝賦
位極人臣禄賜百億　諸葛武侯集答李嚴書
信著金石義蓋山河　吴志魏文帝策命孫權
麈尾留紅蠅點變白　埤雅
鹿耳照壁烏紗映窗　朱果巾贊
連觀霜縞周除冰凈　謝莊月賦

綺籠金鏤縹壁椒薫　隋龍藏寺碑
虞衡掌木班倕葺宇　崔融啟母廟碑銘
綈錦亂色丹素成文　隋龍藏寺碑
香吐六銖煙浮五色　梁簡文帝八關齋制
内養萬民外撫四夷　范仲淹文
天鑄廣裁地靈厚載　江淹爲蕭驃騎讓表
玉潤貞質蘭芳粹容　邱隆田緒神道碑
舉頭畏觸揺足恐墮　後漢書趙壹傳
棲心古烈擬踵前修　傅亮傅府君銘
累蒙新恩重忝清貫　劉禹錫啟
翦棄粗類收聚輕英　閭邱均表
宜荷百禄乃朋三壽　獨孤及文
高照萬古渺視九寰　林景熙賦

白馬向郊丹旐背鞏　梁簡文帝文
赤熊旦繞素雉朝翔　梁簡文帝頌
布治房心決政參伐　蜀志秦宓
觀象雲物察應寒温　吴志虞翻孔明稱其易注
張氏得鈎何氏得算　三輔决録
王者敬日霸者敬時　荀子
草螢爛燈田蛙作市　葛長庚翠麓夜飲序
鸝鸞切鏡旅鶴驚弦　王勃七夕賦
五鳥六鴟相對蹲伏　易林
象蛇似雉自生子孫　郭璞圖讚
陶冶性靈含煦動植　許善心神雀頌
冒履鋒鏑涉歷險危　楊夔創守論

索解元儒旁總歷緯　梁肅和尚碑
別屯將壘專領郡城　白居易制
奇偶雖殊錯綜各等　關朗易傳
喧議競起準的無依　鍾嶸詩品序
朱明來思青陽受煦　陸雲詩
素雲流社白水貞祥　李乂文
秋桂遺風春蘿罷月　北山移文
青柰開暑貞檜凌寒　梁簡文帝南郊頌
巴豆毒魚礜石賊鼠　桓譚新論
薰艾出蝨冰盤去蠅　黄庭堅文
居上克明當中益熾　賈嵩夏日可畏賦
踰矢稱大出尋爲長　竹譜
易衣而出併日而食　禮記

虚襟以伫側席以求　陸贄策問
木衣綈錦土被朱紫　張衡西都賦
夏撫鄠杜冬恤涇樊　揚雄文
前莘後河右洛左濟　國語
吞虞孕夏罩漢籠周　梁簡文帝菩提樹頌
君臣兩興功名兼立　後漢書馮衍傳
損益異運文樸遞行　後漢書仲長統傳
道高周誦契叶商皓　隋書史祥傳
室如夏甫狀等安期　王僧孺永寧令誄
氣宇端重音吐洪亮　元史張顗傳
天資秀傑世載雄豪　徐陵侯安都德政碑
駭聲騰雷驚波凑日　張仲素河橋竹索賦
仙風歷廡凌霰飛英　李華含元殿賦

資器絶人幹宇超世　晉書劉元海載記
耳目應心股肱運身　舊唐書馬燧傳
伏羲弦琴農皇制瑟　魏書樂志
甘羅乘軫子奇剖符　左思白髮賦
日月争光風塵不動　吴志諸葛恪
君臣道泰上下俱榮　習鑿齒論張昭之拒命待焚
區脱晝空兜鈴夕解　王子可詞
獻琛方至捧篋圓來　李君房海人獻文錦賦
執恭除患禦侮致福　易林
尋山玩水散志娱神　朱桃椎茅茨賦
晝減夜增江河滿溢　漢書溝洫志
鸞跂鳥峙志意飛移　草書勢

結罝山陵芟夷林莽　吴志賀邵
尋案傳記考合異同　吴志韋昭
陽穀獻酒子反以弊　後漢文苑劉梁傳事見淮南子
齊桓好樂衛姬不音　後漢崔琮傳外戚傳
達隱不巖玄迹不標　庾闡文
煦物如春化人如神　裴度諸葛武侯碑銘
直準箭馳屈擬蠖勢　劉邵飛白書贊
質以文美實由華興　後漢書張衡傳
南解虞鄉北解臨晉　路史
春夢發生夏夢高明　潛夫論
剛爻爲朝柔爻爲夕　周易集解虞翻語
銅兵轉少鐵兵轉多　江淹銅劍贊序
彤雲晝聚黄星夕映　虞世南文

重譯歲至休瑞月臻　宋書符瑞志
貧庾而稻賤笥而褐　李庾西都賦
神龍不匹鷙鳥不雙　淮南子
含穎懷粹凝和習懿　宋史朱昂傳
駕肩排踵兼鑾渾夷　梁周翰五鳳樓賦
河圖命庖洛書賜禹　漢書叙傳
伊公在亳渭老師周　徐陵與王僧智書
賞罰雖存莫勸莫禁　張載酃酒賦
禮儀攸叙是獻是酬　嵇康太師箴
功高開闢理微稱謂　宋書高祖紀稱謂書名
鑒周日月妙極機神　劉勰新論
明位示士明惠示衆　汲冢周書
思固醜轉思信醜姦　汲冢周書

所大即駢所多即贅　莊子注
不知乃貴不見乃神　阮籍大人先生傳
錦瑟高張紅妝初薦　吴伯允感秋賦
素煙晚帶白霧晨縈　沈約郊居賦
絳樹參差瓊英對艷　高道素上元賦
紅桃含英緑柳舒荑　謝惠連秋胡行
處法平允考績連最　隋書柳綽傳
覽志上載洽鏡前聞　江淹文
競有兩端事難雙允　李仲和津吏下方傷水判對
身長八尺腰帶十圍　周書庾信傳
伏波受脈樓船示衆　庾信文
延陵高揖華夏仰風　後漢書劉祐傳

擊磬待憂搖鞉察訟　禹本紀

吹律定姓紀鐘甄聲　帝王世紀

馳騖墳典釐改僻語　隋書劉炫傳

嚴立關堠杜廢間蹊　宋書何承天傳

泰華砥崿衡霍增隤　盧柟天目山賦

璆懸凝會涓朱伫聲　宋史樂志

人蓄油素家懷鉛筆　任昉表

德敷象魏道藹丘園　宋書王敬弘傳

雉交不再雀交不一　禽經

羊食如燒牛食如澆　蠡海録

方琮有燭圓珠無纇　梁元帝侍中新渝侯墓誌銘

元雲結陣赤暈投鞭　錢菜雪賦

傳煇寫液照潤區宇　法苑珠林序

癡經贖緯纖綜紛披　宋濂拙庵記

仰祇皇靈俯順人願　隋書高祖紀

標置舊址開浚新基　江總芳林園天淵池銘

憬琛夐賁兼澤委效　宋書符瑞志沈演之嘉禾頌

忭風儛潤憑附彌年　宋書孔覬傳

陰陽爲庖造化爲宰　李白明堂賦

爵位不謙田宅不虧　汲冢周書

一筍可輕八厨斯引　王僧孺答江炎書

半丁奚誚幾艾何咍　譚貞良笑賦

天命難知人道易守　後漢書馮衍傳

忠肅内發款誠外昭　吴志魏文帝策命孫權

匈奴未滅去病辭館　吴志陸遜子抗

汲黯在朝淮南寢謀　吴志步騭上疏

崇山浚川鈎結盤護　歐陽詹曲江記
聯字合趣割毫剖釐　文心雕龍
室鼎留銘琱戈餘讚　庾信周譙國夫人步陸孤氏志銘
金風始扇銀河未傾　唐無名氏月照寒泉賦
九泉別潤五谷異巘　宋書謝靈運傳
三潭印月兩峰插雲　名山記西湖十景
巨象行乳神黿忭舞　晉書樂志
飛蛾不息縈蠶自纏　梁元帝梁安寺刹下銘
湯沐光啟珩緄昭被　沈約爲長城公主謝表
琅玕翠蒨珊瑚艶呈　盧柟天目山賦
走電奔雷耘空蒔朽　王勔游北山賦
揚襟振弁粲齒舒顔　戴表元喜友堂賦

大小偃仰平直振動　王羲之題筆陣圖
雕治圓轉刻削磨礱　吴越春秋 一夜天生神木
左有噬熊右有齧虎　易林
翩若驚鴻婉若游龍　曹植洛神賦
偶玷班行坐縻廪禄　真德秀除校書謝丞相啟
佇膺大拜即印前猷　戴翼謝鄭樞密啟
衛包蔡鄰功夫亦到　法書要録
鮑叔敬仲分財無猜　陶潛與子書
溪谷爲牝邱陵爲牡　家語
日月相值星宿相當　常倫博賦下句天文絢矣
或側如弁或凹如臼　陳連皆山軒賦
以逸待勢以飽待飢　武經總要
織者漸進耕者漸退　新論

融而爲川結而爲山　西湖志餘王翰林過奏對孝宗
管召魚樂杯薰鶯醉　宋之問餞獨孤少府序
朱塗電散雕飾霞蒸　俞安期衡岳賦
埒奇夏瑚侔巧周瓚　袁宗道玉壺冰賦
藏形月府遁迹冰床　梁昭明太子林鐘六月啟
觸山飛沫連雲步靄　夏允彝太湖賦
擘日組月吸電拘雷　蔣德璟隱真賦
釁起射天妖凝鬬日　許敬宗尉遲恭銘
花妨過帽柳礙移門　陸龜蒙幽居賦
惠此黎民納彼輔弼　前漢書韋賢傳
内不沾洽外相包容　吴志孫峻
燕噪吴王烏驚御史　庾信鏡賦
蠹侵嘉樹蛀耗米珠　顧大韶後虱賦

君良臣忠上唱下和　崔損飲至賦
左賢右角沙潰土崩　陳書高祖紀
滅意囂湫寄心寥廓　王僧孺雲德師碑
候月盈缺推日短長　張季友閏賦
曩夕猶賤凌晨已貴　謝觀吴坂馬賦
麗天垂象繼日代明　宋史樂志
馬邑星輝龍城月動　庾信周上柱國齊王憲碑
雕鶬霞豔翠幕雲飛　張先燕春臺詞
夾渠二田周嶺三苑　宋書謝靈運傳
森漫八海汯汩九河　陶宏景水仙賦
合樂用柷止樂用敔　書合止柷敔疏
大波爲瀾小波爲淪　爾雅

龜筮兆吉天人叶應　李時勉北京賦
精華浮邕誠監昭通　殷淡登歌樂詞
春多膏澤夏潤優渥　易林
上規圓覆下準方輿　陳樵玳瑁賦
通夢交魂開襟送抱　南史張充謂王儉
原始反終分壥畫封　路史太昊贊
中外同歡士夫相慶　蘇軾賀孫樞密啟
山河命德天地興祥　楊炯夫子廟堂碑
太極紛綸元氣明練　魏志田豫傳
天險巖曠地限深遐　宋書袁淑傳
斯弦斯誦相規相誨　元明善武昌路學記
現生現滅道聖道凡　法苑珠林
鷄寒上距鴨寒下觜　老學庵筆記

象自蹈土鹿自食苹　論衡
薜蘿齊致簪裾混迹　王勃九成宮頌
井絡躔曜江漢昞靈　水經注
學問開益籌略奇至　吴志權與陸遜追論吕蒙
威惠部伍智勇分明　會稽典録羊衜與滕胤書稱鐘離牧
人過百息水踰十沸　十六湯品第三百壽湯
北通二轍南湊五方　陸倕石闕銘
識量淵通志懷沈静　周書王褒傳亦字子淵
徵祥雜沓符瑞爚輝　宋書文帝紀
顔叔子夏遨遊仁宇　易林
伯虎仲熊德義淵閎　易林
三光重輝百辟拱列　七觀

四靈晨耀五緯夕明　宋史樂志

翊亮天地流名鐘鼎　隋書李德林傳

鑒鍠鐘鼓掩抑簫笙　隋書音樂志

晝翦綺紈夜調砧杵　張河授衣賦

筵開玳瑁樂奏篁簧　呂溫野先生五老圖賦篁中管也

積石成山積水成海　文子

取甲嫁庚取乙嫁辛　路史

開榮灑澤廓纮恢網　何宗彦東宮儲學賦

避狂擊惰取暴撫羸　元稹批劉悟謝表

百穀斯登萬箱攸薦　唐雲禮樂章

六出争妍雙尖鬥芳　錢棻雪賦

經陰緯陽象天法地　莫旦大明一統賦

識機洞變藏往知來　劉鳳道德指歸賦

臣星垂采景雲立慶　沈演之嘉禾頌

涷醴流澌温酎躍波　左思賦

明德光翹天資秀朗　陸雲啟

雜變並會雅聲遠姚　漢書禮樂志

慈故能勇儉故能廣　老子

凄然似秋暖然似春　莊子

七珍非羡三達斯仰　沈約彌陀佛銘

九原如生終古永譽　元平章董士選贈三代制

多將騎士來就馬耳　吴志胡綜僞爲吴質作降文

獎飾駑猥方駕駿珍　盧諶詩

去者奔追迎者嬉戲　蔡襄慈竹賦

力則張勝態則高强　王氏書苑

玉振金聲水增川涌　高觀國爲放翁壽詞
時和歲稔仁顯用藏　宋史樂志
仰謝邱明長揖南史　高允詩
昔慚柳下今愧孫登　嵇康遭吕安事爲詩自責
忠肅爲基恭儉爲德　吴志魏明帝策命權
天地貞觀日月貞明　蜀志秦宓
寢則同床食則同器　華陽國志劉先生與關張
屵之勹山夰之勹天　元包經屵音嵲夰音昊
安身爲樂無憂爲福　蜀志秦宓
反刓以樸剗僞以真　唐書韓愈傳贊
味靈丹砂氣驗青臒　江淹蓮花賦
堅同白玉直若朱繩　唐中宗制
德懋懋官功懋懋賞　尚書仲虺之誥

得全全昌失全全亡　史記敬仲完世家淳于髡語
哮窌巧老港洞坑谷　長笛賦
娥媌曼睩窈窕融怡　李綱迷樓賦
鳳凰來翔騏驎吐哺　諸葛恪别傳蜀志費禕嘲吴君臣
蛇豸腹竄蠐螬背行　造化權輿
大必字小小必事大　漢晉春秋晉文王與皓書
温非親臣臣非愛温　吴志將軍駱統表理張温
度遼横海踰嶺越嶂　隋書百官志
方軒邁扈比舜凌媯　隋書音樂志
蛹以爲父蛾以爲母　荀子論蠶理
馬亦不剛轡亦不柔　汲冢周書
見形爲容象體爲貌　鬼谷子
上好如雲下效如川　潘尼釋奠頌

占天知地與神合契　後漢書謝夷吾傳
泥而亂頭忍耻少羞　易林
薛徵於人宋徵於鬼　左傳下句宋罪大矣
牛化爲虎羊化爲狼　述異記周幽王時
如怨如慕如泣如訴　蘇軾賦客有吹洞簫者
非俗非僧非凡非仙　西湖志餘濟顛贊
習習祥風祁祁甘雨　靈臺詩
渾渾長源蔚蔚洪河　陶潛詩
居身清白規略明練　魏志田豫傳
道識虛遠表裏融通　任昉蕭公行狀
俯而微笑仰而流盼　阮籍達莊論
文不加點筆不停毫　隋書許善心傳

珍怪琅玕瑶瑾翕絶　琴賦
金石諧節圭璧光華　宋史樂志
山圖其石川形其寶　魏都賦
内順於家外同於邦　朱子敬恕齋銘
鍾子授箏伯牙擊節　貫彬箏賦
奉春建策留侯演成　西都賦
翠旄珠鬣玉珂金鐙　女紅餘志王宏妾江無畏馬
重輪貳轄疏轂飛鈴　東京賦
飢欲啖牛渴思飲海　化書
來如降燕往似飛晨　徐幹詩
賄以商通財以工化　魏都賦
禍與福同形與德雙　史記龜策傳
菊不落華蕉不落葉　群芳譜

詩無達詁易無達占　玉海董仲舒語

雕繪色澤張皇情藴　祝允明建康觀雲記

徘徊櫳檻俯仰庭墀　董夢桂吐綬賦

四校畢陳六飛夙駕　楊侃皇畿賦

三官齊歡萬福昭膺　宋史樂志

功役相疲勞逸相待　吴志陸瑁

行止有道啟塞有期　郤正釋譏

地虧巽維天缺乾角　山海經郭璞共工贊

薰靄中寓景纏上微　宋史樂志

五飪調神三芝輔性　梁簡文帝七勵

九章停列八舞回墀　隋書音樂志

載韜政刑載崇禮教　宋書樂志

或任腹心或堪爪牙　吴志陸遜

處火不焦入水不凍　博物志魏明帝時有焦生裸而不衣

爵功無重戮違無輕　曹植文

美色含光輕姿約素　高似孫水仙花賦

祥雲覆户吉夢捫天　玉海捫天見後漢書鄧後紀

連階累任逐極臺閣　後漢書文苑黄香傳

擢德塞性以收名聲　莊子駢拇篇

光昭丹掖輝映青闈　陳書鄱陽王伯山傳

甘清玉露味重金液　梁簡文帝謝東宫賜柿啟

單費百縑用功千億　後漢書王符傳

内厨五鼎外膳一肴　西京雜記高賀譏公孫宏

鐘鼓既陳雅頌斯變　宋書樂志

鶯鵬雖異風月是同　梁昭明太子錦帶書

修榦罕雙枯條每隻　盧照鄰病梨賦
類麻能直方葵不傾　顏延之蜀葵贊

出握秦機入參齊政　潘岳吊孟嘗君文
理殊吴夢符炳漢謠　潘炎月重輪賦

浮屠害政桑門蠹俗　梁書范縝傳
寒圭變節冬炭徙筒　梁簡文帝梅花賦

斷木爲棊抏革爲鞠　揚子下句皆有法焉
吹律求聲叩鐘求音　魏書太武五王列傳

根柢槃深枝葉峻茂　文心雕龍
才力雄富士馬精研　蕪城賦

悄然而悲肅然而恐　後赤壁賦
茂焉非枯森焉非喬　王十朋巖松記

閣筆相視含毫不斷　唐書劉知幾傳
衆才必萃大厦可成　陳書世祖紀詔

轉石他山搜辭直筆　馮宿殷公家廟碑
耀姿天邑衣錦舊邦　高允徵士頌

蹲螭坐獅堆青凝碧　艮嶽記
揚鬐掉尾噴浪飛涎　郭璞江賦

上覽易遺下情難達　齊書明帝紀詔
乾健天行坤順地從　朱子文集

親賢貴士納奇録異　吴志魯肅周瑜謂肅今主人
嘉善矜愚忘過記功　吴志陸瑁

怒氣開弓息氣放箭　射經
湘君鼓瑟元君奏簧　任家相招黄鵠賦

白龍赤虎起鬢俱怒　易林

明珠翠羽無足而馳　宋書謝瞻傳贊

九州珍雜八方豐貴　梁簡文帝七勵

五光徘徊十色陸離　江淹麗色賦

商管漸高姬紈弗御　馮子振十八公賦

稽琴絕響阮氣徒存　晉書稽阮傳論

嶠嶠秀姿卓卓英韵　孫綽潁川府君碑

峻峻霜氣敕敕風威　鮑昭蕪城賦

四氣易流三光遄至　陳書後主紀

五音克備八變聿施　賀知章樂章

高而益崇動而愈據　後漢書黄瓊傳

禍不妄至福不徒來　史記龜策傳

易貴隨時傳美觀釁　吴志陸抗疏

文湮棗野武作瓠歌　前漢書叙傳溝洫志

頃田不租十妻不算　後漢書南蠻傳板楯蠻夷

决鼻而羈生子而犧　淮南子説山訓

或譏蟄熊亦誚癯鶴　蔣德璟隱真賦

譬諸木犬猶彼泥龍　北齊書文宣紀

得雄者王得雌者霸　史記秦本紀得陳寶注

豈神之祇豈人之精　蜀記晉鎮南將軍劉宏祭諸葛文

時斷則循智斷則備　越絶書

動物斯大植物斯高　束皙補崇邱

短狐射氣蛷螋遺溺　埤雅

黄腰啖虎飛鼠斷猿　陰符經以小制大在氣不在形

初憂後喜與福爲市　易林

送往事居耦俱無猜　左傳

周流華夏游集帝學　蔡邕郭有道碑
言辨國典辭定皇居　應瑒文質論
鶴樹還春龍泉更曉　梁簡文帝元圃園講頌序
兔株是守蛙井與居　玉海
霧廓雲除冰銷瓦解　隋書楊素傳
雷動電熛胡縊莽分　班固典引
瘞玉埋俎藏芬斂氣　隋書音樂志
望表知裏揆瑜識瑕　玉海
臧否不同褒貶殊致　范寧穀梁傳序
豆登在列鼎俎斯儔　宋史樂志
色出圭璋步嚴龍虎　韓琦文
氣成風雲聲爲雷霆　學圃藼蘇首生盤古
九流七略咸所該練　梁書庾承先傳

千變萬化譬彼懸河　隋書李德林傳
觿角鼙鑿蛾綠螺黛　江道會墨賦
虎頭龍足蟒目蛟眉　述異記蒼梧有鬼姑神
天高地下日盈月闕　禮記月令疏
土厚石重山峻川深　盧肇海潮賦
韓魏接連齊秦悠永　張衡天象賦
唐虞受禪文武融和　顧璘鳴蛙賦
原情定過赦事誅意　後漢書霍諝傳
隨感變質應德效靈　皇甫碑
班犬良賦趨黿空肚　古今詩話係敬當赴飲四字
天鷄唱曉靈烏晝踆　楊炯渾天賦
危心恭德政察奸勝　後漢書明帝紀贊
拯人化俗教別攻齊　舊唐書少帝紀

食熊則肥食蛙則瘦　李賀傳
如蝎而翼如虎而翰　傅古衡蚊賦
北發渠搜南撫交趾　孔子三朝記
東服彊晉西霸戎夷　史記秦本紀
教羊食豕飲食歡笑　易林
攀龍附鳳翱翔雲霄　晉書熊遠傳
但立直標終無曲影　舊唐書崔彥照傳
遹遵成憲誕布寬條　元史順帝紀
的的寒池冉冉叢樾　馮時可月賦
采采麗容咬咬好音　鸜鵒賦
當閉反開當開反閉　吴志虞翻
言非若是言是若非　史記樗里子傳滑稽多智注辯捷之人

君劬臣勞上討下述　來鵠聖政紀頌
心通性達口辯詞長　漢書邊讓傳蔡邕薦於何進
名實靡愆庸節必紀　宋書江夏王義恭傳
威惠兼舉寬猛相資　隋書樊子蓋傳
勁伸百尺力逾九象　古嶽瀆經淮渦水神名無支祁
門栽五柳庭植三荆　素履子
地脈伏泉天文垂井　吕令則義井賦
歲精仕漢風伯朝周　北齊書樊遜傳
瞬目揚眉擎拳舉指　劉經臣明道篇
唼血飛涎卷殼含膏　陳樵玳瑁賦
虬水移箭魚關警鑰　唐無名氏七夕賦
駕釀施蔘廬醖侑葅　洪咨夔老圃賦

萬祉雲翔百妖窮滌　沈約文
三官燕胥四海崇尊　宋史樂志
氣應三陽風清六幕　葛立方正旦詞
高列五嶽光留四時　王棨芙蓉峰賦
離聽合豪榮區蔭斥　沈慶之嘉禾頌
連城比邑深池高墉　成公綏天地賦
循名責實虛僞不齒　蜀志諸葛武侯評
履行修仁淑慎其身　蜀志先主甘后丞相亮上言
進舉賢良申薦淪屈　陳書世祖紀詔
誡絕崇慝懲離黨援　沈瑱賀雨賦
應諧似優不窮似哲　法言
俱學獨達並仕獨遷　論衡命貴之人
夜魚不欺朝琴在奏　劉潛爲江侍中薦士表

賓爵下革田鼠上騰　左傳昭七年正義日張叔皮論
鷙獸忘攫爪鳥忘距　大戴禮
雷櫟已痔數斯已瘻　事物紺珠數斯鳥名出皋塗山見山海經
蠱惜春漿鴟吝腐鼠　隋書盧思道傳
虎質山嘯龍輝淵蟠　陸雲贈鄭曼季詩
毗變九官宣贊百揆　宋書江夏王同恭南陽宗炳傳
脱落諸子憲章五經　唐王履清志銘
履霜知冰踐露知暑　釋論
鑿井得銅買奴得翁　風俗通龐儉之父事
月印澄波雲横絕澗　名山記碧鷄山
南通大廡北接華堂　成公綏蜘蛛賦
前聲未盡後響仍及　蕭穎士聽早蟬賦

陽冰不冶陰火潛然　海賦
治繁守約投軀徇義　陳書司馬申傳
練骸易氣染骨柔筋　嵇康養生論
烏獲摧冰賁育拉朽　晉書孫惠傳
干將承爐莫邪鞲風　王世貞七扣
靈娭留俞神光炳煥　宋史樂志
奇謨間發猛氣橫飛　晉書孫惠傳
黄閣紫樞築壇開府　陸游詞
渭濱洛汭彌皋被堤　晁公溯暑賦
目通於腦筋入於節　杜甫雕賦
睡側而屈覺直而伸　蔡季通睡訣
敦朕紫茜平膚銀液　虞允文蟋蟀賦
朱宮絳闕赤實丹房　道經天之南岳在海中

勇士冠鷄武夫戴鶡　張説進鬥羊表
河東洗犬隴蜀蹲鴟　梁昭明太子七契
塗抹丹鉛摹寫今古　汪克寬賦
宣明教化亭毒黔黎　周書武帝紀
九伐方宏三驅未息　梁簡文帝臨雍州原減民間資教
五曹斯總百揆是諧　陳書江總傳
猛貙鷙攫鷹隼奮翰　劉邵趙都賦
豐隆讋轡虹蜺衛趨　盧柟龍池賦
竭節勤王保神嗇氣　耳目記五明道士答王庭湊
提鼓揮桴臨難决疑　唐書薛登傳
結髮升朝敷衽受職　顔師古賢良策
銜環報寶矯印酬愉　薛逢上白相公啟

帝系靈長神基崇峻　隋書薛道衡傳
男子戰鬥婦女轉輸　列女傳
揖拜堯圖經綸禹迹　陳書宣帝紀
湯沐天腴呼吸帝聰　王世貞七扣
傅巖入夢姜公悟兆　晉書載記苻堅謂王猛
魏璞分華漢井疏熒　陳樵放螢賦
四大本空五藴非有　遯齋閒話佛印答東坡語
三農稍已九穀行收　隋書音樂志
秘算雲回宏謨霜照　齊書高帝紀
英情天逸遠性霞騫　周機周處碑
容止可觀進退可度　前漢書匡衡傳
紀律必嚴賞罰必公　宋史趙范傳
澤馬飛鑣山輿結轍　王勃九成宫頌

丹蛟吹笙文豹鼓琴　傅休奕正都賦
六典飾文九司昭序　齊書樂志
三陽戒律萬彙騰精　宋史樂志
山岳鍾神星辰挺秀　梁昭明太子啟
天地開朗風月熹明　屠隆歡賦
綢繆帷幄繾綣侍從　魏書李孝伯傳子豹子上書
摩蕩堪輿吸呼羲娥　七觀
隼翼鷃披虎威狐假　庾信哀江南賦
獸門象逸魚路鯨奔　張融海賦
木鐸振文彤庭習舞　歲華紀麗
廱臺辨朔澤宫練神　宋書樂志
烏策篆素文該迹備　葛澄錢唐賦
萬商千賈鱗集羽歸　王仲舉南都賦

列燧千成通驛萬里 顔延年曲水詩序
台星再朗天網重恢 李白詩
翊扶萬幾贊徽百揆 魏書張白澤傳今之都曹古之公卿
齊衡八凱方駕五臣 沈約文
遇山爲風値雲成雹 顔延之天馬狀
當街遺策跨路揚鞭 高道素上元賦
内比鼎臣外參二伯 魏武帝謝襲費亭侯表
上安宗廟下全諸王 吴志孫奮諸葛恪上箋諫
公俗獨樂夫耕婦杼 富弼定州閲古堂詩
娃館女閭上吴下齊 廣韵藻
地切應韓寄深旦奭 梁書元帝紀南平王恪等奉箋
樹基趙魏跨略燕齊 晉書慕容廆傳

却病衛福蠲邪養正 江淹石菖蒲頌
逆取順守保大定功 晉書紀總論
螢火聚然魚燭並熱 王捧珪日賦
犹蒜轉積鵝粟漸盈 蕭子良上讜言表
霞艷煙噴雲抱花捧 獨孤及仙掌銘
河卷嶽回川吟谷呻 馮子振十八公賦
敬敬報情尊尊下欲 後漢書輿服志贊
呱呱弗顧虔虔是欽 謝惠連祭禹廟文
飢鹿夜咆乳虎晨鬥 徐彦伯登長城賦
群鴟嘯聚萬蜩鋒攢 唐書鄭畋傳
嘉禾合穟珍木連理 隋書禮儀志
洪陶範物大象流形 抱朴子

照地回光瞻天送影　李商隱謝借飛龍狀

達靈成性象物昭功　晉書樂志

鎮静頹風軌訓囂俗　晉陽秋桓温薦譙秀表

斟酌規益進盡忠言　蜀志諸葛出師疏

里頌塗歌室家相慶　宋書謝莊傳

忘富遺貴福禄乃存　後漢書高彪傳

三精數微五緯會始　宋書曆志

八屯霧擁七輦雲披　隋元會大饗歌

質性忠直訥言敏行　吴志孫韶伯父阿見吴書

志節高妙超等絶倫　隋書高祖紀

梵唱屠音連檐接響　魏書釋老志

雕楣鶴跂沓勢分規　王勃乾元殿頌

風月情懷江湖意氣　邵康節無名公傳

文章冠冕述作楷模　梁書庾肩吾傳

東鯷即叙西傾順軌　左思吴都賦

春臺共踐秋水偕臨　盧思道文

微言外融幾神内旺　王儉侍太子九日宴元圃詩

烈風時播芳響世繁　陸雲歌

上耀祖先下榮昆裔　蔡邕謝表

内詢帷幄外仗材雄　周書文帝紀論

相導爲輔矯過爲弼　越語憎輔遠弼注

守口如瓶防意如城　朱子敬齋箴

高霞孤映明月獨舉　北山移文

濁醪夕引素琴晨張　江淹賦

九龍將暝三爵行息　庾信燈賦

寒熊振額特麚昏髟　馬融文

煥若星陳鬱若雲布　蔡邕隸勢
身與煙銷名與風興　陸機漢高祖功臣頌
基薄牆高途遥力躓　王僧孺文
爪生髮長筋轉脈摇　首楞嚴經
玉宇明華文階燦爛　梁昭明太子七契
群才緝熙宗匠陶鈞　袁宏三國名臣贊序
瑞廣文齡祥深武日　江淹爲建平王慶明帝表
名懸闕月德貫陳星　駱賓王祝阿王明府詩序
氣動山漂汗揮雨起　何遜七召
言出風靡令行景從　吴志賀邵上疏
千里立表萬里連紀　前漢書李尋傳
九月除道十月成梁　周語單子知陳亡夏令日

數蒙賞賜特見召請　吴書顧譚
粗有文武志立功名　蜀志姜維傳評
禄盈萬鍾賦食千室　張九齡楊公志銘
竹浮三節木化九隆　駱賓王破蒙儉露佈
李杜司職朋心合力　後漢書李固杜喬傳贊
吴越憑賴望風請盟　蜀記楊戲昭烈皇帝贊
用文代支將无混无　郭忠恕佩觿集
破牢爲僞以易就難　潛夫論浮侈篇
上懼於鵲下憂於蟻　魏昭蜩甲賦
不知若轂無爲若雛　道德指歸論
故室舊廬稍蔽簪組　易林
除癥去塊全仗硝磏　雷公炮制論　磏與硇同
懸霜照采凌冬挺潤　梁簡文帝謝東宮賜柹啟

慶雲承掖甘露飛甍　宋書樂志

曲席而坐傳器而食　史記秦本紀穆公與由余

捐金於山沈珠於淵　東都賦

推而後行掖而後往　莊子

舉不失德賞不失勞　左傳

龍西虎東建緯卯酉　參同契

鵷沼鵲棲黎旭熹徵　黃佐乾清宮賦

德冠三才名參四大　劉允濟天賦

道包九舜明出十堯　沈約表

顧史求箴披圖問則　王融銘

回庞表粹離穗合柯　宋書符瑞志何承天白鳩頌

疾呼中宮徐呼中徵　文心雕龍

本覺爲如今覺爲來　內典

授受惟庸勳賢皆序　後漢書二十八將論

却瞻無後嚮往何前　張融海賦

岑彭帥帥來歙杖節　蜀志張嶷書戒費禕

王良執靶韓哀附輿　王褒聖主得賢臣頌

雲聚峰高風清鐘澈　梁元帝碑

光分影雜條繁榦通　梁簡文帝梅花賦

信目可人必能辦賊　蜀志來敏稱費禕

但有遠志不在當歸　孫盛雜記蜀姜維復母書

波清四海塵消九域　舊唐書張庭珪傳

秧開五葉蠶長三眠　天中記五代時祁陽令蕭結

道冠軒堯惠深亭毒　謝莊表

遠超枚馬高躡王劉　晉書陸機傳制稱機雲

政反淪風威還闕雅　北齊樂歌
氣陶醇露化協時雍　晉書樂歌
爲鐵則大爲針則小　荀子箴賦注
如玉之固如嶽之喬　蔡邕楊公碑
地迥心遥山高視直　王勣游北山賦
煙深苔暝野入雲平　錢棻雲賦
入水即乾出水便濕　王羲之石脾帖
有風不偃無風獨摇　述異記錫同山薇蘅草
體應純和理思周密　晉書范喬傳
高標峻尚雅操孤貞　舊唐書武攸緒傳
塵外孤標雲間獨步　舊唐書杜審權傳
泗上歸業稷下還風　唐書劉善明傳
一舉孝廉八薦公府　晉書范喬傳

五攻昌霸三越灤河　唐書李德裕傳諸葛言操善用兵
立境立機作窩作窟　五燈會元
不遲不疾如行如留　蔡邕彈棋賦
去僞歸真除澆返樸　舊唐書蕭瑀傳
富人彊國尊君重朝　蘇軾制科策
廊腰縵回檐牙高啄　杜牧阿房宫賦
籥口布翅枝尾象形　説文燕元鳥也
娣姑單笥妯娌疏籠　馮子振十八公賦
公侯踵武岳牧連鑣　庾信辛威碑
禮邁仁周樂超英漢　王儉詩
名振華夏光耀昆苗　蔡邕周巨勝碑
窮當益堅老當益壯　後漢書馬援傳
否可復通逝可復還　諸葛忠武集與李平子豐教

翠筳翻飆丹蓂候魄　王勃乾元殿頌
西裘委社南風在弦　沈約文

八翼頻風六條急秉　庾信司馬裔神道碑
三元肇慶萬國齊臻　洛陽伽藍記侍中尚書王彧

鍾石變音蛟魚出穴　隋書高祖紀
蟾蜍據畢蜥蜴登堯　張鳳翼喜雨賦

源本分鑣指歸殊致　梁武帝答劉之遴詔
星象不坼陰陽自調　隋書高祖紀

外文綺交內義脈注　文心雕龍
茂德金昭令譽川流　宋史樂志

詢於八虞咨於二虢　國語
君有五期輔有三台　禮記疏天皇之先

澀不留筆滑不拒墨　蘇軾龍尾硯銘
林無靜樹川無停流　世說郭景純詩

禮俗相交患難相恤　宋史呂大防傳
天地多變人物多妖　後漢書仲長統傳

聲冠苻姚勢兼聰勒　徐陵移齊文
節慕原嘗名亞春陵　西都賦

通溝轉洫經渠緯陌　湯顯祖豫章攬秀樓賦
舒翹揚英推類錫朋　王勃秋夜小亭宴序

紫蘭丹椒施和必節　七啟
南茅北黍空談匪徵　文心雕龍

越淮窮河跨隴出漠　宋書周朗傳
齊堯等禹軼漢逾唐　文同表

蘭觴延泝蕙肴來往　梁簡文帝曲水詩序

層岑偃蹇聳觀岧嶢　梁簡文帝曲水宴詩
雲鵠游天群鳧戲海　梁武帝書評鍾繇書
元龜出洛白雉歸豐　梁書侯景傳
九華曉立五老前揖　任士林石假山賦
六禽殊珍四膳異肴　七命
玉鑾回鑣金門洞啟　江總請陳武帝懺文
瑞形成象璧氣含春　庾信祀圜丘歌
長鯨吞航修鯢吐浪　吳都賦
金鳺擘海香象渡河　滄浪詩話李杜數公
應期贊世配業光國　蜀志馬良與諸葛書
任賢序位量能授官　前漢書公孫宏傳
蒼頡造書伊尹制命　隋書李德林傳
咎繇謨虞箕子訪周　班固答賓戲

寶鉸星纏鏤章霞布　赭白馬賦
冰刃露潔霜鍔水凝　七命
部分如流趣舍罔滯　諸葛武侯論李嚴書
風俗靡壹嗜慾相摩　陳彭年大寶箴
遴駿東皋獻奇北塞　陳東厩馬賦
浮棗絳水酹酒釃川　杜篤祓禊賦
皇風載融帝道郅理　蘇志乾岱山賦
深文隱蔚餘味曲包　文心雕龍
噴玉柳堤揚鑣蘭路　王粲馬惜錦障泥賦
飛翼天衢濯鱗清流　阮瑀爲曹公作書與孫權
當食投箸方眠撤枕　梁書武帝紀
引池分席閱水環階　顏延之曲水詩序

泗濱磬浮汾陰鼎見　石珤泛滹沱河賦
閩中風暖陌上草薰　別賦

馬無懸蹏牛無上齒　齊書樂志
蝮有利牙龍有逆鱗　論衡

歌以永言舞以盡意　舞賦
外不避讎内不阿親　荀子

少柔爲土少剛爲石　皇極經世
秋露如珠秋月如珪　別賦

如帝如天以莊以靚　宋史樂志
若遠若近非幽非明　歐陽詹律和聲賦

思政明堂訪道宣室　王融策秀才文
納民壽寓驅俗福林　隋書薛道衡傳

淑問夙孚令儀早晰　江淹表

幽賞未已高談轉清　李白春夜宴桃李園序
君子壹教弟子壹學　荀子

陽官六甲陰官六丁　雲笈七籤
上當天心下合人意　蜀志秦宓

俯憲坤典仰式乾文　蜀志郤正釋譏
尊賢接士勤求損益　吴志駱統嘗勸權

寶道懷真鑒世盈虚　益部耆舊傳益州從事譙周畫像頌
莫神於天莫富於地　莊子

惟山有阿惟河有潯　李三才短歌行
公悦嫗喜子孫俱在　易林

左瞻右睇仁智所居　劉峻東陽金華山棲志
道隆三學法兼五衆　梁簡文帝悔高慢文

位均九伯權總六連　劉禹錫代杜相公謝表

頗知古今素見親待　宋書戴法興傳

宜覃茅土或廣山河　唐中宗賜駙馬制

滋蘭九畹樹蕙百畝　離騷

止紂七步圍項三重　梁書元帝紀王僧辨等奉表

隆衝以攻渠幨以守　淮南子氾論訓

金氣之英瑶光之精　蘇頲白鷹贊

學爲儒宗行爲士表　漢郭泰碑

利令智昏盛令心驕　錢彦遠敦儉策

百神受職三苗奉義　梁簡文帝七勵

九州混壹五嶺廓清　宋史交阯傳

深識九變妙察五色　齊書高帝紀

功高百辟心惟一邱　晉書謝安傳贊

牆高於肩室大於斗　邵康節無名公傳

雲停其氣風息其飄　元真子

合榻促席量敵選對　吴志諸葛瑾子融

貪榮塞賢昧進負譏　阮籍奏記蔣公

撫字心勞催科政拙　唐書陽城傳

撥剌勢動慓憀氣雄　李約蕭齋傳

同作堯人俱包禹迹　北齊元會大饗歌

儀德鄒甸比化泗濱　陸雲文

文君燎獵吕尚獲福　易林

魏氏發機養基撫弦　曹植孟冬篇

陰鳥陽禽春毛秋羽　張融海賦

斜漢左界北陸南躔　月賦

神情明秀風姿詳雅 晉書王衍傳
道心純淑至德凝深 王筠與雲僧正書

直清莊敬浩素純密 蘇頲授李嶠國子祭酒制
忠肅共懿宣慈惠和 左八元

霜早梧楸風先蒲柳 北史韋孝寬子世康傳
跡淪閑曠心共津濠 魏收文

三公論道六卿分職 王禹偁待漏院記
五嶽贊襄百靈護呵 七觀

壯士荷芟將軍載戢 唐文獻秋日懸清光賦
相國承寵尚書見榮 趙良器履賦

聯曹結綬相視莫逆 權德輿唱和詩序
植鍛懸戢用戒不虞 張衡西京賦

秦牙相前贊君相後 呂氏春秋古之善相馬者

昆吾作陶夏鮌作城 呂氏春秋

爲國自重爲民自愛 蜀志許靖與曹操書
無勞子形無摇子精 唐書李德裕傳廣成子語

混區群卉理深用遠 孔璠之艾贊
清暉美譽日茂月升 陳書始興王伯茂傳

鸞鳥自歌鳳鳥自舞 山海經
龍章行水虎章行林 楊慎外集

頻煩紫渥綢繆璿命 江淹爲驃騎讓增封表
錦綉襄邑羅綺朝歌 魏都賦

揚波振擊鸞峙鳥震 蔡邕篆勢
披肝瀝膽晝歌夜吟 李德林天命論

意氣不衰言論自若 蜀志廖立廢徙汶山郡
柔嘉維則幹肅有章 蜀志景耀元年謚陳祇詔

無將無迎無拘無忌　邵康節無名公傳
有書有酒有歌有弦　白居易池上篇
初涉藝文升堂睹奧　孔融薦禰衡表
愛樂人物敦儒貴才　晉書何攀傳
九有偃戈八方同軌　呂頌表
四維廓氛千里安流　唐書王義方傳
流恩褒善糾奸示慝　夏承碑
内天外人保和齋神　馮宿昇元劉先生碑
淳碑斯篆江筆肅墨　王十朋會稽風俗賦
湯羅禹扇羲瑟農琴　劉孝威詩
不見雄名惟聞艾氣　倦遊録王汾口吃劉攽嘲之
豈期厚眷特枉長箋　曾鞏回陳都官啟

寵鈞董石權壓梁竇　廣絶交論
材懷隋和行若山夷　漢書司馬遷傳
山高月小水落石出　赤壁賦
貌和言寡飢至飽歸　李華潤州鶴林寺徑山禪師碑
銘序
八頌扇和六祈輟滲　謝莊文
千里絶迹百尺無枝　梁簡文與湘東王繹書
漉沙構白熬波出素　海賦
握河開歷截海凝圖　李嶠表
百室連歌千筵接舞　李庾東都賦
三靈允降萬國同和　徐陵陳公九錫文
迤邐九馗招摇三陌　顧起元元夕賦
協和萬寓懷柔百神　劉允濟明堂賦

漢委珠囊秦亡寶篋　徐陵與王僧辯書
周賴尚父殷憑太阿　潘岳文

靡限溟濤樂輸琛贐　宋史交趾傳
協和日月測度陰陽　庾信進玉律稱尺斗升表

去樸歸華舒箋點翰　王羲之傳
枕戈嘗膽提劍折心　徐陵冊陳王文

陸斷馬牛水擊鵠雁　戰國策龍淵太阿
榲雕虬獸節鏤龍螭　十六國春秋胡統周統萬城銘

氣識沈和風儀端偉　常袞授周若冰光祿少卿制
文章綺麗體調清華　隋書辛德源傳

窮灰枯荑重殷榮焰　張說謝衣藥表
抱和全默皆享期頤　李華四時銘

華池豐屋廣延賢彥　晉書嵇含傳帝壻王宋遠
躍馬礪戈克蕩氛祲　孔德紹檄

墨竈不黔孔席未暖　庾信陝州五張寺經藏頌
沈腰暗減潘鬢先秋　万俟雅言詞

朱草紫芝生長和氣　易林
黃胞白絡孕此黝頳　蘇軾程公密子石硯銘

能正能和惟友惟孝　陶潛文
不棘不茨如砥如磨　七觀

天形四方壁立千仞　仇池記後漢冉駹夷傳注
位專九命祿高萬鍾　隋書越王侗傳

采薇山阿散髮巖岫　嵇康詩
沈根芳沼擢秀蘭坡　陸雲詩

姚帝遷河周年成邑　徐陵文
栒戈考篆魯鼎著銘　玉海

寸陰尺日不棄光景　隋書李德林傳
雙鳧隻雁甯覺少多　拓拔興宗請致仕侍親表

帝以會昌神以建福　河圖括地象見蜀志秦宓
訥於造次敏於當官　吴志孫奐

春亭落影秋皋晚静　梁簡文帝馬槊譜序
東鯷獻舞南辮傳歌　王融上北伐圖疏

聚少成多積小成鉅　漢書董仲舒傳
民勞思逸治暴思仁　韓詩外傳

魚陽突騎燕歌壯氣　舊唐書張仲武傳
湘雲古邑楚水新波　張謂虞帝廟碑

葉斷禽迹枝交猿路　沈約松賦
北彌狼望東越鯷波　玉海

百不爲多一不爲少　南史任昉傳褚彦回謂其父遥
禮以道行樂以道和　莊子

陽子驂乘孅阿爲御　史記司馬相如傳
潘符標尚杜熙好和　高允徵士頌

桐籥鳴秋露華凝夕　王逵乞巧文
黑章擾囿赤字浮河　唐書樂志

廣農積穀觀釁伺隙　蜀志發正
綏衡緩轡回軌易塗　郤正釋譏

惡來有力飛廉善走　史記秦本紀
荀子秀出阿興清和　世說荀子王修小字阿興王藴
小字

雲師似蠶雨師似蛹　山海經注
日運爲躔月運爲逡　揚子法言

澡身浴德志節高絜　魏志韓暨傳
前歌後舞人心悦隨　蜀志龐統傳
敦以厲薄德以報怨　吴志劉繇傳評
明不處暗智不履危　易林
郅都守邊匈奴竄迹　吴志步騭上疏
楚優拒相寢邱獲祠　史記優孟傳贊
故老親賓酣歌相慶　庾信文
澡身端意陟降靡愆　宋史祀先農樂章
左眼爲日右眼爲月　學圃藼蘇首生盤古
大腰無雄細腰無雌　搜神記
樹德務滋除惡務本　書泰誓
奉先思孝接下思恭　書太甲
閫門尚和朝廷尚敬　白虎通

兑艮爲咸震巽爲恒　易程傳
彼厲我和爾素予白　謝靈運雪賛
節同時異物是人非　魏文帝與吴質書
五心六意岐道多怪　易林
九流七略異説相騰　北史周武帝紀
故以手書暢意足下　後漢書來歙傳責隗囂語
既修君好因叙己情　吴志張温將軍駱統表理温
匝筵稟和闔堂依德　顔延之曲水詩序
靈臺軫咏考室興謡　王勃乾元殿頌
正諫似直穢德似隱　漢書東方朔傳贊
良玉不雕美言不文　揚子
樞電皇根月瑶國緒　謝莊文
魚箋帝語象軸神工　李商隱表

越淮窮河跨隴出漢　宋書周朗傳
超班匹賈含鄒吐枚　盧照鄰反騷
諮詢典禮敬友師傅　蜀志延熙元年策太子璿
博覽書傳好樂人倫　吴志張卲
蚕繅而緒蚕織而縷　柳宗元郭橐駝傳
其突如瓶其蠹如麋　天禄外史
造父爲御鬫?爲右　列子穆王篇郭璞張湛皆音泰丙
墨（習）〔翟〕貴廉鬫尹貴清　吕氏春秋
器懷聰朗博學彊記　吴書孫恒
閨門和睦讓逸競勞　北史吴悉達傳
岐嶷天縱先機雷發　宋書桂陽王休範傳
翠冠雲聳朱距電摇　劉勰新論公輸刻鳳

研復來旨讐校往説　宋書顧（覬）〔愷〕之傳
牢籠文囿魚獵義河　梁簡文帝文
目不敢視手不敢發　史記項羽傳
守之以一養之以和　養生論
緑文赤字徵河表洛　任昉禪梁璽書
玉帳瓊宫圖奢務豐　張説虚室銘
明鑒未遠覆車如昨　後漢書陳蕃傳
行舟不息墜劍方遥　舊唐書禮儀志
濯纓清歌據梧高咏　王維暮春韋公逍遥谷宴集序
履冰非懼食蘗爲甘　令狐楚謝賜春衣牙尺狀
錦帙金箋霞明日照　玉海
萌筍包籜夏多春鮮　竹譜
援立聖明光隆皇祚　後漢書陳球傳

風澄俗險化静世波　陸雲贈汲郡太守詩
沐道康衢餐和休歷　李嶠表
肆眺崇阿寓目平林　王羲之詩
神施鬼設百見層出　唐書孟郊傳爲詩
道豐績盛名顯身榮　後漢書朱暉崇厚論
天和時降地靈夙挺　陸雲南征賦
銅塵中峙仙掌高擎　宋濂蟠桃核賦
披堅執鋭櫛風沐雨　周書明帝紀詔
紆青拖紫服冕乘軒　晉書儒林傳序
克固四維永隆萬葉　梁書武帝紀
兼閑三教備舉十科　法苑珠林
行舞舜戈坐耕堯壤　李商隱啟
砥磨周鉞水淬鄭刀　鄭亞會昌一品集序

巴姬彈琴漢女擊節　左思蜀都賦
楚妃留客韓娥合聲　庾信燈賦
禹耳三漏湯肩二肘　新論
農禾八穗漢札十行　玉海
採獲古今貫穿經傳　後漢書班彪傳
談討芝桂借訪荔蘿　齊書褚伯玉傳
秋水揚波春雲斂映　晉書阮籍傳贊
銅律應度玉燭調和　梁昭明太子七契
挾藝射科每發如望　韓愈胡公碑
富仁寵義職競弗羅　魏都賦隋書弗羅林邑長官名
麟鳳表貞茅禾兼瑞　宋書禮志
朱紫同色清濁不分　唐書郭子儀傳

中摩伊吕上冠夔契　杜甫朝饗太朝賦
比良遷董兼麗卿雲　後漢書班固傳贊
彼號伊祁亦名鬱壘　周繇夢舞鐘馗賦
回呵飛廉顧叱豐隆　曹植文
聳動廊廟光華城闕　庾信齊王憲碑
咀吸風露呼嚼嵐霞　雲笈七籤王叡
功過南仲勤逾吉甫　魏志張既傳文帝詔褒美語
遠觀齊桓近察孫權　吴志孫破虜吴夫人等傳評
景星耀天寶露降地　述異記堯時十瑞
崑山寢燎炎海韜波　唐太宗封禪文
漢后錫貂魏君送褥　梁元帝謝賜褥啟
吴波瀉緑秦巘堆青　顧雲詩
南服壽麻北懷闟耳　呂氏春秋

左界飛樓右劘嚴城　羅隱鎮海軍使院記
出身爲國破家立事　後漢書袁紹傳
鑿山通路列亭置郵　東觀漢記衛颯守桂陽
乾端坤倪軒豁呈露　韓愈南海神廟碑
陽健陰淫降施蒸摩　柳宗元天對
紫焰虛呵高靈下墮　韓愈元和聖德詩
袍衣剥脱夏熱冬寒　易林
背俗居幽寓歡林溆　蕭子良與劉景蕤書
食松餌術棲息烟霞　北史隱逸傳
敦睦帝親崇獎王室　隋書高祖紀
切磋義府研覈詞樞　雲笈七籤進士王叡
樹麻而衣陶瓦而食　歐陽修明因大師塔記
入火不灼踏波不濡　神仙傳

漳水千尋巴山萬丈　李商隱啟
樵麥兩瓮寒菜一畦　庾信小園賦

陳謨台階翼和鼎實　潘岳司空鄭袤碑
飛竿釣渚濯足滄洲　南史張充傳

推波助瀾縱風止燎　中說
連氛累靄揜日韜霞　雪賦

皆種仙禾並資靈粟　徐陵長干寺衆食碑
既有寒木又發春華　顔氏家訓劉逖答席毗

惠風如薰甘露如醴　左思魏都賦
黄金爲殿白玉爲床　雲笈七籤青要帝君紀

泉石依情烟霞入抱　孔稚圭褚白玉碑
庠序如林學校盈門　班固東都賦

據事似閒在用實切　文心雕龍
磨文難滅校貫知多　李商隱謝辟並聘錢啟

朱草紅芝霞膏金醴　道經天之南岳有海中
玉珧海月土肉石華　江賦

玉露靄天金波照户　江淹賦
雕禾飾斝翠羽承罍　庾信郊廟歌

琴歌既斷酒賦無續　北山移文
玉磨逾潔蘭動彌香　傅休奕秋胡行

辯河流水詞峰積石　梁簡文帝文
目波瀲鮮眉嫵連卷　秘事雜辛

巧洗蘭心偷黏草甲　史達祖詞
仰觀蓮幕俯度桂科　李商隱啟

絲縈髮垂平理端密　鮑照飛白書勢銘

風清骨峻篇體光華　文心雕龍
夕挹桂漿朝承菊露　陶宏景十賚文
采耀秋月文麗冬霞　江淹知己賦
望月方娥瞻星比婺　謝莊文
無鐘襲莒有雨圍原　庾信碑文
質重性和神清氣茂　劉禹錫擬册邠王文
仁漸義摩上浹下孚　宋濂瑞安吴門三貞母墓
五達四通廓郊彌澤　梁簡文帝南郊頌
二脂六體振衰返華　鮑照藥匳銘
篇籍告成邇遐屬望　金史樂志
絪緼降秀翕辟資華　李商隱上蕭侍郎啟
味長汁多除煩解倦　魏文帝與吴監書説蒲桃
文深格高浹遐洞冥　鮑照河清頌

開元首正禮交樂舉　顔延之宋郊祀志
長生靈壽男華女貞　何遜七召
道德爲城仁義爲郭　鹽鐵論
日月有常星辰有行　竹書紀年帝舜再歌
山東出相山西出將　漢書趙辛傳贊
天林多寶天族多奇　載記
挑截本末規摹矱榘　馬融長笛賦
協同内外混壹戎華　隋書元會大饗樂章
守成尚文遭禍右武　漢書公孫宏傳上謂宏曰
叙事如傳結言摹詩　文心雕龍
圓頂臨碑方壺在面　牛宏詩
元經附諷唐歷受呵　袁桷七觀

志略開濟幹用貞果　梁書張惠紹傳
風質洞遠儀止詳華　沈約柳世隆行狀
旱雲烟火涔雲波水　淮南子
雙日鎖院隻日降麻　事文類聚天聖元年
疾雷躪空長風蹴浪　松石軒詩評任華之作
丹邱抗月碧洞棲霞　王勃浄惠寺銘
亭亭孤美灼灼横劭　陸機周處碑
重重碎錦片片空花　庾信枯樹賦
動若重規静若疊矩　蜀志郤正釋譏
國有三慶民有四安　徐陵與宇文護論邊
地隔華戎屋殊户牖　法書要録
時有語默運因隆窊　陶淵明詩
左翼曰啟右翼曰胠　韵會軍　胠平去二音義同

無口爲天有口爲吴　吴志薛綜傳代闞澤嘲蜀張奉
陽葩熙冰寒松負雪　晉書庾闡傳
滄河鏡渌碧海調風　梁簡文帝文
飛鳥出林驚蛇入草　法書苑釋亞棲善草書每自題云
丹烏流火白雉從風　許善心神雀頌
日往月來暑流寒襲　梁元帝文
色温言厲神定氣和　宋史李侗傳
狼歌薦功烏談陳德　鮑照河清頌
蠶秋應節雁序届時　駱賓王啟
民和俗静家給人足　漢武帝紀
心摹意揣慮計神籌　薛逢上中書舍人啟
分風爲貳擘流爲兩　水經注巖上山廟曹毗咏云
隱几而坐仰天而嘘　莊子南伯子綦

子輿拔俗餐霞飲露　列仙傳贊

膳夫馳騎察貳廉空　西京賦

既合簪投終宜瓶隱　蔡襄秋海棠賦

不揣菲薄欲效編摩　真德秀進大學衍義表

摩兜堅齋汲古集聯再續

楊伯璦明府序

古今萬事萬理，無不對待而成，此天地自然之道，文之所由名也。古之人無心於文，而文工其文，無費詞、無曼聲，即器爲道，因體成形，不第異世摹之而不肖，即其人移時改作而不能。故易有韻字諧聲，記言爲史，列詩於經也。至若載籍流傳，雖甚典要而只謂之筆，而不以文稱者。蓋以單詞曼衍可以意爲縱横，而與對待之旨有不同歟？雜家流别，組織悉愼。秦漢諸子始各自標異，漢中葉文變爲集，説者謂其魄力不逮，而然至其季日趨排偶。晉後公私上下乃純以駢，至唐愈盛，終宋而靡嗜古者感而矯之，倡爲起衰。學者遂分駢散爲二，而駢體實文之正宗，散體又爲文之極軌，分道而騁，實出一源，斯事體大，非可苟且。今乃悉得驗於吾師高陵先生所著之汲古集聯之一書焉，書曰集聯，自牧卑下，且曰「寫我心憂耳。」世多謂先生以耆舊文臣出持風憲，著述殆非本懷，故爲斯謾語以自遜耳。懋源竊獨不謂然，夫文雖小道，隱係盛衰，天眷斯文，代有作者。然門户派别易生異同，文人相薄，賢者或不免焉。漢文茂矣，而制誥之詞不能無所略；唐文贍矣，而版奏之言不能無所晦；宋不雕績，而已繁明則洞達而或俚；惟至我朝獨爲美備，人第習見不察耳，否則視爲官書而未遑思耳。其辭則詳簡各宜，其意則迴環不竭，而其文則駢散互見，悉任天然之機括而不可名爲一體。斯非胎息古作而深明其故者，奚克致此。然而十年以來，又稍稍異矣！自帖括盛而文不近古，自舉業廢而文又不免變古，一時崇尚日新名詞，而不知今之所謂古者，固雷同之卮言；今之所謂新者，亦集古之雜俎耳。然則士不師古不可以通今，而事不宜今亦必不足以言好古，凡事類然，文其一也。先生此書取材於古，徵用於今，合百家之散爲一家之駢，其奇偶合合，不翅天假以鳴以彰，對待之理者，且使人知天下之理日新，而載道之文終不變。一人之創見有限，而千古之會心獨多。故浪仙善詩，三載不能屬對；左思作賦，十年而後成文。取之一心尚如此，散之群籍者顧何如乎？居恒論古詩有句曰：「刻意學某人，必此某人遜；無意得名言，或與聖人近。」語雖淺陋，頗足發明焉。昔先祖滑縣公里居教授，先生及門最早與先君吏部公爲總角交，滑縣公數爲家人言：先生少極貧，耐堅苦，顛沛流離，備嘗憂患。自通籍至今，乃無一日廢學，每以有恒許之。先生亦自信，並舉以教及門，懋源以通家後輩就弟子列者垂三十年，比爲屬吏又且十年。質雖不敏，義足以知夫子，故略舉生平以及著述之由。至若源流所從出，文質所由勝，運會之升降、宗旨之會通，凡合衆長以成獨美者，悉出於函丈論文之舊。而即以所受於先生者還爲先生敘之。庶幾天下後世善讀者於此。因潢潦而思海，因膚寸而知雲。觀水者必有其術，登高者必始於下。窮事理之賾，通古今之變，必將望先生爲廣雅之作，長編之續也，集聯云乎哉。

光緒丙午冬，保薦經濟特科甘肅候補知縣楊懋源謹叙。

劉文卿明府序

光緒甲午，炳堃肄業關中，從五齋先生游。授課程，剖理法，實嚴以精，時功令方以制藝取士，及門多竭力於此。故於先生平日蘊蓄，略無所窺見。明年秋，先生奉朝命事戎軒。無幾洊擢監司，自是不親函丈者十餘年。會幕游度隴，謁先生於甘涼兵備使署，獲讀所纂汲古集聯一册，擷秀攬華，宏博絕麗。若涉大水莫窺涯涘，自非枕葄之深，烏足致此。方悟詞必已出，乃昌黎有激之言述而不作，學正未有極也。夫耄而好學，衛武有之；仕優則學聖門，卜氏言之。先生年臻古稀，綆汲猶不少懈，而又於簿書鞅掌之時，則夫政成民和。端居多暇，得以致力於學可知也。深識乎古稽之無窮，雖景迫桑榆而樂此不疲，亦可知也。斯非所謂學不厭者乎？今秋七月，先生移節會垣，出所纂續集洎再續集，令校其字，既蕆事謹就。炳堃所由受學於先生，與先生之所以好學者，綴數言於卷末，志師弟契合之緣焉。

光緒三十二年歲在丙午秋八月，受業劉炳堃謹撰。

集聯再續自叙

集聯既再續將付手民，或問曰：「子可謂勤矣？」然吴志載：「陳壽之評君子等役心神，宜於大者遠者。」且詞章既黜，而子猶此抽黄妃白，之爲又全取諸人，一不已出，不亦顛且陋乎？則應曰：「唯唯否否。人各有志，不能强同也。境各有遇，不得一律也。」待罪甘凉以來，七載兢兢，去年忽遭門庭之變，至是忽忽如有所亡。夏苦宵長，冬嫌日永，惟覺黄孏可親，青燈有味。因思宣尼大聖猶云：「述而不作，下此復何敢焉？」况至於今，作者大備矣。時非天寶，官非「拾遺」，無病呻吟，識者譏誚。詩則不敢作，說經之家有如聚訟，奪席鏗鏗，汗牛充棟；箋疏亦不敢作，世際清平，歲叨廪禄，竽濫一官，籌添七秩，一切說難孤憤樂志釋譏之詞亦無自而作。然則瞻卬昊天，果云如何里耶？乃取篋衍所藏，恣意涉獵，義取斷章，珍聯合璧，獺祭既久，駢儷遂多，積習難忘，録而存之。不自知其顛且陋也，算役心神，奚遠大之足務爲哉！問者無以答，既退並記之，以弁於篇。

清大光緒三十二年歲次丙午冬十一月，署甘肅提刑使者分守甘凉兵備道白遇道五齋甫識於臬憲之退省書室。

摩兕堅齋汲古集聯再續

高陵白遇道五齋甫纂　同學　徐登第翰卿　楊懋源伯淵　劉炳堃文卿　王錫信紫泥　仝校字

補衮惟勤和羹克正　王起木徒繩賦

飲河知足巢林必安　王績賦

梟氏鳴秋鷄人唱曉　王勃七夕賦

蛟分承影雁落忘歸　許敬宗尉遲恭碑銘

農瑟羲琴倕鐘和磬　晉書樂志

堯聰舜孝文恬武欣　宋史樂志

事以密成語以洩敗　韓非子

學不爲人仕不擇官　後漢書儒林轉孔僖語

大禹皋繇稱功言惠　晉書王坦之傳

伯魚子阿矯急去苛　後漢書第五鍾離等列傳贊

侈不僭上儉不偪下　後漢書第五倫列傳論

事有必至理有固然　史記孟嘗君列傳馮驩語

忠不隱諱直不避害　後漢書第五倫列傳

室無妓媵家無贏財　唐書段秀實傳

民以君安君以民濟　吴志駱統

我毋爾許爾毋我虞　左傳　公　年

名冠百王化周六合　雲笈七籤
爵崇五等道茂雨宮　張九齡徐堅碑
體真履規謙虛温雅　後漢書胡廣傳
持短入長倏忽縱横　史記荆軻傳注駰案呂氏劍技
直方二臺惠和千里　陶潜命子詩
表章六經罷黜百家　漢書武帝紀
務退姦貪思近忠善　後漢書宋均傳
遵承舊典終卒厚恩　後漢書東平王上疏歸職
釋難解紛禄禄肆志　史記魯仲連傳索隱述贊
探頤索隱應變知機　隋龍藏寺碑
秃者不髲傴者不袒　禮記
黯然而黑幾然而長　史記孔子世家
才略叡聰詩書是綜　漢譙敏碑

陰陽長短終始相巡　禮祭義注巡讀如沿
公聽並觀垂名當世　史記鄒陽傳
捐衣去食廣閱群經　柳宗元雲峯和尚塔銘
用信待物用勤集事　馮宿新亭記
其寢不夢其覺無憂　莊子古之真人
其言必信其行必果　史記遊俠傳序
於事則逸於道則勞　法言
名叶堯歌色符軒紀　許敬宗賀富平縣龍見表
頭入渭水尾達樊川　三秦記龍首山六十里
窮虎奔突狂兕觸蹷　西都賦
衆虺盤結群羊吽牙　杜牧賀平党項表
賈便共肆農安其業　淮南子古者至德之時
木老於未水生於申　阮籍通易論

雄略冠時智謀出世　魏志王粲傳注張騭文士
清明在躬志氣如神　禮記
父老堯禹錙銖周漢　顏延之陶徵士誄序
爪牙信布腹心良平　前漢書叙傳述高紀第一
夏披毛裘冬御絺綌　吴越春秋子胥曰越王
言合雅謨慮中聖權　漢譙敏碑
天不見灾地不見孽　春秋繁露
上無所蒂下無所根　答賓戲
八音七始五聲六律　前漢書叙傳述律曆志
三靈萬略四極九科　酉陽雜俎皆治所也
八卦成列九疇逌叙　漢書叙傳述五行志
六合至廣萬彙尤多　陳彭年大寶箴

化民以躬帥下以德　漢書叙傳述文紀
法古無過循禮無邪　史記商君傳杜摯語
貌言華也至言實也　史記商君傳商君語
從人合之横人散之　答賓戲
外割禁囿内損御服　漢書叙傳述元紀
左采日華右掇月根　雲笈七籤
匡正睽違激揚鬱滯　唐顏師古前漢書叙列
振拔洿塗跨騰風雲　答賓戲
崇執言責隆持官守　漢書叙傳第四十七
彪識皇命固迷世紛　後漢書二班傳贊
説主耳目和主顏色　太史公自序作佞幸列傳
借爾面貌假爾形骸　無名公傳
崇儀式禮敦本棄末　李子卿六瑞賦

原始察終見盛知衰　史記太史公自叙
近取諸身遠取諸物　易繫辭
安忘其怒出忘其讎　荀子謂桓公於管仲
獨浪烟霞高臥風月　南史張充傳
始制文字乃服衣裳　梁周興嗣次韻千文
主明以嚴將智以武　史記張儀傳
行出於己名生於人　史記正義論例謚法解
典墳述美神祇降福　後漢書列女傳曹世叔妻
日月周輝星辰垂精　前漢書叙傳述天文志
晝誦書傳夜觀星宿　前漢書楚元王傳德子向
外連混元内浸豪芒　典引
氣調爽逸風儀俊舉　南史劉孝倜傳
資質淑茂道術通明　前漢楚元王傳宣帝詔襃周堪

八簋飲和六瑚登御　唐上辛祈穀樂歌
萬符集祉百神啟祥　梁簡文帝大法頌
吾官益大吾心益小　列子
字中有韵字外有神　蘭亭跋張朴村所藏
周孔連鑣伊顔接袵　北史魏甄琛傳
蘇李居前沈宋比肩　唐書宋之問傳
決斷狐疑分別猶豫　前漢楚元王傳向上對事
差池燕起振迅鴻歸　鮑照飛白書勢銘
七景締華五雲卷煽　謝莊宋孝武册文
四時迭起萬物循生　莊子
積羽沈舟群輕折軸　史記張儀傳說魏哀王
大罟斷流修綱亘山　柳宗元晉問

青幕雲飛丹殿霞起　江淹詩
英謀電發神旆風馳　周書文帝紀贊
斵梓染絲功在初化　文心雕龍
戴盆望天事不兩施　後漢書第五倫傳
志存典制動蹈規矩　隋書儒林傳論
内參機揆外寄折衝　北史邢巒傳
室委眠蠶衣留畫雉　庾信侯莫陳夫人銘
俯出沈鮪仰落歸鴻　陸機七徵
慶毓仙源德昭彤史　元史后妃傳
上悦辰鑒下弭素言　宋史袁淑傳
鈞諧以鳴大小相益　史記田完世騶忌語
窮達有命吉凶由人　班彪王命論
高仰驕也卑俯替也　家語辯物子貢論邾隱魯定

重黎業之吴回接之　太史公叙作楚世家
營屯綉錯山形米聚　鄧干江詞
長毫秋勁素禮霜嚴　張懷瓘隸書勢
内修七教外行三至　家語王言解
慶周萬物尊冠百神　顔延之重釋何衡陽書
羌雖外患實深内疾　後漢書西羌傳論
卒遇故人曾無舊言　家語三恕孔子所鄙
静以取妍燥以取險　續法書譜
柔能制剛弱能制强　黄石公記後漢書臧宫傳
詳領左部綜領右部　吴志胡綜權立解煩兩部
準使冀州倉使兖州　後漢書樊準傳倉姓吕
九流仰鏡萬古欽囑　史記孔子世家述贊
一言悟主三接承恩　李商隱獻集賢相公啟

咏嘆中雅轉運中律　四子講德論
動静以義喜怒以時　家語五儀解

人皆趨彼我獨守此　家語觀周
或謂儻是復慮爲非　後漢書東平憲王蒼傳

吏者轡也刑者策也　家語執轡
括而羽之鏃而礪之　家語子路初見

强於行義弱於受諫　家法六本
聰以知遠明以察微　家語五帝德

欲善則詳欲給則豫　家語弟子行
世清不廢世濁不污　家語七十二弟子解南宫韜

忠以爲質仁以爲衛　家語三恕
上所不援下所不推　家語儒行解

實得所利尊得所願　史記蘇秦列傳蘇代語
禮失則昏名失則愆　史記孔子世家夫子語

福王有兆慶來無際　隋書音樂志
士飽而歌馬騰於曹　韓愈平淮西碑

長幼異食强弱異任　家語相魯
東西爲緯南北爲經　家語執轡

鍊才洞鑒剖字鑽響　文心雕龍
披襟散想解帶舒懷　高允徵士頌

祝鶂在前祝哽在後　漢書賈山傳
謂背爲九謂坐爲隆　後漢書哀牢夷傳其母鳥語

權衡既懸錙銖靡遁　傅亮讓尚書僕射表
險夷不易勁正無群　舊唐書李鄘傳謂李德裕

夏宇凝霜温室含煖　梁簡文帝大法頌序

殷書懋賞周禮儀勛　庾信慕容寧志銘
情文可重豐殺難假　史記禮書索隱贊
雌雄是聽厚薄伊均　史記律書索隱贊
晝想夜夢神形所遇　列子
治定功成禮樂乃興　史記樂書
不流世俗不争勢力　太史公自叙作滑稽列傳
以調氣候以軌星辰　史記律書述贊
星則唐都氣則王朔　史記天官書
學爲儒宗尊爲帝師　後漢書列女傳劉長卿妻桓鸞女
道闕鶴關運廱鳩里　舊唐書音樂志
丹開雀録火降烏流　史記周本紀索隱述贊
褒水通沔斜水通渭　史記河渠書
金形似馬碧形似鷄　前漢書音義後漢書邛都夷傳注

櫄栲栳漆相似如一　爾雅釋木郭注類漆諺曰
褒責誅賞各有所歸　後漢書陳蕃傳
强國爲圈弱國爲屬　管子
陸行載車水行載舟　史記河渠書
留心政術垂神聽覽　隋書薛道衡傳
推財孤寡分賄友朋　東觀紀後漢桓榮曾孫鸞
舉動周旋必由禮度　後漢書淳于恭傳
父子兄弟代作帝師　後漢書桓榮傳論
泰於待賢狹於養己　東觀紀桓榮曾孫鸞
博而寡要勞而少功　史記序傳儒者
耕者讓畔行者讓路　家語三恕虞芮争田
居必擇處游必擇方　家語晏子送曾子語

義爲君臣恩猶父子　後漢書馮異傳帝詔報
言通帝王謨合聖神　班固答賓戲

慮無遺計舉無過事　大戴記後漢桓榮傳子郁
入則篤行出則交賢　家語困誓

聞疑傳疑聞信傳信　後漢書范升傳
如星非星如雲非雲　史記天官書是謂歸邪

思慕闕廷顧親帷幄　後漢書馮異傳
通明經義觀覽古今　後漢書桓榮傳

加勞三皇勖勤五帝　羽獵賦
垂光九野騰響四遐　鮑照河清頌

依義顯君竭忠彰主　後漢書曹褒傳
勞心下士屈節待賢　後漢書陳元傳

愛樂人物誘納後進　蜀志許靖傳
修整閨門教養子孫　後漢書鄧禹傳

備遠如近慎微如著　嵇康答難養生論
轉禍爲福因敗爲功　史記蘇秦列傳

智周十地行圓四等　梁元帝阿育王像碑
勢含五水氣疏九河　蕭子良賓僚七要

洗氣乾坤玩心墳典　宋書雷次宗傳
登壇洛汭沈玉河湄　庾信登壇銘

去愚就義功名並著　後漢書魏囂傳王遵與牛邯書
達學洽聞才能絕倫　班固薦宏農功曹史殷肅

綏之不能去之不忍　吴語玉篇綏推也
翛然而往侗然而來　莊子庚桑楚

向風而靡隨流而化　上林賦
踐華爲城因河爲池　賈誼過秦論

破家爲國忘身事主 後漢書李通傳
憑玉宅海端扆御天 沈約詩
被詔禁林升華内閣 歐陽修回吕内翰書
游盼春圃濯足夏流 嵇喜答趙景真書
太姒嬪周涂山儷禹 齊太廟樂歌
西陵配黄英娥降嬀 魏志郭皇后傳
還年卻老延華駐景 顔延之庭誥文
合日開夜舒月解陰 海賦
身澡芳流目玩盛事 潘尼釋奠頌
光清地岊氣斂天標 王勃七夕賦
餌霞栖雲高尚不仕 宋史聶冠卿注
踰梁越河濟脱無他 易林

游雉群飛晨梟輩作 馬融廣成頌
豐貂東至獬豸南來 晉書輿服志
大圜在上大矩在下 吕氏春秋
有沈而奥有浮而清 班固典引
涉和履中時無陰慝 易林
餐沙飲水即入涅槃 法苑珠林
操履貞和器業詳敏 隋書薛濬傳
天才秀茂文思雕華 舊唐書德宗紀論
先崇郭隗想望樂毅 後漢書隗囂傳方望語
頗知朱亥盡禮侯嬴 史記信陵君傳索隱述贊
招高者高招庳者庳 鶡冠子
以法去法以言去言 商子
富貴多士貧賤寡友 史記孟嘗君傳馮驩語

瑾瑜比絜日月争光　史記索隱屈原傳贊

伊尹慚桑伯陽羞李　劉潛金像寺無量壽佛像碑銘

伏羲滅瑟文王足琴　隋書何妥傳

國啟昌期民迎福運　鮑照皇孫誕育表

身被華衮門全素風　吕温裴氏海昏集序

群臣如陛衆庶如地　賈誼語

思偏不腐女貞不凋　駢雅

廢而復興絶而復續　後漢祭遵傳博士范升上書追稱

仁不忘親義不忘勞　後漢書安帝詔

勇於公戰怯於私鬥　史記商君列傳

山以仁静水以智流　北史郭祚傳

馳騁莊門排登李室　晉書阮籍等傳論

請問趙殿釃酒齊城　後漢書耿弇傳贊

日烏流炎風禽騁暴　陳書徐陵傳

游獸戲阿嚶鳥鳴林　孫綽徐君碑

鉤如屈金戈如發弩　宣和書譜顔魯公書

珠之含礫瑾之匿瑕　中論斯其性與

開心見誠無所隱伏　後漢書馬援傳

好學洽聞雅稱儒宗　後漢書韋彪傳

魯獲其田齊明其信　太史公叙刺客列傳

父慈而教子孝而箴　左傳

偃馬靈臺騎牛桃塞　北史周武帝紀

標金南海勒石東山　北齊書樊遜傳

十尋而索百步而堵　大戴禮

雨争日弱三和曰彊　逸周書

積智成明積因成果　沈約佛像銘
以夏養春以冬養秋　春秋繁露
據河爲塞因山爲固　太史公敘蒙恬列傳
猶鑛出金如鉛出銀　司空圖詩品
智者自知仁者自愛　家語三恕
醲於用賞約於用刑　後漢書馬援傳
人皆詐惡我獨詐善　後漢書張湛傳扶風人
無益於實有損於名　後漢書鄭興傳
人三爲衆女三爲粲　周語
君出自丁臣出自桓　左傳東郭偃曰男女辨姓
離宮不衛山陵不邑　後漢書述元紀
慎覈其事整齊其文　後漢書班彪傳
抑搔痛癢懸衾篋枕　孝經因親以教愛注

公卿選儒容頭過身　後漢西羌傳永建四年虞詡疏
苞括宇宙總覽人物　西京雜記司馬相如曰賦家之心
嘔飲膏液咀嚼英華　劉峻劉之遴借類苑書
踵門陳書躡蹻獻器　顏延之皇太子釋奠會作
循襟佩德撫事知恩　王勃上皇甫常伯啟
班左並馳董南齊轡　宋書律志
孔老殊教名墨異家　隋陽帝文
赤泉駐年神木養命　郭璞不死國贊
攝提運標文昌承魁　陳琳大蒐賦
尹佚謨周孔明述魯　宋欽詩
景春佐酒杜連理音　七發
生男無喜生女無怒　史記外戚世家
非兵不强非德不昌　太史公自敘作律書

氣類益親聲談載路　張說淄州司馬鄭府君碑

高明輔順正直司愆　李嶠爲姚璹等賀破契丹表

羊真孔草蕭行范篆　張懷瓘書斷各一時之妙

越璞楚琛蜀賄巴賨　李庾西都賦

頤隱於齊肩高於項　莊子支離疏者

戟鉤其頸劍承其心　晏子春秋

熹政多跡彪明理損　後漢列傳第十六贊

殷函軫念劉紙懸緘　羅隱辭令狐相公啟

泉石膏肓烟霞痼疾　唐書田游巖傳

聃周道師巢由德林　晉書王沈傳

卑不謀尊疏不謀戚　史記魏世家李克對文侯

山爲積德川爲積刑　家語執轡

身亦不窮道亦不隱　家語三恕

闕之以舌鍵之以心　道德指歸論

德建名立形端表正　梁周興嗣次韵千文

内慚外懼夕陽晨興　李嶠爲王方慶讓鳳閣侍郎表

上則台階下象山岳　後漢書劉般傳陳忠庶子愷

右通廣内左達承明　周興嗣次韻千文

湖接兩頭蘇連三尾　南部新書李超趙蒙皆狀元

目視六籍口誦九歌　王維京兆尹張公德政碑

仁護鰥惸智鈐豪右　吕温京兆韋府君神道

經任博士行中表儀　後漢書吴良傳

分争主庭樹朋私里　後漢書儒林傳贊

翹心仁政延首王風　齊書王融傳

小辯害義小言害道　家語三恕

美男破產美女破居　修文御覽引周書
五玉三帛二生一死　尚書舜典
九還七返八歸六居　參同契
道就虛全事違塵枉　後漢書逸民列傳贊
律設大法禮順人情　後漢書卓茂傳
情迹殊雜難爲條品　後漢書獨行列傳序
祖宗故事所宜因循　後漢書杜林傳大司徒
唐堯大聖許由恥仕　後漢書譙玄傳
老子元默仲尼所師　張晏論班固古今人表
糟粕韜鈐芻狗風角　張說冠車大將軍郭知運碑
蠲去邪累澡雪心神　魏書釋老志其爲教也
九服混心萬邦含愛　宋書符瑞志
四維紀地八柱承天　薛道衡老氏碑

陶心甽志舞手蹈足　史記樂書述贊
烹汞煎鉛嚥津茹脂　宋濂調息解
一謁往愆期請來效　後漢書陽球傳
今申公憲以報私恩　後漢書張霸傳孫陵官尚書
盛氣籠霄飛談卷霧　晉書劉惔韓伯傳論
甘川浴日深壑藏舟　王褒漏刻銘
盛德更興文武迭用　後漢書桓談傳
心氣内損形神外勞　唐書劉洎傳諫太宗
擬迹小山陶心大隱　駱賓王秋日與群公宴序
捎星雲界衍葉炎塵　宋孝武帝孤桐贊
發必中銓言必合數　淮南子
攻者不足守者有餘　孫子兵法後漢馮異傳注

君長敬通揭節垂組　後漢書馮衍傳田邑報衍書
方回文父翕神養和　後漢書周磐傳
勇不可恃勝不可必　後漢書法雄傳
義有所宜恩有所施　後漢書馮衍傳
體兼上才榮微下秩　後漢書桓譚馮衍傳論
謀宣中國氣折外蕃　魏書李順傳論
承師涉學精識聰敏　吴志孫和
屈道從政令名顯揚　漢譙敏碑
文武創德周召作輔　後漢書郎顗傳
韓魏立政燕趙任權　文心雕龍
江海冥滅山林長往　後漢書逸民傳贊
衣服同采笑語相知　鶡冠子
清妙高遠優遊博衍　白虎通謂之堯者

紛文斐亹紺縿離纚　嵇康琴賦
雖任英賢猶援姻戚　後漢書申屠剛傳
克定群慝竟全大勛　李德裕武宗贊
固志建威閉絶私路　前漢書李尋傳
柔遠能邇惠康小民　書文侯之命
勞於取人佚於治事　家語入官
仁不遺舊忠不忘君　後漢書鮑永傳張湛對光武語
晝研精義夜占象度　後漢書郎顗傳
性少嗜慾情厭事爲　後漢書馮衍傳
志達義全先號後慶　後漢書鮑永傳贊
本立道生風行草從　後漢書郎顗傳
事師於今理師於古　關尹子
順人者昌逆人者亡　後漢書申屠剛傳

上安社稷下全保傅　申屠剛傳
永執綱紀務悉聰明　前漢書于定國傳
日月經天河海帶地　後漢書馮衍傳
珊瑚開績琉璃竦華　海賦
慎爾會同戒而車服　前漢書韋元成賦
志在春秋行在孝經　孝經鈎命訣
正機平衡流化興政　後漢書郎顗傳
尊天敬地畏命重民　前漢書李尋傳
修舊堤防省池澤税　前漢書李尋傳
損大官膳減樂府員　前漢書翼奉傳
日祭於寢月祭於廟　前漢書韋賢傳
陽用其精陰用其形　前漢書翼奉傳

塵加嵩岱霧集淮海　後漢書楊倫傳
内崇朝貢外示遐荒　李尤德陽殿賦
左史記言右史記事　前漢書藝文志
文政聽屬武政聽鄉　管子
三張二陸兩潘一左　鍾嶸詩品泰康中
複廟重屋八達九房　東京賦
華蓋建杠招摇樹旆　陳琳大蒐賦
空潭寫春古鏡照神　司空圖詩品
篆添隷減篆長隷匾　翰林粹言
主静臣動主圓臣方　道德指歸論
弊床疏席總是佳趣　宋史舒璘璘
博學洽聞時稱通儒　後漢書杜林傳號伯山大司徒
自損者益自益者缺　説苑孔子告子夏

有別必怨有怨必盈　別賦
多記損心多語損氣　唐書劉洎傳諫太宗
佐饔得嘗佐鬥得傷　顔氏家訓王子晉云
圓出於方方出於矩　周髀算注
都枳維邑邑枳維家　汲冢周書見馮衍傳注
踴躍升騰超等踰匹　後漢書左雄傳
呼吸清龢吐故納新　夏侯湛東方朔贊
璽書勞徠縟賞稠疊　張說楊君神道碑
繁組綺錯羽爵蜚騰　應璩與滿公琰書
念深爲矜矜深爲憫　雲笈七籤
兵强勝人人强勝天　汲冢周書
五勝輪環三正互起　史記曆書述贊
四科咸進六藝復興　舊唐書代宗紀

鳥焉混淆魚魯雜糅　董逌除正字謝啟
風雨時節寒暑調和　前漢書魏相傳
二陸入洛三張減價　晉書張載張協張亢傳論
七世慶雲萬年垂光　范仲淹狄梁公碑
明神可通金石可勒　後漢書馬援傳子廖
國家以寧都邑以成　禮記昔吾有先正
即云天工亦資人亮　後漢書袁紹劉表傳贊
敬承嘉誨永佩明箴　高允答宗欽書
地憑宸極天縱神武　隋書薛道衡傳
電掃群孽風行巴梁　後漢書吴蓋陳臧列傳贊
法令滋章盜賊多有　老子
政教不違禮讓可興　前漢書魏相傳

靜守形骸軌承訓誨　真誥

經記山川架騰崑崙　淮南子

閭有塾堂巷有校室　余靖雷州學記

右書訂頑左書砭愚　近思録橫渠學堂雙牖

棲神育靈興善懲惡　歐陽詹曲江池記

遵繩奉法竭力赴功　金史章宗紀

同師曰朋同志曰友　周官大司徒注

大道不稱大辯不言　莊子

野鶴無群天鵬擊水　于邵陽侍御寫真贊

蒼兕誓衆白魚躍舟　史記周本紀索隱述贊

經師易求人師難得　周書盧誕傳

曲者中鉤直者應繩　莊子匠人曰我善治木

準繩連體權衡合德　前漢書律曆志

帝王設險乾坤是承　李尤京師門銘

廉察諸侯糾繩列郡　白帖

斟酌元氣運平四時　李固對策

獨處思仁公言思義　家語

王業是興祖武是繩　宋史樂章

費用國邑不修產利　後漢書鄧禹傳

天地變化必由陰陽　前漢書魏相傳

恥爲漢官求受魏印　魏志注孫盛評夏侯惇

沈吟齊章殷勤陳篇　月賦

公正萃朝忠讜接武　宋書劉瓛傳

明聖修德志士思名　後漢書馮衍傳

廣夏之下細旃之上　漢書王吉傳

聊攝以東姑尤以西　左傳

以實獲囚以詐得免　家語辨物子貢論子服景伯
大音希聲大器晚成　老子後漢書郎顗傳注

軒五有宏姬十斯豫　任昉王貴嬪策文
媯苗茂盛完裔繁昌　江總度支尚書陳君碑

位不期驕祿不期侈　書周官
安無忘危存無忘亡　太公金匱武王几銘

破矩爲圜斲雕爲樸　後漢書杜林傳
視遠惟明聽德惟聰　書太甲

立朝忌巧居室忌好　後耳目志
奉先思孝接下思恭　書太甲

立愛惟親立敬爲長　書伊訓
從善如登從惡如崩　周語諺曰又吴志張纮病困授子靖留牋

專己者孤拒諫者塞　後漢書申屠剛傳與隗囂書
建官惟賢位事惟能　書武城

不佞禪伯不諛方士　邵堯夫無名公傳
無從匪彝無即慆淫　書湯誥

白質黑章其義可喜　司馬相如封禪書
蠉飛蠕動仰德而生　淮南子

火宅可辭舟航斯在　王勃梓州福會寺碑
闕里無故荊棘自除　後漢書鮑永傳

小賜不咸獨恭不慢　國語
歸親愈數爲懼愈多　後漢書南單于傳

德重山嶽澤深河海　後漢書馮衍傳與陰就書
凄入肝脾韻含宮商　爾雅翼猿善啼

不植則僵不修則壞　漢書賈誼傳
弗慮胡獲弗爲胡成　書太甲
勿輕論人勿輕說事　王隱晉書李秉語
或以進德或以酬功　晉書齊獻王攸傳
能說諸心能研諸慮　易下繫
不易乎世不成乎名　易文言
桓榮獻書荀攸觀則　王褒皇太子箴
瓠巴聑柱磬襄弛懸　馬融長笛賦
好仁惡殺蠲敝崇善　後漢書西域傳論
閉陰開陽抑剛引柔　史記樂書正義
淩顔轢謝含任吐沈　北史温子昇傳
斃范亡項走狄擒韓　漢書張陳王周述傳
或出或處或默或語　易繫辭

知微知彰知柔知剛　易繫辭
近靖黎烝遠保鰥寡　典引
下憑赤壤上叶紫薇　薛道衡傳
仰允太靈俯愜群望　齊書禮志
候列郊甸火通甘泉　後漢書南單于傳論
越契超繩光前振古　上官儀賀凉州瑞石表
揚清激濁舉善彈違　晉書武帝紀詔
三后連光四聖沓軌　宋江淹答劉休範書
一卒畢力百人莫當　後漢書張宗傳
非魚非肉更相追逐　魏略焦先聞將伐吴謬歌
分陰分陽迭用柔剛　易
八鸞揚響五牛舒旆　宋書臧質傳柳元景檄書
元鳥司歷蒼龍御行　庾信馬射賦

上交不諂下交不瀆　易繫辭
前弱則俛後弱則翔　考工記

式相好矣無相尤矣　詩斯干
亂而治之滯而起之　家語本姓解夫子語

師臣者帝賓臣者霸　後漢書陳元傳
堅土人剛弱土人肥　淮南子

金穰水毀木饑火旱　史記天官書
夏霜冬雷秋凋春榮　漢書京房傳

汨泥揚波偷榮取利　陳琳爲袁紹上漢帝書
回慮革算結歡弭兵　漢晉春秋晉文王與孫皓書

行者如迎偃者如醉　杜牧晚晴賦
貴而無位高而無民　易文言

如砥之平如矢之直　顏師古聖德頌
其言不忒其德不回　家語五帝德舜

不由古訓于何其訓　書畢命
德無常師主善爲師　書咸有一德

山高水深雲蒸霧吐　沈炯答張種書
輪員輿方轅縱衡橫　淮南子

致主文宣抗情伊稷　後漢書李固杜喬傳贊
假象金革擬則陶匏　嘯賦

破縱擅橫幷吞六國　劇秦美新
封天禪土功越百王　曹植漢武帝贊

罷奏南琴停吹西琯　李商隱賽舜廟文
凝光瓊笥炫采瑤縢　沈約發講疏

五經六緯尊術顯士　前漢書李尋傳

三事九司宏儒碩生　景福殿賦

伯石辭卿子產所惡　魏書郭祚傳李彪語

夷吾反坫樂毅不終　晉鎮南將軍劉宏祭諸葛武侯文

人行六尺馬行四步　蜀志諸葛亮傳注

周歷九土足歷五都　登徒子好色賦

夏遷涼土冬逐煖處　北史嚈噠國傳

化協殊裔風衍遐圻　陸機辨亡論

月竁來賓日際奉土　顔延之詩

冬闈温煦夏室含霜　七勵

五緯循軌四時和睦　後漢書郎(覬)〔顗〕傳

大人利見百姓與能　魏書太祖紀論

覽奇取異志陵中夏　吴志孫策評

搦秦起趙威振八蕃　魏都賦

勇摯剛毅孤微發迹　吴志孫堅評

公方廉恪躬儉安貧　後漢書吴良傳

善屬文辭兼好武事　吴録沈友字子正筆舌刀皆妙

猥慚芻賤濫辱稼卿　輟耕録龍朔中改司農爲司稼卿

氐羌率服獯粥慕義　蜀志馬超章武元年策

直躬證父蒼梧讓兄　劉勰新論

沙汰穢濁顯拔幽滯　蜀志許靖

究極圖籍遊覽京師　益部耆舊傳稱任安

宜專精神勿近醫藥　前漢書史丹傳

亦猶虞舜比德唐堯　後漢書楊震傳孫奇對靈帝語

發桴若雷吐氣成雨　魏明帝樂府

鑿石索玉剖蚌求珠　蜀志秦宓

聰明仁惠敬賢禮士　江表傳魯肅稱孫討虜見蜀志先主注

流放禽討安危定傾　蜀志馬超等上先主爲漢中王表

備寫情形審求根實　後漢書西域傳論

斟酌古式依假權宜　蜀志先主爲漢中王上表

仁覆積德愛人好士　蜀志許靖等上言先主勸進

清談高論噓枯吹生　後漢書鄭太傳孔公緒

料力忖勢度資量險　漢晉春秋晉文王與孫皓書

務農殖穀閉關息民　蜀志建興二年春

張於告衆各自約誓　蜀志陳震使吴入界移關堠

獻可替否共爲歡交　蜀志董和

應對殿堂奉酬顧問　晉書荀崧傳

撫恤故舊振贍衰宗　蜀志張裔

楚國不恭齊桓是責　蜀志呂凱答雍闓檄

平津晚達貢公後徵　陸雲詩

非訖于威惟訖于富　書呂刑

當得其地不得其民　蜀志周群對先主欲争漢中

賢人爲兵聖人爲守　鹽鐵論

嘉耦曰妃怨耦曰仇　左傳晉師服異穆侯名太子

部分如流趨捨罔滯　蜀志李嚴諸葛與孟達書稱嚴

樞機不慎論儀干時　蜀志孟光猶愈於敏

負笈擔簦櫛風沐露　劉瓛立館啟

衝波截轍超谷越山　譙周仇國論

依則先儒假文見意　蜀志郤正

明開聖緒尊賢顯功　前漢書夏侯勝傳

推恩六親義彰九族　梁武帝詔

鑿空萬里辟地千都　周書

前配朱據後配劉纂　吳志吳主權步夫人次女小虎

智如崔浩廉如道生　北史長孫道生傳

篤俗訓民静一流競　晉陽秋永和三年桓温庶譙秀表

受遺託孤翊贊季興　蜀志吕凱答雍闓檄

衣服取供輿馬取備　蜀志郤正著論論姜維

居處同樂死生同憂　前漢書食貨志

藻勵名行好尚臧否　吳志劉繇評

駕馭英雄驅使群賢　吳志張昭

細弱在前彊壯在後　吳書魯肅命屬避害江東

綱紀粗定夷漢粗安　漢晉春秋諸葛平南不留兵

德配大地明並日月　前漢書公孫宏傳

外帶江漢内阻山陵　吳志魯肅進説

以嚴見憚以高見外　吳志張昭評

其二爲公其三爲卿　左傳卜楚邱語

無父何怙無母何恃　詩蓼莪

在男曰覡在女曰巫　楚語又漢書郊祀志

道路以目百寮鉗口　魏氏春秋袁紹檄州郡罪曹操

群疑滿腹衆難塞胸　漢晉春秋諸葛後出師表

周公拜前魯公拜後　前漢書王莽傳子父俱延拜而受
之顔師古注

嬰母知廢陵母知興　班彪王命論

神之吊矣貽爾多福　詩天保

民亦勞止汔可小康　詩民勞

非徒子孫乃關苗裔　吳志周瑜諸葛瑾等疏理周胤
罪徙

少有名譽屢登公卿　後漢書董卓傳温子伯慎
授不降也爲所執耳　後漢書袁紹傳沮授語
君且休矣吾將思之　陸機辨亡論天子召見（向）〔問〕其意若曰
工誦箴諫瞽誦詩諫　前漢賈山傳至言
吏言屬曹卒言侍曹　蜀志杜瓊傳
吹氣作禁魚龍立見　異苑趙侯以盆盛水趙名炳
截長補短鳧鶴皆憂　黄庭堅跛奚移文
陳寔韓韶同見其事　後漢方術上成公傳
陰就虞延並辟不行　謝承書鄭敬隱居蛾陂中
先知吉祥言喜福慶　易林
寄分廉察地列山河　南部新書徐泗節度康季榮
鳳舉四維龍騰八表　南史齊高帝紀

虎卧山隅鹿過後胸　易林
刻情修容依倚道藝　後漢方術樊英傳論
奉公克己矜恤孤羸　後漢儒林周澤傳
啟發臣心革易愚慮　後漢書荀彧傳操表彧語
崇信聖道師則先王　後漢儒林孔僖謂孝武
恃峭劍關憑深桂嶺　沈約朝丹徒故宫頌
光遲蕙畝氣婉椒臺　沈約曲水宴制詩
化民以躬帥下以德　前漢述文紀
履道者固仗勢者危　後漢文苑崔琦傳
恩德兩隆上下俱美　後漢書楊震傳
金石類聚絲竹群分　後漢文苑邊讓傳章華賦
繼宗統極保業延祚　後漢譙玄傳
勤學修禮崇化厲賢　史記儒林列傳

三趾晨儀重輪夕映　沈約大觀舞賦
千乘方轂萬騎騈羅　後漢杜篤傳論都賦
器量宏深姿度廣大　蔡邕郭有道碑文
體德沈粹識理淹長　晉書殷浩傳
虹亘梅樑龍盤桂柱　崔融啟母廟碑
蟀鳴秋稻燕頜玉情　梁簡文七勵
鐘鼓帷帳不移面具　前漢書賈山傳至言
玉帛瓊琚大放厥辭　韓愈祭柳宗元文
地有三分功猶再駕　温子昇文
市無貳價道不拾遺　後漢儒林宋登傳
楊素無兒蘇夔無父　北史蘇威傳楊素戲語
張良是英韓信是雄　人物志

神意自若詞對無變　後漢書陳禪傳
精疏殊致通閡相徵　後漢儒林列傳贊
都都相望邑邑相屬　班固西都賦
噲噲其正噦噦其冥　詩小雅斯干
赳赳干城翼翼上弼　李嵩述志賦
汪汪軌度恂恂德心　袁宏三國名臣贊
採輯古今删著事要　後漢書伏湛傳
簡諫清高斥黜佞邪　後漢書陳蕃傳
改韻易調奇弄乃發　嵇康琴賦
正身絜己威化大行　後漢書張奐傳
聰明敏達觀物無滯　先賢行狀裴瑜位至尚書
仁慈隱惻造次弗離　梁周興嗣次韻千文
總攬賢才收習明智　後漢班固傳

冒陳悲憤戰慄闕廷　後漢馬援傳朱勃上書訟冤

盛德大動蟠天極地　宋史梁周翰傳周公聖人也

清談高論嘘枯吹生　後漢鄭太傳謂孔伷公緒

通塞命也始終常也　後漢張奐傳

禮經避之春秋諱之　前漢書翼奉傳

修學好古實事求是　前漢河間獻王傳

爲政明斷甄善疾非　後漢孔奮傳

晚途別法貪奇好異　法術要録

下帷覃思論道屬書　前漢董仲舒傳

崇體先師增輝聖德　後漢孔僖傳

採求闕文補綴漏遺　後漢儒林列傳

春發其華秋收其實　後漢書崔駰傳達旨

陽盛則運陰滿則虧　後漢杜篤傳論都賦

遂立名迹終始可紀　前漢書雋不疑傳贊

廣設方略寇虜悉平　後漢皇甫規傳

玉石朱紫由此定矣　後漢趙岐山輔决録序

動作舉措可不慎與　後漢申屠剛傳

順辭默諫多見省用　後漢循吏劉矩傳

推情從意庶无咎譽　後漢張奐傳

游不失樂朝不失禮　前漢賈山傳至言

生而有義死而有名　說苑杞梁母語

主日法天主月法地　馬融尚書七政注七政北斗七星

以曩爲曏以故爲今　爾雅釋詁徂存也注美惡不嫌同名

性饑猾吏志除豪賊　後漢書周紡傳

天垂妖象地見災符　後漢郎(覬)〔顗〕傳

扶陽以出順陰而入　崔駰達旨
面告其短退稱所長　後漢書孔融傳
言必宏雅詞必温麗　後漢書周榮傳陳忠薦少子興
失之東隅收之桑榆　後漢書馮異傳
造作水排鑄爲農器　後漢杜詩傳
灌濯陶瓦斥遣浮華　曾愈元和聖德詩
威名宣播遠近所畏　後漢呂布傳
聰明炫耀悦怒不平　七發
依經守義文章爾雅　後漢鄭興傳
發怒吐氣聲響動天　說苑孟賁
矩步引領俯仰廊廟　周興嗣千文次韻
望雲省氣推處祥妖　後漢方術列傳

武節剛方動用安重　後漢祭肜傳論
光明煜爚文采璘班　何晏景福殿賦
恢舉謗己敞非祥瑞　後漢朱樂何列傳贊
魴用降帑延感歸囚　後漢馮魴虞延等傳贊
穫之挃挃積之栗栗　詩周頌
緜其綿綿塞其涓涓　後漢書何敞傳
上存主父下存主母　史記蘇秦謂燕王曰
昔爲人子今爲人臣　後漢公孫瓚傳
政平訟理朝野悦睦　南史宋文帝紀
家給人是囹圄空虚　新序
罷不舍事勞不言倦　吴志吕岱傳
仁以矜物義以退身　後漢史弼傳論
君有餘財民有餘力　前漢貫山傳至言

義不苟合位不苟尊　說苑臣術篇

君尊民悦上下無怨　前漢書魏相傳

男白女赤金火相拘　參同契

未嘗知憂未嘗知懼　孫卿子哀公與孔子言

可與爲善可與爲非　後漢爰延傳對桓帝問

不爲福先不爲禍始　文子

一名高飛一名獨摇　古今注移别名

功在元帥罪止首惡　後漢梁竦傳篇

禄去公室政移私門　後漢翟酺傳

入海乘淮逆河泝洛　後漢王符传梁侈篇

違齊出宋歷楚辭吴　王勃夫子廟堂碑

信任忠良平决臧否　後漢竇武傳

節省浮費賑恤窮孤　後漢何敞傳

調和陰陽實在儉節　後漢樊準傳

博涉書記贍於文辭　後漢仲長統傳

樹恩布德易以周洽　後漢書馮衍傳

徙善遠罪納諸太和　中吴紀聞姑蘇六經閣記

聲溢當時義高在昔　魏志龐德傳

仁以惠下威能討姦　後漢書張堪傳

所恃者寡所取者猥　後漢仲長統損益篇

以齒則長以德則賢　後漢申屠蟠傳蔡邕薦語

謝遣門徒務執謙慤　後漢書桓譚傳

網維遺漏拱押天人　仲長統損益篇

德同以年年鈞以貌　後漢胡廣傳

瘦已勝肥肥又勝癡　南史沈昭略傳

人物瀟灑文章雅正　中吴紀聞張景修

金玉鏘揚組練陸離　中吴紀聞王岐公猶子仲甫

送故迎新交錯道路　前漢書王嘉傳

安居樂業長養子孫　仲長統理亂篇

君有正道臣有正路　後漢朱穆奏記

田無常主民無常居　仲長統損益篇

可與樂成難與慮始　前漢書楚元王傳

寃則呼天窮則叩心　後漢張奐傳凡人之情

常執勤苦不恥勞辱　後漢班超傳

虚造聲譽妄生羽毛　潛夫論實貢篇

先意承旨各希時趣　吴志賀卲上疏

力行好學不慕榮名　後漢陸續傳少子裦

罰多則困賞多則乏　汲冢周書

有别稱帝無别稱皇　魏志王肅傳

始若詭異終有理實　後漢書王充傳充好論説

得承節度幸無咎譽　後漢書皇甫規傳

百家衆氏投間而作　後漢書延篤傳

八彝六尊禮數不同　後漢陳敬王傳注謝承書

匿名遠權隱人過失　後漢朱穆傳注近則邴吉句注

抱奇懷能隨輩棲遲　後漢周榮傳子興

吏畏其威人懷其惠　後漢朱暉傳守臨淮吏人作歌

體生於地精成於天　晉書天文志張衡傳

户牖牆壁各置刀筆　後漢書王充傳

耕織種收皆有條章　後漢循吏童恢傳

被以冠冕衣以文繡　魏略河東董尋上書諫

依其質幹準其才行　潛夫論實貢篇

所向爲前所背爲後　六書故

原大則饒原小則鮮　史記貨殖傳

招誘有方威懷兼洽　後漢劉表傳

蘭蕕無並消長相傾　後漢黨錮列傳贊

季布逃亡朱家甘罪　後漢張儉傳論

宣王晏起姜后脱簪　後漢文苑崔琦傳外戚箴

川澤納汙山藪藏疾　左傳

冠冕並襲琛贄咸陳　皇甫碑

面對曲直足明真僞　後漢度尚傳張磐被誣在獄自列

究覽墳籍結交英賢　後漢書李固傳

進由勢合退由衰異　後漢書朱暉傳論

國以賢化君以忠安　後漢書龐參傳

載戢干戈載櫜弓矢　詩周頌

不藏珠寶不起山陵　潛夫論浮侈篇

沈重淵懿道德博備　後漢書劉愷傳

謙約節儉廉公有威　後漢書馬援傳

留思聖藝眷顧儒雅　後漢書陳元傳

指訐時疑討擿物情　後漢書王符傳

使但吹竽使氏厭竅　淮南子說林訓注但音燕

以管窺天以隙視文　史記扁鵲傳

父文兄武九命作伯　後漢文苑高彪傳遺孔融書

天覆地載參連爲奇　華嶠書陳敬王五世孫寵弩射祕法

救樸雖文矯遲必疾　後漢書王充王符仲長統列傳贊

降福彌異流化若神　後漢書謝夷吾傳

振旅撫師以征不服　前漢李廣傳

搜才禮士不苟自專　後漢書王堂傳
垂露懸針書恩不盡　庾信謝趙王啟
仰高希驥歷年滋多　後漢趙壹報皇甫規書
非直費財又乃費士　前漢書翼奉傳
不見異人當得異書　袁山松書王朗談論衡才進或曰
推賢舉能抑惡揚善　新序子產相鄭
去亂即治變呻爲謠　柳宗元道州毁鼻亭神祠記
渝平更成復踐前好　吴志劉繇傳王朗與孫策書
偷生苟活誠慚聖朝　後漢戴憑傳
險則救俗平則守禮　崔駰達旨
弱不攻强走不逐飛　兵法
任意無非適物無可　仲長統詩
見利争讓聞義争爲　中說

琛寶可懷貞期難對　後漢周黄等列傳贊
帝號無虧君禮猶存　魏志王肅
增益圖書矯稱傳記　後漢書桓譚傳
講校經義綜察是非　吴書孫和
榮露騰軒蕭雲掩閣　宋書符瑞志
清風出袖明月入懷　張彦遠法書要録
十年知名三公俱辟　後漢書茅容傳
四時從經萬姓允誠　竹書紀年帝舜再歌曰
靡瞻匪父靡依匪母　詩小弁
可愛非君可畏非民　書大禹謨
第宅苟完裁被風雨　後漢陰興傳
聖德純茂專精詩書　前漢匡衡傳

揮沐吐餐垂接白屋　後漢文苑高彪傳
勤心虛己延見群臣　前漢孔光傳

經學博覽政事文辨　後漢書馬援傳世祖
德行純淑道術通明　前漢孔光傳太后詔褒

上下古今左程右準　柳宗元送呂讓序
元静淡泊言少理多　魏志邢顒傳

人人正正辭辭火火　司馬法
鬱鬱葱葱隱隱隆隆　邵諤望氣經

繁簡惟時寬猛相濟　後漢書王充王符仲長統列傳
性情不等同異難並　羅隱兩同書

務取高行以勸後進　後漢書李充傳即說士廿于肉之人
無習斜流恒爲正游　王邕蹋毬賦

進退陳政皆本道德　後漢書淳于恭傳字孟孫
上下媟瀆有虧威嚴　後漢書爰延傳

德總郇周聲高梁董　庾信答移市教
才懷隨和行若由夷　司馬遷報任少卿書

火師監燎水師監濯　國語單子知陳亡
飛着宗鳳走者宗麟　孔叢子

蹌蹌濟濟俾筵俾几　詩公劉
顒顒昂昂如圭如璋　詩卷阿

肉食蠶衣皆須耆齒　沈約均聖論
駑馬鉛刀不可强扶　後漢魏囂傳光武手書報囂

潔身白齒衰老復起　易林
蓬廬蓽門琴書自娱　謝沈書鄭敬隱居蛺陂中

開國承家有法有制　前漢述遊俠傳

散氣流形既陶既甄　文選張華女箴
九合諸侯一匡天下　史記管晏列傳
兩爲憲漕五領郡符　中吴紀聞張景修治平四年進士
入安本朝出摧彊敵　吴志滕胤諫諸葛恪
外行猛政内懷慈仁　後漢書王涣傳
才同陳思武類太祖　魏氏春秋高貴卿公
勛超朱虚功越東牟　吴志諸葛恪
制禮造樂移風易俗　秦宓
静亂濟世保大定功　魏咸熙詔元年
離文析字横生忌諱　吴志是儀注徐衆評議改姓
輕官忽禄不耽世榮　先賢形狀徐幹
忠勤相先勞謙相讓　吴志吕岱奮威將軍張承與岱書
敷奏以言明試以功　尚書

之綱之紀燕及朋友　詩假樂
有典有則貽厥子孫　書五子之歌
銘寶表器箴惟德軌　文心雕龍
忿必慮難動不違親　後漢書吴祐傳
精良畏慎善在恭謹　人物志
清亮忠孝學通古今　後漢書戴憑傳
君爲其内臣爲其外　劉向新序衛懿公臣宏演納肝曰
動得所求静得所安　襄陽記左將軍向朗遺言戒子
博聞彊記奇藝卓榮　魏志陳矯傳陳登敬孔文舉
清身苦體宿夜勞動　後漢王涣傳注古樂府歌
百揆均任四民殊業　魏志桓階傳
三皇應籙五帝承符　郤正釋譏

氣同則從聲比則應　前漢公孫宏傳
功崇惟志業廣惟勤　書周官

土被元黄宫有朱紫　吴志陸凱表瞻
仰瞻城闕俯惟闕廷　魏志曹植傳

前英後傑夕思朝儀　唐書藩鎮傳論
心精體密貫道達微　吴志薛綜傳

崇好儒雅敦明庠序　後漢秦彭傳
旌别俊乂放退佞邪　吴志賀邵

抑損奢侈宣明質樸　益部耆舊傳翟酺奏
擺脱冠裳郤去輪蹄　中吴紀聞王仲甫

詞則俱巧意則俱至　吴志將軍駱統表理張温
朝無幸位民無幸生　荀子

先甲三日後甲三日　易蠱彖辭

借書一瓻還書一瓻　聞見録

以目視目以耳聽耳　莊子
匪且有且匪今斯今　詩載芟

雝雝在宫肅肅在廟　詩思齊
赫赫厥聲濯濯厥靈　詩殷武

節及桐華恩頒銀燭　南部新書韋綬謝新火狀
旁挺龍目側生荔枝　蜀都賦

割少分甘與同豐約　吴志陸瑁
立教觀俗貴處中庸　魏志和洽

惟賢知賢惟聖知聖　魏志杜襲諫太祖
言室滿室言堂滿堂　管子是謂聖王

上取乎下下取乎上　朱子孟子集注
陽去其陰陰去其陽　揚子下句物咸調昌

王廖貴先兒良貴後　呂氏春秋

首陽爲拙柳下爲工　東方朔戒子見魏志王昶傳注

寶身全行以顯父母　魏志王昶傳

布衣厮養可作王公　魏志衛臻傳蔣濟遺臻書

道庇生靈志匡宇宙　南史齊高帝紀

德動天地義感人神　魏氏春秋宗室曹冏上書

非禮之禮非義之義　孟子

雖畏勿畏雖休勿休　書呂刑

食玉炊桂因鬼見帝　戰國策蘇秦對楚王

朝賞夕宴選勝搜奇　中吴紀聞王岐公猶子仲甫

身以盛心心以盛志　呂氏春秋

州不如國國不如名　穀梁荆敗蔡師于莘傳

平心正格秉操金石　茅真君傳

含真抱樸比調雲霞　蕭子良與南郡太守劉景蕤書

摧抑兼併乖散彊猾　魏志田豫傳

闡崇化業廣殖清風　吴志陸績傳注姚信集表稱其女鬱生

踐冰履炭登山越澗　魏志曹植

殺仁飯義枕典席文　李尤牀几銘

其難其慎惟和惟一　書咸有一德

宜君宜王不愆不忘　詩假樂

咨親爲詢咨禮爲度　左傳襄四年

思士不妻思女不夫　山海經大荒中有思幽之國

無爲名尸無爲謀府　莊子

不敢暴虎不敢馮河　詩小旻

懷金垂紫揭節奉使　後漢書馮衍傳

繼天經物寧國安家　後漢書衛颯傳

韓界上黨魏界河内　虞翻傳注

楚信鬼神越信機祥　列子荆人鬼越人禨

雖曰女則亦實男誠　劉向列女頌

徽如地裂豁若天開　郭璞江賦

父兮生我母兮鞠我　詩蓼莪

伐則掩人矜則陵人　魏志王昶傳

黄竹麗章柏梁清引　顔師古文

文騶儷迹嘉穎擢苗　宋書符瑞志

三后協心同底于道　書畢命

四方風動惟乃之休　書大禹謨

物忌監芳人諱明絜　顔延之祭屈原文

道洽政治澤潤生民　書畢命

年歲有訖桑榆行盡　後漢書孟嘗傳尚書楊喬薦語

鬼神其依龜筮協從　書大禹謨

匪載匪來憂心孔疚　詩杕杜

一拜一起未足爲勞　蜀志伊籍答孫權

與道翱翔與時變化　前漢書馮衍傳

不驚榮辱不罣是非　中吴紀聞王仲甫

上師唐虞下覽齊晉　後漢書鄭興諫疏

勤邁禹稷忠侔伊周　獻帝傳進魏公爵爲王詔

外要名利内無關鑰　魏志傅嘏注論鄧颺

心存貶約志在經綸　孫盛評曹丕短喪

志高行絜才博氣猛　魏志徐邈注盧欽著書稱邈

誠通慈降敬徹愛存　張説樂府

忘其前愆取其後效　魏略吳孫權與浩周書

賤所不足貴所有餘　獻帝傳載曹丕阻群逆勸進

貴交尚信輕命重氣　劉楨魯都賦

談經詠史博識周知　中吳紀聞王仲甫

除隹加水變雒爲洛　魏書漢火德故易爲雒魏土德故除隹加水

覿武無震匿文不祥　國語

解帶寫誠厚相結納　蜀志陳壽等奏定諸葛集表

執訊獲醜薄言旋歸　詩出車

卓躒冠群煒曄耀世　吳志張温將軍駱統表理張温

丁壯荷戈老弱負糧　魏書復潁川田租詔

四海延頸八方拭目　吳志賀邵

六官視命九賓相儀　顔延之詩

言詞激揚情趣款惻　王氏譜孟達薦雄語雄字元伯祥之宗也

槃木根柢輪囷離奇　前漢書鄒陽傳

愛民養士保全先軌　吳志賀邵

循名考實糾勵成規　魏志傅嘏

餌兵勿食歸師勿遏　孫子

和遠在身定衆在心　魏志王基

彊賴民力威恃民勢　吳志駱統

行爲人表經任人師　魏志劉廙

施暢春風澤如時雨　魏志曹植

合諸天運徵乎人文　後漢劉虞公孫瓚傳論

如食宜饇如酌孔取　詩小雅角弓

以慰既往以勸蔣來　王肅至官下教美張琦魏志管寧

傳注

浸仁沐義昭景飲醴　江淹上建平王書
戴員履方抱表懷繩　淮南子法陰陽者

激貪厲濁抑情自割　郤正論姜維
獎功録善必揆所由　曾鞏制

容態不常音節殊妙　典略衡擊鼓爲漁陽參撾
公私得所政化無虧　北史高謙之傳

好榮惡辱好利惡害　荀子
外怯内勇外弱内彊　魏志荀攸太祖每稱公達

恩從風翔澤隨雨播　左貴嬪晉元后誄見刊謬正俗
瑞由德至災應事生　後漢書楊秉傳

咎皆在臣臣當先坐　後漢書鍾離意傳
昔已嘗言言既無徵　裴松之魏志荀彧傳注

叱咤聽聲東西是命　獻帝春秋王朗對孫策使者
文武有效節義可嘉　先賢行狀魏太祖表論田疇

秉任二伯師尹九有　漢魏春秋漢帝詔操承制對拜
建立三學崇明五經　世語王肅子恂歷河南尹

滕叔蔣兄自能經紀　輟耕録唐元宗賜諸王帛敕
西吴東越化爲國民　魏略王朗答太祖

盛前白卿卿今舉盛　江表傳權謂蔣欽欲幕祁奚耶
謙衆辱温温怒徙謙　吴書

左不共左右不共右　魏志毛玠傳大理鍾繇詰玠語
信以傳信疑以傳疑　穀梁傳

今之存者已不逮矣　魏略魏太子與吴質書
但當趣耳用是爲耶　魏略高陽許允大將軍與允書

衆口鑠金積毀銷骨　史記鄒陽傳又張儀說魏王

垂髫執簡累勤取官　魏志毛玠對狀

天假其年人緩其禍　蜀志許靖與操

情見乎辭效著乎功　魏略王朗答太祖

蹩躠爲仁踶跂爲義　莊子

男女以正婚姻以時　朱子詩傳

音韻遒雅風儀秀逸　北史魏任城王雲傳

政迹茂異令名顯聞　後漢書王渙傳指朱邑尹翁歸言

抱薪求焚扇火止沸　吴書曹公表州郡一時罷兵詔曰

上岸擊賊洗足入船　吴録權欲作塢諸將皆曰

文和于内武信于外　吴志權稱藩于魏文帝策命

上盈其志下務其功　後漢書袁紹傳

文雅優備忠武有著　先賢行狀魏太祖表論田疇功

剛健既實輝光乃新　文心雕龍

避禍就順去暴歸道　魏志滿寵傳

戴聖纓仁右智左賢　莊子鳳鳥之文

難問經傳厚加賞賜　後漢書魯丕傳

節宣風雨爕調陰陽　南部新書宋務光上書

驕之以利示之以慴　孫子言兵

泊然若山澹然若淵　魏志王朗諫東征疏

九州攸同四隩既宅　書禹貢

一八相似十小難分　法書要録

豐基强本割情從道　吴志賀邵

履順討逆執正伐邪　晉書孫惠傳

雖無大益冀有小補　魏志曹植傳

匪貴前譽孰重後歌　陶淵明文

膠葛九成徘徊千柱　庾信中南山同谷銘
邅迴六蔽紛綸七邪　王融浮行頌

包羅載籍筦綜百氏　魏志袁遺注張超薦山陽太守袁遺
寬和群司審量五材　蜀志許靖在交州與曹公書

連衽成帷舉袂成幕　史記蘇秦傳臨菑之途
掘地爲海封土爲山　魏略太子舍人張茂昔漢武好神仙

左圓右方先偏後伍　舊唐書音樂志太宗製破陣樂圖
規天矩地順時授鄉　東京賦

增榮益觀皆由獎助　褒賞令魏太祖祀故太尉橋玄文
彊記默識莫與爲儔　隋書劉炫傳

户列門張途通徑達　北齊書杜弼傳
雲合霧集風激電飛　釋譏

去大爲小安卑樂損　道德指歸論
舍己從人用身許天　柳宗元百寮請聽政表

參勸讓授師賢法古　後漢書朱暉傳
徵求英俊刋律定篇　晉書刑法志

衛霍擁黥樊陳執纛　宋濂志釋
晉楚吏霸韓魏困横　梁周興嗣千文次韵

欲國之安祈家之貴　魏志曹植傳
寧方爲皁不圓爲卿　元結惡圓友人公植責元子

理事兼申能用俱表　北齊書杜弼傳
監史難尊禄秩未優　魏武故事載令曰青州刺史琮

一舉孝廉八庶公府　晉書隱逸范喬傳
四方風俗萬國千城　洛陽伽藍記荀子文答李才語

盡坑魏兵還復蜀祚　華陽國志姜維

昔稱韓相今爲漢師　庾信張子房贊

仰觀俯占窮神知變　後漢書李固傳

負達抱通提聰挈明　道德指歸論

閒居宴處威儀不忒　魏志司馬朗注司馬彪序傳朗父防

邁仁樹德覆壽無疆　蜀志章武三年先主殂丞相亮上言後主

匡衡吳漢不顧爲赦　華陽國志諸葛答有言公惜赦者

張耳陳餘世所稱賢　史記張耳陳餘傳贊

經爲人師行爲儀表　後漢書伏湛傳

大者誅鋤小者惠來　唐書藩鎮傳論

繁華捐枝膏腴害骨　文心雕龍

椒蘴禦溼菖蒲益聰　孝經援神契

已巳莫分東柬相亂　庾元威論書

金商應律炎涼始智　王元長智分也

差池其道勁挺其質　楊洽鐵火箸賦

寬默以居絜浄以期　顔延之詩

銅馬競馳金虎亂噬　温子昇寒陵山寺碑

元蛤抱璣駁蜯含瑠　徐幹文

韜光蘊玉以遠悔吝　漢譙敏碑

修日養夕差得從容　梁昭明太子書

地髓抗莖山筋抽節　劉潛金華山志

青雲浮洛榮光塞河　江淹上書

夙興夜寐朝夕臨政　左傳

崇教養善威德並行　前漢書薛宣傳

相門有相將門有將　魏志曹植傳

衣錦褧衣裳錦褧裳　詩豐

逢險蹙膝值夷舒步　鮑昭尺蠖賦

依林戢羽託水藏鱗　沈約詩

御地七神飛天五老　許善心神雀頌

熾炭重淵吹炯九泉　木華海賦

朱雲馳辰金祗御歲　沈約秋詩

元冥適鹹蓐收調辛　七啟

頭長一分眉長一寸　啟顏録楊素謂侯白

澤立三虞山立三衡　國語

織女東足巨靈西掌　甘氏星說

溺者妄笑胥靡狂歌　文心雕龍

既醉既飽小大稽首　小雅楚茨

以陰以雨黽勉同心　詩谷風

浸漬徽猷沐浴芳潤　潘尼釋奠序

躊躇冬愛惆悵秋聲　謝莊誄文

手射飛鳥躬擒猛獸　魏書太祖才力絕人

天垂伏鼇野戰群龍　唐文粹

匠石攉肩公輸折首　崔琦七蠲

商容觀舞列子吹笙　尸子

觀政聽謠訪賢舉滯　南史梁武帝紀

揚聲止響顧影勞形　傳燈録

青龍迎駕飛黃服皁　淮南子黃帝治天下

逸虬繞雲奔鯨駭流　陶淵明詩

二柳既摧孤楊獨竦　楊素戲柳機及弟昂書

三府並辟公車特徵　魏志杜襲曾祖父安
緤馬懸車閉户高枕　王融序
罷侯種瓜逃相灌園　李德裕知止賦
有聲有宗有光有翳　郤正釋譏
曰重曰該曰修曰熙　左傳晉蔡墨曰少皞氏有四叔
譚長而惠尚少而美　後漢書袁紹傳
從往則合横來則離　後漢書張衡傳
納忠建議多所補益　後漢書劉淑傳
比意同力冀得廢遺　漢劉歆移太常博士書
習俗移性安久移質　荀子
得人爲梟失士爲尤　後漢書張衡傳
死者反生生者不愧　魏太祖報蒯異度臨終書
强當凌弱弱當求援　吴志諸葛瑾權别咨瑾語

公孫習吏隗王得士　後漢書隗囂公孫述傳贊
長官稱雨贊府道晴　南部新書裴子羽張晴事
未能免俗聊復爾爾　世説七月七日阮仲容竿掛布犢
不肎好貨敢恭生生　書盤庚
輕榮厚義薄利重德　魏武故事載令曰青州刺史琮
觀風察俗振領提綱　白帖觀察使
陶冶世俗甄綜人物　吴録龐統答顧劭語
曉習戰陳識知山川　後漢書劉陶傳西羌逆類
戒非佞佛齋非媚道　王績書
志不求易事不避難　後漢書虞詡傳
賓禮黄耇褒崇元老　魏書賜故漢太尉楊彪几杖
毁壞房祀翦理姦誣　後漢書欒巴傳

功既顯矣勤亦至矣　後漢書劉陶傳陶游太學上疏
將欲奪之必固與之　老子
升眺清遠勢盡川陸　水經注
職主剌舉志案奸違　後漢書种暠傳
龍戰虎争終歸真主　蜀記鄧艾報先主書
鳥聲獸心私共嗚呼　後漢書劉陶傳
潛神默記紐以年歲　答賓戲
獻可替否共爲歡交　蜀志董和傳
近推形算遠抽深滯　後漢書張衡傳贊
竊貪成訓自忘頑愚　張衡傳
名書史籍勳在盟府　吴志韋曜論博弈
辯超炙輠理跨連環　宏明集

讚述東西歡樂和合　蜀志陳震諸葛與兄瑾書
才學顯著貴重朝廷　魏志王粲傳蔡邕
僕未知子子未知我　益部耆舊傳張嶷答夏侯霸
求不如儔儔不如休　南部新書品藻裴相兄弟三人
涼夜自淒風篁成韻　月賦
旅穀彌望野繭被山　風俗通
假翼西雍竊步東閣　王僧孺箋
練心方外擯影人間　宏明集
油雲廣臨光風長埽　王筠葵賦
朝天有慶就日方伸　舊唐書韓宏傳
榮位勢力譬如寄客　抱朴子
子弟衣食自有餘饒　蜀志諸葛自表後主
九嬰暴起十日並出　温子昇寒陵山寺碑

四世公輔百姓所歸　興平二年袁術會謂羣下

隨從周旋常爲賓客　蜀志劉琰

進退屈伸不見朕垠　淮南子

日君月妃煥赫婐妮　韓愈元和聖德詩

周誥殷盤詰屈聱牙　韓愈進學解

資性忠篤稟操貞亮　北史高道悦傳

兵衆簡練部伍分明　蜀志諸葛亮表廖立

積德累功忠勤帝室　高貴鄉公即位詔

崇道篤學抑絕浮華　魏志王昶傳陳治略

舞無常態鼓無定節　後漢書邊讓傳

男不逋畝女不下機　後漢劉陶傳

三丑六子入門見母　易林

百華異色結采成春　梁簡文帝書

科教嚴明賞罰必信　蜀志陳壽等奏定諸葛氏集表

冰藍符益宮羽相諧　六朝詩

雖有文事必有武備　穀梁夾谷之會傳

難以威服易以德懷　九州春秋參軍傳幹諫征孫權

出幽升高寵以藩輔　後漢儒林楊倫傳

櫛垢爬癢民獲蘇醒　韓愈王適墓誌

儒通經術吏達文法　魏志黃初三年詔

野無遺寇邑罔殘姦　吳志諸葛恪薛綜勞軍先移恪

騁能明時收名傳記　魏略文帝初即王位逆與孟達書

垂意博古總極藝文　吳志華覈上書理樓玄

體有萬殊物無一量　陸機文賦

途通九軌國達四輪　唐文粹

剖蚌識珠睹石知玉　陸雲詩
看椽有笛對樹無風　陸倕遷吏部啟

赤米白鹽緑葵紫蓼　南史周顒答王儉
廣厦高堂連闥洞房　桓譚新論雍門周以琴見孟嘗

途泰命屯恩充報屈　顔延之曲水詩
功饒賞結名高器深　吳志賀邵上疏
耳不邪聽目不妄視　後漢書陶謙傳廣陵太守趙昱
仁以立德明以舉賢　魏志注傅子稱令君
任延錫光移易邊俗　後漢書循吏列傳序
咎單巫賢實守王家　後漢書張衡傳
權不失幾功不厭速　後漢書袁紹傳
博而守約猛而能寬　魏志徐邈傳注盧欽著書稱邈
馬駕鼓車劍賜騎士　後漢書循吏列傳序

雲奔雨府霞撥朝陽　素問

椎髻徒跣貫頭左衽　吳志薛綜疏陳交阯民俗
折頞廣額大口高聲　吳録諸葛恪少鬚眉

褒德録賢勸善刑暴　前漢書武帝紀
覽古戒今防身遏萌　吳志孫奮傳諸葛恪牋
上齊七曜下鎮萬國　後漢書劉陶傳陶遊太學上疏
外禦强對内懷百蠻　吳志陸抗傳上疏
好學下士甚見稱述　吳志孫和
清道案節以養威嚴　吳志薛綜
海行無常風波難免　仝上
桑枝不競瓜清懷慚　晉書羊祜傳贊
舉篇見字欣然獨笑　吳志孔融遺張紘書
因宜適變曲有微情　陸機文賦

口多雌黄腹有鱗甲　文粹

賦成鼓吹詩如彈丸　王績文

微子去殷項伯歸漢　諸葛武侯集載建興五年詔

媯皇誕裔姬姒降貞　張文成實性寺碑

外癡内黠安土重舊　後漢書南蠻傳

己肆物忤出悖來違　程子言箴

神策内授武師外震　吴志諸葛恪傳

美言俱贊闕行同箴　盧思道文

走追猛獻手接飛鳥　吴越春秋慶忌之勇

裾生惠風袖起陽春　梁簡文帝東宫賜裘啟

乘堅策肥履絲曳縞　漢書食貨志

跨由逾海把日擎雲　法苑珠林

樂由中出禮自外作　禮樂紀

鄉因行改江以孝移　梁簡文甄異張景願復仇表

夙興夜寐靡有朝矣　詩氓

張甲李乙尚或先之　魏略大祖與王修書

人拾青紫家懷鉛素　翰苑新書

立興雲霧坐成山河　西京雜記

潛天而天潛地而地　宋黄疇若賀雪表

在皇爲皇在王爲王　郭象莊子注豈有背俗而用我哉

育精養神專静爲寶　魏志高柔諫

興廉舉孝庶幾成風　漢武帝詔

接賓待客寬和肅敬　東觀漢記謂梁商

遂福除患道德神仙　易林

深厲淺揭隨時爲義　後漢書張衡傳

辨察仁愛與性俱生　魏志鄧袁王冲傳注魏書王小字倉舒

松操凝煙楮英鋪雪　江少徵硯銘

天章賦別御札題箋　貫曾餞張尚書赴朔方序

登封報天降墠除地　史記封禪書質

緹帷彌津丹帳覆洲　劉公幹

福來有由禍來有漸　吴志孫奮諸葛恪上箋諫

和氣致祥乖氣致炎　後漢楊賜傳

怒不變容喜不失節　魏志太祖卞皇后

漁則化盜居則讓鄰　會稽典録虞翻對王景興稱山陰陳囂

氣淑年和邇安遠肅　九成宮銘

仁深德厚信洽義豐　牛宏郊廟歌

鳶以飢鳴鶴以清唳　埤雅禽經

鸝必雙飛鵙必單棲　易林

武不可覿文不可匿　國語

疾則如電遲則如雲　吴志胡綜黃龍大牙賦

磁石引鍼琥珀拾芥　易各從其類疏

梔子柔金乳香啞銅　丹房鏡源

滛名越號走兵四略　唐書藩鎮傳

困窌倉城逆牆六分　周官考工記

主上執鞭百司屈膝　吴志陸機爲遜銘

忠臣繼踵孝子連閭　會稽典録虞翻對王府君景興

以天爲兄以日爲弟　北史倭國王

如彭之齒如聃之齡　左貴嬪文

一貴一賤交情乃見　翟公復爲廷尉大署其門

不剛不柔厥德允修　書畢命
祿位茅土俱非所欲　唐李鄴侯泌謂肅宗語
風檢操行良有可稱　晉書江統
權智英略有踰管晏　蜀記郭冲稱諸葛孔明
麗詞腴旨上薄風騷　洪容齋隨筆枚乘七發創意造端
不稽舊制不合經義　後漢書楊震傳震上疏
以旌茂功以慰勉勞　吳志諸葛恪傳
鞠養殷勤推燥居溼　孝經援神契
璽書勉勵增秩賜金　前漢書循吏傳
呂妾變嬴黃姬化芈　晉書后妃傳贊
季氏專魯穰侯擅秦　後漢書楊震傳子秉劾侯覽
出入不殆福祿所在　易林
勞逸無別善惡同流　後漢楊震孫賜傳因帝微行上疏

並擅毫翰動成楷則　庾肩吾畫品
斷絕尺一抑止槃游　後漢書楊震傳子賜諫帝微行
詔策殷動科禁嚴峻　吳志孫峻諸葛恪箋諫
山原曠遠民庶稀疏　後漢書龐參傳三輔
諸葛敦仁則天活物　吳志諸葛瑾傳虞翻與所親書
盤庚愍殷遷都易民　後漢書崔實政論
至如猋風去如收電　前漢書韓安國傳謂匈奴
謹于尊天慎于養人　前漢書魏相傳王者
思過念咎務銷祇悔　後漢書郎（覬）〔顗〕傳
考功量才以序庶僚　後漢書劉般子愷傳
夏執玄戉殷執白戚　司馬法
虛爲秋候昴爲冬期　尚書考靈曜

富貴無能磨滅誰記　韓愈祭柳宗元文

政教不違禮讓可興　前漢書魏相傳

馮煖市義汲黯振救　吴志全琮散米裴松之評

伊尹隆湯呂尚翊周　吴志拜陸遜丞相詔

遠察近覽俯仰有則　崔駰獻書戒竇憲

切問捷對容止可觀　吴録張純

遠酌民心近聽輿誦　宋書徐羡之傳

國念明訓士思令謨　後漢書橋玄傳

失德後仁失仁後義　老子

以度定量以量定權　程周三器圖義

成敗得失皆如所慮　吴志步騭傳周昭著書稱步騭及楊畯等

父子兄弟並受殊恩　吴志諸葛恪傳

植鎩懸廞用戒不虞　張衡西京賦注虞叶葉上句巡畫去聲

穿耳附珠何傷于仁　諸葛恪別傳

壘石爲城樹榆爲塞　前漢書韓安國傳蒙恬爲秦侵胡

濯錦以魚浣布以灰　潛夫論實貢篇

陰陽始分天地初制　崔駰達旨

風雨時節寒暑調和　前漢書魏相傳

孝家忠朝宰縣相國　會稽典録魯相鍾離意

積惠重厚累慶襲恩　淮南子

上開天聰下垂坤厚　吴志陸績傳注姚信集表其女鬱生

左窺山東右制關中　前漢鄒陽傳仕吴上書先引秦爲喻

才照人物德允衆望　吴志薛綜遷選曹尚書表讓顧譚

上慚聖明下懼素餐　後漢書陳龜傳
純嘏不僭祺福是賴　梁北郊樂歌
雄嚴可憚忠赤無疑　鄭畋授武臣邠寧節度使制
宿德大儒從政有迹　後漢書胡廣等共薦崔瑗
弛罔闊禁與世無疑　魏略文帝即王位與孟達書
心平氣和不立崖異　宋史祖謙傳
才美能高宜在朝廷　後漢書崔實傳羊傳等表薦語
王貢之材優於龔鮑　前漢鮑宣傳薛方謝王莽之徵
堯舜在上下有許由　王貢兩龔鮑傳贊
位爲通侯居列東第　史記司馬相如傳
化自聖躬澤及蠻荒　後漢書樊準傳
宣哲惟人文武惟后　詩周頌雍
音聲相和先後相隨　道德經

論法決疑號爲平當　蜀志楊戲
禁姦止邪行於吏民　前漢書雋不疑傳趙廣漢語
匡政理務拾遺補闕　後漢書王堂傳
尊天敬地畏命重民　前漢書李尋傳
俱立功名當垂竹帛　後漢書呂布傳與韓暹楊奉書
永執綱紀務悉聰明　前漢書于定國傳
發揚巖穴寵進儒雅　後漢書樊準傳
觀歷縣邑采聞風謠　後漢書羊續傳
講修術學校習射御　吳志孫和
運動樞極感會天人　後漢書梁統列傳論
投戈講藝息馬論道　後漢書樊準傳謂光武
衆煦漂山聚蚊成雷　前漢書中山靖王傳

遠視廣聽糾察美惡　後漢書賈琮傳

省吏並職退去姦殘　後漢書曹褒傳

翼宣盛美增光日月　後漢書徐稺傳

誅鋤暴亂興繼祖宗　後漢書張純傳

除煩就約以崇簡易　後漢書陸康傳

勤力務時無恤飢寒　後漢書鄭元傳

青生于藍絳生于蒨　文心雕龍

木謂之華草謂之榮　爾雅釋草

恩德雲行惠澤雨施　後漢書張純傳

處士山積學者川流　崔駰達旨

蔭藉高華人品冗末　南史劉瑀彈王僧達

田土肥壤灌溉流通　後漢書馬援傳疏言破羌以西

觀性以歷觀情以律　前漢書翼奉傳

食根則醉食頁則醒　拾遺記瀛洲芸苗

出曰祠兵入曰振旅　公羊傳

謀如湧泉勢如轉規　後漢書馬援傳朱勃上書訟援

招撫荒散蠲復傜役　後漢書賈琮傳

銷伏炎眚興致升平　後漢書郎(覬)〔顗〕傳

神明可通金石可勒　後漢書馬援子廖傳

天地以和刑罰以清　後漢書魯恭傳

功軼古人勛超前世　吴志諸葛恪傳

經任博士行中表儀　後漢書吴良傳東平王蒼薦語

諒爲烈士當如此矣　後漢馬援傳平陵孟冀謂援

今遭明主亦何憂哉　後漢馮衍傳鮑永爲衍曰

被以珠玉飾以翡翠　前漢書賈山至言

銘諸几杖刻諸盤杅　崔駰獻書戒竇憲

度德拜爵量績受禄　後漢書張衡傳

除炎昭祉順天致和　後漢書郎（覬）〔顗〕傳

寒温爲實清濁爲貌　仝上郎（覬）〔顗〕傳

天地所紀終始所生　前漢書李尋傳

會其有極歸其有極　書洪範

取之以天還之以天　後漢書郅惲傳上書新莽

上遵策誡下免悔吝　後漢書清河孝王慶傳

內和親戚外絕邪謀　後漢書申屠剛傳

累世受恩榮祚豐衍　後漢書應劭傳

群生咸遂靈貺畢臻　九成宮

全軀樹類還奉墳墓　後漢書郅惲傳掾鄭答惲

盡心納忠不屑毀譽　後漢書馬援傳

上安社稷下全保傅　後漢書申屠剛傳

既服冠冕故解幅巾　後漢書韋彪傳韋著解巾之郡注

勞於求賢逸於任使　後漢書王堂傳

華不副實行不配容　諧承書虞延謂功曹鄧衍

循名責實察言觀效　後漢書王堂傳

安貧樂潛味道守真　後漢書申屠蟠傳蔡邕薦語

武羅伯姻熊髡厖圉　帝王紀皆羿良臣

眂娗諈諉勇敢怯疑　列子力命篇皆假託寓言

窮寇勿追歸衆勿迫　司馬兵法後漢皇甫嵩

傳言失指圖影失形　韓詩外傳

鳥聲似語蟲葉成字　文心雕龍

螢光別桂蛾命辭蘭　江淹燈賦

敗材傷錦所宜至慮　後漢書劉玄傳

盗嫂受金又何足疑　史記魏無知薦陳平
張鋳胡昭闔門守静　魏志袁渙等傳贊
伯夷吴札亂世權行　後漢書丁鴻傳鮑駿責鴻讓封
强幹弱枝勸善戒惡　後漢扶風賈逵傳
敇政責躬杜漸防萌　後漢書丁鴻傳
臧否得中甄奇録異　吴志南陽李肅少以才聞
陰陽易位當煖反寒　後漢寇恂傳曾孫榮傳在亡上書
扶助神靈輔成聖德　後漢書李通傳
鎮撫吏人受納餘降　後漢書寇恂傳
甲冑一具秬鬯二卣　前漢書王莽傳
黄金萬鎰白璧百雙　趙策蘇秦以合從説趙
威德更興文武迭用　後漢書桓譚
室家望汝男女及時　詩東山序

獨宿憎夜嫫母畏晝　易林
昭姜沈流伯姬待燒　皇甫謐列女傳
人更三聖世歷三古　前漢書藝文志易
言乘四載動履四時　史記夏本紀索隱述贊
整厲器械激揚士吏　後漢書吴漢傳
堅守轉運給足軍糧　後漢書寇恂傳光武委以河内謂曰
柔者德也剛者賊也　黄石公紀後漢書臧宫傳
饕乎鼓之軒乎舞之　卿雲歌
楚購伍員漢求季布　後漢寇恂曾孫榮傳
巢隕諸樊閽戕戴吴　左傳趙文子語
盡有九州弼成五服　魏志王朗諫東征疏
秩踰三鉉任總百司　陳書高祖紀

四察孝廉五辟宰府　後漢書徐穉傳注謝承書載

六踰星紀三統講筵　公乘億大法奘公塔碑

麇鹿在牧蜚鴻滿野　史記周本紀

丹蛇繞首雄虹帶天　韓非子

勝不相讓敗不相救　左傳鄭大夫公子突

義無所立節無所成　後漢書吴漢傳

董臣嚴剛勖臣懦弱　後漢書謝夷吾傳

慎爾優遊勉爾遁思　詩小雅白駒

民無懸耜野無奧草　周語單子知陳亡

南有從楚西有横秦　烈女傳

正機平衡流化興政　後漢書郎(覬)〔顗〕傳

好學下士開館養徒　後漢書來歙子歷傳孫艷

鞍馬爲居射獵爲業　後漢書陳龜傳

土地最廣甲兵最强　後漢書竇融傳

策無失謀征無遺慮　會稽典録虞翻上虞太尉朱公

貴有常尊賤有等威　左傳隨武子之辭

須雷而解資雨而潤　後漢書郎(覬)〔顗〕傳

臨官以絜匡帝以奢　後漢書第五鍾離等傳贊

生當封侯死當廟食　後漢梁統子竦傳大丈夫居世

朴以皇質雕以唐文　後漢書崔駰傳

委瑣握齪拘文牽俗　前漢書司馬相如傳

清廉仁賢舉縣蒙恩　後漢書孔奮傳

世稱管鮑次則王貢　後漢書王丹傳

暨于稷契咸佐唐虞　班彪王命論

明發懷周興言謨老　陸機孔子贊

壺闈恣趙朝政在王　後漢書敘傳述成紀

鄉同音異字同音異　唐張守節史記正義論音例

君行師從卿行旅從　左傳

春青夏赤秋白冬黑　淮南子模木生周公冢上其葉

道豐績盛名顯身榮　後漢書朱暉崇厚論

無宅于都無田于野　韓愈裴少尹墓誌

如月之恒如日之昇　詩天保

甘泉必竭直木必伐　逸周書

小屬而支大生而拏　柳宗元貞符

地僻孫劉情深魯衛　湘東王於成都王書

割有齊楚跨制河梁　前漢書敘韓彭英盧吴博

上不甈兵下不廢武　說苑

身無奇衣家無私財　後漢祭遵傳博士范升上疏追稱

風度簡曠器識明拔　陸機薦郭訥表

文史淵洽藝業該通　魏書常景傳

對豨長蛇皆爲民害　淮南子

東鯷北女來貢其珍　揚子法言

姿度純茂器量優絕　魏文帝初即王位與孟達書

情源秀逸志業高奇　晉書郭璞傳

儀容端正器懷聰明　吴書孫河子桓

道業標峻寓量宏深　陳書江總傳

論儀引正詞氣高雅　後漢書劉般子愷傳

風猷遐曠器宇宏深　隋書李穆傳

淵才亮茂雅度宏毅　三輔決録孔融與韋端書元將

識量淹遠神鑒沈深　晉書謝鯤傳

體用兼優神采融澈　竹林詩話陰鑑之作

志情强果器量閑明　隋書賀婁子幹傳

大不淫侈細不匱乏　前漢書叙傳貨殖

武則肅烈文則時雍　魏志曹植傳

保國治民敬守社稷　漢晉春秋費禕謂姜維曰不如云云

占往知來幽贊神明　前漢書叙傳眭兩夏侯京翼李傳

憂人之憂樂人之樂　後漢馬援傳稱杜季良

沈者自沈浮者自浮　世說殷洪喬去豫章沈都人函于水

卧鼓邊亭滅烽幽障　後漢書祭肜傳

拜爵王朝謝恩私門　前漢書王莽傳中

師旅能誓山川能說　詩卜云其吉傳

財產益狹居處益貧　後漢書馮衍傳

修善進士名爲忠直　後漢書中屠剛傳對榮謂霍光

執敵報怨復續古先　前漢書王莽傳

恩澤至厚富貴已極　後漢書陰興傳

爵位益尊節操愈謙　前漢書王莽

乃留更僕未可終也　禮儒行

獨爲君子將有悔乎　後漢書崔駰傳曾祖篆掾史諫

懷璽紆紱跨陵州縣　後漢書吳蓋陳臧列傳贊

枕石漱流吟咏温袍　蜀志彭羕

上應天心下疇人望　後漢書申屠剛傳

今雖小違要當大同　董卓傳韓遂語樊稠

褒善糾違肅清朝府　後漢黨錮岑晊傳

養志和神優游廟堂　後漢書班固傳

種別群分部曲有署　班固西都賦

上替下陵奸軌不勝　前漢書敘傳述酷吏

賞賜恩寵侔于親戚　後漢書韋彪傳

綰綽眉壽保其子孫　晉姜鼎銘

遠近無偏幽隱必達　後漢書班固傳

動静可識沈阻難徵　後漢書王柔傳

燕趙齊梁非不盛也　後漢鄭太傳

舉止進退其可輕乎　後漢書周章傳

坐則側席行則同輦　前漢書元后傳

農不供貢辠不收拏　前漢書敘傳述文紀

所謂伊人於焉嘉客　詩白駒

夫惟大雅卓而不群　前漢書景十三王傳贊

道德爲厚禮法爲薄　顧歡道德經注

純樸已去智慧已來　仲長統損益篇

智謀威信可與建教　前漢書鮑宣傳

行步拜起何以爲容　後漢書朱浮傳

薦祭山川暴龍移市　後漢書郎(覬)〔顗〕傳

出入禁門補缺拾遺　後漢書伏湛傳

引己倍權守静徹冗　漢譙敏碑

抱聖棄智修生葆真　前漢書敘傳彪從兄嗣語

自以卑第每處下座　後漢書庾乘傳

雖云體制亦有權時　後漢書梁竦傳

公忠亮直宜在機密　後漢書魏朗傳

强摯壯猛並作爪牙　蜀志黄忠趙雲傳評

明識天文好觀星變　北史崔浩傳

探抽冥賾參驗人區　後漢書方術列傳

既有令名復求壽考　後漢書范滂傳

自非賢君焉得忠臣　後漢書彭修傳

保身懷方彌相慕襲　後漢書黨錮列傳

推燥居溼備嘗艱劬　後漢書李善傳

伏軾撙銜横歷天下　戰國策

裂地分國並建諸侯　史記三王世家

義激毫毛怨成梗概　劉楨魯都賦

價越萬金貴重都城　魏略魏太子謝鍾繇贈玉玦書

博學洽聞探賾窮理　後漢書胡廣傳

禁暴戢兵保大定功　左傳宣十二年楚子語

功高大舜勤深伯禹　皇甫碑

才麗漢班明朗楚樊　左思贈妹詩

登天游霧撓挑無極　莊子大宗師

招魂續魄祓除不祥　韓詩解方洹洹兮薛君注云

風行霜烈威譽諠赫　後漢書酷吏傳論

月落參横北斗闌干　古樂府善哉行

位不期驕録不期侈　書周官

很無求勝忿無求多　曲禮

文理意正爲世令器　吴志張紘評

學通行犨作帝師儒　會稽典録朱育稱闞澤

情少想多輕舉非遠　楞嚴經

塗分流別專門並興　後漢儒林列傳贊

莊嚴妙土吉祥福地　梁簡文帝善覺寺碑

宗室肺府茅土重臣　後漢書何敞傳注何氏家傳

文有三宥武無一赦　管子法法篇

外鎮四夷内撫諸侯　後漢書何敞傳注

電戟揮霜雲旌拒暑　王勃乾元殿賦
海童邀路馬銜當溪　木華海賦注海童馬銜皆神名
鶴髮半生猿心久死　郭忠恕答英公書
鴻溝既劃龍骨斯穿　史記河渠書述贊
好古博物見疑不惑　後漢書鄭興傳御史杜林薦語
聚精會神相得益彰　聖主得賢臣頌
天地清明人鬼歡喜　後漢書陳蕃傳
經籍深富辭理遐宣　文心雕龍
吏民愛悦號爲神父　後漢書鮑昱傳
經行明深踰於公卿　後漢書陰興傳
晝則多旌夜則多火　淮南子此善爲設施也
橐以受箭鞬以受弓　左傳僖二十三年右屬橐鞬注

李叟勤身甘飢辭饋　後漢書李恂傳贊
王莽數聘抗節不行　會稽典録徵士嚴遵
朝勞内謀兵憊外攘　後漢書西羌傳
患生縱敵亂起矜彊　晉書苻堅載記贊
可謂蟲豸有靦而目　吳志薛綜
苟非鴻鵠孰能飛翻　王粲贈蔡子篤詩
幸蒙封拜得延論議　後漢書隗囂傳王遵與牛邯書
自有性命無勞蓍龜　晉書孝友傳顔含答郭璞語
三妨儲隸五塵朝黼　顔延之曲水讌集詩
遠陶聖世少齒鄉釁　蔡襄士伸知己賦
纂大合華執中布度　宋祁賀赦表
巡方味道懷古測衷　陶宏景葛仙公碑
除煩去苛並官省職　後漢書仲長統昌言損益篇

彬文烈武扶弱抑强　漢溧陽長潘乾碑

綢繆庶政密勿夙夜　刋謬正俗左貴嬪晉元后誄

輔相善義宣揚德音　前漢書匡衡傳

惠風春施神武電斷　後漢文苑邊讓傳章華賦

城形月偃陳氣雲鋪　庾信演連珠

神羊在庭屈軼在砌　崔嘏授盧龍等待御制

社鼷不灌屋鼠不熏　王維京兆尹張公德政碑

威執項羽名出高帝　東觀記田邑與鮑永書

長事袁絲弟畜灌夫　史記季布傳

聞疑傳疑聞信傳信　後漢書范升傳

似方非方似員非員　禮月令穿竇窖疏

經明行修兼通法律　後漢何敞傳何氏家訓

國小地狹不足迴旋　史記五宗世家中山靖王注應

險阻艱難備嘗之矣　左傳

休徵符瑞豈遠乎哉　後漢陳蕃傳

　　　　　　　　　　劭語

圖畫神仙延祜承福　陸機七徵

龕刈鯁雄流惡懸忠　漢溧陽長潘乾碑

儉約樸素終始弗渝　唐書魏徵傳渝集韵俞戍切音裕

聰明亮達文武兼姿　後漢書陳蕃傳

邪正毁譽各得其所　後漢書竇武傳

齊魯陳衛謂大曰戎　揚子方言

微言精理函滿元席　梁簡文帝文

殘膏剩馥沾丐後人　唐書杜甫傳

既痛逝者行自念也　魏略魏太子與吳質書

以此遺之不亦厚乎　後漢書楊震傳

摩兜堅齋汲古集聯三續

王楷庭觀察序

今何時乎？一意維新，幾欲取我中國。伊古來之，政事文學概捨其舊而新是圖，風氣所趨，如水就下，人心愈不古若矣。求所謂老成典型，允推爲今之古人者尚可得哉。歲丙午，新楨改官來甘，適白五齋前輩由甘凉觀察入陳臬事。覘其風裁，聆其言論，無矜情飾貌之爲、口辨舌鋒之利，質直敦厚，古道照人，心竊敬之。一日，出所著汲古集聯並續編、再續編見賜，讀之覺摘艷薰香，稟經酌雅，左宜右有，如取如携。想見公餘之暇，擁書萬卷南面百城，日與古人相晤對，非信好之深、抗心希古者能如是乎？名曰汲古，殆以明讀書、論世、尚友，古人之意歟？兹三續編成而屬爲之序，自惟學殖荒落，素不習古文辭。視此大著包羅萬有，如窮僻村夫驟入五都之市，目迷五色。凡肆列珍寶，共驚爲光怪陸離，無敢指其名而問其價者，將奚以應公命耶！然總觀公之生平，一言一動必以古聖賢爲法其本，學術以發爲文章、施諸政事，莫不則古，昔而稱先王。一任今之人議以爲迂，笑以爲腐，不肯稍自貶損，規合時趨。彼夫生今反古之徒，倡離經畔道之謬言，肆惑世誣民之邪說，終不至瀾狂波靡。胥天下於及溺者未始，非公據古不阿之力，有以提防而拯救之也，如將不盡，與古爲新。公之集聯無已時，公之憂世深心亦俱無已時。古訓是式，古處是敦，公真今之古人哉！詩曰：「我思古人，實獲我心。」又曰：「維今之人，不尚有舊。」當此新法紛更之際，能勿以望公者望之歟？

光緒丁未嘉平月，甘肅候補道、前翰林院庶吉士侍生王新楨謹序。

孫眉叔觀察序

易曰：「天數五，地數五，五位相得，而各有合，此天地自然之偶也。」則凡天地之物莫不有偶，即文字何莫不然。上下數千百年，經史百家以逮詩賦歌詞，其文之愈奇者，其文之必有偶者也。夫誰而能以其奇而偶之也。其惟筆參造化，學究天人，如白五齋先生者乎？先生既成汲古集聯二集，今復三續，以古人之文爲文，如出機杼，如數家珍，而又純任自然。且必擇有關世道人心之言爲言。斯集也，大道寓焉矣！雖然先生治術文章所見者多，在此特出其緒餘已耳。庭壽無學，何足以窺先生之蘊，聊贅數言，還質先生謂天地之物莫不有偶，即天地之文亦莫不有偶，其信然歟？否耶！先生獨得天地自然之理，則過人遠矣。

光緒彊圉協洽嘉平既望，錫山孫庭壽謹叙。

安曉峰[一]侍讀序

昔人有言：「經師易求，人師難得。」往歲，維峻通籍詞曹，從諸前輩游，竊見衣冠古處，道貌岸然，一言一動舉足爲後

[一] 安維峻（1854—1925）字曉峰，號盤阿道人，甘肅秦安縣人，清代著名的諫官。光緒年（1880）中爲進士，選翰林院庶吉士，1893 年任福建道監察御史。安維峻性情耿直，不阿權貴，中日甲午之戰前夕，支持光緒皇帝爲首的主戰派，連續上疏六十五道，最著名的是請誅李鴻章疏，1894 年請明詔討倭法。安維峻之上書聲震京都，却因言獲罪，被革職發派張家口軍臺。京城時人以「隴上鐵漢」四字相贈，大刀王五及京城應考文人爲之送行。1899 年後，安維峻主講隴西南安書院，在家鄉辦學，辛亥革命中任京師大學堂總教習。總纂甘肅新通志（100 卷），著諫垣存稿、望雲山房詩集等 5 部。

輩法者，惟五齋先生一人而已。先生理學中人，博雅其餘事也。然爲學之道，未有不先博後約者，程朱接道統真傳，博而能精，至其文字之工，特爲理學。拚耳而議者顧謂宋儒空疏，至以理學相訢病，於是功利瑣屑之習開，賤德貴技、棄道崇藝，而異學得以猖狂恣肆，變易吾禮樂冠裳之治，生心害政，靡所底止，此有心人所隱憂也。先生潛心理學，見諸躬行，維峻早心師之。而先生謙光下逮，以維峻曾預癸酉拔萃科聯，先後齊年之誼特加青睞，每逢廷試必約同寓。乙酉，先生主試山左，維峻亦分校北闈。戊子出都，彼此復係眷同行。此後，先生主講關中，既又典試山右，差竣仍回講席。維峻時丁先慈憂，不克追陪杖履。癸巳，服闋入都補言職，明年獲譴戍臺。又明年，西事起，先生出贊戎機，倥傯之餘，顧猶馳書相慰勉。未幾，以功拜兵備河西，命維峻於庚子春放歸田里，旋奉先中憲公諱猥蒙在遠，不遺特頒奠唁。客歲，先生攝提刑，兩辱裁答，雅意殷拳，有同骨肉。今秋，小兒之瑄晉省再謁柏臺，飲食教誨備極，優渥附書存問，寄示汲古集聯正、續、三編。受而讀之，伏見藻思綺合，妙極天成。雖曰「述而不作」，而功則過於作矣！信非胸羅萬卷，高下在心，未易若斯之巧奪化工、珠聯璧合也。

夫天地間，物必有偶，此亦陰陽對待之理。高文典册、清詞麗句散佈於經史子集者，一若造物，故秘其奇以待。先生之倒篋，盡發其藴，使各還其相當之分位而後已，可謂極文章之能事，彌天地之遺憾矣。斯編出，不惟一洗理學空疏之誚，且使胸中無主見異思遷者，知名教中自多樂地，不敢荒經蔑古爲喪心病狂之舉，斯則先生之志也。抑又思之，有真學問始有真經濟。先生任監司六七年，吏畏民懷，邇安遠肅，治功爲隴右第一。陳臬以來，執法如山，盟心似水，制府知人善任，每有大政，倚先生和衷共濟，此又甘疆之福，而爲理學自爲名臣，則先生之本量也。集聯之作，特先生博雅之見端，即以爲餘事亦無不可。維峻辱承雅契，竊自負知先生有素，倘得綴言簡末，籍以明平日師承之志，雖望塵弗及，可勿論也。因不揣冒昧，而爲之序。

光緒三十三年歲在丁未冬十二月治年侍生安維峻拜題

趙保衡太守序

丁未孟秋，長鑑奉調度隴，從事修輯通志之役。時高陵五齋白公方權臬篆兼綜志局，長鑑猥蒙青目，時坐春風，既承以梓行之汲古集聯見賜，復因集聯三續將付剞劂，命爲之叙。自念質魯學淺，莫贊一辭，何敢叙先生之書。且先生以名翰林久任監司，經濟文章著稱關隴，當世無不知者。是編爲先生退食餘間編綴成帙，良由腹笥充積，府拾即是。觀夫珠聯璧合，連犿俶詭，搴茹酉穴之精，嚌啜百家之胾，奇麗纂組，洋洋噩噩，政如太羹元酒，不假調胹而至味自具也。世之讀者宜莫不嘆服之、稱述之，又奚假不佞爲之序也哉。雖然長鑑於是編固竊有心知其意而不能已於言者，方今世變日亟，學術龐雜，自高爵以下至於流外，靡不鄙夷舊學，心醉西風。故凡一切論説文章以及箋奏簡牘類皆捐棄，雅故專用新詞，而所謂識時者流，甚或摭拾和文以爲攘竊名利之具，微論窮經鑄史之儒之不易進也。即口馬、鄭而手説文者亦幾絶於天壤。吾恐循是以往，舉中國之聖經賢傳、列朝之子史詞章，皆將如典墳邱索之僅存其名焉耳。嗟呼！横流滔滔，風雨如晦，不有則古昔放淫辭之君子，孰知天之未喪斯文乎！先生古聯之集，勿亦有天何言哉。之慨其所以旁搜遠紹孜孜不倦者，蓋誠念夫歷古相傳之典籍，不忍聽其遂就澌滅，故籍是以表章之。宣聖不云乎「述而不作，信而好古」，又曰「好古敏以求之」。先生服膺聖訓，後學津樑，其旨甚微、其意至深且遠大也。方之往哲，則昌黎之力任起衰，證之近今則南皮之設學存古，固同一保存國粹、維持世教之苦心。夫以先生之年高德邵，博物洽聞，自足馳騁百家，網羅中外。假令著書立説，抑或作爲文章，度必有以彪炳宙合，傳之不朽。顧乃耄而好學，猶斤斤於尋章摘句，集聯之續至於再，至於三，則夫後生新進不解讀書而徒肆高論者，其亦可以聞而愧矣！果使讀是編者，皆能憬然覺悟，志先生之志，而學先生之學，温古乃以知新，準今必先酌古，不隨流俗而波靡，共挽既倒之狂瀾。其於世道人心實非小補，如第以妙偶天成，詞若已出，贊其博而嘆其工焉，則未識先生所以著此編之意也。

光緒三十有三年，仲冬既望，屬史趙長鑑謹序。

王聘三〔二〕刺史序

高陵白公五齋廉訪，光緒辛卯典試晉陽。伊也不才，辱蒙拔雋，摳衣上謁，公怡然曰：「是科佳士智子王郎，一以耆耇一以髫齡。智名情田年六十，伊十八，當延雙譽勉旃勿矜，嗣讀金臺、沐浴教，幸聞文章，肌淪髓浹。」丁酉秋，仲捧檄度隴，公治戎事，歡譚逾昔。又閲一年，公拜帝命，兵備河西，伊爲屬史論政講學。動愉冲懷，暇授集聯，委校成帙，箋微簡末以徵沆瀣。亦越丙午，公持臬篆，稟經折獄，政舉民和，時手一編，妃儷今古楹聯，疊奏三續告成，及門堅請削青壽世。伊適在遠分牧空同，既賁手書索附曼聲游夏之贊，誠所不敢爰綴蕪辭。式承公志，薰楮濡毫，以揚言曰：

黄河九曲，太華三峰。磅礴鬱積，乃篤生公。公才公望，經師人師。天授公者，妙筆一枝。憶昔少年，翱翔詞館。著作等身，朝朝染翰。式惟文星，山左山右。空鑑平衡，英才入彀。既綰軍符，花門震懼。上馬殺賊，下馬露佈。功成拜爵，持節雍凉。告天事事，清獻焚香。柏臺之柏，雨露九霄。孤標勁榦，卓然後凋。文章經濟，發揮性真。天山有雪，瀚海無塵。在虞皋夔、在漢班馬。公其兼之，夐焉蓋寡。懿哉斯編，有文有質。吐納乾坤，古香一室。嗟余小子，腼立程門。培塿撮壤，敢躋崑崙。惟公謙謙，詢及下走。詠烈誦芬，拜手稽首。

光緒丁未重陽，甘肅固原直隸州知州受業王學伊謹撰。

〔二〕王學伊，字聘三，山西文水縣人。光緒甲午科（1894）進士，三十一年（1905）任固原直隸州知州。任内興學勸農，禁賭戒煙。歷時兩年，修纂固原州志十二本。民國二年，陞涇原道尹。

集聯三續自叙

莊周有言：「大言炎炎，小言詹詹，卮言日出」。此謂言之自已出者也。唐高宗永隆二年，考功員外郎劉思立建言「明經多鈔義條，進士惟誦舊策，皆無實才。」此譏言之不自已出者也。惟古於辭，必已出昌黎，自是不刊之論。然而言各有當，夫豈一端際衡流、方羊之會，家自爲學，人自爲說。竊謂「言實已出，不若非自已出者之爲愈也」，言必已出則雕龍炙輠，滑稽鴟夷。華言可以翳實，辯言可以亂政，姦言也；籍六藝以文之莠言也。假古賢以實之，離經而畔道，惑世而誣民，推其極可使東西易方，風雲變色，此言必自已出之弊也。不自已出則稱先則古，非先王之法言不敢言，非先聖之德言不敢述，非先聖之微言不敢闡，即淆亂之群言，亦必衷諸聖而後求取之焉。有所謂離經畔道者乎？焉有所謂惑世誣民者乎？推其極迂而已矣，腐而已矣，蹈常習，故完縠不化而已矣。此言不必已出者之亦有所蔽也，兩害相形取其輕，故曰：「言必已出不如不自已出者之爲愈也。」余向有古聯之集，間嘗續而再續，而古籍無窮，披閱時輒復聯之，歷春洎冬，得若干聯，取入爲善，一字未嘗增易。驟觀之而如自已出也，細核之而實非已出也，謂之鈔義條、襲舊策，不得與炎炎、詹詹之言相提並論，並不得比於日出之卮言也，亦復何說之辭而離經畔道、惑世誣民之咎，吾知免夫。

光緒三十三年，歲在丁未冬十月，署甘肅按察使者白遇道五齋甫叙於臬署之退省書屋。

摩兜堅齋汲古集聯三續

高陵白遇道五齋甫纂

同學 賀邦杰漢三 崔志遠致夫 劉在新平叔 田均子興 仝校字

學問有源操履無玷　宋甯宗贈處士蔡元定迪功郎制

名義至重鬼神難欺　唐宋璟謂張說不可黨邪害正

各推誠心共濟國事　宋胡世將宣撫四川語諸將

不有佳作何申遠懷　李白春夜宴桃李園序

觝排異端攘斥佛老　韓愈文

陶冶大鑪旁薄群生　漢書揚雄傳

六軍遄征九旗揚旆　梁元帝次建業詔

四時共本五行同根　柳宗元送文暢序

南通舜梧北平堯柳　宋文帝受命頌

風高楚殿雅盛梁園　隋書煬三子傳

入則除害出則興利　洪範五行傳雷者人君之象

食不遑飽沐不及晞　文心雕龍夏禹周公

驅馳經略款曲懷抱　唐書薛收傳

宏宣風政光贊朝猷　梁書沈約傳

神情爽峻德音宣朗　魏志高貴鄉公

風素虛遠學業淵長　魏書崔光傳後

神情機警詞藻遒逸　北史祖珽傳

識鑒通遠器略優深　隋書高熲傳

五侯九伯制馭在手　蜀志許靖在交州與曹操書

左提右挈戮力同心　唐李密使祖君彥復李淵書

十室推英三冬富學　唐則天后賢良方正策

千官就日萬品趨雲　李庾西都賦

慎學潤身工文飭吏　唐常衮崔炎監察御史制

觀風察俗振領提綱　白帖觀察使

奉上惟勤接下以惠　陶宏景十賚文

改過不吝從善如流　蘇軾上神宗書

五嶽淩霄四海亘地　唐太宗手詔長孫無忌等

雙璧應範三封中圖　謝莊乘輿舞馬圖

與其遐棲豈若蒙穢　後漢周黃等列傳贊

久宜辭位尚苟貪恩　王安石乞退表

弱當其彊彊當其弱　唐太宗自言臨敵

文生於情情生於文　世說孫子荊除婦服作

激濁揚清嫉惡好善　唐王珪自謂

臨危制變料敵設奇　唐太宗祭魏太祖文

壯士慷慨殊鄉別趣　揚雄羽獵賦

聖人受命拯溺亨屯　張蘊古大寶箴

延禮文儒發攜典籍　唐張說答中書舍人陸堅

援引事類商榷古今　唐岑文本稱馬周

仁義忠信樂善不倦　孟子

形神心氣非此爲勞　唐太宗答劉洎

處煩治劇衆務畢舉　唐王珪論戴冑

忘身立事故人所難　韓琦疏論富弼

劍學千門書觀六代　庾信大將軍紇于宏碑
價兼三鄉聲貴二都　七命

方船備水旁河燃火　易林
啟圖觀秘闢苑興才　沈約釋奠宴詩

吏端刑清政無過失　孔融傳
中盅外戢道合神藏　王勃碑銘

朝見曰朝夕見曰夕　晉語叔向聞之夕注
笑有爲笑嚬有爲嚬　韓非子韓昭侯語

才兼文武出將入相　唐王珪論李靖
保終性命存神養和　後漢逸民臺佟傳

采越綴翬光逾緝燕　謝莊謝賜貂裘表
坐摧白虎行計貪狼　唐書盧藏用傳

風歸麗則詞翦美稗　文心雕龍
化光玉鏡訟息金科　唐明堂樂章

敬爾有官亂爾有政　尚書周官
絕人以玦反人以環　孫卿子

多士雷犇四方風動　唐劉曉論定選注法疏
太和協暢萬幾穆清　傅毅七激

兼聽則明偏信則暗　魏徵對太宗
戡亂以武守成以文　唐太宗答封德彝

四民已窮九重莫達　梁武帝詔若欲自伸投肺石函
百氏既洽六藝乃摛　梁簡文詩

珍雀朝翻仙蟾宵滿　王勃乾元殿頌
涸鮒思躍飛鷄自猜　賈曾水鏡賦

雨後露前花朝雪夜　堅瓠集陳眉公語

雲行霧合天臨地持　陸印詩
二箭殊葉四苦齊味　宋書謝靈運傳其竹
千乘建學五典攸因　徐陵廣州刺史歐陽德政碑
君戒專欲臣戒專利　漢荀悅申鑒
日變修德月變修刑　史記天官書
滎河温洛是孕圖緯　文心雕龍
納污藏疾無損高深　唐太宗手詔長孫無忌等
種石生雲移花帶月　陸輔之詞旨
揮泗凋柏對棿巢鷹　晉書孝友傳贊
茂學懿文潤色訓誥　白居易裴度中書舍人制
去俗騰飛翱翔昊蒼　管輅别傳趙孔曜謂輅言當
力謝摩天功微送日　温子昇爲西河王謝太傅表
食等餐露齋擬服風　徐陵傅大士碑

資性端亮議論忠直　漢書傳喜傳
氣量方峻節操堅明　史稱唐户部尚書楊於陵
氣鈞衡石晷正權概　陸倕刻漏銘
雲纏海岱風拂嶠潼　鮑照集
克厭天心慰塞人事　郭璞疏
雖非至理亦謂小康　牛僧孺對唐文宗
采圖辨緯游璣訪歷　江淹知己賦
載常建鼓挾經秉枹　國語
清身立行用意不苟　會稽典録山陰丁覽八歲而孤
理財正辭禁民爲非　易繫辭
文武兼姿志懷高遠　徐陵報李同尚書
箋牒簡要顧答審詳　梁周興嗣次韻千文

九服清夷三靈和宴　齊書王融傳
二儀交泰七政順行　宋史樂志

舉要删繁會文切理　唐岑文本稱馬周
沿故鼎新因毀成妍　劉禹錫修福成寺記

梁武齊襄足爲明鑑　唐太史令傅奕請除佛法疏
魏舒劉寔發慮精華　晉書列傳史臣論

僞起三塗謬張六道　傅奕請除佛法疏
彌縫五氣取則四時　隋書刑法志

抱河含濟吞淮納泗　孫綽望海賦
櫛風沐雨犯露乘星　謝靈運山居賦

睿鑒耀微元輝鏡璞　陸雲吴丞相陸公誄
縹囊紀慶玉燭調辰　洛陽伽藍記

宜專精神務近醫藥　前漢史丹傳

既集墳典亦聚群英　周興嗣千文
應對殿堂奉酬顧問　晉書荀崧

愛育黎首臣服戎羌　周興嗣千文
愛民養士從容自保　後漢劉表傳

設官分職大小相維　唐中書侍郎崔沔語
綜學在博取事貴約　文心雕龍

懷忠獲釁抱信見疑　後漢袁紹傳
百齡影徂千載心在　文心雕龍

四序資始萬物含生　宋史樂志
經經緯緯積寸成雨　黄庭堅藏經閣銘

清清泠泠愈病析酲　宋玉風賦
以享以祀以介景福　詩楚茨

不癡不聾不作家翁　通鑑唐代宗語

關石和鈞王府則有　書五子之歌
黍稷稻粱農夫之慶　詩大田
澄神清魂平心實氣　宋書顧覬之傳
拭目傾耳觀化聽風　漢書張敞傳宣帝即位天下莫不
嶺月破雲秋霖灑竹　宋史張愈傳妻蒲氏爲之誄
勁弓飲石長劍掛頤　常德志兄弟論
文爲儒宗武爲將表　王愔文字志張芝少持高節
神所輸向人所樂歸　春秋考曜文王者往也
外掌政事内授書籍　吴志薛綜
高咨岳牧下聽輿臺　陳後主求賢詔
秦任法律漢雜霸道　唐魏徵傳封德彝駁徵行仁義
魯視豐碑衛銘烝彝　吕氏春秋

濟下利物無忘懷抱　魏收大興聖寺詔
開榮布葉不雜塵緇　宋武帝梨花贊
菲言厚行陶化染學　魏都賦
整身倦世探隱拯沈　曹植七啟
月域來賓日際奉土　齊書樂志
潁水尋隱商山訪真　林崑象賦
鑿穴爲居採藥自給　後漢書臺佟傳
背流知反迷岸識歸　梁簡文帝奉請上開講文
美功不伐貴位不喜　家語
窮夜爲日畢歲爲期　七命
神以知來智以藏往　易繫辭
德與性成行與體並　魏文帝周成漢昭論
獨非莫知獨是莫曉　後漢書律曆志

大直若曲大智若愚　老子
天開於子地闢於丑　邵子皇極經世
禹鏤其鼎湯銘其盤　崔瑗竇大將軍銘
陛納九齒閶披四目　玉海
迹隱三昧心符六通　李紳大光大師碑
擬迹小山陶心大隱　駱賓王宴序
潛志百氏沈神六經　江淹知己賦
懿績克宣忠規靡競　晉書王導傳
屬詞多出比事不羈　南齊書張融傳
離光夜隱望舒晝戢　束晳玄居釋
陪麾後殿奉節前驅　駱賓王文
授律啟行分麾屆路　隋書
游舟翼滯騰駕振幽　顧覬之定命論

開目爲晝閉目爲夜　五運歷年紀盤古之君
舉旌以宮偃旌以商　儀禮大射禮
脱屣軒冕釋羈纏鎖　范傳正李白墓誌銘
假象金革擬則陶匏　嘯賦
日中則昃月盈則食　易豐大象
雲藏于山風隱于林　梁肅望江縣丞盧公志銘
高情達識開遣滯累　北史邢卲傳
誠心冥會肇見嘉祥　隋煬詔褒高德儒見鸞
饅頭薄持起溲牢九　束晳餅賦
艷草妖色佳樹珍名　何遜七召
傅巖入夢姜公悟兆　晉書載記
齊圉返駕趙養還君　宋書袁淑傳

堂皇二儀拓落八極　張耒大禮慶成賦

出入百代周旋萬期　李嶠攀龍臺碑

四海晏清八荒率職　洛陽伽藍記

五氣吹布百志惟熙　元明善詩

文虛質實遠疏近密　阮瑀文質論

德大心小居高志卑　劉孝綽安成王碑

出翼王路入司階闥　崔駰虎賁中郎箴

近辭端右遠居衡陽　張鷟御史推屬吏判

當幾貴斷兆謀貴密　宋端明學士宋綬進諫仁宗

得衆若獨居尊若卑　柳宗元南嶽律和尚碑

兼宣七善並修九德　蕭綸隱居陶君碑

遽分專席叨賜再麾　李商隱爲滎陽公桂州謝上表

難肉魚蒜遇著便吃　蘇軾尺牘

龍舟鷁首浮吹以娛　淮南子

分粟累黍量絲數侖　庾信玉律稱尺表

澄霞助月散翼垂芒　武三思賀老人星見表

固文優彪歆學精向　文心雕龍

漢廷毀誼楚國讒原　李商隱文

飲玉成漿饌瓊爲屑　集異記

堤梁似堰野路疑村　庾信明月山銘

與戰則克與和則固　唐太宗答蕭瑀輕騎出見突厥

以慎爲鍵以忍爲闔　劉禹錫口兵誡

雖承天贊亦實人力　吳志賀邵

庶伸薄效少答鴻恩　歐陽修謝宣召入翰林狀

天璞自然地靈無對　王勃秋月餞別賦

蕭軒靡御玉舫誰持　徐陵與楊僕射書

同力度德同德度義　尚書泰誓
積恩爲愛積愛爲仁　說苑
學宜加勤行宜加勵　唐柳玭訓其子弟語
德不可偏威不可煩　劉基官箴
精滿氣盈百神備足　玉樞經
世變風移四方無虞　書畢命
服有常色貌有常則　阮籍大人先生傳
車無退表鼓無退聲　國語張侯語
剖蚌識珠覩石知玉　陸倕遷吏部郎啟
抽薪止沸斬草除根　魏收移文
粹猷藻黻徽文華顯　宋史上皇后册寶樂章
寰海鏡清方隅砥平　唐鑄劍戟爲農器賦

麞鹿同群晝游夜息　宋史張愈傳愈卒妻浦氏誄
鱗鴻附便援筆飛書　傳咸紙賦
指天畫地言甚剛切　後漢侯霸傳
欺君負友吾不忍爲　宋鮮于侁送蘇軾赴獄答或人語
日門翔照天地撫翼　李嶠上高長史書
玉闌截勝銀海凝清　葛長庚湧翠亭記
德洞千門威加八柱　王筠餞臨川王北伐詩
外珍五耀內守九精　抱朴子養生之道也
頤精養壽棲神翰林　魏書崔光傳
祖德師經參雜霸軌　後漢書胡廣傳
外表無塵內朝多豫　南史齊武帝紀論
高風緬邈頹波激情　李白文
江海明滅山林長往　後漢逸民傳贊

星辰焕列日月同規　成公綏天地賦

鋤則帶經牧則編簡　顔氏家訓古人勤學

方不中矩圓不副規　崔瑗草書勢

虔奉紫泥恭拜青瑣　李商隱爲滎陽公桂州謝上表

竊覩堂奥欽蹈明規　棗腆詩

短轅犢車長柄麈尾　妒記蔡司徒譏王丞相

桑園蠶織錦室鸞飛　庾信安昌公夫人志銘

六氣相犯五聲相觸　庾信盧永恩碑文

三思而言九慮而行　周于謹爲三老對周主語

精理爲文秀氣爲采　文心雕龍

炎清順夏勁厲隨冬　唐無名氏風賦

物愛雕采人榮寶飾　沈約彌勒佛銘

堤潰螘孔氣洩鍼芒　後漢書陳寵子忠傳

六合開朗十洲澄鏡　隋書虞綽傳

八靈拱衛三祇解途　殷淡休成樂曲

義理無窮是非易繆　盧東元論宋徽宗復哲宗廢后孟氏

性情不等同異難並　羅隱兩同書

宏以大綱不存小察　晉書謝安傳

全用古語用申今情　齊書文學傳論

南宮度名北斗落籍　孫思邈詩

祥風塞户瑞氣冲庭　王勃游韓家園序

素琴在右黄庭在左　白居易吴府君碑銘

長戈莫舂强弩莫抨　李賀猛虎吟

恩隆好合遂忘淄蠹　後漢皇后紀

隱情惜己自同寒蟬　後漢書杜密傳謂劉勝

民生在勤勤則不匱　左傳箴之尹語
人臣無將將而必誅　春秋宣公十六年胡氏傳
騰觚飛爵闌干同量　曹植古樂府
癡經藚緯纖綜紛披　宋濂抽庵記
變海成蘇移山入芥　梁元帝阿育王像碑
愈疾栽菊忘憂樹萱　晏殊中園賦
榮溢里庭恩深松櫝　陸倕謝表
威震遐邇化洽蟲魚　金史樂志
鴻魚逆流至人潛去　易林
龍馬就駕明君御時　參同契
排麟環鳳披香立雪　僧貫休舜銘
焚魚斬蛇異功同符　荀悦高祖贊

廉不言貧勤不言苦　宋張詠語
璣以察緯衡以察經　宋史天文志
遜言危行終亨時晦　後漢書郭林宗傳論
隆中夷外理緻肌平　魏文帝彈棋賦
懲弊抑末誠如聖訓　唐書高鍇傳
柔遠能邇著自前經　隋書梁睿傳
駕風鞭霆歷覽無際　朱子康節像讚
寸雲點日何損于明　唐太宗手詔長孫無忌等
無怨無惡率由群匹　詩假樂
有典有則貽厥子孫　書五子之歌
鳳色龍分鴛文鵠聚　梁簡文帝七勵
烏紋黛暗駁采花新　黄滔悞筆牛賦
公卿郡守出于軍壘　後漢杜詩傳

慎静恭默無所猷爲　鑑宗實既爲皇子

勵精求治去奢從儉　唐文宗初即位

運長擊短後實先聲　庾信慕容寧碑文

左驂牡騏右驂牝驥　列女傳武王伐殷

朝避猛虎夕避長蛇　李白蜀道難

泉石依情烟霞入抱　孔雅圭文

鬚髮偏體指爪繞身　傳燈録宋政和二年（嘉州古木中有一僧曰慧持入定）

次極陽烏紀窮陰兔　舊唐書樂章

味逾淪鳳珍越屠龍　劉孝綽謝賚胙肉啟

幼敦詩書長玩禮易　吴志陸績傳

外殄寇仇内盡忠規　晉書慕容皝疏

八門御時六神直事　舊唐書盧藏用傳

七衮既啟萬壽自今　宋史紹定皇太后册寶樂章

潤色廟謨賁飾聖世　陳元除子墨客卿誥

策名霸府騁足高衢　晉書孔愉等傳論

尺木未階高衢方騁　滕王逌庾信集序

奔霆易駭巨壑難游　王勃尊師贊

都都相望邑邑相屬　西都賦

文文善呼雙雙善行　獸經山海經有獸名雙雙

一人善射百夫決拾　吴語大夫種曰

三年始事四海具瞻　范鎮除富弼樞密使制

光奉明綸榮躋横榻　任盡言啟

長爲德伯世得道恩　雲笈七簽

道援横流德模靈造　宋書臧質傳

矛驅海若甲洗天河　玉海露布

風動春朝月明秋夜　梁書蕭子顯傳
川歸東極日去西晡　張說姚文貞公碑銘

團暉麗天洊雷居震　梁簡文帝拜皇太子謝表
崇徽啟緒盛德傳家　王勃啟

按弦拭徽雠方校石　周朗報羊希書
參珉見璧辨礫知璣　王融淨行頌

日抱紅輝雲叢紫靄　崔融賀明堂成表
窗虛意葉室度心香　梁簡文帝碑文

名成弱冠道敷歲暮　三國名臣頌
光奉帝詔入持國樞　蘇洵賀歐陽樞密啟

山澤雖廣草木無禁　管子
日月内燭星斗高臨　雲笈七簽

報施救患取威定霸　左傳先軫語
臨危制節中險騰機　鮑照飛白書勢銘

寅威寶命嚴恭帝祀　顔延之宋郊祀歌
綢繆史館容輿經闈　謝莊文

美愧夏鱣味慚冬鯉　王琳䱊表
光同朱鳳色類丹烏　庾信進赤雀表

青陽告謝朱明戒序　唐五郊樂章
黄公裁變元女啟謨　舊唐書盧藏用傳

因微而入緣情而出　魏志蔣濟傳
結坤之絡振乾之樞　梁周翰五鳳樓賦

特聳孤莖對敷雙萼　張仲素瑞蓮表
外睦九族内光一庭　薛稷儀坤廟樂章

模唐軌虞克由前訓　羊深崇學校疏
絜名責實不得虛言　春秋繁露

龍甲磨星犀株搗月　唐藝孫詠龍涎香詞
鸞軒湛粹鳳几裁尊　王勃乾元殿頌
野無四隱朝有三傑　張說讓右丞表
口對百辟心虞萬機　韓顯宗論時政奏
乞寒潑胡未聞典故　唐書張說傳
珮玉長裾不利走趨　韓愈文
編柳成簡題蒲就業　江總瓊法師碑
分衢讓齒折訟推田　鮑照河清頌
允叶龜謀共扶虹棟　盧摯東宮正殿上樑文
若非龍駒定是鳳雛　吴尚書閔鴻奇陸雲語
二雅馳聲甲科高雋　薛庭珪授鄭谷右拾遺制
八方入計四隩奉圖　石闕銘

珠角擅奇山庭表德　庾信齊主碑
丹書貴道黄金賤籯　徐陵文
外揚國威中緝邊備　唐李德裕自云初到西蜀
溥爲地蓋浩作天衢　王彪天賦
乖則違衆崖不利物　宋樞密學士張詠自號以爲
文既記笏武亦書殳　蕭子良古今篆隸文體
右林左泉後岡前道　比干銅盤銘
绿房翠蒂紫飾紅敷　張奐芙蓉賦
允愜前除且有後命　郭知運碑
亦承遺構自致亨衢　薛延珪授鄭谷右拾遺制
霜繁廣除風回高殿　南史王誕傳從叔珣爲文
門開魯館地列淇園　吴頌代郭令公謝男尚公主表
尾大于身踵粗于股　杜弼爲東魏檄梁文

朝挾其車夕承其輿　魏書楊固傳

秉潤天潢澄輝日觀　隋書崔廓傳

停車小苑連騎長楊　庾信春賦

是鐫是刻載輝載煥　梁簡文帝金錞賦

以覲以燕于廷于朝　劉敞鐘銘

黼黻相輝宮商問起　隋書經籍志

水陸兼會周鄭交衢　常景永橋銘

九域底平兩儀交際　唐太宗樂章

百年神畏四海風行　舊唐書音樂志

四照吐芬五衢異色　梁簡文帝湘宮寺碑

雙珠絕價百金懿名　宋之問宴韋曲

呼鳥自隊唾魚即活　五色綫殷七七

黏蠅未拔迷象不羈　梁簡文上皇太子玄圃講頌啟

俯首求衣斂眉寄食　江淹答袁叔明書

通肩合相平腹應圖　梁昭明太子七契

金字不傳銀書未勒　新刻漏銘

丹轂微露赬盤欲呈　唐肅日觀賦

遠而無介就而無諂　中說文中子告虞瓊事人之道

仕則不稼田則不漁　禮記君子

漸民以仁摩民以義　漢書董仲舒傳

盲者得視瘖者得言　隋書禮儀志

皋夔稷契何書可讀　趙忭折王安石語

東西南北展轉同規　王蕃渾天說

處瘠則勞處沃則逸　呂太一土賦

弗官而賞弗斧而誅　黃晞祭左邱明文

荀用其長當護其短　事文類聚宋太祖答趙普
萎枯以膏燠暍以醒　韓愈王仲舒碑銘
務僞不長喜虛不久　說苑
愛日以學及時以行　大戴禮君子
齒利者齧爪剛者缺　柳宗元貞符
物極則反器滿則傾　唐蘇天恒上天后疏
職貢不乏玩好時至　左傳司馬侯曰魯之于晉
舟車遵溯水陸同光　魏收爲東魏檄梁文
貨賄公行交結相尚　富弼與陳都官書
器分有限智用無涯　文心雕龍
雙雙合體跫跫假足　駢志
稜稜霜氣蔌蔌風威　鮑昭蕪城賦
林近五衢春融九貊　孔道輔祭聖祖文

星移萬點月照千街　京鏜詞
擊以示威歸以示信　唐德宗歸土番俘詔
旱則資舟水則資車　史記貨殖傳
獻可替否多所補納　華陽國志泰始二年尚侍文立
茹古涵今無有端涯　皇甫湜文
仲舒專儒子長純史　文心雕龍
淵明具體叔敖復生　捫蝨新話江文通擬古詩
服牛乘馬圈豹檻虎　漢書董仲舒傳
烹鼉煮鼊灼鼈臛鱗　潘尼火賦
驚麏朝射猛豨夜逐　蘇軾集
飄風忽舉鷙鳥乍飛　宋史聶世卿監延豐得古甎
延登賢俊招顯側陋　漢書元帝紀
立興雲霧坐成山河　西京雜記東海黃公少時爲術

秋南春北不失消息　易林
功成事畢榮在祿譽　亢倉子
晝而訪問夕而修令　左傳
飢即求食飽即棄餘　白虎通言上古之民也
張于廷尉民無冤枉　吳志步騭上疏
愈翱揮翰語切典墳　舊唐書韓愈等傳贊
羌僰踰山秦屠越海　南齊書王融疏
周官署臬郢匠呈斤　崔融嵩山啟母廟碑
轉暗成明梯愚入聖　南齊書高逸傳論
左圖且書右琴與壺　陸龜蒙紫溪翁歌
胡書體肥鍾書體瘦　張懷瓘書斷胡昭鍾繇
黍熟頭低麥熟頭昂　談藪王元景醉解楊彦遵嘲

四輔三公連辟不到　後漢書任延傳吳有龍邱長不屈
千齡一見書史登歌　王莽
譯書歲款祥圖月奏　鮑昭河清頌
黃旗西映紫蓋東輝　王勃九成宮頌
以船爲車以楫爲馬　鮑昭河清頌
匪箱不居匪輪不塗　越絕書
輕狐稱美豐貂表珍　柳宗元說車
天龍負圖地龜出土　孝經援神契天子孝
威令首塗仁風載路　梁昭明太子七契
清輝映幕素夜凝庭　沈約文
萬徽畢理一物興念　齊太祖塞客吟
洪歆式就介福攸歸　沈約表
　唐郊天樂章

昭動神明雍熙鍾石　梁簡文帝曲水詩序

振拔洿塗跨騰風雲　班固答賓戲

授方任能經文緯武　晉書良吏傳序

揚眉闊步直轡高趨　沈約彈齊王僧祐

雖處臺隅遂同幽谷　沈約修竹彈甘蕉文

深攙席帽密映氈車　摭言崔沆譏同年崔象

其高無蓋其低無載　關尹子

不遁于世不離于群　揚子

旒帟雲舒翠華景搏　南齊書樂志

國圖日競家歷天長　北齊書享廟歌

聯侍紫墀接機黄閣　盧藏用太子少傅蘇瓌碑

寵辭上宰歸榮故鄉　王安石賀韓魏公啟

緑葉紫裹丹莖白蒂　宋玉高唐賦

春蘭夏芷秋蕙冬蓀　周必大跋楊无咎秋蘭畫

霞焕霜霏瑶貞鏡鑒　駱賓王啟

龍蟠馬迴鳳去鸞歸　西京雜記韓安國几賦

天造地設神謀化力　揮麈後録御制艮岳記

遥吟俯唱逸興遄飛　王勃滕王閣序

擊瓮叩缶彈箏搏髀　史記李斯上書

攀輪折檻還笏挽裾　玉海

輔人無苟扶人無咎　太公金匱武王杖銘

招我以粗問我以微　劉禹錫文

燕石知愧齊竽自審　李商隱文

舜門廣闢漢幣交馳　駱賓王啟

甲兵粗修糧儲粗備　宋史范純仁傳

槐棘醜喬楊柳醜條　爾雅釋木

盜烏懸察疑蛇立辨　庾信碑文
水龍夜號夕鷄駭飛　宋史聶世卿監延豐倉得古甎

約法情推繁詞理遣　庾信碑文
祥光夜合佳氣晨飛　張彙千秋鏡賦

性質敦厚文章華瞻　唐太宗稱岑文本
禁誓嚴重志業艱劬　沈約文

螭首龜趺德輝是紀　劉禹錫碑
龍驤虎步高下在心　陳琳諫何進王粲傳注

民猶水也君猶舟也　唐太宗訓太子
瘠者腴之病者安之　清異録蘇直善治花

雙枚既修重桴乃飾　景福殿賦
六府惟序萬邦式孚　趙蕃句人獻嘉禾賦

祝栗驤龍崆峒嘯虎　閻復太師廣平貞惠王碑
伊川控鶴葉縣乘鳧　徐陵徐則法師碑

拉虎羈熊摧斑碎掌　庾信周大將軍崔訦神道碑
慚鳧企鶴瀝詞鐫思　文心雕龍

誠恕既孚鈞距靡用　沈約齊安陸王碑文
稠稀不謬洪纖有宜　魏文帝車渠椀賦

觀往察來覩微知顯　陸倕志法誌銘
升虛凌溟沛濁浮清　劉向九嘆

襲運金樞贊靈瑤極　宋書順帝詔
承熹天祐衍慶宸孳　宋祁皇弟允迪節度使制

勤味道腴幸遵雅尚　王融爲竟（凌）〔陵〕王與隱士劉
式當易師爰利建侯　宋太宗諭高麗昭

俯察人事仰觀天則　楊炯渾天賦
國當乾位地列艮墟　敦煌記
地卷朔鳳庭流花雪　梁簡文帝謝東宮賜裘表
霞軫絳波電赴紫棲　真誥
龍畫旁分螺書偏刻　崔融碑
雀文始化燕羽猶存　梁湘東王謝車螯蛤蜊啟
霜飽花腴燭銷人瘦　吴文英詞
禮導刑清樂暢風宣　鮑照河清頌
容其悔非棄其瑕穢　魏收移梁文
緊著課程寬著限期　朱子語
參耀乾台窮寵極貴　蔡邕胡廣黄瓊頌
灑埽群穢夷險芟荒　班固答賓戲
憲章典法膏腴德義　蕭穎士送劉太真詩序
雍容藝文駘盪儒林　夏侯湛抵疑
旌賁邱園采拾衡巷　徐陵與王僧智書
蔗傳餘節瓜表遺犀　謝惠連文
內贊密謀外參庶務　史稱宋張魏公子栻
户封真食門貴延恩　無名氏授李愬節度制
涼來温謝寒往暑郤　謝惠連文
風動雲行雨飛露垂　獨孤及慶鴻名頌
增禄益福喜來入室　易林
送往事居耦俱無猜　左傳晉荀息語
沾體塗足衣冠了鳥　魏略河東董尋上書諫
豐年多儲河海饒魚　易林
勢甚疾雷鋒逾駭電　隋書賀若弼傳
濃潤朝露晝晞陽靈　傅統妻芍藥花頌

長袖善舞多錢善賈　史記范雎蔡澤傳論
熒魂曠枯糟莩曠沈　法言柳宗元注糟當爲精

貴賤靡恒貧富無定　法苑珠林
日月分暉寒暑遞成　魏孝文帝嵩高山文

柴門灌園琴書自適　晉書氾騰傳
解甲脱枯金碧其相　黃庭堅青竹賦

高鳳讀書不知暴雨　玉海
吉甫作誦穆如清風　詩大雅

乾爲人首坤爲人腹　後漢書荀爽傳對策
天統元氣地統元形　文中子

樂事勸功尊君親上　禮記
守烝凝液長魄養魂　雲笈七籤云腴之味

治平聽察令行禁止　鑑稱宋觀文殿學士劉珙
筋駑髓冷心頑質堅　江淹與交友論隱書

布教都畿班政方外　陸倕石闕銘
遠辭濠上來游鏡中　王勃秋日宴李處士宅

置台命衮法河依嶽　梁簡文帝大法頌
畫脂鏤冰廢日損功　鹽鐵論

天波既洗雲油遽沐　南史袁昂傳
薰腴廣被景貺潛周　王勃益州夫子廟碑

博訪群材揖對賓客　南部新書劉晏與張繼書稱戴叔
會同侯伯享獻神祇　封希延六藝賦

出守股肱入尸衡尺　梁書張緬傳
坐窺井邑俯拍雲烟　閻伯里黃鶴樓記

考古證今思慮周密　宋史林勳傳

仰首伸眉論列是非　梁書張緬傳
白虎化坎青龍離鎖　蘇轍陳守道詩
鴛鴦交頸野鵲傳枝　埤雅
東邁日枝西逾月紀　梁簡文帝菩提樹頌
冬斬陽木夏伐陰材　蕭子範七誘
外揚王化內經朝略　晉書羊祜受任南夏
郡察孝廉州舉茂才　吴志孫權傳
識度天才必至公輔　北史李德林傳魏收字之
制命温雅曲盡事情　史稱宋翰林學士周必大
天爵具修人紀咸事　王融策秀才文
武功既愉文教是圖　楊嗣復權文公文集序
洞該八藪混觀六合　梁昭明太子謝敕賚地圖啟
凌轢百代直趨三王　玉海

七訓是敷三英有粲　王融贈族叔衛軍詩
六藝備研八索必該　抱朴子
燕以狂眄鶯以喜囀　王楙補禽經說
鵲好外反鴛好內思　埤雅
雲飛泥沈高卑異等　盧思遠勞生論
域中天外指掌可求　梁昭明太子謝敕賚地圖啟
瑰意琦行超然獨處　宋玉對楚王問夫聖人
彈琴詠詩聊以忘憂　嵇康送秀才入軍詩
論議周密思慮深遠　馮衍與陰就書
風局簡正體識沈明　宋書劉延孫傳
大鵬搏風長鯨跋浪　張懷瓘書斷王獻之書如
猛虎失道潛虬攀梯　李白明堂賦

冰壺玉尺纖塵弗污　元史黃溍傳污讀去聲
層巖峭嶂壁岸無階　水經注
調理陰陽燮諧風雅　南史陳武帝九錫文
揮斥日月擠排烟霞　馮子振十八公賦
英姿挺特奇偉秀出　後漢書謝夷吾傳
厚德時邁協風允諧　陸雲答孫顯世詩
別殿廣臨離宫洞啟　沈約曲水宴應制詩
天文靈出地祇瑞興　後漢書祭祀志
體如游龍神如素蜺　傅毅文蜺唐韻五結切音齧
林有擊隼野有祭豺　崔損霜降賦
夙鏡茂資早擒芳訓　江淹慶皇后正位章
緬懷千載託契孤游　陶潛扇上畫贊
内無疏蹊外無漏跡　七命

明者慎微智者識幾　後漢陳寵傳
詭對鶴書俯羞鴉翼　梁簡文帝表
沈研鳥册洞曉龜枚　晉書郭璞傳贊
白雲在天蒼波無極　梁簡文帝與蕭臨川書
青槐避日朱草司晨　庾信吹臺山銘
幾令狐狸化爲豺虎　漢諺語
雖慚杞梓頗異蒿蓬　沈約修行彈甘蔗文
二棠合生雙榆連理　楊侃皇畿賦
三元育養九氣結形　出神章經
鄧艾伏鸞陸雲隱鵠　玉箱雜記皆喻其文也
蘇秦通言張儀合媒　參同契二女共室顔色甚姝
歸生伍舉班荆道故　陶潛與子詩
陶朱白圭善賈息貲　易林

鮫魚何所魤堆焉處　天問魤音祁

山罍常滿房俎無虛　馬融廣成頌

伯禹矢謨成湯陳誓　隋書李德林傳

留侯畫策陳平出奇　揚雄解嘲

六樂兼該五禮備貫　王融贈族叔衛軍詩

九衢交錯三門旁開　劉楨魯都賦

窮不忘操貴不忘道　皮日休六箴序

忠以相輔義以相匡　漢書杜鄴傳

衣素表朱遊戲皋沃　易林

垂精游神包舉藝文　後漢書班固

鍾阜龍蟠石城虎踞　輿地志諸葛亮謂吳大帝

公忠兕殪陰德蛇埋　庾信文

超軒跨皞騰周軼漢　顏師古聖德頌

達齊出宋歷楚辭吳　王勃夫子廟碑

慶表栽梧德成觀梓　上官儀册殷王文

劍埋合柱書藏鑿楹　庾信文

黄者梔也澤者蠟也　柳宗元鞭賈文

聖人懷之衆人辨之　莊子

振舉紀綱受化風俗　朱子投匭言封事

埽平關隴蕩一甌吳　晉書慕容暐傳

甲第當衢傳呼啟路　王褒周太保尉遲綱碑文

軍國分總部領填街　庾信周宮保步陸逞碑

删裁繁蕪刊改漏失　後漢書鄭康成傳

淹該經術善爲春秋　唐書儒學傳啖助

散木凡材皆可入用　宋書禮志

標名擅美獨映當時（宋書謝靈運傳論）

不意雙珠竟出老蚌（三輔決録孔融與韋康父端書）

載懷姑射尚想瑤池（謝朓曲水宴詩）

鞭電鼓雷拔山蹴岳（謝偃可汗山銘）

捧罌承槽銜杯漱醪（劉伶酒德頌）

道隆德用日月爲步（老經鈎令决宋均注三皇步）

心凝形釋骨肉都融（列子）

大略淵回元功響效（漢高祖功臣頌）

驚才風逸壯志煙高（文心雕龍）

勞逸有常飲食有節（素問）

風霜其操鐵石其心（唐韓瑗爲褚遂良訟冤疏）

聞箴刺姦擇善爲吏（蘇頲雙白鷹贊）

藝菜當肴采蘗救頹（謝靈運山居賦）

奇偉所聞簡忽所見（後漢書崔實傳）

愛惡相攻屈伸相推（周易略例）

巢風寂寥羲埃綿邈（鮑照河清頌）

秦儒出谷漢簡吹灰（庾信漢武帝聚書贊）

披懷解帶投分寄意（阮瑀爲魏武帝與孫權書）

則天緯地秉正馭才（梁元帝薦鮑幾表）

萬姓歡呼四方來賀（元稹辨日旁瑞氣狀）

五度砥操六慧研微（支遁佛贊）

逖聽三古彌綸百代（北史文苑傳序）

肅清萬里總齊八荒（晉紀宣帝過温飲宴累日歌曰）

洞洞自形斤斤表部（隋書享廟樂辭）

峨峨德傳灼灼英台（沈約侍皇太子釋奠宴詩）

冬則抱冰夏則握火　吴越春秋越王思報吴
屋不呈材牆不露形　西都賦
天有九位地有九域　張衡靈憲
物無二本事無二初　宋史禮志
志性良謹交遊款密　左傳明允篤誠疏篤者
文藝該洽操尚純深　陳書許亨傳
器懷明亮風情峻遠　江淹文
體德沈粹識理淹長　晉書殷浩傳
幽岫含雲深溪蓄翠　吴均與顧章書
夕炬傳照晨爐續煙　吕温藥師如來贊
機鑑精明議論英發　史稱宋觀文殿學士劉珙
風格詳遠器宇凝深　梁書王僧辨傳
吐故納新熊經鴟顧　岑文本論攝養表

聳張蹻距龍征虎蹲　周邦彦汴都賦
榮履修平體識詳穩　江淹文
器局淹濟清理清真　梁書張宏策傳
層松飾嶺列柏綺望　水經注文水
畫船向浦錦纜牽磯　梁元帝牛渚磯碑
舉動嚴方趨步閑敏　宋祈皇弟允迪節度使制
識宇詳濟器思淵通　梁書吕僧珍傳
簡賢料才營求俊逸　晉書文帝紀
流清蕩濁靖密樞機　吴谷朗碑
博學洽聞文章瞻麗　史稱晏殊
耽道窮藪操尚貞純　晉書朱冲傳
激濁揚清疾惡好善　唐王珪自謂
攬英接秀耽詩悦書　漢衡方碑

刑中于鄭教美於魯　蜀記晉劉宏祭諸葛亮文
行該其高德備其新　陸雲贈顧彥先詩

武略雄圖牢籠物表　陸贄論延訪朝臣表
清談高論藉甚當年　隋書儒林傳贊

日窮于次月窮于紀　禮月令
木所以浮金所以沉　白虎通

信賞必罰好賢樂善　南宋知棗陽軍孟宗政
耽藝樂術翹節建忠　漢侯成碑

敦庬允元能哲能惠　漢衡方碑
優遊醞藉亦卷亦舒　束晳賦

弱柳蔭街絲楊被浦　水經注濕水
綺霞映水娥月升天　梁昭明七召

麗藻星鋪雕文錦縟　李那答徐陵書
宮槐晚合月桂宵暉　梁武帝刻漏銘

鸞鳳沖天必假羽翼　唐太宗以飛白書賜馬周
豺狼當路安問狐狸　後漢書張綱傳

總攝萬精驅策百鬼　漢武内傳
權尸三事假佩六符　謝莊爲北中郎謝兼司徒章

雲氣浮壘流星泛枕　庾信答趙王啟
層臺聳翠飛閣流丹　王勃滕王閣序

道映庠門望高禮閣　陳書周宏正傳
美溢中夏化被南陲　梁太廟樂舞辭

氣攝飛賁智窮苴起　袁淑議
德美旦奭功越彭韋　曹植武帝誄

勇若孟賁捷若慶忌　東方朔上書

富于黔婁壽于顏回　白居易醉吟先生傳

居心平允莅官整肅　晉書何攀傳

執德冲邈履道廣深　南史宋文帝紀

淵識宏謨爲國蓍蔡　王構楊樞贈謚制

丹樓翠閣映輝湖山　陸佃游南亭記

收視返聽耽思旁訊　陸機文賦

同天共地均氣分形　常德志兄弟論

霧霽閑原雲歸幽洞　滕邁賦

冰開御溝春滿皇州　敬括花萼樓賦

魚罩駒維英收俊攬　玉海

龍威虎震劍拔弩張　古今書評韋誕書

散華霏蕤流香飛越　謝靈運山居賦

結根竦本垂條嬋媛　南都賦

天地初開神武再廓　丘遲爲范制軍讓侍郎表

元黄毓粹貞明助思　張說上官昭容集序

盛分結意情在終始　吴志劉繇

磨肌戞骨吐出心肝　韓愈送窮文

下參宏化上尸燮理　謝莊爲東海王讓司空表

外恢温雅内鏡文明　傅亮劉穆之碑

騶龍行天馴鳳匝地　江淹黄連頌

燕犀密掛冀馬潛羈　李商隱爲滎陽公賀幽州破奚寇

臭味風雲千載無爽　任昉王文惠文集序

金紫褒表萬世不刊　班固酈商銘

泛覽金册詳窺玉版　李嶠爲韋右相賀拜洛表

高捫太乙正睹瑤光　徐陵太極殿銘

八牖晨披五精朝奠　唐明堂樂章
百官承式萬歲傳呼　元稹賀誕降日德音狀

淺于江淹秀于任昉　鍾嶸詩品邱遲點綴媚映
奢非晉文儉非王孫　後漢書張奂傳

愧在盧前恥居王後　唐書王勃傳楊炯嘗云吾
昔稱韓相今爲漢師　庾信張子房贊

星月皆没風雲並起　魏志管輅傳答清河守問雨期
苗裔無疆福禄永綏　馮衍刀陰銘

篤意文史敦睦宗族　周相州總管韋孝寬
貫穿微妙辨析毫釐　梁昭明太子七召

幽明獻期雷風通響　王融曲水詩序
清揚共美賢聖同羈　庾信夫子見程生贊

方騁遠圖永毗庶政　梁武帝贈范雲詔

敬承聖誥恭窺前經　謝靈運山居賦

中國人衆大秦寶衆　外國傳天下有三衆月氏馬衆
杜乂膚清衛玠神清　晉書衛玠傳劉惔語

臺閣生風貴戚斂手　晉書傅休奕傳論
忠貞繼佩智勇承綦　柳宗元文

凄入肝脾哀感頑艷　繁欽與太子箋薛訪車子年十四能轉喉與笳同聲
土成黼黻木化蛟螭　邢邵新宮賦

實賴予弼用熙帝載　蘇頲授李林甫特進制
戲排舊韻別創新詞　元稹上令狐相公啟

焜燿昌時振宣後學　柳宗元祭杜河中文
勉勵苦節緝綏疲人　獨孤及謝文

元陸降坎青逵升震　劉臻妻春頌

白礬上徹丹砂下沈　王褒驪山温湯碑銘

天步所臨雲蒸雷起　冷齋夜話東坡倅錢塘

王威既震魚潰鳥離　北史周武帝破齊高緯詔

月落桂垂星斜柳墜　庾信象戲賦

巖喧蕙密野淑蘭滋　王勃上巳浮江宴序

劉昉牽前鄭譯推後　隋書劉昉傳二人皆有定策功

仇覽獻豆滕嬰進芻　劉孝威辟厭青牛畫贊

天步初夷王途尚阻　王儉褚淵碑

本領既大心計轉粗　隋唐嘉話鬻餅者

敷奏詳明出納惟允　唐王珪論温彦博

容貌絕異矜嚴有威　後漢書姚期傳期字次况

張禹牧州江濤不起　王諶文

李綱守道言行俱危　舊唐書李綱傳

液池下鶴高梧起鳳　梁簡文帝大法頌

明珠彈雀美玉投蛙　羅隱文

蓐收伐材尾箕修理　劉基詩

馮相觀祲祁禠禳灾　東京賦

守未焚衝攻已濡褐　顔延之陽給事瓚誄辭

事同拾芥力易摧枯　柳宗元裴中丞轉牒

萬里剋期五道並入　陳琳檄文

十倫以具百福斯滋　隋書刑法志

絳鶴晨嚴銅蠡晝静　徐陵玉臺新咏叙

銀函東度玉牒南翻　庾信五張寺碑

衣不變裁食不兼味　蔡邕房楨碑

車以代步軿以蔽容　李尤天軿車賦

出入禁闈拾遺補過　史記汲黯傳
刊落陳言橫騖別驅　唐書韓愈傳贊
暑終冬臺寒濃夏室　唐太宗臨層臺賦
霜輕流日風送夕雲　蕭子良侍宴詩
一劍刳鯨空拳持虎　楊炎雲麾將軍郭公碑銘
截野格禽探江斬螭　皇甫嵩大隱賦
日往月來灰移火變　昭明太子啟
兵强將智粟積城堅　唐書盧藏用傳
俯鼇庶績仰荒大造　陸機詩
神歸異族識昧先形　吴筠神仙可學論
軼熊橫出瓌姿譎起　傅毅舞賦
谷神不死川德愈深　王褒温湯碑銘
吾强不支汝弱奚恃　韓愈平淮西碑

後生可畏來者難誣　魏文帝與吴質書
高峰軼雲連岫蔽日　會(嵇)〔稽〕志四明山
銀河披嶂金飈送清　甘子布光賦
兵無强弱將有巧拙　唐太學魏元忠上封事
體兹眷遇罄乃誠明　宋史隱逸傳詔諭种放
萬福扶持百禄攸集　李德林霸朝集序
五明開製七華擅奇　玉海扇銘
理或生亂亂或資理　陳贊奏對德宗
卑者隨尊尊者兼卑　漢書杜鄴傳
儀型祖宗妥綏天保　陸機詩
舉用俊乂流竄奸邪　韓愈賀即位表
君親以尊臣子以順　易疏第一論
風雨常均字育常時　列子

納轂吐伊貫周淹亳　常景洛汭頌
設宮分羽經徵列商　潘岳賦
仁洽道廣澤融德溥　獨孤申叔賦
心通性達口辯詞長　後漢書蔡邕讓于何進
碧腦浮冰紅薇染露　周密龍涎香詞
玉門罷候紫塞沈鋒　梁簡文帝南郊頌
六經庖厨百家異饌　梁元帝表
三景垂曜七精翊軒　雲笈七籤南極上元君日
江湖爲籠山林爲圃　王十朋會稽風俗賦
金璧其操鸞鳳其姿　白居易安定皇甫公墓銘
藝奮神工時推妙翰　雲麓漫鈔柳公權親筆起草云
形翻碧落足動睛煙　金厚載都盧尋橦賦

鹿苑鷲峰瞻奇仰異　唐太宗聖教序
蟬蜕龍變棄俗登仙　夏侯湛東方畫像贊序
履貴思冲居盈念損　庾信文
役神形辱安精年榮　漢武内傳
博物洽聞探賾窮理　漢書胡廣傳史敞等薦廣
砥節礪行直道正辭　郭有道碑文
德務中庸教成不肅　蔡邕陳太邱碑
性少嗜慾情厭事爲　後漢書馮衍傳
蠍蛦山棲鼃鼉水處　蜀都賦蠍蛦鳥名
鳳鸞異態龍虎殊姿　雲麓漫鈔柳公權親筆起草云
飾材鋭智抽峰擢穎　晉書潘尼傳
陳風緝藻臨冢分微　謝莊文
男女貿功相資爲業　亢桑文

天人並應傳福無窮　郅惲子壽傳

清虛日來滓穢日去　世說周伯仁自謂

惠養益厚等威益尊　常袞代崔公謝表

流水不腐户樞不蠹　雲笈七籤

芝草無根醴泉無源　虞翻與弟書

入門而趨登堂而跪　說苑伯禽康叔三見周公而三笞

夙興以求夜寐以思　漢武帝賢良詔

深藏其身高棲其志　王粲七釋

量腹而食度形而衣　文子聖人者

善游者溺善騎者墮　淮南子

在元則正在福則冲　太元經

骨親肉疏所以相付　齊東雍州行臺傳伏降周賜以羊
肋骨

巖窮水盡獲此良珍　黃庭堅硯銘

比年入學中年考校　禮記

甲夜視事乙夜觀書　杜陽雜編文宗視朝後即閱群書

清洛漸筵長伊流陛　沈約詩

順祇效實瀆靈會昌　江淹知己賦

蘭林蕙草披香發越　西都賦

明月清風良宵會同　夷陵女子歌

堯步舜趨禹馳湯驟　杜甫朝獻大清宮賦

越璞楚琛蜀賄巴賨　文苑廣韻賨戎稅也

虞夏美功要荒賓服　易林

中外禔福遐邇咏歌　匡謬正俗左貴嬪晉元后誄

皇道惟融王猷丕顯　蔡邕釋誨

昬波易染慧業難基　法苑珠林

音節諧捷神氣豪上　世說王大將軍少時對武帝自謂
能升鼓
肅雝往播福祿來臻　陸機詩
豹管閑窺羊歧忘返　陸龜蒙幽居賦
鳥路層飛龍津派流　晉書郗詵等傳贊
呼嘯神祇吐納嵩華　鄭亞會昌一品集序
啟發憤懣覺悟童蒙　班固典引序
群雌孤雄意氣横出　韓愈雉朝飛操
穹龜長魚踴躍後先　韓愈南海神廟碑
浴鷺翹沙戲魚吹絮　王安中游御河詞
白鹿踰海素鳥越江　宋書符瑞志
輕縑素練實濟時用　唐書駱賓王傳張九齡文章如
金姿寶相永藉閑安　王中頭陀寺碑文

祥符不及瑞圖斯遇　劉珣渭水象天河賦
靈仙所宅神異甚多　玉匱經黃帝徧歷五岳
汝父如龍汝兄如虎　北史婁后語
自知者英自勝者雄　中說答李密
陸處無室舟居非水　南史張融傳
髮白復黑齒落更生　列仙傳容成公善輔導之術
忘茲鹿駭惜此狼顧　陸倕石闕銘
忽焉龍踞愕爾鴻翻　錢起觀舞馬賦
漉沙搆白熬波出素　齊張融海賦
過緇爲紺踰藍作青　魏收枕中篇
熊經鴟顧引挽腰體　後漢書方術傳華陀語吴普
龍驤虎步嘯叱風雲　南史陳高祖紀

比德陳劍差踪鄭履　李嶠爲歐陽通讓夏官尚書表

既蒙蜀顧敢望秦留　胡曾上路相公啟

天地兆分氣數爰定　宋史樂志

日月爲易陰陽相當　參同契

牀榻几案不加彫削　南史劉善明傳

玉杯繁露若傍蒹葭　梁簡文帝法寶序

鷄樹騰聲鵷池播美　北史隱逸傳崔賾答豫章王書

鷺輅徐轉鸞旂導前　韓滉文

虎去西河鴞移東郡　周晉屯威碑

鳳依桐樹鶴聽琴聲　宮後堂仙室山銘

絳樹兩歌黃華二牘　瑯環記絳樹黃華二人名

禪枝四静慧業三明　庾信碑

眴目揚眉擎拳舉指　劉經臣明道篇

方足員首含氣呈形　魏收移梁朝文

煥有文章發爲詞誥　元稹授學士沈傳師制

願游簡素少閱縑緗　駱賓王上兖州刺史啟

用行思忠舍藏思固　蔡邕范史雲碑

道遠知驥世僞知賢　曹植勵志詩

文攀淵卿史類遷固　江淹賦

言奪蘇李氣吞曹劉　元稹杜工部墓銘

學問優贍風度峻整　宋史竇儀字可象翰林學士

藝業通備識宇凝深　陳書周宏正傳

玉檢金泥必資印璽　舊唐書禮儀志

篳路藍縷以啟山林　左傳若敖蚡冒

性業詳固才用果烈　沈約封李居仁等詔

神寓凝正學尚清優　陳書高祖紀

理識閑悟思懷韻警　沈約臨川王子晉等遷授詔
風度宏簡體屬深沈　宋書柳元景傳
凝精流形金石不朽　參同契
治邊馭衆威裕兼行　王僧孺袁豫州志銘
世號冰壺時稱武庫　梁昭明太子啟
慶積天寶祥開地珍　樊珣春雷賦
九圍獲悟十方蒙曉　梁簡文帝開講啟
五靈交帶四司結篇　雲笈七籤
毫墨未乾傳咏已徧　吕温裴氏海昏集序
聖賢交騖古今同流　宋史梁周翰傳
並振頹綱俱維絕紐　頭陀寺碑
既有寒木又發春華　顏氏家訓辛毗答劉邀

楊池掘荷李園移樹　庾信趙王賚絲布啟
縹枝承露緗箬來風　蕭子良大園賦
鳴鸞在衛奔驥服軛　陸雲頌
江鶯遷樹隴鷹出雲　張說張司馬集序
欲去便去欲往便往　佛國記
時飛則飛時潛則潛　法言
七步成章一定無改　員半千陳情表
五府交辟三台共推　盧照鄰悲窮通文
隨月盈虧依曆開落　晉書天文志
同艱桎梏等懼冰淵　王融疏
隱不負人貞不絕俗　北史韋瓊傳論
智能料敵勇可摧兇　于邵代郭令公薦孫守亮狀
四衛外封五嶽內郡　張率舞馬賦

千佛摩頂七住齊功　沈約内典序
威動龍荒聲馳象魏　李德裕與紇扢斯可汗書
地名鹿苑塔號雀離　五色綫
氣涌青霄神飛紫路　徐陵陳王九錫文
義昭東序事美西雝　沈約詩
情韻連綿風趣巧拔　古畫品録戴逵
智謀精果材志沈雄　李德裕與紇扢斯可汗書
敬慕謙通畏避衿倨　顏延之庭誥
安步名教咏歌典墳　李邕王仁忠神道碑
百度維新萬靈翹注　張說表
四維廓氣千里安流　唐書王義方傳讁吉安誓南海
魏廟出璽魯祠現璧　梁昭明東宮掘得慈恩寺鍾啟
周桐錫瑞唐水承家　北史崔廓傳

心存目想神領意造　畫繼宋復古見陳容畫少天趣因云
仁形義立教成愛深　韓詩外傳
靈虬吐注陰蟲承濡　孫綽刻漏銘
走獸率舞飛鳥下翔　蔡邕琴賦
兒寬更草鍾會易字　文心雕龍
蔡澤羈旅唐生多疑　庾信名臣贊
威武紛紜湛恩汪濊　司馬相如文
重擔偃蹇曲注逶迤　梁簡文帝長沙王碑文
進退周旋皆有規矩　阮籍大人先生傳
宣慈和惠導其萌芽　隋書刑法志
會弁星離玉帛雲聚　南齊書王融傳
鋒旗朝上刁斗夜聞　庾信答趙王啟

長蛇去穴奔鯨失水　舊唐書張仲武傳
高蟬臨鬢吟鷺陪軒　庾信吴明徹志銘序
禮嘉嵩高樂和湛露　陸雲丞相陸公誄
妙析奇致大暢元風　世説向秀注莊子
羅綺嬌春鵷鴻戲海　宣和書譜虞世南作字
珩璜節步藻火文衣　庾信鄭氏志銘
振立紀綱修舉廢墜　元史拜住傳
慎安寢膳勉護興居　李商隱寄彭城公啟
識悟明允風神果毅　隋書源雄傳
山川俯仰道義淹留　王勃福會寺碑銘
右帶御溝左回青路　劉潛謝賜第啟
東漸元菟西踰白狼　徐陵勸進表

松栝交陰泉雨長注　江淹青苔賦
規槼虛位刻鏤無形　文心雕龍
飛箭易及長繩難駐　李邕日賦
玉衡稱物金壺博施　梁元帝刻漏銘
語默有程進退可法　黄滔陳先生集
動揺多風俯仰生姿　王逸機賦
薈蔚朝興滂沱晚注　徐陵文
泉露改味日月重光　沈約賽蔣山廟文
館宇清華竹木幽邃　舊唐書牛僧儒傳
圭璋縝密咸護琤瑽　薛庭珪授監察陸扆充翰林制
淺不浮華深不揜嫭　侯喜漣漪濯明月賦
呼而出故吸而入新　淮南子王喬赤松吸陰陽之和
衣不厭新人不厭故　竇元妻詩

平則慮險安則慮危　荀子
拔自泥塗昇于霄漢　杜牧謝周相公啟
幸逢雅故爲作朋僚　翰苑新書陳簣窗回李都倉啟
配合成就常住樂所　易林
賜賚遇待冠絕當時　錢俶歸宋太宗待之厚
聲聞九皋詩成七步　梁昭明太子啟
氣調萬象口運四時　唐無名氏歌響遏行雲賦
吞吐造化浮沈朝暮　吴融沃焦山賦
博覽書記該涉古今　晉書祖逖傳
身具六軀腰橫四綬　庾信步陸逞神道碑
足蹈五字手把十文　殷芸小說謂老子
翠帷晨興斑輪曉鶩　梁簡文帝昭明太子集序
喧條絮滿暖路絲橫　蕭子良大圜賦

位極台衡勛高梁益　元載杜鴻漸碑
外接皮服内含岐豐　摯虞雍州詩
影生千葉花盛四柱　梁簡文帝二佛像銘
年過百歲位至三司　南史張裕傳郭璞爲曾祖澄卜葬
父地
濔露卿雲朝團晚映　徐陵册陳王九錫文
流甘委素玉潤冰鮮　邢邵甘露頌
白華增勤綵衣是慕　陳子昂王司馬墓銘
淵中表德玉裕凝姿　宋史樂志
麟子鳳雛生長家國　易林
翠竹香草布濩階墀　洛陽伽藍記
金不可作世不可度　風俗通
父未嘗笞母未嘗非　論衡充六歲

風姿美劭機悟敏速　晉書車胤傳
文學溥博德度謙冲　李直方祭權相公
四面停勻八邊具備　宣和書譜歐陽詢論書
三靈所佑五運相推　盧照鄰悲窮途文
才度閑生智能兼聳　蔣伸授田弁節度使制
感召無象變化不窮　南史文學傳論
決源醒流交灌互澍　柳宗元晉問
遠心曠度贍智宏才　夏侯湛東方朔畫贊
氣懷沈密文史優裕　徐陵表
風度高爽經算宏長　北史齊武成帝紀論
長才廣度珠潛璧匿　張九齡上姚令書
百王千法電熠霞鋪　黃晞祭左邱明文

荷精分布懷陰引度　水經注河荷也
游藝殫數撫律窮機　謝莊宣貴妃誄
含毫散藻考撰同異　晉束皙元居賦
控弦抗戈覘望風塵　後漢書南匈奴傳
風儀端肅進止詳雅　北史柳遐傳
志行開敏學思堅明　梁書周舍傳
博文彊記奇逸卓犖　魏志陳矯傳陳登謂矯吾敬孔文舉
望高視遠聰敏沈深　隋書劉卓傳
銅櫟四柱石闕雙聳　庾信中南山同谷銘序
森梢百頃槎枿千年　枯樹賦
事涉兩朝歲綿一紀　王儉求解尚書表
類聚百族群分萬形　陸雲答顧處徵詩

德博化光刑簡枉錯　潘岳詩
聲律身度樂備禮隆　宋史樂志
至言去言至爲去爲　莊子
有刑無刑有想無想　楞嚴經
洲島盤亘林亭蓊鬱　蕭穎士蓬池宴序
星雨交接風烟去來　盧照鄰益州至真觀黎君碑
晝咨夕計期正文律　柳宗元文
冬書秋記夙表睿姿　陸倕慶太子出宫表
耳後生風鼻端出火　南史曹景宗傳
星光若月雲氣飛煙　薛道衡老氏碑
采樂調風集體宣度　謝莊表
居盈思冲在貴忘尊　歐陽建答棗腆詩
寅亮聖皇登翼王室　班固燕然山銘

靜守憲矩審喻寀寮　李邕桂州長史程府君碑
羽儀宗家冠蓋後進　任昉文
紀綱臺務圖任舊人　常袞授張崇光尚書左丞制
俯仰乖時人物多忤　江總表
長短合度粗細折衷　宣和書譜歐陽詢論書
忽覩清顔頓消鄙吝　南史孔休源傳
但守陋巷教育子孫　晉書嵇康傳
百揆分曹九流開務　褚亮開國判
四方有事八蜡酬功　隋蜡祭歌
暫移周府纔經漢鑄　張正見賜錢啟
既悉仲衮又慙鄭緇　劉同恭嘉禾表
鐘簴不移廟貌如故　國史補唐德宗勅李令收城露布
藩屏作固垂拱責成　陳書高帝紀

規行矩步安詞定色　顔氏家訓

緩賦寬役勉農勸桑　馮宿狄梁公祠堂記

不出宫省坐致台傅　北史崔光傳論

遂兹牢讓以厚時風　唐書蕭俛傳文宗詔

薑芋充茂桃李蔭翳　左思魏都賦

乾坤貞觀烏兔光華　駱賓王上太常啟

榮貧安賤不悕窮忤　蔡邕碑文

懷慚起懼載溢心顔　沈約爲晉安王謝南兖州章

逸句爛燃沈思泉涌　卞蘭表

列俎棋布方壇砥平　舊唐書音樂志

鳳儀西郊龍見東邑　宋書符瑞志

鷄鳴天下犬吠雲中　神仙傳

吐詞爲經舉足爲法　進學解

受恩益大顧己益輕　韓愈爲裴相公讓官表

刀量尺解粉布墨畫　杜牧上白相公啟

甲堅兵利車固馬良　淮南子

公私游聚大小無忤　裴耀卿賓希球神道碑

山河永配金石長存　楊炳唐州長史宇文珽碑

樊仲入室王裒繞墓　張仲甫雷賦

班彪草移阮瑀裁書　徐陵啟

性愛山林又重賓客　洛陽伽藍記臨淮王彧

宜旌優異往傳童蒙　薛庭珪授王櫝等諸王傅制

抱嗽吹脣含仁飲德　梁簡文帝唱導文

朝哺夕膳候色承顔　陳子昂王司馬墓銘

官司有章人吏不黷　李邕桂州長史程府君碑

朝夕所資烟火才通　陶潛有會而作序
帝德遠覃天維宏布　牛宏凱樂歌
軒祥表合漢歷彰奇　唐朝日樂章
設幕取將懸賞購士　南史齊高帝紀蓋出權宜
抱車入淵負舟上山　太元經
齊魏徭戍荊韓召募　李華弔古戰場文
元愷翊虞周召輔姬　蔡邕太尉李公碑
萬姓歡喜百僚悦服　漢書薛宣傳谷永疏
九垓复絶七度虛懸　陶宏景碑
天生粹靈氣合儒素　張說長史陰府君碑
仰飛纖繳俯瞰清流　避暑録話張平子作歸田賦
器度淹宏志局詳穩　沈約王茂加侍中啟
詞藻雄瞻草隸精深　法書要録竇臮兄蒙謂弟子靈

性同鱗羽愛止山壑　齊書宗測傳
勛塞天地當念始終　唐書段秀實讓郭晞
憲章儒術潤色王度　楊嗣復權公集序
宣流渥澤騰布耿光　令狐楚表
態有遺妍貌無停趣　無鶴賦
輕如游霧重以⿰阝朋雲　鮑照書勢銘⿰阝朋崩⿰山朋同
驚身蓬集矯翅雪飛　鮑照舞鶴賦
大咤雷奮重瞳電注　李德裕項王亭賦
專精勵意委務積神　淮南子
閑邪納正宣和養素　嵇康琴贊
日月共輝陰陽齊契　拾遺記
元黄絕睇蔬布終身　江總度支陸君誄

降貴紆尊躬刊手掇　梁簡文帝昭明太子集序

銓能敘事理鬱詞敷　張説姚文貞公碑銘

包括宇宙總攬人物　西京雜記司馬相如答友言賦

鎔鑄品類陶汰清虚　張仲甫雷賦

廣視遠聽糾察美惡　後漢書賈琮傳

望雲省氣推處祥妖　後漢書方術傳

近墨必緇近朱必赤　蕭子良净住子

結味成甘結潤成膏　春秋繁露

夕飽儒珍朝充道味　崔融報李少府書

動有常度居無惰容　李邕碑

目注崑邱心朝大帝　雲笈七籤

食不重味身靡兼衣　梁武帝恤周舍詔

喜怒不形物我無間　朱子四書集注

功德俱茂典禮宜崇　崔元翰請復尊號表

韻趣高奇詞義曠遠　王績答馮子華書薛收白牛溪賦

器宇冲貴雅量宏通　梁武帝贈臨川王宏詔

丹徒鏦濞白門縛布　段文昌平淮西碑

旌蒲出魯賁帛歸周　梁元帝薦鮑幾表

及登台庭亟言大事　劉禹錫相國李公集序

力行古義不願俗師　張耒讀石守道詩作

一人守道萬夫莫向　庾信大將軍紇干宏碑注仇池山上

五金同鑄百鍊爲鋼　喬琳太原進鐵鏡賦

碧腦浮冰紅薇染露　周密龍涎香詞

飛霜迎節高風送秋　七命

雖無雄才却有艾氣　聞見後録劉黄父嘲口吃士人

俯迴趙印下照韓灰　羅隱啟

員爲醍醐賞爲乳腐　唐書穆寧傳四子贊質員賞人以珍味目之

日有朝暮夜有晨昏　管子

啟予有聞誨爾達貴　陸雲詩

增規不圓益矩多方　鶡冠子

履遊麕兎蹈踐麈鹿　枚乘七發

水殺黿鼉陸捕熊羆　淮南子桀之力

公儀嗜魚屈到嗜芰　劉勰新論雖非至味人皆甘之

懷素比玉訾光比珠　劉涇書話

歷踐三朝政刑肅穆　晉書賀邵子循

新授大喜福履重來　易林

吳范相風劉惇占氣　群輔録

楊震關西丁寬易東　李瀚古今品略丁寬學易於田何

愛養民力修明軍政　朱子投匭上封事

微見風采粗陳指歸　吳志諸葛瑾傳

東連吳會西通巴蜀　蜀志諸葛亮傳荊州

南擒公孫北督强胡　後漢書杜篤傳

陶鑄神情啟悟耳目　北史常爽傳

援據經史切當事情　宋史胡穎傳

斟酌化源丹青王度　宋史种放傳詔曰

執據聖道洮汰群疑　宋祁贈尚書右僕射孫奭謚議

茂才亮拔雅度恢廓　孫綽潁川碑

雄辯强據淵源衍長　王令代韓愈答柳宗元示浩初書

珪組外身江河比度　鄭餘慶祭杜太保文

出納流譽朝野具瞻　徐陵讓左僕射表

若眯而撫若跌而據　淮南子聖人不容

得數者妙得神者靈　魏志方術傳注管輅語

飾聲成文雕音作蔚　陸機鼓吹賦

刮楹接緯達響承虹　宋書樂志明堂歌

璇條夤蔚瓊源浚照　謝超宗太廟樂歌

金繩夕布玉牓晨舒　王勃梓州白鶴寺碑

千里獻籌一心憂國　李德裕幽州紀聖功碑銘

三時展務九扈分官　唐元懷爲吏私田不善判

照螢映雪編蒲緝柳　南史王僧孺傳始安王遥光表

薦語

淪氣滌慮愈病析酲　煮茶小品

託蔭宸極分暉昬緯　蘇頲表

登賢博望獻賦清漳　謝朓詩

捧檄載馳釋巾從務　崔融爲温給事請致仕表

望雲彰德察緯告徵　唐書音樂志

每所酬答咸有典據　大唐新語王方慶博通群書

大啟區宇再垂衣裳　于邵與元相公書

政譽平宣威和兼濟　陸景答從兄安成王書

尺度有則繩墨無撓　白居易大巧若拙賦

通風承露含香映日　梁元帝攝山栖霞寺碑

戴曲履直破觚成圓　薛收琵琶賦

爰造九言實該百行　任昉表

欲賦三都搆思十年　晉書左思傳

清譽益隆多祥有在　張耒賀潘奉議致仕啟

帝祉既臨皇靈允懷　宋史樂志

胇胃食虎雄伯食魅　後漢書禮儀志
贋賈亂壥窳農亂田　芥隱筆記

灑胃湔腸興羸起瘠　庾信温湯碑
回意易慮割情去私　劉敞疏

力除四魔理無五畏　梁武帝答釋明徹敕
傳襲三世保據一方　宋史交阯傳帝賜黎植詔丁氏

軒頊依神唐虞稽古　晉書禮志
盧李命世王魏中興　北齊魏收傳盧元明李諧王昕　魏收

眈若虎視蟠若龍據　李德裕大孤山賦
寧爲鷄尸不爲牛從　戰國策

白雲丹霞照耀其上　韋夏卿東山記
濁河清渭佳氣猶存　沈炯勸進梁元帝表

世變風移民懷吏畏　庾信鄭常志銘
江騰海沸山動岳摇　魏收爲侯景移梁朝文

金漿玉醴雲沸淵涌　傅休奕七謨
椒塗蘭馭河潤山容　宋史樂志

含潘度陸超鍾邁賈　徐悱妻文
媵莘占渭出昴乘箕　李嶠爲楊執柔讓平章事表

規存永馭思詳樹遠　宋書禮志
變用雅慮審貴垂明　蜀志馬良傳與亮書

遨遊經術饜飫文史　魏收志文
收召賢哲選用忠良　宋史吴潛傳上疏

優其階品明其黜陟　李百藥封建論
望之凝秀挹之深冲　晉書

簞食縕袍不營資產　晉書鄭冲傳

文經武緯何謝古人 劇談録

邱壑夔龍衣冠巢許 張説游韋嗣立山莊詩序

聯絡關隴襟帶邠岐 一統志沙州衛

金石寢聲匏竹屏氣 嵇康琴賦

東西爲川南北皆山 一統志崇信縣

性資高朗識詣沖妙 常衮授崔佚蕭直給事中制

質器魁毅氣尚沈雄 蔡襄制誥

發揮人文布濩天澤 崔嘏授李訥中書舍人制

宣揚博利佽助鴻鈞 雲笈七籤

驅馭陰陽裁成風雨 劉元濟天賦

淹該經術善爲春秋 唐書啖助傳字叔佐

旱蛟得水毚兔走穴 法書要録歐陽草書如

駕鶴上漢驂鸞騰天 别賦

張文朱武陸忠顧厚 世説吴四姓

唐謝虞受漢替魏升 梁武帝即位告天文

豐細異形圓方殊務 劉楨瓜賦

儀型若動侍衛疑生 崔融啟母廟碑銘

宸睠屢回聖心方契 湛賁日五色賦

天維重綴國步還康 徐陵書

故室舊廬稍蔽紱組 易林

抱關負鼎盡掛簪裾 劉勰新論

器識優長氣調英遠 隋書豆盧勣傳

體製清贍作用疏通 圖畫見聞志崔白工畫花竹翎毛

龍陳萬騎鳳動千乘 隋北郊皇夏詞

魚橫玉劍蹬沸金樽 李邕鬥鴨賦

基布黃金闕疑碧落　李邕大相國寺碑
波澄少海景麗前星　盧照鄰樂府

金芝九莖瓊茅三脊　沈炯爲王僧辯勸進梁元帝初表
虬龍片甲鳳凰一毛　詩品季鷹黃華正叔緑蘩

左挽繁弱右接湛衛　應瑒馳射賦
仰窺金榜跪拜瑶緘　令狐楚謝賜告身狀

羽儀中朝潤色王度　符載祭張中丞文
維城皇代磐石帝基　傅亮封諸皇弟皇子奏

尊仁畏義耻費輕實　禮記
博學强記吐詞成文　宋史胡穎傳

璧瑺自耀珠綴恒響　何遜七召
銀鈎甚麗玉疏依然　徐陵與顧記室書

清水出鱮濁水出鮒　華陽國志
怪石似玉鍮石似金　亢桑子注

水逮千年山稱萬歲　庾信爲晉陽公進玉律稱尺斗升表
雲廓八景雨散四花　李邕大相國寺碑

朝沈江漢夕出灞渭　李華含元殿賦
重懸日月更綴參辰　魏收爲魏禪齊詔

賜以山川富以年歲　道德指歸論
和諸色劑考諸濁清　王粲刀銘

氣志深虛棲沖業簡　袁粲妙德先生傳
思心精睿總物通靈　蔡邕處士圂叔則碑銘

惟詩惟書靡朝靡莫　張養浩示子詩
克明克哲實睿實聰　蔡邕太尉橋公廟碑銘

綗罩星鶤瑺棲月兎　王勃通泉縣惠普寺碑

光鮮越雉色麗秦狐　庾信進白兎表

國維富禮皇塗凝衛　江淹爲建平王慶等拜對表

日御按節星樞扶輪　齊南郊賦

鳥度難尋猿驚易失　王勃益州净慈寺碑

鴻裝撰御鶴駕軒空　梁書張充傳與王儉書

過闕入樓含煙雜霧　唐明皇喜雨賦

回飆整馭垂休降祥　宋史樂志

狗肘還鈎羊角互戾　潘尼西道賦

烏緯遷序龍星見辰　唐書音樂志

結吴抗魏擁蜀稱漢　裴度諸葛祠堂碑

流鄭激楚度宫中商　魏文帝樂府

理識清暢襟靈夷雅　蘇頲授韓休起居郎制

姿容婉麗服飾光華　晉書段豐妻慕容氏傳

吹毛取瑕次骨爲戾　文心雕龍

衆口所移無翼而飛　戰國策

鼓枻清潭棄機漢曲　梁昭明陶潛集序

樹荷山上畜火井中　淮南子

神情秀朗雅性聰辨　南史衡陽獻王昌傳

靈機深敏畫致悠長　圖畫見聞志易元吉

南據嵩岳北帶洛瀍　水經注

朝吟蘭殿暮奏竹宫　舊唐書音樂志

塹山湮谷吞河歕渭　元稹祭友文

樹榛拔桂囚鸞寵鷄　李白萬憤詩

藥劑弗嘗禱祠非恤　顔延之陶徵士誄

風波可畏天幸實多　劉敞請加學士表

責在人先利居衆後　韓愈送窮文
寵非己榮涅豈吾緇　陶潛文
誠感幽神慶流苗裔　李德裕授徐商禮部員外郎制
風吹國輅雲起郊門　謝莊文
上合古義下準今例　晉書刁協傳刁處事者
旁積垂露中含偃波　王嵩萼孔子石硯賦
元圃積玉炎洲聚桂　書品今以九例該此衆賢是猶
飛闟溢繡流浦照文　張融海賦
跨舜論韶籠堯稱拱　梁簡文帝南郊賦
祖武類帝宗文配天　盧照鄰樂府
德被烝民道冠群后　梁書敬帝紀詔曰
儀流上帝時表初星　張暢河清頌
色艷沈檀香逾薝蔔　徐陵雙林寺傅大士碑

時排荇帶乍拂菱華　梁簡文帝鴛鴦賦
敦本正源鎮静流末　晉書劉惔傳
循名考實糾勵成規　魏志傅嘏傳
有德司契無德司轍　老子
惠種生聖癡種生狂　越絶書
呑刀刮腸引灰洗胃　南史齊荀伯玉傳
翦華抗堞貫渭疏灁　唐高宗置乾封明堂縣制
造膝承顧沃心獻議　李絳兵部尚書王紹碑
含微宅理炳慧臨空　沈約繡佛像贊序
相引以名相結以隱　莊子
不求自至不作自成　論衡是名爲遇
南服緩耳西羈反舌　陸倕石闕銘
朝憩椒塗夕宿蘭房　傅咸斑鳩賦

四察孝廉五辟宰府　謝承書徐穉
一從閑退七變星霜　遜狄授李岫少卿制
春虹飲澗落霞浮浦　李嗣貞書品伯英章草
瑞雲餞臘粉荔迎年　玉燭寶典洛陽人家
德茂伊嬀道包覆載　盧肇進海潮賦
通期管樂冥契風雲　徐陵爲貞陽侯與王僧辨書
官無常貴民無終賤　墨子
意不並銳事不兩隆　說苑
龍德在躬鶴髮垂首　薛道衡老氏碑
魚腸尺素鳳足數行　庾信啟
位嘗侔尊力嘗均勢　張悛求爲諸孫置守冢人表
居不易第服不改初　唐書辛秘傳秘爲大臣

斧藻川流雕篆霞蔚　邢邵爲李衛軍讓東平王表
牋記風動表議雲飛　沈約梁武帝集序
華池豐屋廣延賢彥　晉書嵇含傳
英雲白露膏耀菅茅　玉海
魏武撥亂擁據函夏　皇甫謐三都賦序
景純通秀夙振宏才　晉書郭璞傳贊
恤民緩賦省徭慎獄　王融策秀才文
專精厲意委務積神　淮南子
不伊不周不夷不惠　晉書司馬孚傳
乃聖乃神乃武乃文　尚書大禹謨
布德和令行慶施惠　禮記立春之日命相
攫戾執猛破堅摧剛　張衡南都賦
適務宏才徇公清節　蘇頲授李傑河南尹制

祛炎雅製郤暑芳姿　楊循吉摺扇賦

漏卮在前歆器留後　魏收枕中篇

相風待賦承露須銘　庾信銘

豈辨河書寧擒淮賦　梁簡文帝曲江水宴詩

分諸麟閣散在鴻都　徐陵玉臺新詠序

筌蹄象繇糠秕莊惠　孔稚圭祭張長史文

眩轉心目蒼黃性情　熊曜瑯環觀日賦

形類沈文經符陶記　劉潛謝賜鵝鴨啟

刑清齊右政偃營區　顏延之家傳銘

睿後司朝觀俗調化　江淹遣使巡行詔

天明廣矚騰滯援沈　鮑照解禍謝表

六滯頓祛五情方旭　孔稚圭答蕭司徒書

百楹列倚千櫨代支　邢子才新宮賦

駕馭風雲驅馳龍虎　庾信平鄴都表

搜索淪滯羽儀膠庠　薛庭珪授盧玭司業制

後無陰蔽先無陽察　越語范蠡曰古之善用兵者

穀爲祥樹桑爲樂林　江總花贊

張衛慚奇金瓊羞麗　江淹謝賜石硯等啟

日月比耀天地同休　牛宏天下太平歌

得環則遠得玦則去　儀禮疏以道去君在境待放

持酒以禮持才以愚　管輅別傳

浮毳駕風飛泳登陟　謝朓詩

抑懷蕩慮揚搉易難　謝靈運賦

與地角壯與天勍勢　皮日休霍山賦

教婦初來教兒嬰孩　顏氏家訓

五侯交書群公走幣　江淹報袁叔明書
大人拯物上聖乘期　駱賓王露布
遵禮蹈繩修身守節　論衡
長才廣度贍學多聞　李嶠授崔融著作郎制
六郡三河由來重氣　楊炯右將軍魏公碑
八願九合妙慧通靈　雲笈七籤
天門地户不知所在　易林
珪玉纁幣以承其歡　子華子
奚避奚處奚就奚去　莊子
一經一緯一宮一商　西京雜記
翼宣盛美增光日月　後漢書徐稺傳陳蕃胡廣薦稺等疏
矯厲才智競逐縱横　阮籍達莊論

謁渭同周迎門惟呂　徐陵侯安都碑銘
纂系在漢統源伊唐　宋書樂志大哉皇宋
梯山棧谷繩行沙度　後漢書西域傳論
流芬賦采風靡雲旋　潘岳芙蓉賦
飲渭南通鳴岐西格　唐高宗玉華宫山銘
紫川北注赤水東流　邢邵甘露頌
松姿柳態山屹波注　黄滔陳先生集
天凝地閉風厲霜飛　七命
接跡夔龍簉羽鵷鷺　唐書上官儀傳
齊光日月比祚華嵩　邢邵文
天剖神符地合靈契　劇秦美新
夜滿深霧晝密長雲　張融海賦
嚴恭寅畏底平四國　晉書文帝紀

孝經詩論足爲三公　魏志管輅傳

應規入繩猶有遺法　東觀餘論跋景福草書卷後

聚精會神相得益彰　漢書王褒傳

帝樂五殊王禮三變　宋書禮志

貫緯百紀薦歷千春　吴均檄江神文

月下奏章螢前讀史　江總陸君誄

園阿望幣釣嶼投竿　邱遲何府君誄

學以辨疑文以決滯　常衮授韋諤給事中制

動必三省言必再思　白居易文

讀書便佳爲善最樂　朱子齋聯

許國以忠應變如神　南宋荆湖制置大使趙方守襄陽

地寶天華星羅雲布　盧照鄰文

鶴飛龍度鸞歌鳳迴　盧照鄰益州至真觀黎君碑

擺落塵滓割棄親愛　蘇軾李伯時畫詩晚歲

磨礪唇吻脂膏齒牙　庾信連珠

濟河夷魏登山滅趙　陸機漢高祖功臣頌

星淫去楚日沴悲荆　徐陵陳文帝策文

俛眺朱輜仰瞻繪蓋　陸倕授潯陽太守章

左覽蒼梧右睨鄧林　江淹學梁王兔園賦

水泉必香無傳清苦　白居易公酒後時判

層臺緩步高謝風塵　宣和書譜虞世南作字

無雷向風負霜懷惠　庾信同州刺史段永神道碑

綿天滲沴浹地虔劉　徐陵侯安都德政碑

雜木異草蓋覆其上　白居易廬山草堂記

冰壺秋月瑩澈無瑕　宋史鄧迪稱李延平先生如

貫魚初度驚鴻乍起　邵軫雲韶樂賦
千龍並馳萬驥徂征　嵇康卜疑集
左瞰暘谷右睨縣圃　東京賦
景游紫霧夕飲元霜　唐太宗鳳賦
未辨賤貧無論榮貴　南史隱逸傳漁父對孫緬語
匪惟玩好乃有秘書　西京賦
免于罪戾弛于負擔　左傳
授于良書娛于嘉賓　唐書劉洎傳
心欲安静慮欲深遠　鬼子
命有否泰遇有屈伸　劉勰新論
通風承露含香映日　梁元帝攝山栖霞寺碑
戰岐栗華擺渭掉涇　杜甫有事于南郊賦
秋祓濯流春禊浮醴　謝朓侍宴曲水詩

南山聘隱東序尊師　虞世南文
先其易者後其難者　禮記
莊以莅之慈以畜之　朱子四書注
蛟魚並見謳歌攸屬　南史陳文帝受禪文
鴻鵠群游絡繹遷延　晉書衛恒傳爲四體書勢
樂生誕節實立宏度　孫登樂毅贊
橋公識遇先覺時雄　後漢列傳贊
於蟻棄知於魚得計　莊子
如鴻避弋如鶴脱籠　麻九疇詩
强弱異勢險易異備　漢書晁錯傳
籍斂忘費事業忘勞　荀子
轥轢軒唐奄呑周漢　隋書楊元感傳論
揣挫彊勢摧勒公卿　後漢書酷吏傳序

言則成文動則成德　揚子君子
周不法商夏不法虞　商子

解紛挫銳去薄歸厚　薛道衡老氏碑
原始定終立勢御民　道德指歸論

飛龍翔鳥上下其勢　握奇經
霜松雪竹堅勁不摇　魏了翁跋斜川帖坡翁父子相
對如

負才惺忪造語警拔　吴澄銘
凌寒蔚茂當暑陰森　玉堂雜記御制蟠松贊

爵高五等邑富千室　舊唐書王方慶傳
須紆六鈞口彎七規　應瑒馳射賦

五色相宣萬邦錯峙　吕温地志圖序
兩山屹立三門洞通　朱夢臣賦山丹

引進文儒詳觀文典　張説上東宫請講學啟
時還鄉里化度鄉親　搜神記神仙某

山殫艮岨地窮坎勢　水經注陽都坂
禮宏灞汭義高洛湄　沈約詩

剖符統務正身率下　後漢書張綱傳
藐觀高蹈改乘迴轅　馬融廣成頌

經誼雖高不至宰相　漢書嚴彭祖傳或説以天時不勝
人事
恭儉爲衛終無禍尤　易林

莫議高深孰能揭厲　盧肇天河賦
自謂疏脱不謀宦遊　甘澤謠陶峴者彭澤之子孫

瀲波萬壑絜瀾千里　鮑照河清頌
紹隆三寶宏濟四生　徐陵東陽雙林寺傅大士碑

宏敷大猷光濟先軌　魏志高柔傳
弼諧邦教調護元良　李湛然賓希瑊神道碑
正色立朝三台清肅　晉書劉毅傳子暾
稱物平賦百姓雍熙　何承天頌
嵇賦非工王銘未善　梁元帝謝東宮賜筆啟
宋德宜頌漢儀可刪　宋史樂志
八體六書精求閑理　北史江式傳
五肉七菜勝掩腥臊　蜀都賦
重耳輕目俗之恒弊　江淹雜體詩序
奉法循理無所變更　史記循吏傳公儀休爲魯相
辨如懸河筆不停綴　范傳正李白新墓碑
香封韞玉花麗交纓　蘇頲天竺寺碑

道存萬里神交一面　王勃平臺秘略論
武成七德文濟九功　晉書阮种傳
惟財是求惟力是視　朱敬則魏武帝論
與道爲際與德爲鄰　淮南子
霜凋草勁豺祭隼擊　唐中宗五郊樂章
手步足握魚飛鳥馳　關尹子聖人不能使
神光前驅威風先逝　曹植漢二祖優劣論
雄姿邈世逸氣横生　傅休奕鷹賦
眠則同眠起則同起　北史魏咸陽王禧傳龍武憶舊
謎云
著以傳著疑以傳疑　穀梁傳
奄有大千遂荒三界　王中頭陀寺碑
永清四海長帝九州　牛宏天下太平歌

摩兜堅齋汲古集聯四續

陳崑山[一]廉訪序

光緒丁未，燦奉命調任甘臬，前任爲白公五齋同年，廉勤明恕，政通民和，都人士翕然稱之。公旋權鞏秦階道，余亦攝藩篆。時徽縣民因抗納煙税，聚衆滋事，群不逞觀寡而動，幾釀巨亂。公籌劃精詳，馳書相商，禀承制府，昇公檄兵駐秦，鎮懾派員赴徽察辦，擒渠解肋而事以平，地方安堵。信乎公之才兼文武，學有本源，於此具見一斑矣。暇日，出所著汲古集聯見示，並屬爲之序。讀之，見其貫穿群籍，溶會百家，妙語得於天成，運古如自已出。其引據之宏博、聯綴之精工，閲者類能辨之，而余尤有以覩其深焉。慨自世俗波靡，士夫通籍後，率皆熏心鐘鼎，奔走權貴，嗜榮利若甘飴，棄古訓如弁髦，其偏尚新學者流，不知取西學之所長，補中學之所短，乃盡棄其學而學焉。得外人之皮毛，失自有之國粹，推其流弊不至，蔑古荒經不止。公於舉世滔滔之會，獨能夷然泊然。公餘之暇，日手一編與古人相晤對，得尚友之淵源，耄猶好學，樂此不疲，苟非抗心希古，真有所得於中而能若是歟？此其胸次之清曠、寄託之高達，又不徒於語言文學間求之也。今公解組歸田，行

[一] 陳燦（1842—1912），字崑山，貴州貴陽（今貴陽市）人。清光緒三年（1877）進士。初任吏部主事，後調雲南，先後任澄江、楚雄、遂寧等府知府，陞任迤東、迤南、迤西道道尹，曾兩次擔任全勘使臣，對中國英國雲南緬甸劃界作出了貢獻，錚錚鐵骨，一身愛國正氣。爲勘界，陳燦攀懸崖，下深澗，跑了許多「亘古人迹所不敢到」的地方，愛國保疆，置生死於度外。當時任雲南按察使的陳燦呈文外務部，要求不予承認此次劃界，挽回了錯勘的失地，又一次爲保衛祖國領土完整作出了貢獻。著有宦滇存稿五卷、知足知不足齋文存二卷，又曾參與續修雲南通志。後調任甘肅按察使，陞布政使。復修甘肅通志一百卷。於1912年回籍，卒於家，年七十。

有日矣。白髮角巾，飄然遠引，徜徉於華山渭水間，隱居讀書，樂且無極。其編輯之富，必更有日新不已者，顧余猶簿書鞅掌，促局若轅下駒，視公如天半朱霞、雲中白鶴，不禁爲之神往也。

宣統元年仲夏年愚弟陳燦謹序。

集聯四續自叙

「天地之化，往者過，來者續，無一息之停，乃道體之本。」然此朱子論語集注語也。然道不可見，必顯於文，文貴足徵，必稽之古。古人往矣，其文俱在。文亦豈能盡合乎道哉？子不云乎？又武之道未墜於地，在人賢者識其大者，不賢者識其小者，審是大固道也，小亦道也。群言淆亂，一衷諸聖，安問其賢不賢哉？好古敏以求之，子所以爲萬世之汲古者訓也。昌黎韓子詩曰：「汲古得修綆顧安，得修綆而汲之者。」予老矣，於道未聞，文亦不足以載道，而抗心希古，樂此不疲。生今反古誠不敢也，荒今蔑古亦不敢也。曩有古聯之集已至於再，至於三矣。勞役心神，於義無取，受聖人戒，不復務得。春間，適有寧靈之役，公事既畢，兀坐逆旅，日長如年，寄心無所，爰憶舊聞並讀未見書，遇可耦者，輒復筆之，又得若干聯。到秦州後，暇復翻閱，不合道者一概删之，存其不戾於道者，倘如天地之化，往過來續，無一息停。則古籍浩如烟海，可珠聯者又奚止如斯而已乎？

大清光緒三十四年，歲在戊申秋九月，甘肅督練公所參議、陸軍部一等諮議官、調署鞏秦階道甘凉兵備使者高陵白遇道序於秦州節署之退思書屋。

摩兜堅齋汲古集聯四續

注心皇極　結情紫闥　曹植求通親親表
觀光幽節　味道朝年　鮑照解褐謝表

外有傅父　內有慈母　禮記孔子荅子游古者男子
號從中國　名從主人　穀梁傳吳人謂善爲伊謂稻爲緩

依巖棲隱　倚林遁跡　蕭綸陶貞白先生碑
授桐貽緒　訓梓垂芳　玉海

巖廊宏敞　簪裾肅穆　法書要録右軍正書如
風雲變態　花艸精神　司空圖詩品

高陵白遇道五齋甫纂

同學　葆恒月如　劉炳坤文卿　曹中成箾九　宋儒子珍　仝校字

名山大川　皆有靈氣　詩疏
洪崖神井　即瑩高心　戴逵貽仙城慧命禪師書

就日齊暉　儀雲等望　王儉侍太子九日元圃宴序
清風出神　明月入懷　法書要録右軍草行雜體如

如天斯大　如日斯盛　宋史樂歌
有禄於國　有位於廷　韓詩外傳

百姓太和　萬邦咸若　宋史樂志
再握不倦　三吐忘疲　劉孝綽司徒安成王碑

郊禋尊祖擇昌定命　張說開元正曆握乾符頌
降岐匪匹儀舜爲鄰　宋史樂志丹鳳歌
自同獻笑少酬褒誨　劉孝綽書
如憑津濟咸賴歸依　梁簡文帝大法頌序
月竁來庭風邸款塞　梁簡文帝對蜀父老問
乾宮候色震象增威　唐享太廟樂章
北極齊尊南山共久　柳永詞祝堯齡
西蠶得歲東作逢秋　庾信鄭常志銘
官鳥號名殊職別係　曹植少昊贊
雲雷方屯開乾辟坤　潛虛行圖
公瑾英達朗心獨見　三國名臣贊
宋景修德妖孛夜移　舊唐書呂才傳
鉤章棘句掐擢胃腎　韓愈貞曜先生墓誌

英猶遠量跨厲嵩溟　徐陵陳公九錫文
設醴上尊敷氈廣廈　虞集經筵官進職謝恩表
變砂神米質酒靈書　皇甫嵩大隱賦
徘徊禮樂優遊風尚　王儉侍太子九日元圃宴詩
範圍天地幽贊神明　宋袁褧楓小牘道君皇帝第九寶文
改往修來自求多福　後漢書方術公沙穆傳
貶酒闕色所以無汙　素書
澹有怡神坦無嬰慮　張說陰府君碑
弱不好弄長實素心　顏延之陶徵士誄
闢邪塞違貞厲不校　權德輿貞憲趙公碑銘說文厲旱石也
剗訛剔弊迎刃有聲　白居易授盧元輔吏部郎中制

青雲干呂黃氣出翼　梁簡文帝大法頌

溫室墐戶曲房掩軒　岑文本論攝養表

援禮引年遺榮致政　白樂天高郵請致仕第二表

登高及遠達幽洞冥　世說

和魂制魄六胎修煉　雲笈七籤

密雲細雨五色昭彰　水經注蒙熙十五年胡城上有

主希孔孟賓慕顏柳　張協洛禊賦

長驅和扁高視農軒　劉禹錫謝賜黃利方表

日軒朝敞雲歌夕轉　盧照鄰至真觀碑

鑾旗曉引葆吹晨吟　王勃拜南郊頌

鶴頂珠圓蝟肌粟聚　梁簡文帝明目山銘

龍馴池臥烏臨月飛　姚崇對鏡賦

志終四民希絕三仕　鮑照謝永安令解禁止啟

縱絕後望亦了一生　張九齡答嚴給事書

救民拯斃莫如減賦　蕭子良啟

朝觀夕覽何與書紳　景福殿賦

思樹芳蘭翦除荊棘　袁宏文

自託舟楫坐濟江河　潛夫論

坐擁伏態行驅畫隼　李商隱爲安平公華州進賀表

福沾雲雁道洽游魚　溫子昇大覺寺碑

苦節清威若淩霜雪　張說碑文

同音異字則有原袁　玉海

糟滓五書穅氛白代　王融啟

宏濟萬品典御十方　唐太宗三藏聖教序

山高水深雲蒸霞吐　沈炯答張種書

金相玉潤野會川沖　晉書文苑傳序

瘦則形枯肥則質濁　宣和書譜歐陽詢論書
重爲輕根靜爲躁君　老子
陰陽相符纖微不漏　参同契集解
參佐既眾簿書轉煩　舊唐書代宗紀
棲素雲根餌芝清壑　北史裴衍傳
燿纓上序鏘佩中軒　江淹表
仁惟本悌聖亦基孝　陶潛孝傳
醜雖有足甲不全身　明皇雜録蘇頲才能言應父壞命
詠君字
薙垣鋪障鋤亭伐鼓　徐彦伯登長城賦
霜天擊罄雪夜敲冰　程史晉陵子琴銘
位以德興德以位敘　易飛龍在天注
損爲益首益爲損元　道德指歸論

夏蓮甫舒春蕠未歇　江淹赤虹賦序
暮芝始緑年桂初丹　沈約九日侍宴樂游苑詩
輔弼明時左右大業　後漢書徐穉傳
超騰白地騫翥青雲　張說王公神道碑
見則難蔽聞則難塞　法言
濁而徐清沖而徐盈　淮南子
金盤寶鐸煥爛霞表　洛陽伽藍記景明寺浮圖
明鏡利劍高謝塵埃　裴延裕授孫儲邠州節度使制妝
飾華麗
吞吐百川寫瀉萬壑　鮑照登大雷峰與妹書
敦悦九部研味三乘　蕭子良與李景蕤書
統紹乎堯德全乎舜　宋史上徽宗冊寶樂章
石言於晉神降於莘　避暑録歐陽文忠謂左氏失之誣

韻趣高奇詞義曠遠　王績答馮子華書薛收白牛溪賦

風神機警聰睿精明　庾信吴明徹墓銘

庭鶴雙舞檐烏獨赴　梁簡文帝悔賦

篋蛇未斷篠鼠方緣　梁元帝梁安寺刹下銘

吏不煩民民不求吏　魏略顔斐守京兆教化大行

長以衛短短以救長　周禮夏官五兵注

飲和食德恩風長扇　大享歌

發姦摘伏惠化如神　南史傅琰傳子翽爲吴令勤而清

以多自證以同自慰　養生論

不誘於譽不恐於誹　荀子誹上平二首

明濟開豁包含宏大　夏侯湛東方朔畫像讚

廉深簡潔貞夷粹溫　顔延之陶徵士誄

矯步求存因權得濟　拾遺記師延當紂之虐

臨煩不惑在急彌明　阮籍薦盧播書

子又生孫孫又生子　列子愚公語

瑕不掩瑜瑜不掩瑕　家語問玉

該洽陰陽堪輿天地　晉書律曆志

轇轕璿璣經緯星辰　柳宗元乞巧文

宗廟既陳俎豆斯在　後書品元常正隸書

公侯復始鐘鼎逾繁　庾信宇文公碑

薰風蕩闉飴露流閣　鮑照河清頌

西皇秉節東華揚幡　雲笈七簽

廬舍始成桑麻才有　論衡

寺宇過盛棧道兼繁　圖繪寶鑑梁忠信工畫山水

糜沸螘動雲撤席捲　淮南子

龍挐虎踞劍拔弩張　書斷袁昂謂韋誕書
宏宣天意雕刻人理　晉書禮志
詠歌帝載黼藻王言　舊唐書韓愈等傳贊
豹策乃建龍韜同啟　庾信豆盧永恩碑
鵠園善誘馬苑宏宣　梁元帝內典碑銘集林序
紫蓋貞松仍麾上辨　戴逵貽仙城慧命禪師書
黃河白日亟亶誠言　徐陵爲貞陽侯與王僧辨書
根情苗言華聲實義　白居易與元稹書詩者
雲車煙馭春心日容　歐陽詹回鑾賦
具足精神脫略凡格　圖畫見聞志南唐董源兼工牛虎
煥開宮沼旁映給園　柳宗元賀西內嘉蓮表
池可行舟派能流響　穆員新安谷記
事同觀海義等窺天　沈約梁武帝集序

忠清高潔不營產業　晉書盧欽傳
暇豫優歌遠見春秋　文心雕龍
日祭月祀時享歲貢　國語祭公謀父
雲繁雨驟氣爽風馳　王勃別宴序
擊軒相杵亦足樂也　班固文
勤力少言甚親納之　後漢書臧宮傳
君臣兩濟忠孝各序　晉書庾純傳
視聽不衰筋力益彊　蘇軾李氏園記
校覆忠賢榷揚文史　梁書劉遵傳
愼節起居均適寒暄　顏氏家訓
道濟生靈功格宇宙　陰符經
遠覽王畿近周家園　閒居賦

負楯以耕屬韃而耨 —— 晉書劉琨傳元嘉元年爲幷州刺史

持撾自警割蓆相徵 —— 溫庭筠上蔣侍郎啟

揚清激濁蕩去滓穢 —— 尸子水有四德云云義也

纘緒紹功鏟除妖昏 —— 楊桓太史院銘

黛柏蒼松深環玉砌 —— 王勃越州秋日宴山亭序

金枝翠葉煇燭瑤琨 —— 舊唐書音樂志

屠羊救楚非爲爵禄 —— 後漢書蘇竟傳

枯魚銜索旋迫私庭 —— 唐無名氏紫芝白兔判

前驅魚麗屬車鱗萃 —— 潘岳藉田賦

大業龍祉徽音駿尊 —— 舊唐書音樂志

選衆舉材俾恭大政 —— 唐無名氏皇甫鑄加恩制

銘心鏤骨無報上天 —— 柳宗元謝表

啟塗及階遂升樞奧 —— 晉書陸雲傳伏見張瞻

登朝理政並抒災昏 —— 後漢書左雄周舉傳贊

木石革心鳥獸率舞 —— 魏書刁雍傳

爟烽並照象馬單奔 —— 庾信經藏銘

王侯世尊君臣久固 —— 蜀志譙周傳

旦昏交謝文質遞遷 —— 李嶠降禪碑

天人葉心象緯昭晛 —— 蘇頲制

魚鳥動色禾雉興懷 —— 鮑照河清頌

地虧巽維天缺乾角 —— 郭璞山海贊

金鐫石漢銅鑄丹陽 —— 江總方鏡銘

溺以待援痿而念起 —— 錢珝表

天惟助順神必害盈 —— 揮麈三録

皐夔稷禼何書可讀 —— 趙忭折王安石語

熊豹臨戭納言是司　沈約齊故安陸昭王碑文
愛養神明調護氣息　顔氏家訓
因緣踐履根本推援　權德輿祭盧華州文
大鵬搏風長鯨噴浪　法書要録
青龍上漢白虎淩虛　皇甫嵩大隱賦
展卷疾讀五行俱下　捫蝨新話歐陽永叔稱尹師魯
精思傅會十年乃成　後漢書張衡傳
平仲君遷松梓古度　吴都賦
墨屎單至嘽咺憋懯　列子四人相與游於世胥如志也
紅驂聳服朱幡佇蓋　江淹爲蕭領軍拜侍中刺史章
白華秉節寒木齊心　齊書孝義傳贊
謝遣門徒務執謙恪　後漢書桓譚傳
尊顯儒術薦舉賢良　後漢書孔融傳

月禮已周雲和將變　舊唐書音樂志
聖心昭感天瑞合符　張九齡觀御製陳誡狀
總括憲臺與聞政道　晉書陸玩傳
因緣寵渥更踐清華　吕公著定州謝上表
紫微玉堂獨當大筆　曾鞏祭歐陽少師文
卑濕淤泥乃生蓮華　維摩經
木還水匝樹雜雲合　文心雕龍
鸞翔鳳跱鵠起鴻騫　隋唐虞綽傳
崇門八襲高城萬雉　南史隱逸傳注
種柳千樹足柴十年　齊民要術（書）〔術〕
蟻聚蠶攢窮誅不盡　南齊書孔稚圭傳
龍鱗鳳翼綺錯交施　陳琳柳賦

六府孔修庶士交正　書禹貢

九德咸事俊乂在官　書皋陶謨

綏入趙冠翼爲魏髫　白帖按謂蟬也

葉繁漢室枝茂晉庭　陸機周孝侯碑

獬豸神羊能别曲直　後漢書輿服志獬豸冠

握蛇騎虎不覺艱難　北史彭城王勰傳

雲氏龍官龜圖鳳紀　魏徵九成宫醴泉銘

鯨呿鼇擲牛鬼蛇神　唐杜牧李賀詩編序

婭姹鍾門逶迤王後　竇臮述書賦

昭明老契游泳莊寰　李商隱表

受露疏壇承風啟地　唐樂章

整容投刺屣履排門　何遜七召

諮詢朝衆搜求隱逸　晉書李重傳

宏宣聖業修植善根　舊唐書高祖紀

山谷鬱盤雲水飛動　畫斷王維畫輞川圖

肉肌豐混毛毳輕浮　圖畫見聞志南唐董源兼工牛虎

景暖風暄霜嚴冰淨　虞世南文

木秀茸葩紅舒綠繁　李庾西都賦

離根合穎一穗孤秀　常袞賀芝草嘉禾表

長河巨濟異源同清　鮑照河清頌

七歲尚書未爲晚達　南史袁昂傳

五公石腴可以少顔　真誥

補虛駐顔斷穀益氣　神仙傳韓衆語劉根

鍊心清志洗煩蕩邪　翟楚賢碧落賦

皇綱雲緒帝紀乃設　崔駰達旨

祖服既纂孫謀更昌　崔損成紀公文

慷慨晏笑歡樂有福　易林
官曹文墨發摘若神　梁書范雲傳居選官
詞約指明應答無滯　北史蕭大圜傳
乾剛坤柔配合相包　參同契
馳騁莊門排登李室　晉書阮籍等傳論
廋疏嶁嶺犯歷嵩巒　馬融廣成頌
百揆四門方克調序　陽夔上執政書
三元八會自然成文　路史中三皇紀
出言惟辭制器惟象　路史伏羲氏自有包應世
講武有殿教戰有池　玉海
老萊難婚梁鴻難偶　魏收祭陰道方文
姚黄爲王魏紅爲妃　牡丹榮辱志

清意何窮真心自得　宋史張愈傳
大喜猝至小願所圖　鮑照謝被原疏
驪翰改色寅醜殊建　王融策秀才文
優遊少託寂寞多閑　徐陵玉臺新詠序
清虚静泰少私寡欲　嵇康養生論
淺深聚散萬取一收　司空圖詩品
遠傍惠康近準元晏　北史李謐傳詔謚爲貞静先生
才標穎拔思詣精微　蘇頲授沈佺期太子詹事制
任賢使能志在經略　吴志吴主權傳注趙諮答魏文帝
立教觀俗貴處中庸　魏志和洽傳
風度粹和文詞溫麗　李德裕授徐商禮部員外郎制
意氣閒雅視瞻聰明　南史謝覽傳
墉屋甚尊草木甚茂　韓詩外傳

藜藿可膳薇蕨可餐　梁簡文帝七勵

遊心於淡合氣於漠　唐書隱逸傳司馬承禎對睿宗

舍我之矜從爾之稱　韓愈行難

上下五陵周遍三輔　漢宣帝紀數

耽染六蘭流連百和　梁簡文帝六根懺文

睿感通寰孝思浹宙　唐書音樂志

長夜起坐中飯釋餐　魏志王修傳注

騰山赴壑風厲猋舉　七啟

辭小取大雞廉狼吞　鹽鐵論

竊禄已多冒恩最渥　王安石辭南郊陪位表

立言必信求福不回　顏氏家訓

尊冠賤履君臣斯位　江淹尚書符

翹身仰首意制甚多　齊書張融傳

入則格言出則歸美　晉書載記張賓傳

仁不異遠義不辭難　漢書武帝紀昭詔

筆海驚波詞園鞠草　李商隱文

碧莖淩露玉根升霜　江淹金燈草賦

寒耕熱耘沾體塗足　宋史食貨志司馬光疏

夕定晨省奉朝侍昏　夏侯湛詩

素湍緑潭回清倒影　水經注

奇材異度緯武經文　北史韋孝寬傳贊

言不純師行不純表　法言世稱東方生之盛也

尺有所短寸有所長　史記白起王翦傳論鄙語云

讜言善策隨事獻納　後漢書杜詩傳

貪泉湞水益勵平生　李商隱啟

因物造端宏敷體理　皇甫謐三都賦序
省吏並職退去姦殘　後漢書曹褒傳
衢壇琬璧銀繩瓊檢　庾信表
珍臺閑館璿題玉英　甘泉賦
巖谷衡歡辟蘿起忭　齊書杜京產傳孔稚圭等薦言
荔蕓御凍椒桂含溫　楊侃皇畿賦
孔雀爲經鸜鵒語倡　酉陽雜俎張希俊稱內典中禽事
鳳鳥鳴國蛟龍守門　徐彥伯冊文
歲入三秋勢直千里　謝偃明河賦
世無一卷吾有百篇　論衡
託情魚鳥歸閑蓬蓽　沈約郊居賦
流連經史對玩琴臺　庾信贊
質詎勝文貌能全體　竇臮述書賦太宗則備集王書

箴雖誠口諍亦忘軀　張說姚文貞墓銘
籠吳縈越控涓弁巨　夏允彝太湖賦
篪邱跳巒擁渭浮涇　揚雄河東賦
挈瓶丐水執萑求火　新論而人不吝者至足也
鑄金爲簡刻玉結篇　白帖太霄琅書
揚袂風山舉袖陰澤　顏延之曲水詩序
流磻平皋垂綸長川　嵇康贈秀才入軍詩
暖碧凝霄寒青壓海　李仲宣佑唐寺碑
隋珠照日羅衣從風　名勝志衛靈公坐重華之臺
赤烏巢門甘露降戶　孝子傳吳叔和
竇波麗水華峰豔山　江淹空青賦
秀嶺樊溫奇峰挺崿　孫綽太平上銘山在餘姚縣南
寒澗開豁秋山嵯峨　後漢品元常正隸如

胥象相因環梏無曠 梁元帝高祖武皇帝謚議
三端正啟萬方觀禮 北齊大享歌

元序斯立家邦乃隆 後漢書禮儀志贊
百枝同樹四照連盤 庾信燈賦

音會宫商義兼華藻 徐陵傅大士碑
帝旅無喧王旗斯謐 徐陵太極殿銘

天似蓋笠地法覆槃 晉書天文志
臣職載筆君舉必書 唐書褚遂良傳

蟹眼魚目連繹迸躍 大觀茶論凡用湯以此爲度
東海分封邁燕超魯 宋史武成王樂章

龍蟠虎踞開局自然 李白爲宋中丞論都金陵表
璽書勉勵增秩賜金 漢書循吏傳二千石有治理效

揮沐吐餐垂接白屋 後漢書文苑傳高彪遺馬融書
淩波憑團致屈井絡 南史宋高祖紀

滌垢澤穢志淩青雲 嵇康養生論
騎龍乘鳳上謁神公 易林

建旟兆牧搴帷行部 庾信碑
白非洗成黑非染造 楞嚴經

亭障臥鼓屯田饋軍 唐張説郭知運碑銘
渭以涇濁玉以礫貞 後漢書黨錮列傳贊

一點靈台丹青莫狀 裴度自題畫像
才出墨池便登雪嶺 雲溪友議

五臣論著啟沃良多 宋理宗淳祐元年詔追封周張二程朱子
深維地軸高逼天門 李仲宣佑唐寺碑

多孫壽子歡樂長久　焦氏易林
精思明辨表裏渾融　宋理宗淳祐元年詔崇奬朱子
積雪中春飛霜暑路　齊張融海賦
伐竹雲夢斬梓泗濱　吳質答東阿王書
邀泰遇仲不盡睿智　劉勰新論
養名顯行以息眾歡　漢書許后傳
表門賜爵勸乃錫類　舊唐書孝友傳贊
朝飛夕駐歌以寫憂　高士傳
縱横參謀長短角勢　文心雕龍
日月錯行陰陽更巡　法言
意似飢鷹勢如逸虎　傅休奕鬥雞賦
吏不驚犬人無喘牛　庾信鄭常志銘
心珠可瑩智流方普　梁簡文帝釋迦文佛像銘

缺文必補墜禮咸甄　張九齡張說墓銘
累茵而坐列鼎而食　家語子路語
叫閽弗聽叩鼓弗聞　唐書徐有功傳
辭事就閑纂成先業　謝靈運與廬陵箋阮萬齡
垂精游神包舉藝文　班固典引
先崇郭隗想望樂毅　後漢書隗囂傳
世無尼父焉別顏回　晉書謝尚傳字仁祖太守鯤之子
七辯懸流雙因俱起　梁簡文帝講頌
五畏內遣十力外扶　王僧孺懺悔禮佛文
嘯詠山林泛浮江海　晉書謝安傳史臣論
誕育岐嶷呲贊皇綸　劉柔妻王氏姜嫄頌
信賞必罰以輔禮制　漢書藝文志法家者流
擢奇取異不軌常流　任昉桓宣城碑

日門翔照天池撫翼　李嶠上高長史書
月御按節星驅扶輪　南齊書樂志南郊歌詞

見微知著睹始知已　越絕書聖人
居利思義在約思純　左傳咸鱄答魏獻子稱咸之爲人

掇文制音傳爲後式　法苑珠林
投石超距絕于等倫　漢書甘延壽傳善騎射爲羽林

撮壤崇山道涓宗海　李善上文選注表
操橙證柚執錫分銀　埤雅

潔淨爲心謙虛成性　齊書杜京產傳孔稚圭等薦言
恩榮若此報效何階　宋史漳泉陳氏世家

經師易求人師難得　北周書盧誕傳
靈氣代稟間氣時鍾　竇希瑊碑

鍊才洞鑒刻字鑽響　文心雕龍
重氣輕命感分遺身　七啟

堅不可鑽清如凝水　陸雲贈顧尚書詩
酒勿嫌濁人當取醇　蘇軾濁醪有妙理賦

樞機周密品式備具　漢書宣帝紀
天人悅喜符瑞並臻　潛夫論

草樹沾和飛沉沐惠　唐太宗樂章
清純體道忠允立朝　晉書荀顗傳詔曰顗

宦希鄉部富期農牧　鮑昭爲柳令讓驃騎表
價隆康會譽重摩騰　王勃四分律宗記序

乞復舊典以彰新化　宋史魏了翁傳
無謂小屈終當大伸　南史張岱傳孝武詔爲子鸞別駕

在寬成寬在狹成狹　北齊杜弼傳

以身觀身以家觀家　老子注觀其德也

瑞雁翻朱祥麟孕素　張鷟郊廟不薦朱雁白麟判

西鶼比翼東鰈呈鱗　閻隋侯西岳望幸賦

青臺紫閣浮道相通　洛陽伽藍記景明寺

黛甲素鱗潛躍其下　水經注桑乾之水

記人之善忘人之過　益部耆舊傳任安

載我者身用我者神　譚子化書

俗躋仁壽物無疵厲　王融謝竟陵王示法制啟

量藴文儒才苞古真　竇臮述書賦

復殿重房交疏對溜　洛陽伽藍記景明寺

泛華浮蟻苞苦含辛　傅休奕七謨

負類反倫何所不有　埤雅山海經獸以尾飛鳥以須飛

用神合真可以長存　譚子化書

常如獲禽莫忘縛虎　李商隱太倉賦

既調飾鶴又擅雕龍　唐明皇贊張說詩

罷革息民恢儒建學　文獻通考紹興十三年上幸學宫詔

揚清激濁吐故納新　陳章水輪賦

潛真內全飛榮外散　庚闡孫登贊

文檀晚麗采節晨輝　梁簡文帝長沙武王碑

外癡內黠安土重舊　後漢書南蠻傳

酒闌耳熱言志賦詩　梁書劉遵傳

雲鶴游天群鴻戲水　宣和書譜鍾繇書如

丹虯翊輦白武衛蕤　李瓘樂九成賦

鍾善真書張稱草聖　徐浩論書

周褉洛水晉宴上林　歲華紀麗

貴賤殊禮士農異業　隋書郎茂傳
宗廟觀德笙鏞樂動　唐書樂志

五緯順軌四時和粟　乾鑿度
三元具序萬國朝辰　陳書後主紀貞明元年詔

張樂岱郊騰勳社首　王勃上劉右相書
馳煙驛路勒移山庭　北山移文

蓄響藏真不求聞達　南史梁武帝紀詔
擢德塞性以收名聲　莊子枝於仁者

身荷美名君都顯號　唐書魏徵論良臣
名叨玉署目極瓊霄　鄧文淵賀金節表

獨運六奇專精三略　庾信侯莫陳道生志銘
漸熏萬姓陶化八紘　賈至封禪文

翊贊廊廟緬懷林藪　張說北山記
慚漬羲老祖述淵雲　王僧孺從子誄

學問日新文章蓋代　唐語林謂蘇頲
祖宗並配天地同禋　宋史樂志

詞氣甚隘顏色甚變　韓詩外傳子張子夏相與論不決
子夏
政教易化風俗易移　淮南子

被朱佩紫耀金帶白　張衡文
懷蕊挺實涵黃糅丹　江淹楊梅頌

香吐六銖煙浮五色　梁簡文帝八關齋序
時惟九月序屬三秋　王勃滕王閣賦序

本始所先末終所後　朱子大學章句
中外不通姦慝不生　管子

九流依真三乘歸佛　徐陵齊國宋司徒寺碑
四金聳衛六馭齊輪　謝超宗樂府
龍闕分官烏臺肅政　宋邕獬豸賦
蠅點變白塵尾留紅　埤雅
淩清瞰遠擅奇含秀　鮑照文
吐餤生風喝野噴山　東都賦
鷙鳥忘攫爪鳥忘距　大戴禮聖人有國於時
一犬吠形百犬吠聲　傅咸集
風神蕭散言吐清暢　宋史米芾傳
道德遍覆名聲普聞　王維六祖碑序
愚管興聞喜佩無屈　陶宏景與武帝啟
弱齡早慧幼學夙成　庾信鄭常神道碑
先人後己尊賢愛物　晉皇甫謐子方回

下舞上歌蹈德詠仁　東都賦
玉牒石記銀書金字　劉仁本觀書賦
梅櫟蕙閣桂棟蘭棼　江總山亭銘
生屬聖辰逮在昌運　宋書歷志祖冲之上表曰臣
佛垂遍智道育群情　丁晉公飯僧疏
庭列瑤階林挺瓊樹　雪賦
量包金鉉神表玉璜　徐陵與王僧辨書
儒墨兼陳申韓迭去　顏師古聖德頌
公私兩遂忠孝幷存　拓拔興宗請侍親表
絕類離倫優入聖域　韓愈進學解孟荀二儒
廣聞深見更閱眾師　雲笈七簽
苦心精慮夙夜思職　常袞授孟皞京兆尹制
搴旗斬將出入若神　唐書李光顏傳

害咎蠲消吉德流普　潘岳詩
元默馭辯寂照秉真　梁簡文帝南郊頌

肅綰戎團分持軍簿　胡宿賜團練史吉詔
方勰明世式贊睿君　江淹孫說銘

參贊皇朝與聞政事　晉書王渾傳渾上書
博通經史綜核群言　晉書孝友傳劉殷

含王超陳度越諸子　楊修與臨淄侯箋
賓堯仕舜猶是八才　尹義尚與徐僕射書

朝雨暮雰暖風殘月　王仲敷南都賦
舊根新莖布葉垂英　蕭穎士菊榮篇

日宇奪輝月宮掩麗　陸倕天光寺碑
天慈照毓海量優容　宋史高麗國王上表謝

聖慈猥洽皇姻曲逮　劉孝儀爲王儀謝國姻啟
天步有節帝容必莊　宋史樂志

登臺觀雲臨雍拜老　後漢書明帝紀贊
居宸納戶就日垂衣　溫子昇閶闔門上樑祝文

衣足蔽寒食取充腹　司馬文公語
功參濟巨義等作霖　李嶠讓內史表

豐約廣袤稱其所便　李紳四望亭記
謙恭敬慎老而不渝　南史王琨傳

百穀有年五才無眚　舊唐書禮儀志開元十二年制曰
三軍葉慶萬井相歡　陳子昂謝賜冬衣表

遂箎樞機甚見親重　後漢書黃香傳爲尚書令
冒踐霜雪不憚勤劬　後漢書袁紹傳

忠節內款勳勤外著　沈約封徐世檦詔

句陳旦辟閶闔夜分　宋史樂志
承乏推遷遂超倫伍　宋書南郡王義宣傳
早陞班序累效忠勤　孫逖授鄭子獻太僕少卿制
清勤在公夙夜匪懈　北史郭祚傳
險夷不易勁正無群　舊唐書劉鄴傳李德裕
念此誠勤宜加寵賞　舊唐書宣宗紀李玭奏收復秦州制
方知富貴難保始終　丁晉公飯僧疏見中吳紀聞
文川武鄉廉泉讓水　南史范柏年答宋明帝
修榦平節大葉繁枝　戴凱之竹譜
雨師灑掃雷公擊鼓　越絕書相劍者薛燭語越王
漁人數獸林衡計鮮　七命
派別淄澠區分士庶　唐賢良方正策問
提挈陰陽摶捖剛柔　淮南子
寒暑兼華左右相照　梁簡文謝賚方諸劍啟
質文一變風雅大興　蕭穎士爲陳正卿進續尚書表
踰劍銷氛浮淮靜亂　晉書景帝文帝紀論
隔秦稱塞臨晉名關　張說蒲津橋贊
摶尋經藏搜採注說　沈約佛記序
甄明譜系澄汰簪裾　唐賢良方正策問
紫霧上河絳氛下漢　江淹赤虹賦
祥雲入境行雨隨軒　庾信周兗州刺史宇文公碑
湯玉入甌糟雲上箸　清異録釋鑒與天臺山居頌
蘭羞薦俎竹酒澄芬　梁簡文帝詩
內崇南芬外清名邑　陸雲贈張仲膺詩
身被華袞門全素風　呂溫裴氏海昏集序

異鵲宵集祥鴛晚會　孫秘散木賦
隙駟晨轉窗蟾夜通　劉禹錫傷往賦

春無遺勤秋有後冀　蘇軾和陶勸農詩
山多寶玩地出奇珍　梁宣帝游七山寺賦

四柱浮懸九城靈架　梁簡文帝善覺寺碑
千里絕跡百尺無枝　梁簡文帝與湘東王繹書

舉要刪燕會文切理　舊唐書馬周傳岑文本稱馬周
明德圁姦昭公滅私　管子

車輅各庸旗旂異局　後漢書輿服志贊
圭璋成器禮樂爲文　孫逖陸景融吏部侍郎制

白羽揮軍朱絲度水　庾信紇干宏碑
氈案朝帝竹宮拜神　宋史樂志

鼎氣敲雲神光燭地　張餘慶祀后土賦
珍果獻夏奇花進春　楊侃皇畿賦

爛雲普洽律風無外　舊唐志樂志
元氣陶冶非煙鬱氛　宋史太廟樂章

饜飫膏腴含咀肴核　梁昭明太子傳
棲遲郊塾悅懌邱墳　梁書昭明太子傳

大圭不琢大羹不和　禮記
嘉玉惟芳嘉幣惟量　庾信周祀五帝歌

初榮夏芬晚花秋曜　梁昭明太子芙蓉賦
外姻晨來良友宵奔　陶潛文

慕深視篋情殷撫鏡　舊唐書樂志
潤厚累璧恩重兼金　江淹箋

萬國移風兆人承慶　舊唐書樂志

百物蕃阜四方順成　宋史樂志
口含甘液心受芳氣　王逸荔枝賦[一]
尾蟠荒陬首注大溪　獨孤及邕州馬退山茅亭記
殷牖斯空夏臺虛設　徐陵梁禪陳九錫文
軒物重造姚風再薰　許善心神雀頌
兩龜爲印雙蛇結綬　庾信鄭常碑銘
六虬齊軫七斗垂暉　梁簡文帝大法頌
性尚分流爲否異適　後漢書獨行傳序
去留交軫舞詠相喧　宋之問餞獨孤少府序
西施出帷嫫母侍側　吳質書史記五帝紀注嫫母皇帝
四妃
伯牙揮手鍾期聽聲　嵇康琴賦

發夢渭濱儲精河藪　江淹表
讀書馬上清談劍端　庾信侯莫陳道生志銘
龍驤橫舉揚鑣飛沫　傅毅舞賦
虹蜺揚輝去和取同　後漢書荀爽與李膺書
昭天之道熙帝之載　逸周書
席仁而坐杖義而强　新語君子
守靜韜光以遠悔吝　歐陽修題譙君碑
宿福餘慶爰邁聖明　鮑照辭閣疏
宗生高岡族茂幽阜　左思吳都賦
進竭嘉謨退守名都　陸機漢高祖加臣頌
烏獲摧冰賁育拉朽　晉書孫惠傳履順討逆是

[一]「枝」，原文爲支。

屏翳收風川後靜波　曹植洛神賦
夷山填谷平林滌藪　曹植樂府
煉骸易氣軟骨柔筋　嵇康養生論
停寢政事引談經籍　魏書宋繇傳繇雅好儒學
棲遲僻陋忽略利名　參同契
觀海齊量登巖均厚　褚淵碑文
裁天賦品制地平施　江淹爲蕭太傅重讓揚州表
操履忠勤儀型亮直　庾信司馬裔碑
經思沉敏藝術宏深　隋書律曆志高祖昭稱張胄
體襲朱裳腰紐雙佩　高允徵士頌
翼遮半天揹負重霄　孫綽望海賦
朱鳥安窗青龍作牖　梁元帝仙寶山銘
絳螭驤首翠虯來儀　江淹爲建平王聘隱逸教

輪鞅國輿締結民紐　江淹表
儀型朝首冠冕彝倫　江總讓尚書僕射表
樞鈐明審程蒦周備　鮑照河清頌
峰巒渾厚勢狀雄強　圖畫見聞志范氏之作
文證詳悉義理精審　禮記序
風神雅淡識量寬和　徐陵王勵德政碑
圓基千步直峭百丈　廣州記尉佗立臺以朝漢號曰朝臺
豎窮三際横亙十方　指月録孚上座曰法身之理
近喻喉舌遠譬樞門　江總讓尚書表
曉備經戒夕覽圖書　江總修心賦
備寫情形審求根實　後漢書西域傳論
究覽傳記留思文章　楊修答曹植箋

陰陽潛感藏否前鏡　程史晉陵子銘冰清古琴
雕琢生文抑揚成音　李充學箴
臥游千載畋漁百氏　梁書何子季傳高祖與書
彌綸八極包括二儀　指月録孚上座曰
博覽典雅精核數術　馬融長笛賦
援引事類揚榷古今　舊唐書馬周傳岑文本謂所親
早預詞場勤修天爵　宋史邢敦傳詔曰
超居國右鬱處朝端　江淹謝表
玄感通山丹砂出穴　列仙傳
蒼玉輝夜紫煙煬晨　宋史樂章
道御百靈神行萬有　沈約詩
情感七始化動八風　文心雕龍先生敷訓胄子

茂繼前勳永膺重寄　陸扆周岳湖南觀察制
銓衡庶品歷選賓僚　陸倕拜吏部郎表
輪囷蚪蟠埤堁鱗接　吴都賦
陸離翬漸容裔鴻軒　錢公輔廣德軍謝上表
恢篡鴻休誕膺駿命　呂溫皇帝親庶政頌
甫離鳳邸親御龍韜　許敬宗尉遲恭碑
追悟今生還慶夙稟　隋煬帝答智顗遺旨書
皆資聖範能遂賢功　隋煬帝疏文
一覽之暇三餘靡失　任昉策秀才文
百祥所降萬福攸宜　呂溫表
緹錦遍室丹青被土　蕭子範七誘
侯王設禮公卿饌珍　後漢書明帝詔
動靜通塞畢竟無體　楞嚴經

詩賦書記名理相因　文心雕龍此有常之體也

聳轡平隴回鞍定蜀　金石録唐太宗白蹄烏馬贊

盈箱征殷貫桑表周　韓愈送孟東野序

吳錦好渝舜英徒豔　文心雕龍

程縻不繼原粟何資　徐陵與王僧辯書

朝取夕復終無減損　水經注河東鹽池

日變月化體不虧傷　參同契

當食投箸方眠撤枕　梁書武帝紀

巡河受檢拜洛披圖　吳師道賢良方正策

五範四軌復得饒有　易林

六舟三駕運載群生　顏氏家訓

鼇錙析銖冰渙縷解　唐古今注記序

守正循檢矩折規旋　晉書衛恒傳

白日照餘碧雲卷半　江淹赤虹賦

垂露在手明月入懷　柳宗元謝李相公手劄啟

命世稀有繼期特立　蔡邕陳太邱碑二子元方季方

舊愆既改新德畢章　漢書谷永傳

優遊藝文懌悅經術　呂溫裴氏海昏集序

練達事體明解朝章　後漢書胡廣

咸黜不端勿使能植　傳咸集左傳詩

真覺惟宋有感斯通　魏收以三臺宮爲大興寺詔

砥礪名節恭勤職務　李嶠授劉嘉賓御史制

考覽氣象精窮天人　歐陽修謝賜歷日表

忘茲鹿駭惜此狼顧　陸倕石闕銘

取方驎友自匹龍媒　梁元帝謝馬啟

川渠異容津塗狀改　水經注
昭回降采沆瀣融精　李商隱賀相國汝南公啟
虎豹懾駭鯨鯤奔蹙　蘇頲颶風賦
鸞鳳仍集龍鱗並臻　後漢書曹褒傳
三奇六偶相隨俱市　易林
參天兩地匪怠厥司　張衡七辯
萬行歸空千門入善　顏氏家訓
五嶽宗山四瀆長川　揚子
跨略舊規馳騖新作　文心雕龍
張惶當世軌範後人　法書要録
尋山陟嶺必造幽峻　南史謝靈運傳
戲廣沈深相忘江湖　宣和畫譜劉寀善畫魚
州亦難添詩亦難改　全唐詩話僧貫休答吴越王

德可遠施威可遠加　賈誼陳政事疏
共振頹綱俱維絶紐　王中頭陀寺碑
用精儒業以賞耆年　宋史邢敦傳詔曰
讓德穹厚歸功祖禰　宋史樂志
忘懷纓冕畢志邱園　隋唐隱逸傳贊
光華馨採鮮縟可愛　王安石上邵學士書
城郭完全人物乃安　參同契言情主營外
垂紳搢笏不動聲色　歐陽修晝錦堂記
潔行遜言以處朝廷　魏志杜恕傳
纂業固基内和外撫　北史魏太宗紀論
淩皋泛波水往步還　謝靈運山居賦
拳石班馬臧獲陳范　楊萬里文劉知幾撰高宗武后實録

道德顏閔股肱蕭曹　法言
思風含臆言泉流吻　庾信趙公墓銘

深謀逆耳大論迕心　道德指歸論
天質自然風神蓋代　法書要録逸少筆道潤

星輝耀掌雪采環身　王季友商邱開詠得明珠賦
舜濬歷巖高晦泗渚　謝靈運文

莊浪濠津巢步潁湄　王凝之蘭亭詩
請振詞峰同開筆海　駱賓王薦大官往京序

何必渭濱然後磻溪　水經注
慈舟密濟覺路潛引　呂溫如來繡像讚

遠堤兼陌近流開湍　謝靈運山居賦
道德潛通聲名顯著　禮記君子隱而顯疏

宅藪神靈室宇仙羅　衡岳記

黃暉既淪素靈承祐　陸機皇太子宴元圃宣猷堂詩
瑤源誕啟玉牒肇榮　宋史樂章

盡忠報國務安百姓　晉涼州刺史張軌遺令將佐
附遠甯近懷來萬邦　新語

摯巾效郭異名同藺　韓愈三器論
杜衡帶屈菖蒲薦文　蘇軾沉香山子賦

潛謀獨斷整軍經武　晉書文帝紀
奇文美藝通微入神　曹植詩

八階宏麗四維博敞　梁簡文帝南郊頌序
三元告慶萬國朝宗　王渭表

執綱守戾蒙垢受恥　吳越春秋伍胥爲人
禮新敘舊禄動合親　左傳

氣騰蛇文彌貫魚目　苻堅載記說玉
遂容駑質猥點鴻私　錢公輔廣德軍謝上表
典城牧民禁姦舉善　後漢書和帝紀詔
飛耳遊目延聰益明　道德指歸論
蟲介時分虎威夕永　范仲淹明堂賦
蛇盤地蓄燕伏岩猜　李邕春賦
當局者迷旁觀者審　唐書元儋傳
清流可飲至道可餐　董京答孫楚詩
業膺守器譽貞問寢　李善文選序昭明太子
職參持蓋位亞掌壺　李嶠讓鸞臺侍郎制
贊敘變調謳歌鎔範　李商隱上楊相公啟
糾合枝幹廣樹蕃屏　陳書陳嶷傳
宜官售酒子敬運帚　法書要録張長史酒酣不羈遺軌

巫咸視診岐伯下鍼　劉孝綽謝給藥啟
上開天聽下垂坤厚　吳志陸績傳注
東封宋社西斂秦圖　庾信周大將軍義興公志銘
久張爪牙轉置肘腋　白居易授李演左衛上將軍制
首定荊楚遂平燕秦　荀勖時雍樂
松子玉漿衛卿雪液　劉孝綽謝給藥啟
繁欽苔碧馮衍薑辛　陸龜蒙幽居賦
養牛不乘生雞不祝　皇甫嵩大隱賦
飼馬於軒宿隼於堂　孫樵書褒城驛屋壁
組織身文筌蹄意象　李嶠上張明府書
準繩寮寀師長國庠　孫逖程伯獻太子詹事制
典謨緬邈紀傳成準　宋書徐爰傳
才賢翕集文墨敷芬　陶翰送惠上人序

治溥化光民阜財盛　鮑照河清頌
禄高誚厚任重責深　江淹表

貴耳賤目重遥輕近　顔氏家訓
右文興化憲古師今　宋史文宣王廟樂章

振纓珥筆聯承貴寵　鮑照啟
博物洽聞通達古今　漢書劉向傳贊

放準循繩曲因其當　淮南子
懷方履順處艱以貞　傅亮侍中王公碑

瑣闈崇嚴玉堂秘近　李嶠讓鸞臺侍郎制
北齋開敞南館靈閑　王勃文

優禮耆宿修尚儒學　晉書苻(健)〔堅〕載記
貪叨華顯綿歷光陰　李商隱爲汝南公謝加階狀

槍筆俱匀人物皆質　圖畫見聞志范氏之作
仁勇同宅文武相紛　陸雲答顧處士詩

消息清理斟酌禮律　周書蘇綽傳
幷吞沅澧汲引沮漳　江賦

四部銜恩萬人生善　宋之問爲僧請法事表
九流異軫百氏齊鑣　許南客書史百家對

月洗高梧靈溥幽草　張鎡促織詞
河鳴陽碣山響蘇門　庾信五張寺碑銘

百堵咸作千門洞啟　江總大莊嚴寺碑
四方回應萬里風馳　舊唐書魏徵傳

才學精博道行優備　晉書杜夷傳
金石類聚絲竹群分　後漢書邊讓傳

道德明刑四境有截　南史宋武帝紀
嘉福介祐萬壽無期　陸雲會射堂皇太子見命作
遠覽前車近悟後轍　後秦載記
仗此白刃致彼青雲　唐張說郭知運碑銘
蓮花承足楊柳生肘　王維能禪師碑銘
蘭膏移氣芬炷擎心　梁簡文帝燈賦
綿涉既多培蘊亦厚　葉適題陳壽老文集後
公勤無怠干制有餘　李嶠授李承嘉縣令制
龍翥四維鸞回三點　令狐楚謝賜告身狀
魚游清沼鳥萃平林　束皙補亡詩
罰有恆科爵無濫品　宋書文帝紀論
事戒輒發理貴深謀　宋史田錫傳
瀾言兼存瓅語必録　文心雕龍迄至魏晉作者間出

惠機幽悟定識潛融　王勃彭州龍懷寺碑
擴恢規模增光前烈　宋史樂志
牢籠俊傑決勝多奇　晉書載記乞伏熾磐
鋪采摛文體物寫志　文心雕龍賦者鋪也
載筆奉後盛飾立朝　江淹箋
西控龍編東連鯨海　玉海靜江
燕求馬首薛養雞鳴　北史隱逸傳崔賾答豫章王書
操邁伯夷德追孔父　蔡邕太尉李公碑
上觀許由下察接輿　史記滑稽傳
勇懾燕城名題漢柱　庾信紇干宏神道碑
祥生石紐祚啟金刀　李湛然竇希賢神道碑
盧牟六合混沌萬物　淮南子原道者
升降三除貫啟七門　李尤東觀銘

陽扉南啟陰軒北達　張協元武館賦
木皮春厚桂樹冬榮　王褒書

內修訓範外陶氓俗　陸雲泰伯碑
上說人主下談公卿　揚雄解嘲

再紐契訓重匡禹跡　江淹誄
悞變燕鼎超憑吳舟　江淹爲蕭驃騎讓封表

陵轢卿相嘲哂豪傑　夏侯湛東方朔畫像讚
通明經義觀覽古今　後漢書桓榮傳

酬恩答厚罔知所出　謝靈運表
舉賢任能各盡其心　吳志孫策傳

置樽待酌懸鐘聽叩　庾信齊王憲碑
彈冠出里結組登朝　宋書徐羨之傳贊

八水香池一華賓樹　謝華啟秀
三秦世胄六輔良家　徐陵報尹同尚書啟

百禮式序五善無替　裴子建澤宮置福判
三籌既畫兩陳斯張　南史陳武帝紀

道茂兩宮爵崇五等　張九齡徐堅碑
天齊八柱地半三分　唐書樂志

保衡翊殷博陸佐漢　南史齊高帝紀
勤王友鄭夾輔遷周　徐陵策陳王九錫文

慶合星精祥符雲氣　庾信碑文
聲含雪尺秀起雷車　程宣子茶箴銘

等威著明條貫纖悉　劉識新修四皓廟記
醞藉愷悌和樂緝熙　何遜七召

除猥録美供御賞玩　法書要録梁虞和表

清身苦體夙夜勞勤　雁門太守行

文武遞用德刑備舉　南史梁武帝紀論

精勤從事堅白在公　孫逖授楊先司農少卿制

光洽寰區夐拓圖像　呂溫表

峰横地乳景戴天麋　王勃九成宮頌

丹青帝圖金玉王度　張九齡裴公像讚

緝熙遠略繩準嘉言　李邕王仁忠碑

軒然鴻飛矯若虹據　吳武靈隱山記

右曰宮中旁亦徵揚　西京雜記鄒陽爲酒賦其詞曰

朝徜違午夕坐過酉　蘇軾杞菊賦

飛雨度牖疏雲殷空　李紳蘇州畫龍記

祚開山河兼金疊組　江淹爲蕭驃騎讓封表

玩聽音樂養志和神　漢書車千秋傳

才綜萬代博識無匹　拾遺記張華撰博物志武帝詰之

位居三獨彈譏是司　晉書傅休奕傳論

揭德振華咸有可紀　宋龔明之中吳紀聞序

招雲召風何足爲疑　管輅別傳

百姓安堵四居反業　陳琳檄

萬門朗奧億品宣元　孔稚珪答蕭司徒書

驟忝轉遷盡由抬舉　張元晏謝宰相啟

頃因獎序未副才名　常袞制

文舉清談芳樽自滿　王勃餞宴詩序

欒巴典郡山鬼潛移　王湛文

朝爲屠沽夕拖章組　權德輿送從兄赴江西序

上稟宸旨旁摭群書　唐永徽四年趙國公無忌上五經正義表

盛藩往相名纖來撫　王僧孺從子永寧令誄
勝旛西振貞石南刊　頭陀寺碑

河薦緑圖山張翠檢　顧雲啟
戶閉煙浦家藏畫舟　李庚西都賦

縄墨所彈安得避諱　論衡
松筠之操寧移歲寒　賈至房琯文部尚書同平章事制

地聯六州身擁三綬　宋祁鎮府謝兩府啟
法嚴七尺化洽萬民　詞林典故按察司

沐浴膏澤歌詠勤苦　史記樂書
採抽冥頤參驗人區　後漢書方術傳序

賓讌服禮神歆降戩　唐無名氏審音知政賦
天回南睠澤賜下臨　丁晉公飯僧疏

麗典新聲絡繹奔會　鍾嶸詩品謝靈運
左輔右弼金玉滿堂　易林

止水秋山居爲圭表　裴延裕授孫儲邠州節度制
金漿玉酒讌衍清都　薛道衡老氏碑

孤峰削成藏筋露骨　書品優劣張彪
臨川浥盥濯故潔新　閭邱冲應詔詩

開閉張翕各有經紀　淮南子
清亮忠孝學通古今　後漢書儒林傳戴憑稱前太尉西曹掾蔣遵

居蘭處鮑在其所習　庾信擬連珠
早婚少聘教人以偷　文中子

明言章理兵甲愈起　戰國策
乘雲行泥宿棲不同　後漢書矯慎傳

里爲冠蓋門成鄒魯　庾信哀江南賦

勢淩風雨氣傲烟霞　圖畫見聞志張璪雙管畫松一生枝一枯干

杞葉煎羹松根溜醪　王績游北山賦

甃壺援醯曲瓢卷漿　鮑照園葵賦

鼇斷立極鷹揚啟土　閻復太師貞憲王碑

鸞旌列序雞戟分行　宋史樂志

洞曉情變曲昭光體　文心雕龍

斧藻詩禮佩踐義方　張說唐故涼州刺史元君石柱銘

濂洛關閩諸儒繼起　宋史樂志

年德名位衆望所歸　胡冲吳歷孫策稱華歆

尊禮貴德樂天知命　宋史張載傳

撥亂反正統武興文　後漢書荀悅傳

鶴頸短引烏頭未改　劉禹錫望賦

鳥巢欲遠魚沉惟深　庾信五月披裘負薪賦

苟離身心孰爲休咎　王維能禪師碑

咸居祿位各逞琳琅　北史薛寘薛澄傳論

總務宮端允贊忠諒　唐李寬除詹事制

首祛淫靡迴絕塵囂　全唐詩話鄭雲叟爲詩

田文相魏公孫宰漢　後漢書朱浮傳論

虞卿適趙平原入秦　吳質與魏太子箋

朝經暮史晝子夜集　邵康節先生勸學語

撥亂反正彊本弱枝　晉書明帝紀帝有機斷尤精物理

光輔五君寅亮三代　王儉褚淵碑

遨遊六合矜誕三皇　周舍上雲樂

八演仰則六幽望景　王儉文

五辰順理九扈告豐　教坊致語
王生挫辯既盡神氣　梁昭明太子啟
山公密啟更廣規模　錢珝授劉崇望吏部尚書制
萬屬宅心四夷修款　唐無名氏洞庭張樂賦
五帝赧德六王慚動　李華含元殿賦
百代相傳一字無改　史通前撰已著後修宜輟
千畛咸事六仞可期　齊書武帝紀
岐黃彭扁振揚輔道　陶宏景本草序
王謝陶沈富貴風流　潘榮通鑑總論
四道好謙三材忌滿　傅亮演慎論
六辯構字五運徵祥　庾信文
葉閫珠囊基開玉鏡　唐享太廟樂章
途登石紐路入金城　庾信碑文

權衡既懸錙銖靡遁　傅亮讓尚書僕射表
山川遍禮宮徵維新　舊唐書音樂志
選重一時任參六典　常袞授賀若察給事中制
德高兩獻風美二南　徐陵與顧記室書
仰惟先情俯覽今遇　盧諶書
永遵令善無替前勞　封敖與契丹王書
擢本千尋垂蔭萬畝　吳都賦
開榮九畹結秀三珠　江總永陽王齋後山亭銘
風掃二庭雷擊萬里　舊唐書突厥傳
德加三輔威行九流　梁元帝簡文帝法寶聯壁序
歐冶運巧鑄鋒成鍔　崔駰刀劍銘
祭遵好禮臨戎雅歌　後漢書祭遵傳贊

地似伏龍城如飛鳥　庾信崔訦神道碑

義均行雁次若貫魚　北史薛瑴傳

具煩寸管備黷尺史　江淹爲蕭驃騎讓太尉表

誓洗耳穢那挑手文　皇甫嵩大隱賦

翠落陰蚪珠填陽烏　江總大莊嚴寺碑

筵浮水豹席擾雲螭　謝朓侍宴曲水詩

山出梟陽水生罔象　淮南子人怪之聞見鮮而識物淺也

露溥秋槿風捲寒蘿　鮑照賦

昇睿三光滌氛四表　宋書桂陽王休範傳高祖

兆氣二德稟體五常　顏延之庭誥

六藝崇射五善遵禮　劉璀張侯下綱判上綱下綱見周禮梓人

四維廓氛千里安流　唐書王義方傳

鳳序聯芳犬牙錫壤　張元晏封雅王瓊王制

龍城愧飾雁塔慙珍　陸倕天光寺碑

人知局分家識廉恥　隋唐郎茂奏

志存憲度世濟忠純　宋史吳越世家俶上表詔答

清貞孤介不交流俗　北史薛道衡傳族弟孺

芬芳條暢以配神明　白虎通

門著勳庸地華纓紱　唐高宗立武昭儀爲皇后詔

聲激綺組風偃家邦　江淹皇后正位章

榮軼曩賢道映來籍　張說謝賜碑刻表

才微往彥遇倍昔時　顧雲謝除學士啟

言有壇宇行有坊表　荀子

上不苛擾下不煩勞　鹽鐵論賢良曰

潤方雲雨明踰日月　梁簡文重謝上開講啟

貴擁旄鉞榮分土疆　封敖授史憲忠涇原節度使制

深汰圭符妙簡銅墨　王融策秀才文

洞參瑤銑體備丹青　王勃福會寺碑

照燭三光含超百堵　梁簡文帝請武帝御講啟

功高萬古化奄十洲　唐享太廟樂章

長紘四斷平表九絕　張融海賦

元猷再闡紫極重光　李嶠大酺詩表

律周玉琯星回金度　唐五郊樂章

恩覃日域澤被雲津　唐失名黃人捧日賦

辨乏談天文非擲地　李商隱爲汝南公謝加階狀

兵防滿月戰避迎雪　庾信段承碑

加勞三皇勖勤五帝　羽獵賦

游精八表駛視四遐　鮑照爪步山碣文

周流五曜經緯三度　魏志管輅傳注輅弟辰敘曰

圭表百吏糾繩四方　崔嘏授蕭鄭監察御史制

門不容軒宅不盈畝　湛方生詩

流若織文響若操琴　柳宗元石澗記

質逾寒松心踰匪石　北史烈女傳論

西辟延秋東啟長春　魏都賦

風流未輟盛名猶纂　江淹知己賦

前修無遠屬望良深　周書劉璠傳梁元帝賜書

視牛若羊視羊若豕　呂氏春秋登山而視所自視之勢過也

以蟲爲蛇以蛇爲魚　山海經海外結胸國

神觀邁爽操守堅正　唐書裴度傳

意氣閒雅瞻視聰明　世說謝景滌謁梁武時年二十

迎風則僵負風則伏　吳越春秋要離語吳王

近日而疾遠日而遲　五代史司天考星之行也

寶鉸星纏鏤章霞布　顔延之赭白馬賦

虹樑日近丹陛雲遠　錢起朝元閣賦

蹌蹌濟濟俾筵俾幾　詩篤公劉

平平穩穩爲公爲卿　戴復古寄趙鼎臣詩

玉律躔秋金風助籟　駱賓王上兗州崔長史啟律一本作琯

翠筍叨冰銀管噓霜　蔣捷詞

纖驪沃若天馬半漢　梁簡文帝大法頌序

群龍在職振鷺盈朝　盧照鄰樂府

眾善雷奔群疑霧斂　王勃四分律宗記序

皇源地闡帝業天維　梁簡文帝始興王誄

道冠前烈勳高振古　傅亮宋公九錫文

名彰右掖跡踐南宮　梁蕭祭李員外文

始終不撓姓名可録　南史阮孝緒傳著高隱傳

飛沉咸遂動植斯甄　劉允濟地賦

昆蟲扶戶陽明所得　易林

飢鷹獨出夭矯無前　敖陶孫詩評鮑明遠如

楚趙群才漢魏眾作　任昉王文憲集序

沈謝既往元白挺生　舊唐書元白傳贊

織綜經文穿鑿孔穴　唐孔穎達尚書正義序謂文煒

因緣寵渥更踐清華　呂公著定州謝上表

憑厚貽慶爲不誣矣　權德輿岐公遺愛碑

屯固比入吉孰大焉　辛廖爲畢萬筮仕於晉

易以獲隼詩以殪兕　江統弧矢銘
坐如蹲龍立如牽牛　春秋演孔圖

九畹百畝亦相等矣　聞見後録黄魯直蘭説
二偶三合似若有之　論衡

容止端雅文詞清麗　珊瑚鉤詩話崔湜弱冠登科三十七爲宰相
骨體慢正精采冲融　竇臮述書賦謂王厥伯輿

天道西轉水流東注　易天與水違行疏
鑱表上利壁形下圓　耒耜經起墢曰鑱覆墢曰壁

艾炷灸額瓜蒂噴鼻　隋唐麥鐵杖傳
清水見底明鏡照心　唐書馮履謙卻張懷道贈鏡語

陽管葉春雌鐘應律　梁簡文帝大法頌序
膏雨迎夜清景麗朝　南史沈懷文傳

慕呂攀嵇全無等級　温庭筠上崔相公啟
翼桓濟管遂登霸功　張華鮑元泰誄

上配百牢下主五齊　王績祭杜康新廟文
澤普三界恩均八方　梁簡文帝大法頌

若廢而起若蒙而了　柳宗元毀鼻亭神祠記
惟金有銑惟玉有瑤　江淹文

時和歲豐民安吏恪　王惲進實録表
星回漢轉露下風高　王勃越州秋日宴山亭序

鶉鳥司襄熊羆奉牧　徐彦伯南郊賦
鼉龍晨嬉鴻鸞群翔　魏文帝濟川賦

劉略班藝虞志荀録　任昉贈王僧孺詩
杜稿鍾隸漆書壁經　梁周興嗣次韻千文

餌霞棲雲高尚不仕　宋史聶冠卿傳
出塵離染清淨無瑕　崔融表夫蓮花者
賈復開營廉公詘體　庾信豆盧永恩碑文
晉文種米曾子植羊　劉勰新論運大不習小務非性暗惷也
嚼徵含宮泛商流羽　貴耳集東坡水龍吟笛詞
戴圓履方抱表懷繩　淮南子法陰陽者
虎嘯飆馳龍升雲映　晉書王道傳贊
蛇盤地蓄燕伏巖猜　李邕春賦
英暉夙發清風載路　晉書樂志
甘露宵降嘉谷滋生　後漢書曹褒傳
跗萼連輝聊椒繁衍　北史李賢傳論
春藤絡戶寒菊臨池　梁簡文長沙王碑銘

薰蕕雖同河濟不雜　皇甫湜夷惠清和論
風化所浹神人以和　獨孤及賀芝草表
雲動風偃霧集雨散　劇秦美新
巖層岫衍澗曲崖深　水經注呂梁山
德博化光刑簡枉錯　潘岳關中詩
時和歲稔仁顯用藏　宋史祀大辰樂章
敬愛既同情禮兼到　晉書顧和裘壞傳贊
日月不息師表常尊　任昉詩
敬禮賢能興立庠序　晉書鄭袤傳
遏絕謁託振張紀綱　白居易授鄭絪吏部尚書制
金雞忘曉玉羊失馭　任昉求爲劉瓛立館啟
瑞虎合仁白麟耀精　宋書符瑞志
神明清審志氣貞立　晉書孫晷傳外祖薛兼稱晷

風質洞遠儀止詳華　沈約柳世隆行狀

丹鳳銜書毒龍顧尾　風騷旨格書有十勢

蒼鷹斂翼乳虎含牙　陳子昂賀慈竹表

衣敝不補履決不組　呂氏春秋

城高如山池深如泉　宋張載大順城記即今慶陽府

披榛采蘭兼收蕭艾　晉書皇甫謐傳

戴瓶望天不見星辰　易林

玉斧將揮金鉦且戒　南史陳武帝紀

中嶽可轉長河有清　王僧孺文

銀塘似染金堤如繡　柳永詞

朱驂出邸青組臨方　沈約爲晉安王謝南兗州章

漱吮甘液游泳和氣　杜甫進三大禮賦表

舒衍奧秘贊理闕文　蔡邕蔡朗碑文

帛繞叢林觴流曲水　歲華紀麗

山開秘篆洛出祥圖　崔融代宰相上尊號表

小篆入神大篆入妙　書斷李斯

刑名從商爵名從周　荀子

訶佛詆巫考禮正俗　朱子祭魏元履文

輝前映後邁五登三　李商隱賀元日受朝賀表

採樂調風集禮宣度　謝莊上封禪儀注奏

譏苑扞偃正諫舉郵　漢書敘傳

觀風瞻雲方知厥所　謝靈運山居賦

從師就業欲罷不能　北史薛濬傳

摩兜堅齋汲古集聯五續

*聯仁甫太守序（參見集聯續汲古集聯續編後敘）

*劉曉山太守序（參見集聯續汲古集聯後敘）

*張幼履明府序（參見集聯續）〔一〕

*阮静珊明府序（參見集聯續）

〔一〕因集聯一再續，五續時白遇道參訂故彙集以前故友所寫序文，以及自序諸文作一總結。此次整理本篇目保持原貌，但避免重複，故此處只存目録，文參見各版次。

*趙施仲院長序（參見集聯續）

*張澤堂太守序（參見集聯續）

*楊伯瑗明府序（參見集聯再續）

*劉文卿明府序（參見集聯再續）

*謝葆靈太守序（參見集聯）

*王楷庭觀察序（參見集聯三續）

*孫眉叔觀察序（參見集聯三續）

*安曉峰侍讀序（參見集聯三續）

*趙保衡太守序（參見集聯三續）

*王聘三刺史序（參見集聯三續）

*陳崑山廉訪序（參見集聯四續）

以上十五首皆爾時同人所贈也。刻畫無鹽揄揚溢分，嗜痂劉邕今古固一轍哉。查古聯之集，始於光緒甲辰，訖於丁未。凡五册，曰集聯，曰續，曰再續，曰三續，曰四續。當日以印代鈔板是聚珍，無所謂棗梨也。每册只有數十本，本之既無則亦已焉耳。敝帚之棄，誠無足惜。而我諸同人周行之示雕續滿目者亦從之而湮没弗彰，殊歉然也。己酉歸里，結習未忘集聯，又得五續若干聯。同人見而可之以爲愈於前數册也，慫恿付梓。而前編贈序，諸君頃皆風流雲散，把晤無欺，曾幾何時，不勝今昔之感，因並登各序於是編之首。簡以志交誼而係慕思。自序五首亦附於後，他日覽是編者，或因文玄晏先生一序，俾左思十年之賦，崇朝紙貴洛陽未可知也。雖然顯晦時也，通塞命也，人誠有之，文亦宜然，九經、三傳束高閣，區區者又何論焉？論語燒薪元文覆醬，亦聽其自然而已。丁巳夏五月，完穀山人自記。

*汲古集聯自序（參見集聯）

*集聯續自叙（參見集聯續）

*集聯再續自叙（參見集聯再續）

*集聯三續自叙（參見集聯三續）

*集聯四續自叙（參見集聯四續）

集聯五續自序

繫辭曰「參天兩地而倚數」，又曰「錯綜其數數者何奇耦而已矣」。竊謂既有天地，即有陰陽；既有陰陽，即有奇耦。

陽卦奇，陰卦耦，此自然之數也。陽卦多陰，陰卦多陽，則又無奇不耦，無耦不奇，相資爲用者也。以人事言之，千耦其耘十千，維耦其顯著者也。至於射夫既同發，彼有的而勝耦、劣耦分焉；婚姻之故齊大非耦而嘉耦、怨耦判焉。耦雖不同，究與塊然獨處寡耦少徒者，難以一例視也。顧世竟有留落不耦、數奇不耦者，則何也？人事耶？抑天事耶？幽介意廣才疏，竊不自量，嘗欲吁尊上帝俾懷才負異之倫，皆得搜述索耦臯伊爲徒，豈不彌生成之憾乎？既思日月盈昃之故，堯舜猶病之旨而知奢願之斷難償。於是小試其技於語言文字之間，舉四部書之曾經寓目者，斷章摘句，合之耦之，仇之匹之，使各得對耦焉。亦既編纂成册，至於四三矣。而群書浩如淵海，未免望洋而興嘆也。掛冠後，閉扉戢影，日對古人嘉言名句，輒復聯貫，又得四百有奇。青燈有味，大似兒時。今雖耄矣，興復不淺，誰知我生不辰逢，天僤怒陵遷谷變突如其來，倉卒之際便欲焚棄筆硯足繭荒山，並此拉雜摧燒以爲浮文，妨要無益人國者戒。同人聞而亟阻之，曰：「子之負罪引慝，禮則然矣，斯文何辜？」請姑留之以勖後之，古人與稽者，又安知世無冀缺，携儷沮溺，結耦其人也。予重違其意，因復存之。

大清宣統三年辛亥冬十月，完穀山房主人信天翁漫識。

摩兜堅齋汲古集聯五續

高陵白遇道五齋甫纂

同學　劉琅　吳星映　喬肇南　馬驥　仝校字

我疆我理南東其畝　詩小雅信南山
爾公爾侯逸豫無期　詩小雅白駒

軌範乾坤模擬天地　舊唐書禮儀志
究覽墳籍結交英賢　後漢書李固傳

調和陰陽承順天意　後漢書獨行諒輔傳
探抽冥賾參驗人區　後漢書方術列傳

背俗居幽寓歡林瀫　蕭子良與劉景蕤書
質疑問事論道經書　前漢書陳遵傳

吟自在詩飲歡喜酒　邵康節先生無名公傳
抱經濟學恥章句儒　金皇慶元年贈太子少保謚文康誥

學術氣節聳動當世　中吳紀聞王彥光宣和甲辰第
父子叔姪同獲泰辰　宋書王叔達傳上書

仰察俯占窮神知變　謝承書稱李固
博學强記繼體守文　史稱宋高宗

山甫補闕方叔禦侮　摯虞周宣王贊
伯益贊禹中衍御殷　張説洛陽尉馬府君碑

芬芳有性溫潤成質　溫子昇常山公主碑
聰明迪祖宵旰思皇　張舜民謝賜資治通鑑表

瓌瑋倜儻不拘細行　晉書郤詵傳
撫循勞來甚得物情　晉書劉琨傳元嘉元年爲幷州刺史

利見九五差蹤二八　李嶠上雍州高長史書
書名竹帛畫像丹青　晉書忠義列傳小引

風韻閑曠氣度方雅　北史崔彥穆傳
天衢亨泰王道升平　梁元帝高祖武皇帝謚議

博聞彊志明於治亂　史記屈原列傳
彰善癉惡樹之風聲　書畢命

齋桓修霸務爲内政　後漢書陳蕃傳上疏
陳蕃燕室志清天綱　後漢書陳王列傳贊

激濁揚清疾惡好善　唐書王珪傳
緝禮裁樂化俗移風　劉潛爲江僕射薦士表
霖雨賢才水火菽粟　蘇晉丞相賜宴序
筌簣典誥圭表搢紳　舊五代史趙光逢等傳後
漱滌萬物牢籠百態　柳宗元愚溪詩序
斟酌元氣運平四時　後漢書李固傳
貪勇智愚無不皆録　宋史李繼和傳用將之術異於他官
歡喜堅固可以長安　易林
齒弊舌存含垢藏疾　顔氏家訓
誠貫理直感神動祇　劉禹錫相國李公集序
質以代興妍因俗易　孫虔禮書譜
來爲去始散實聚終　歐陽瞻送建上人序

惕慮推溝勞心馭朽　張説策對
延首慕德跂踵依風　魏書徐遵明傳
日月右行星辰左轉　禮記月令疏
霹靂交震雷電横飛　張衡周天大象賦
漂志垂天矯心憑閣　陸雲詩
搴帷下邑露冕上藩　唐代州都督許洛任妻襄邑縣君宋氏墓誌銘
欬唾爲恩眄睞成飾　任昉劉大司馬記室牋
絪緼降秀翕辟資華　李商隱上蕭侍郎啟
雄略秀出志氣英遠　北史來護兒傳
機鋒峻拔性智圓融　明于忠肅爲僧普朗題其師遺塔圖讚
稚子雛孫滿吾懷抱　李商隱文
夏伯殷尹竭其股肱　魏收齊王加九錫文

學藝精深詞華絢麗　常袞授崔駟刑部員外郎制

理懷淵遠業行純修　王中頭陀寺碑文

業類補天功均柱地　陸倕新刻漏銘

人承佐漢國紹開吳　庾信周大將軍義興公蕭太墓誌銘

化以職成官由能理　李固應詔對

孝爲行本忠實身基　魏收祭刺史陰道方碑

行雲流水初無定質　宋史蘇軾傳吾文如

清風朗月但寄相思　陳周宏讓語宏讓係僕射宏正之弟性簡素

心悟手從言忘意得　書譜

官清政簡才贍學優　明金琮與民望鄉尊先生小啟

名行顯著操履修絜　北史隋煬帝紀

器宇凝素志識貞方　梁書袁昂傳

六戎列野八鸞照日　梁簡文帝南郊頌

二龍繞室五老降庭　拾遺記孔子未生時

好學博聞多覽典籍　宋書袁湛傳湛弟豹

安神養性得保遐期　古詩滿歌行

卞賓輝光楚材翹秀　蘇頲授陳貞節太常博士制

亳道增構豳風會昌　徐陵文

名聞海內威震天下　史記淮陰侯傳廣武君對韓信語

業高帝始道邈皇先　隋書音樂志

性禀半癡行無兩可　溫庭筠上宰相啟

旁窺尺牘俯惜寸陰　孫虔禮書譜

衣䘨未濟桑土未雨　明劉孔當保泰箴

桃李可悅松柏可材　鄒忠介語

政無吐茹道若砥矢　權德輿姚公神道碑

功定禮樂妙擬神仙　唐孫虔禮書譜

涇者欲燥燥者欲涇　呂氏春秋

忠臣不私私臣不忠　後漢書任延傳

言成表綴行成模楷　王僧孺徐府君文集序

男得耕種女得織紝　後漢書龐参傳在徒中使其子上書

陰陽始分天地初制　後漢書崔駰傳達旨作達旨擬揚雄解嘲

忠信爲寶風雨勿愆　徐陵陳公九錫文

沈吟典禮優遊方册　梁昭明太子傳

奉宣政化調和陰陽　後漢書楊震傳

第宅苟完才蔽風雨　後漢書陰興傳

寒暑不忒等壽神仙　揚雄逐貧賦

鷴忌庚申燕避戊巳　埤雅

龍生瑞渥鳳下梧桐　唐辰溪令張仁墓誌銘

烈士徇名壯夫重氣　史通直書篇

聖人行權君子折衡　西河古文録李楷衡論

驎角難成象形易失　陳書傳縡傳明道論

麟趾方定鵜翼誰濡　謝朓侍宴花光殿曲水詩

造辟而言詭辭而出　穀梁傳

借聽於聾求道於盲　韓愈答陳生書

動容合矩吐言被律　沈約柳世隆行狀

憑風共酒借月同琴　孔稚珪祭張長史文

越人安越楚人安楚　荀子下句君子安禮

桂實生桂桐實生桐　越絕書

神情明秀丰姿詳雅　後漢書馮衍傳
風猷遐曠器宇宏深　隋書李穆傳

黃帝出遊駕龍乘鳳　易林
魯陽何德駐景撝戈　李白日出入行

名以正體字以表德　顏氏家訓
處則執政出則將兵　洪邁容齋四筆春秋列國軍將皆命卿

咸英韶夏于茲比盛　沈約觀舞歌
忠勇果勁有怨無援　晉書周處傳謚曰孝中書令陳準言朝稱處

照燭三才輝麗萬有　鍾嶸詩品序
婆娑十畝蔚映千人　唐海州刺史李邕娑羅樹碑

行動幽只德標松桂　南史王道徽父祐至行通神王僧虔與張緒書稱之
身扞豺虎手披荊榛　舊唐書郭子儀傳贊

仰贊皇猷上綏懿祉　寶鑑録明張甯爲給事中
居無塵雜家有賜書　任昉爲蕭揚州作薦士表

出不休顯賤不憂慼　夏侯湛東方朔像讚
居無惰容喜無嬉言　宋史徐庭筠學以誠敬爲主

五帝三王同氣共祖　魏志明帝紀注
雙林八水味道飡風　唐太宗聖教序

三皇依道五帝仗德　阮籍通老論
四紀維地八柱承天　薛道衡老式碑

載範斯文永傳洪藻　晉書葛洪傳贊
方近天子宜作好官　北史山偉傳路逢一尼謂曰

名德學行百代傳美　北齊書羊烈傳

内外方員五色成文　魏志管輅傳太原劉邠取印囊著器中使筮之

宏奬風流增益標勝　任昉王文憲集序

銓綜人物品藻英髦　蔣防吏部議

夷險不渝始終無際　隋書牛宏傳史論

文武全品仁智並施　脫脫論謂岳忠武

輕儵出水白鷗矯翼　王維與裴迪書

丹蛟吹笙文豹鼓琴　傅休奕正都賦

大將班師三軍奏凱　匏翁家藏集書元楊維楨遺墨

儲休錫美萬福來崇　元史樂章

希道慕業洗心革志　潘尼釋奠頌序

探賾索隱致遠鉤深　史通鑒識篇

内視返聽萬累都遣　雲笈七籤

擇日賣藥一切不爲　宋史杜生潁昌人逸其名縣人呼爲杜五

威鳳衝霄祥雲捧日　明史方希直稱宋濂次子璲之書法

胡旌揚月朔馬嘶風　晉書劉曜載記贊

外如疏放内實謹厚　北史陽休之傳

上應星緯中比神仙　郎官石記歐陽詢書

長樂觀符文昌啟瑞　庾信齊王進赤雀表

峒山訪道渭水求師　舊唐書隱逸孔述睿傳

波澄萬頃建標七仞　庾信周河州都督普屯威神道碑

功登十地贊業三天　唐濟度寺比邱尼法樂法師墓誌銘

重内輕外遂成風俗　傅咸論選舉書

登危履險必盡幽遐　南史林敵傳性好山水

箭飲石櫟劍然銅樹　庾信周河州都督普屯威神道碑

志淩九州勢越四海　七命

手探月窟足躡天根　朱子邵康節先生像讚

格高五嶽衮廣三墳　鮑照蕪城賦

銅山西鳴洛鐘東應　南史江祿傳

體兼書夜理包清濁　左思魏都賦

絜火夕照明水朝陳　謝莊登歌

內積和順外發英華　齊王融三月三日曲水詩序

以財爲草以身爲寶　說苑

福同古人慶流來裔　鍾士季檄蜀文

有滌斯牲有馨斯盛　唐祭方澤樂章

富如江海壽配列真　馮衍爵銘

應期命世齊賢等聖　曹植孔廟頌序

勿妄而許勿逆而拒　六韜

規天矩地授時順鄉　張衡東京賦

非威不立非勢不行　劉向所校戰國策書録

砥身礪行必先經術　陳書儒林傳贊

讓果成廉推珠止競　庾信侯莫陳夫人竇氏墓誌銘

標能擅美獨映當時　沈約宋書謝靈運傳論

聯跗齊穎接萼均芳　謝莊宋孝武宣貴妃誄

票駭蓬轉因與際會　東觀漢記太史公曰

里頌塗歌室家相慶　謝莊啟事世祖

神清氣茂允迪中和　任彥昇爲范雲讓吏部封侯第一表

父抱子扶什百其來　王安石新田詩

慧炬常設迷津永渡 盧照鄰益州長史爲女書像讚
短歌有詠長夜無荒 陸機短歌行
靜以修身儉以養德 諸葛武侯戒子書
禮則探聖言則窮神 劉孝威重光詩
師資相傳共枝別榦 宋書傅隆表
興寢有節適性和神 張華瓌材枕銘
識達古今志在康濟 唐書劉蕡傳
言合雅謨慮中聖權 漢譙敏碑
二妃嬪德九子觀命 顔延之祭虞舜文
三元肇慶六呂司春 徐陵爲王誼同致仕表
世接五昏人纒九惱 法苑珠林
男有再聘女無二歸 潘岳答摯虞新婚書
意韻深遠筆墨精簡 畫繼田和學李成

風神爽朗氣調清高 徐陵傅大士碑
橘柚秋黄楊梅夏紫 汪鈍翁答客問南中何物可敵蒲桃
琵琶晚翠梧桐早凋 周興嗣千文次韻
石抉怒猊章成繡虎 明戴仁題贊宋范文正公道服贊眞蹟
身維係馬心避騰猿 庾信五張寺碑銘
宵盤晝憇非舟非駕 顔延之陶徵士誄
霞駮雲蔚若陰若陽 王延壽魯靈光殿賦延壽字文考逸之子
柳骨顔筋微公孰與 明戴仁題贊范文正公道服贊帖
隋珠和璧異質同妍 孫虔禮書譜
器宇淹曠風神透遠 庾信齋王憲神道碑
性行高絜志度淵英 王叔達祭顔光禄延之文

良金美玉無施不可　唐徐堅論宋之問之文如

德聲令氣每上愈高　宋書顏延之傳

真造八法草入三昧　宋米海岳稱太宗

禮絕百辟任總羣官　隋唐高祖紀

吐故納新食芝餌術　舊唐書隱逸道士王遠知傳

芟蕪刈楚振領提綱　潘徽江都集禮序

月惟仲秋日在端午　宋璟八月五日千秋表

天開寶祚地啟靈源　唐代州都督許洛任妻襄邑縣君宋氏墓誌銘

心醉古經神和大雅　唐才子傳包佶字幼正天寶進士

芳沃當代響起後人　唐才子傳引

幽堂晝密明室夜朗　七命

三秋雲薄九日寒新　庾信詩

沈酣春秋蹈迪周孔　容齋四筆銘汪莊敏

寅亮天地燮理陰陽　元史三公表

身處江湖心存魏闕　唐才子傳論孟雲卿

道光雅俗望重台衡　晉書齋獻王攸傳贊

守株膠柱動多拘忌　史通辨職

操觚染翰旁若無人　摭言李賀賦高軒過

皎日嘒星一言窮理　文心雕龍物色

雄筆麗藻獨步當時　摭言張楚與達奚侍郎書

精神秀徹體識聰異　吴均齊春秋王儉

天才淡逸氣宇清深　唐才子傳包佶

古不乖時今不同弊　孫虔禮書譜

聰能聽序明能見幾　人物志八美

西門安于矯性齊美　南史宋江夏王同恭傳文帝與書戒之

徐陵庾信分路揚鑣　北史文苑傳

班生受金陳壽求米　新唐書文藝劉允濟傳修國史嘗曰

夸父棄杖魯陽揮戈　初學記

謙和退慎與物無競　舊唐書隱逸孔述睿傳

卓犖跨邁如公莫儔　唐西平王李晟祠墓碑

長篇短歌援筆立就　明紀宣宗天縱神敏

忠臣孝子比戶可封　唐尚書左丞賈至取士議

雞樹騰聲鶺池播美　隋書崔廓子賾傳

龍精戒旦鳳歷司春　隋人青帝賦

供用奉身皆有節度　宋書江夏王同恭傳出鎮時太祖與書戒之

閉門絜已不妄交遊　晉書周處子玘

主佐合德文采必霸　文心雕龍事類

星象不拆陰陽自調　隋高祖紀周大定元年詔

顧盼生光翦拂增價　摭言張楚與達奚侍郎書

簪纓傳緒儒雅踐方　宋史李瀆傳天禧四年春詔

龍象相望金碧交映　唐才子傳道人靈一傳後論

獐鹿在牧安飽其居　易林

人禀五常士兼百行　史通直書篇

地有四勢氣從八方　郭璞葬經

忠諒果烈言不苟且　江表傳孫權給使谷利

宣慈惠愛道其萌芽　隋書刑法志

九重初開八柱始奠　西河古文録雷午天浩盪篇

一引其綱萬目皆張　呂氏春秋

峻節清心高邁流俗　摭言張楚與達奚侍郎書
碩學麗藻名動京師　摭言散序進士
綜核才名規模禮物　仝上張楚與達奚侍郎書
壅遏末俗盪滌訛風　仝上蕭仿與浙東鄭商綽雪門生薛扶
志感絲簧氣變金石　文心雕龍樂府
塵搖山嶽唾落珠璣　西河古文録雷午天浩盪篇
鳥茈茂林鹿得美草　易林
龍飛白水鳳翔參墟　東京賦
蒼頡沮誦共造文字　昇庵外集
子建士衡咸有佳篇　文心雕龍樂府
身繫安危志存宗社　明史于謙
鑒周日月妙極幾神　文心雕龍徵聖

保身懷方彌相慕襲　後漢書黨錮列傳
研精耽道安有幽深　張茂先勵志詩
質潤圭璋文兼黼黻　隋書潘徽韻纂序
門傳鐘鼎家誓山河　隋書長孫覽傳史論
原本山川極命草木　七發
追蹤三五並曜參辰　隋書潘徽韻纂序
重光麗天景暉疊旦　魏書高閭至德頌
雄風冠代壯氣淩雲　唐南陽郡開國男　思道墓誌
陶寫性靈默會風雅　唐才子傳劉方平隱居高尚
拍浮詩酒搴攬烟霞　仝上施肩吾
奎璧騰輝衮龍浮采　仝上六帝
銅九走阪駿馬注坡　仝上後人評杜牧詩如

六代皇居五福斯在 — 邢邵廣平王碑
一人有悅萬國同歡 — 舊唐書謝偃傳惟皇誠德賦
南金北銑用處茲秩 — 晉書職官志論
干將莫冶難與爭鋒 — 唐書李邕傳盧藏用嘗謂邕如
偶迹遷固比肩陳范 — 史通核才
平揖沈謝雄視潘張 — 唐才子傳皇甫冉天寶十五年進士
蘭生而芳玉產而絜 — 晉書庾闡傳
膏潤於筆氣形於言 — 文心雕龍才略
剸鐘無聲應機立斷 — 陳琳答東阿王牋
劈牋起草下筆成文 — 瑣言鄴王羅紹威喜文學
昭章雲漢輝麗日月 — 王元長三月三日曲水詩序
神交造化靈爲星辰 — 夏侯湛東方朔畫贊

鎮靜頹風軌訓踊俗 — 桓溫薦譙秀表
啟發憤懣覺悟童蒙 — 班固典引
明書史籍動在盟府 — 韋昭博奕論
帝欽遺烈士詠清機 — 陸雲散騎常侍陸府君誄
庭和鐘磬堂撫琴瑟 — 張衡南都賦
功深砥礪道邁舟航 — 任昉王文憲儉集序
忠果正直志懷霜雪 — 孔融薦禰衡表
仁恕清慎能保功名 — 宋史曹彬傳論
日往月來暑退寒襲 — 潘岳夏侯侍中湛誄
晨煙暮靄春煦秋陰 — 顏延之陶徵士誄
風度簡曠器識朗拔 — 陸機薦蒸陽令郭訥表
神明彊毅言動準繩 — 西河古文集李楷贈南州學士序
摩厲以須風行電掣 — 仝上李建邑侯王均糧碑

絪縕相感霧涌雲蒸　劉峻廣絶交論

氣高叔夜嚴方仲舉　王僧達祭顔光禄文

廉如伯夷介若黔敖　史通暗惑篇

含章隱璞明真昭假　江總尚禪師碑銘

興衰起弊剔蠹擿姦　西河古文録李建清鹺鹽政碑

内竭謀猷外勤庶政　傅季友爲宋公求加贈劉前軍將軍穆之表

仰觀吐耀俯察含章　文心雕龍原道

康回傾地夷羿彈日　仝上辨騷

滕六降雪巽二起風　幽怪録

覽影偶質不能解獨　陸機演連珠

端拱寡過善自保真　宋史曹佾傳

夕脱羊裘朝珮珠玉　北史高恭之傳

行修踐表坐了檄書　北夢瑣言侯翮謝上王先王自負

政爲民綱清本士節　余靖清箴

德光宙始文煥震初　上官誼勸封禪表

豐隆奮椎飛廉扇炭　張協七命

元冥適鹹蓐收調辛　曹植七啟

七略芬菲九流鱗萃　文心雕龍諸子

五時敷衍四事豐盈　隋河東棲巖寺碑賀德仁傳

巧逾杜度美過崔寔　南史梁武帝贊蕭子雲書法

長事袁絲弟畜灌夫　史記季布傳弟心殺人之吴從袁絲匿

華實盈疇桑麻蔽野　王粲登樓賦

塵閈撲地歌吹沸天　鮑照蕪城賦

富有文史廉於財貨　舊唐書隱逸王友貞傳

保其禄位貽厥子孫　陳書于同等傳贊

理不可據智不可恃　司馬遷悲士不遇賦

形莫若就心莫若和　莊子人間世

轖駕列庭青紫拾地　陳書沈不害傳上書請立國學

綈錦亂色丹素成文　龍藏寺碑

榮枯寵辱不以介意　江總自敘

鹽梅舟楫允屬良規　梁蕭詧雍州刺史下教

能勤小物故無大患　綱目智國諫智伯襄子

抑維恒理非復異聞　史通書事

衛尉設次光禄給食　新唐書儒學褚無量傳

淮陰受策車騎登壇　庾信周大柱國大將軍紇干宏神道碑

書列典謨詩含比興　史通序例

句皆韶夏言盡琳琅　史通序事

上智中庸差等有序　史通品藻

功業行實光明于時　新唐書文藝傳小序

國彥朝賢休慼宜共　魏書高閭至德頌

正情梗氣顛沛不渝　魏書游明根子肇傳贊

簟展輕冰扇搖團月　歲華紀麗

漏添遲日箭減良宵　韓偓詩

清和平簡貞正寡欲　晉書良吏鄧攸傳

雄毅厚重權智無方　晉載記苻生

勁松方操嚴霜比烈　晉書忠義列傳贊

慧鏡無垢慈燈照微　唐多寶塔碑銘

稟氣元精遊心太朴　舊唐書隱逸王友貞傳

振纓雲閣耀價連城　晉書禿髮利鹿孤載記遺楊桓語

志烈秋霜精貫白日　晉書忠義列傳贊
流佈法雨輝映慈雲　隋河東栖巖寺碑

衛晉承家邢茅胙土　庾信周大將軍趙公廣墓誌銘
顔閔函席游夏升堂　劉孝威詞

久謝塵躝獨往林壑　舊唐書王希夷傳
自有性命無勞蓍龜　晉書孝友顔含傳答郭璞語

解劍報讎歸田息訟　任彥昇王文憲儉集序
搖箑含風沈璧觀書　隋恒州龍藏寺碑

無雷畏威負霜懷德　庾信周同州刺史爾綿永神道碑
輕塵足嶽墜露添流　唐太宗三藏聖教序

狐疑猶豫後必有悔　史記李斯傳
雁行魚貫皎然可尋　史通編次

大海吞流崇山納壤　唐多寶塔碑
長波括地高構淩天　北周處士程元景墓誌銘

彌綸彝憲發揮事業　文心雕龍原道
穆章風化崇闡斯文　晉載記馮跋僭號後下書境內欲興太學

采縟春芳鑒明秋沚　唐辰溪令張仁墓銘
日出東沼月生西陂　司馬相如上林賦

鼉鳴鼈應見機而作　通鑑李密令祖君彥作書布告天下
豕突禽狂其來莫當　摭言吳子華祭陸魯望文

八名區分一揆宗論　文心雕龍論說議說傳注贊評序引
五石鍊形六芝延年　養生經

陰陽克和風雨時若　封氏聞見記開元中拾遺蓋匡朝

請以漳爲五瀆

名實相符亨達自任　封氏聞見記第三卷論

貞正清貴金玉其質　晉書顧榮傳奏薦南土士陸士光

升騰變化松喬爲鄰　陰長生詩

思緒雲騫詞峯景煥　晉書潘岳傳論

絕鋒劍摧驚勢箭飛　鮑照飛白書勢銘

析出三停分成九似　圖書見聞志畫龍者

既膺五聘方啟六韜　徐陵徐州刺史侯安都碑

神止氣定浮游自得　蘇軾服茯苓賦

才高詞盛富豔難蹤　鍾嶸詩品謝靈運

善陣不戰善戰不鬥　逸周書武有七制

修身以道修道以仁　孔子對哀公問政

手射飛鳥躬擒猛獸　魏志武帝紀注太祖才力絕人

日曬鼎俎耳聽康衢　漢書馬融傳本注曬音灑

蹈方履正好是繩墨　北史高允傳

依劉薦禰素乏梯航　溫庭筠上崔相公啟

心好異書性樂酒德　顏延之陶徵士誄

名掛史筆事列朝榮　曹植求自試表

理出羣心澤謠民口　宋書范泰傳

術窮秘要藝擅國能　韋貫之高崇文神道碑

君希虞夏臣庶夔益　晉書涼武昭王傳李暠述志賦

術同彪嶠才若班荀　文心雕龍覈才

上奉王言下詢國俗　文心雕龍史官

入陪五帳出總戎韜　庾信周河州都督普屯威神道碑

山嶽精靈星辰秀異　庾信周隴右總管豆盧永恩神道碑

天地合德日月光華　庾信華林園馬射賦

子雲相如同工異曲　韓昌黎進學解

東方枚皐餔糟啜醨　文心雕龍諧隱篇

氣壓鯨鯢怒掀鱗鬣　李公昂詩

楹雕虬獸節鏤龍螭　勃勃統萬宮殿成改元真興刻石銘功德

口授兵書手揮行陳　隋書高祖紀周大定元年詔

足輕電影神發天機　唐太宗昭陵青騅石馬贊

圖書安危揆度得失　漢書東方朔傳

權衡輕重斟酌古今　周書王褒庾信後傳總論

膠柱不移守株何甚　史通漢書五行志錯悞第一科

調鐘未易張琴實難　文心雕龍總術

蜘蛛結網以伺行旅　易林

犬牙連界不入中牟　後漢書魯恭傳章帝建初七年郡國螟傷稼

蓄洩烟雲蔽虧日月　唐岱嶽觀前碑景雲二年敕

牢籠天地彈壓山川　王元長曲水詩序本淮南子語

盜烏懸察疑蛇立辨　庾信周大將軍趙公廣墓誌銘

雙龍再賜九雉重飛　庾信賀傳位於皇太子表

東里相鄭西門宰鄴　晉書良吏列傳

中州名漢關右稱羌　史通北齊諸史篇

無爵而貴無禄而富　孫卿子

以齒則長以德則賢　後漢書申屠蟠傳蔡邕辭讓州辟

雅俗觀風都亭待雨　庾信周同州刺史爾綿永神道碑

鐘鼎成列冠蓋連陰　庾信周連騎大將軍賀婁公神道碑

不出闕廷坐知天壤　舊唐書劉洎傳

雖處闇室如對嚴賓　南史劉璡傳

尊嚴皇威崇重帝德　魏書李冲傳

發揮大智協濟徽猷　宋李端叔答人謝解

志節亮直機略明舉　宋書王鎮惡傳

性天清袒門地高華　宋李端叔回謝涇州教授

氣奪風霆忠貫日月　明宏治間唐李西平王晟裔孫参政贊祭文

才兼文武學洞古今　宋李端叔回賀越州黃通判

鎪肌滌骨冰瑩霞絢　唐才子傳王贊論方干論

探道著書雲升川增　蘇東坡答錢濟明

機神秀發言論清辨　晉載記慕容鍾

章程明備憲令端平　玉堂類稾右相趙雄表辭敕令批答

魯接燕齊荆鄰鄭晉　隋書刑法志

孔稱游夏漢美卿雲　北史高允傳

蘧除戚施平生所恥　摭言張楚與達奚侍郎書

沈雅方正概尚甚高　魏書劉芳傳

簡書愈繁官方愈僞　晉書杜預傳

人心難知天道難欺　新唐書谷那律從政諫惟岳黨田悅謀拒命

十日並出萬物皆照　莊子齊物論

九澤既陂四海會同　書禹貢

行天惟龍御地以驥　孫楚詩

有心吐鳳無夢懷蛟　胡曾啟西京雜記董仲舒夢蛟龍入懷作春秋繁露

嘉瑞降天吉符出地　後漢書荀淑傳獻帝時以郎中對

珠囊紀慶玉燭調辰　洛陽伽藍記

少履貞規長懷體要　宋書張敷傳

外深推轂內侍集書　庚信楚國公慕容永安神道碑

亮直惟忠溫恭惟孝　庚信周大將軍趙公廣墓誌銘

寬默以居絜靜以期　顏延之庭誥

積德累行終始無悔　荀彧別傳太祖薦表

明白入素氣志如神　顏延之庭誥

器以琢成材爲眾出　李虞中授學士李讓彝職方員外郎制

聲與風翔澤從雲遊　張平子東京賦

慶仲奔莒子般獲福　易林

王陽在位貢禹彈冠　漢書王吉傳

鬼神害盈皇天輔德　劉孝標辨命論

子孫傳世福禄無疆　魏徵奏對願爲良臣

飛辯摛藻華繁玉振　潘岳夏侯侍中湛誄

茹蘖飲冰岳峙淵渟　西河徐鸞壽湯荊峴序

沃心無疑躡足乃定　鄭亞太尉衛公會昌一品集序

虛美難假偏輪不行　魏文帝樂府

氣韻嫻曠言辭精簡　宋史潁昌杜生逸其名人呼爲杜五郎

膚神軒舉器識沈凝　西河王錀王入告封公墓誌銘

重民五教惟食喪祭　書武成

一躍三尺法天地人　應劭風俗通

窮高則危太滿則溢　李固應詔對

博學而文篤學而剛　蘇軾趙德麟字說

茲履夏正載頒漢朔　容齋四筆在翰苑作賜安南國曆

日詔

及子春華後爾秋暉　陸機贈馮文熊遷斥邱令

跨商軼夏洗周滌漢　江淹書

陰燕陽魏連荆固齊　張儀說秦惠王

雕琢情性組織辭令　文心雕龍原道

咀嚼冰玉呼吸烟雲　唐書呂洞賓傳後論

博學洽聞意思慎密　魏志荀彧傳注子顗字景倩博學云云

握嘉履翼竅息洞通　春秋緯合誠圖赤帝之爲人

道合古今學殫數術　舊唐書方伎孫思邈傳

門喧童稚架滿琴書　元許魯齋先生與竇默書

禀潤天潢承輝日觀　隋書崔擴子賾傳

揚旌北渚飛盖西園　隋書王貞傳齊王暕以書召之

設情有宅置言有位　文心雕龍章句

見善若驚嫉惡若讎　潘岳楊荊州肇誄

道界金繩庭懸珠網　隋河東栖巖寺碑

寒服冷水暑啜羅閣　涼州異物志

姚虞陳田本同根系　晉書劉頌傳

珪組軒冕不爲輝光　元王磐許魯齋先生像讚

採標緑錯華垂丹篆　隋書潘徽江都集禮序

行敦素尚器蘊黃中　金皇慶元年贈宏農郡侯楊天德誥

畫卵雕薪或可易革　陳書世祖紀天嘉元年詔

移的就箭曲取相諧　史通書志

四分既明三微且定　庾信爲晉陽公進玉律稱尺斗升表

八法斯掌九賦是均　庾信周隴右總管豆盧永恩神

道碑

兩龜爲印雙蛇結綬　庾信周兗州刺史宇文公神道碑

周書作鄭常

豢龍啟胄赤烏降祥　東魏開國公華陰劉君懿墓誌銘

畏榮好古薄身厚志　顏延之陶徵士誄

居敬窮理克己存誠　明史恭王厚烷進四箴

威令首途仁風載路　沈約齊安陸王碑

國爵屏貴家人忘貧　顏延之陶徵士誄

雲潤星輝風揚月至　齊王融曲水詩序

枝附葉從表立景隨　揚雄覈靈賦

跨躡曹左含超潘陸　梁簡文帝答新渝侯和詩書

爪牙信布腹心良平　班固史述贊漢高祖

季舒纖勁循古有禮　法書要録

延壽厲善所居移風　漢書韓延壽傳贊

薄入謹出府庫遂實　唐書張延賞傳

發姦摘伏聰察如神　通鑑周世宗應機決策出人意表

視聽不衰神采甚茂　舊唐書方伎列傳孫思邈

日月既照氛沴自消　宋史王溥傳

侯王將相曾是有種　容齋四筆銘汪莊敏

清介正直不雜交遊　南史陸慧曉傳

道冠鷹揚聲高鳳舉　隋書王貞傳齊王暕以書召之

神窮豹略藝恰隼墉　唐道王府典軍朱遠墓誌

文情博麗學解深拔　南史王僧虔傳與袁淑善袁每

嘆其

風神警悟器宇虛明　北周處士程元景墓誌

謙慎寬厚兼愛文學　北齊河南康舒王孝愉傳

金相玉式豔溢緇豪　文心雕龍辨騷贊

外緝四海內齊八政　晉書王道傳元帝拜宰相制冊

任隆三事功宣一匡　晉書陶侃傳論

聯玉無瑕清塵遠播　唐才子傳論皇甫冉皇甫曾兄弟等

寒松比操秋桂同芳　北周處士程元景墓誌銘

聲畫昭精墨采騰奮　文心雕龍字贊

水影搖日花光照林　庾信象戲賦

名高天下光燭鄰國　齊策魯仲連遺燕將書

形入紫闥意在青雲　南史齊衡陽王傳嗣子鈞字宣禮傳

虹見萍生土膏泉動　宋書袁淑傳上防禦宗虜議

星嚴海淨月澈河明　南史齊高帝塞客吟見蘇侃傳

簡樸退靜無謝古人　宋史种放傳張齊賢薦語

伯仲競爽璧聯珠映　劉子翬題跋

政教隆平男清女貞　舊唐書列女傳贊

寢處風雲憑棲水月　陳書江總修心賦

講習禮樂吟詠詩書　魏志邴原傳注原別傳

青峯瞰門綠水周舍　唐才子傳道人靈一傳後表

霜毫生領雪刺滿頭　宋璟求致仕表

涉器千名含靈萬族　王中頭陀寺碑

齊衡兩獻比迹二南　上官儀冊詔殷王旭輪文

德洽家門功著王室　魏書李冲傳贊

位居上列爵邁通侯　北周書李賢傳弟遠辭讓左僕射表

前英後俊門傳簪紱　唐右金吾宋府君夫人王氏墓誌

五老同游三星連曜　周庾信賀傳位於太子表
四維皆舉八柄有章　南史陳高祖紀
鶬鷺未振潛龍有待　唐周朝隱騎都尉馮本祠碑
魯魚盈貫晉豕成羣　法言
博恩廣施遠撫長駕　司馬相如難蜀父老
策名樹績報國榮家　摭言崔顥薦樊衡書
鳥道驚馳豈封安步　李易安居士打馬賦
馬鳴幽贊龍樹虛求　王中頭陀寺碑
道德爲麗慈儉爲美　李德裕丹扆六箴罷獻
閥閱相齊詞學相均　北夢瑣言鄭文公畋與盧相攜親表也
史筆軒皇體備周孔　文心雕龍史傳贊
術同彪嶠才若班荀　史通覈才

深中夙敏方成佳器　宋書謝宏微傳
愛功惜力以佐明時　韋宏嗣昭博奕論
文成規矩思合符契　文心雕龍徵聖
事豐奇偉辭富膏腴　文心雕龍正緯
文質相濟損益有物　陸士衡五等論
輕重量力行止隨天　西河古文録李楷亦雪堂記借舟爲喻
褎善糾違肅清朝府　後漢黨錮岑晊傳
博物洽聞通達古今　班固稱劉向見孔融傳達如子政注
樂談人善惡聞人過　元史陳顥傳
暴浣我行明昭我名　說苑晉文公語
千門萬戶大福所處　易林
九流七品異說相騰　北史周武帝紀詔曰

上調陰陽下安黎庶　舊唐書郭承嘏傳

出交賢俊入侍冕旒　舊唐書白居易傳

川停岳路雲臨水鏡　邢劭甘露頌

雷陳法鼓樹積天香　庾信秦州麥積崖佛龕銘

仁鑄蒼岳道括寰海　江淹爲建平王慶明帝疾和禮上表

家傳學業世篤忠貞　梁元帝贈杜崱詔

抑頑錯枉進聖擢偉　蔡邕瑯琊王傳蔡公碑

濯暉育慶懷祥載榮　陸機文

拜賀歲時瞻望日月　齊書王融傳上疏

總集瑞命備致嘉祥　張衡東京賦

言行相符終始如一　南史劉遵傳皇太子與遵兄孝宜令

道路夷清威惠並行　後漢書李恂傳謁者使持節領西域副校尉

日月在躬水鏡被物　邢劭廣平王碑

鳥龍居位雲火垂名　晉書職官志

瞻濟親族撫恤孤藐　宋史宗白傳

奉宣明令慷慨下風　晉書戴邈傳

三善有聲四國無競　謝朓海陵王昭文墓誌銘

百邪外禦六府內充　庾肩吾答陶隱居賚朮煎啟

受瑞析圭遂荒雲野　沈約齊安陸王碑

辨睡警昏主在金吾　李庾西都賦

葉動猿來花驚鳥去　王勣游北山賦

雲開月見水淨珠明　梁簡文帝鏡銘

風烟俱淨天山共色　吳筠與朱元思書

水木相映泉石爭輝　水經注漸江水
匡贊七德謨猷八柄　庾信紇干宏神道碑
通達四果善會六情　法苑珠林
蔭映萬邦光覆四海　晉書赫連勃勃載記
道沿五勝風殊百王　梁簡文帝大法頌
敦厚質樸遜讓節儉　後漢書吴祐傳以光禄四行遷膠東侯相注
忠肅共懿宣慈惠和　左傳八愷
金精南邁天輝北映　晉書赫連勃勃載記
皇恩下降休氣上翔　傳休奕朝會賦
朗月靈懸高風獨寫　江總尚禪師碑銘
法雲常住慧日無窮　庾信佛龕銘
致主文宣抗懷伊稷　後漢書李杜列傳贊

比崇軒皞紹美唐虞　李華著作郎壁記
高祖豢龍光武御虎　埤雅孫綽子曰
丹圖馭馬緑甲乘龜　庾信堯登壇受圖讚
駐節龍沙軒旗象浦　楊浦都督王湛神道碑
洗兵海島刷馬江洲　左思吴都賦
學謝伏恭業漸張禹　唐永徽四年趙國公無忌等上五經正義表
策同范蠡忠合子胥　史記褚少孫續滑稽列傳
百姓昭明九族敦敘　王延壽魯靈光殿賦
五典敷暢四海會同　唐紀太山銘
擁旌推轂紆金拖紫　南史明山賓傳
櫛風沐雨犯露乘星　謝靈運山居賦
清心在公（疆）〔彊〕力從政　常袞授崔夷甫金部員

外郎制

虛己下士厚載多容　漢幽州刺史朱伯靈碑

學業優博詞藻溫麗　晉書張華傳

氣宇冲貴雅量宏通　梁書臨川王宏傳

問難鋒至應對響出　北史張惠普傳杜弼遺之書昨承云云

牋記風動表議雲飛　沈約武帝集序

風格峻整識性明悟　晉書傅咸傳

冲姿祕契景應潛周　王勃善寂寺碑

顧盼盻章動言成論　文心雕龍時序

琴酒寓意雲月遺懷　唐才子傳楊衡字中師

復禮問詩披圖顧史　周書宣帝陳皇后天左大皇后冊文

絕學棄智抱一居貞　舊唐書隱逸王希夷傳

仁讓廉忠不屑世事　晉書翟湯傳

元黃律呂各適物宜　沈約宋書謝靈運傳論

寅亮聖皇登翼王室　班固燕然山銘

方軌前秀垂範後昆　劉楨魯都賦

物雖胡越合則肝膽　文心雕龍比興

行敦風俗義本君親　摭言中書奉旨不欲及第進士呼有司爲座上等條疏

舉孤棄讎聖人所美　摭言公薦篇贊

望景揆日盈數可期　陸機演連珠

震撼擊撞欲其鎮定　書君奭傳

愼靜恭默無所猷爲　宋史英宗爲太子

御乾從紀乘離作聖　庾信趙廣墓誌銘

坐釣登相立籌封侯　摭言太子校書郎王冷然上相國

燕公書

飲酒賦詩但自陶寫　元倪瓚貞居人自書雜詩後
藏用守道實有歲年　摭言崔顥薦樊衡書

文峯千仞詞瀾萬里　唐辰溪令張仁墓銘
通莊九折安步三危　王中頭陀寺碑

聲溢金石志華日月　顏延之祭屈原文
氣侔鐘鼎聲感風雲　庾信周隴右總管豆盧永恩神道碑

道冠搢紳數窮天象　隋書儒林列傳贊劉炫
行合規矩言堪典模　唐鳳州司倉叅軍司馬夫人孫氏墓誌銘

三慶集身百齡逾外　唐李邕表
九功遠被七德允諧　隋書高祖紀周帝詔美功德

道邁前烈聲高自古　舊唐書道士王遠知傳隱逸
言窮書圃思極人文　隋書文學列傳

氣志深虛資神清映　南史徐棨傳著妙德先生傳自況
器宇凝正容範瑞華　唐南陵縣尉張師儒墓銘

累跰救宋胼胝存楚　任昉牋
纂系在漢統源伊唐　宋書樂志

掺擇茂異網羅俊乂　郎官石記歐陽詢書
脫略勢利嘯嗷風雲　唐才子傳劉昚虛

宮商朱紫隨勢各配　文心雕龍定勢
孝友睦媚篤行能文　容齋五筆曹禋妻撰夫墓誌

慶雲扶質清風承景　陸機贈馮文熊遷斥邱令
青山挺翠皓月當空　明西河雷于霖采真篇

淩厲清浮顧盼千里　陳琳爲曹洪與文帝書

崇尚謙省垂則萬方　後漢書李固傳奏記大將軍梁商
委重宗祊藩飾世緒　柳貫跋范文正道服贊帖
戮力上國流惠下民　典略臨淄侯與楊修書
清風明月軌思元度　劉尹語許詢字元度
愛客喜士見重平原　史記索隱孟嘗君傳贊
溫故知新通達國體　漢書成帝紀儒林之官四海淵源
廣視遠聽審任賢良　李尤洛銘
熊耳峰危羊腸徑險　魏徵邢國公李密墓誌銘
龍道雙迴鳳門五開　李庾西都賦
山竄趙武家藏李燮　庾信司馬裔神道碑
紘超子野歌過綿駒　(稽)〔嵇〕康詩
騫英篤聖涵靈縱睿　江淹爲建平王慶登祚章
宗儒側席問道橫經　盧照鄰樂府

再攝憲曹八典戎族　張說廣州都督甄公碑
五入西掖七踐南宮　張說讓右丞相表
圖狀山川影寫雲物　文心雕龍揚班之倫曹劉以下
推步甲乙度量乾坤　舊唐書方伎傳孫思邈
學實通儒才堪成務　隋書儒林列傳劉炫
謙以養性恭惟立身　唐明堂樂章
上薄風騷下該沈宋　舊唐書杜甫傳元稹論李杜優劣
言奪蘇李氣吞曹劉　仝上
溥本肇末撥煩整化　齊語溥音轉等也肇正也
尊賢崇德尚齒貴功　隋書高祖紀周大定元年詔
謙虛恭慎非禮不動　晉書馮素弗載記跋之長弟
平簡貞正素望所歸　郗鑒薦蔡謨

分若芝蘭堅逾膠漆　摭言張楚與達奚侍郎書

內謨帷幄外曜台階　王儉褚淵碑文

傳神寫照妙在阿堵　西河王鉞起社序

懲惡勸善永肅將來　史通品藻

豎亥步經大章行緯　路史夏后氏亥廣韻集韻並下改切音亥豎亥神人也通作亥

呼韓入侍肅慎來庭　史通書事

合如雷電解如風雨　淮南子子發之戰

綴以珠玉飾以玫瑰　韓子楚人賣珠於鄭爲木蘭櫃

旱蛟得水毚兔走穴　後書品歐陽詢草書如

海鳥違風朔禽避涼　謝靈運山居賦

齊侯讀書輪扁竊笑　舊唐書劉洎傳

伯仁抗節鍾雅咄嗟　唐趙元一奉天録

韓陳揮戈齊城憑軾　庾信周隴右總管豆盧永恩神道碑

趙冠耀首越劍文腰　唐道王典軍朱遠墓誌銘

劍學千門書觀六代　庾信周柱國大將軍紇干宏神道碑

源開三本體合四端　潘徽江都集禮序

鑒懸日月詞富山海　文心雕龍徵聖贊

門承鐘鼎代襲圭璋　唐南陽郡開國男思道墓誌銘

開國承家世代相續　史通世家

知白守黑神明自來　參同契

鑽仰四科馳驅六籍　史通品藻

脫落諸子憲章五經　唐朔方節度使王履清碑

理存雅正心嫉邪僻　史通別傳

體分濛澒色著青蒼　史通書志

絳鶴晨嚴銅蠡晝靜　徐陵玉臺新詠序
掛猿朝落飢鼯夜吟　陳江總修心賦
寢處風雲憑棲水月　陳書江總傳憩龍華寺製修心賦
稟靈山嶽誕載星辰　庾信周河州都督普屯威神道碑
原姓辛本姒姓
精神秀發識解聰異　吳均齊春秋謂王儉儉字叔寶諡
文惠
樞機周密出納清通　庾信周大將軍鄭偉墓誌銘
落日鎔金暮雲合璧　李易安元宵賦永遇樂詞
甘露潤液醴泉出山　尚書中候帝即政七十載
朝撩黄庭暮飡緑雪　宗子湘與張功甫
仰看瀑布旁眺赤城　唐才子傳許渾游赤城
山積器械谷量牛馬　庾信周河州都督普屯威神道碑

書名竹帛琢戒杅盤　墨子帝堯篇
環周三臺翰飛兩翼　獨孤及吏部郎中廳壁記
彌縫五氣取則四時　隋書刑法志
通敏五經精練羣籍　如涫宅碑頌
總率衆職辨章萬微　玉堂類稿批答右丞相趙雄辭免
敕令表口宣
操履敦修局宇詳正　陳書沈君理等傳
茂德清粹器恩深通　晉書陸雲傳移書太常府薦張瞻
家有參柴人皆由損　宋書顏延之庭誥
遠超枚馬高躡王劉　晉書陸機並雲傳論
玉輝冰絜川渟嶽峙　晉書隱逸傳序
天行樞運標舉煙升　宋書袁淑傳
啟沃帝心弼諧王道　舊唐書裴垍等傳贊史論謂弼

對揚天問高步雲衢　晉書郤阮等傳論

蘊秘凝真含幽綜妙　唐岱嶽觀碑景雲二年敕

探賾索隱應變知機　隋龍藏寺碑

蟬以翼鳴龍將角聽　齊東野語

鶴知夜半雞應旦明　春秋緯考異郵

聽言責事循名察實　荀悅申鑒

策勛奏凱照古凌今　唐哥舒季通葬馬銘

平心率物曉譬曲直　史腴謂陳寔

逐禍除患道德神仙　易林

條例支分箴石間起　新唐書褚無量傳作釋疑

公侯復始鐘鼎逾繁　庾信周兗州刺史宇文公神道碑
即鄭常賜姓宇文

思侔造化名並日月　陳書文學列傳小引

行高州里聲滿邦畿　東魏開國公華陰劉君懿墓誌銘

促膝舉觴連文發藻　陳書陸瑜傳太子與江總書贊之

懷文抱質歷事著稱　魏書崔挺兄弟傳贊

仰味羲農俯尋周孔　晉書江逌傳

上追史漢下包魏陳　明楊循吉重刻舊唐書序

深達政宜務存清靜　後漢書盧植傳拜盧江太守

動塞天地當念始終　新唐書段秀實傳

塊立五嶽綫穿四瀆　西河古文録雷午天浩蕩篇

情感七始化動八風　文心雕龍樂府

淵角殊祥山庭異表　任昉王文憲儉集序

衣冠雅道廓廟嘉猷　陳書沈君理等傳贊

敷奏絳闕獻替黼扆　文心雕龍章表

從容禁省出入瑣闈　封氏聞見記毛傑與盧藏用書

應變知微探賾賞要　袁宏三國名臣贊
伸傴起躄發瞽披聾　枚乘七發
國以賢化君以忠安　後漢書龐參傳廣漢段恭上疏理
龐參
才爲世生器爲時出　蘇武答李陵書
身獲美名君受顯號　魏徵奏對願爲良臣之所以
山依瑤采地立少陽　梁簡文昭明太子集序
仲起司陸陽侯司海　路史太皞紀
渾沌得宗象罔得珠　孫綽子曰莊多寓言
博物通人知今溫古　孔冲遠禮記序
愛身明道修己俟時　李延平先生語
往渚還汀面山背阜　謝靈運山居賦
陳書綴卷置酒絃琴　顏延之陶徵士誄

飛龍翔鳥上下其勢　握奇經
分溪別壑津濟相通　水經注溫水
天經地義重規沓矩　梁元帝孝德傳贊
玉牒金繩騰實蜚聲　宋史樂志
同量乾坤等曜日月　七啟下句元化參神
逖聽圖書修覽帝王　法苑珠林
並光類儷終逢協吉　嫏環記鏡聽呪
旁摎遠紹不苟趨時　宋史王庭秀傳
男清女貞足以相冠　北齊書羊烈傳
觴行筆落了不容思　蘇軾和陶詩
參考八音研精六代　庾信賀周元和元年新樂表
敢因五日仰續千齡　李商隱端午日上所知劍啟

勝茍居簡止煩除濫　張說送毛明甫詩
安貧樂道植節秉忠　宋史趙與懽傳月辭內帑不受帝書此八字賜之

率禮蹈和稱詩紬順　顏延之元皇后哀文
則明分爽觀象洞元　陸雲大將軍讌會被命作詩

種學績文以蓄其有　韓愈藍田丞壁記謂崔立之
委命供已味道之腴　答賓戲

才識明達令行禁止　晉書苻生載記
稟氣高妙性敏心通　後漢書申屠蟠傳

寡偶少徒固其常也　史記褚少孫續滑稽傳東方朔
保身全己豈不樂哉　後漢書樊宏傳

立身行道終始若一　南史梁簡文帝紀爲文自序
節酒慎言喜怒必思　晉書涼武昭王傳李暠字元盛

天地神祇昭布森列　韓文公與孟簡尚書書
出處忠孝文武清勤　南史梁武帝紀中大通三年賜爵詔

景星炳曜甘露被野　路史陶唐氏
祥雲入境行雨隨軒　庾信周兗州刺史宇文公神道碑

前端千古後法萬代　舊唐書沈傳師傳父既濟奏議則天不應立本紀
君有一德臣無二心　新唐書魏徵傳

餐霞嚥液乘鴻躡鯉　王延齡夢遊仙庭賦
出日入月控鶴轡龍　玉海

百寶流蘇千絲鐵網　唐才子傳後人評李商隱詩如此
盈尺美玉徑寸明珠　唐周朝隱馮本祠碑

憲章典謨裨贊王道　陳書文學列傳小引
範圍天地綱紀人倫　周書王褒庾信傳論

篤誠通恕尊賢重士　南史梁南平王偉傳文帝第八子
孝慈恭儉博學能文　鑑稱梁武帝
神情朗悟經史明徹　晉史王珣傳桓元與王道子稱珣
操履忠正識量該通　文心雕龍史官原注高宗詔曰
朝登上將暮會小卒　庾信周同州刺史尒綿永神道碑
俯憲坤典仰式乾文　蜀志自我大漢
風神韶亮占對閑敏　陳書文學陸琰傳字溫玉
身體强良思慮徇通　墨子公孟篇
溫恭靜密乞言是寄　魏書游明根傳高祖詔答其致仕
聰辨明慧下筆成章　晉載記苻融有遠識過于堅
雖愚塵霧猶振霜雪　袁弘三國名臣贊
聊因翰墨輒寫芻蕘　摭言張楚與達奚侍郎書

寢誼廟堂借聽輿皁　任昉爲蕭揚州作薦士表
願守陋巷教養子孫　(稽)〔嵇〕康與山巨源絕交書
虧體辱親未之敢也　稗史都御史楊繼忠答汪直語
遊心寓目而無尤焉　晉書干寶傳
刻意尚行離時異俗　莊子
除繁去濫覩迹明心　孫虔禮書譜
家之珍寶國之英俊　後漢書姜肱傳注謝承書遇盜兄弟爭死弟江謂盜曰兄肱云云
寵以元愷爵以公侯　魏書李孝伯子安民弟豹子上書
出擁干旄入參衡鏡　庾信代人乞致仕表
氣侔鐘鼎聲感風雲　庾信周隴右總管豆盧永恩神道碑
少好于文長習于武　吳越春秋伍胥爲人
我靜如鏡民動如煙　陸機隴西行

彌諧聖謨敷奏天闕　唐南陽縣開國男思道墓誌銘
徵求異説採摭羣言　史通採撰
靡矜于高莫恥于下　北史高允傳
隨天之時以地之財　武王踐阼記牖銘

修身行道不敢止也　史記續滑稽列傳東方朔
循性樂天夫何恨諸　蜀志郤正傳
行己立身自有法度　韓文公與孟簡尚書書
守分安命庶畢餘年　謝靈運傳

附録：「高陵之學」探根溯源

白金剛

「高陵之學」是關學延續到金元時期，由高陵楊恭懿一門及其門生諸儒堅持研習而形成的儒學正脈。對關學延續起到至關重要的作用。關學是儒學的重要學派，是萌芽於北宋時期的儒家學者申顔、侯可，至張載而正式創立的一個理學學派。因其實際創始人張載先生是關中人，故稱「關學」。張載（1020—1077），字子厚，鳳翔郿縣（今陝西眉縣）横渠鎮人，北宋思想家、教育家、理學創始人之一。世稱「横渠先生」，尊稱張子，封先賢，奉祀孔廟西廡第三十八位。張載青年時喜論兵法，後求之於儒家六經，曾任著作佐郎、崇文院校書等職。後辭歸，講學關中，故其學派稱爲「關學」。宋神宗熙寧十年（1077），返家途中病逝於臨潼，年五十八歲。

關學基本内涵分六大類㈠氣本論。張載認爲：世界萬物統一於氣，氣有聚散而無生滅，氣聚則有形可見，氣散則無形可見。在中國哲學史上，張載第一次完整地創立了「氣本論」哲學理論體系，成爲傑出的唯物主義哲學家；㈡認識論。張載認爲：事物是感覺之源，即物可窮理，他主張通過實踐，通過多思方能認識事物，掌握事物的發展規律；㈢「一物兩體」辯證法。張載指出：氣處於永恒的運動變化之中。氣化的原因在於其本身含有相互吸引和排斥的兩方面，沒有對立，也就不成事物，任何事物都是陰陽矛盾對立的統一體。「一」與「兩」的對立統一構成萬物世界；㈣道德觀。張載認爲：進行道德修養，首先必須「變化氣質」「通蔽開塞」，只有通過克服自己的缺點，才能「存理」「成性」，成爲道德的聖賢；其次强調「躬行禮儀」的道德實踐。他認爲：人的道德修養最重要的就是「仁」「教」，人都應像古代堯、舜、禹諸聖賢那樣對待長輩，尊敬長輩，以永不忘本；㈤人性論。張載認爲：人出生之前就是有天地善性，只是後天影響，才出現駁雜不純氣質之性，但只要讀書知禮接受教育，變化氣質，就可以成爲善性，從而實現成爲聖人的目的；㈥教育原則及方法。張載認爲：完成教學任務，實現教育目的必須組織教學，教學必須遵循「啟發式、因材施教、把握時機」及「學須有疑、博學精思、持之以恒」等原則，其中許多精闢見解與現代教育思想吻合。

關學傳承至元朝，統治者並不看重儒學，而是把儒排在娼之後，丐之前，所謂「八娼九儒十丐」是也。這種疏離狀態，使得儒家思想很難再登堂入室。這個時期，陝西長安的同恕、蕭維斗，乾縣的楊奐和高陵楊恭懿與其父楊天德、其子楊寅、門生雷禧等極力倡導關學的精神。他們孜孜不倦地以講學爲生，弘揚張載一貫主張的實學風格和爲人「氣節」。於是在陝西高陵形成「高陵之學」的關學正氣。尤其高陵楊恭懿家族，有「楊氏三代」「鬱鬱遺風」之美譽。元代文學家姚燧稱頌楊恭懿爲「西士山斗，學者宗之」。「高陵之學」的努力，終於使關學在元代尚未失憶失語，也爲明代關學的復興打下了基礎。

楊天德，字君美，高陵陳楊村人。興定二年（1218）進士，歷官至轉運司度支判官。從讀書入仕到晚年，風節矯矯不變。任隆德縣（今寧夏六盤山區）令時，被元兵圍困，冒死完成請援使命。解圍後，建立治縣規約，醫治戰爭創傷，打擊豪强惡霸，縣民因此得到安居。慶陽被圍時，任安北（今内蒙巴彦淖爾盟東南部）縣令，因公忠勤，主帥使之兼禄事並鎮撫軍民，同時又兼理府事，日夜操勞，盡智畢力。守城拒敵一年多，居民餓死殆盡。奉命調進京師時，公嘆息説：「既不能救民之死，又不能掩蓋其屍骨而去，我不忍心呀！」戰亂中竟留任一月多，收葬全部兵民屍骨。其愛民之心可鑒。戰亂後士大夫多不能自守節操，而天德「於勢利貌然如浮雲」。晚年特别喜讀大學解沿及程頤、程顥著述。眼睛昏花看不見時，讓其子給己讀誦，從早到晚聽之以自樂。卒年七十九歲，葬高陵奉正原。許衡撰有墓誌銘。

楊恭懿（1225—1294），字元甫，楊天德之子。幼年時，正值金朝衰亡，蒙古軍大舉進攻中原之時。關中戰亂，他隨父母逃亡他鄉，但仍堅持讀書不斷。十七歲時回歸故鄉，因家貧，爲人作長工謀生。勞動之暇，抓緊讀書，二十四歲接觸理學，他認爲理學是入德之門，講道之途，期間廣涉經史子集，特别通易、禮、春秋，尤其推崇朱熹集注之四書，時與其父共同講論切磋。元至元七年（1270），朝廷召他入京做官，他不願往。名士許衡極力向中書丞相薦楊恭懿的學問和品行，所以，至元十年（1273），忽必烈下詔書派使者召他入朝，他仍以有病推辭。十一年，皇太子又命中書省依照漢惠帝聘請「四皓」之禮再請楊恭懿，丞相致書信派郎中官前來京兆敦請，楊恭懿方隨使進京。他到京城後，元世祖派宗室親王迎接，隨即親自召見，詢問他鄉里和家庭狀況，禮遇隆重。忽必烈下詔命楊恭懿與侍讀學士徒單公履商議開科取士的事情，他在奏疏中提出開科取士應該選録那些行爲檢點又深通經史的人，不要推薦，一律考試經義和論策。他認爲，只要提倡實學，官吏的作風就會轉變，民俗亦會變好，國家方能得真才。忽必烈同意他的觀點，逢北邊戰亂，忽必烈率軍北征，楊恭懿西歸故鄉。至元十六年（1279）。忽必烈統一中國。又一次命安西王府丞相催楊恭懿進京。楊恭懿入見世祖，詔命他到太史院修改曆書。十七年，新曆書修好後，被授集賢學士，兼管太史院事。十八年，他辭職回鄉。後來，朝廷又三次召他入朝任職，他始終未答應。至元三十一年（1294）卒於家，終年七十歲。

楊寅，字敬伯，恭懿之子。生而穎悟，盡通六經、百司之學。曾爲盩厔（今周至縣）縣尹，至任時間不長，積年弊政，剖祛無遺。後陞陝西行臺監察御史。因進治世之奏，轉江南行臺御史和監察御史。又上奏言江、淮河灘之地，多爲豪强佔種，宜按地徵租。大德十年（1306）出任陝西漢中道肅政廉訪司。後又任山東東西道。所到之處，伸枉黜濫，風紀振揚。至治三年（1323），遷西蜀四川道憲使，進階朝請大夫。泰定二年（1325），朝廷感念其老成，遂命爲集賢學士，國子祭酒。卒年七十三歲。

雷禧，雷貴第三子，元朝曜州知州，明高陵縣志有傳，理學造詣深厚。資温厚勤整，治尚安静，務使實惠及民。不挾術以干譽，故民皆愛戴。任官既去，懷思愈久而愈不忘，吏亦感誨諭之誠，不忍輕犯約束也。謝事家居，猶嗜書不倦，間與親賓談笑道舊故爲樂。待族黨恩義尤篤，憂喜同之。享年七十有七。

張鼎，字君實，宋金戰亂由汴徙高陵，遂爲高陵人。中統二年任縣丞，至元初年，極力倡導創修文廟，各地學者競相來拜。有碑記之。

到了明代，國家以理學開國，使儒家書籍遍及天下，爲關學振興開闢了一條坦途。據有關史籍記載，在明代中後期，關中的理學家竟達百人之多。白遇道曰：「理學名區是我鄉，後有文簡前文康。」「高陵之學」後繼有人。其中成就最大的是吕柟。他與統治了百年的「陽明學」對衡，而盛贊張載、二程和朱熹的學説。晚年吕柟辭官回鄉，建立書院，培養學生，著書立説，撰有四書因問、宋四子抄釋、周易説翼、禮問、涇野先生文集等，成爲張載之後的關學大學者，爲弘揚關學作出了巨大的貢獻。有明一朝延續「高陵之學」者甚多，有：

宋玉，字廷珍，高陵藥惠人。身長七尺，聲言洪亮，遠聞數里。自幼好書，手不釋卷，五經要義，多所自得。幼孤，且誦且樵以養母。正統三年(1438)以詩經魁任雙流訓導，教誨生徒像子弟一樣，個個成才。所作所爲以賢能取信。調往禮部，時王振當權，不肯爲之行賄，改任潘府教授。潘王尊敬如師，一言一行，必領受而後行。辭官後，不入城市，一心一意教授鄉里子弟，從學者甚衆。治喪不做道場，至死不更换自選而陰陽稱之爲絶穴的墓地。

周尚禮，字節之，高陵通遠李觀周人。以貢生任恒曲縣丞，爲政以清廉爲主，聲譽著聞。旋致仕回鄉，授徒百餘人，所居齋曰：「養浩軒」。吕柟童子受學，得先生小學之教爲多。正德三年卒，年七十三，高選爲之墓誌。

吕柟(1479—1542)，明代學者、教育家。原字大楝，後改字仲木，號涇野，學者稱「涇野先生」。師事薛敬之。正德進士，授翰林修撰。因宦官劉瑾竊政，引疾返鄉，築「東郭别墅」「東林書屋」，以會四方學者。後復官，入史館纂修正德實録。又貶山西解州判官，攝行州事，居解梁書院從事講學，吴、楚、閩、越士從者百餘人。嘉靖六年(1527)陞南京吏部考功郎中、尚寶司卿，公暇在柳灣精舍、鷲峰寺講學。十一年陞南京太常寺少卿，又在任所講學。十四年調國子監祭酒，以整頓監規，使公侯子弟亦樂於聽講而知名。次年陞南京禮部侍郎，仍在任所講學。十八年致仕返鄉，再講學於北泉精舍。生平所至皆以講學爲事，大江南北門生合約千餘人，幾與陽明氏中分其盛，一時篤行自好之士，多出先生之門。朝鮮國曾奏請其文爲式。爲學注重躬行實踐，「以格物爲窮理」，强調「即事即學，即學即事」(涇野子内篇 鷲峰東所語)。提倡廣見博聞，認爲「四方上下山川草木皆書册」(端溪問答)。針對科舉弊端，提出「安貧改過」。「安貧」即不爲科舉陷溺，以務實爲本；「改過」爲脱去舊習，做「克己功夫」。主張教人「因人變化」，依其資質高低、學問深淺而異，不可一概而教。

呂柟的思想仍然屬於程朱理學的範疇，但他同時也繼承了關學以禮爲教、重躬行實踐的特色，並吸收了陽明心學注重內在心性修養的特點，以此來糾正當時空疏的學風。在此基礎上，呂柟又提出「學仁學天」的爲學之路，要求學者「以天爲學」「以仁爲心」，對各家思想學説要兼容並蓄，不偏於一端；主張學仁、體仁、弘仁。這既是在面對朱子學與陽明學並立紛争的思想環境下進行的第三種選擇，同時也是明代中晚期思想界的一種新動態，即回到先秦、孔子那裏，重新繼承和發揚孔子的仁學思想。

呂柟著述宏富，有周易説翼、尚書説要、毛詩説序、禮問内外篇、春秋説志、四書因問、史約、小學釋、宋四子鈔釋、寒暑經圖解、史館獻納、南省秦藁、涇野詩文集、涇野子内篇、涇野集等。

周紹，號克述，周尚禮之子。少遵庭訓，篤志經史，爲文多其古語。弘治甲子舉人，授戎縣縣令，後調江陵，修堤解患，又墾田千頃，窮民稱利，後遭誣陷回鄉。時縣無春秋、禮記，身走武功購求之，程吉治春秋，牛時用治禮記，高陵始有春秋、禮記之學。

程吉，字汝修，號東軒，與呂柟、周紹受業於周尚禮先生。淳樸憨直，寢食俱廢，治春秋三年間，精詳淹貫，遂以春秋冠多士。高陵有春秋之傳，自先生始。

楊守信，字大賓，號對川。高陵吴村楊人。師從三原馬理。嘉靖三十一年（1552）舉人。初爲山西榮河縣（現山西萬榮縣）教諭。後爲山西大寧縣、繁峙縣縣令。繁峙縣立有去思碑。

田遇春，字汝元，高陵晏村人。從馬理先生遊學，每閲史傳嘉言懿行，即身體力行之。

吉士，字廷藹，官某縣訓導，呂涇野門人，與崔仲學録呂子語録爲東林語録。

高璽，字國信，高陵生員，呂涇野門人，侍呂涇野講學雲槐精舍，呂子渭先生「學者有三多，有四寡。」先生曰：「何謂？」呂子曰：「寡言則立行，寡動則静深，寡交則業專，寡欲則理明，是謂『四寡』。多學則德積，多思則機研，多就吉人則爲之也易，是謂『三多』」。

張宵，又名雲霄，號伯需，嘉靖某科貢士，涇野吕子門人。

李洙，號師魯，高陵生員，涇野門人。

馬書林，字子約，吕涇野門下，陝西鄉試考取舉人第二十九名，會試考取嘉靖乙丑進士第二百七十三名，初任河南輝縣知縣，陞南京刑部雲南司主事，歷陞本部廣西司郎中。性純厚篤孝，在輝縣時，體恤民情疾苦，向朝廷申請減免上税之田三百餘頃，改良乾涸陂池爲良田五百餘頃，以至「輝民頌德焉」。又有江西富民王冠，重金賄賂往來公卿官員，横行鄉里，無惡不作，買童男女合藥，殘害人命。後來事發，送刑部受審，王冠給馬書林寫信求情，並饋贈千金，但馬書林剛正不阿，將王冠問罪正法。後來任河南汝寧知府，除暴安良，將禍害汝寧的崇王府長吏承奉問罪革職，二十餘名軍校發配邊疆，「自是汝民安矣」。調四川保寧府，爲民請命，申減朝廷下派的絲綾，使保寧織户得以休養生息。陞按察司副使，整飭兵備，未任而卒，人咸惜之。

馬桂林，馬書林之弟，吕涇野門人，學亦駸駸，鳴於時矣。

楊九式，字檢夫，吕涇野門人，嘉靖戊子舉人，曾續高陵縣志，任直隸饒陽知縣。

崔官，字仲學，萬曆某科貢士，官某縣知縣，涇野門人，同吉士等收録涇野語録，編成東林書屋語。

墨達，字時壆，嘉靖某科貢士，官四川安岳訓導，涇野門人。

關學在高陵經過吕柟的研學影響，空前繁盛，致使高陵尊古重禮之風較前濃勝。直到明末馮從吾創建關中書院後，關學之風轉向西安，而在高陵，一些致仕賢達還默默在本地開關授課，這種文化的傳承在高陵已經形成自覺的研習。到了清代，關學的發展由盩厔李二曲先生掌舵，高陵學子入書院學習者多達數十人。至清末光緒年間，白遇道從臨潼楊彦修、三原賀瑞麟游，同賀研習關學，形成關學「清麓學派」，後其門生藍田牛兆濂再次繼承發揚「清麓學派」。關學宗傳曰：「高陵白悟齋，恪守西麓之傳，爲關學晨星碩果」，名噪一時。清代高陵關學有影響先賢有：

吴多瑜，字峴毓，授業關中書院，師從馮從吾，得理學之傳，性友孝，順治二年以舉博陞蘄州别駕。

于昌蔭，字爾錫，高陵崇皇人，明崇禎壬午科舉人，曾任永福知縣，著有筱齋集。多研程朱理學，盩厔李二曲先生由郃陽回鄉時，陪同祭掃呂柟祠，並夜住涇陽崇文塔，徹夜長談關學奧妙。

劉餘敞，字子元，高陵灣子鄉人。品行高潔，才學過人，每試輒取第一。因多疾，絕意科舉。精於醫，常於二三年前切脈，預決生死，無不應驗。曾將諸葛亮木牛流馬縮小製成，能在桌案上自行，人皆嘆其奇絕。曾説：「古今無不可解會之事，無不可明白之書」，「學者看聖賢書，先要存聖賢心，然後知聖賢説話，皆切己家常之談，自爾洞然。今人只向紙上索解，多扞格不通，忘其本源故也。時雖老師宿儒注疏貫串者，每與談，冰解的破，無不灑然稱快」。作詩衝口而出，書法遒勁厚潤，有人求索詩文墨迹，展紙揮毫，幅盡即成。讀之天然成章，詞意俱足。著有滋園集，已散失。

樊景顔，字子遇，高陵藥惠鄉人。家貧好學，善爲文。因屢困科場，遂絕意仕途，修身力學，以著作自娱。歷任知縣都很器重。縣志自明儒呂柟創修後，至雍正時又歷九十餘年，知縣熊士伯囑其重修。乃徵文考獻，博訪旁搜，於雍正十年（1732）知縣丁應松在任時纂修成書。還著有蝶園隨鈔、東皋亭詩餘、碧雲山房集。

党思睿，生有異質，童時不屑章句，受業鄠縣王心敬先生，每日研學濂、洛諸先生書，有所得即體而行之。王先生賞贊曰：「党生可謂今人古心矣。」乾隆十六年，以純孝旌。

陳大綱，字福臣，高陵鹿苑鎮人。授業關中書院路潤生先生，嘉慶十六年（1811）進士，歷任湖南桑植、湘陰、巴陵知縣。有文才。所題岳陽樓對聯「四面湖山歸眼底，萬家憂樂在心頭」時久剥落，巡撫胡林翼見之，重加修飾，兼題跋語，謂大綱居官清正，愛民如子，有范仲淹先憂後樂之心，其德才不止縣令，多篇藝文收録於時藝階一書中。

常任，字俊卿，高陵藥惠鄉人。歲貢生。好讀書，善制藝。咸豐元年（1851）被推薦赴考，抱病失期。性敦厚，好周恤，曾送棺木救濟不能收殮之人。道光年間灾荒，慷慨出錢百餘串救濟灾民，受到官府褒揚。著有學庸附解、省幼塾鈔若干卷。

王懋績，字孟熙，高陵通遠人，父者香，邑諸生，幼承家訓，貧苦力學，年十三以文得縣令德亮稱贊，並助膏火入縣學。

每試均名列前茅，弱冠補諸生，有聲庠序，與父授徒課試，賴以養贍。潛心經史，尤精於易。闡發精理，多所心得，談論侃侃如懸河瀉水，聞者敬服。回民起義後，鄉人見異而遠喪祭，各禮幾與荒廢，固慨然行之，並語鄉人曰：「鬼猶求食，汝家之鬼不其餒？」而後以身作則，於是從而改悟者數十村莊。居家勤儉，教子節約。晚年以明經任中部縣儒學訓導，在任教士有方，屢蒙學憲嘉獎。逾年告歸，年七十三卒於家。

雷啟秀，字雙峰，增貢生。幼時就解定省禮，常讀孟子。慨然曰：「事親之道胥於是乎？在遂行之終身焉。」父去世，喪葬如禮。以賑灾左宗棠薦訓導，未仕卒於家，年六十有九。

楊作霖，字梅橋，高陵吴村楊人。四歲喪父，家雖貧然性過人，不以是作可憐狀。好讀書，無力從師，逢人便問字，年長開始從師受學，無聊時常挽船河上擺渡，所得購食物適逢母親。十六歲補弟子員，有聲庠序，賞教讀三原富户，遇佳肴輒思母不肯下咽。後中同治癸酉科舉人，以大挑選府谷縣訓導，教士有方，後因家有老母無人侍奉，告歸課子讀書。在縣期間，參與了白遇道高陵縣續志的參訂工作，年六十二卒於家。

馬述融，字帳軒，高陵西劉村人。生於清道光年間，回民起義避地淳化縣。手不釋卷，友教四方。教學中，因材施教，循序善道，其成才者衆多。晚年以恩貢選授延長縣教諭，莅任未幾年以病歸，卒於家，年七十有三。葬時，門人上千人爲之送行，並立教思碑。

白遇道（1837—1926），字悟齋，改五齋，又字心悟；早年號慎旃，引退號「完穀山人」。高陵董白村人。同治九年（1870）中舉。十三年（1874）中進士，以優異成績授翰林院編修。光緒五年（1879）父喪歸里服孝。六年（1880），應請編修高陵縣續志。七年（1881）編成。體例一如吕柟高陵縣志，但在運用資料方面均標示出處，文筆洗煉，實不讓前賢。十年（1884），起復回京，仍供職翰林院。十一年（1885）爲山東鄉試副主考。十五年（1889），應陝西巡撫鹿傳霖之約，回陝講學，譽滿西北。十七年（1891），榮禄以工部尚書受賄被參，出任陝西駐屯軍將領，公餘常到關中書院聽講，因與白氏相結識。二十一年（1895），甘肅提督董福祥進軍青海，榮禄推薦白氏爲董參贊營務，運籌決策。二十三年（1897），隨董部入衛京師。二十四年(1898),引見光緒皇帝,超授甘凉兵備道。曾勸董福祥罄家資捐餉四十萬金,助賑皋蘭水災。三十三年(1907),代理甘肅按察使,兼任督陳所參議,陸軍一等諮議官。宣統元年(1909),改任鞏秦階道鹽運使。白氏自知已無所作爲,以老病引退還鄉,閉門著書,口不談時事。民國十五年(1926)終老於家。

一生著述甚多,除高陵縣續志刊印問世外,遺著尚有課館詩賦偶存、完穀山房館課詩鈔、完穀山房館課賦鈔、完穀山房課蒙小草、重訂涇野子内篇、摩兜堅齋汲古集聯、白悟齋時墨輯、安貧改過齋雜著、完穀山房寱語抄存等。

張鴻道(1875—1930),字夢賓,高陵縣城人。清禮部主事。辛亥反正,棄職回陝,加入革命。民國元年(1912),任陝西省議會秘書兼修史局編纂。七年(1918),任陝西靖國軍第三路秘書長。十三年(1924),任河南省政府秘書。十七年(1928),任國民軍第十軍秘書長。鴻道自幼才貌出衆,有神童之稱,十四歲能默誦十三經。光緒二十年(1894)中舉。在京加入「關西學會」,積極參加保國會的活動。他長於史學,對杜佑的通典、馬端臨的文獻通考、司馬光的資治通鑒,均有較深研究。尤善爲駢、散文,下筆千言立就。各軍中的重要文電,皆出其手。曹世英、胡景翼、楊虎城,皆倚重其才,隆禮相待。十九年(1930)春,病卒於家。

趙先甲,就讀於涇陽味經書院,光緒十五年乙丑科舉人,師從咸陽劉古愚先生。參加了保國會第一次、第二次會議。在京加入「關西學會」,積極參加保國會的活動。爲擴大維新思想的宣傳和在陝西乃至西北影響做出了貢獻。

劉澤椿(1871—1937),高陵皂南村人,光緒丁酉科舉人。白遇道門生,曾任四川省達縣、珙縣兩任知縣,後陞直隸州加知府銜,並給二品封典。在他所著的傳家紀事上,曾對關中地區的農業生産,從耕地、施肥、鋤草、播種等方面作記述(許多是他訪記老農得到的經驗)。辛亥革命後返回高陵老家務農,1937 年去世,享年六十七歲。

民國初期,關學增加了西方學術内容,創辦實業,培養有科學有知識的人才,並在關中各地集資創辦義學,教育思想踐行男女並教,男女平等,和學習西方先進文化與傳統文化並學的教育主張,這一時期,高陵學子多爲白遇道、劉古愚門生,或者再傳弟子,爲「高陵之學」正統傳承,堅守其職。這期間涌現有:

雷鳴春、雷鳴夏兄弟，高陵灣雷村人。以生員考取光緒二十四年秀才，擁贊康、梁維新的言談，施閑鄉里。

惠萬邦，高陵姬家惠家村人，光緒二十四年秀才，白遇道門生，在家開館授徒。

關學作爲儒學史上承前啟後的一個重要學派，從北宋到清末，影響深遠。歷史上的關中學者當之無愧。但不得不承認，從白遇道之後，近百年來高陵再没有出現關學代表人物，也缺乏一些比較系統的著述，以至提起關學，一些人竟然不明就裏。不過，「高陵之學」的影響仍在，關學並没有在高陵成爲絶學。關學對我們今天社會仍然具有一定的積極作用，如强調人的社會責任感和歷史使命感；注重氣節和品德；發奮立志。

今天探根溯源「高陵之學」，既是對先賢的崇仰紀念，也是對高陵文脈的一次梳理。我高陵兒女當在國家建設中，以家鄉先賢爲自豪，厲行「高陵之學」精髓，樹立社會責任感和歷史使命感，注重氣節，發奮立志，使高陵文脈源遠流長。

後記

2015年，西北大學出版社出版了關學文庫文獻整理系列。我通過網絡聯繫上了涇野先生文集編者，寶鷄文理學院米文科先生，交談中得知我與涇野先生同鄉，慷慨贈書。拿到書後晨讀枕頌，自感此套書的價值是關學文獻近年來研究整理巨著。在陝西文化學者張世民先生引薦下，我到西北大學出版社購得此套書部分文集，如：劉光蕡集、賀瑞麟集、牛兆濂集、關學思想史等，這些文獻的整理出版，對於研究清末關學思想提供了第一手材料。

我在閱讀關學思想史「關學及關學研究概説」一節時，見清代張驥在關學宗傳自序中追問「茫茫絶緒，繼續何人」時説：「所聞則有高陵白悟齋、藍田牛夢周，恪守西麓之傳，皆關學之晨星碩果。」而此時高陵白遇道、藍田牛兆濂均在世間，因「生不入傳」，故只能在序言中提及。曹冷泉先生1945年編著的陝西近代人物小志中，關學部分共收録九人，「烟霞學派」有劉光蕡、柏景偉、李敬恒；「清麓學派」有賀瑞麟、楊仁甫、王鐵峰、白遇道、牛兆濂、張鴻山。此時白遇道、牛兆濂均已作古，書中對白遇道記述如下：

「先生高陵人，清翰林，官甘肅兵備道。清室既屋，解組歸高陵，年七十自營生壙，九十始歸道山。先生風度偉岸，而胸懷坦夷，爲清麓門下高足。」詩贊曰：「此心已破死心網，世事一任牛馬風。生壙自營還自笑，抬頭浩月正當空。」

這可以説是對白遇道一生的蓋棺定論，對白遇道在關學中的影響和地位做了明確的記載。

白遇道一生著述宏富，有高陵縣續志、課館詩賦偶存、養正山房文稿、訓蒙草、重訂涇野子内篇、摩兜堅齋汲古集聯（六種）、白悟齋時墨輯、安貧改過齋雜著、完穀山房寱語鈔存等。上述著作，有的刊行，有的未刊，有的僅存手稿；著述有文集、楹聯、地方史志、試帖，涉及領域廣泛，有的至今仍有重要參考研究價值。鑒於白遇道在關學中的地位和影響，而關學文庫又未收白遇道資料，殊爲遺憾。此外，爲了響應中央大力弘揚中華民族優秀傳統文化的號召，我們計劃整理出版白遇道集。此書共收録白遇道一生著作十四種，五十餘萬字。在資料收集階段，我們得到了甘肅省圖書館、陝西省圖書館等單位的大力幫助與支持，對此特表示感謝。尤其是高陵區圖書館資助付梓刊印，對弘揚優秀傳統文化擔當起了光榮的責任。在整理白遇道集的過程中，我們從書中深刻體會到白遇道在「立德、立功、立言」方面給後人所做的表範，他在理學、楹聯、史志上的歷史貢獻，值得我們今人永遠學習和銘記。現簡述如下：

一、潛心理學，見諸躬行

關學，是北宋張載創立的一個理學學派。因張載及其弟子大都是關中人，故又稱爲「關學」。關學提倡「變化氣質」，只有通過克服自己的缺點，才能「存理」「成性」，成爲聖賢；其次强調「躬行禮教」的道德實踐，倡導世人都應像古代堯、舜、禹那樣對待長輩，尊敬長輩，以永不忘本。

作爲關學後學，白遇道繼承且身體力行着關學的這些爲學精神。如牛兆濂在高陵白五齋先生九秩壽言中寫到：「先生年逾八十，清麓會祭，猶躬身拜跪，終事不怠。及會講，則以内多愧怍終辭，蓋以身教也。」（牛兆濂集）「永不忘本」還體現在白遇道完穀山房寱語鈔存中，在祭先考奉政公文、祭本生先府君奉政公文、本生顯考奉政公行述、祭先慈裴太夫人文和祭先慈劉太夫人文等文中，都可感到一個「孝」字貫穿於字裏行間。御史安維峻先生感言：「在祭先世諸文，讀之至令人聲泪俱下，蓋至性至情有以相感也。」「扶綱常、發潛德、勵風俗、正人心，胥於是乎。」（寱語鈔存安曉峰先生賜言）牛兆濂說：「告考妣文，讀者莫不揮泪。子思子述大德必推本於大孝，而位禄名壽即以是必之。先生艱苦備嘗之身，而能永保令名，卒全臣節，以不愧顯揚之孝者，則天之玉成先生，而先生至善承天意也。」（牛兆濂集）能以朱子家禮在不同時期祭奠父母，不忘長輩懿德永不忘本，白遇道至終老不改初心。而張載提出的「一物兩體」，在白遇道身上表現爲天人合一。他曾說：「天地之物莫不有偶，即天地之文亦莫不有偶，其信然歟否耶。」這是他十幾年間編輯摩兜堅齋汲古集聯的感悟。孫庭壽在摩兜堅齋汲古集聯三續的序言中說：「先生獨得天地自然之理，則過人遠矣。」「衣冠古處、道貌岸然，一言一動舉足爲後輩法者。」「才兼文武、學有本源」。他用一生名節維護了理學正統。

另外，關學重「氣節」的學風在白遇道身上也有着突出體現。宣統三年，清朝滅亡，他自撰墓誌，説：「山人少而儒，壯而官，老而民。於是民皆笑之，匪民者譏之，斥之。斥之者曰：『子頑民矣，愚民矣，否則賊民矣，亂民矣。』則應曰：『愚頑所不辭也，亂與賊則斷不敢也。』於是以民終。卒於宣統三年冬十一月，得年七十有四。」可見白遇道的忠君思想以及不事二主氣節之堅定。1922 年，曹世英駐兵高陵，送「關中文獻」匾額於先生。先生説：「賊子居心叵測，欲假我以自重，我非真昏庸者！」其氣節爲當時世人敬仰。白遇道崇古尊古，在當時已不適應歷史發展潮流，但直至去世，他仍用生命捍衛一生名節，不愧爲關學之「晨星碩果」。

二、道不可見必顯於文，文貴足徵必稽之古

白遇道晚年任甘凉兵備道，建節河西，不忘治學之習慣，「博覽群書，手不釋卷，殆所謂仕不廢學歟！」（凉州知府聯壽語）牛兆濂早年就讀關中書院，是白遇道得意門生，對白遇道的瞭解更加詳細深刻。他説：「先生年逾八旬……五鼓即起，校閲群書達旦，至今不衰。」（牛兆濂集）高陵文化館至今保存有白遇道墨迹多種，有楷書、行書、草書，多爲他手抄的美文、奏摺、志序等。翻閲手稿我們可以看到，有的寫在紙條上再粘貼到一起，集中保存，可見白遇道在治學上認真嚴謹，厲行節約，惜紙如金。這也是他能成爲「經濟文章，著稱關隴，當世無不知者」的重要原因。

自光緒三十年（1904）到民國六年（1917）這十四年間，白遇道仿楊昇庵先生之謝華啟秀和董藴卿先生之儷白妃黄的體例，掇拾經、史、子、集四部粹言，集成摩兜堅齋汲古集聯六種。甘州知府劉清苑在該書序言中寫到「是自有駢儷楹貼以來，爲古籍别開生面，示文壇特標赤幟。」可見，汲古集聯在當時文壇的地位。他的學生，甘肅候補知縣楊懋源在文中也寫到「先生此書取材於古，徵用於今，合百家之散，爲一家之駢，其奇偶合不翅，天假以鳴以彰對待之理者，且使人知天下之理日新，而載道之文終不變，一人之創見有限，而千古之會心獨多。」白遇道十四年集聯，把關學「見諸躬行」上升到更高層

次，解決了關學空疏的流弊，教育後人不能荒經蔑古，這也是白遇道集聯所要達到的目的和志向。集聯六種成爲關學的發展和延續，在這一歷史時期起到垂範作用。

在我國楹聯文化一千七百餘年的歷史傳衍過程中，摩兜堅齋汲古集聯六種對楹聯學的發展起到了積極推動作用，至今在楹聯研究領域仍佔有一席之地，在衆多著述中反複引用摩兜堅齋汲古集聯内容。由於編寫時間長，出版地從蘭州到天水，再到高陵，幾經輾轉，這套書保存完整者寥寥無幾。我們參考相關資料，將目前保存相對完整，分别存藏在甘肅省圖書館和高陵區圖書館的摩兜堅齋汲古集聯收集在一起，查漏補闕，重新整理。這一楹聯學名著遂成完璧，爲我國楹聯學研究提供了優秀學習資料。

三、修志存史，文以光閭

白遇道考中進士後，經散館授予編修庶吉士。而後幾年，他在翰林院參修國史，「探索典墳，窮年矻矻，手不釋卷」。在京翰林院供職七年，白遇道翻閲了大量典籍，結識了不少名人賢達，開闊了眼界。因他有參修國史的經歷，使他對史志的體例、資料採集選用、篇目權衡等非常熟稔，這也爲他以後總纂高陵縣續志和總辦甘肅全省新通志奠定了堅實的基礎。

白遇道回鄉後，時程維雍主持縣政。程深感高陵一百五十餘年「人文物産之興衰無考」，特聘白遇道續修高陵縣志。他仿范曄後漢書之例，「例目一尊涇野之舊，惟無曆數述，而多綴録，此其少異於涇野者」（賀瑞麟高陵縣續志序）。白遇道在提到「辛巳歷縣人所作，前志既表章，無庸再贅」「曾綴録一篇者，詳樊志之所略，補舊志之所遺，識大識小，義各有當，不必前志之所有也」。可見，他在編寫續志時，結合吕柟、樊景顔兩種舊志，取長補短，勘誤補遺，至光緒七年（1881）七月，用了十一個月完成了高陵縣續志書稿。

高陵縣續志八卷，十目十二篇。體例完備，徵引資料宏富，「不獵前賢之美，不參偏私之見」（楊彦修語）。書成之後，縣令程維雍高度評價此志「文簡而賅，事信而有徵，推衍增益，而不踰其範」。直至今日，方志學者、文史專家都認爲此書在陝西地方志中當屬上乘，對陝西地方志的撰修起到了示範作用。

白遇道在纂修縣志期間，不忘本地優秀文集的保護，在刻板時，「刻涇野舊志，邑人士又適刻涇野内篇，則是涇野之學，邑人亦將有續之者，且大爲高陵之光，抑不止爲高陵之光，要皆自悟齋高陵之續志始，豈不懿哉。」（賀瑞麟高陵縣續志序）他對保存高陵文化、史志所作的貢獻之大，對傳播關學，教化一方士庶積極奔走，當爲後世敬仰和學習。光緒三十四年（1908），安維峻總纂甘肅全省新通志時，白遇道任甘肅按察使，主管蘭州官書局，與布政使等總辦修志事宜。至清宣統元年（1909）年，全書刊成，他爲此志書的編纂和刊印出力頗多，貢獻甚大。

白遇道在關學、楹聯學、方志學領域成就卓越，和他受到關學的影響是分不開的。從少而儒到壯而官，再到老而民，治學爲官表裏如一，衣冠古處道貌岸然。用一生時光潛心理學，見諸躬行。爲官期間「吏畏民懷，邇安遠肅，治功爲隴右第一。陳臬以來，執法如山，盟心似水，制府知人善任，每有大政，倚先生和衷共濟，此又甘疆之福，而爲理學自爲名臣，則先生之本量也」（御史安維峻集聯序）。白遇道生活的時代，内患外憂，社會動蕩，只有新政才有出路。但這一時期的白遇道尊古崇古，對外來新生事物不易接受，但隨社會發展，他慢慢認清了歷史發展潮流，認同中國必須「中體西用」「師夷制夷」。在建設「黄河第一橋」工程中，他由先期反對到後來支持，又同比利時人商談，購置了挖礦、鑽洞、煉銅、淘金、煉金等設備，成立甘肅官金銅廠，爲國分憂，爲民謀福。宣統三年（1911），白遇道時年七十四歲，自知已無所作爲，退隱還鄉，不談時事。「白髮角巾，飄然遠引，徜徉於華山、渭水間，隱居讀書，樂且無極。其編輯之富，必更有日新不已者，顧餘猶簿書，鞅掌促局，若轅下駒，視公如天半朱霞、雲中白鶴，不禁爲之神往也」（甘肅布政使陳燦集聯序）。退隱後的白遇道，兒女多亡，「續妻、小妻亦無不亡」。後抱養族重孫傳心爲亡兒立後，在古稀之年又續弦，八十高齡僅得一女，其晚年凄凉，可見一斑；只有「擁書萬卷，南面百城，日與古人相晤」，時以慰「老而民」之時光。可以説白遇道的一生，經濟功在甘凉，文章稱著陝甘。

今年是白遇道誕辰180周年，在這個甲子輪回的特殊年份，我們整理出版白遇道集意義非凡。此書的整理，前期沒有任何資金支持，但是在前期準備資料、構思編寫計劃、編寫隊伍組建以及開始整理等大量工作中，我們整個團隊甘於寂寞、不計名利、全身心地投入古文獻的整理中，感到無比快樂。先後參與此項整理工作的人員有三十位，均自願加入，有高校教授專家、小學教師、公司職員、文博工作者、在校研究生等。我們以敬畏之心共同完成此項整理工作，可以説，白遇道集是建國以來高陵地區在古文獻整理工作上最艱巨的工程，爲高陵地區以後古文獻整理工作做出了一定的探索和貢獻。在此，讓我們記住參與此項工程的各位編者，他們是：

王　姝，陝西榆林人，西安外國語大學研究生。

王　毅，陝西高陵人，高陵張卜中學教師。

王麗萍，安徽渦陽人，新疆農業大學研究生。

王秀晶，山西介休人，西安外國語大學研究生。

王朝暉，陝西咸陽人，西安外國語大學研究生。

任海印，陝西高陵人，作家。

任海濤，陝西高陵人，高陵一中退休教師，作家。

劉　迪，陝西高陵人，保定學院學生。

劉　萍，陝西西安人，西安外國語大學研究生。

劉　輝，陝西高陵人，供職於高陵區委。

劉隋贇昊，新疆昌吉人，新疆農業大學研究生。

劉赫然，陝西吴起人，延安市寶塔區黨校教師。

孫秋卉，江蘇張家港人，西安外國語大學研究生。

閆翠俠，安徽太和人，新疆農業大學研究生。

宋海燕，新疆塔城人，新疆農業大學研究生。
張　揚，陝西漢中人，新城區崑崙小學教師。
張親霞，河南靈寶人，西安外國語大學教授。
李　静，陝西西安人，供職於高陵區圖書館。
李　聰，陝西高陵人，供職於延安市委。
李明江，河北石家莊人，西安外國語大學研究生。
楊　姣，陝西高陵人，公司職員。
楊　梅，陝西安康人，供職於高陵區民政局。
姚美思，新疆哈密人，新疆農業大學研究生。
趙　輝，陝西高陵人，供職於高陵區文管所。
姬　兵，陝西高陵人，供職於高陵區圖書館。
徐曉龍，河南信陽人，新疆農業大學研究生。
徐静静，河南郾城人，新疆農業大學研究生。
賈宏濤，陝西高陵人，新疆農業大學教授。
崔　健，陝西長安人，新城區崑崙小學教師。
葛　鵬，陝西安康人，西安圖書館幹部。

金剛不才，學淺識薄，惟以一腔真情愛我鄉梓，研習傳統，於學於做。感召諸學仰止先賢佳文，春去秋來，慎微整理，三年集成，此衆同道功莫大焉。

古文獻整理，專業性强，因我們水平有限，洋洋約五十萬字的《白遇道集》難免有誤，煩請方家指正。一路走來，感慨甚多。我們對在白遇道集整理過程中給予我們無私幫助和支持的單位和個人致以衷心的感謝，特別是西北農林科技大學史全社先生、高陵文化館張新龍先生，提供了寶貴資料，沒有他們，白遇道集便無法完成，白遇道這位關學名家便會湮没在歷史的長河中，我們高陵人就無法告慰白遇道先生的在天之靈了。

感謝西北大學出版社的鼎力支持。

謹以此文記於書後。

鄉邑後學白金剛于白蟒草堂

二〇一七年二月

補記

庚子初春，惡疾横行，全民戰「疫」。余居家再翻白遇道先生纂修高陵縣續志點校書稿，轉眼四年不得出版，遂與衆同道共商「憾事」，衆友全力支持，余發起預付書款社會衆籌，得到社會各界鼎力相助，不到四日已籌夠出版款項，一周時間共籌出版費七萬伍仟餘元。西北大學出版社瞭解此次衆籌出書公益活動後，降低高陵縣續志出版費用成本，後有餘款兩萬多元，在馬平先生提議下，將白遇道先賢文集修訂再版千册，使得白遇道存世書稿遺文全套出版，服務當下，造福子孫。

金剛再記于白蟒草堂

二〇二〇年三月

捐資印書功德録

馬莒作	張卜街辦　張蔔村委會今古渡馬村人	10000 元
席　濤	張卜街辦　張蔔村委會肖原村人	10000 元
楊躍鋒	張卜街辦　南郭村委會吳村楊人	10000 元
劉忠義	姬家街辦　高劉村委會劉家店人	2000 元
何炳文	耿鎮街辦　安家村委會花果村人	500 元
劉曉鋒	鹿苑街辦　藥惠管委會中王村人	200 元
賈經義	張卜街辦　賈蔡村人	2570 元
裴國順	鹿苑街辦　藥惠村委會裴北村人	200 元
孟文強	甘肅岷縣人	300 元
孟　妮	張卜街辦　原後村委會原孟村人	1000 元
王崇善	通遠街辦　通遠村太王堡人	500 元
李一晨	遼寧省瀋陽市人	100 元
張軍海	耿鎮街辦　榆楚村人	200 元
李新鋒	耿鎮街辦　安家村人	200 元
何建斌	張卜街辦　張家村委會何家村人	1000 元
姚　萬	耿鎮街辦　安家村人	200 元
王　廉	崇皇街辦　船張村人	500 元
徐　勝	浙江永嘉　楓林鎮人	1588 元

吳建瑞	張卜街辦	廟西村委會吳東莊人	1000 元
郭小鈺	張卜街辦	南郭村委會龍胡村人	500 元
黄治平	姬家街辦	高劉村人	5000 元
張　吉	張卜街辦	東關村委會上大寨人	10000 元
耿玉瑞	耿鎮街辦	安家村委會耿家村人	200 元
馬敬元	通遠街辦	何村人	1000 元
劉八鵬	耿鎮街辦	皂南村人	200 元
李　軍	三原縣陂西鎮	王化村委會王西村人	500 元
李恒戰	鹿苑街辦	田家村委會仁和村人	200 元
陳　鋭	耿鎮街辦	安家村委會花果村人	200 元
党小平	通遠街辦	西張市村委會黨西村人	500 元
辛淩洲	通遠街辦	西張市村委會黨西村人	300 元
王德勝	姬家街辦	姬家村委會枸趙村人	1000 元
沙朋飛	張卜街辦	東關村委會鄧家溝人	500 元
樊　琦	崇皇街辦	坡吉村委會坡任東村人	200 元
劉增鋒	張卜街辦	張橋村委會南劉村人	200 元
薛振江	張卜街辦	東關村委會鄧家溝人	500 元
蒙會俠	張卜街辦	杏王村委會陳陽村人	300 元
張　歡	張卜街辦	東關村委會鄧家溝人	200 元

李建康	張卜街辦	廟西村委會廟東村人	1000 元
賈　妮	張卜街辦	賈蔡村委會賈家村人	300 元
沙乾坤	張卜街辦	東關村委會鄧家溝人	100 元
喬新江	張卜街辦	東關村委會東關村人	330 元
种　奇	崇皇街辦	高牆村委會高牆村人	1000 元
李滿朝	鹿苑街辦	江流村委會小趙村人	1000 元
沙　勇	張卜街辦	張藺村委會東小寨村人	1000 元
李哲桂	張卜街辦	廟西村委會廟東村人	500 元
刁光榮	通遠街辦	華邑村人	500 元
王建華	鹿苑街辦	東升村委會北任村人	1000 元
劉　良	張卜街辦	南郭村委會北郭村人	200 元
楊　子	張卜街辦	南郭村委會吳村楊人	600 元
吳　瑛	張卜街辦	原後村委會原吳村人	500 元
王春雷	張卜街辦	韓家村委會夾灘人	200 元

再次感謝朋友們，感謝我們一路同行！